Les Portes

de Québec

La Belle Époque

DU MÊME AUTEUR

Un viol sans importance, roman, Sillery, Septentrion, 1998.

La Souris et le Rat, roman, Gatineau, Vents d'Ouest, 2004.

Un pays pour un autre, roman, Sillery, Septentrion, 2005.

L'été de 1939, avant l'orage, roman, Montréal, Hurtubise HMH, 2006.

La Rose et l'Irlande, roman, Montréal, Hurtubise HMH, 2007.

Les Portes de Québec, t.1, *Faubourg Saint-Roch*, roman, Montréal, Hurtubise HMH, 2007.

JEAN-PIERRE CHARLAND

Les Portes de Québec

de Québec
La Belle Époque

Tome 2

HURTUBISE
HMH

Catalogage avant publication de Bibliothèque et Archives
nationales du Québec et Bibliothèque et Archives Canada

Charland, Jean-Pierre, 1954-

Les Portes de Québec

Sommaire: t. 1. Faubourg Saint-Roch – t. 2. La Belle Époque.

ISBN 978-2-89647-039-6 (v. 1)
ISBN 978-2-89647-087-7 (v. 2)

I. Titre. II. Titre: Faubourg Saint-Roch. III. Titre: La Belle Époque.

PS8555.H415P67 2007   C843'.54   C2007-941413-3
PS9555.H415P67 2007

Les Éditions Hurtubise HMH bénéficient du soutien financier des institutions
suivantes pour leurs activités d'édition:

* Conseil des Arts du Canada
* Gouvernement du Canada par l'entremise du Programme d'aide au dévelop-
  pement de l'industrie de l'édition (PADIÉ)
* Société de développement des entreprises culturelles du Québec (SODEC)
* Programme de crédit d'impôt pour l'édition de livres du gouvernement du
  Québec

Illustration de la couverture: Luc Normandin
Maquette de la couverture: Olivier Lasser
Maquette intérieure et mise en page: Andréa Joseph [PageXpress]

Copyright © 2008, Éditions Hurtubise HMH ltée

Éditions Hurtubise HMH ltée   Librairie du Québec/DNM
1815, avenue De Lorimier   30, rue Gay-Lussac
Montréal (Québec) H2K 3W6   75005 Paris FRANCE
                                     www.librairieduquebec.fr

ISBN: 978-2-89647-087-7

Dépôt légal: 2ᵉ trimestre 2008
Bibliothèque nationale du Québec
Bibliothèque nationale du Canada

Imprimé au Canada
www.hurtubisehmh.com

Liste des personnages principaux

Buteau, Émile : Frère de Marie, devenu curé de la paroisse Saint-Roch.

Buteau, Marie : Jeune fille du quartier Saint-Roch, épouse d'Alfred Picard.

Caron, Élise : Meilleure amie d'Eugénie Picard. C'est la fille du médecin des deux familles Picard.

Dupire, Fernand : Meilleur ami d'Édouard Picard, entiché de la sœur de celui-ci, Eugénie. Son père, notaire, s'occupe des affaires de Thomas Picard.

Gertrude : Servante du couple Marie (Buteau) et Alfred Picard.

Harris, Richard : Officier sur l'*Exmouth*, cet homme s'intéresse d'un peu trop près à Eugénie Picard.

Létourneau, Fulgence : Administrateur des ateliers de confection de Thomas Picard. Son épouse se prénomme Thérèse.

McDougall, James : Assistant de Frank Lascelles.

Melançon, Ovide : Employé du service de livraison du magasin PICARD.

Picard, Alfred : Frère aîné de Thomas, propriétaire d'un magasin de vêtements pour dames, situé rue de la Fabrique.

Picard, Édouard : Fils d'Alice et de Thomas Picard.

Picard, Eugénie : Fille d'Alice et de Thomas Picard.

Picard, Mathieu : Fils de Marie Buteau et de Thomas Picard. Alfred Picard assume cette paternité.

Picard, Thalie : Fille de Marie Buteau et d'Alfred Picard.

Picard, Thomas : Propriétaire d'un magasin à rayons, marié en secondes noces à Élisabeth Trudel, père d'Eugénie et d'Édouard. Organisateur politique de sir Wilfrid Laurier, il participe activement à la vie du Parti libéral.

Trudel, Élizabeth : Élève chez les ursulines, elle est choisie par Thomas Picard pour être la préceptrice de ses deux enfants, Eugénie et Édouard. Il l'épouse en secondes noces.

Liste des personnages historiques

American Horse: Ancien artiste de la troupe de Buffalo Bill, il dirigea les figurants amérindiens pendant le *pageant* de Québec.

Bégin, Louis-Nazaire (1840-1925): Prêtre, il fut nommé archevêque de Québec en 1898 et cardinal du même diocèse en 1914.

Bourassa, Henri (1858-1952): Homme politique, député au Parlement fédéral de 1896 à 1907 et député provincial de 1908 à 1912. Il fonda la Ligue nationaliste (1903) et le journal *Le Devoir* (1910).

Chouinard, Honoré-Julien-Jean-Baptiste (1850-1928): Avocat, brièvement député conservateur à Ottawa, greffier de la Ville de Québec, membre et un moment président de la société Saint-Jean-Baptiste de Québec, il publia l'histoire de cette association en 1920.

Curzon-Howe, Assheton Gore (1850-1911): Commandant en chef de la flotte britannique de l'Atlantique Nord, il se trouvait avec elle à Québec à l'été de 1908.

Dallemagne, Henri: Consul de France à Québec.

Garneau, Georges (1864-1944): Industriel formé à l'École polytechnique, il accéda à la mairie de Québec en 1906 et occupe ce poste jusqu'en 1910. Il assuma la présidence de la Commission des champs de bataille nationaux de 1908 à 1939.

George (George Fréderic Ernest Albert, régna sous le nom de George V; 1865-1936): Prince de Galles après l'accession de son père au trône en 1901, il régna sur le Royaume-Uni et les dominions de 1910 à 1936.

Grey, Albert Henry George (quatrième comte de; 1851-1917): Gouverneur général du Canada de 1904 à 1911. Il travailla à l'organisation des célébrations du troisième centenaire de Québec et à la création du parc des plaines d'Abraham. Accessoirement, la coupe Grey lui doit son nom.

Jauréguiberry, Horace Anne Alfred (vice-amiral; 1849-1919): Représentant du gouvernent français aux fêtes du troisième centenaire de Québec.

Lascelles, Frank (son véritable nom était Frank William Thomas Charles Stevens; 1875-1934): Comédien, il prit le nom de Frank Lascelles en 1904. Il acquit une réputation enviable après avoir organisé le *pageant* d'Oxford en 1907. On le cite comme *The man who staged the Empire*. La célébration au couronnement de Durbar (Calcutta) mit en scène trois cent mille figurants.

Laurier, Wilfrid (1841-1919): Avocat de formation, journaliste et homme politique, il fut député libéral de la circonscription de Québec-Est de 1877 jusqu'à sa mort. Chef du Parti libéral du Canada à partir de 1887, il occupa le poste de premier ministre de 1896 à 1911.

Lavergne, Armand (1880-1935): Avocat, il participa à la création de la Ligue nationaliste en 1903 avec Henri Bourassa et Olivar Asselin. Il fut député du comté de Montmagny à Ottawa de 1904 à 1907, puis à Québec, de 1908 à 1916. Une rumeur persistante le disait le fils naturel de Wilfrid Laurier.

Parent, Simon-Napoléon (1855-1920) : Avocat, ancien premier ministre de la province et ancien maire de Québec, il assuma la présidence de la Société du pont de Québec et celle de la Commission du chemin de fer transcontinental.

Québec 1908

1. Abitation de Champlain (devant le Marché Champlain)
2. Armurerie Ross
3. Assemblée législative
4. Avenue Dufferin
5. Château Frontenac
6. Citadelle
7. Côte d'Abraham
8. Côte de la Montagne
9. Couvent des ursulines
10. Église Saint-Roch
11. Faubourg Jacques-Cartier
12. Faubourg Saint-Roch
13. Grande Allée
14. Manège militaire
15. Parc Victoria
16. Place d'Youville
17. Plaines d'Abraham
18. Pointe-aux-Lièvres
19. Prison de Québec
20. Rue Claire-Fontaine
21. Rue de la Couronne
22. Rue de la Fabrique
23. Rue Langelier
24. Rue Saint-Joseph
25. Rue Saint-Jean
26. Rue Scott
27. Site des représentations du *Pageant*

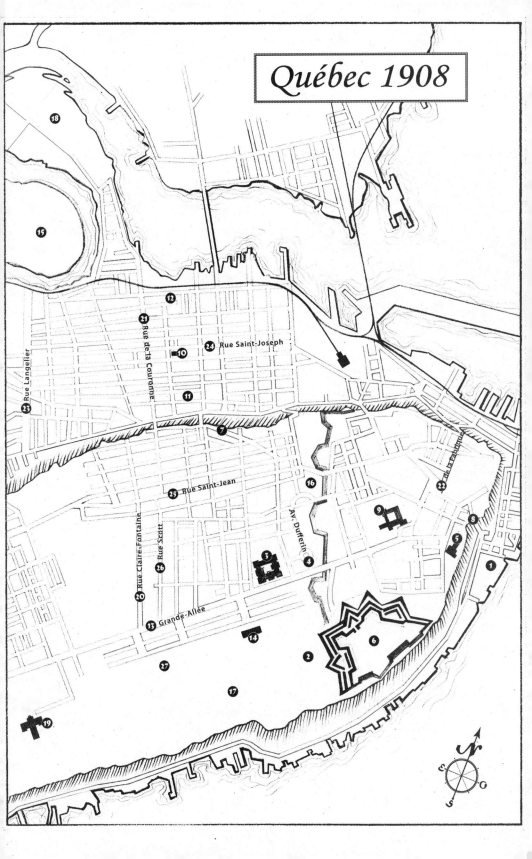

Chapitre 1

— Bonjour, belle maman, sans trait d'union.

— Bonjour, Édouard. As-tu bien dormi ?

Le grand adolescent, ou le jeune adulte, selon les jours et ses humeurs, se pencha vers la jeune femme assise à la table de la salle à manger pour poser les lèvres sur son front. Bien qu'elle fût en réalité sa belle-mère, à ses yeux, Élisabeth représentait la seule femme à mériter le titre de mère. Le visage de l'auteure de ses jours s'était peu à peu effacé de ses souvenirs. Seules subsistaient, pour meubler ses mauvais rêves, une silhouette décharnée et une odeur un peu nauséabonde.

Édouard se dirigea vers la chaise placée à droite de la seconde épouse de son père, adressa un sourire à celui-ci, assis au bout de la table, en guise de salutation. Parce que les derniers jours du mois d'août se révélaient très chauds, comme si l'été entendait faire profiter Québec de ses ultimes éclats avant de laisser la place à un automne précoce, la veste de lin écru du grand garçon demeurait ouverte sur une chemise blanche. Le bouton du col, Thomas Picard le devinait, restait détaché sous la cravate. Il réprima un soupir : intolérable chez un employé, ce petit air de dandy un peu bohème convenait sans doute au fils du patron.

Dans le sillage de l'adolescent suivait une grande jeune fille rose et blonde plutôt jolie que belle, son peignoir soigneusement fermé sur une chemise de nuit. À dix-huit ans, elle offrait un teint de porcelaine, des yeux d'un bleu pâle encore à demi ensommeillés, une moue légèrement boudeuse. Elle fit la bise à son père, lui murmura un « Bonjour » sans conviction, avant de s'asseoir à sa gauche.

— ... Eugénie, intervint l'homme en fronçant un peu les sourcils.

— ... Bonjour, Élisabeth, salua l'aînée de mauvaise grâce.

La même comédie se reproduisait tous les matins. Celle-là n'oubliait ni sa mère, ni les circonstances de son décès. Quelques semaines après le dixième anniversaire du second mariage de son père, elle faisait toujours mine d'oublier la présence de l'intrigante. Celle-ci répondit au bonjour d'une voix égale, sans témoigner du moindre agacement devant autant de mauvaise grâce, puis enchaîna à l'intention de la domestique silencieuse qui se tenait dos au mur, les mains croisées à la hauteur de la taille :

— Jeanne, vous pouvez servir.

La jeune fille embauchée au début de l'été commença par verser le thé dans les tasses des membres de la famille rassemblée pour le petit déjeuner. Puis elle souleva les couvercles des plats de service avant de reprendre sa place dans un coin, prête à se précipiter à la cuisine pour satisfaire les désirs que la cuisinière aurait négligés.

Les Picard se trouvaient réunis dans la salle à manger d'une grande maison bourgeoise de la rue Scott. La pièce élégante, lambrissée de chêne, possédait une seule fenêtre en baie ouvrant sur l'un des côtés de la demeure. Certains jours, une douzaine de convives prenaient place autour de la grande table de bois blond. Régulièrement, l'ancien maire de Québec et ancien premier ministre de la province, Simon-Napoléon Parent, y occupait la place la plus noble. Plus rarement, Wilfrid Laurier lui-même honorait la maison de son auguste présence. Même pour un petit déjeuner familial, la vaisselle en porcelaine anglaise reposait sur une nappe de lin finement brodée.

Élisabeth insistait pour que tous les membres de la famille fussent présents à ce premier repas. Si les hommes de la maison devaient se présenter au travail tous les matins un peu après huit heures, que les femmes leur tiennent compagnie lui paraissait être la moindre des choses.

— Toujours en chemise de nuit, commenta le père à l'intention de sa fille. Ce soir, je songerai à rapporter un réveil du magasin, pour t'aider à te tirer du lit.

— J'en ai déjà un. Hier soir, Élise s'est attardée un peu...

Il s'agissait de la fille de voisins de la Haute-Ville, la « sœur d'élection » d'Eugénie, en quelque sorte. Dix ans à fréquenter le même couvent en avait fait des amies inséparables.

— Et ce matin, tu crois qu'elle aussi se trouve à table en peignoir ?

— Elle, elle a le droit de rester au lit...

La jeune femme avait prononcé ces mots dans un murmure, les yeux résolument fixés sur son assiette pendant que son père y servait des œufs. Cette autre lubie tenait aussi de l'intruse : le père pourvoyeur donnait à chacun sa portion, ainsi personne ne pouvait ignorer que toutes les largesses venaient de lui. L'aînée des enfants vivait comme une contrainte insupportable ce rendez-vous quotidien, comme si sa présence changeait quoi que ce soit au cours des choses. Toutefois, elle n'osait défier directement cette directive. Si Élisabeth avait formulé l'opinion que les « usages de le vie en société » exigeaient que les repas se tiennent en famille, sauf en cas de contrainte insurmontable, son père en avait fait une règle.

L'homme échangea un regard irrité avec son épouse. Toutefois, pour faire l'économie d'une scène, il jugea préférable d'abandonner le sujet de la tenue vestimentaire de sa fille. Quoique le couvent se trouvait tout au plus à deux mille pieds de la maison, Eugénie y avait suivi ses études en interne. Le pensionnat présentait un avantage certain quand une jeune fille se prenait à détester sa belle-mère. Malheureusement, à dix-huit ans, elle avait entièrement épuisé le cours d'étude des ursulines, et septembre ne la verrait pas retourner derrière les grands murs gris. Ou un prétendant viendrait bien vite la chercher, ou la vie deviendrait rapidement intenable.

Thomas soupira de dépit, puis préféra changer de sujet, et d'interlocuteur :

— As-tu hâte de retourner au séminaire ?

La question s'adressait à Édouard. Celui-ci, pressé d'avaler un repas copieux, semblait totalement insensible à la tension qui régnait dans la pièce. Très vite, il avait appris à ignorer les états d'âme de sa sœur et il s'étonnait toujours que quiconque prête la moindre attention à sa moue boudeuse.

La question tenait un peu de la taquinerie. Ce grand jeune homme n'appréciait que médiocrement l'interminable séjour au Petit Séminaire de Québec nécessaire pour suivre les huit ans du cours classique dispensé par des prêtres malodorants. En réalité, tous les porteurs de soutane lui semblaient exhaler une odeur mêlée de camphre et de crasse.

— Pour tâter de la philosophie pendant deux ans encore ? Quelle perte de temps !

Les dernières années des humanités classiques s'intitulaient pompeusement « Philosophie ». Édouard jugea utile de bien préciser sa pensée :

— Lire de vieux curés morts depuis des siècles ne sert à rien, alors que je pourrais me rendre utile au magasin…

— Nous ne recommencerons pas cette discussion aujourd'hui. Nous avons une entente.

« Dont tu as fixé seul les termes », songea le garçon avec un demi-sourire. Le ton du chef de la famille n'admettait pas la réplique, mais cela n'intimida guère ce grand adolescent cajoleur :

— Mais tu n'as pas fait d'études classiques, toi, ce qui ne t'a pas empêché de réussir. Je dirais même que c'est le contraire. Tout ce latin rend imbécile. Les Anglais ne s'encombrent pas l'esprit avec cela, et ils s'enrichissent. Ce genre d'études nous rend inaptes aux affaires.

Édouard dit cela avec un sourire en coin. Ces arguments, son père lui-même les reprenait à la moindre occasion, parfois sur une tribune dans le cadre d'assemblées politiques.

— Je ferais mieux d'apprendre à parler un anglais décent, et à compter, insista-t-il encore. Pour le reste, je perds mon temps…

— Tu n'as pas voulu t'inscrire à McGill, tout comme tu as refusé d'aller dans une école de commerce aux États-Unis. Alors n'aborde plus cette question, répliqua Thomas en fronçant les sourcils.

Évoquer des études commerciales étaient une chose, mais quand quelques mois plus tôt, son père lui avait offert d'entrer en classe préparatoire à l'université montréalaise, ou même dans le pays voisin, le jeune homme avait lâchement refusé. Au fond, réussir médiocrement son cours classique lui coûtait trop peu d'efforts pour qu'il accepte de relever le défi exigeant de véritables études universitaires, surtout dans une autre langue que la sienne.

Mieux valait quitter ce terrain délicat, ou bien il risquait de mal commencer sa journée.

— Je me demande s'il y aura beaucoup de monde à l'assemblée, en fin d'après-midi? questionna-t-il plutôt.

La ruse était trop grosse, l'homme ne se laissa pas détourner de son premier sujet:

— Si tu n'oses pas t'aventurer en dehors du nid familial et être exposé à des idées nouvelles, j'aimerais au moins que tu fasses des études de droit ici, à l'Université Laval.

Cette perspective ne se révélait pas plus enthousiasmante que l'exil. Édouard se concentra un moment sur son bacon. Son père capitula, la voix un peu lasse:

— Au moins, tu termineras ce foutu baccalauréat, ou tu chercheras un emploi ailleurs qu'au magasin.

Sachant à peine lire et écrire mais très bien compter, Théodule Picard, très solidement épaulée par sa femme Euphrosine — les mieux informés inversaient la proposition et faisaient de l'épouse la cheville ouvrière de l'entreprise — avait construit le commerce de détail le plus imposant de Québec. Thomas avait ajouté quelques manufactures de vêtements à l'empire, tout en participant aux diverses magouilles politiques que lui permettaient ses relations privilégiées avec les premiers ministres des deux niveaux de gouvernement. À quarante-et-un ans, il réalisait qu'au mieux, plutôt qu'être un bâtisseur, son fils se contenterait d'être un héritier. Parfois, il craignait que son ignorance et sa légèreté le conduisent à tout dilapider.

Élisabeth suivait l'échange, un peu inquiète, résolue si nécessaire à intervenir pour tempérer les points de vue.

Tirée du couvent des ursulines à dix-huit ans pour être projetée dans une famille bourgeoise afin d'y jouer le rôle de préceptrice, cette jeune femme avait trouvé dans un petit ouvrage des enseignements précieux afin de faire sa place dans ce monde étrange : *Usages du monde. Règles de savoir-vivre dans la société moderne.* L'auteure, la baronne de Staffe, y insistait sur l'importance de garder une atmosphère sereine aux repas familiaux. Avant que le climat ne s'envenime, elle glissa de sa voix la plus douce :

— Autrement, sans ce minimum de culture classique, toutes nos charmantes voisines te verraient comme un bien mauvais parti.

Elle avait raison. Ils habitaient la Haute-Ville de Québec, dans un quartier de maisons cossues. Les plus imposantes d'entre elles appartenaient aux membres de la minorité de langue anglaise, des financiers et des entrepreneurs. Chez les Canadiens français, la prospérité tenaient souvent à la pratique d'une profession libérale et aux largesses du gouvernement. Ces gens ne possédaient habituellement, pour tout capital, que la maîtrise d'un latin approximatif et une arrogance infinie. Même si le commerçant habitait ces parages depuis dix ans, la plupart de leurs voisins levaient toujours le nez sur Thomas Picard, pourtant un proche de Wilfrid Laurier et l'un des plus prospères parmi eux. Quant à leurs épouses, elles ne recevaient Élisabeth qu'à contrecœur : se lier à la fille d'un cultivateur de Saint-Prosper-de-Champlain entrée dans une demeure bourgeoise par la petite porte de service des domestiques aurait été déchoir. Avec une telle conception de leur propre dignité, jamais ces gens ne laisseraient leurs filles à un garçon incapable d'émailler sa conversation de quelques citations latines.

— Mais, maman, déclara-t-il en posant la main sur l'avant-bras de celle-ci, comme toutes sont beaucoup moins jolies que toi, peut-être est-ce moi qui les repousserai.

— Voyons, ne dis pas de sottises.

Les mots sortirent de la bouche d'Élisabeth avec des inflexions de remerciement, pendant que les joues d'Eugénie s'empourpraient alors qu'elle détaillait sa belle-mère des yeux. À vingt-neuf ans, celle-ci offrait toujours une silhouette parfaite, qu'aucune grossesse n'était venue gâcher. Sans doute à cause de ses origines modestes, mais aussi parce qu'elle savait que la nature lui avait conféré toutes ses grâces, elle préférait se vêtir avec une certaine réserve, négligeant les tenues élaborées garnies de dentelles et de rubans, privilégiées par les voisines. Un chemisier blanc ivoire, une jupe de serge bleue, un camée autour du cou, tout cela soulignait de longues jambes, un ventre mince qu'aucun corset ne venait enserrer, des seins haut perchés qui tenaient sans artifices. Malgré la mode exigeant des constructions ambitieuses, sa lourde chevelure blond foncé aux reflets vieil or tombait sur ses épaules.

— Comme Élisabeth est déjà prise, remarqua Thomas d'une voix maintenant amusée, tu devras bien te contenter de l'une ou l'autre des jeunes personnes qui visitent ta sœur aînée… ou des cadettes de celles-ci si tu les préfères un peu plus jeunes.

— Ce qui ne presse pas du tout… répliqua l'adolescent. Je commence par confesser que le cours classique m'ennuie, et voilà qu'on discute de mon mariage.

— Pour ça, tu as bien raison. Auparavant, tu devras faire la preuve que tu peux livrer un petit meuble de rien du tout à la bonne adresse. Je suppose que la voiture est devant la porte.

Thomas Picard dit cela en s'essuyant la bouche avec sa serviette de table. Un instant plus tard, debout devant sa chaise, il avala encore une gorgée de thé. Élisabeth se leva pour l'accompagner jusqu'à la porte, alors qu'Eugénie demeurait assise. Tout au plus leva-t-elle la tête pour recevoir une bise sur la joue en murmurant « Bonne journée » sur un ton un peu affecté. Quand Édouard fit mine de lui poser un baiser mouillé sur l'autre joue, elle ajouta : « Arrête de faire l'idiot » en se dérobant.

Un moment plus tard, le commerçant prenait un panama accroché près de la porte. Plutôt que de sortir tout de suite, il déclara à son fils :

— Attends-moi un instant dans la voiture.

Six jours par semaine, à huit heures pile, un employé du magasin venait en fiacre depuis la Basse-Ville afin de conduire le propriétaire du magasin à rayons Picard à son commerce. Le scénario se répétait souvent en sens inverse en fin de journée, parfois aussi tard qu'à neuf et même dix heures. Quand le garçon se fut éloigné un peu, Thomas demanda à voix basse :

— Elle fait toujours cette mine ?

— Oh ! Ce matin, elle est plutôt de bonne humeur.

— Quelle pitié qu'elle aussi refuse d'aller passer une année à Montréal pour apprendre l'anglais ! Cet été, elle trouve à s'occuper un peu, mais avec la mauvaise saison qui arrive, bientôt elle n'aura pas d'autre loisir que de gâcher la vie de ses semblables.

Comme toujours, Élisabeth prit la défense de la jeune femme de dix-huit ans :

— Ce n'est pas si terrible. Elle passe l'essentiel de son temps à ignorer que j'existe.

— Si jamais elle devient insupportable, tu me le diras. Après dix ans, elle doit bien pouvoir se faire une raison.

— Ne pense pas à cela, tu as déjà tellement à faire. Bonne journée.

Comme tous les matins, un peu au mépris des convenances car les passants pouvaient les voir depuis le trottoir, Thomas serra sa femme dans ses bras, posa sa bouche sur ses lèvres, puis il rejoignit la voiture de son pas vif, tout en mettant son chapeau sur sa tête.

Un moment plus tard, l'épouse revenait dans la salle à manger. Comme d'habitude aussi, Eugénie avait profité de ce court intermède pour retourner dans sa chambre. Si les relations avec sa belle-mère conservaient leur froide politesse, cela tenait surtout au fait qu'elle évitait le plus rigoureusement possible les contacts.

Élisabeth prit la copie du *Soleil* posée sur un guéridon près de la porte, la déplia devant elle sur la table alors que la bonne lui versait encore un peu de thé.

— Merci, Jeanne. Vous plaisez-vous toujours, dans cette maison ?

— Oh ! Oui, Madame. Le travail est facile…

Elle s'arrêta tout de suite, inquiète d'avoir commis un sombre péché, comme la lâcheté devant une tâche difficile. Pour ne pas être soupçonnée de paresse, elle tenta de se corriger :

— Vous comprenez, comparé au travail de la ferme, prendre soin d'une maison…

— Oui, je sais. À cette époque de l'année, dans Charlevoix, vous seriez en train de ramasser l'avoine, je crois.

— Et le foin aussi… Mon père travaille en forêt, les semences ont lieu un peu tard au printemps. En conséquence, la fenaison ne se termine jamais avant le mois d'août. En plus, le climat n'est pas très chaud et le temps, souvent humide. Ensuite, ce sont les patates, les fèves…

Jeanne s'interrompit encore, rougissante : depuis les trois mois où elle se trouvait dans la maison, jamais elle n'en avait dit autant à sa patronne. Ses uniques conversations se déroulaient avec Joséphine, la vieille cuisinière irascible que les Picard avaient ramenée de la Basse-Ville. Dix années supplémentaires n'avaient en rien amélioré son humeur.

— Est-ce que la vie à la campagne vous manque ?

— L'été, le travail dans le potager et dans les champs demeure agréable. L'hiver, nous avons moins à faire, moins à manger aussi. Vous savez, mes parents sont très pauvres…

Élisabeth lui adressa un signe d'assentiment. L'automne, afin de procurer à leurs parents un certain répit en soustrayant une bouche à nourrir, des centaines de jeunes filles arrivaient dans les villes, dans le meilleur des cas riches d'une recommandation du curé de leur paroisse, un certificat de moralité en fait.

Les mieux informées connaissaient l'adresse d'agences de placement privées. Contre une fraction de leurs gages annuels, quelqu'un les introduisait dans les meilleures demeures bourgeoises susceptibles de vouloir du personnel. Les autres frappaient à la porte des maisons un peu cossues, tout comme à celle des ateliers et des manufactures, à la recherche d'un premier emploi.

— Je connais la situation dans les campagnes, admit Élisabeth, songeuse.

Elle ne poussa toutefois pas plus loin les confidences, de crainte que ses propres origines ne deviennent le sujet de discussion préféré dans toutes les cuisines de la rue Scott et des artères environnantes.

— Il y a encore huit enfants après moi. Mon père ne pouvait plus nous nourrir. Mes gages doivent lui être envoyés.

Le rouge montait aux joues de la petite domestique. Contre deux dollars par mois, versés directement à son père par l'intermédiaire du curé de Saint-Hilarion, cette gamine de quinze ans se tenait à la disposition de ses patrons de six heures du matin à dix heures du soir. Dans ces conditions, elle se considérait néanmoins chanceuse. Son uniforme, hérité de la domestique précédente, ne révélait aucun trou, les souliers d'occasion dénichés pour elle ne prenaient pas l'eau, et la cuisinière lui laissait espérer qu'en cas de maladie, plutôt que des décoctions de gomme de sapin, elle verrait un véritable médecin.

— Voulez-vous vous asseoir un moment avec moi ?

Élisabeth replia le journal, résolue à retarder sa lecture afin de livrer quelques petits avertissements quasi maternels à cette jeune adolescente.

— Madame Joséphine m'a absolument interdit de m'asseoir ailleurs que dans la cuisine… pour ne rien salir.

— Elle vous a certainement indiqué aussi de faire ce que je vous dis.

— … Oui, Madame.

— Alors, exceptionnellement, prenez la place laissée libre par Eugénie.

La gamine, timide comme une petite souris, les joues cramoisies, obtempéra.

— Les enfants vous traitent bien ?

— Oui, Madame.

Aucun d'entre eux ne l'avait menacée de coups de ceinture, ce qui présentait une amélioration marquée sur les rapports prévalant à la maison paternelle.

— Je pense en particulier à Édouard. Il a un côté très gamin.

— Monsieur Édouard est très drôle… s'empressa de répondre Jeanne, avec un entrain un peu suspect.

Elle reprit sur un ton plus posé :

— Il se montre très avenant avec moi.

— Justement. C'est un jeune homme, vous êtes une jeune femme. Vous comprenez ?

— Oui, je comprends.

Le rouge atteignait maintenant les oreilles de la petite bonne. À l'âge d'Édouard, les garçons de son village fumaient la pipe, allaient travailler dans les chantiers forestiers depuis trois ou quatre ans et n'hésitaient pas à bousculer une jeune fille dans un tas de foin. Le garçon de la maison ne présentait pas une bien grande menace à ses yeux. Tout de même, Élisabeth tenait à mettre les choses au clair :

— Je lui ai expliqué de ne pas… embêter le personnel. Mais à son âge ! Faites bien attention de ne rien encourager, et si jamais Édouard fait le moindre geste… déplacé, laissez-le-moi savoir tout de suite. Autrement, votre séjour dans la maison pourrait très vite prendre fin.

La mine maintenant très grave, Jeanne acquiesça d'un mouvement de tête.

— Nous nous comprenons bien, n'est-ce pas?

— Oui, Madame. Je comprends.

— Je vous remercie de votre attention. Vous pouvez desservir. Je vais continuer de lire le journal dans ma chambre.

Jeanne se leva, jeta un regard discret sur le siège couvert de soie, inquiète de l'avoir vraiment souillé. Une nouvelle fois, puisque Eugénie n'avait presque rien avalé, les restes dans l'assiette serviraient de déjeuner à la domestique.

Dans sa chambre, Élisabeth s'allongea sur le récamier placé dans l'alcôve circulaire aménagée dans la tour décorative ornant la façade de la maison. Des fenêtres sur trois côtés procuraient le maximum d'ensoleillement, une lumière idéale pour parcourir les pages du *Soleil*. Au moment de la livraison du journal, Jeanne passait un fer à repasser chaud sur les feuilles: cela avait pour effet de faire disparaître les plis du papier et de mieux fixer l'encre. Elles ne tacheraient pas, même des mains portant des gants de fine dentelle blanche.

Élisabeth avait très vite pris l'habitude de tous ces luxes, le service domestique, la nourriture abondante et variée, la grande et confortable maison, sa position sociale avantageuse à titre de madame Thomas Picard. Thomas insistait pour dire que chez elle, la grâce, le raffinement étaient innés… comme si Dieu la destinait à un grand homme.

Elle prenait la chose plus modestement: dès le départ, sa vie au couvent lui avait donné l'habitude des rapports sociaux feutrés, des conversations murmurées, de la mesure prudente. Une réserve circonspecte, un sens de l'observation aigu, l'utilisation mesurée des sourires timides, des battements de cils séducteurs et des joues souvent roses de modestie faisaient tout le reste.

Le monde étrange où le hasard l'avait jeté à dix-huit ans ne présentait plus beaucoup de mystères pour elle.

Après avoir quitté la salle à manger, Eugénie s'était réfugiée dans la salle de toilette du rez-de-chaussée, en attendant le départ de son père, puis le retour de la belle-mère devant son repas. Quand la voie fut libre, elle se dirigea à pas légers vers la bibliothèque, une grande pièce donnant sur la façade de la maison où Thomas aimait travailler. Elle prit place derrière un lourd bureau, allongea les bras au-dessus du sous-main pour saisir le téléphone et l'approcher d'elle.

L'appareil se composait d'un tuyau de cuivre fixé dans un socle circulaire. On parlait dans un cornet, orientable vers le haut ou le bas, fixé à son extrémité. Pendu à un crochet en forme de fourche, un autre cornet, mobile celui-là, relié par un fil, pouvait être porté à l'oreille.

Élevée avec ce dispositif à portée de la main, Eugénie en connaissait très bien l'utilisation. Elle composa en actionnant la manivelle, réclama à une employée de Bell d'être mise en communication avec un abonné, donna le numéro, entendit de nombreux bruits métalliques et, enfin, la voix de la domestique des Caron :

— Allô, qui est là ?

La personne criait à l'autre bout, sans vraiment comprendre que c'étaient des impulsions électriques, plutôt que le son de la voix, qui atteignaient l'interlocuteur.

— Je voudrais parler à Élise.

— … Je vais voir si elle est là !

Eugénie éloigna machinalement le récepteur de son oreille, sachant que chez les Caron le téléphone se trouvait accroché au mur. Invariablement, les domestiques cognaient l'émetteur à plat contre le mur au moment de crier à la personne demandée de prendre la communication.

— Eugénie ?

À dix-huit ans, une jeune femme n'ayant pas encore « fait ses débuts » ne pouvait recevoir d'appels d'une autre personne que d'un parent ou d'une amie. Élise Caron devinait sans mal l'identité de cette correspondante matinale.

— Oui, c'est moi. Tu veux venir ici ?

— ... J'ai du travail à effectuer.

— Du travail ? Vous avez des domestiques.

— Tu sais comment est ma mère.

Si les rapports familiaux d'Élise Caron ne souffraient pas des profondes tensions prévalant entre Eugénie et sa belle-mère — après tout, celle-là était la chair de sa chair —, cela ne signifiait certainement pas le beau fixe.

— Viens, tu me raconteras cela.

— Ce ne sera pas avant tard dans l'après-midi. Je dois apprendre à laver des rideaux. Cela commence par les décrocher du mur, les mettre dans de grandes cuves d'eau bouillante...

— Tu ne vas tout de même pas m'expliquer comment faire la lessive au téléphone. Quand peux-tu venir à la maison ?

Eugénie prit soin de ne pas proposer de se déplacer elle-même, de peur de se voir confier une corvée dans cette grande entreprise de nettoyage.

— Je te l'ai dit, pas avant la fin de l'après-midi.

— Viens souper avec moi.

— Voyons, vous serez en famille.

— Mon père revient souvent tard, même le mercredi. Selon toute probabilité, il n'y aura qu'elle. Tu sais que je déteste les tête-à-tête de ce genre.

Pendant dix années au couvent, Élise Caron avait entendu largement plus que sa part de récriminations contre cette « belle-mère ». À ses yeux pourtant, il s'agissait d'une personne fort jolie et absolument charmante. Chaque fois que la jeune fille faisait mine de s'exprimer en ce sens, Eugénie pâlissait et murmuraient d'une voix sombre :

— Élise, c'est là toute la monstrueuse efficacité de cette femme à bien se faire voir. Si je pouvais parler... Mais j'ai juré à papa de me taire à jamais.

Après cela, l'autre pouvait imaginer toutes sortes d'horreurs.

Finalement, Élise Caron arriva chez les Picard un peu après cinq heures, vêtue d'une robe un peu poussiéreuse, pensa son hôtesse, et même des vestiges de toiles d'araignées dans ses cheveux bruns, lui sembla-t-il. Elle la conduisit dans le petit salon en la regardant de manière un peu suspecte, à tel point que la visiteuse demanda :

— Il y a quelque chose ? Il y a un miroir dans cette pièce ?

— Non, c'est juste que…

Elle allongea la main pour promener ses doigts dans les cheveux de son amie.

— Je me trompais, il n'y a rien.

— Tu sais, j'ai pris la peine de prendre un bain et de changer de vêtements, avant de venir.

Le ton trahissait un certain agacement, aussi Eugénie décida de faire abstraction de son souci de propreté. Toutefois, elle exprima la réprobation qui la tenaillait depuis le matin :

— Quelle idée de te livrer à une corvée pareille !

— Ce n'est rien de bien méchant. Puis ma mère prétend que je dois savoir effectuer moi-même toutes les tâches dans une maison.

— Grand Dieu, pourquoi ? Il y a des domestiques pour cela.

— Elle a deux motifs. D'abord, elle affirme que l'on ne peut demander à des servantes de faire quelque chose que l'on ne peut réaliser soi-même, ne serait-ce que pour bien les superviser.

Eugénie laissa échapper un soupir lassé, puis expliqua devant les yeux interrogateurs de son amie :

— Elle ferait une belle paire avec mon père. Celui-ci raconte la même chose. Édouard doit passer par tous les rayons et les services du magasin afin de connaître tous les postes de travail.

— Comme cela, un jour il pourra diriger l'entreprise en connaissance de cause, précisa la visiteuse. Personne ne pourra le berner.

— Alors qu'est-ce que cela donne d'être le grand patron, dans un beau bureau ? Son travail sera de dire aux autres quoi faire. Si tu veux mon avis, toutes ces tâches désagréables, c'est du temps perdu.

Comme pour appuyer son point de vue, la jeune fille blonde allongea la main vers un guéridon, agita une petite clochette. Très vite, Jeanne arriva de la cuisine pour demander :

— Vous avez sonné, Mademoiselle ?

— Apportez-nous du thé.

— Nous devons manger très bientôt…

— Apportez-nous du thé, répéta Eugénie, une pointe d'impatience dans la voix. Avec des biscuits.

La bonne esquissa une mauvaise révérence, se retira très vite pour aller chercher ce qu'on lui demandait. Plus tôt dans la journée, au moment de faire ses recommandations à son employée, Élisabeth aurait dû moins se soucier des facéties de son garçon et un peu plus des exigences tatillonnes de sa fille…

— Tu vois, décréta Eugénie, je ne comprends pas pourquoi j'apprendrais à faire du thé. Quelqu'un est là pour s'en occuper.

— … Tu ne sais pas faire du thé ?

Élise soulevait ses deux sourcils comme des accents circonflexes, hésitant entre un franc fou rire ou un visage impassible, pour ne pas heurter l'humeur facilement maussade de son amie.

— Là n'est pas la question. Des gens existent juste pour cela, préparer le thé ou les repas, ou faire le ménage… Quel autre motif pousse ta mère à t'apprendre à laver des rideaux ? Tu as dit qu'elle en avait deux.

— Si je me retrouvais avec un fiancé dont la carrière démarre lentement… ou connaît des ratés, je devrais faire ma part dans la maison. La vie professionnelle d'un homme peut se révéler remplie d'aléas, autant me préparer en conséquence.

Heureusement, le retour de la domestique, un plateau dans les mains, permit à Eugénie de revenir un peu de sa surprise. Elle versa le liquide dans les tasses, offrit du lait et du sucre, en tendit une à sa vis-à-vis avant de commenter :

— Voyons, cela ne se peut tout simplement pas. Tes parents ne te laisseront jamais épouser un homme qui ne saurait pas t'assurer un niveau de vie au moins égal à celui qu'ils t'offrent... À tout le moins, les miens ne le feraient jamais. Bien plus, j'exigerai qu'ils accordent ma main à quelqu'un de plus riche que papa.

— Comment peux-tu être certaine qu'il existe un tel candidat pour toi ?

— Cela va de soi.

— Comment cela ? Une bonne fée t'a promis toutes ses largesses, penchée sur ton berceau ?

Eugénie prit un biscuit sur le plateau, les joues rosies par l'irritation qui couvait en elle, puis le reposa à sa place. À la fin, d'une voix blanche, elle murmura :

— Regarde ma belle-mère. Après un séjour chez les ursulines, elle est passée d'une ferme du comté de Champlain à une maison de la rue Scott, chez le plus important marchand de détail de Québec. Je compte bien faire mieux.

— Pour effectuer un saut d'égale proportion, tu devrais passer de la rue Scott au Mille carré doré, à Westmount. Tu maîtrises assez bien l'anglais ?

L'humour d'Élise ne connut aucun succès, bien au contraire. Quelques mois après sa sortie du pensionnat, son engagement de ne jamais écorcher la charité chrétienne donnait des signes de fléchissement. Aussi la visiteuse poursuivit son attaque :

— Je suppose que quelques jeunes gens, parmi les meilleurs partis de la ville, ont déjà parlé à ton père, pour te permettre d'afficher une pareille assurance sur le sujet.

Cette fois, Eugénie accusa mal le coup. Pâle, elle posa sa tasse dans la soucoupe avant d'admettre :

— Non, personne encore.

Selon les convenances, aucune jeune fille ne s'aventurait seule à l'extérieur du foyer sans être accompagnée d'un chaperon. Toutefois, dans les rues, dans les parcs, à la messe, dans les grands magasins, et plus souvent encore dans des rencontres familiales, des jeunes hommes la croisaient.

Les usages exigeaient alors que le garçon demande à la jeune fille, avec toute la politesse nécessaire à une requête aussi délicate, la permission de la visiter chez elle. Après une réponse positive de sa part, le prétendant devait formuler la même prière à son père. Dans les milieux respectables, les fréquentations ne commençaient jamais autrement, et elles se déroulaient sous le regard attentif des membres de la maisonnée de la demoiselle.

— Et toi ? contre-attaqua Eugénie après une longue pause, mais sur un ton devenu infiniment moins suffisant.

— Un jeune médecin est venu à la maison. Il fait son internat à l'hôpital où papa travaille.

Même en affichant la plus grande modestie, surtout qu'elle soupçonnait son père d'avoir pris l'initiative d'inviter cet interne, plutôt que le contraire, le visage d'Élise trahissait un sentiment de fierté. Sa longueur d'avance sur son hôtesse s'avérait indéniable.

— Comment est-il ?

— Sérieux, plutôt gauche et empoté.

Formulé avec un demi-sourire, le verdict se révélait moins sévère qu'il n'y paraissait. L'arrivée d'Élisabeth dans l'embrasure de la porte permit à Eugénie de masquer la jalousie qui pointait en elle.

— Le repas est servi, annonça la maîtresse de maison. Tout semble indiquer que les hommes nous feront encore défaut. Élise, accepterez-vous de souper avec nous ?

— Si cela ne vous dérange pas.

— Voyons, vous ne nous dérangez jamais.

Ces derniers mots vinrent avec un petit sourire en coin pouvant signifier : « Depuis juin, vous êtes si souvent ici que nous mettons maintenant votre couvert tous les jours, à tout hasard. »

Quelques instants plus tard, les grâces murmurées, l'hôtesse versa la soupe dans les assiettes. Au moment de s'asseoir, après leur avoir souhaité un bon appétit, elle demanda :

— Mademoiselle Caron, je suis un peu curieuse : à quelle heure vous levez-vous le matin ?

La question sentait le piège. Eugénie fixa des yeux ceux de sa camarade, mais elle n'osa bouger les lèvres pour lui souffler le chiffre « dix ». Une nouvelle fois, elle eut la preuve que même entre les deux meilleures amies du monde, la transmission de pensée avait des limites.

— Toujours aux environ de sept heures. Un peu plus tard si papa reçoit ses patients dans son cabinet, un peu plus tôt s'il doit se rendre à l'hôpital.

— Vous prenez toujours le petit déjeuner ensemble ? Je veux dire toute la famille réunie ?

— Évidemment. Pourquoi ?

Eugénie jouait du bout de sa cuillère dans sa soupe, les joues rougissantes.

— Pour rien, une simple curiosité. J'ai lu dans un journal que dans certains milieux, les gens mangent chacun leur tour le matin, au gré de leur sortie du lit, souvent en peignoir, sans se soucier des autres. Je me demande bien si c'est vrai, personne parmi les voisins ne me semble afficher un mode de vie aussi excentrique.

— Ce n'est certainement pas le cas chez nous. Ma mère ne le permettrait pas, surtout que c'est souvent le seul repas où papa peut se joindre à nous. Après, ses patients retiennent son attention.

Se faire remettre sous le nez son mensonge du matin n'améliora guère l'humeur de la jeune fille de la maison. Désireuse d'amener la conversation sur un autre sujet, elle intervint :

— Élise a commencé à recevoir un garçon chez elle. Un médecin.

— Je vous félicite, commenta Élisabeth.

— Voyons, il n'est venu qu'une fois. Cela ne porte pas à conséquence, protesta-t-elle en rougissant.

— Tout de même, il faut bien une première fois… Comme nous sommes entre nous, pouvez-vous nous dire s'il vous a plu ? questionna la maîtresse de la maison.

— Pas tellement.

Elle étouffa un rire nerveux, une main devant sa bouche.

— Reviendra-t-il te voir ? demanda encore Eugénie.

— Je ne peux pas le savoir…

— Il n'a rien dit en partant qui te laissait deviner la suite ?

— … Non.

Les oreilles de la jeune fille devinrent cramoisies. Voilà que son amie la forçait à admettre que son premier visiteur levait le nez sur elle.

— C'est à lui à décider, de toute façon.

Quand, avec la permission de son père, une jeune fille ouvrait la porte de son salon à un prétendant, ce dernier choisissait seul de poursuivre ou non ses assiduités. Le relancer aurait été de la dernière inconvenance.

— C'est vrai que dans ce jeu-là nous sommes à leur merci, murmura Eugénie. Bien sûr, il y a parfois des exceptions. Par exemple, les choses ont été plus simples pour Élisabeth. En se trouvant en service dans la maison, elle a eu le temps de se faire bien voir.

En utilisant l'expression « en service », la jeune fille évoquait une gamme d'occupations allant de cuisinière à femme de chambre, en passant par préceptrice. Ces fonctions se regroupaient toutes sous un seul vocable, celui de domestique.

La maîtresse de la maison encaissa le choc, reprit son souffle avant de dire d'une voix neutre :

— Eugénie, tu as bien raison. Moi, je suis très bien tombée, cela peut t'inspirer. Rien ne t'empêche d'user du même stratagème : tu as terminé le même cours que moi chez les ursulines, avec en plus la musique, le chant, le théâtre, la peinture, toutes des activités coûteuses pour lesquelles ton père n'a jamais lésiné. Rien ne t'empêche de chercher maintenant une place de préceptrice chez un excellent parti. Nous comparerons les résultats.

Les yeux bleus fixés dans ceux de l'adolescente ne cillaient pas. La dureté du ton, le sourire crispé donnèrent froid dans le dos à Élise. Très blanche, Eugénie finit par murmurer :

— C'est une très riche idée. Il y a cependant une autre condition à remplir, celle-là très difficile : cet excellent parti doit avoir une épouse sur le point de mourir. Sinon, aucune chance de faire un bon mariage. Au mieux, cela conduit tout au plus à un rôle de concubine.

En l'absence de témoin, Élisabeth aurait asséné une gifle retentissante à l'impertinente. Cela n'aurait pas été la meilleure façon de traiter une situation aussi délicate, mais le soulagement immédiat aurait compensé l'accroc aux usages de la vie en société. Une petite remontrance, formulée d'une voix à peine assurée, représentait un bien mauvais susbtitut à la répression physique.

— Après réflexion, je me demande si tu pourrais obtenir un emploi de préceptrice. De mon temps, les ursulines n'enseignaient pas à discuter de concubinage à table.

Élise contemplait son bol de soupe depuis un moment. Malgré les lourds travaux de la journée, son appétit avait disparu.

Chapitre 2

L'atmosphère explosive de la rue Scott semblait affecter même la Basse-Ville. Une foule très dense se massait sur la place du marché Jacques-Cartier, au coin des rues Saint-Joseph et de la Couronne.

— Nous ne devons rien à l'Angleterre : ni notre argent, ni notre soutien militaire, ni même notre amitié. Rien.

Ces mots d'Henri Bourassa suffirent à déclencher des hurlements d'approbation frénétique. Le lendemain, le journal *L'Événement* évoquerait le chiffre de quinze mille personnes, une estimation nettement exagérée pour une ville qui abritait une population évaluée à cinq fois cela. Que le rassemblement se tienne vers sept heures du soir, après la fermeture des ateliers et des manufactures des paroisses Saint-Roch et Saint-Sauveur, favorisait bien sûr la participation des travailleurs. Mais ceux-ci avaient souvent démontré leur profond attachement au Parti libéral. Les nationalistes exagéreraient le total de leurs partisans, en se targuant de réunir un tel nombre d'individus.

— Pourtant, Wilfrid Laurier a tout concédé lors de la dernière conférence des colonies. Là-bas, au Royaume-Uni, on sonne le rappel des troupes de l'Empire, et votre député, le grand Laurier, répond « présent » en se mettant au garde-à-vous. Déjà, il a envoyé des Canadiens faire la guerre en Afrique du Sud. Maintenant, il entend soutenir la marine impériale dans la course folle aux armements qu'elle poursuit contre l'Allemagne.

Les ovations se firent tout de suite plus mitigées. Railler l'Angleterre plaisait partout. Faire de même à propos du premier ministre laissait perplexe les milliers d'hommes entassés sur la petite place, les pieds dans le crottin de cheval. Il s'agissait des électeurs de la circonscription de Québec-Est : la plupart d'entre eux, et leur père auparavant, votaient fidèlement pour le grand homme depuis 1877. Le scénario s'était répété en 1904, ce serait encore le cas dans un an, en 1908.

— Pouvons-nous nous attendre à autre chose de la part du politicien qui a bafoué les droits des Canadiens français au Manitoba en 1896, puis encore en Saskatchewan et en Alberta il y a deux ans à peine ? clama Henri Bourassa. Il leur a donné moins que ce que promettaient les conservateurs de Charles Tupper en 1896. L'homme en qui tout notre peuple a mis sa confiance trahit les siens afin de mieux servir les intérêts de l'Empire et se maintenir au pouvoir avec l'appui de nos ennemis.

Un murmure de protestation parcourut la foule. L'orateur, sanglé dans un élégant costume de lin blanc, les cheveux coupés à un quart de pouce du crâne, une barbe et une moustache généreuses pour compenser, se tenait debout à l'avant d'une scène improvisée, un assemblage un peu branlant de poutres et de planches. Devant lui, dans les premiers rangs, des jeunes gens buvaient ses paroles. Cet homme drainait tout ce que la ville comptait d'écoliers de quinze ans et plus. Ceux-là multipliaient les hourras sans trop se soucier des paroles prononcées.

Les plus militants parmi eux agitaient un curieux drapeau orné d'une croix blanche sur fond bleu, une fleur de lys sur chacun des quartiers, un étendard que des prêtres avaient récupéré dans les greniers de l'histoire. Il reprenait l'oriflamme des troupes françaises de la Nouvelle-France, qu'ils se plaisaient à désigner du nom de drapeau de Carillon, en souvenir d'une extraordinaire victoire de Montcalm sur les Anglais, mais finalement peu utile quant à l'issue de la guerre. Les personnes les plus âgées, qui représentaient une bonne majorité de l'auditoire, attribuaient aux libéraux, au pouvoir tant à Ottawa qu'à Québec, une large part de responsabilité dans la prospérité exceptionnelle du pays depuis les douze dernières années. Les malheurs des Canadiens français des Prairies, qui devaient fréquenter des écoles anglaises et recevoir une portion congrue d'enseignement religieux catholique en dehors des heures de classe, pesaient à leurs yeux moins lourd que les emplois plus nombreux et les occasions d'affaires plus prometteuses dans leur voisinage immédiat.

— Wilfrid Laurier, en qui vous avez placé tous vos espoirs, sert les intérêts de cette puissance étrangère à qui vous ne devez rien ! Wilfrid Laurier trahit vos intérêts.

Bourassa s'était avancé tout au bord de l'estrade. Les écoliers devaient incliner la tête en arrière pour apercevoir son visage, au risque de se faire postillonner dessus. Derrière eux, le murmure se fit plus impatient. Les quelques milliers de personnes occupaient toute la place du marché, se répandaient dans les rues voisines, immobilisaient les tramways. Les conducteurs donnaient du pied sur la clochette de leur véhicule afin de faire dégager les rails devant eux.

— Il devrait faire attention, chuchota Édouard Picard à l'oreille de son voisin immédiat. Il ne se trouve pas devant la foule de ses partisans, au Monument-National de Montréal. Ici, les gens vouent un culte au premier ministre.

Le jeune garçon avait déserté le service des livraisons du magasin paternel vers seize heures afin de venir prêter main-forte à ses camarades de l'Association catholique de la jeunesse canadienne-française, une organisation nationale et religieuse étroitement encadrée par des prêtres éducateurs, venus ériger cette estrade. Maintenant, il se trouvait à l'arrière de la plate-forme, parmi les organisateurs de l'événement. Tout près de lui, une lavallière nouée lâchement autour du cou, se tenait un jeune gaillard vêtu de blanc. Armand Lavergne faisait tourner les têtes des jeunes femmes avec son visage de poète délicat et un peu tourmenté, ses vêtements savamment négligés et la masse de ses cheveux ondulés, portés exagérément longs, qui lui faisaient comme une couronne.

— Que veux-tu dire ? demanda-t-il à voix basse.

— Nulle part ailleurs au Canada, on ne trouve autant de fidèles partisans de Laurier. Les trois quarts de ces gens exposent son portrait dans leur salon, à côté de celui de leurs vieux parents.

Le jeune lieutenant de Bourassa haussa les épaules, prouvant que sa capacité d'analyser une situation politique ne valait pas celle d'un collégien de dix-sept ans. Pourtant, la ville lui était bien familière, puisque au terme de ses études, il avait décidé de venir y exercer le droit. Toutefois, en 1904, il avait jugé plus prudent d'aller se faire élire député libéral «indépendant» de Montmagny à la Chambre des communes. Les électeurs favorables à la cause nationaliste se trouvaient plus nombreux dans cette région rurale qu'à la ville. Ses frasques lui avaient valu récemment de se faire exclure du Parti libéral par son chef.

Un mouvement se dessina dans la rue de la Couronne. Un petit individu sanglé dans une redingote descendait l'artère à la tête d'une petite cohorte d'hommes en bleus de travail. Édouard reconnut quelques employés du magasin Picard qui, comme lui, avaient abandonné leur poste pour se livrer au jeu passionnant de la politique. Un moment, il songea à les dénoncer à son père pour les faire jeter à la porte. Puis le caractère puéril d'une intervention de ce genre lui sauta aux yeux, sans compter que son paternel, organisateur libéral dans Québec-Est depuis longtemps, risquait plutôt de les récompenser.

— Vous connaissez comme moi ce petit macaque, continua-t-il à l'oreille de Lavergne. Il ne vient pas ici pour applaudir Bourassa.

— Taschereau ? murmura l'autre.

— Louis-Alexandre lui-même, fils de juge et neveu de cardinal.

Espoir du Parti libéral provincial, député de Montmorency, Louis-Alexandre Taschereau avait payé quelques tournées à des ouvriers du quartier Saint-Roch réunis dans une taverne voisine. Maintenant, ceux-ci s'apprêtaient à le remercier de cette obole. Maigre à faire peur, flottant dans une redingote qui lui donnait des allures de croque-mort, cet avocat affrontait la vie avec un visage ingrat, allongé, et un crâne d'une forme oblongue un peu ridicule. Pareille disgrâce physique ne réduisait en rien ses ardeurs militantes.

— Et derrière Laurier qui se donne des allures d'Ali Baba, poursuivait l'orateur en hurlant, vous trouvez les quarante voleurs, les membres de son cabinet à Ottawa, et ceux qui entourent Lomer Gouin à Québec. Ces gens-là se remplissent les poches à vos dépens.

Le murmure devint franchement menaçant, des spectateurs firent un pas vers l'avant, pressant durement les premiers rangs des écoliers contre l'estrade de bois. Les drapeaux tombèrent sur le sol, car il leur fallait utiliser toute leur force pour éviter de se faire écraser par la foule.

À l'arrière, sur un signal de Taschereau, des hommes firent un grand mouvement du bras. Une première pierre tomba sur le crâne d'un séminariste avec un «ploc» sonore.

— Hé! Ils nous canardent, clama quelqu'un.

D'autres pierres atteignirent bientôt l'estrade, rebondirent sur la plate-forme de bois. Crâneur, Bourassa croisa les bras sur sa poitrine, hurla encore:

— Jamais ces bandits ne m'empêcheront de parler. Parce que je dis vrai, les libéraux envoient des voyous pour me faire taire!

Armand Lavergne afficha un peu plus de raison que son chef. En quelques pas, il fut près de lui, pour faire un rempart de son corps. Mal lui en prit: une pierre de bonne taille atterrit sur son occiput avec un bruit mat. L'homme chercha un moment des yeux l'auteur de cet affront, se pencha afin de récupérer le caillou pour le mettre dans sa poche. Deux décennies plus tard, il l'utiliserait encore comme presse-papier, afin de mieux se souvenir de Louis-Alexandre Taschereau... devenu entre-temps premier ministre de la province.

Édouard Picard s'avança lui aussi sous les pierres qui tombaient dru maintenant, pour pousser à la fois Armand Lavergne et Henri Bourassa vers l'escalier très raide aménagé à l'arrière de l'estrade. Dans l'opération, il récolta un caillou à la tempe gauche.

Alors que les vedettes du jour s'esquivaient enfin, encadrées par des étudiants, en chancelant, il posa un genou sur la surface de madriers, porta la main à l'endroit de l'impact. Ses doigts se poissèrent de sang. Le choc le laissait abasourdi, tellement qu'il ne songeait même pas à fuir ce lieu exposé. Heureusement, bons princes, les membres de la petite troupe de Taschereau retournaient déjà vers leur taverne de prédilection afin de célébrer aux frais du Parti libéral le succès de leur petite campagne de nettoyage politique. Nationalistes et conservateurs se souviendraient que toute nouvelle manifestation dans la circonscription de Wilfrid Laurier serait interprétée comme de la provocation, et châtiée comme telle.

Finalement, ce fut l'un de ses camarades du Petit Séminaire, Fernand Dupire, qui grimpa l'escalier, agrippa Édouard par les épaules de sa veste et le tira sans délicatesse jusque sous la plate-forme de bois.

— Tu tiens absolument à te faire tuer, en restant là-dessus, cria le sauveteur pour couvrir les bruits de la foule en colère qui se dispersait dans les rues environnantes.

Même les badauds qui, quelques minutes plus tôt, s'insurgeaient contre les accusations de Bourassa, toléraient mal de voir interrompre un bon discours par une pluie de pierres. Parce que bien sûr ils risquaient d'en recevoir une et que par ailleurs, dans les paroisses Saint-Roch et Saint-Sauveur, les distractions n'étaient pas abondantes au point de se passer d'un spectacle enlevant. Les invectives des politiciens s'additionnaient ainsi aux joutes de baseball ou de hockey, trop rares à leur goût.

À la fin, les braves réfugiés sous l'estrade purent sortir sans risquer autre chose que des quolibets amusés.

— Ce Taschereau, c'est un ami de ta famille? questionna Dupire en cherchant dans sa poche un mouchoir à peu près propre pour le tendre à son compagnon.

— Il est venu manger à la maison à quelques reprises.

— Vous avez de drôles de fréquentations.

— C'est vrai, nous recevons même des conservateurs, parfois.

Le ton gouailleur témoignait qu'Édouard se remettrait sans trop de mal de sa blessure. Il pressait le mouchoir contre une coupure longue d'un pouce peut-être, à la naissance du cuir chevelu, afin de faire cesser l'écoulement de sang. Le liquide poisseux traçait une longue ligne écarlate sur le côté gauche de son visage, jusqu'à tacher le col de la chemise et la veste.

Les conservateurs reçus dans la demeure de la rue Scott demeuraient bien peu nombreux: seule la famille Dupire avait droit à ce privilège. Le père, un notaire, rédigeait tous les contrats du commerçant. Les fils étaient devenus des inséparables. L'évolution de l'actualité politique leur avait fourni un terrain idéologique commun: les nationalistes recrutaient chez les jeunes des deux partis, des idéalistes déçus de voir les pratiques «corrompues» de leurs aînés… Ce sentiment durerait jusqu'à ce qu'eux-mêmes puissent profiter des magouilles partisanes.

— Es-tu en état de marcher? questionna bientôt Fernand.

L'abondance du sang versé l'amenait à exagérer la gravité de la blessure.

— Je l'espère pour toi, sinon tu seras obligé de me porter jusqu'au magasin.

Ce ne fut pas nécessaire. Pendant tout le trajet dans la rue Saint-Joseph, le blessé posa tout de même la main sur l'épaule de son compagnon. Les passants les regardèrent avec un peu d'inquiétude dans les yeux. Le sang coulait rarement dans les rues de Québec. Dans cette artère marchande, en cette belle soirée, les badauds complétaient des emplettes ou profitaient tout simplement de la douceur du temps. Déjà, la pénombre se répandait sur la ville, le ciel prenait une teinte d'un bleu profond. Les lumières électriques jetteraient bientôt un halo jaunâtre sur les trottoirs.

⁂

Dans la rue Scott, le souper s'était poursuivi dans une atmosphère très lourde. D'un côté, Élise cherchait des sujets de conversation légers en affichant un désespoir palpable. De l'autre, Eugénie soupesait en silence ses chances d'échapper, à la première heure le lendemain, à une conversation difficile avec son père. Entre les deux, la belle-mère demeurait bouleversée par cette attaque aussi sournoise qu'imprévue.

En réponse à une simple allusion à l'argument du matin, selon lequel les Caron permettaient à leur fille de faire la grasse matinée et de traîner ensuite une partie de la journée en peignoir, Eugénie avait repris de manière presque explicite son accusation lancée un peu plus de dix ans auparavant, le jour de l'enterrement de sa mère: «Mais elle a tué maman!»

Cette petite phrase avait éclaté comme une bombe dans le salon de la vieille résidence du quartier Saint-Roch, en réponse à la confidence de Thomas. Veuf depuis trois jours, celui-ci avait annoncé son désir d'épouser la préceptrice.

Faire bonne figure pendant tout le reste du souper avait sapé l'énergie d'Élisabeth. La dernière bouchée du plat principal avalée, elle plaida la fatigue pour aller se réfugier dans sa chambre.

— Que s'imagine-t-elle, à la fin? murmura la jeune femme en s'asseyant sur le bord de sa couche. Que je me suis levée cette nuit-là pour aller étrangler sa mère dans son lit?

En disant ces mots dans un souffle, elle leva ses mains longues et fines à la hauteur de ses yeux pour les contempler. Des mains assez fortes pour serrer le cou d'une personne affaiblie par des années de maladie jusqu'à la tuer.

Mais comment cette enfant, alors âgée de huit ans, avait-elle pu imaginer pareille horreur? Et combien de haine fallait-il cultiver dans son cœur pour répéter cette accusation si longtemps après?

— Elle doit être folle.

Les derniers mois de sa vie, Alice Picard avait montré des signes de maladie mentale. À tout le moins, Élisabeth, alors une jeune femme de dix-huit ans, avait interprété ainsi le délire morbide qui consumait la malade à la fin de son existence. Le caractère héréditaire des affections de cette nature ne faisait pas mystère. Eugénie portait en elle cet héritage.

Ce matin, au moment de faire ses recommandations de prudence à Jeanne, la petite bonne, la maîtresse de maison avait ressenti une certaine fierté pour la compétence avec laquelle elle arrivait à jouer son rôle de maîtresse d'une maisonnée prospère. Quelques heures plus tard, sa situation avait retrouvé toute sa précarité. Si Eugénie se mettait en tête de réitérer ses accusations, toute la famille en souffrirait abominablement. Thomas d'abord, le premier bénéficiaire d'un décès bien opportun, qui lui avait permis d'épouser la jeune employée logeant sous son toit. Les affaires péricliteraient inexorablement: dans une petite ville, personne ne donnerait sa confiance à un commerçant immoral. Édouard ensuite, dont l'héritage s'envolerait bien vite en fumée.

— Quelqu'un devra faire comprendre à cette sotte qu'en faisant planer de semblables soupçons, elle provoquera sa propre ruine. Même les hommes qui ramassent le crottin de cheval dans les rues ne voudront pas d'elle comme épouse, s'ils savent qu'elle a précipité sa famille dans la misère en proférant des accusations pareilles.

Au retour de Thomas, une longue et pénible conversation s'imposerait. Autant se présenter sous son meilleur jour. Élisabeth quitta le lit, puis entreprit de détacher le bouton qui retenait sa longue jupe de toile.

Après le départ de table de la maîtresse de maison, les deux jeunes filles poursuivirent leur repas en silence. Élise Caron prit la ferme décision de fréquenter dorénavant plus assidûment sa propre salle à manger familiale : les conversations s'y révélaient agréablement prévisibles, et les éclats moins nombreux.

Au moment de revenir dans le petit salon, elle risqua une remarque :

— Ta mère semblait vraiment en colère.

— Je te l'ai dit cent fois : ma belle-mère, ou mieux, Élisabeth. Ma mère est morte.

— Que tu la désignes n'importe comment, elle était fâchée.

Sur ces mots, descendit d'en haut le bruit d'un jet d'eau contre une cuve de porcelaine, tout de suite rendu indistinct grâce à la fermeture d'une porte.

— Tu vois, elle s'en remet déjà. Elle se prélassera dans un bon bain chaud, en sortira juste à temps pour mettre un peu de parfum ici et recevoir mon père à bras ouverts, à son retour du magasin.

En disant « ici », Eugénie désigna l'espace entre ses seins, faisant rougir un peu sa compagne. Cette incroyable faculté de séduire son père demeurait incompréhensible à la jeune fille. Parfois, cela lui semblait tenir de la sorcellerie, une forme d'envoûtement qui enlevait à l'homme toute forme de raison.

— Que voulais-tu dire exactement par : avoir une épouse sur le point de mourir ?

Eugénie se mordit la lèvre inférieure, se remémora brièvement les yeux de son père dans les siens, quand dix ans plus tôt il lui avait demandé de ne jamais reformuler sa terrible accusation.

— Oh ! Rien de plus que ce que j'ai dit. Élisabeth travaillait chez nous à titre de préceptrice. Comme il avait été convenu de me mettre en pension, de son côté elle devait retourner chez les ursulines, pour devenir religieuse. Ma mère a été trouvée morte dans sa chambre juste au bon moment… Mon père a décidé de l'épouser.

— C'est une belle histoire, comme dans les romans. Tu te souviens quand nous avons lu *Jane Eyre*, de Charlotte Brontë ? Nous nous passions un par un les chapitres arrachés au livre, cachés sous nos jupes de couventines, comme en contrebande.

Ce fut au tour d'Eugénie de rougir, cette fois de colère. Cette Élise se révélait parfois bien sotte. Les intrigues de sa belle-mère, pour gagner le cœur de son père, n'avaient rien de commun à ces yeux avec les romances que des pensionnaires dévoraient en cachette des religieuses.

⚜

Juste en face de la vieille église Saint-Roch s'élevait le grand magasin Picard. En réalité, il s'agissait d'un assemblage de diverses bâtisses, témoignant chacune d'un moment différent de l'histoire de l'entreprise. La plus imposante, construite en 1891, offrait une façade de pierre grise haute de six étages, ornée de magnifiques fenêtres. Édouard entra plutôt dans l'édifice voisin, celui-là de trois étages, érigé en 1876 par Théodule, son grand père. Il s'agissait du premier magasin « à rayons » — on utilisait plus souvent l'anglicisme « à départements » — de la ville. En 1907, le troisième étage n'accueillait plus que les locaux administratifs de l'entreprise.

Les derniers clients regardèrent le jeune homme gravir l'escalier en affichant des mines inquiètes, alors que les employés devinaient que la tâche de faire disparaître toutes les taches de sang leur revenait. Sous la lumière électrique, Édouard offrait un teint livide et le liquide paraissait plus rouge encore. Quand ils arrivèrent au troisième, ce fut pour se trouver face au propriétaire des lieux.

— C'est grave ? questionna celui-ci calmement, habitué aux frasques de son fils.

— Penses-tu ! J'ai la tête plus dure que les pierres du petit laideron des Taschereau.

— Et une cervelle assez anémiée pour aller faire l'idiot avec Bourassa, alors que tu as du travail à effectuer ici !

Si les mots paraissaient durs, la voix trahissait un amusement certain. Ce soir, bien des pères de familles libéraux — ou conservateurs — semonceraient de grands garçons nationalistes. Thomas s'en formalisait d'autant moins que lorsqu'il avait à peu près l'âge de son fils, il s'était égosillé dans de vastes rassemblements pour signifier son appui au « mouvement national » d'Honoré Mercier. Chaque génération de Canadiens français semblait condamnée à répéter ce scénario, l'une après l'autre.

— Bonsoir, monsieur Dupire, salua enfin le commerçant. Moi qui croyais pouvoir compter sur vous pour garder ce garnement à l'abri des mauvais coups… Vous me décevez.

— Monsieur Picard, si vous n'y arrivez pas, alors moi…

Le jeune homme avait dit cela en riant, tout en lui serrant la main. Le marchand enchaîna :

— Je vous demanderai cependant de vous dévouer de nouveau. Si vous voulez bien le livrer entre les mains compétentes de sa mère… Je dois encore recevoir Fulgence Létourneau.

Fernand se trouvait si souvent dans le domicile de la rue Scott qu'il connaissait de réputation l'homme de confiance de Thomas Picard.

— Je me charge de lui, répondit-il en tournant les talons. S'il le faut, je le mettrais au lit moi-même.

Un instant plus tard, le blessé en remorque, il héla un fiacre dans la rue Saint-Joseph. Au même moment, Létourneau arrivait au bureau de son employeur.

— Fulgence, vous voilà enfin. J'ai déniché quelques modèles de manteaux de fourrure. En janvier, ils raviront nos concitoyennes.

Prenant son visiteur par les épaules, Thomas le conduisit vers son bureau. Âgé d'un peu plus de trente ans, ce petit homme dirigeait les ateliers de confection de la maison Picard.

<center>~~~</center>

Dans la pièce de travail du marchand, toute la surface du lourd bureau de chêne disparaissait sous l'étalage des patrons venus de divers pays. Avant de se pencher sur eux, Létourneau commença par remarquer :

— J'ai croisé votre garçon dans l'escalier. Un accident de travail ?

Depuis une dizaine d'années, ce petit homme maigre et pâle, à l'allure discrète, gérait les ateliers de confection du magasin Picard après avoir joué un moment le rôle de secrétaire particulier. D'abord, la seule production de gants avait constitué des débuts modestes. Au fil des ans, la lingerie, les robes et les complets pour hommes occupèrent quelques dizaines de couturiers, et surtout des couturières. En se présentant au magasin pour faire prendre ses mensurations, un homme pouvait obtenir un ensemble pantalon et veste fait sur mesure pour douze dollars, presque le salaire de deux semaines d'un ouvrier. À cause de ce prix élevé, les vêtements de confection fabriqués en série dominaient toutefois largement les ventes.

— Édouard ? Plutôt un accident de politique. Vous avez des enfants ? Je crois que vous êtes marié depuis plusieurs années.

— Un peu plus de huit ans. Malheureusement, le bon Dieu n'a pas voulu nous donner de progéniture encore.

— Je ne sais pas si Dieu procède personnellement à la distribution des marmots, mais c'est comme moi avec ma seconde femme : rien en dix ans. D'un autre côté, c'est un fameux contrat. On sait quand cela commence, jamais quand cela se termine. Pensez à mon garnement : on craint pour les oreillons et la coqueluche, puis quand ces maladies deviennent moins menaçantes, la politique s'en mêle. Pour les filles, c'est

49

pire. Il faut en plus qu'elles trouvent un mari, sans commettre la moindre imprudence en attendant !

— Tout de même, nous aimerions connaître ce genre de problème.

Létourneau n'en imposait guère par la taille, la prestance ou la voix. Au terme de ses études à l'Académie commerciale des frères des Écoles chrétiennes, il avait fallu à ce jeune employé jouissant de la confiance de Thomas cinq ans pour se faire pousser une moustache digne de ce nom. Et encore, mince comme un pinceau, elle lui donnait l'allure d'un adolescent tout juste sorti de la puberté. Pourtant, ses comptes balançaient et les ateliers gonflaient le chiffre d'affaires de la maison, ce qui témoignait de sa compétence.

— Je vous le souhaite de tout cœur, même si en faire des adultes semble prendre plus de vingt-cinq ans. Mais laissons ce sujet et regardons ces pelisses.

Les manteaux de fourrure, malgré la concurrence farouche de maisons spécialisées comme Laliberté et Holt & Renfrew, demeuraient d'un excellent rendement. Thomas commandait par la poste des patrons dans les grandes villes des États-Unis et d'Europe pour « inspirer » ses créateurs. Une inspiration confinant d'autant plus au plagiat que les modèles venaient de loin.

— Vous croyez que c'est faisable ? demanda le commerçant en désignant un dessin représentant un manteau de vison dont toutes les peaux s'agençaient pour former des chevrons.

— Le mieux serait d'en découdre un…

— Trop cher.

— Écoutez, je peux mettre mon meilleur gars là-dessus pendant quelques jours. Il travaillera avec des peaux de lapins. Bien vite, il saura reproduire cette allure.

Au moment de s'engager dans la production de manteaux, le plus simple avait été de débaucher quelques coupeurs chez Laliberté, en leur offrant un meilleur salaire. Cela n'avait pas amélioré les relations de voisinage, mais l'économie de formation de main-d'œuvre avait compensé les quelques regards furibonds échangés lors de leurs rencontres fréquentes, quelques années plus tôt.

— Et la toque ?

— C'est certainement la plus facile à copier.

Dans six mois, des élégantes de Québec se promèneraient dans les rues vêtues d'une fourrure exclusive… inspirée d'un modèle d'Allemagne du Nord.

— J'ai encore une douzaine de patrons à vous montrer, mais ils me semblent moins complexes que celui-là.

Une demi-heure plus tard, Fulgence quittait la pièce avec de grandes enveloppes de papier sous le bras, résolu à mobiliser ses meilleurs employés dès le lendemain. Les premiers modèles seraient en vitrine en novembre, juste à temps pour que les hommes à la recherche d'un cadeau de Noël somptueux puissent s'y intéresser.

Quant à Thomas, après une journée de plus de douze heures, il éteignit enfin les dernières lumières électriques du troisième étage de son vaste commerce.

Lors de son retour au domicile de la rue Scott, Édouard produisit son petit effet. Quand le garçon passa la tête dans la porte du petit salon, Eugénie le reçut avec un :

— Qu'est-ce que tu as encore fait ?

Le ton et les sourcils froncés trahissaient l'agacement de la sœur aînée habituée à ses folles équipées plutôt que l'inquiétude. Cependant, la brunette qui feuilletait une revue de mode en sa compagnie commença par un « Oh ! Mon Dieu ! » puis elle se leva précipitamment pour le prendre par le bras en disant :

— Édouard, venez vous asseoir… Eugénie, il faut appeler un médecin.

— Il a reçu une pierre, expliqua Fernand Dupire en réponse au regard interrogateur de la jeune fille de la maison.

51

— L'assemblée de Bourassa ? Je lui avais dit que cela tournerait mal. Mais il n'écoute personne.

Élise Caron conduisit le blessé vers un fauteuil. Il se laissa faire en exagérant sa faiblesse. Elle répéta :

— Il faut un médecin. Téléphone à mon père, il sera là dans un instant.

— Voyons, il suffit de le débarbouiller un peu, rétorqua Eugénie, agacée par la mauvaise comédie.

— … Madame votre mère ne se trouve pas à la maison ? demanda Fernand, résolu à s'en tenir à la lettre de la directive formulée par Thomas Picard un peu plus tôt au magasin.

— Elle se prélasse dans son bain.

L'aînée se rendit compte que son frère risquait de tacher le fauteuil avec son sang, soupira d'impatience avant de capituler :

— Bon, je vais m'occuper de lui. Attendez-moi un instant.

— Je vais vous accompagner, décréta le visiteur.

Ils quittèrent la pièce ensemble. Demeurée seule avec le blessé, la brune Élise se pencha sur lui, souleva un peu ses cheveux afin de voir la blessure.

— Cela doit faire très mal, souffla-t-elle.

— C'est atroce…

Les doigts de la jeune fille s'attardaient sur les cheveux. Elle continua avec sollicitude :

— Tout de même, ce serait plus prudent d'appeler un médecin. Avec une blessure à la tête, on ne sait jamais. Je peux m'en occuper. Où se trouve le téléphone ?

— Non, non, ne me laissez pas seul, Élise. On dirait que ma vue se brouille…

Comme pour s'assurer que la jeune fille se trouvait toujours là, Édouard tendit une main hésitante, l'agita un moment dans le vide, puis la posa sur sa poitrine. Le visage de celle-ci exprima le plus grand désarroi, elle se recula un peu. Les doigts curieux purent néanmoins apprécier la courbe douce et tiède d'un sein à travers la robe légère. Il tâta l'air encore un moment tout en insistant :

— Je vous aperçois à peine, ne vous dérobez pas…

Les joues cramoisies, elle demeura à une distance prudente, tout en saisissant la main coupable dans la sienne. C'était là son premier « mauvais toucher », dont les religieuses du couvent parlaient à voix basse avec dégoût. Le plaisir de ce contact la troublait moins que l'obligation où elle se trouvait désormais d'aborder le sujet avec son confesseur. Il lui faudrait des heures avant de décider si l'expérience s'était révélée agréable. Dans l'affirmative, la confession n'en serait que plus gênante.

Au même moment, dans la cuisine, Eugénie dénicha une pièce de tissu à peu près propre. La présence de Fernand Dupire, tout près d'elle, devenait agaçante. À la fin, il osa proposer :

— Si vous le permettez, je demanderais à monsieur votre père de venir ici.

— Ne dites pas de bêtises, vous êtes toujours dans la maison. Mettez plutôt de l'eau dans cette cuvette, et suivez-moi.

Elle lui tendait un petit récipient de porcelaine. Le garçon le prit machinalement, se pencha sur l'évier et profita du fait qu'elle ne voyait plus son visage rougissant pour préciser d'une voix hésitante :

— … Je veux dire lui demander de venir vous voir.

Fernand voulait s'engager dans le scénario des visites placées sous le chaperonnage d'une mère attentive, le temps de voir si la jeune fille et lui se découvraient des affinités électives. Eugénie, sur qui il posait un regard admirateur depuis trois ans au moins, avait bien compris ce dont il s'agissait. Surtout, elle avait déjà posé un verdict sans appel sur cette relation. Quelqu'un de plus subtil que ce grand dadais aurait encaissé la première rebuffade et changé de sujet, mine de rien. En insistant, il la mettait dans l'obligation de formuler une véritable réponse.

La jeune fille le regarda pour la millième fois des pieds à la tête, comme pour confirmer son impression. À dix-neuf ans, quelques mois de plus qu'elle, Fernand affichait déjà un certain embonpoint, ses cheveux fins et peu abondants paraissaient disposés à quitter leur poste au premier coup de vent. Dans une semaine tout au plus, il commencerait ses études de notariat à l'Université Laval, afin de reprendre ensuite l'étude de son père. À trente ans, son ventre déborderait sur sa ceinture, sa tête luirait sous le soleil, ses émotions les plus vives viendraient de la contestation d'un testament par des héritiers frustrés de la part reçue d'un vieil oncle.

— Je vous aime bien, admit-elle après un silence inconfortable. Mais nous n'avons aucun intérêt commun, susceptible de nous conduire plus loin.

— … Je comprends.

Le récipient débordait dans l'évier depuis un moment déjà. Il ferma le robinet, reprit son souffle avant de lui faire face et de murmurer enfin :

— Allons-y, sinon cette coupure aura le temps de se cicatriser avant notre retour.

Quand ils entrèrent dans le petit salon, Édouard faisait encore mine de chercher dans le vide avec sa main toujours libre, les yeux mi-clos, alors qu'Élise tenait prudemment le bout des doigts de la plus menaçante.

— Vous voilà ! murmura-t-elle.

Un peu plus, et elle ajoutait « enfin ». Fernand Dupire posa la cuvette de porcelaine sur une table à cartes, Eugénie y humecta son morceau de toile avant de le presser contre la tempe de son frère pour esquisser le geste de frotter.

— Hé là ! Cela fait un mal de chien, réagit le garçon en se redressant bien droit sur le fauteuil, les yeux grands ouverts, alors que sa main gauche saisissait le poignet de sa sœur.

— Moi qui te croyais à l'agonie, répondit-elle en riant. Tu es toujours aussi pleurnichard.

Les joues d'Élise s'empourprèrent. Si Édouard avait conservé tous ses esprits, comme il venait de le montrer, cela signifiait que sa main s'était trouvée « là » de façon délibérée… La faute prenait une dimension nouvelle et son trouble, un goût plus exquis.

— Que se passe-t-il?

La voix venait de l'entrée de la pièce. Élisabeth, son peignoir fermé jusqu'au cou, ses cheveux encore mouillés étalés sur les épaules, salua les visiteurs d'un sourire, puis ses yeux revinrent sur le blessé.

— Oh! Madame Picard... commença Fernand, empourpré de la voir dans cette tenue. Je m'excuse de me trouver ici à pareille heure.

Il voulait surtout dire au moment où la maîtresse de maison procédait à ses ablutions.

— Monsieur Picard m'a demandé de venir le reconduire, précisa-t-il après une pause.

Un bref moment, la vue du sang coagulé sur le visage et le vêtement de son fils provoqua l'inquiétude de la nouvelle venue, mais la mine narquoise d'Édouard, la vivacité amusée de son regard la convainquirent aussitôt qu'il n'y avait pas de mal. L'épisode se classerait dans la longue liste des coupures, écorchures, bleus et bosses accumulés au fil des ans par ce garnement.

— Je vous remercie de lui servir aussi généreusement de grand frère. Maintenant, si vous voulez passer dans le grand salon, je vais m'occuper de lui.

La demeure bourgeoise possédait deux pièces où recevoir les invités. La première, le grand salon, donnait sur la rue. Les meubles recouverts de cuir, la soie grenat tendue sur les murs en faisaient l'endroit idéal où accueillir les personnages de marque. La présence d'une tourelle en façade réservait même une petite alcôve circulaire où tenir des conciliabules intimes, en retrait des autres visiteurs. Le petit salon, décoré plus modestement, se trouvait immédiatement contigu au premier. Il convenait mieux aux conversations avec des parents ou des amis de la famille. Des portes françaises, une fois ouvertes, donnaient aux deux pièces en enfilade l'allure d'une petite salle de bal.

Quand les deux jeunes filles et le garçon eurent refermé la porte derrière eux, Élisabeth souleva à son tour une mèche de cheveux afin de voir la blessure.

— Ainsi, les libéraux de la paroisse Saint-Roch ont chassé cet excité de Bourassa hors du fief de Laurier, déclara-t-elle d'une voix amusée.

— Ce n'est pas un excité...

— Un adulte qui crie les pires insultes du haut d'une tribune est un excité. Je suppose qu'être le petit-fils de Louis-Joseph Papineau lui permet de se croire à l'abri des poursuites légales.

Onze ans plus tôt, devenue, un peu à son corps défendant, préceptrice dans une famille bourgeoise, la jeune Élisabeth s'était efforcée de lire des informations sur l'électricité afin de pouvoir répondre aux questions de son jeune élève sans avoir l'air d'une sotte. Ayant passé dix ans à attendre tous les jours sagement le retour à la maison de son employeur d'alors, devenu son mari depuis, en parcourant tous les livres de la bibliothèque et de nombreux journaux, cette femme, devenue sa belle-mère, se révélait exceptionnellement bien informée sur la nouvelle lubie d'Édouard, le mouvement nationaliste.

Cela tenait bien sûr en partie au temps qu'elle pouvait y consacrer. Aucune grossesse n'était venue la détourner de ses savantes lectures, et le snobisme de ses voisines la condamnait à une bien petite ration de papotage hebdomadaire. Surtout, pas plus bête qu'une autre – en réalité, moins bête que la plupart –, elle en tirait ses propres conclusions.

— Bourassa est aussi remarquable que son aïeul... commenta le grand adolescent avec passion, avant de clamer : Aie, cela fait mal !

— Alors évite les mouvements brusques... Puis tu as bien raison, Bourassa vaut son grand-père. À en croire tes propres manuels d'histoire, ce personnage a fui Saint-Denis avant le premier coup de feu, en 1837. Le genre « Mourez pour mes idées, moi, je me mets à l'abri »...

Le jeune homme demeura un moment interdit, alors qu'Élisabeth lui adressait un sourire identique à celui qu'elle affichait dix ans plus tôt, au moment de débusquer les erreurs dans ses petits exercices d'écriture. Ce sourire-là avait gagné le cœur du garçonnet, sans condition.

— Ce n'est pas si simple. Il devait se préserver pour la révolution, la république à construire...

— Comme Bourassa tout à l'heure, alors que tu risquais ta vie pour notre peuple ?

Tout en faisant disparaître les dernières traces de sang de son visage, elle le contemplait de ses yeux rieurs.

— Non, pas du tout. Il a fallu le forcer à se retirer. Il faisait face à ces voyous...

— Ce qui ne le rend nullement plus admirable à mes yeux. Je suppose que ses deux bouledogues se trouvaient là aussi ?

Elle voulait dire Armand Lavergne et Olivar Asselin. Ce dernier, journaliste au *Nationaliste*, affectionnait les accès de violence – pas seulement verbaux, semblait-il – au point de devoir parfois paraître devant les tribunaux.

— ... Seulement Armand, admit Édouard en se disant qu'interdire aux femmes de voter, sous prétexte qu'elles ne comprenaient rien à la politique, tenait de la sottise.

— Dois-je me réjouir que tu ne subisses la mauvaise influence que d'un seul d'entre eux ?

Elle examina son travail un moment, puis conclut :

— Tu seras déçu, il ne restera aucune cicatrice digne de ce nom à exhiber fièrement devant tes camarades de classe nationalistes, à la rentrée. En allant te coucher, dépose ces vêtements dans le panier à lessive.

Le garçon quitta son fauteuil, fit la bise à sa mère en lui disant « Merci ». Son petit mal de tête menaçant de devenir lancinant, il obtempéra sans discuter. Au moment où il mettait la main sur la poignée de la porte, elle demanda encore dans un murmure :

— Qu'as-tu fait à cette brunette, Élise Caron ? Quand je suis arrivée, elle te regardait, les joues en feu.

— ... Rien.

— Je suis sans doute la seule personne au monde à qui tu ne peux pas mentir. Fais tout de même attention, c'est une gentille fille.

— Parfois, tes facultés de voyante m'inquiètent.

Sur un clin d'œil, il s'esquiva.

Élisabeth vida le petit récipient dans l'évier, rinça longuement la pièce de toile à l'eau froide puis la mit à sécher. Avant de monter, elle passa la tête dans l'embrasure de la porte du grand salon et constata à haute voix :

— Tes invités sont partis.

— Depuis quelques minutes. Il commençait à se faire tard.

— Bonne nuit.

Comme son père n'était pas là pour exiger de sa fille les formes les plus élémentaires de politesse, surtout après la scène du souper, la belle-mère n'attendait aucune réponse. Elle allait refermer la porte quand, à sa grande surprise, Eugénie commença :

— Élisabeth...

— Oui, répondit-elle en lui accordant toute son attention.

— Ce soir Fernand... Oh ! Puis ce n'est rien... Bonne nuit.

Un peu plus, et elle aurait parlé de la déclaration d'affection de ce grand jeune homme emprunté, car c'était bien de cela qu'il s'agissait. Elle se rattrapa juste à temps. Autrement, dès le lendemain matin, elle s'en serait voulu d'avoir, le temps d'une conversation, considéré cette intruse comme un membre de la famille.

Au moment où, songeuse, Élisabeth referma la porte de la pièce, Thomas Picard rentra enfin à la maison, après une journée de travail qui, une fois soustrait le temps des repas, demeurait excessivement longue. Elle l'embrassa, prit son bras pour monter à l'étage.

— Notre héros ?... interrogea-t-il.

— ... Dors sans doute déjà comme le grand enfant qu'il est. Tout de même, tu y es allé un peu rudement avec ces jeunes.

— Voyons, c'est le jeune Taschereau...

— Tu as abandonné ton rôle d'organisateur politique dans Québec-Est à son profit?

Le sourire qui séduisait le fils eut le même effet sur le père. Il expliqua:

— Non, bien sûr que non... Je ne pouvais tout de même pas conseiller moi-même à certains de mes employés de quitter leur poste en cachette pour lancer des cailloux...

— En direction de ton fils! Alors tu as trouvé un mandataire.

— Taschereau s'est montré très enthousiaste à l'idée de jouer ce rôle. Les nationalistes ont raconté de telles insanités sur son compte...

— Il est apte à les leur remettre au centuple. La prochaine fois, dis-lui de se contenter des quolibets et des interruptions malpolies de l'orateur, ou alors enchaîne Édouard dans la cave. Autrement, tu risques de faire estropier ton principal héritier.

La conversation se termina dans la chambre conjugale, située juste au-dessus du grand salon. Dans cette pièce, Élisabeth avait parcouru quelques biographies de Louis-Joseph Papineau, entre autres lectures.

— Je passe à côté, murmura Thomas en parlant de la salle d'eau attenante.

— Je te verse un cognac, en attendant ton retour. Il me faut te parler de ta fille. Elle a fait allusion à la mort de sa mère.

— Si tu ne peux pas ajourner ce sujet jusqu'à demain matin, double, le cognac.

Les jours de grande toilette de la jeune femme se révélaient toujours propices aux rapprochements intimes. Après dix ans de mariage, le couple chérissait ses petits rituels. Toutefois, la conversation qui les attendait ruinait un peu ces projets.

Chapitre 3

Le lendemain matin à l'heure habituelle, Édouard retrouva son poste au service de livraison. Son père tenait à ce qu'il travaille quelques mois dans chacun des services du magasin, afin d'avoir une connaissance intime des opérations avant d'assumer vraiment des responsabilités administratives. Si en théorie cette disposition semblait un excellent moyen d'apprentissage, en pratique le comportement des employés s'adaptait à la présence du fils du propriétaire. Il en tirait une image un peu faussée de la réalité.

Ce matin-là, le récit de sa mésaventure de la veille parcourut tous les étages du commerce à une vitesse ahurissante. Cela lui valut des sourires ironiques et quelques remarques sur les maux de tête des jeunes gens de la Haute-Ville. À la fin, plutôt que d'endurer la situation, il trouva le responsable des livraisons pour demander :

— J'ai besoin d'un peu d'air. À la place de me faire remplir les bordereaux de commande, pouvez-vous me mettre en équipe avec Melançon ?

— … Vous êtes certain ?

— Pourquoi pas ? Vous craignez que je ne puisse soulever quelques meubles ?

Ce Melançon, Édouard se rappelait l'avoir vu la veille parmi les lanceurs de pierres les plus enthousiastes. Finalement, le contremaître approuva d'un signe de tête, puis lui fit signe de le suivre. Le service se trouvait au rez-de-chaussée d'un entrepôt donnant dans la rue DesFossés. Dans un coin de la cour, des écuries abritaient une demi-douzaine de chevaux. Le jeune homme plaidait depuis au moins un an auprès de son père pour leur remplacement par de petits camions Ford. Imperturbable, celui-ci répondait toujours : « Le jour où tu pourras me démontrer que ces machines sont plus fiables et coûtent moins cher qu'un canasson et une voiture, ce sera avec plaisir. »

— Melançon, commença le gros homme en arrivant au quai d'embarquement des marchandises, tu changes de partenaire pour le reste de la journée.

L'autre, un employé dans la jeune trentaine, regarda un moment, incrédule, l'adolescent enlever sa veste et sa cravate pour les accrocher à un clou au mur, puis murmura :

— C'est sérieux ?

— Il semble que oui.

— Ces meubles doivent être livrés à un troisième étage.

Édouard s'approcha pour le regarder dans les yeux, avant de déclarer, moqueur :

— As-tu peur de ne pas y arriver ? Ne crains rien, je t'aiderai.

L'homme secoua la tête, écarta les bras de son corps pour signifier son impuissance, regagna le siège de la voiture, puis détacha les rênes pendant que le garçon le rejoignait. Un moment plus tard, le cheval s'engageait dans la rue DesFossés, pour se diriger vers le boulevard Langelier. Comme le lit et les deux petites commodes attachés sur la plate-forme de la voiture devaient aller dans le quartier Saint-Jean-Baptiste, la côte à l'extrémité sud de cette artère en valait une autre. La géographie accidentée de la ville présentait toujours le même défi lors du déplacement de produits pondéreux.

— Tu ne me demandes pas si j'ai mal à la tête ? questionna Édouard au moment de tourner à l'intersection.

— Non. Pourquoi le devrais-je ?

— C'est l'une de tes pierres qui m'a atteint ?

— Non, je ne pense pas.

Quand la voiture s'engagea dans la pente abrupte, le garçon sauta au sol pour aller pousser à l'arrière. L'initiative ne faisait sans doute pas une bien grande différence pour le cheval, mais cela lui semblait la chose à faire. Au moment où il remontait dans la voiture, Melançon demanda :

— Tu as l'intention de me dénoncer à ton père, pour me faire renvoyer ?

— J'ai passé l'âge d'aller pleurer chez mon père. C'est un souvenir entre nous. Un jour, je serai le patron…

La phrase demeura en suspens, suffisamment menaçante pour mettre l'employé mal à l'aise. À la fin, il continua :

— Je te jetterai à la rue si tu fais l'idiot. Ou je te nommerai contremaître quand tes rhumatismes rendront les livraisons trop difficiles. Nous verrons alors.

Quelques minutes plus tard, tous les deux s'esquintaient les reins dans des escaliers étroits, afin de meubler de neuf la chambre à coucher d'un couple de jeunes mariés enthousiastes. Quand Melançon claqua la langue pour signaler au cheval le moment de rentrer à l'écurie, il revint sur le sujet :

— Cela n'avait rien de personnel.

— Je l'espère bien. Après tout, ce n'est que de la politique… Où vas-tu manger, à midi ?

Pour la réputation du garçon, cette journée ferait plus que tous les apprentissages du cours classique.

***

À seize heures, Édouard se dirigea vers les bureaux administratifs, le corps couvert de sueur, sa chemise détrempée déboutonnée jusqu'au milieu de la poitrine. Sa cravate se trouvait au fond de sa poche et il portait sa veste négligemment jetée sur son épaule gauche.

— Tu as passé une bonne journée ? questionna le patron assis derrière son lourd bureau.

— Je crois, oui, répondit-il en prenant place sur la chaise réservée aux visiteurs.

— Tu peux dire excellente. Tu commences à comprendre le métier qui t'attend.

Le jeune homme rougit de plaisir, avant de demander :

LES PORTES DE QUÉBEC

— Tu es au courant de tout?

— Même du nom de la taverne où tu as mangé, et le nombre de bières consommées. En plus du respect des employés, c'est l'autre secret du succès: tout savoir de la vie de l'entreprise. Mais cela ne pose pas beaucoup de difficultés. Sur la centaine de personnes qui travaillent dans le magasin, plus la soixantaine dans les ateliers, il y a toujours quelqu'un qui tient à venir me raconter tout ce qui se passe.

— Avec l'espoir de bien se faire voir du patron?

Thomas acquiesça. Cela dépassait même les cadres du commerce: dans la paroisse Saint-Roch, et même dans toute la ville de Québec, la vie de chacun était commentée par tous les voisins. Les péchés des autres paraissaient toujours plus attirants que les siens propres.

— ... Nous y allons? demanda encore le garçon. Avec les cours qui reprennent dès la semaine prochaine, ce ne sera plus possible.

— On ne verra pas grand-chose de plus que la dernière fois... Mais si cela te fait plaisir.

Quelques minutes plus tard, sous les yeux des employés et des clients, le commerçant descendait l'escalier en tenant son fils par l'épaule, comme pour signifier qu'il s'appuyait sur lui avec confiance. Pour l'avant-dernier jour de cet emploi d'été, cela avait la valeur d'un diplôme. Un coupé les attendait déjà devant la porte.

À Sainte-Foy, la campagne reprenait tous ses droits. Des vaches paissaient dans les champs des deux côtés de la route, parfois des moutons aussi. Après avoir parcouru le chemin conduisant à Cap-Rouge pendant près d'une heure, la voiture bifurqua sur la gauche. Longtemps avant d'atteindre la rive du fleuve, ils purent contempler la silhouette gracile, composée de poutrelles d'acier.

— C'est absolument extraordinaire, murmura Édouard en posant le pied sur le sol à proximité du vaste chantier.

— Oui, une véritable prouesse technique. Dire que dans moins de deux ans, des trains bondés de passagers, et aussi les interminables convois de marchandises, passeront sur ce pont.

La fierté de Thomas Picard était d'autant plus grande qu'il comptait parmi les audacieux entrepreneurs de langue française qui participaient de leurs économies à la Société du pont de Québec, pour la plupart des libéraux recrutés par l'ancien premier ministre Simon-Napoléon Parent. Le commerçant en possédait au moins un petit bout!

— Nous marchons un peu dessus?

Édouard ne se contenterait pas d'admirer de loin ce maillon essentiel du second chemin de fer transcontinental du Canada. Il lui fallait contempler le fleuve, plus de cent-cinquante pieds plus bas, depuis la travée centrale. À titre d'actionnaire de la compagnie, le commerçant obtint des surveillants du chantier la permission de s'engager sur la longue construction, grâce à des planches posées sur l'armature métallique. Autour d'eux, des ouvriers s'affairaient comme des fourmis dans cet immense Meccano, certains grimpés dans les arches qui s'élevaient vers le ciel. Le climat posait d'énormes contraintes: il fallait avancer les travaux le plus possible pendant la belle saison, car bientôt commencerait la longue mise en veilleuse hivernale du site. Aussi, la journée de travail, débutée avec le lever du soleil, s'allongeait jusqu'à dix-huit heures au moins.

Thomas tira machinalement sa montre de son gousset, l'ouvrit afin de voir combien de temps il restait avant le départ des travailleurs. Dix-sept heures trente-cinq. Ce jour-là, contrairement à la veille, il pourrait souper avec la famille.

Puis un long frémissement sous ses pieds le força à lever les yeux. Il murmura:

— Tu as senti, toi aussi?

— ... Tu crois que cela peut être un tremblement de terre?

Un bruit inquiétant se fit entendre, celui de l'acier frottant sur de l'acier, alors que le mouvement se faisait plus perceptible.

— Courez vers la rive ! hurla le commerçant en attrapant son garçon par l'épaule de sa veste pour l'entraîner derrière lui.

Autour d'eux, des ouvriers se regardaient, incrédules. Puis le bruit, venu de l'extrémité sud de l'immense construction, devint assourdissant.

∗

À l'extrémité est de la Haute-Ville, des enfants profitaient des derniers jours de l'été dans un parc surplombant le fleuve.

— Ne vas pas te blesser, sinon maman va m'arracher la peau des fesses.

Jamais Marie Buteau ne levait la main, ni même la voix, sur ses enfants, pas plus que leur père, d'ailleurs. Toutefois, Mathieu aimait cette image du courroux maternel, au point de l'utiliser parfois.

— Ne crains rien, je fais attention, opposa la fillette d'une voix impatiente.

— Comme le jour où tu t'es foulé le poignet ?

Avoir l'outrecuidance de rappeler un aussi mauvais souvenir méritait de se faire tirer la langue. Thalie allongea la sienne de façon appliquée, mais plutôt que de se pencher au-dessus du vide comme elle s'y apprêtait, juchée sur le mur qui, plusieurs décennies plus tôt, entourait complètement la ville, elle recula un peu et posa la main sur un gros canon de fer, afin de mieux assurer son équilibre.

Sous les yeux de la fillette, presque sous ses pieds, s'entassaient les maisons commerciales et les domiciles privés de la Basse-Ville. Au-delà des trois ou quatre rues parallèles se trouvaient les quais. Des gens s'affairaient devant les petits vapeurs assurant la liaison avec la ville de Lévis, juste en face, mais aussi devant les bateaux plus imposants qui transportaient des passagers et des marchandises dans toutes les localités riveraines du Saint-Laurent, de Gaspé à Montréal. Le fleuve prenait une jolie teinte bleu sombre. La côte sud à droite, tout comme celle de Beauport à gauche, et l'île d'Orléans entre les deux, promettaient des excursions nombreuses, de quoi occuper tous ses dimanches au moins jusqu'à l'âge de vingt ans.

Les deux enfants revenaient sans cesse vers leur lieu de prédilection, le petit parc Frontenac, près de la batterie de canons dominant le fleuve. Longtemps, ils avaient menacé les navires anglais, puis américains, susceptibles de se porter à l'attaque de Québec. En 1907, ils permettaient aux pigeons de nidifier dans l'âme des grands tubes de fer et faisaient rêver les touristes, de plus en plus nombreux à visiter la seule ville fortifiée d'Amérique du Nord. Derrière eux, de l'autre côté de la rue, s'étendait la grande cour du Petit Séminaire et du Grand, dominée par les murs gris des bâtiments scolaires eux-mêmes, tout comme ceux de l'Université Laval.

L'aîné, Mathieu Picard, avait eu dix ans au cours de l'été. Il présentait des traits harmonieux, une mine souvent grave, comme si la sagesse, une maladie autrement plus sérieuse que la scarlatine quand elle frappait si jeune, avait triplé tout d'un coup le nombre de ses années. La petite fille, née au printemps 1900, vieillissait avec le siècle, et comme lui se montrait dynamique, enjouée, bruyante, volontiers aventureuse, curieuse au point de risquer de se casser des membres afin d'avoir un meilleur point de vue sur la vie.

— Il reste seulement quelques jours, commenta-t-elle à l'intention du garçon assis sur un banc, à trois pas derrière elle.

Si la remarque demeurait sibylline, ce dernier ne s'y trompa guère et rétorqua :

— Tout de même, ce n'est pas si terrible.

— Viens passer quelques jours avec les pisseuses, et tu m'en reparleras ensuite.

Cette bonne élève, entrée précocement à l'école à cinq ans, à propos de laquelle on parlait déjà de lui faire « sauter une année », adorait apprendre et détestait les religieuses qui s'occupaient des «petites», chez les ursulines. Si ses parents lui faisaient comprendre que sa scolarité durerait au moins huit ans encore, tous les deux avaient consenti au serment de ne jamais la mettre pensionnaire. Comme une hirondelle, elle n'aurait pas survécu à l'expérience de se faire mettre en cage.

— En réalité, je ne pense pas que les frères enseignants soient plus agréables.

De n'être pas la seule à souffrir ne la consolait guère. Septembre commencerait la semaine prochaine. Ses jours de liberté ne se comptaient plus que sur les doigts d'une seule main. Thalie retourna sur le parapet, résolue à tromper le sort. Un ruban bleu dans ses cheveux, très noirs et denses, les empêchaient de lui tomber dans les yeux. Une robe de la même teinte lui atteignait les genoux. Ses bas noirs et ses bottines lacées assez grossières ruinaient un peu l'harmonie de l'ensemble, mais la mode enfantine le voulait ainsi. Sa mère l'affublait toujours d'un grand tablier de toile blanche afin de protéger ses atours. Cela ne l'empêchait guère de rentrer à la maison couverte de poussière, de toiles d'araignées, de taches verdâtres laissées par l'herbe des parcs, les résultats de ses explorations et de ses culbutes.

Quand un grondement sourd vint de l'ouest, elle demeura un moment interdite, debout sur un pied, les bras écartés du corps pour maintenir son équilibre. Elle chercha des yeux la source de ce vacarme, mais la masse imposante du Château Frontenac bouchait l'horizon.

— Tu crois que c'était le tonnerre? demanda-t-elle en posant ses grands yeux d'un bleu très foncé sur son frère.

— Il n'y a pas un nuage dans le ciel. Puis on dirait que le sol a bougé.

— Je l'ai senti aussi… Rentrons.

Sa bravoure connaissait des limites et la proximité de ses parents représentait le meilleur antidote à la crainte. La gamine sauta du petit parapet, prit sans discuter la main tendue de son frère. Après s'être assuré qu'aucun véhicule ne venait, celui-ci traversa la rue Port-Dauphin. Ils passèrent sous les fenêtres du palais de l'archevêque, longèrent le mur de la basilique.

Les enfants s'engagèrent bientôt dans la rue de la Fabrique. Très vite, ils se trouvèrent devant les vitrines d'un commerce de vêtements pour dames. Un grand panneau de bois portait le mot ALFRED en capitales. Tous les deux avaient commencé à apprendre leurs lettres à partir de ce prénom, celui de leur père. De chaque côté de l'entrée, un mannequin proposait une jolie robe aux regards des passants, l'une convenant tout à fait pour l'été qui se terminait, l'autre annonçant déjà la collection d'automne. Aux pieds de ces deux femmes de plâtre, des chapeaux, des gants, des bas, des rubans et des dentelles rappelaient l'éventail des marchandises proposées.

Mathieu tint la porte ouverte pour une dame élégante, prononça avec déférence un «Au revoir, Madame» très professionnel déjà, ce qui lui valut un sourire et un «Merci, Monsieur», puis entra en tenant toujours sa sœur par la main.

— Il y a eu un grand bruit, lança Thalie en mettant les pieds dans la bâtisse.

Un homme grand, vêtu avec recherche, la mi-quarantaine, des fils d'argent dans les cheveux, quitta la caisse enregistreuse pour venir vers elle en tendant les bras, puis la souleva de terre. Bientôt, la gamine serait trop lourde pour avoir encore droit à ce privilège, autant en profiter.

— Je sais, ma petite fée. Sans doute le tonnerre...

— Il n'y a aucun nuage dans le ciel, rectifia Mathieu de nouveau.

Dans le commerce, deux ou trois clientes se regardèrent, un peu d'inquiétude dans les yeux. Marie Buteau, devenue madame Alfred Picard en 1897, se tenait devant l'une d'elle, son ruban à mesurer dans les mains, son geste suspendu.

— Parfois, cela arrive l'été, quand il fait très chaud... tenta encore d'expliquer le père.

Toutefois, le climat ne se révélait pas torride au point de déclencher ce genre de phénomène.

— ... Je m'excuse, commença la jeune femme à l'intention de Marie. Je reviendrai demain. Ma fille est seule à la maison...

— Oui, bien sûr, je comprends.

En s'esquivant de la sorte, elle donna le signal de la retraite. Toutes les autres clientes, même celles qui se trouvaient à l'étage, lui emboîtèrent le pas. Les deux vendeuses descendirent sur leurs talons, fixèrent des yeux un peu inquiets sur leur patron.

— Les grands bruits sont mauvais pour les affaires, déclara celui-ci d'un ton faussement léger.

Thalie refusa obstinément de retourner sur le sol, Mathieu vint se placer près de sa mère, quêtant des yeux une caresse. Pendant de longues minutes, chacun fit mine de s'occuper. Puis la clochette qui signalait l'entrée des clients s'agita de nouveau. Un Pierre Garneau tout effondré, le libraire qui tenait boutique rue Buade, de l'autre côté de la petite place, passa la tête dans la porte entrouverte pour demander :

— Vous avez entendu la nouvelle ?

— Seulement un grand « broum »...

— Le pont de Québec s'est effondré.

Alfred Picard demeura interdit, alors que Thalie resserrait son étreinte autour de son cou.

— ... Comment le savez-vous ?

— Un ami de Sillery m'a téléphoné.

Par les grandes vitrines, le commerçant remarqua une activité nouvelle dehors. Des gens s'interpellaient sur les trottoirs, les cochers arrêtaient leur véhicule au milieu de la chaussée afin de participer aux conversations.

— Il y a des victimes ? demanda Alfred d'une voix blanche.

— Tous ceux qui travaillaient sur cette foutue structure sont allés au fond du fleuve.

Très vite, au gré de ses souvenirs des articles de journaux sur le sujet, Alfred estima qu'une centaine d'ouvriers devaient se trouver sur ce chantier, avec en plus des contremaîtres et des ingénieurs. Tout contre lui, les grands yeux bleus de sa fille laissèrent couler des larmes.

— Je continue mon chemin, déclara Pierre Garneau. Je voulais juste vous mettre au courant.

La porte se referma avec le tintement joyeux de la clochette. Marie s'était rapprochée de son époux, inquiète, de même que les deux jeunes vendeuses. À la fin, elle murmura :

— Je vais monter avec les enfants.

— Bonne idée… Nous allons rester ici une petite demi-heure, continua-t-il après une pause en englobant du regard les employées. Comme il ne se pointera sans doute plus personne, nous fermerons tôt.

La famille logeait au dernier étage de la grande bâtisse. Thalie retrouva le plancher à regret, saisit la main de sa mère pour s'engager dans l'escalier.

— Tu crois que tous ces gens sont morts ? questionna-t-elle au moment d'arriver sur le palier.

— Certains d'entre eux, sûrement, ma grande. C'est très triste.

— C'est pour cela que je te demande toujours de faire attention, commenta Mathieu derrière elles.

La fillette lui décocha un regard peu amène. La prochaine fois, il mettrait un peu moins d'opportunisme dans ses pulsions protectrices. À ce même moment, le glas de la basilique, toute proche, commença son chant lugubre. Comme un écho, celui de toutes les autres églises de la ville ajoutèrent leur voix. Ces cloches sonnaient pour les victimes.

∗∗∗

— Tirez, tirez, je ne veux pas crever, hurlait la victime sans désemparer.

L'horreur peinte sur le visage, le garçon de 17 ans se tenait assis, les mains cramponnées sur la lourde poutrelle d'acier qui lui épinglait les jambes dans la vase du lit du fleuve. Une douzaine de personnes tentaient désespérément de la faire bouger.

— Vite, coupez-moi les jambes !

Un peu plus tôt, des hurlements atroces avaient accompagné une chirurgie de ce genre. Il ne s'agissait alors que d'un bras, l'initiative paraissait raisonnable. Mais les deux jambes, au niveau des cuisses...

Le désespoir du blessé tenait à la marée montante. Le dos étiré pour se faire un peu plus grand, la tête inclinée vers l'arrière, maintenant il arrivait tout juste à conserver sa bouche et son nez hors de l'eau. Les vagues, avant d'aller se briser sur la plage, recouvrait un moment sa tête, le laissant ensuite toussant et crachotant. L'adolescent s'accrocha au bras du sauveteur le plus proche de lui, l'empêchant de continuer à s'esquinter sur la pièce de métal pour la soulever.

— Fais quelque chose, je t'en supplie...

Une nouvelle vague couvrit les cheveux bouclés, continua son chemin. Derrière elle, l'eau couvrait désormais la bouche, faisant taire le garçon, au grand soulagement de son interlocuteur. Il ne restait plus que le nez, dont les narines palpitaient, à l'air libre. Ses yeux exprimaient la plus extrême frayeur. Ses deux mains agrippaient la personne près de lui avec une telle force que le lendemain, ses avant-bras seraient couverts de bleus. Il tentait des gestes saccadés pour se dégager, ce qui avait pour effet de déchirer encore plus la chair de ses cuisses, mordues par la poutrelle.

La vague suivante couvrit définitivement le nez, la traction sur les bras du secouriste s'exerça avec plus de force encore pendant trente secondes peut-être, puis des bulles crevèrent la surface dans un affreux gargouillis. Les yeux du sauveteur demeuraient soudés à ceux, grands ouverts, de la victime, encore discernables sous quelques pouces d'eau.

— Non, ne meurs pas...

Le cri venait d'une poitrine aussi jeune que celle du noyé...

— ... Papa, fais quelque chose !

Quelqu'un entoura les épaules du secouriste de son bras avant de constater, la voix brisée :

— Nous ne pouvons plus rien faire, Édouard. Nous avons perdu.

Thomas tira un peu, pour ramener son fils vers la rive. Celui-ci ne bougea d'abord pas, cria encore d'un ton effaré :

— Il... Il me tient !

À ce moment, les mains sur ses avant-bras relâchèrent leur prise, puis le haut du corps du noyé s'enfonça dans l'eau sale du fleuve, se dérobant enfin à sa vue.

— Viens avec moi, nous ne pouvons plus rien, pour personne.

Les vagues leur venaient maintenant jusqu'à mi-cuisse, la marée atteignait son niveau le plus haut. Bientôt ce serait le reflux. Dans quelques heures, le jeune travailleur serait de nouveau à découvert, beaucoup trop tard.

Au moment où le premier frémissement de la longue structure de métal s'était fait sentir, Thomas avait tourné les talons pour courir vers le rivage, remorquant derrière lui son fils et hurlant aux ouvriers de déguerpir. L'extrémité sud du pont s'était d'abord affaissée, puis comme un château de cartes tout le reste avait suivi très vite. Certains témoins évoqueraient plus tard un délai de trente secondes. Pendant les dernières verges parcourues, les madriers se dérobaient sous leurs pieds. Le temps de quelques battements cardiaques séparait la vie de la mort.

La rive s'élevait, abrupte. Le commerçant et son fils, comme les autres sauveteurs, des ouvriers assez chanceux pour avoir pu détaler à temps, ou alors ceux qui se trouvaient sur la terre ferme au moment de la catastrophe, et des curieux accourus des villages de Sainte-Foy ou de Sillery, eurent un peu de mal à gravir la pente rocheuse. La plupart d'entre eux pleuraient de désespoir, impuissants, ce qui n'aidait en rien à leur progression.

Quand ils furent enfin rendus sur une surface à peu près plane, Thomas posa une main sur l'épaule de son garçon, lui fit signe de s'asseoir sur l'herbe. Quand les sanglots d'Édouard se calmèrent un peu, l'homme demanda d'une voix douce :

— Tu es prêt à rentrer à la maison ?

— … Ces hommes ?

L'adolescent fit un geste vague vers le fleuve.

— Nous ne pouvons plus rien, tu l'as vu comme moi… À marée basse, dans cinq ou six heures, des gens pourront récupérer les corps.

— Le fiacre est sans doute parti…

Plus probablement, le cocher devait se trouver encore sur place, à attendre que des curieux attirés par le bruit de la catastrophe requièrent ses services pour rentrer à la maison. Pour le rejoindre, il fallait retourner tout en haut de la falaise. Tenter cette ascension, alors que la descente s'était montrée difficile et dangereuse, paraissait impossible. Quant à rentrer à pied, la distance jusqu'à la rue Scott représentait un défi que le garçon ne voulait pas relever.

— Si nous marchons un peu vers l'est, nous trouverons bientôt une route carrossable le long du fleuve. Je ne doute pas que quelqu'un voudra nous faire faire un bout de chemin vers la Haute-Ville.

Des personnes arrivaient encore sur les lieux. Maintenant, toute la population de Québec devait être au courant de la catastrophe. Quand l'obscurité dissimulerait les milliers de tonnes de ferraille tordue qui formaient une ligne brunâtre d'une rive à l'autre, invisible là où l'eau se révélait la plus profonde, ces gens rentreraient à la maison. Les voitures encombreraient alors les chemins.

Cette prévision se vérifia. Contre un pourboire généreux, bien que les billets fussent trempés à cause de leur séjour dans l'eau du fleuve, Thomas convainquit un cocher d'oublier les gens qu'il avait emmenés là pour le reconduire rue Scott avec son fils.

Après un repas sans joie, avalé en silence, les enfants de Marie Buteau et d'Alfred Picard regagnèrent leur chambre respective. Ils entendirent bientôt la porte arrière s'ouvrir et se refermer. Une demi-heure plus tard, Mathieu ressentit le besoin d'un passage au « petit coin ». Au moment de regagner son lit, il ouvrit discrètement la porte de la chambre de Thalie, en face de la sienne. L'ombre blanche d'une chemise de nuit se dressait près de la fenêtre. Le garçon entra sur le bout des pieds, vint s'asseoir près d'elle.

Depuis toujours, la fillette avait décidé de faire de la croisée son poste de vigie. Au début, elle poussait un petit banc doté d'un coussin contre le mur pour s'agenouiller dessus. À sept ans, elle pouvait maintenant s'y asseoir, croiser ses bras sur le rebord de la fenêtre pour y mettre le menton. De cet endroit, elle profitait d'un point de vue enviable sur l'hôtel de ville, situé juste en face. Plus loin, la façade de quelques commerces de la rue Buade, et même tout à fait à droite, d'autres immeubles de la rue Saint-Jean se profilaient dans l'ombre. Si elle se penchait un peu, elle profitait d'une vue plongeante sur le trottoir de la rue de la Fabrique ; en tournant la tête vers la gauche, la basilique révélait sa masse sombre.

C'était là son grand théâtre, offrant un spectacle sans cesse renouvelé. Le jour, les gens se pressaient, désireux de vaquer à leurs affaires. La nuit, le quartier prenait des allures fantomatiques. Les lumières des rues jetaient des halos jaunâtres sur les trottoirs. Plutôt rares, des passants allaient d'une flaque de clarté à l'autre, anxieux d'arriver très vite à destination. Parfois, elle entendait de loin les claquements secs des sabots d'un cheval sur les pavés. Si l'animal passait sous ses yeux, elle s'amusait des étincelles que produisait le choc des fers sur les pierres des rues, visibles dans les coins les moins bien éclairés. Ailleurs, hors de la portée des réverbères et malgré la lueur argentée de la lune, surtout dans les angles des édifices, les coins d'ombre profonde recelaient des formes mystérieuses. Elle y percevait des mouvements feutrés, menaçants parfois.

— Papa est sorti ? demanda-t-elle dans un murmure, sachant qui était venu s'asseoir à ses côtés sans même se retourner.

— Il y a une assemblée politique au marché Montcalm. Il projetait d'y passer.

Pour Thalie, cela signifiait aller entendre des hommes aligner des mots dénués de sens, un peu comme à la messe, dans une atmosphère empestant le cigare. Elle préféra changer de sujet :

— Je les entends crier.

Mathieu regarda le joli profil éclairé par la lune, où l'œil droit ressemblait à un petit lac du bleu le plus profond, puis chuchota, un peu préoccupé :

— Ce n'est pas possible… Le pont se trouve très loin.

— Je te dis que je les entends.

Le ton indiquait que sa sœur ne souffrirait pas de réplique. Surtout, le garçon savait que mieux valait ne pas discuter de l'inexplicable. Alors il passa son bras autour des petites épaules. La fillette posa sa tête contre lui, la masse sombre et dense de ses cheveux lui chatouilla la joue. Doucement, ses lèvres se posèrent sur le front un peu chaud, malgré la fraîcheur de la nuit tombante.

Il resterait là de longues minutes, le temps que toutes les voix se taisent, et que le sommeil alourdisse les paupières de sa petite sœur, au point de les fermer.

⚹

Dans une chambre contiguë à celle de Thalie, Marie se retourna pour la dixième fois, pensa un moment à se relever afin de se préparer une tisane, puis décida de s'abstenir pour ne pas réveiller les enfants, ou Gertrude, la domestique.

Les victimes de ce terrible accident hantaient ses pensées, comme celles de la plupart des habitants de la ville. Toutefois, elle s'inquiétait surtout de l'intérêt soudain de son mari pour les politiciens conservateurs. La présence dans la ville de

Robert Laird Borden, le chef de l'opposition au Parlement fédéral, lui semblait un bien mauvais prétexte pour s'absenter un soir où chacun, à cause des derniers événements, ressentait le besoin de se rapprocher des siens. De façon fort opportune, l'assemblée se tenait juste en face des locaux du Young Men's Christian Association, le YMCA, une institution où la présence de jeunes hommes ne faisait jamais défaut.

Après leur mariage inattendu et la naissance de Mathieu, Alfred avait élargi l'éventail de ses appétits au point de rendre possible la naissance d'une petite fille. Cependant, au moment de la grossesse, il avait aménagé une chambre de l'autre côté du couloir, en face de celle de sa femme. «Afin de te permettre de mieux te reposer», avait-il expliqué. Sept ans plus tard, la délicate attention s'était en quelque sorte institutionnalisée. Ses visites à la chambre conjugale, excepté quand elles avaient pour but un brin de conversation, se raréfiaient au point que l'épouse aurait eu du mal à situer la dernière sur un calendrier.

Surtout peut-être, quand des mois d'abstinence commençaient à trop lui peser, le vieux chenapan multipliait les attentions délicates, affichait la plus grande prévenance à son égard, se montrait particulièrement charmant avec les enfants.

— Le chat de gouttière se réveille, laissa-t-elle échapper dans un soupir.

Le bouquet de fleurs reçu la veille se révélait en fait le présage de la commission prochaine d'un péché. Une autre offrande expiatoire viendrait sans doute après, et elle en serait quitte pour quelques semaines de répit sur ce front. Jusqu'à la prochaine incartade, ils afficheraient de nouveau l'image du couple de marchands particulièrement bien assorti.

— Tant pis, j'ai soif.

Elle marcha d'un pas léger vers la cuisine, chercha dans la glacière un pichet d'eau fraîche où flottaient des rondelles de citron, en versa un peu dans un verre. Debout devant la fenêtre, dans la pénombre, la jeune femme posa les yeux sur

77

une silhouette lugubre, une bâtisse de brique rouge aux fenêtres en ogive. La maison Béthanie, le refuge où de malheureuses célibataires se rendaient accoucher, se dressait tout près, dans la rue Couillard.

Derrière elle, une porte s'ouvrit. La lumière, restée allumée dans la chambre de la domestique, éclaira la pièce indirectement.

— C'est un homme bon, murmura Gertrude, qui vous aime. Mais il ne peut s'en empêcher.

— L'autre possibilité pour moi, c'était là-bas. Je ne peux pas lui en vouloir.

Marie désigna la fenêtre d'un geste vague. La femme d'une cinquantaine d'années claudiqua jusqu'au gros poêle de fonte, approcha la main de la surface pour vérifier la chaleur.

— Je peux faire un peu de thé, si vous le désirez.

— Non, si je veux finir par dormir, je dois m'en tenir à l'eau.

Gertrude marcha vers une table poussée contre le mur, s'assit sur une chaise. Marie la rejoignit, confessa après un long silence :

— Je ne manque absolument de rien : des enfants, un bel appartement, un commerce prospère… À l'église Saint-Roch, je compterais parmi les femmes les mieux habillées, après les dames Brunet, Laliberté, et quelques autres, bien sûr.

— Vous seriez la plus jolie, c'est certain.

— Il ne me manque qu'un petit quelque chose, .ricana-t-elle après une nouvelle pause. Un véritable mari.

— Ce petit quelque chose vous coûte beaucoup.

L'infirme était entrée en service dans la famille de Théodule Picard alors qu'elle avait dix ans, et Alfred trois ou quatre. Rien, de la vie de chacun des membres de la maisonnée, ne lui avait échappé au cours des quatre dernières décennies.

— C'est ridicule. Les trois quarts des femmes de Québec changeraient sans hésiter de place avec moi. Nous n'avons pas eu une seule dispute, ces dix dernières années.

— Ni de réconciliation. Les deux s'annulent sans doute.

Marie vida son verre, alla le poser dans l'évier. Debout, les yeux de nouveau sur la maison Béthanie, elle demanda :

— Vous n'avez jamais eu envie de vous marier ?

Gertrude souleva un peu sa jupe, regarda sa jambe déformée à cause d'une fracture mal réduite par un rebouteux de village, puis conclut d'une voix grinçante :

— Les candidats ne se sont pas bousculés, croyez-moi.

— Cela ne vous manque pas ?

— C'est comme les huîtres : difficile de regretter un mets que l'on ne connaît pas.

Un sourire effleura les lèvres de la marchande. Elle murmura : « Je dois être un peu trop gourmande. Je vais tenter de dormir un peu. Bonsoir. » Dans le couloir, elle hésita quelques secondes. Si ses enfants désiraient contempler la rue un moment, autant les laisser agir à leur guise. La tension qui accompagnait les incartades de leur père les troublait aussi.

~~~

Le marché Montcalm se trouvait enclavé entre les rues d'Youville et Saint-Jean, tout près des vieux murs de la ville. Longtemps, la porte Saint-Jean avait imposé sa silhouette massive à proximité. Mais en 1897, au moment de l'électrification du tramway, les services municipaux l'avaient détruite pour permettre aux « petits chars » de passer. Certains parlaient d'une reconstruction éventuelle, pour compléter l'ensemble des fortifications qui ne servaient plus qu'à attirer les touristes. Bien du temps passerait encore avant la réalisation de ce projet.

Le marché public comptait deux divisions. Au sud de la rue Saint-Jean se trouvait un large espace dégagé où, certains jours de la semaine, des agriculteurs venaient proposer leurs marchandises aux citadins. Au fond de celui-ci, un grand édifice construit en pierres de taille accueillait quelques commerces permanents, dont un boucher et un boulanger qui répondaient tous les jours à la demande des ménagères. En soirée, cette bâtisse fournissait un espace où deux cents personnes au moins, en serrant les rangs, pouvaient se réunir.

Alfred Picard constata tout de suite qu'il ne serait pas nécessaire de s'écraser mutuellement les pieds. Tout de même, dans une forteresse libérale, cent cinquante messieurs se trouvaient rassemblés pour entendre le chef du Parti conservateur du Canada. L'assistance se répartissait à peu près également entre vieux nostalgiques de l'ère de John A. Macdonald et jeunes gens déçus des compromissions de l'équipe au pouvoir. Tous étaient curieux de voir ce politicien originaire de la Nouvelle-Écosse, original au point de promettre, s'il gagnait les élections prévues pour l'année suivante, de mettre fin au patronage. Pareille idée paraissait franchement révolutionnaire à la plupart.

Si Alfred avait été présent la veille, lors de l'assemblée mouvementée tenue dans Saint-Roch, pour entendre Henri Bourassa, il aurait reconnu de nombreuses personnes dans cette assistance. La minorité de Canadiens français incapables de rallier Wilfrid Laurier hésitaient entre l'avenue conservatrice et celle des nationalistes. Seule l'ambiguïté savamment cultivée des ténors de l'un et l'autre groupe entretenait cette incertitude. Dans quelques années, quand les événements permettraient de tirer les choses au clair, plusieurs vivraient d'amères déceptions.

Avant de donner la parole à l'invité de marque, les quelques conservateurs locaux, rares au point de devenir sujets de dérision, entendaient attirer l'attention sur eux. Un jeune avocat de vingt-six ans, Albert Sévigny, candidat conservateur défait lors d'une élection complémentaire provinciale tenue un peu plus tôt dans l'année, se mit en devoir de réchauffer la foule. Les moyens les plus extrêmes ne lui répugnèrent pas :

— Le pont de Québec gît lamentablement au fond du fleuve depuis quelques heures. En réalité, c'est toute la clique libérale qui vient de s'effondrer. Ce grand projet, c'était celui de tous les amis de Laurier, de Parent et de Gouin, qui se sont honteusement engraissés en profitant du patronage. Dans l'espoir de maximiser leurs profits, ils ont sans doute lésiné sur les mesures de sécurité. En conséquence, ce sont des centaines de personnes qui pleurent ce soir un époux, un père ou un fils.

Ces mots jetèrent la plus grande stupeur dans la salle. Les gens se regardaient, outrés de voir s'exprimer ainsi une pareille insensibilité. S'il était de bon ton, pour les membres de l'opposition, de tout reprocher au parti au pouvoir, y compris un été trop pluvieux ou un hiver franchement sibérien, la simple pudeur exigeait que les cadavres puissent refroidir avant de les récupérer à des fins partisanes. Au fond de la scène improvisée, quelqu'un murmurait une traduction rapide dans l'oreille d'un Borden totalement ignorant de la langue française.

Très vite, le politicien de la Nouvelle-Écosse décida de mettre fin à l'exercice de mauvais goût, sinon les personnes présentes commenceraient bientôt à lancer des légumes pourris en direction de l'orateur. Quand une assemblée se tenait dans un marché public, ce désagrément se produisait plus vite que partout ailleurs : les poubelles fournissaient les munitions.

Son melon sous le bras, il s'avança pour interrompre d'une voix autoritaire son jeune disciple :

— Ce soir à Québec, il n'y a ni conservateurs ni libéraux. Il ne reste que des hommes et des femmes qui pleurent des êtres chers, et des voisins qui éprouvent la plus grande compassion pour eux et pour elles. Je fais partie de ces voisins, et j'offre à tous les proches des victimes touchés par un deuil cruel ma plus profonde sympathie.

Dans l'assistance, il se trouvait assez de personnes connaissant la langue anglaise pour apprécier le tact du politicien.

Elles traduisaient rapidement ses mots pour leurs voisins incapables de suivre l'exposé. Un murmure d'approbation courut sur toutes les lèvres. L'homme d'un peu plus de cinquante ans affichait une grande prestance dans son complet bien taillé. Ses cheveux séparés au milieu, ses sourcils broussailleux et l'épaisse moustache qui couvrait sa lèvre supérieure s'ornaient de quelques poils blancs. Son visage carré et sa forte carrure dégageaient une impression de force et de virilité. Comparé à Wilfrid Laurier, à la haute silhouette gracile auréolée de cheveux blancs, il se présentait comme un homme de la nouvelle génération.

— Il faudra enquêter sur ce terrible accident, moins pour trouver des coupables que pour s'assurer que cela ne se reproduise plus.

Le jeune Sévigny se retira à l'arrière de la scène, rougissant, résolu à écouter et à apprendre de ses aînés l'art de la politique.

— Mais la ville de Québec a besoin de ce pont afin de développer son commerce. Tout le Canada en a besoin aussi. Alors dès que cela sera possible, quand nous comprendrons bien ce qui s'est passé aujourd'hui, nous devrons reprendre ce chantier.

Dans la grande salle du marché, les applaudissements fusèrent. Regarder vers demain permettait déjà de commencer à panser les plaies du jour.

— Évidemment, la construction d'un pont à Québec, tout comme celle d'un second chemin de fer national, devra s'inscrire dans une politique de transport raisonnée. Elle sera réalisée par des gens dont la compétence professionnelle et la probité ne feront aucun doute, et cela sans égard à leurs affiliations politiques! L'improvisation et les expédients des libéraux ont fait leur temps.

Les applaudissements reprirent, plus tonitruants que précédemment. Le lendemain, les journaux conservateurs de la ville, *L'Événement* et le *Chronicle*, souligneraient la stature de chef d'État de Robert Laird Borden. Même le très libéral

Soleil conviendrait de l'honorabilité des paroles du chef de l'opposition, sans se priver de rappeler que l'histoire enseignait qu'au chapitre de la compétence et de la probité, aucun *tory* ne pouvait se permettre de donner de leçon.

Vers dix heures, Alfred Picard sortit de la salle enfumée, tout aussi libéral qu'au moment d'y entrer, comme la plupart des habitants de Québec. L'odeur du crottin et de l'urine de cheval, particulièrement prenante à cet endroit, ne flattait pas ses narines. Sur le trottoir, il demeura un moment immobile, hésitant. Le YMCA se trouvait sous ses yeux, juste de l'autre côté de la rue. Mais s'y rendre directement attirerait l'attention : certains de ses voisins sortaient eux aussi du marché Montcalm. Mieux valait s'engager dans la rue Saint-Jean et continuer jusqu'à l'intersection de la rue Couillard, puis prendre la rue Hamel.

Là se trouvait la *Salle de quilles et de billard* de Québec. La faune des mauvais garçons hantant ce commerce fournissait de nombreuses possibilités de loisirs illicites. Ensuite, cinq minutes lui suffiraient pour rentrer à la maison. Et puisque sa chambre se situait à l'arrière, il pouvait y entrer directement depuis l'escalier de service qui permettait d'accéder à la cour. Sauf la vieille domestique, Gertrude, au courant de toutes ses frasques, nul ne saurait à quelle heure, ni dans quel état, il regagnerait ses pénates.

⚡

— Édouard se trouve dans quel état, maintenant ? questionna Thomas.

L'homme portait une vieille robe de chambre. Passé onze heures, il sortait de son bain. Il prit le soin de se verser un grand verre de cognac, avant de prendre place dans l'un des deux fauteuils voués aux conciliabules, dans un coin de la bibliothèque. Donnant sur la rue, la vaste pièce lambrissée de noyer se trouvait juste en face du grand salon. Le commerçant passait de longues heures à travailler là, ou à discuter avec des personnes mêlées à ses affaires ou à la politique.

— Avec ce que le docteur Caron lui a donné, répondit sa femme, il devrait dormir jusqu'à midi, demain.

À son arrivée à la demeure familiale, le garçon était resté agité de sanglots incontrôlables, tellement qu'Élisabeth avait jugé préférable de téléphoner à ce médecin du voisinage.

— Cela a été si terrible ? demanda-t-elle après une pause.

— Un gamin de son âge est mort dans ses bras, noyé. Nous avons été incapables de le dégager de cet amas de ferraille.

— Mon Dieu, c'est épouvantable ! Nous l'aurons à l'œil, les prochains jours.

La jeune femme se leva pour aller se verser un verre de sherry.

— Désolé, murmura Thomas, je n'ai pas pensé à t'offrir quelque chose, tout à l'heure.

Elle adressa un sourire à son mari pour l'excuser de cet accroc aux usages, revint vers le fauteuil avant de demander encore :

— Les victimes sont nombreuses ?

— Je ne peux pas le savoir avec exactitude, les journaux donneront le décompte demain. Des dizaines sans doute. Près de la rive nord, il y en a eu une dizaine, d'après ce que j'ai constaté. Mais l'effondrement s'est produit près de la rive sud. Là-bas, personne n'a sans doute eu le temps de se sauver.

Après avoir entendu la description de la longue structure écroulée dans le fleuve, la jeune femme pensa que ce soir, de très nombreuses personnes gardaient pour tout linceul un amas de poutrelles tordues.

— … Comment une chose pareille a-t-elle pu se produire ?

L'homme haussa les épaules pour exprimer son ignorance, puis affirma :

— Des accidents surviennent sur tous les chantiers.

— Mais pas de cette ampleur !

À l'horreur de cette situation s'ajoutait un autre sujet de préoccupation. Sa pudeur l'empêcha un long moment de formuler sa pensée à haute voix. À la fin, elle murmura :

— Pour toi, cela aura-t-il des conséquences sérieuses ?

— Voyons, ce n'est pas le moment de faire les comptes, avec toutes ces victimes.

La jeune femme se mordit la lèvre inférieure, demeura un instant silencieuse, puis articula enfin :

— Crois-tu vraiment que si j'avais le choix entre ta ruine et la vie de ces personnes, j'hésiterais une seconde ? Mais ce genre de supputation ne change rien à la réalité : elles sont mortes. Je préfère m'occuper des questions sur lesquelles nous possédons un certain contrôle.

Thomas se leva pour aller remplir son verre de nouveau. Cette fois, il songea à lui demander des yeux si elle désirait quelque chose, puis regagna sa place avant d'admettre :

— Comme de très nombreux investisseurs à Québec, des amis et des relations d'affaires, je viens de dire adieu à une masse d'argent.

— Tes collègues t'en voudront-ils de les avoir entraînés dans cette aventure ?

— Je ne crois pas. Je n'ai pas été l'animateur de toute cette entreprise. Simon-Napoléon Parent, toutefois...

L'ancien premier ministre de la province s'était imposé comme le principal dirigeant de la Société du pont de Québec. Tous ceux à qui il avait susurré à l'oreille que cet investissement se révélerait extraordinairement rentable lui feraient certainement grise mine au lever du soleil. Le commerçant figurait parmi ceux-ci. Tous n'admettraient pas facilement qu'une entreprise de ce genre comportait des risques inhérents.

— On ne lui en voudra peut-être pas personnellement, renchérit-il après une pause, mais la prochaine réunion du Parti libéral se déroulera dans un climat plutôt morose. C'est parmi ses membres les plus importants que les investisseurs ont été recrutés.

Élisabeth vida son verre, le posa sur un guéridon, avant de commenter encore :

— La société d'ingénierie américaine possédait certainement de bonnes assurances.

— Elles suffiront peut-être à couvrir les frais nécessaires pour dégager ce grand gâchis.

— Tu es sérieux ?

— Évidemment. La Société devra débarrasser le fleuve de cette ferraille. Actuellement, je crains que les navires d'un tonnage respectable ne puissent même plus remonter au-delà de Québec. Si les assurances ne suffisent pas, ce seront de nouvelles pertes pour les actionnaires.

Le silence s'installa encore entre eux, puis elle revint avec sa question du début :

— Pour toi, quelle sera l'ampleur des conséquences ?

— Depuis l'élection de Wilfrid Laurier à Ottawa, puis celle de Marchand à Québec, j'ai fait quelques profits importants grâce aux informations dont je disposais.

La jeune femme exprima sa compréhension d'un signe de tête. Son mari avait pu spéculer sur quelques terrains, se mêler de la construction de certains équipements de service public, vendre des fournitures de bureau à divers organismes. Ce genre de patronage faisait partie des mœurs politiques. Parfois, cela devenait franchement ridicule. Au moment où le capitaine Bernier s'apprêtait à partir pour son expédition d'exploration des mers situées au nord du Canada, la rumeur voulait que le gouvernement ait acheté suffisamment de vivres à de bons amis du Parti libéral pour lui permettre de naviguer pendant des siècles.

— Ces profits sont maintenant à l'eau, c'est le cas de le dire, conclut l'homme d'une voix grinçante.

— Cela changera-t-il quelque chose pour nous ?

Élisabeth entendait savoir si ce malheur modifierait leur mode de vie.

— Après avoir un peu diversifié mes activités, je redeviens simplement le premier marchand au détail de la ville. Nous ne devrions cependant pas voir de différence.

Après une nouvelle pause et une large lampée de cognac, Thomas ajouta avec un demi-sourire :

— Pour ses vingt ans, la princesse Eugénie aura droit à son voyage en Europe... malgré les horreurs qu'elle a dites sur toi.

— Dieu merci ! murmura la jeune femme. Sinon, la situation deviendrait intenable.

— Tu as raison. Toutefois cela me répugne. J'ai l'impression de payer pour la faire taire.

Élisabeth doutait que les hasards des affaires puissent justifier, aux yeux de la fille aînée, le sacrifice de cette tournée européenne. Ce voyage initiatique représentait le couronnement de l'éducation des jeunes gens de bonnes familles de Québec, avant l'entrée dans la vie adulte.

— Le Parti libéral ne viendra-t-il pas éponger un peu les pertes ? questionna encore l'épouse. Après tout, ce pont était un maillon essentiel du second chemin de fer transcontinental. Les gouvernements ont toujours soutenu ce genre d'entreprise...

— Pour sortir du pétrin une brochette de notables libéraux, car ce sont essentiellement eux les actionnaires de la Société du pont de Québec ? En tant qu'organisateur dans la circonscription de Québec-Est, je le déconseillerais fortement à Laurier. Ce serait catastrophique, à un an des élections...

L'homme se réjouissait que sa femme l'ait ramené au présent, aux choses concrètes, comme les magouilles politiques et les investissements malheureux. Les cris d'un grand adolescent sur le point de se noyer ne résonnaient plus dans son crâne. Les affaires avaient sur lui le même effet qu'un opiacé sur Édouard.

— Nous montons ? demanda-t-il après avoir vidé son verre.

Chapitre 4

La morgue de Québec se trouvait rue des Prairies, entre les rues Saint-Roch et Vallières, dans le quartier Saint-Pierre mais tout près du faubourg Saint-Roch. Un peu après midi, le vendredi 30 août, Édouard Picard se tenait dans l'entrée du petit immeuble de brique rougeâtre, avec en remorque Fernand Dupire, traîné là à son corps défendant.

Au fonctionnaire municipal à qui les autorités avaient demandé de recevoir les membres éplorés des familles des victimes, le jeune homme expliqua :

— Nous venons pour identifier un cousin... Ses parents ne se sentent pas la force de le faire.

Le planton lui adressa un regard sceptique, car les Picard demeuraient connus de tous les habitants de la Basse-Ville, malgré leur exil vers la Haute-Ville dix ans plus tôt.

— Alors servez-vous, rétorqua-t-il avec un sourire en coin.

Ce ne seraient ni les premiers ni les derniers curieux, habités d'un intérêt morbide, à être attirés en ces lieux. Cela se produisait déjà quand on invitait la population à venir voir si un pauvre macchabée tiré du bassin Louise ne lui était pas inconnu. Les badauds en avaient des dizaines à se mettre sous les yeux ce jour-là.

Les entreprises de distribution de glace de la ville avaient littéralement été pillées. Dans chacune des caisses de bois qui ressemblaient fort à des cercueils, rangées l'une contre l'autre sur le sol, de gros glaçons formaient un lit sur lequel reposait un corps. Les premiers présentaient des traits vaguement asiatiques, des cheveux noirs et raides.

— Mais ce sont… commença Fernand.

— Des Sauvages, plus précisément les descendants des méchants Iroquois de nos manuels d'histoire. Selon les journaux, trente-trois Mohawks de Caughnawaga, sur la rive sud de Montréal, figurent parmi les victimes. La rumeur veut qu'ils soient insensibles au vertige. Ils ne paraissent pas bien dangereux dans cette position. Pas plus que toi et moi, en fait. Nos prêtres enseignants nous mentiraient-ils sur leur compte ?

— Pourquoi m'as-tu emmené ici ? C'est morbide…

Édouard jeta un coup d'œil sur son compagnon, dont le teint devenait livide. Celui-ci paraissait sur le point de vomir ses tripes. Lui-même ne se sentait guère mieux, mais il tenait à effectuer un petit pèlerinage.

— Je veux terminer un apprentissage important amorcé hier soir, et voir un ami rencontré tout récemment.

De la première salle, ils passèrent à la seconde. Sur leur gauche, une femme hurla « Hector », se jeta sur ses genoux afin de saisir le visage d'un homme d'une quarantaine d'années entre ses deux mains, sans doute son mari.

— Toujours selon les journalistes, murmura encore Édouard, lesquels ont sans doute passé la nuit à enquêter sur ce genre de chose, cent hommes se trouvaient sur le pont, en plus de deux badauds, mon père et moi. Du nombre, soixante-quinze seraient morts.

— Tu as eu une chance inouïe, chuchota son compagnon. Partons, sinon je vais chier dans ma culotte.

— J'aurais parié que tu étais plutôt sur le point de dégueuler. Serre les fesses et les dents… Je t'aime bien, mais pas au point de te décrotter.

Le garçon passait d'une caisse à l'autre, comme s'il cherchait quelqu'un. Dans la troisième salle, une scène de retrouvailles lugubres se répéta près d'eux. Chaque fois qu'un corps était identifié, sa famille pouvait le récupérer. Si le visage n'avait pas trop souffert, la victime aurait droit à une véritable veillée funèbre dans le salon de la maison familiale.

— Nous avons eu une chance de cocu, commenta Édouard au sujet de la remarque précédente. Ce qui est remarquable, parce que je suis célibataire et que ma belle-mère, je le jurerais, est l'épouse la plus fidèle au monde. Tu crois au destin?

— Oui, je suppose.

— Ah! Le voici. Eh bien moi, je n'y crois pas du tout.

Il s'arrêta devant une caisse semblable aux autres. Elle contenait un adolescent aux cheveux blonds un peu trop longs. Le séjour de quelques heures dans l'eau n'avait pas vraiment altéré ses traits. Ses parents le reconnaîtraient sans peine. À mi-cuisse, le pantalon lacéré laissait entrevoir le muscle déchiré, là où une imposante poutrelle l'avait maintenu dans la boue. Un angle anormal laissait deviner un fémur brisé, peut-être les deux.

— Tu vois, ce gars est mort en me serrant les deux bras.

Édouard releva un peu sa manche droite afin de montrer les marques bleutées visibles sur sa peau. Des larmes coulaient sur ses joues.

— Pourquoi lui, et pas moi? Un coup du hasard. Le destin ou la volonté de Dieu n'ont rien à faire dans cette histoire. Je me trouvais les deux pieds sur les madriers et lui peut-être dans la structure, à placer des rivets. Tu savais que ces hommes devaient terminer leur journée de travail à six heures? Vingt minutes plus tard, et ce pont tombait sans faire de victimes.

Une longue pause suivit ces remarques, pendant laquelle il posa un genou sur le sol pour regarder le visage du noyé de près.

— Mon père, en homme raisonnable, a commencé à courir quand le sol a tremblé sous ses pieds, puis il s'est posé des questions ensuite. Tu aurais dû voir la scène: il courait en me tirant l'épaule et en hurlant aux autres de déguerpir. Ces gens se regardaient entre eux sans bouger, incrédules, comme si leur beau Meccano se trouvait à l'abri de tout.

Frank Hornby avait mis au point ce jeu de construction dès 1898. Édouard en avait commandé lui-même quelques centaines d'exemplaires sous cette nouvelle marque de commerce quelques semaines plus tôt, en prévision des emplettes de Noël.

— Tu as subi un choc, commenta son compagnon… Tu devrais rentrer chez toi.

— J'ai subi un choc, à ce sujet tu as raison. Mon chemin de Damas, en quelque sorte. Tu me vois en saint Paul ?

Fernand répondit d'abord par un sourire, un peu rassuré par le retour au galop du naturel chez son compagnon, puis ajouta :

— Si tu te mets à prêcher, ou à écrire des lettres aux Éphésiens, je te conduis moi-même à l'asile Saint-Michel-Archange.

— Mon sermon sera très court, alors réprime ton instinct médical. À tout moment, toi ou moi pouvons nous trouver dans une boîte, comme ce type. Aussi à l'avenir, j'entends bien ne perdre aucune occasion de profiter de l'existence. Ce serait trop bête de remettre à demain les plaisirs dont je peux profiter aujourd'hui.

— Oh ! Tu entends maintenant te livrer à une vie de débauche ?

Édouard laissa échapper un ricanement bref. Il se releva après avoir replacé une mèche de cheveux collée au front du grand adolescent, puis précisa :

— Pas nécessairement. Tous les plaisirs ne sont pas défendus.

— Pourquoi me racontes-tu cela ?

— Pour ton édification.

Les garçons continuèrent brièvement de se déplacer dans la salle, s'arrêtèrent devant un cadavre vêtu d'un costume plutôt mal coupé.

— Sans doute un technicien ou un ingénieur américain. Sais-tu que dix-sept victimes venaient de ce pays ?

— Sortons d'ici, bon sang, gronda son ami. J'en ai assez.

— Si tu le prends sur ce ton, d'accord.

Ils regagnèrent la porte principale. L'employé municipal leur demanda, moqueur :

— Et ce cousin ?

— Nous ne l'avons pas vu, rétorqua Édouard.

— Il y a encore des cadavres chez le croque-mort Lépine. Nous avons manqué de place, ici.

— Alors nous nous précipitons chez Lépine...

Une fois sur le trottoir, Fernand recommença, emphatique :

— Si tu continues ce jeu idiot, ce sera sans moi.

— J'ai vu la personne que je désirais voir. Tu viens manger au magasin ?

— Tu pourras avaler quelque chose après cela ?

L'incrédulité fit place à un regard amusé. Le caractère fantasque de son ami, sa capacité de s'amuser de tout faisaient de lui le compagnon le plus recherché du Petit Séminaire. Même les curés, si peu portés à la tolérance, lui passaient de nombreux caprices et riaient de ses bons mots. À la fin, Fernand lui emboîta le pas.

Depuis peu, le magasin Picard offrait un nouveau service : un charmant restaurant avait été aménagé au dernier étage. Les clientes, et quelques clients les jours de congé, pouvaient interrompre leurs emplettes pour combler un petit creux, puis les reprendre ensuite, rassasiés. Édouard opta pour une escalope accompagnée de pommes de terre et son camarade se contenta d'une tasse de thé.

— Tu es un véritable phénomène, commenta Fernand.

— Je suis vivant, j'en profite un peu.

Un moment de silence suivit cette déclaration, puis son ami demanda encore :

— Que voulais-tu dire tout à l'heure, à propos de mon édification ?

— J'ai menti un peu, je travaillais surtout à la mienne. Mais tu devrais en tirer profit aussi. Il y a deux jours, ma charmante sœurette t'a envoyé paître, n'est-ce pas ?

— ... Comment le sais-tu ?

L'autre rougit jusqu'aux oreilles, hésitant entre fuir sans se retourner ou entendre son compagnon se mêler sans vergogne de sa vie privée.

— J'ai deviné. Compte tenu de la mine que tu faisais en revenant de la cuisine, deux possibilités s'offraient à mon esprit d'analyse. Ou tu venais d'apprendre que tes parents avaient été dévorés par des cannibales après avoir dilapidé ton héritage, ou Eugénie t'avait signifié à l'instant qu'à ses yeux, tu ne présentais pas un meilleur parti que le laitier.

Fernand accusa le choc, serra les poings sur les bras de sa chaise plutôt que de les lancer au visage de l'indélicat. À la fin, il se détendit un peu et admit à contrecœur :

— Je l'aime.

— Tu es bien trop jeune pour t'engager. Trois ans à l'Université Laval, une année de cléricature ensuite. Il s'écoulera une éternité avant que tu reçoives tes premiers honoraires.

— Mes parents m'aideront... Puis un autre peut lui proposer le mariage d'ici là, si j'attends...

Édouard mastiqua une bouchée tout en secouant la tête devant tant de sottises. Après avoir dégluti, il décréta :

— Ne perds pas ton temps avec elle, la donzelle ne veut pas de toi. Passe à autre chose. Au terme de tes études, tu feras le tour des salons de la Haute-Ville afin de dénicher la mère de tes héritiers.

— Tu ne comprends pas ce que je dis ? Je l'aime. Penses-tu vraiment que j'ai passé la moitié des trois dernières années chez tes parents pour tes beaux yeux ? Je voulais l'apercevoir...

— Tu viens de me dire à mots couverts que tu ne veux pas de moi, et je ne prends pas une mine abattue. Fais la même chose avec elle.

Seul le sourire désarmant d'Édouard lui permit d'éviter de recevoir une tasse de thé en pleine figure. Après une pause, il continua, plus sérieux :

— Crois-moi, tu ne perdras pas au change. Dix-sept années avec elle m'ont appris que ce n'est pas une compagne si agréable. Heureusement qu'il y a eu le couvent pour me permettre de respirer un peu. J'étais enfant unique presque dix mois sur douze.

— Elle ne me trouve pas assez bien pour elle.

— C'est vrai. Et puis après ?

L'autre ne répondit pas. Édouard changea de ton quand il enchaîna :

— Pense à ce jeune travailleur. Plus jeune que toi, réduit à l'état de viande froide. Ne gaspille pas des années à te languir pour elle.

— Tu as une façon de me remonter le moral !

Le dépit marquait la voix de Fernand, mais en même temps il esquissa un demi-sourire. Son interlocuteur poursuivit son avantage :

— Regarde cela comme une occasion d'affaires.

— Je sens que tu vas m'asséner un autre morceau de ton implacable logique.

— Tu arrives sur le marché du mariage avec un certain capital : ton embonpoint précoce, tes cheveux prêts à s'envoler, la grosse maison et l'étude de notaire dans la Haute-Ville que te lèguera ton père, avec toute sa clientèle bien nantie en prime. Eugénie pense obtenir mieux que cela avec ses yeux comme des billes de verre bleu pâle et ses bouclettes d'un blond un peu fade. Sans compter son caractère de chien.

— Et en conséquence de mon piètre physique, je me retrouverai avec le laideron de la Grande Allée. Aucune femme un peu séduisante n'épouse un cabinet de notaire. Cela n'a rien d'excitant.

La tasse de thé prenait un goût amer pour le laissé-pour-compte.

— Alors ne te limite pas aux demoiselles élevées sur ce foutu plateau. Mon père, affublé de deux enfants insupportables, a déniché la plus jolie candidate, née à Saint-Prosper-de-Champlain. Dans la Haute-Ville, tout le monde se marie entre cousins. Si cela ne vaut rien pour les animaux de ferme, imagine pour les humains. Notre petite bonne, Jeanne, ferait une bien meilleure épouse que ma sœur.

Au moment de rencontrer Élisabeth, Thomas Picard traînait à ses basques deux enfants et une épouse grabataire. Cela, le garçon préférait ne pas l'ajouter à la nomenclature. Cette fois, l'amoureux transi ne put s'empêcher de sourire franchement.

— Je tâcherai de m'en rappeler dans quelques années, si la domestique est encore libre, bien sûr. Tu tires de ta belle-mère tous ces éléments de la sagesse agricole ?

— Peut-être aussi de mon grand-père, qui a commencé comme laitier dans Saint-Roch. Je ne l'ai pas connu. Mon père, il me semble, a déjà prononcé des paroles de ce genre devant moi. Mais cette sagesse peut tout aussi bien être innée !

— Et tu m'as entraîné à la morgue pour me conditionner à entendre ce discours stupide ?

Cette fois, ce fut au tour d'Édouard d'offrir une mine embarrassée.

— Non. J'avais trop peur d'y aller seul. Devant un témoin, je savais que je donnerais le change, quitte à verser des larmes discrètes plutôt que d'éclater en sanglots.

— Alors pourquoi n'es-tu pas resté avec ton adorable belle-mère, aujourd'hui ? Rien ne te forçait à aller à cet endroit.

— Si je ne l'avais pas fait, son regard m'aurait hanté pendant toute mon existence. Ce gars-là est resté deux bonnes heures à voir la marée monter, jusqu'à le submerger. À la fin, il hurlait de peur en me broyant les avant-bras de ses mains…

Les derniers mots demeuraient à peine audibles, et les larmes revenaient.

— Tu oublieras, murmura son compagnon.

— Non seulement je ne l'oublierai jamais, mais je tiens à me souvenir. Toutefois, pas comme hier soir. De l'avoir vu comme cela, sur ses morceaux de glace, le visage calme, presque serein, me réconcilie avec la mort. Ce n'est qu'un long sommeil sans rêve…

Après avoir cité Shakespeare sans en avoir l'air, le grand garçon termina son repas en silence. L'image du cadavre de sa mère, émacié, sentant la merde, exsangue dans la chambre surchauffée, traversa son esprit. Au fond, celle du jeune noyé lui paraissait plus rassurante, presque amicale. Il chercherait son nom dans les listes des victimes publiées dans les journaux du soir. Ce ne serait pas difficile à trouver, les travailleurs aussi jeunes ne devaient pas être si nombreux. Peut-être se présenterait-il aux funérailles. À tout le moins, il ferait chanter une messe pour le repos de son âme.

— Accepterais-tu de passer voir mon père, le temps de lui dire que je vais mieux ? Hier soir, je n'offrais pas mon meilleur visage…

— Si tu veux.

Quelques minutes plus tard, les deux jeunes gens s'arrêtaient un moment au troisième étage, du côté de l'administration, avant de regagner la Haute-Ville.

※

Marie avait bien deviné : pour son époux, la réunion du Parti conservateur s'était allongée jusque tard dans la nuit. Elle avait entendu une porte s'ouvrir, puis se refermer. Le lendemain, à l'heure du dîner, Alfred s'absenta un moment. À son retour, il plaça une grande gerbe de fleurs sur le comptoir, près de la caisse.

— Ce n'est pas nécessaire, tu sais, murmura-t-elle. Tu ne m'as jamais menti sur notre situation. Ce n'est pas comme si tu me trompais.

L'homme accusa le choc, s'assura que personne ne se trouvait à portée de voix avant de répondre, hésitant :

— Ce n'est pas cela. Tu sais combien j'ai de l'affection pour toi… C'est simplement ma façon de l'exprimer.

— Tu n'as pas à être aussi… ostentatoire.

Comme une cliente faisait tinter la clochette de la porte d'entrée, l'épouse lui adressa un regard timide en guise de clôture à la discussion. Le commerçant se ressaisit, retrouva immédiatement son sourire professionnel pour se diriger vers la nouvelle venue.

« En réalité, songea Marie, hier il ne trompait personne ! La duplicité, je la vois maintenant, sous mes yeux. » Après une incartade qui laissait au moins un complice capable d'en témoigner, sa conquête d'un soir, voilà que l'homme plaçait son gros bouquet dans le commerce, devant sa tendre épouse, pour que tous puissent le voir. Sur la table de la salle à manger, ou dans le salon familial, le message aurait échappé aux véritables destinataires, les habitants de la bonne ville de Québec.

Après les plaisirs coupables, le chenapan rendait son manteau d'innocence, revêtu le jour de son mariage, plus visible encore.

⚡

Quelques dizaines de personnes battaient la semelle sur le trottoir, devant un petit immeuble de la rue Sainte-Anne ne payant pas de mine, avec sa façade percée de deux portes, mais sans aucune fenêtre. Plutôt étroit, il s'allongeait sur quatre-vingts pieds peut-être. Un large panneau portait le mot « NICKEL », en grandes lettres dorées sur un fond blanc. Mieux aurait valu choisir une teinte plus foncée, car l'observateur attentif distinguait encore l'ancienne inscription, « Tara Hall ».

— Tu es certain que cela convient aux enfants ? questionna Marie, un peu soucieuse.

— Les journaux assurent que l'endroit se révèle des plus respectables, assura son mari, avec des spectacles inoffensifs et une clientèle très polie. *Le Soleil* précisait même que personne ne sifflait, comme dans certaines salles de la Basse-Ville.

Son sourire indiquait que ces endroits moins bien tenus lui étaient familiers. En ce premier dimanche de septembre 1907, Alfred avaient pensé emmener toute sa famille dans le nouveau cinéma de la Haute-Ville, aménagé dans un ancien théâtre. Cela soulignerait bien la fin des grandes vacances. Pour l'occasion, Marie avait revêtu sa meilleure robe, d'un bleu soutenu. Son épaisse chevelure d'un noir intense, avec de fines boucles, formait une lourde tresse qui lui atteignait le haut des omoplates. Thalie affichait les mêmes yeux, la même coiffure et une robe du même bleu.

Les portes s'ouvrirent enfin, celle de gauche pour permettre aux spectateurs rassasiés d'images mouvantes de sortir, celle de droite, d'entrer. Alfred paya les vingt cents que coûtait l'entrée de quatre personnes. C'était là le prix habituel partout en Amérique, ce qui expliquait la présence d'innombrables endroits dont le nom comprenait le mot «nickel».

Après un petit hall, ils pénétrèrent dans une grande salle faiblement éclairée. Alfred conduisit sa petite famille à la quatrième rangée, comptée depuis la scène, de la trentaine qui s'alignaient là. Mathieu chercha un siège bien en face de l'écran d'une vingtaine de pieds de large, et sa mère lui demanda de se déplacer encore un peu vers la gauche. Elle se retrouva entre ses enfants, Thalie entre ses parents. La tête posée contre l'épaule de son père, la fillette remarqua, les yeux au plafond :

— C'est très beau.

Les murs portaient des appliques de plâtre et le plafond, des dessins évoquant des scènes des classiques du théâtre anglais. La peinture semblait écaillée par endroits et l'eau de pluie, infiltrée par des trous dans la toiture, laissait de longues traînées plus sombres. Quant aux fauteuils, leur tissu de peluche rouge paraissait élimé.

— Je ne veux pas te décevoir, mais je pense que si toutes les lumières étaient allumées, les lieux te paraîtraient plutôt délabrés.

— Les choses sont parfois plus jolies dans le noir.

— Parfois.

Les conversations d'une centaine de personnes s'interrompirent bien vite quand une lumière intense toucha la toile placée au fond de la salle. Des lettres tremblantes apparurent en son centre, *Le Royaume des fées*, avec une traduction pour les spectateurs de langue anglaise, majoritaires. Pour un film muet, ce genre de précaution serait rarement utile. Près de l'écran, une dame pianotait avec entrain, afin de souligner l'action du film.

❦

Après plus de quarante-huit heures, la ville demeurait encore sous le choc, abasourdie par la catastrophe. À Caughnawaga, à Lévis et dans les villages environnants, et même dans quelques paroisses de Québec, de nombreuses cérémonies funéraires avaient été célébrées ce matin-là, donnant une solennité particulière à la messe dominicale. Les corps des victimes américaines, enfermés dans des cercueils soigneusement clos, roulaient vers leurs familles dans des wagons de marchandises.

Les principaux acteurs de la Société du pont de Québec se retrouvèrent en début de soirée dans le bureau du maire de la ville. L'hôte commença par verser de bonnes rasades de cognac dans trois verres, puis les apporta à ses visiteurs réunis dans un coin de la grande pièce, dans des fauteuils confortables. Quand il s'assit à son tour, Georges Garneau demanda :

— Nous avons une meilleure idée de ce qui s'est passé ?

— Un train s'est avancé sur la section sud du pont, chargé de matériel, expliqua Simon-Napoléon Parent d'un ton à peine audible, comme un murmure.

À peine passé cinquante ans, les principales réalisations de cet homme se trouvaient derrière lui. Avocat doté d'un souffle de voix, les associés de son cabinet plaidaient pour lui. Maire de la ville et premier ministre de la province, ses propres partisans l'avaient écarté avec bien peu de ménagements. Le véritable maître du jeu politique chez les libéraux, Wilfrid Laurier, avait placé Lomer Gouin à la tête de la province tout en donnant à son vieux complice Parent un merveilleux prix de consolation, la présidence de la Commission du chemin de fer transcontinental.

— Clarifiez donc pour moi la mystérieuse rumeur relative à un télégramme ? intervint Thomas Picard.

Si les questions allaient naturellement à Parent, cela tenait au fait que celui-ci assumait aussi la présidence de la Société du pont de Québec.

— Le matin du 29, un technicien a signalé à Theodore Cooper, l'ingénieur consultant responsable du projet, des données inquiétantes sur la solidité du pont. Celui-ci ne pouvait venir lui-même à Québec à cause de son état de santé, c'est pour cela que leur rencontre a eu lieu à New York. Dès ce moment il a envoyé un télégramme pour demander de ne mettre aucune nouvelle charge sur la structure, avant que celle-ci ne fasse l'objet d'un examen attentif.

— ... Et ce télégramme ? insista encore le commerçant.

— Il y a eu une grève des téléphonistes à New York jeudi dernier. Ce hasard malencontreux a fait en sorte de tout retarder... Il est arrivé quelques minutes avant l'accident, trop tard pour les victimes.

Pendant un long moment, les trois hommes s'absorbèrent dans leur verre, songeurs. À la fin, ce fut le maire Garneau, un homme grand et mince, particulièrement élégant avec son costume à l'anglaise, une moustache bien cirée dont les pointes se relevaient vers le haut, un binocle accroché sur le nez, qui insista :

— Mais un pont ne s'écroule pas de cette façon. S'il a demandé de tout vérifier...

— C'est que dès le départ, ces idiots ont mal fait leur travail...

La colère donnait une voix presque normale à Parent. En 1900, la Phoenix Bridge de Philadelphie avait obtenu le contrat de construction de la superstructure du pont. Tout, de la conception à la réalisation de l'ouvrage, relevait de cette société.

— Il y aura certainement une enquête publique, insista le maire.

— Celle du coroner bien sûr, en premier lieu, puis certainement une autre, créée par le gouvernement fédéral. Il a mis suffisamment d'argent dans cette réalisation...

Un million de dollars, précisément, accordé par le gouvernement central aux associés politiques de l'ancien premier ministre, tous de fidèles libéraux. Cette somme représentait au bas mot le salaire annuel de deux mille travailleurs. Un pareil désastre, à une année des prochaines élections, risquait de coûter très cher au parti au pouvoir.

— Quelqu'un risque-t-il de demander des comptes ?

Thomas Picard s'inquiétait un peu que des politiciens, à Ottawa, ne souhaitent éponger les pertes de l'État au détriment des actionnaires de la Société du pont de Québec.

— Pourquoi ? Tous les plans ont été approuvés par des fonctionnaires, opposa Parent, depuis le début nos livres sont ouverts à quiconque veut les voir. Dans un projet d'intérêt national, il est tout à fait normal que le gouvernement mette l'épaule à la roue : dans ce pays, on a toujours procédé de la sorte. Notre compagnie fera une faillite retentissante, puis avec le temps nous oublierons nos pertes...

Bien sûr, ce serait plus long pour certains. Mais comme le Canada semblait engagé pour longtemps sur la voie de la prospérité, chacun pourrait se refaire.

— Tôt ou tard, quelqu'un voudra reconstruire ce foutu pont, grommela encore le commerçant. Je ne songe pas à m'y engager de nouveau, j'ai eu ma leçon. Mais nous en avons tous besoin.

— Bien sûr, le projet sera repris, sinon la ville va péricliter.

Le grand rêve de ces entrepreneurs se résumait à peu de chose : faire de Québec le port où passerait la majeure partie des personnes et des marchandises entrant ou sortant par la porte atlantique du Canada. Cela lui rendrait l'avantage perdu quelques décennies plus tôt au profit de Montréal. Cet espoir tenait à l'évolution du transport maritime : les navires devenaient trop imposants pour remonter facilement le cours du Saint-Laurent. Dans quelques années, les cargos et les paquebots les plus considérables ne le pouvant plus, des ports situés plus à l'est profiteraient de l'aubaine. Mais si aucun pont ne reliait Québec à la voie ferrée construite sur la rive sud du fleuve, par où transitait la plus grande part du commerce, une autre ville profiterait de cet avantage.

Personne ne jugeait possible l'autre solution, soit creuser le lit du fleuve sur une distance de cent cinquante milles, jusqu'à Montréal...

— Cela nous conduit au bas mot en 1916, peut-être 1917, commenta le maire Garneau. À ce moment, cela fera soixante-dix ans que les discussions sur la construction d'un pont à Québec auront commencé !

— Aussi longtemps ?

Thomas ne doutait pas que les discussions sur ce projet aient débuté dans les années 1850. Il faisait plutôt allusion à l'échéance aussi lointaine.

— Nous avons créé la Société du pont de Québec en 1897, commenta Parent et nous devions inaugurer cette construction dans le plus grand faste en 1909. Douze ans ! Georges a raison : au mieux, il faut compter dix années encore, dont une servira à faire le ménage de ce grand gâchis.

— Rien, dans cet amas de matériaux, ne pourra être réutilisé ? questionna Picard.

Lui-même tirait profit de tous les objets usagés. Le sous-sol de son grand magasin offrait des marchandises en vrac à un prix imbattable.

— Non, l'acier ne se réutilise pas, expliqua Garneau, qui avait complété ses études à l'École polytechnique en 1884. Sans compter que tout est tordu...

— Puis il y a l'effet psychologique : personne ne voudra utiliser des poutrelles ayant servi de cercueil à soixante-quinze travailleurs, renchérit l'ancien premier ministre.

Un nouveau silence leur permit de vider leur verre. Bientôt, Parent se leva en faisant mine de gagner la porte. Garneau le retint en rappelant :

— Nous avons un autre problème sur les bras : les fêtes du tricentenaire.

L'homme vint se rasseoir en soupirant. Cela lui paraissait maintenant bien futile.

◆◆◆

— Tu crois que cela existe, les fées ?

Thalie tournait ses yeux sombres vers son père. Georges Méliès avait donné une dimension toute nouvelle à sa carrière d'illusionniste grâce au cinéma. Sa production se révélait délicieusement fantaisiste, quoique tous ses films ne convinssent pas aux petites filles. Certains, parmi les plus lugubres, mettaient en scène des exécutions capitales. La nouvelle administration du Nickel se souciait toutefois d'établir sa réputation auprès des familles. Aussi choisissait-elle les films les plus susceptibles de plaire à un auditoire de tous les âges.

— Non, cela n'existe pas, expliqua l'homme dans un sourire.

— Elles avaient l'air vrai, si petites dans la forêt.

— Pourtant, c'étaient des femmes aussi grandes que maman.

Le visage de la fillette exprimait le plus profond scepticisme. Peut-être que les fées du film étaient fausses. Cela ne prouvait en rien qu'elles n'existaient pas. Alfred prit la main tendue. Marie faisait de même avec le garçon.

— Nous pourrions aller voir les vitrines des commerces de la rue Saint-Jean, proposa l'homme. Le temps est encore très doux.

— Il commence à être tard. Nous aurions dû aller plutôt à la représentation de cet après-midi.

La mère jouait souvent le rôle ingrat de la personne la plus raisonnable du couple, soucieuse de faire respecter les heures du coucher, comme du lever.

— Pourquoi? Demain matin, tout sera fermé, rien ne nous empêchera de sortir du lit à midi.

Elle ne protesta pas. Autant profiter des dernières heures de vacances, avant la rentrée. Quelques minutes plus tard, ils soumettaient les vitrines de la rue Saint-Jean à un examen aussi attentif que compétent. Mieux valait connaître les stratégies de la compétition et s'y adapter.

Quant à Thalie, ses questions nombreuses se succédaient, destinées tant à son père qu'à sa mère, sans que sa compréhension des trucages cinématographiques ne s'améliorent vraiment.

Quand Parent eut regagné son siège près de ses collaborateurs de la Société du pont de Québec, le maire Garneau rappela:

— Nous avions convenu de reporter la célébration en 1909, pour mettre en évidence les grandes réalisations du Canada français et marquer le début d'une ère nouvelle pour Québec.

— On peut toujours s'en tenir à la date convenue, plaida son prédécesseur.

— Mais ce foutu Champlain a fondé la ville en 1608! Fêter le trois cent unième anniversaire n'aurait pas de sens.

Parmi les motifs qui, l'année précédente, avaient conduit les échevins à choisir de nouveau Garneau pour occuper le fauteuil de maire, il y avait son allure d'anglais élégant, raide et réservé. Cela paraissait convenir pour l'accueil de tous les invités de marque lors du tricentenaire, dont la plupart viendraient du Royaume-Uni. Le flegme qu'on lui prêtait ne l'empêchait pas de s'impatienter parfois.

— À la limite, on fera une fête plus petite, entre nous, insista-t-il, mais l'an prochain.

— Sans compter que si on célèbre en 1909, intervint Thomas, ce sera souligner notre impuissance, je veux dire celle des libéraux et peut-être de tous les Canadiens français, à mener un projet d'envergure.

Le regard des deux autres se posa sur lui, comme s'il révélait une vérité qui leur avait échappé jusque-là. L'homme précisa encore :

— Mais si nous faisons une grande fête en 1908, bien réussie, chacun oubliera ce drame. Au lieu de se présenter devant les électeurs à la suite d'un échec cuisant, ce sera avec une fierté nationale renouvelée. Je parle encore ici des Canadiens français, évidemment…

— Laurier lui-même ne tenait pas du tout à ces célébrations, opposa de nouveau Parent.

— Auparavant, le tricentenaire paraissait superflu, nous avions une grande réussite technologique à montrer : le pont ! Maintenant, ces fêtes deviennent une absolue nécessité, précisa encore le marchand avec un sourire en coin.

Le regard de Parent témoignait de son incompréhension. Ce fut Garneau qui expliqua :

— Toute l'Église catholique se mobilise pour fêter le bicentenaire de la mort de monseigneur de Laval. Le digne prélat a eu la mauvaise idée de quitter ce monde en 1708.

— Et parmi les personnes mobilisées, il y a bien sûr l'Association catholique de la jeunesse canadienne et les milieux nationalistes en général. Tout Québec s'émouvra de voir ces jeunes collégiens, des croisés des temps nouveaux, désireux de nous préserver des ravages des idées délétères modernes, compléta Thomas. Pour eux, moderne est synonyme de libéral.

— Les mêmes garçons qui se pressent devant les tribunes de la Ligue nationaliste, qui collent les articles d'Olivar

Asselin ou d'Omer Héroux dans de grands cahiers de tapissier, qui pensent que Bourassa est la réincarnation de Papineau, renchérit encore Garneau.

Simon-Napoléon Parent laissa échapper un sifflement un peu désabusé. Thomas murmura, dépité lui aussi :

— Et ces gens-là ont déjà deux députés nationalistes à la Chambre des communes, poursuivit Thomas. Il faut utiliser Champlain pour faire oublier Laval. Un explorateur contre un prélat.

— Un homme qui voulait construire un nouveau royaume sur terre, contre celui qui rêvait d'apporter des âmes à Dieu, conclut Parent pour montrer qu'il comprenait. Monsieur Picard, si je vous avais choisi comme organisateur politique, je serais peut-être encore maire de Québec et premier ministre.

L'homme se révélait bien flatteur, mais plutôt naïf, ou alors cynique. Thomas figurait parmi ceux qui avaient fomenté son renversement. Il se leva de nouveau, cette fois résolu à ne pas revenir sur ses pas. La main sur la poignée de la porte, il déclara encore :

— Je vous laisse régler cela avec Wilfrid. Après tout, je suis maintenant un simple fonctionnaire.

Quand il eut refermé derrière lui, Thomas esquissa un sourire à son compagnon en commentant :

— Notre collègue et ami semble ressentir une certaine nostalgie à l'égard du temps où il occupait des fonctions officielles.

Garneau regarda en direction de son grand fauteuil de maire, derrière un lourd bureau, à l'autre bout de la pièce.

— On rallie difficilement des appuis nombreux, quand on ne peut pas parler de façon audible à plus de deux personnes à la fois. La situation actuelle devrait toutefois le préoccuper un peu plus, car si les conservateurs l'emportent dans un an, il perdra sa sinécure.

— Puisque Borden promet de mettre fin au patronage, c'est-à-dire arrêter le remplacement de tous les hauts fonctionnaires lors d'un changement de gouvernement, peut-être

Parent va-t-il mener une campagne énergique pour porter les conservateurs au pouvoir, avec l'espoir de garder son poste.

Garneau esquissa un petit sourire en imaginant un pareil changement d'allégeance, puis remarqua à voix basse :

— Borden n'est pas stupide au point de s'encombrer d'un fauteur de troubles comme lui. Surtout, les passages d'un parti à l'autre ne sont plus aussi faciles que du temps d'Israël Tarte.

Les changements d'allégeance trop opportunistes suscitaient désormais des railleries. L'ancien premier ministre se trouvait condamné à la fidélité.

— Irez-vous chez notre ami d'Ottawa, afin de l'entretenir de tout cela de vive voix ? poursuivit-il après une pause.

— C'est un travail de politicien… Lomer Gouin, ou même vous, pouvez vous en charger. Avec tout ce que j'ai perdu, je dois retourner à mon commerce.

— Voyons, vous ne nous laisserez pas tomber comme cela.

En effet, Thomas ne le pouvait pas. Pendant toute sa vie adulte, ses efforts pour porter, puis maintenir, les libéraux au pouvoir n'avaient pas eu de cesse.

⚬

Dans une ville de la taille de Québec, les rencontres fortuites ne se produisaient pas très souvent, et la plupart du temps il suffisait simplement de fixer les yeux au sol et de continuer son chemin. Parfois cependant, afficher un minimum de civilité s'avérait nécessaire.

Le grand escalier majestueux de l'hôtel de ville donnait sur la rue Desjardins, mais une autre porte permettait d'accéder à la cour longeant la rue de la Fabrique. Thomas Picard avait utilisé cette sortie afin de rentrer chez lui… pour buter littéralement dans toute la famille de son frère, Alfred, sur le chemin du retour à la maison.

— Tiens, tiens, commença l'aîné d'un ton amusé, songes-tu à te présenter au conseil municipal ? Tes chances seraient meilleures si tu habitais toujours Saint-Roch, où tu fais figure de potentat. La Haute-Ville regorge de personnes ambitieuses, parfois avec un pedigree digne d'un cheval du roi Edward VII. Surtout, l'échéance t'a sans doute échappé : l'élection se tiendra l'an prochain seulement.

— Non, je ne veux pas me présenter, et non, je n'avais pas oublié la date, répondit Thomas en prenant la main tendue.

Un peu mal à l'aise, l'homme enchaîna en s'exclamant :

— Mathieu, comme tu grandis ! Bientôt, tu me dépasseras de quelques pouces. Thalie, tu es toujours aussi ravissante.

Son regard passa d'un enfant à l'autre, alors que ceux-ci rosissaient un peu, l'air gêné. Pour des personnes élevées dans un commerce, habituées dès le plus jeune âge à saluer les clientes à haute et intelligible voix, leur mutisme trahissait un certain désarroi. La cause de ce trouble se tenait derrière eux, une main crispée sur l'une de leurs épaules. C'était pour leur mère la meilleure façon de ne pas avoir à tendre la droite vers son beau-frère.

— Madame Marie, j'espère que vous allez bien.

Elle fixa ses yeux sombres, de la couleur du soir qui tombait sur la ville, dans les yeux gris de Thomas, tout en serrant les dents. Ses doigts agrippèrent plus fort les épaules des enfants, puis relâchèrent un peu leur emprise.

Désireux de détendre l'atmosphère, Alfred continua d'un ton joyeux :

— Je me doute bien que tu ne peux oublier ces dates : une élection municipale, une provinciale et une fédérale prévues pour 1908. Tu n'auras certainement plus le temps de t'occuper de ton magasin.

— Tu veux proposer tes services pour assurer l'intérim ?

— Non, je me contente de ma petite boutique… Parlant affaires, tu n'as pas trop souffert de la catastrophe ?

L'éventail des investissements de Thomas n'échappait pas à son frère. Sans connaître le détail, il devinait que ses pertes devaient atteindre un joli montant.

— Je ferai face, répondit l'autre dans un murmure dépité.

— Si tu manques de liquidités, fais-moi signe, commenta Alfred avec un clin d'œil, railleur. Je verrai si je suis en mesure de t'aider.

— Je suis heureux que les choses aillent si bien pour toi… Si vous voulez m'excuser, je dois rentrer.

Son aîné hocha la tête, sourit de toutes ses dents avant de répondre, moqueur :

— Transmets mes salutations aux enfants et à leur jolie préceptrice.

— C'est ma femme depuis plus de dix ans, je te le rappelle. Bonsoir…, puis après une pause l'homme murmura :

— Madame.

Après avoir soulevé son chapeau, Thomas tourna les talons. Marie continua un moment à fixer le dos de son beau-frère, alors que les yeux de Thalie allaient de sa mère à son oncle, intrigués. Quant à Mathieu, l'atmosphère glaciale des rencontres de ce genre lui était déjà familière.

— Nous rentrons ? proposa finalement Alfred en tendant la main à sa femme. Ces enfants devraient se trouver dans leur lit depuis un moment déjà. Heureusement qu'il n'y a pas d'école demain.

Le quatuor traversa la rue de la Fabrique avec précaution, car en ce dimanche soir les voitures demeuraient encore nombreuses. La journée du 1er septembre s'achèverait bientôt.

Chapitre 5

Malgré leur migration plutôt ancienne dans le quartier le plus huppé de la ville de Québec, la famille Picard s'astreignait à un certain nombre de pèlerinages annuels dans la paroisse qui lui avait valu sa prospérité. Le lundi matin, avant même le lever du soleil, tous se trouvaient debout afin de revêtir leurs habits du dimanche.

Quand ils se retrouvèrent dans l'entrée, Thomas regarda sa fille et demanda, après avoir secoué la tête, un peu découragé :

— Cette couleur, crois-tu que cela convient aujourd'hui ?

Comme par le passé, chacun affectait de reproduire la plus belle vitrine du grand magasin, proposant aux regards des curieux les meilleurs vêtements disponibles dans ses rayons. Eugénie arborait une robe d'un rouge un peu trop voyant, descendant aux chevilles, et une courte veste se terminant à la taille. Son chapeau de même couleur, aux rebords très larges, dissimulait en partie ses boucles blondes.

— Regarde dehors. Ce n'est plus le temps du blanc ou du pastel. L'automne est là !

L'homme échangea un regard agacé avec sa femme. Celle-ci donnait pourtant l'exemple. Plutôt que l'ostentation de sa belle-fille, Élisabeth s'en tenait à une jupe bleue, un chemisier de même couleur, dans un ton un peu plus pâle, une veste plutôt ample. Son chapeau demeurait modeste, sans cet encombrement d'oiseaux, de fruits, de fleurs ou de rubans un peu ridicule que l'on voyait parfois. Ceux qui se rappelaient de son allure dix ans plus tôt reconnaissaient sa silhouette fine, son port élégant, et concluaient que malgré sa bonne fortune d'avoir épousé son riche patron, elle ne faisait pas plus sa fière qu'une autre.

Mais justement, la grande adolescente tenait à se distinguer de la mise raisonnable de sa belle-mère.

— Du rouge, pour aller à la messe ! pesta le commerçant, sachant qu'il n'aurait pas gain de cause.

— Regarde plutôt l'allure débraillée de celui-là, riposta-t-elle en désignant son frère du menton.

Depuis toujours, Édouard favorisait les ensembles de coupe américaine, plus décontractés et confortables, évitait de trop serrer sa cravate et se promenait tête nue de mars à novembre. Ce débraillé très étudié convenait tout à fait à un fils de bonne famille encore jeune.

Le chef de famille offrait quant à lui la prestance de l'homme satisfait de sa réussite avec un costume anglais de la meilleure coupe. Plutôt que de se mettre tout à fait de mauvaise humeur en poursuivant cette discussion, il décrocha de la patère son Homburg, un chapeau de feutre d'un modèle allemand popularisé par le roi Edward VII, puis grommela entre ses dents :

— Allons-y, si nous sommes tous prêts. La voiture nous attend.

Au moins, aucun n'avait songé à avaler un petit déjeuner avant de prendre place dans la calèche. Pour paraître proches de Dieu, les patrons canadiens-français devaient fréquenter assidûment le banquet de la sainte communion, ce qui signifiait demeurer à jeun.

À six heures trente, les Picard prirent place dans un banc de l'église Saint-Roch donnant sur l'allée centrale, à l'arrière du temple. Plus question de se placer à l'avant, les premiers parmi les notables. Maintenant, leur église paroissiale était la basilique de Québec, où Thomas disputaient les meilleures places à des lignées plus prestigieuses que la sienne.

En ce premier lundi de septembre, surtout des hommes occupaient les bancs de l'église, plusieurs portant le sceau de leur union ouvrière, épinglé sur la poitrine ou sur une écharpe passée sur leur épaule. D'ailleurs, les membres d'une association donnée écoutaient ensemble la cérémonie.

À quelques reprises dans le passé, les travailleurs avaient célébré le 1er mai, comme le faisaient leurs camarades en Europe. Aux États-Unis, afin de faire échec à une tradition empreinte de socialisme, on avait proposé bien vite un jour férié apolitique, en septembre. Au Québec, cette récupération était poussée un peu plus loin. La célébration de la fête du Travail commençait par une messe, afin de placer ce jour sous de meilleurs auspices encore. La cérémonie se révélait cependant bien matinale, car le programme était ambitieux.

L'abbé Émile Buteau livra un sermon de convenance sur saint Joseph, le patron des ouvriers, et la sainteté du travail effectué chrétiennement pour gagner sa vie. Il ressortait de ce discours que les travailleurs devaient éviter de remettre en cause l'ordre social voulu par Dieu, et accepter leur sort avec soumission. L'ecclésiastique conclut sur l'absolue nécessité d'éviter les plaisirs coupables qu'offraient une journée de congé, insistant en particulier sur les dangers des passe-temps empruntés aux Américains. L'allusion fit sourire Édouard.

La seule qualité du curé fut d'être bref. Un peu après sept heures trente, les Picard se tinrent sur le parvis de la vieille église Saint-Roch afin de serrer la main des travailleuses et des travailleurs du magasin et des ateliers désireux de recevoir cette attention.

— Est-ce bien nécessaire, papa? murmura Eugénie avec une moue dégoûtée.

— Ces gens-là te permettent de porter de jolis vêtements d'un rouge criard et d'habiter une grande maison!

— Porter le nom d'une impératrice lui a monté à la tête, ricana Édouard. Elle a fini par croire qu'elle en était une. Elle attend son empereur et méprise le petit peuple.

La première femme de Thomas, toute à ses idées de grandeur, avait donné le nom de l'impératrice de France à sa fille et celui du prince héritier de la couronne du Royaume-Uni et de l'Empire des Indes à son fils. Pareille prétention portait à conséquence… au moins une fois sur deux.

L'arrivée près d'eux d'un groupe de jeunes vendeuses les força à offrir leur meilleur sourire. Thomas se rappelait le plus souvent des noms et prénoms de ses employés des deux sexes. Parfois, Édouard lui rafraîchissait la mémoire discrètement. Il serrait les mains, présentait les gens à sa fille et à sa femme. Son garçon n'était plus un inconnu pour personne. Élisabeth essayait de compenser la mine ennuyée d'Eugénie en affichant son meilleur sourire, demandant d'une voix douce à ses interlocutrices, en les fixant dans les yeux :

— Aujourd'hui, avez-vous prévu de faire quelque chose de spécial ?

Elle voulait dire en plus de venir assister à une messe très matinale un lundi matin.

— Nous nous joindrons au pique-nique du cap Tourmente, répondirent certaines.

Les employés de Thomas Picard ne faisaient partie d'aucun syndicat – et le commerçant entendait tout faire pour que cela n'arrive pas –, mais ceux-ci pourraient tout de même profiter de l'expédition organisée par le Conseil central des unions ouvrières. D'autres répondirent souhaiter assister aux compétitions sportives qui se tiendraient dans tous les parcs et les terrains vagues de la ville.

— Je vous souhaite du beau temps, leur disait l'épouse. C'est un peu gris ce matin, mais le vent devrait chasser tous ces nuages bientôt.

Quand Ovide Melançon arriva près d'eux avec quelques collègues du service des livraisons, Édouard s'avança pour lui serrer la main le premier, puis le présenta à son père en disant :

— Voilà l'un des mercenaires de Louis-Alexandre Taschereau… Mais tu es certainement au courant.

Un gros clin d'œil signifia au commerçant que son fils saisissait maintenant les dessous de la vie politique dans la paroisse Saint-Roch. Le garçon enchaîna à l'intention du travailleur :

— Tu feras quoi, cet après-midi ?

— Je pense aller voir la partie de baseball. Cela promet d'être intéressant.

— Tellement que j'y serai aussi. Tu es célibataire ? Je te présente ma sœur, Eugénie.

La jeune fille, rouge de colère, dut accepter la main tendue. L'humour s'avérait un peu cruel, et pour elle, et pour le travailleur. Une union entre eux était simplement inconcevable. L'évoquer ainsi tenait de la dérision. Melançon fit néanmoins bonne figure, serra les mains et s'esquiva. Il se passa deux minutes sans que personne ne vienne vers eux. Le parvis de l'église s'était vidé très vite, en comparaison des usages après la messe dominicale.

— Pouvons-nous y aller, maintenant ? grogna encore la grande adolescente.

— Nous irons nous asseoir dans le magasin, pour attendre la parade, puis nous rentrerons ensuite.

Par une grimace, Eugénie exprima toute l'aversion que ce programme lui inspirait, sans oser protester toutefois. À huit heures trente, les membres d'une trentaine d'unions ouvrières portant les couleurs de leurs associations, regroupant ensemble quelques milliers de personnes, prirent le départ devant la Bourse du travail de la rue Saint-Vallier, un bureau de placement en fait, pour effectuer un grand tour de la ville. Sur leur chemin, de nombreux habitants avaient orné leurs maisons de fanions et de drapeaux, un peu comme ils le faisaient lors de la Saint-Jean-Baptiste, ou même du Carnaval.

À neuf heures, le long cortège passa dans la rue Saint-Joseph. Au milieu d'une petite foule de badauds, la famille Picard regarda défiler des travailleurs en rangs serrés, certains d'entre eux portant des étendards aux couleurs de leurs associations. Dans le cas des Chevaliers du travail, les plus militants arboraient des chasubles rappelant celles des curés, brodées de motifs ambitieux. Sur celles des débardeurs se trouvaient de grands bateaux toutes voiles dehors.

— Vous n'avez aucun employé parmi eux, ragea encore Eugénie.

— Mes employés sont sur les trottoirs, grommela Thomas en songeant combien la prochaine année serait longue, avec cette demoiselle à la maison, puisque l'on ne pouvait plus l'expédier au couvent.

— Comme tu es un peu lente, intervint Édouard, je vais t'expliquer. Papa essaie de se montrer comme le meilleur patron aux yeux de toutes ces personnes, celui à qui on peut parler à tout moment, sans obstacles, sans gêne. Comme cela, aucune vendeuse, aucun employé ne trouvera utile d'organiser un syndicat. Nous faisons un petit effort pour avoir la paix pendant les années à venir. Si tu lisais autre chose que les pages féminines des journaux, tu saurais que des grèves ont éclaté cette année dans les usines de textiles, y compris celle de Montmorency.

La grimace de la jeune fille lui signifia qu'elle ne projetait pas d'acquérir une meilleure compréhension de ce genre de choses un jour prochain. Édouard soupira et reporta son intérêt sur la parade. Une douzaine d'unions ouvrières, déterminées à se faire remarquer, présentaient de véritables chars allégoriques, comme lors de la Saint-Jean. Les charpentiers et les menuisiers, en particulier, se révélaient plutôt habiles de leurs mains, mais les plus imaginatifs étaient les marins et les débardeurs. Leurs deux associations avaient réalisé de véritables petits navires montés sur roues, avec à bord, en guise de voyageurs, leurs enfants qui saluaient de la main.

La longue procession se termina enfin. Les spectateurs se dispersèrent aussitôt. Thomas chercha des yeux un fiacre ou une calèche, alors que sa grande fille tapait du pied sur le trottoir, fébrile d'impatience. Quand une première voiture se présenta, ce fut pour s'arrêter près du trottoir afin de permettre à son passager de descendre. Fernand Dupire se retrouva devant eux. Il déclara, en guise de salutation :

— Je n'ai jamais vu un cocher si lent, et les rues si encombrées. J'aurais tout aussi bien fait de marcher.

— Tu ne savais pas ? C'est la fête du Travail, ricana Édouard.

Le jeune homme retrouva bientôt son savoir-vivre habituel, tendit la main à Thomas, puis à sa femme, en disant :

— Monsieur Picard, Madame...

Ce fut en rougissant qu'il se planta devant Eugénie, ne sachant trop si la nouvelle nature de leur relation exigeait qu'ils se serrent la main. Pour le meilleur ami du petit frère, cela n'était pas nécessaire, mais pour l'amoureux éconduit, quelles règles s'imposaient ? À la fin, il bredouilla :

— Bonjour, Eugénie.

— Bonjour.

Élisabeth surveillait la scène. Elle imaginait sans trop de mal ce qui s'était passé entre eux. Thomas rompit le silence gêné en demandant :

— Monsieur Dupire, pouvons-nous profiter de votre voiture ?

— Bien sûr. Nous allons rentrer cet après-midi seulement.

La famille, réduite à trois personnes, s'entassa dans le petit véhicule alors que les deux garçons se dirigeaient vers l'ouest.

※

Édouard et Fernand marchèrent jusqu'à la rue Dorchester, prirent la rue Prince-Édouard puis la rue Gignac jusqu'au pont Victoria, jeté sur la boueuse et malodorante rivière Saint-Charles. Celle-ci décrivait des méandres prononcés, en forme de « S », formant deux presqu'îles placées en opposition l'une contre l'autre. Leur destination se trouvait sur la plus occidentale.

Parmi les innombrables initiatives du maire Simon-Napoléon Parent pour améliorer la vie de ses concitoyens, figurait la création du parc Victoria. L'endroit tenait son nom de la gracieuse souveraine qui, lors de son inauguration en 1897, célébrait le soixantième anniversaire de son règne. Des années avaient ensuite été nécessaires à son aménagement: jusqu'à tout récemment, des vaches y paissaient encore dans un grand pâturage. En 1907, on y apercevait des arbustes et des arbres tout jeunes, de grandes pelouses sillonnées de sentiers, un kiosque de forme octogonale abritant une petite buvette et, au-dessus, une scène couverte où un orchestre pouvait distiller sa musique.

Les travailleurs des faubourgs Jacques-Cartier, Saint-Roch et Saint-Sauveur obtenaient là un bel espace vert sans avoir à parcourir toute la distance jusqu'à la terrasse Dufferin ou les plaines d'Abraham. Et les bourgeois de la ville haute, quant à eux, ne souffraient plus de côtoyer des gens tellement au-dessous de leur condition quand ils se dégourdissaient les jambes, leur épouse à leur bras, après le souper. Bien sûr, on n'osait même pas évoquer dans un murmure ce dernier avantage. Pourtant, les préjugés sociaux, plus que les falaises abruptes sur les trois côtés du plateau, séparaient les habitants des deux villes.

Ce matin-là, des centaines de personnes déambulaient dans les allées du parc. De modestes entrepreneurs installaient çà et là de petites charrettes à bras, sur lesquelles un réchaud permettait de garder à une température convenable des saucisses, des petits pâtés à la viande et d'autres mets que les consommateurs mangeraient sans couverts ni ustensiles, debout ou, dans le meilleur des cas, assis sur un banc.

— Tu commences à te remettre de ta peine d'amour? questionna Édouard tout en payant une saucisse placée dans un pain à moitié fendu en deux.

Fernand chercha l'ironie dans le ton de son compagnon. Quelle question stupide! Pouvait-il répondre: « Non, je me languis d'elle toutes les nuits »? Constatant que l'autre ne cherchait pas à se moquer de lui, il lui confia:

— Je m'en remettrai, ne crains rien. Avec mes études de droit qui commencent cette semaine, j'aurai de quoi m'occuper.

— Tant mieux. Tu ne manges rien? Cela s'avale sans trop de mal, ajouta-t-il avant de mordre dans la saucisse.

— C'est tellement bon que tu as ajouté une pinte de moutarde pour faire passer le goût.

— Quand on n'a rien ingurgité depuis la veille afin de pouvoir communier, bien assaisonné et accompagné d'une bière, c'est même très bon.

À condition d'avoir un estomac blindé. La rage antialcoolique ne se faisant pas encore trop pesante à Québec, il demeurait possible de trouver de quoi boire le jour de la fête du Travail. La croisade du clergé à ce sujet laissait toutefois deviner que ce ne serait peut-être plus le cas dans un futur proche. Les deux compagnons marchèrent un moment dans la longue allée longeant la boucle ouest du méandre de la rivière Saint-Charles, puis tournèrent les talons plutôt que de pénétrer dans la paroisse de Stadacona, au-delà du cours d'eau.

— Si le but de notre escapade chez les classes laborieuses est d'assister à la partie de baseball, veux-tu bien me dire pourquoi tu m'as demandé de te rejoindre si tôt? L'affrontement ne commencera pas avant une heure cet après-midi, commenta Fernand. Désires-tu marcher en rond dans ce parc pendant trois heures?

— À peine deux heures et demie, corrigea son compagnon en réprimant un rot intempestif. Puis la musique, un cadeau de la Garde indépendante Champlain, nous égaiera.

Avec ses uniformes chamarrés, cette association placée sous l'étroite surveillance du curé de la paroisse Saint-Roch depuis 1894 attirait les jeunes gens désireux de faire de la musique, du théâtre ou du sport tout en préservant leur âme de tous les dangers liés aux loisirs offerts dans une ville moderne. Depuis sa création, aucune manifestation religieuse, sociale ou patriotique ne pouvait se passer de ses joyeux flonflons. Bien sûr, les puristes se plaignaient parfois de leur style. En ce moment, l'abondance des cuivres donnait une sonorité de kermesse allemande à un air de Bizet.

— En réalité, continua Édouard, je nous imaginais allongés tous les deux dans l'herbe, à respirer l'odeur agréable de la rivière, chauffés par les derniers rayons du soleil de l'été avant de retourner demain, moi, au Petit Séminaire et toi, à l'université.

— L'odeur d'égout est bien là, maugréa son ami en regardant le ciel, mais pour le reste du programme, c'est raté. Nous serons chanceux si un orage ne vient pas nous doucher d'ici midi, puis le sol doit être imbibé d'eau, avec les averses de la nuit dernière.

— Ne sois pas si négatif. Avec quelques copies de ton journal conservateur, L'Événement, où poser les fesses, nous serons à peu près au sec.

— Le Soleil, grâce aux publicités sans nombre des gouvernements libéraux, est bien plus épais. Il nous préservera mieux. C'est d'ailleurs là sa seule utilité… en plus des chiottes, bien sûr.

Un peu plus tard, les deux garçons repassant par le kiosque, décidèrent après un bref conciliabule que les huit pages grand format du Chronicle conviendraient mieux à leurs fins. Bientôt, ils s'installèrent du côté est du parc, en périphérie d'un vaste espace gazonné. Devant eux, des jeunes gens tout de blanc vêtus commençaient une partie de cricket.

— Il y a suffisamment d'Anglais dans la Basse-Ville de Québec pour réunir deux équipes afin de jouer à ce jeu ? demanda Fernand.

— Non, certainement pas. Des Irlandais, oui, mais eux ne se passionnent guère pour ce sport. Si tu regardes dans le journal sous ton cul, le Chronicle rend toujours compte de ces rencontres. Tu y apprendras sans doute qui ils sont.

— Je ne me priverai pas un seul instant de mon petit isolant. Tu sais ce que c'est, des innings ?

— Pas la moindre idée. Et je partage avec toi ma conviction à ce sujet : aucun des types qui se livrent à ce jeu idiot n'en connaît vraiment les règles.

Pendant deux heures, ils regardèrent de grands garçons s'élancer sur plusieurs pas afin de lancer une petite balle de liège recouverte de cuir, d'autres essayer de la bloquer avec une curieuse planche munie d'un manche. Très vite, ils passèrent aux confidences sur leurs aspirations pour l'avenir, la dégradation des mœurs politiques dans la province, leurs solutions pour tous les problèmes du monde. Tous les sujets sérieux que deux personnes de moins de vingt ans abordent pour passer le temps, alors qu'en réalité un seul objet les intéresse vraiment, l'autre moitié du monde.

De longues années passées au couvent, à partager le même dortoir, les mêmes repas, tissaient des liens que la fin de la scolarité ne pouvait effacer. Depuis juin dernier, il se passait rarement une journée sans qu'Élise et Eugénie ne trouvent le moyen de se rencontrer. Même les péripéties de son dernier souper en ces lieux ne décourageaient pas la visiteuse de revenir dans la rue Scott.

Peu après son retour dans la grande demeure, Eugénie invita son amie à se joindre à sa famille lors d'un petit dîner hâtif. Très vite, elle avala son repas, puis se leva à demi pour demander :

— Pouvons-nous nous retirer ? J'aimerais parler à Élise.

— D'un sujet qui ne peut souffrir d'attendre un peu ? demanda Thomas, un peu bourru.

— Nous avons terminé…

— Allez, allez, maugréa l'homme en esquissant un geste de la main.

Un peu intimidée par ce ton, la visiteuse suivit son hôtesse en balbutiant des excuses. Quand elles eurent disparu dans l'escalier, le commerçant regarda sa femme puis murmura :

— Rassure-moi, s'il te plaît. Après quelques verres de cognac de trop, aurais-je adopté une jeune brunette quasi muette ?

— Non, je ne pense pas.

— Alors, pourquoi ai-je l'impression de la voir dans la maison plus souvent que mes propres enfants ?

— C'est une fausse impression. Cela doit tenir à son exquise politesse et à ses mots gentils. Cela nous change de notre fille.

À l'étage, Eugénie ferma la porte de sa chambre. La vaste pièce tendue de soie bleue se trouvait juste au-dessus de la salle à manger, avec laquelle elle partageait une grande baie vitrée. Deux fauteuils judicieusement placés permettaient de profiter du soleil. Le lit, plutôt étroit, offrait aux regards des draps rose et blanc encore défaits.

— Une idée de mes parents, justifia-t-elle : les domestiques profitent du congé de la fête du Travail.

L'idée de s'en occuper elle-même n'effleurait pas Eugénie. Les petites corvées, qui allaient de soi au pensionnat, devenaient facilement insupportables à la maison. La jeune fille ne décolérait pas depuis le matin, et elle attendait le premier tête-à-tête pour exprimer sa frustration :

— Tu ne devineras jamais ce que cet imbécile a fait !

— Qui cela ?

— Édouard ! Tu connais un autre imbécile ?

Le rose monta aux joues de la visiteuse au souvenir de sa dernière rencontre avec le garçon. Un autre qualificatif lui venait à l'esprit.

— Il m'a présenté un employé de mon père, en disant que j'étais une fille à marier.

— ... Mais tu es une fille à marier.

— Ne te moque pas de moi, tu sais ce que je veux dire !

Élise Caron, fille de médecin, comprenait très bien. La suggestion était parfaitement ridicule, elle devinait combien la scène avait dû être embarrassante. Pourtant, la curiosité lui fit demander :

— Ce garçon, comment était-il ?

— … Grand, noir de cheveux, trente ans environ, peut-être un peu plus.

— Beau ?

Eugénie se mordit la lèvre inférieure, un peu honteuse, puis chuchota :

— Dans le genre rustique, oui. Mais mon idiot de frère, continua-t-elle après une pause, ne perd rien pour attendre. Lui, il restera certainement sur le carreau, quand ce sera le temps de faire des visites dans les salons.

— … Cela m'étonnerait beaucoup.

Des joues, le rouge monta aux oreilles d'Élise. Mieux valait pour elle changer de sujet :

— Que voulais-tu me dire de si pressant, justifiant de quitter la table ainsi ? Il y a certainement autre chose que l'humour douteux de ton frère.

— L'autre soir, quand je suis allée chercher de l'eau dans la cuisine…

— Pour débarbouiller Édouard de tout ce sang ?

— Oui, oui, ce soir-là. Fernand est venu avec moi. Il m'a demandé la permission de venir à la maison.

Son amie prit un sourire espiègle pour demander :

— Pour le bon motif ?

Les jeunes filles de la Haute-Ville ne pouvaient en souffrir d'autre. Une seule privauté ruinerait irrémédiablement leur réputation, construite tout au long de leur existence passée.

— Évidemment. Tu aurais dû le voir bredouiller…

Un rire un peu cruel suivit ces mots. Quoique le dénouement ne faisait pas de doute, Élise demanda :

— Qu'as-tu répondu ?

— D'aller voir ailleurs, bien sûr. Que pouvais-je dire d'autre ? Tu l'as regardé ?

— Sa famille est très respectable, et puis il héritera de l'étude de son père.

Ces arguments pouvaient, pour certaines, faire oublier un embonpoint précoce et une calvitie prochaine. Élise s'inquiétait déjà un peu que personne, outre le collègue de son père, n'ait demandé le privilège de visiter son domicile. Eugénie trouva le bon sens de changer de ton :

— De toute façon, même s'il était plus beau, il est bien trop jeune pour penser au mariage. Vingt ans tout juste, je crois. Avant la fin de ses études, c'est prématuré.

— Bien sûr, je comprends. Quel âge a Édouard ?

— Dix-sept ans, bientôt dix-huit… Mais pourquoi poses-tu cette question ? Tu ne veux pas dire qu'il t'intéresse, tout de même ? poursuivit-elle après une hésitation.

Eugénie ne pouvait concevoir qu'une personne puisse prendre son frère au sérieux, encore moins le voir comme un parti convenable.

— Non, bien sûr que non, protesta l'autre. De toute façon, j'aurai coiffé la Sainte-Catherine avant qu'il ne soit en âge de se marier. Si Fernand est trop jeune, alors lui…

Dans la bonne société de Québec, à peine sortie du couvent une jeune femme devait commencer la quête du bon parti. Les plus chanceuses y consacraient un an, tout au plus deux. Ensuite, pour les autres, l'horloge tournait bien vite, et à vingt-cinq ans toutes les laissées-pour-compte devaient s'accommoder du statut de vieilles filles. Après cela, le seul espoir demeurait le décès inopiné d'une femme en couche. Aucun homme, surtout encombré d'enfants, ne demeurait veuf bien longtemps.

— De toute façon, je plains la fille qui se retrouvera avec lui, continua Eugénie, résolue à dénigrer son frère encore un peu. Tu sais où il se trouve, présentement ?

L'autre souleva les sourcils pour exprimer son ignorance, puis attendit.

— Il regarde des filles jouer au baseball. Des Américaines.

La précision ne valait pas d'être apportée. Seules les femmes de ce pays se livraient à des excès pareils.

— Elles portent un pantalon, murmura Eugénie.

— Je sais, j'ai vu des photographies dans les journaux de Montréal. En fait, leur costume ressemble beaucoup à

LES PORTES DE QUÉBEC

ce que l'on portait au couvent, pour les cours de callisthé-
nie.

— Mais jamais nous ne nous montrerions vêtues comme
cela à un homme. Elles jouent contre des hommes, devant
des hommes.

Un peu plus, et elle se serait mise à discourir sur la dégradation des mœurs modernes.

✦

À midi et demi, Édouard récidiva avec une seconde saucisse, et son ami l'accompagna pour roter un peu aussi, après
avoir constaté qu'il ne trouverait pas mieux en ces lieux. Ils
repassèrent le pont Victoria pour suivre la rue Dorchester
vers le nord. Ils se retrouvèrent à la Pointe-aux-Lièvres, la
seconde des presqu'îles découpées par la rivière Saint-
Charles. Alors qu'ils longeaient un édifice de brique rouge,
Fernand demanda :

— Ça aussi, c'est à ton père ?

Il ne révélait pas là un bien fort sens de l'observation : un
grand panneau, au-dessus de la porte, étalait le mot PICARD
en lettres noires sur fond blanc.

— Ce sont ses ateliers. Tout a commencé il y a dix ans
avec la production de gants dans une bicoque de bois. Maintenant, des femmes, et quelques hommes, fabriquent aussi
des vêtements. Mais les manteaux de fourrure présentent la
meilleure rentabilité.

— Je m'en doute, ma mère en a acheté un l'hiver dernier.

Des hommes se dirigeaient en grand nombre dans la
même direction qu'eux, vers des assemblages grossiers de
poutres et de planches formant des gradins en forme de « V ».
Ils versèrent chacun dix sous pour avoir le privilège de se
trouver au premier rang, juste derrière l'endroit où se tiendrait le receveur. Devant eux, le losange s'approchait de la
rivière, ce qui empêchait les resquilleurs de s'agglutiner au
bout du champ pour profiter du spectacle sans payer. Puis

quand la balle tombait à l'eau, les circuits demeuraient indiscutés.

Une commotion se fit entendre du côté de la fosse qui abritait l'équipe visiteuse et se répandit dans tous les gradins. Édouard se leva comme les autres pour applaudir les Star Bloomer Girls.

— Sais-tu qu'elles sont venues des États-Unis dans un wagon particulier, identifié à leur nom ? hurla-t-il pour couvrir le vacarme.

— Comme tous les cirques qui visitent la ville, fit l'autre. Et c'est bien d'un cirque qu'il s'agit, non ?

— Ce sont surtout des athlètes et des artistes. Hier soir, elles ont fait le tour de Québec dans une voiture de tramway découverte, en jouant de la musique. Du ragtime...

Ces derniers mots confortèrent Fernand dans son opinion : les cirques aussi organisaient une parade dans les rues, soulignée par une musique criarde, pour inviter les gens à se presser sous leur chapiteau.

Les joueuses firent le tour du terrain au pas de course en saluant de la main. Ceux d'entre les spectateurs qui savaient siffler entre deux doigts s'en donnèrent à cœur joie, Édouard parmi eux. Son compagnon se montrait nettement moins enthousiaste, réprobateur même. Ces femmes portaient des vêtements qui auraient conduit des Canadiennes françaises en prison pour indécence, si elles avaient osé les afficher dans la rue.

Les *bloomers* avaient fait leur apparition à titre de sous-vêtements, dans les années 1850. Ces pantalons très amples, faits de toile fine, serrés au niveau de la cheville, se portaient sous la robe. De cette façon, une femme pouvait dévaler une montagne ou un escalier cul par-dessus tête sans montrer un pouce de peau. Aux États-Unis, à la fin du siècle dernier, c'était devenu le vêtement d'exercice des étudiantes de tous les niveaux scolaires. Les *bloomers* prenaient alors la forme d'un pantalon bouffant – plus ajusté, il aurait révélé des rondeurs coupables – bien serré sous les genoux. Accoutrées ainsi, des adolescentes et des jeunes femmes jouaient au baseball, au basketball, couraient, sautaient, roulaient à bicyclette sans risquer de ruiner une jupe dans l'engrenage, se livraient à des exercices de gymnastique avec ou sans appareils. Pire, dans les milieux canadiens-anglais, des collégiennes jouaient au hockey !

Quand les spectateurs se furent un peu calmés, Édouard étala sa culture :

— Les Boston Bloomer Girls ont affronté les Mascottes de Montréal en 1902. L'année suivante, ce furent les Chicago Bloomer Girls.

— Qui a gagné ?

— Les hommes, chaque fois.

Le garçon paraissait un peu déçu. Les visiteuses regagnèrent leur banc. Ce fut au tour de l'équipe locale de faire le tour du terrain. Les Rock City, des hommes évidemment, affrontaient toutes les équipes de l'est du Québec désireuses de se livrer à l'exercice lors d'un dimanche d'été. Elles venaient de Lévis, de Rivière-du-Loup, de Rimouski. Une fois l'an au moins, une équipe américaine faisait le voyage vers le nord : l'affluence augmentait alors dans le petit stade, tout comme les prix d'entrée.

— Rock City, c'est la compagnie qui fabrique des cigarettes tout près d'ici ? questionna encore le fils de notaire, décidément peu au fait de l'actualité sportive.

— Nous sommes passés devant l'usine en venant ici. Pour le propriétaire, c'est une façon de faire de la réclame. Il paie les uniformes, comme il a assumé aussi l'essentiel du coût de construction de ce stade. En contrepartie, tous les dimanches, les gens du quartier, et bien des notables de la Haute-Ville, viennent s'extasier devant les joueurs qui portent les couleurs de l'entreprise. Tous les lundis, les journaux publient les résultats des joutes.

— Les joueurs sont ses employés ?

— La plupart, mais pas tous. Comme la compétition devient plus vive, chaque équipe se montre prête à utiliser les meilleurs joueurs, quels que soient leurs emplois.

— Ils sont payés pour jouer?

Décidément, la passion du notariat habitait ce grand garçon un peu obèse, au point de lui faire négliger les aspects les plus séduisants de la vie moderne.

— Nous ne sommes pas aux États-Unis, avec des équipes formées de joueurs professionnels. Ici, la plupart jouent pour le plaisir, avec pour seul avantage celui de se faire régulièrement payer une bière à la taverne du coin, par des admirateurs, sans compter l'affection des jeunes filles sensibles aux prouesses athlétiques. Au mieux, peut-être reçoivent-ils parfois un dollar ou deux offerts par le propriétaire de l'équipe. Mais je ne serais pas surpris si le meilleur lanceur, Roméo Demers, recevait une rémunération plus substantielle, afin de cultiver sa fidélité aux Rock City.

La première manche était commencée. Une grande brune prénommée Maud lançait la petite balle avec une force et, surtout, une précision étonnantes. Elle portait des chaussures de cuir solidement lacées et des bas noirs couvraient ses mollets. Ses *bloomers*, attachés sous les genoux, rappelaient à tous ces catholiques le curieux uniforme des zouaves pontificaux qui maintenaient l'ordre dans les églises. Amples, noirs, ceux-ci ne révélaient rien de plus que la jupe habituelle, mais ils autorisaient une liberté de mouvement nouvelle pour les femmes. Sur la chemise, noire elle aussi, peu ajustée, une étoile blanche brodée au-dessus du sein gauche rappelait le nom de l'équipe. Cet uniforme laissait les bras nus jusqu'au coude : seule cette caractéristique pouvait paraître un peu suggestive à certains. Une casquette vissée sur le crâne empêchait ses cheveux longs de nuire à sa vision.

— Perdent-elles toujours? questionna encore Fernand en regardant des joueuses de champ courir après une balle roulante.

Cela aussi titillait le désir des hommes, ces femmes aux corps visiblement robustes galopant dans l'herbe, les seins décrivant un mouvement de haut en bas. Elles laissaient deviner beaucoup de vivacité, dans un grand éventail de jeux...

— Elles perdent de justesse, et gagnent parfois.

— Je suppose que leurs opposants ne veulent pas les ridiculiser. Elles feraient mieux de jouer entre elles, ou mieux encore, de ne pas jouer du tout.

Voir des membres du sexe faible se livrer à des exercices aussi violents paraissait tout à fait inconvenant à Fernand. Quant à se mesurer à des hommes, cela lui semblait carrément scandaleux.

— Il n'y a pas assez d'équipes féminines pour cela, précisa son compagnon. Puis le spectacle est amusant.

— Et surtout, une joute entre des femmes n'attirerait personne. Elles jouent pour de l'argent. Aujourd'hui, les gradins débordent littéralement. Cela peut représenter combien de spectateurs, au total ?

— Peut-être mille cinq cents. Quand les Boston Bloomer Girls ont joué au stade des Mascottes de Montréal en 1902, il y avait huit mille personnes. Ce record n'a jamais été dépassé, avant ou après, dans la province.

— Des hommes qui bavaient sur des femmes en pantalon… On croirait un harem turc.

Édouard jeta un regard en coin sur son compagnon, pour constater que de tous les spectateurs présents, il bavait certainement le plus. Peut-être imaginait-il Eugénie dans la même tenue. Le garçon esquissa un sourire, mais s'abstint de poser la question.

Les neuf manches se succédèrent sans que la pluie ne vienne gâcher le spectacle, pour se terminer par une courte victoire des visiteuses. Pendant des semaines, dans toute la ville, une grave question hanterait tous les esprits : les Rock City avaient-ils laissé gagner ces femmes à cause d'une politesse toute française, ou ces représentantes du sexe faible étaient-elles vraiment supérieures à la meilleure équipe de Québec ?

Mais avant d'en venir à cette phase inquiète, les spectateurs exprimèrent un enthousiasme délirant devant une fin de partie enlevante. Debout, tous applaudirent à tout rompre ces amazones américaines. Puis un craquement se fit entendre, et un gradin, à l'extrémité du grand « V », se rompit. Quelques jours après l'effondrement du pont de Québec, cette punition nouvelle donnait l'impression d'une condamnation divine de toutes les turpitudes dont les habitants de la ville s'étaient rendus coupables au cours du dernier siècle.

Dans le silence profond qui suivit, percé seulement par des cris, des plaintes et des jurons, chacun demeura bouche bée un moment, regardant ses voisins. Un mouvement de foule se dessina ensuite, alors que la plupart des spectateurs tentaient d'évacuer les gradins. Après s'être réfugiés sur le grand diamant d'herbe verte afin d'éviter la bousculade, Édouard et Fernand se consultèrent du regard. Puis le premier énonça d'une voix blanche :

— Moi, j'ai assez joué au sauveteur pour toute cette année. Je laisse ma place à d'autres. Tu veux retourner dans la Haute-Ville ?

— Je ne vois rien de mieux à faire.

En rejoignant la sortie, où se pressaient quelques centaines de personnes, ils aperçurent la silhouette haute et noire d'une soutane qui se dirigeait vers le gradin écroulé.

— Crois-tu qu'il cherche des victimes à qui donner les derniers sacrements ? demanda Fernand, regrettant tout de suite cette allusion ravivant, dans l'esprit de son compagnon, le souvenir des dizaines de personnes enterrées la veille.

— Je ne pense pas, murmura celui-ci. De toute façon, personne n'est tombé de bien haut. Tel que je le connais, il doit plutôt être venu identifier les mécréants se trouvant ici, et préparer son sermon de la semaine prochaine.

— Tu le connais ?

— L'abbé Émile Buteau, curé de Saint-Roch depuis deux ou trois ans, après en avoir été le vicaire. Quand j'étais enfant, il venait à la maison afin de confesser ma mère malade et lui donner la communion. Ensuite, il s'empressait de vérifier si je connaissais bien mon catéchisme. Un mauvais souvenir.

Un ton de reproche pointait sous ces mots. Raisonnable, le futur notaire commenta :

— Pourtant, il effectuait tout simplement son travail.

— J'avais six ans, et il me regardait comme si je venais de commettre le pire des assassinats… Que dirais-tu si nous coupions en diagonale pour aller sauter cette petite clôture ? Nous serions dehors plus vite.

Son compagnon accepta. De nombreux spectateurs, parmi les plus jeunes, faisaient la même chose. Le lendemain matin, les journaux évoqueraient deux, peut-être trois membres brisés, des bleus et des bosses plus nombreux. L'incident rejetait dans l'ombre la victoire des Star Bloomer Girls.

En soirée, à la lumière d'une lampe électrique, l'abbé Émile Buteau se remémorait le mauvais spectacle de l'après-midi, son joli stylo plume à la main. La première phrase de son prochain sermon s'alignait déjà sur la feuille blanche : «Québec a été visité, envahi, embarrassé par les Bloomer Girls. »

L'ecclésiastique se demanda un moment comment continuer. Tous ses paroissiens ne comprenaient pas l'anglais, une leçon de vocabulaire les aiderait à mieux saisir la leçon : «C'est un collège, une association, une congrégation de jeunes filles américaines qui se sont consacrées au baseball. »

Chacun saisirait la métaphore : les Canadiennes françaises, elles, se consacraient à Dieu dans les ordres religieux, ou plus modestement dans des confréries pieuses, comme les Enfants de Marie. Le vocabulaire anglais, maintenant : «Le mot *Star* nous laisse rêver, et *Bloomer Girls* signifie beaucoup de choses. On peut raisonnablement penser que tout cet assemblage de syllabes veut surtout dire ceci : des femmes en culottes. » Le bon abbé n'aurait pas fait un excellent professeur de langue, avec des définitions si emberlificotées.

La difficulté, pour un prêcheur, était de ne pas faire naître des images dangereuses dans des esprits innocents au moment de pourfendre le mal. *Bloom* signifiait « éclore ». Tout de suite venait à l'esprit l'image d'un bouton de fleur s'ouvrant au soleil, répandant son odeur, recevant les insectes pollinisateurs. Une *bloomer*, c'était une jeune fille devenant femme… Et les mauvais livres présentaient le sexe féminin comme une fleur de chair, offerte…

L'abbé Buteau ferma les yeux un moment, aspira une goulée d'air, murmura « Je vous salue Marie, pleine de grâces, le Seigneur est avec vous… » Au terme de la prière, un peu rasséréné, il tendit la main pour sentir sous ses doigts une statue de plâtre représentant la Vierge. Son prédécesseur dans cette paroisse, monseigneur Gauvreau, plaçait cette représentation pieuse sur une tablette fixée au mur, un lampion allumé devant elle. C'était un vieil homme. Dans la force de l'âge, le nouveau curé préférait l'avoir toujours près de lui, à portée de main.

La vague de dégoût se retira, le prêtre ouvrit les yeux de nouveau. Mieux valait s'en tenir à un aspect moins délicat de cette mascarade pitoyable : « Cette définition, les femmes en culottes, c'est même sans doute, après tout, la plus exacte ; c'est assurément celle qui respecte le mieux la bizarre mentalité de ces filles excentriques. » Lui aussi savait utiliser des mots à la signification ambiguë. Au mot « filles », ses ouailles ajouteraient spontanément « de mauvaise vie ». Inutile de se donner la peine d'être plus explicite et d'encourir ainsi les reproches d'esprits… avancés.

Convenait-il de revenir encore sur la seconde phrase du sermon, ou laisser celle-ci à l'interprétation des fidèles ? Le second choix prévalut finalement, le prêcheur se priva du plaisir de les traiter d'hommasses, de monstres contre-nature qui bafouaient la volonté de Dieu en affectant une masculinité qu'Il ne leur avait pas consentie. De plus, ces femmes dénaturées rabaissaient au niveau des castrats les hommes qui s'extasiaient devant leurs prouesses.

Cette dernière image de l'homme amoindri, l'abbé devait la reprendre. Ce serait cependant d'une manière fine, qui ferait sourire ses fidèles toujours virils et ferait rougir les autres : « Et l'on pouvait voir des hommes, des jeunes gens de Québec tombés en quenouilles, et s'amusant à lancer des balles avec ces filles d'Amérique. »

Un petit coup discret se fit entendre contre la porte et une religieuse revêche, toute de brun vêtue, avec sur la tête une coiffe qui ne laissait voir aucun de ses cheveux, pénétra dans la pièce.

— Monsieur le curé, je vous apporte un petit dessert. Tout à l'heure, vous avez quitté la table bien vite, et je sais ce que vous appréciez.

— Merci, sœur Saint-Jean-du-Rosaire. Je voulais commencer ce sermon tout de suite, alors que mes idées se bousculent dans ma tête.

Il y avait les pécheresses qui revêtaient une culotte pour lancer des balles, et les saintes femmes dont on cachait la féminité sous des robes de bure et un prénom masculin. Ainsi affublées, elles pouvaient sans risque côtoyer les saints hommes.

La religieuse versa un peu de thé dans une tasse de porcelaine, plaça l'assiette à droite de la feuille de papier blanc maintenant à moitié écrite, puis se retira en murmurant :

— Bonsoir, monsieur le curé. Ne travaillez pas trop tard.

L'homme commença par prendre une bouchée du morceau de gâteau au chocolat, laissa le sucre se dissoudre lentement dans sa bouche avant de retrouver sa plume pour entrer dans le vif du sujet : la gangrène venue du pays voisin pour menacer le Canada français :

« Ces filles nous étaient venues d'Amérique, ce qui veut dire des États-Unis. La Bloomer Girl est un produit américain. On pouvait s'en douter. Elle est l'un des excès où aboutit le féminisme robuste et extravagant de nos voisins. Car la Bloomer Girl n'est pas une femme convenable. Il n'est pas convenable que la femme s'aventure dans un métier qui l'oblige à quitter les habits de son sexe ; il n'est pas convenable que la femme se livre à des sports aussi violents que ceux auxquels s'abandonnent, et se dévouent, les Bloomer Girls ; il n'est pas convenable surtout que pour de pareils combats et dans un tel costume la femme aille provoquer l'homme. »

Un moment, le prêtre essaya d'imaginer jusqu'où ces folles voudraient aller. S'instituer un jour des prêtresses, les interprètes de la parole de Dieu, peut-être ? Lui vivant, cela n'arriverait pas.

Condamner l'ennemi d'abord, délimiter ce qu'il fallait rejeter, puis indiquer la voie à suivre :

« Le christianisme a vraiment tracé à la femme un autre rôle, qui doit lui être naturel. La femme chrétienne, mieux encore que la païenne, est la gardienne et l'ange du foyer. C'est elle qui doit le garder pur et c'est elle qui doit mettre sur toutes les choses la grâce de son sourire et de sa vie. Et pour cela, il faut que la femme comprenne bien son rôle de jeune fille, d'épouse et de mère. »

Ce sermon, l'abbé Buteau ne doutait pas d'arriver à le faire publier, afin d'inspirer tous les prêtres de la province, qui le reprendraient à leur tour en chaire. Bientôt, grâce à un nouveau journal catholique, imprimer des mots susceptibles de régénérer le peuple canadien-français ne poserait plus de difficulté. Mais il convenait, en terminant, de ridiculiser ces joueurs qui avaient laissé gagner ces garces :

« Mais si ces Bloomer Girls osaient revenir, et si nos jeunes éphèbes avaient encore le mauvais goût de lutter avec elles pour se laisser vaincre, nous souhaiterions au moins que cette fois l'on châtiât discrètement les vainqueurs, en distribuant à chacune un jupon pour prix de sa victoire. »

Dans le petit monde de Québec, les porteurs de soutanes avaient devant eux une longue carrière de juges de la virilité des hommes et de la féminité des femmes, sans que personne ne s'amuse de cette prétention.

Chapitre 6

Accepter de se rendre à Ottawa pour plaider la cause des fêtes du tricentenaire était une chose. Devoir s'encombrer de l'ineffable Honoré-Julien-Jean-Baptiste Chouinard, H.-J.-J.-B. pour les intimes, le propagandiste enthousiaste de ces célébrations et accessoirement, en quelque sorte à temps perdu et parce qu'il fallait bien gagner sa vie, greffier de la Ville de Québec, en était une autre.

Le matin du samedi 7 septembre, Thomas Picard et lui montèrent très tôt à bord du train afin de se rendre dans la capitale nationale. À un rythme terriblement lent, d'autant que Chouinard entendait raconter par le menu tout ce qui avait été écrit sur l'explorateur originaire de Saintonge au cours du dernier siècle, ils longèrent la rive nord du fleuve jusqu'à Montréal. Thomas profita de l'arrêt dans cette ville pour aller acheter les journaux les plus volumineux qui se trouvaient dans le kiosque, en anglais et en français, puis il s'absorba dans la lecture, réussissant plus ou moins bien à faire abstraction du babillage incessant.

De la gare d'Ottawa, un fiacre les conduisit à la grande maison de brique jaune de la rue Theodore. D'origine modeste, vivant de la pratique du droit dans la campagne québécoise, Wilfrid Laurier ne jouissait d'aucune fortune personnelle susceptible de lui permettre de tenir son rang dans la société. Des amis du Parti libéral s'étaient cotisés pour lui offrir cette magnifique demeure flanquée d'une tourelle, avec des pièces réparties sur trois étages.

Un domestique vint répondre au coup de sonnette de l'improbable duo, le conduisit dans un grand salon où le premier ministre, en redingote noire et pantalon gris, des guêtres dissimulant ses chaussures, un col en celluloïd au cou sous une cravate de couleur assortie, parcourait les journaux. Pareille correction vestimentaire montrait que les visiteurs n'arrivaient pas à l'improviste. Sur un autre fauteuil, son épouse, Zoé, une grosse dame un peu percluse à la tête blanchie par l'âge, vêtue de noir, brodait un motif fleuri. Le couple aurait tout aussi bien pu se trouver dans sa maison d'Arthabaska, avec des vaches paissant de part et d'autre de la demeure, tellement s'imposait une impression de quiétude domestique.

— Madame Laurier, j'espère que votre santé est bonne, commença Thomas.

Elle fit mine de se lever, une opération rendue difficile par son arthrite.

— Non, non, protesta le visiteur, demeurez assise.

— Quand tout le monde vous invite à négliger les usages de la vie en société, c'est que non seulement on devient bien vieille, commenta-t-elle en reprenant ses aises sur son fauteuil... mais que cela se voit, ajouta-t-elle ensuite en tendant la main.

La remarque ne demandait aucun commentaire, surtout pas une protestation hypocrite, aussi Thomas enchaîna tout de suite :

— Je vous présente monsieur Chouinard, de Québec.

Le petit homme balbutia quelques mots polis. Le commerçant répéta la scène pour Laurier qui, lui, se tenait debout près d'eux, grand et droit comme un « i ».

— Comment se porte votre charmante épouse ? s'enquit ensuite Lady Laurier.

— Élisabeth se porte bien... si ce n'est sa déception de ne pas avoir d'enfant.

— Je la comprends, ajouta la vieille dame qui partageait la même malédiction. Mais au moins, vous avez ceux de votre premier mariage.

Les Laurier, quant à eux, se rattrapaient en s'occupant de filleuls, ou alors de jeunes gens prometteurs membres du Parti libéral. Depuis peu, William Lyon Mackenzie King avait commencé à fréquenter leur salon avec assiduité. Thomas fit un signe d'assentiment aux paroles de son hôtesse, tout en se disant que la présence dans sa maison d'enfants nés de deux lits aurait posé une part de difficultés dont il se trouvait heureux de faire l'économie.

— Messieurs, comme je sais que vous devez rentrer à Québec ce soir, mieux vaut passer tout de suite à ce qui vous amène, déclara bientôt le premier ministre.

Après s'être excusés auprès de Lady Laurier, les trois hommes se dirigèrent vers la grande bibliothèque située de l'autre côté du corridor. Les lourds rideaux aux fenêtres, le papier peint aux teintes bordeaux, les meubles imposants d'un brun foncé donnaient à la pièce un air sombre, solennel.

— Voulez-vous quelque chose à boire? commença le politicien.

Le domestique qui les avait accueillis à la porte se tenait toujours à portée de voix.

— Non merci, répondit Thomas dans un sourire. Après la nourriture dans le train…

Surtout, son compagnon se montrait déjà trop volubile à jeun pour prendre le risque de l'endurer après qu'un verre d'alcool ait dissipé ses dernières inhibitions. Laurier congédia le domestique du geste, leur désigna les fauteuils près du foyer, éteint en cette saison, puis commença :

— Le maire Garneau me disait par télégramme que vous vouliez me parler des célébrations du tricentenaire. Après ce qui s'est passé il y a une semaine, le temps ne me semble pas propice aux réjouissances de ce genre. Puis de toute façon, notre scénario prévoyait de combiner cela avec l'inauguration…

— La nouvelle situation vaut certainement mieux, commença Chouinard avec un enthousiasme exagéré. Des ponts, on en inaugure tous les ans, tant en Amérique qu'en Europe.

Mais commémorer le troisième centenaire du berceau de l'Amérique française, cela se révélera unique.

— Nous avions tout planifié pour 1909. En avançant l'événement en 1908, cela nous laisse moins d'un an. Bien sûr je ne propose pas d'ignorer cet anniversaire. Mais plutôt que des grandes manifestations d'envergure nationale, pourquoi ne pas s'en tenir à une célébration modeste... à la mesure des moyens de la municipalité ?

Le greffier de la Ville de Québec rêvait en grand, aussi grand que son sens politique se révélait minuscule. Il se lança dans un exposé d'une demi-heure pour mettre en évidence l'œuvre civilisatrice de la France catholique sur un continent couvert de forêts, peuplé de tribus de Sauvages aussi païens que sanguinaires. Tout au plus le premier ministre put-il placer parfois des «Je sais, je sais» murmurés et tout de suite interrompus.

Puis il profita du moment où le petit gros reprenait son souffle pour déclarer d'une voix qui rappelait celle des grands discours prononcés en plein air :

— Monsieur Chouinard, je vous remercie de votre exposé enthousiaste. La décision reviendra cependant au cabinet.

— ... Je... comprends, balbutia le fonctionnaire.

— Alors lundi, je leur soumettrai la question. Je ne veux pas paraître impoli, mais j'aimerais discuter un peu des affaires de la circonscription de Québec-Est avec monsieur Picard. Si vous voulez bien rejoindre mon épouse, un moment ?

Laurier s'étant levé, Chouinard ne pouvait faire autrement que de l'imiter.

◆

Après quelques jours de sa septième et avant-dernière année au Petit Séminaire, Édouard mesurait combien il lui en coûterait de terminer ses études classiques. À tout le moins, il entendait profiter de toutes les occasions pour égayer son existence, même dans des situations aussi peu propices au plaisir qu'un congrès de l'Association catholique de la jeunesse canadienne-française.

Quelques dizaines de jeunes gens, inscrits dans divers collèges et séminaires de la province, à l'Université Laval, et même quelques professionnels en début de carrière, profitaient de la journée de congé du samedi pour se réunir dans la salle Loyola de la rue d'Auteuil. Devant l'édifice de pierre grise, le garçon retrouva Fernand comme convenu entre eux et s'empressa de lui demander en tendant la main :

— L'université, c'est intéressant ?

— Plus que le cours classique, certainement. Moins d'enfantillages…

À son âge, deux années de plus qu'un cadet autorisait à une certaine condescendance. Bon prince, il continua pour justifier son verdict :

— Nous avons des cours de droit le matin. Après le dîner, nous devons réviser les notions apprises. La plupart d'entre nous sommes déjà en apprentissage… chez un parent, le plus souvent.

— Comme toi, chez ton père.

— J'ai l'insigne privilège de transcrire les testaments et les contrats de mariage à la machine à écrire. Remarque, pour apprendre les termes, les formules, c'est le meilleur moyen. Mais le bonhomme est intraitable : une seule faute, et je dois recommencer la page. Nous entrons ?

La salle de réunion était à l'étage. Ils se trouvèrent au milieu d'une assistance nombreuse de collégiens portant le « suisse », l'uniforme habituel des étudiants. Il s'agissait d'une longue veste tombant à mi-cuisse, le plus souvent noire, aux coutures soulignées d'un liséré blanc, avec une large ceinture de tissu, parfois fléchée, autour de la taille. Les plus âgés se contentaient de leur tenue de ville. Un nuage bleu flottait près du plafond décoré d'appliques de plâtre, résultat de la fumée de quelques pipes, et d'une majorité de cigarettes.

À une extrémité de la grande pièce rectangulaire, une petite scène permettait de présenter des spectacles musicaux ou des pièces de théâtre. Aujourd'hui, une table y prenait toute la place, derrière laquelle trois jeunes hommes manipulaient des papiers avec une certaine fébrilité, tout en se concertant à voix basse. L'un d'eux, Antonio Perreault, consultait sa montre régulièrement. À deux heures pile, comme un juge, il donna quelques coups de maillet pour rétablir le silence, s'éclaircit la voix puis commença :

— Messieurs, avant tout, souhaitons la bienvenue à l'abbé Chartier, notre aumônier.

Un homme mince, ascétique dans sa soutane noire, assis au premier rang, se leva pour se tourner à demi et saluer l'assistance. Son visage paraissait encore jeune, une impression accentuée par de petites lunettes à monture d'acier posées au milieu de son nez.

— Comme vous le savez, poursuivit le président de l'assemblée, monsieur l'abbé revient d'un voyage d'études de quelques années en Europe, au terme duquel il reprend son poste au séminaire de Saint-Hyacinthe.

Ce retour dans son alma mater serait de courte durée, et bientôt le petit abbé se retrouverait professeur à l'Université de Montréal. Il y rejoindrait son complice dans la création de l'Association, Lionel Groulx, lui aussi de retour d'un séjour de perfectionnement sur le vieux continent. Quant à leur créature, l'ACJC, elle avait été inspirée d'une organisation française du même nom, poursuivant des buts identiques aux leurs. Sa devise, « Piété, Étude, Action », en résumait bien le programme : elle devait permettre aux étudiants et aux jeunes professionnels d'approfondir leur foi et de s'engager dans l'action politique et sociale tout en respectant les directives de l'Église.

Dans chaque institution d'enseignement classique et à l'université, un comité veillait à propager ses objectifs et à recruter des membres. Un journal, *Le Semeur*, servait les mêmes fins.

— Nous avons un menu plutôt copieux aujourd'hui, continua le président d'assemblée. Toutefois, vous me per-

mettrez de souhaiter d'abord la bienvenue à tous les délé-
gués. Je reconnais quelques visages. Pour les autres, nous
aurons le temps de faire plus ample connaissance au cours de
la prochaine année académique.

La voix de Perreault portait loin. Il jouait négligemment
avec son petit maillet, comme un juge un peu fébrile : jeune
avocat, sans doute aspirait-il déjà à une nomination « sur le
banc ». Dans les minutes suivantes, il s'assura de l'adoption
de l'ordre du jour, du procès-verbal de la dernière réunion,
donna des informations sur la vie de l'organisation, puis en
arriva aux questions sérieuses :

— Nous en sommes au choix du drapeau national. Nous
croyons important que notre Association se prononce sur la
question.

— Nous avons déjà un drapeau, cria quelqu'un à l'arrière.
Le tricolore.

— C'est le drapeau de la France, opposa le président.

Depuis cinq ans, tous les milieux nationalistes s'agitaient
sur cette question. Pendant les dernières décennies, le bleu-
blanc-rouge avait suffi aux besoins identitaires des Canadiens
français, au point qu'ils le hissaient sur les édifices publics ou
l'exhibaient lors des parades de la Saint-Jean-Baptiste.

— On n'a qu'à le « canadianiser » en plaçant un gros castor au milieu, insista la même voix.

— Cela reste le drapeau français…

— Alors on ajoute une devise, sous le castor, intervint
Édouard. Je propose « Les fourrures Picard ». Rien de plus
canadien.

L'éclat de rire qui suivit fit monter le rouge aux joues du
président, qui frappa frénétiquement de son maillet sur la
table.

— Monsieur Picard, gardez vos blagues de collégien pour
la salle d'étude, où vous côtoyez des camarades de votre âge.
Les Anglais utilisent le castor comme symbole, il ne nous est
plus exclusif. Puis vous savez tous pourquoi il serait bien
imprudent de garder le tricolore comme emblème national.

Aujourd'hui, grâce à l'Entente cordiale, le Royaume-Uni et la France sont des alliés. Cela peut changer demain, au gré de la politique internationale. Au moindre refroidissement dans les relations de ces pays, nos compatriotes de langue anglaise détruiront les drapeaux. Les étudiants de McGill sont déjà venus arracher un tricolore à l'Université Laval à Montréal, il n'y a pas très longtemps.

— Puis il y a l'enfer du combisme… intervint quelqu'un.

Au fond, là se trouvait la véritable raison de cet empressement à rejeter le tricolore. La République française, sous l'influence du président du conseil Émile Combes, menait à son terme le combat pour la séparation de l'Église et de l'État. En plus de rompre les relations diplomatiques entre la France et le Vatican, une loi de 1904 interdisait aux membres des congrégations religieuses d'enseigner, à quelque niveau que ce soit.

— Ils ont chassé la religion des écoles, ajouta un autre.

— En même temps que toutes les religieuses, tous les religieux et tous les prêtres, renchérit un troisième.

Avec pour résultat que des centaines, sinon des milliers de ces personnes originaires de France se répandaient dans le réseau scolaire de la province, pour y vomir leur haine pour les valeurs républicaines, et diffuser chez les élèves leurs idées rétrogrades.

— Dans ces circonstances, mieux vaut nous donner un drapeau bien à nous, reprit le président d'assemblée. Le comité formé à Québec pour étudier la question a arrêté son choix sur le drapeau de Carillon. Les sociétés Saint-Jean-Baptiste, un peu partout dans la province, ont entériné ce choix. Je propose que nous adoptions aussi une résolution en ce sens.

Comme dans tous les corps démocratiques, cette réunion avait fait l'objet d'une planification attentive, afin de ne rien laisser au hasard des discussions. Antonio Perreault se leva pour prendre derrière lui un grand panneau cartonné appuyé face au mur, le retourna et le plaça devant la table, afin que tous le voient.

Un tonnerre d'applaudissements accueillit la présentation du drapeau. Une croix blanche sur un fond bleu pâle divisait le rectangle en quatre grands quartiers. Dans chacun, une fleur de lys pointait vers le centre.

— Le truc orangé, au milieu, c'est une escalope ? demanda Édouard, railleur.

— Cesse ces gamineries, grommela Fernand, assis à sa gauche, en posant la main sur son bras. Tu vas te faire exclure, et moi aussi, du simple fait que je suis à tes côtés.

Sur la petite estrade, les oreilles cramoisies, le président tapa de grands coups avec son maillet, alors que l'abbé Chartier, debout, l'air d'un inquisiteur espagnol, posait son regard sévère sur l'assistance. Quelques personnes avaient éclaté de rire. Son regard éteignit cet excès de gaieté dans toutes les gorges.

— Tous ne paraissent pas comprendre que certains sujets se prêtent mal au cabotinage, ragea encore Perreault.

— Même l'abbé Elphège Filiatrault, déclara Édouard d'une voix forte, celui qui le premier a proposé le drapeau de Carillon comme emblème national des Canadiens français, ne recommande pas d'y placer le Sacré-Cœur. Il a dit de ne pas mélanger la politique et la religion.

Car la tache au milieu du drapeau, qui paraissait orangée à cause du mauvais travail de l'imprimeur, était le Sacré-Cœur, encadré d'une guirlande de feuilles d'érable et souligné de la devise «Je me souviens».

Les aumôniers des nombreuses associations qu'encadrait l'Église catholique évitaient d'intervenir directement dans les débats, préférant agir en douce sur les principaux officiers... y compris au tribunal de la confession. Édouard venait toutefois d'évoquer une question religieuse, l'abbé Chartier se leva pour rétorquer d'une voix onctueuse :

— Notre jeune ami a lu trop vite la brochure de mon collègue Filiatrault, curé à Saint-Jude, une paroisse située à peu de distance de Saint-Hyacinthe. Si celui-ci suggère réellement de s'en tenir au drapeau de Carillon, sans ajouter le Sacré-Cœur, pour le motif de ne pas mêler la religion à la politique, il termine en disant qu'il appartient à nos seigneurs les évêques de juger de la question. Ceux-ci se sont prononcés. Au Canada français, la religion ne peut se séparer de la nationalité. L'une sans l'autre nous laisserait incomplets, en quelque sorte infirmes.

Des applaudissements nourris exprimèrent l'adhésion d'une forte majorité des personnes présentes aux idées exprimées par le prêtre. Seuls quelques garçons fixèrent les yeux sur le sol, immobiles. Les plus dociles finirent par joindre leurs applaudissements aux autres.

Édouard rougit, serra les poings pour être sûr que ses mains n'abdiqueraient pas. Quelqu'un se leva dans la salle, une grande feuille de papier à la main.

— Le moment est propice pour se remémorer les vers de notre poète national.

Emphatique, il commença :

Ô Carillon, je te revois encore
non plus, hélas! comme en ces jours bénis,
où dans tes murs la trompette sonore
pour te sauver nous avait réunis.

Dans tous les collèges, dans tous les séminaires, les écoliers mémorisaient le poème d'Ovide Crémazie, et aucune cérémonie de remise de prix de fin d'année ne pouvait être considérée comme un succès sans que quelqu'un ne le déclame d'une voix affectée. Aussi, tous dans la salle, à quelques exceptions près, reprirent en cœur le refrain :

Je viens à toi quand mon âme succombe
et sent déjà son courage faiblir.
Oui, près de toi venant chercher ma tombe
pour mon drapeau, je viens ici mourir.

Quand le calme revint dans la salle Loyola, Antonio Perreault demanda, caustique :

— À moins que quelqu'un, parmi vous, ne réclame le vote, nous considérerons qu'à l'unanimité vous avez fait du drapeau Carillon-Sacré-Cœur l'emblème de l'ACJC.

Personne, par crainte d'ostracisme, pas même Édouard, n'osa soulever la moindre opposition. Une nouvelle salve d'applaudissements souligna l'adoption de la proposition. Le silence revenu, le président enchaîna :

— Le prochain sujet concerne surtout les gens de Québec, quoique l'opinion de nos collègues de partout dans la province éclairera nos échanges.

Le jeune avocat chercha un moment dans les feuilles posées devant lui, puis continua :

— En réalité, nous avons effleuré indirectement le sujet, tout à l'heure. La France a cru bon de nous imposer un nouveau consul, monsieur Henri Dallemagne. Pour notre ville canadienne-française, Paris a choisi non seulement un juif, mais aussi un franc-maçon. On nous envoie un représentant de ceux qui ont réussi à détruire la France catholique de nos ancêtres. On pourrait croire qu'ils complotent de faire la même chose ici.

Le silence accueillit la déclaration, puis quelqu'un demanda :

— Que pouvons-nous y faire ? Il serait étonnant que la République nous demande notre avis.

— À tout le moins, nous pouvons faire connaître notre déplaisir.

— Comment ? questionna un autre.

Dans une association vouée à la discussion et aux échanges d'idées, le réflexe de demander des directives demeurait bien ancré. Cela tenait peut-être à l'accumulation des années de soumission aux maîtres en soutane.

— D'abord, murmura le secrétaire de l'Association en levant les yeux du procès-verbal qu'il écrivait, en publiant des lettres dans les journaux.

À son ton, chacun devina que ces lettres avaient déjà été rédigées.

— *Le Soleil*, l'organe du Parti libéral, ne les publiera certainement pas, commenta quelqu'un. Ces gens-là partagent
souvent les idées de ces républicains.

Un murmure désapprobateur parcourut la salle. La majorité de l'auditoire venait de familles libérales.

— Il y a encore *La Vérité*.

Ce périodique, fondé par Jules-Paul Tardivel, l'enfant
d'un Français et d'une Américaine, élevé aux États-Unis mais
formé au séminaire de Saint-Hyacinthe, s'alimentait volontiers des articles monarchistes et racistes parus à Paris dans le
journal *La Croix*. Le roman illisible de Tardivel, publié en
1895, intitulé *Pour la patrie*, faisait encore rêver une génération de jeunes gens à la séparation du Québec d'avec le
Canada. Depuis sa mort survenue en 1905, son fils poursuivait
son œuvre.

— Et aussi *Le Nationaliste*, suggéra un autre.

— C'est un journal de Montréal, s'opposa un troisième.
On n'en achète pas cinquante copies dans notre ville.

Après un silence, Antonio Perreault proposa :

— *L'Événement*…

— Un journal conservateur, commenta Édouard, demeuré
silencieux trop longtemps à son goût. Les fondateurs de
l'ACJC, à moins que je ne me trompe encore une fois – mais
comme l'un d'eux est ici, il pourra me corriger – ont recom-
mandé de se tenir loin de la politique partisane.

Dans la salle Loyola se côtoyaient des libéraux, des conservateurs moins nombreux, et des nationalistes. Chez les plus
fervents, cette nouvelle étiquette devait gommer les autres.
S'aligner trop nettement sur un parti entraînerait nécessairement la démission d'une fraction des effectifs.

Directement interpellé, l'abbé Chartier, visiblement
agacé, se leva de nouveau puis se tourna vers l'assistance pour
expliquer :

— Aujourd'hui, nous ne disposons pas encore d'un journal
à grand tirage indépendant des partis politiques pour faire
entendre notre voix. Cela ne tardera pas, surtout dans cette

ville. En attendant, comme nous abordons ici une question susceptible d'affecter notre survie nationale, nous enverrons des lettres à tous les quotidiens. Nous identifierons facilement les amis de notre cause : ce sont ceux qui les publieront.

Édouard n'en douta pas un seul instant, à Québec, seul *L'Événement* accepterait. Au-delà des affirmations des fondateurs de l'ACJC, la connivence entre les nationalistes et les conservateurs avaient de belles années devant elle.

— Nous devons encore aborder un dernier sujet. Vous savez tous que les autorités religieuses entendent souligner de belle manière le deuxième centenaire de la mort de monseigneur de Laval. En passant, je vous invite à éviter d'utiliser le terme bicentenaire : c'est l'un des nombreux anglicismes qui salissent notre langue. Notre association compte apporter son concours actif à l'organisation de ces fêtes.

Édouard afficha un sourire discret. Au moment de quitter la maison, tôt ce matin, Thomas lui avait annoncé que ce sujet figurerait à l'ordre du jour du congrès de l'ACJC. Cet organisateur libéral y entretenait-il un informateur ?

⋙⋘

À son retour dans la bibliothèque de la demeure de la rue Theodore, cette fois sans poser la question, Wilfrid Laurier se dirigea vers une petite table où l'attendaient quelques bouteilles, versa du cognac dans deux verres et en tendit un à son visiteur au moment de se rasseoir.

— Je m'en veux de faire cela à Zoé. Il va sans doute reprendre son discours auprès d'elle.

— Et croyez-moi, il peut tenir longtemps. J'ai passé plus de six heures assis à côté de lui, dans un train qui s'arrêtait dans tous les villages. Je suppose que parler sans cesse l'empêche d'entendre le grand silence dans sa tête.

— Heureusement, ma femme a l'habitude de tous ces quémandeurs. Elle s'est assise de façon à lui tendre sa mauvaise oreille. Son flot de paroles ressemblera au murmure du vent dans les branches... À tout le moins, elle décrit ainsi mes meilleurs discours.

Le politicien secoua la tête, amusé, puis continua :

— Nous ne pouvons pas nous en tenir à 1909.

— Bien sûr que non. Tout le monde chercherait la silhouette du pont à l'horizon.

— Et des fêtes modestes ?

Le premier ministre revenait à sa première idée, formulée dès le début des discussions sur cette question plus de deux ans plus tôt. Il ajouta après une pause, pour se justifier :

— Si vous lisez les journaux américains, vous savez que les célébrations tenues pour le tricentenaire de Jamestown, en Virginie, ne remportent pas un bien grand succès. Pourtant, ce pays compte une population quinze fois plus nombreuse que la nôtre, et terriblement plus riche.

— Les comptes rendus ne sont pas franchement négatifs.

— En plus, cela a réveillé des antagonismes de race, avec les Indiens et avec les Nègres.

Évidemment, les populations de ces deux communautés ne pouvaient commémorer sans réserve la venue des colons anglais en Virginie. Les premiers y avaient perdu un continent et un mode de vie, les seconds avaient été arrachés à l'Afrique par millions pour vivre deux cent quarante ans d'esclavage.

C'était la véritable crainte de Wilfrid Laurier. Célébrer avec une trop grande ampleur le Canada français susciterait la colère des Canadiens anglais. Plusieurs de ceux-ci considéraient toujours comme une anomalie le fait que certains de leurs compatriotes ne parlent pas la langue de l'Empire.

— Dans notre charmante province, la difficulté se montre différente, précisa Thomas. Le passé, et sa commémoration, deviennent des enjeux politiques. Les soutanes célébreront les deux cents ans de la mort de monseigneur de Laval, avec aux premières loges tout ce que le territoire compte de conservateurs et de nationalistes désireux de bien se faire voir.

— Fêter l'anniversaire de la mort de quelqu'un, quelle sottise ! grommela sir Wilfrid.

Après une pause, le politicien demanda, plus soucieux :

— Cela n'aura pas une bien grande envergure, n'est-ce pas ?

— Vous voulez rire ? Dans toutes les écoles, pendant des mois, les enfants se feront seriner des leçons à propos de notre héritage catholique et français. Imaginez les efforts conjugués des maîtresses d'école encadrées par les curés, des frères et des sœurs enseignants, des prêtres dans les collèges et les séminaires. Les curés dans chacune de nos paroisses sont déjà occupés à peaufiner leurs sermons sur le sujet. En juin prochain, pour le grand jour, toutes les associations catholiques, des Filles d'Isabelle aux Ligues du Sacré-Cœur, seront mobilisées. Et aucun journaliste n'osera mettre en doute la pertinence ou la grandeur de l'événement, sous peine de risquer l'excommunication… Vous savez que l'évêché travaille à la création d'un journal quotidien à Québec, pour prêcher la bonne parole et combattre l'influence délétère de nos propres publications, comme *Le Soleil* ?

Les attaques des membres du clergé catholique contre les journaux libéraux avaient procuré à Wilfrid Laurier plusieurs de ses cheveux blancs. Thomas s'arrêta, un peu gêné de lui donner des leçons de politique. Laurier admit après un long silence :

— Je savais, pour ce journal… Vous êtes convaincu qu'il faut opposer un héros laïc à leur héros affublé d'une soutane, et une fête libérale pour faire contrepoids à une commémoration à la fois cléricale, conservatrice et nationaliste ?

Thomas Picard lui adressa un signe affirmatif de la tête. Le premier ministre demeura songeur un moment, puis expliqua :

— Depuis Ottawa, l'équation devient un peu plus complexe. Dès que j'ai l'air de donner un peu trop aux Canadiens français, je perds des votes au Canada anglais. Ce pont écrasé au fond du fleuve, c'est une masse d'argent public dépensé au Québec, en pure perte. Si j'en ajoute encore pour fêter Champlain… Honnêtement, je crains pour la prochaine élection.

— Je m'inquiète aussi. C'est le vote en bloc du Québec qui vous porte au pouvoir. Il ne faut pas que les nationalistes prennent trop de place. Les deux jeunes députés qui siègent à Ottawa à titre de libéraux indépendants peuvent se muer en conservateurs. Perdre la prochaine élection fédérale est une chose, affaiblir les libéraux au Québec se révélerait autrement plus dangereux, à long terme.

— Mais faire payer les gens de Kingston, de Calgary ou de Kamloops pour une fête de l'Amérique française tenue à Québec, c'est un suicide !

— À leur intention, il faut en faire une fête du Canada. Ce ne sera pas la première fois que vous ferez ce tour de magie.

C'était bien là le défi quotidien de Laurier : les Canadiens français demeuraient convaincus qu'il n'en faisait pas assez pour eux, alors que les Canadiens anglais trouvaient que le moindre geste était de trop. Cela l'obligeait à tenir sans cesse un double discours.

— Je peux sans doute consacrer trois cent mille dollars à ces célébrations, la province de Québec, cent mille et la Ville tout autant, admit-il finalement dans un soupir. Cela devra suffire.

— Et dans un geste d'amour fou, le premier ministre de l'Ontario n'a-t-il pas aussi promis cent mille dollars ? ricana Thomas.

— Mais celui-là dégrisera peut-être avant le jour de la signature du chèque.

Les deux hommes sourirent en vidant leur verre, puis Laurier reconnut encore :

— Les délais demeurent terriblement courts. Puis il faut compter encore avec les aspirations du gouverneur général, Lord Grey. Ce gars rêve d'une grande messe impériale qui scellera notre union avec la mère patrie et fera de nous, les Canadiens français, les plus grands partisans de l'œuvre civilisatrice du Royaume-Uni sur tous les continents du monde. Il est aussi enthousiaste à ce sujet que votre ami Chouinard, sur un registre politique opposé.

— Vous devez donc trouver le moyen de célébrer à la fois l'Amérique française, le Canada et l'Empire ! Vos talents de magicien seront rudement sollicités, railla le visiteur.

— Non, mon cher Picard. Vous, je veux dire les gens de Québec, devrez trouver le moyen de faire cela. Moi, j'irai accueillir les visiteurs de marque et livrer quelques discours.

Thomas posa son verre sur une table basse, puis déclara en faisant mine de se lever :

— Je m'en voudrais de vous retenir plus longtemps…

— Encore un moment. Vous avez jugé utile de mettre vigoureusement fin à l'assemblée d'Henri Bourassa dans Saint-Roch.

— C'est votre fief, je n'y tolérerai aucun de ces idiots. L'an prochain, votre majorité croîtra encore.

— Cette pluie de pierres, était-ce vraiment nécessaire ? La mère d'Armand m'a écrit…

Officiellement, Armand Lavergne était le fils de son associé dans un cabinet d'avocats, nommé juge après l'accession des libéraux au pouvoir. La rumeur faisait de Wilfrid Laurier son véritable père. Si aucun sentiment amoureux n'avait existé entre le chef libéral et l'épouse de ce voisin, l'homme se révélait très fidèle en amitié, au point d'entretenir une correspondance quasi quotidienne avec Émilie Lavergne. De plus, il vouait une étrange affection à ce jeune politicien qui se révélait une épine dans le pied, au point de lui passer toutes ses frasques, même les plus dangereuses.

— Vous savez, expliqua le visiteur, mon fils se trouvait sur la même tribune, il a aussi reçu une pierre. Je pense même qu'il fut le seul de tout ce quarteron de militants à avoir versé un peu de sang.

« Et il n'a pleurniché auprès de personne », aurait pu ajouter Thomas. Son interlocuteur comprit très bien le sous-entendu. Il se leva pour signifier que la conversation prenait fin.

La maison de la rue Scott demeurait silencieuse. Thomas ne reviendrait d'Ottawa qu'en fin de soirée et Élisabeth se prélassait dans son bain, un roman à la main. Quant à Eugénie, Édouard préférait ne rien savoir de ses activités, comme elle des siennes. Sans doute rêvassait-elle dans sa chambre.

— Tu souhaites boire quelque chose? demanda-t-il à son compagnon.

— Tu es certain?... commença Fernand.

— Vois-tu, c'est l'une des théories favorites de mon paternel. Le meilleur moyen de faire un ivrogne, selon lui, c'est d'interdire l'alcool. Depuis que je suis aussi grand que lui, je peux en prendre, mais mo-dé-ré-ment.

Il insista sur le dernier mot en secouant son doigt, comme un maître d'école.

— Alors, tu en veux?

— Un peu.

Édouard versa un doigt de cognac dans deux verres. La première gorgée les fit grimacer tous les deux. Ils se trouvaient dans la bibliothèque. Calés dans de profonds fauteuils, ils mimaient les hommes d'affaires prospères qu'ils comptaient devenir.

— Cet après-midi, tu as exagéré. Une escalope...

— Et toi, tu n'as rien dit, alors qu'il y a deux semaines tu te déclarais d'accord avec moi. Le drapeau de Carillon est une chose, quoique déterrer de vieux symboles monarchistes français me laisse un peu froid...

— À la bataille de Carillon, les miliciens canadiens ont surpassé en valeur les armées régulières de France.

— Si tu veux. Mais ajouter le Sacré-Cœur... Avec ce grand torchon, les curés nous passent en fraude une avalanche de bondieuseries, sous couvert de nationalisme.

Fernand contempla son cognac un moment, puis opposa:

— Je reconnais bien là le libéral avancé; un vrai rouge! Je ne partage pas tes idées là-dessus, tu le sais. Ce sont les curés, comme tu dis, qui nous ont conservés français. Ce sont eux aussi qui le feront dans l'avenir. Tu ne peux pas séparer le symbole catholique du symbole national, car les deux sont intimement mêlés dans ce que nous sommes.

Édouard voulut protester, puis décida de se retenir. Les amis ne se révélaient pas si nombreux dans sa vie, inutiles de les chasser en se montrant trop radical. Il préféra changer de sujet :

— Ne trouves-tu pas ridicule l'idée de faire du bruit à propos de ce juif, le consul ?

— Ce n'est pas lui, en tant que personne…

— Voyons, si je te donne un coup de poing en tant que conservateur, tu vas voir que ta personne va encaisser. Ces gens renouent avec l'antisémitisme, comme au temps de Dreyfus.

L'histoire de ce juif, accusé faussement de trahison, avait déchiré la France quelques années plus tôt. Les échos de ce drame s'étaient répercutés de ce côté-ci de l'Atlantique, en particulier dans les pages du journal *La Vérité*.

— Nommer à Québec un consul à la fois juif et franc-maçon, cela ne peut tenir que du complot, ou de l'ignorance coupable. En protestant un peu, nous ferons l'éducation des personnes qui l'ont envoyé ici.

Édouard laissa échapper un soupir, songea un moment à évoquer les amours déçus de son compagnon, juste pour lui rabattre un peu le caquet. À la fin, bon garçon, il s'enquit plutôt :

— J'espère que tu n'as pas rêvé de joueuses de baseball toute la semaine. Je m'en voudrais d'avoir mis ton âme en péril.

— Cesse de dire des sottises.

Au ton de son compagnon, il devina que cela avait été le cas.

Quitter son commerce un jeudi après-midi ne valait rien pour les affaires, mais certains rendez-vous ne pouvaient être évités. Le 19 septembre 1907, Thomas grimpa dans le tramway juste en face de son magasin, changea de voiture une première fois à l'intersection de la rue de la Couronne, une autre fois dans la rue Saint-Jean. Au moment de descendre en face de l'hôtel de ville, il constata que ses compagnons n'attendaient plus que lui.

— Monsieur Garneau, salua-t-il en serrant la première main tendue; et monsieur Chouinard, enchaîna-t-il en prenant la seconde.

— Allons-y tout de suite, sinon Son Excellence risque de nous attendre, avertit le maire en ouvrant la portière d'une grande calèche.

La voiture passa devant le Château Frontenac, parcourut la rue Saint-Louis jusqu'au chemin de la Citadelle. À l'intérieur des murs de celle-ci, Garneau demanda à un militaire de faction d'annoncer son arrivée au maître des lieux. Le gouverneur général du Canada occupait le plus souvent Rideau Hall, une maison de fonction à Ottawa, mais des appartements lui étaient réservés dans la place forte dominant le Saint-Laurent.

Après quelques minutes d'attente, les trois compagnons virent arriver un petit homme chauve vêtu de tweed, une moustache épaisse sur la lèvre supérieure. Privé de son uniforme d'apparat, il ressemblait à un touriste britannique en vacances à Québec. Sans hésiter, il tendit la main vers le maire Garneau en disant :

— Cher Monsieur, je suis enchanté de vous revoir… et monsieur Chouinard aussi, bien entendu.

Tous les deux répondirent en murmurant « Excellence ». L'homme s'arrêta ensuite devant Thomas, un sourcil levé en guise d'interrogation.

— Voici monsieur Thomas Picard, le présenta le maire.

En lui serrant la main, Albert Henry George, quatrième comte Grey, ne se départit pas de son sourire pour demander :

— Je connais le rôle de mes amis dans l'organisation des fêtes, pas le vôtre. Vous êtes-vous joint au comité d'organisation récemment?

— Pas tout à fait. Disons que je suis l'oreille du premier ministre, en son absence.

Son interlocuteur jeta un regard du côté du maire, qui garda un visage impassible. Son flegme tout britannique lui permettait de dissimuler l'agacement que lui causait la présence du commerçant. Plutôt que de compléter l'information, Garneau proposa:

— Excellence, si vous voulez monter...

— Bien sûr, bien sûr.

Tous grimpèrent dans la voiture. Le cocher regagna la rue Saint-Louis, prit la direction de la Grande Allée. Ce ne fut qu'au moment de bifurquer sur le chemin de la Prison que le gouverneur sortit de son mutisme:

— L'endroit est magnifique... mais cette bâtisse est une monstruosité.

Non seulement l'homme parlait un français impeccable, mais il affectait l'accent chantant de Paris. De la main, il montrait la grande prison de Québec.

— Quand les immigrants arrivent à New York, ils aperçoivent avec émotion la statue de la Liberté. Le symbole est connu à travers le monde. Ici, c'est une geôle qu'ils voient d'abord. Il faudrait la déplacer dans un endroit plus convenable.

Thomas échappa un soupir en échangeant un regard avec le maire Garneau. Il se priva du plaisir de préciser qu'à l'endroit du port où accostaient les navires venus d'Europe, aucun candidat à l'immigration ne pouvait voir cet édifice. Le grand personnage continua:

— Remarquez que cette usine de munitions ne vaut guère mieux.

La manufacture de fusils Ross, une longue baraque plutôt basse construite avec de mauvaises briques, se dressait un peu plus loin vers l'est. Le petit personnage se leva à demi dans la calèche, contempla le grand espace gazonné, parsemé ça et là de bouquets d'arbres.

— Si ces deux bâtiments disparaissaient, de même que les quelques maisons autour de la prison, ce site serait absolument magnifique, plus beau que n'importe quel parc de Londres, avec sa vue sur le fleuve et la rive sud. En cette saison, avec le rouge vif des érables, c'est encore plus vrai.

— C'est certain qu'on imagine mal une prison au milieu de Hyde Park ou de Central Park, commenta Chouinard, qui n'avait vu ni l'un ni l'autre.

— Ce sera un parc dès l'année prochaine, si nos projets se concrétisent, dit Garneau. Selon les ressources financières dont nous disposerons alors, nous pourrons procéder ou non à des expropriations.

Le comte Grey esquissa un sourire, heureux de voir deux de ses compagnons se rallier à ses arguments.

— Vous aurez certainement de quoi les faire disparaître. Partout au Royaume-Uni, il y a des quêtes dans les écoles.

— Quel montant y a-t-on récolté ? demanda Thomas.

— Je ne saurais dire...

— Auprès d'écoliers, un *penny* après l'autre donné à la gloire de l'Empire, le total ne doit pas être significatif.

Le gouverneur agita la main, comme s'il chassait une mouche.

— Nous recueillons aussi de l'argent auprès des adultes, dans la bonne société. Des personnages éminents ont apporté leur contribution généreuse. Même ici, le travail de mobilisation et de collecte de fonds va bon train. Toutes les villes d'importance ont maintenant des clubs canadiens, où le sentiment national se développe...

— Combien ?

Thomas se révélait intraitable. Quelques contributions importantes de personnalités publiques avaient fait les manchettes des journaux. Des conférences sur les fêtes dans les Canadian Clubs méritaient une belle couverture de presse. Toutefois, compte tenu de l'échéance maintenant rapprochée, rien n'indiquait qu'un pactole serait disponible à temps.

Le gouverneur général préférait rêver, plutôt que compter. Aussi il se dressa de nouveau dans la voiture alors que le cocher parcourait une allée surplombant le fleuve, pour expliquer :

— Je vais vous montrer les plans de mes projets. Il y a une élévation qui montre la scène depuis le Saint-Laurent. J'imagine une gigantesque statue de bronze, un ange de la Paix, qui dominera la scène, les bras ouverts comme dans un accueil. Pour les immigrants, ce serait la première vision de leur nouveau pays. Ce siècle sera celui du Canada.

Devant ce trio de libéraux, Grey n'hésitait pas à citer l'envolée oratoire de Wilfrid Laurier, vieille de quelques années déjà. Le premier ministre avait aussi prédit que le Canada compterait soixante millions d'habitants avant l'an 2000.

— Dans un futur immédiat, nous devons nous occuper des fêtes, commenta Thomas. La statue monumentale peut attendre, pas les célébrations. Je suppose que vous avez aussi dressé des plans pour celles-ci.

L'ironie échappa au grand homme, ou celui-ci choisit de l'ignorer.

— La grande mode, actuellement, ce sont les *pageants* : de grandes démonstrations théâtrales qui permettent de revivre les moments importants du passé. Nous pourrions les présenter dans ce cadre magnifique.

De la main, il désignait les plaines d'Abraham.

— Embaucher des comédiens, vous n'y pensez pas, opposa le maire Garneau.

— Non, non, protesta le comte Grey. Nous pouvons recruter des amateurs, les habitants de la ville de Québec, par centaines. Des gens de toutes les classes sociales se réuniront pour commémorer le passé de cette belle ville.

— Comme les pièces de théâtre des collégiens, au moment de la remise des prix de fin d'année ? questionna Chouinard, intrigué.

— Mais d'une ampleur autrement plus considérable, avec des centaines de participants... Cette année, une célébration absolument exceptionnelle a eu lieu à Oxford. Le même metteur en scène pourrait venir ici.

Visiblement, le représentant de sa majesté dans les colonies avait longuement réfléchi à la question. Narquois, Thomas demanda :

— Vous dites les grands événements du passé ? Lesquels ?

— La fondation de la ville, évidemment...

Un moment troublé, l'homme chercha comme à l'époque où il devait subir des examens. Ce diable de commerçant devenait agaçant... ou plus précisément *a pain in the ass* !

— Jusqu'à la Conquête, compléta-t-il enfin.

— De la fondation à la chute... Une fin un peu triste, non ? Dans quelle langue ?

Le maire Garneau rougissait un peu. Thomas Picard se révélait bien républicain, en interpellant ainsi le gouverneur général sans répéter le titre du haut personnage. Encore un peu, et il l'apostropherait avec le mot « citoyen ».

— En français, convint le comte Grey. On ne célébrera pas la plus vieille ville française d'Amérique dans une autre langue.

Le piège du commerçant était si grossier que l'homme ne put s'empêcher de sourire. Mais parfois, un piège en dissimulait un second, mieux camouflé. Ce fut à un autre membre du trio de l'amorcer :

— Si vous entendez conclure sur la Conquête, il faudrait que ce soit avec la dernière bataille, remarqua Chouinard.

Le personnage officiel souleva les sourcils, intrigué, puis murmura, certain que ce n'était pas la bonne réponse :

— 1759 ?

— 1760, Excellence, commenta Thomas en souriant. Si vous me permettez...

Il se tourna à demi, échangea quelques mots avec le cocher. Celui-ci fouetta son cheval, regagna le chemin de la Prison, suivit la Grande Allée vers l'ouest jusqu'à ce qu'il devienne le chemin du Cap-Rouge. Il bifurqua enfin sur le chemin Bourdon. Pendant ce long trajet, le gouverneur général offrit un visage peu amène, agacé d'être en quelque sorte enlevé par cet inconnu. Des deux côtés de la voiture, le bétail des cultivateurs des environs le contemplait en mastiquant.

La calèche poursuivit sa progression vers l'ouest sur le chemin Sainte-Foy, jusqu'à une colonne de pierre érigée en pleine campagne.

— Voici le monument des Braves de 1760, commenta Thomas.

Comme le gouverneur général paraissait ne rien comprendre, ce fut Garneau qui précisa :

— Après la bataille des plaines d'Abraham, les troupes françaises se replièrent à Cap-Rouge. Au printemps de 1760, sous le commandement du chevalier de Lévis, elles ont battu les Anglais… Votre Excellence.

— Ce fut un massacre, exagéra Chouinard avec un empressement peu protocolaire. Ils sont allés se cacher derrière les murs de la ville.

— Pour nous, ce n'est pourtant pas une histoire qui finit bien, ajouta Thomas Picard. Au dégel, le premier navire à se pointer devant Québec fut la frégate *Lowestoffe*, alors que les bâtiments français étaient arraisonnés dans le golfe. Sans renfort, les Français se sont dérobés tout l'été devant les trois armées ennemies, jusqu'à la capitulation de Montréal.

Grey demeura songeur, puis remarqua :

— Mais la dernière bataille fut une victoire française, vous avez raison. Celle des Braves de Sainte-Foy… Il faudrait que le parc des Plaines se rende jusqu'ici.

— Vous n'y pensez pas…, s'émut Picard. Cela entraverait tout le développement de la ville.

— Un second parc plutôt, et cela dans quelques décennies, tempéra Garneau.

Le comte Grey n'écoutait plus, les yeux fixés sur le monument.

— Voici une meilleure réponse à votre question, Picard : nous honorerons la mémoire des Braves, des deux côtés. Ces Braves dont les enfants ont donné naissance à un nouveau pays, le Canada. L'insistance des représentations théâtrales ira évidemment sur la Nouvelle-France et le fait français, puisque nous célébrerons Québec... Mais je dois rentrer, ajouta-t-il en sortant sa montre de son gousset.

— Bien sûr, conclut Garneau. Cocher, à la Citadelle.

Pendant un long moment, les quatre hommes progressèrent en silence. Thomas ne détestait pas son rôle, celui de l'homme pratique, soucieux de livrer une fête pas trop ambitieuse à ses concitoyens dans des délais plutôt courts. Il demanda enfin :

— Excellence, croyez-vous que nous pourrons recruter au Royaume-Uni un spécialiste de ces... Comment avez-vous dit, tout à l'heure ?

— Des *pageants*. Cela ne posera aucun problème, avec l'appui du gouvernement de la métropole.

— Et pour le contenu du spectacle ? Vous comprenez que la moindre maladresse aurait un bien mauvais effet.

Le comte Grey, en poste au Canada depuis trois ans, comprenait très bien que les épidermes nationaux des anciens comme des nouveaux sujets de Sa Majesté se révélaient d'une extrême sensibilité. Vouloir créer un pays dont l'acte de naissance était une conquête sanglante posait des difficultés immenses... peut-être insurmontables. Une grande messe civique pour commémorer les moments les plus glorieux du passé, afin de rallier au même projet les vainqueurs et les vaincus d'hier, pouvait avoir des résultats catastrophiques à la moindre maladresse.

À la fin, il proposa :

— Le mieux serait que vous cherchiez l'auteur des spectacles historiques chez les Canadiens français. Vous saurez recruter quelqu'un dont le sens politique nous évitera toute déconvenue. Vous me comprenez ?

— À un point que vous ne pouvez soupçonner, ricana Thomas.

Le maire Garneau, mal à l'aise, se déplaça sur la banquette, alors que son binocle se dérobait de l'arête de son nez. Wilfrid Laurier leur imposait la présence d'un goujat.

— Thomas Chapais pourra nous aider, suggéra Chouinard.

— C'est une excellente idée, approuva le maire. Avec lui, on ne risque pas des interprétations… aventureuses.

Ce Chapais faisait œuvre d'historien de la bonne entente, célébrant avec le même entrain la grandeur de la Nouvelle-France, et les conditions propices au développement économique et politique apportées par le Régime anglais.

— De mon côté, je mobiliserai les fonctionnaires des Archives publiques, à Ottawa, murmura Grey.

Les représentations théâtrales seraient peut-être écrites d'une seule main française, mais leur conception mobiliserait deux esprits au moins, l'un français, l'autre anglais.

— Pour donner à ces fêtes toute l'ampleur souhaitée, je peux vous assurer que la famille royale sera bien représentée, ajouta le gouverneur général.

La rumeur des efforts du représentant du roi pour obtenir la présence du prince de Galles à Québec n'échappait à personne. En 1860, l'héritier de la couronne était venu à Montréal pour l'inauguration du pont Victoria, le joyau du chemin de fer Grand Tronc. Que son successeur vienne souligner l'ouverture du pont de Québec, le maillon essentiel du second transcontinental canadien, paraissait un clin d'œil de l'histoire.

— Cela convenait dans le scénario original, commença Thomas. Après la catastrophe…

— Monsieur… Picard, à mes yeux, la présence du prince devient plus essentielle que jamais. L'inauguration d'un pont me paraissait triviale, la célébration de la naissance d'un grand pays, c'est autre chose.

— Vous croyez qu'il viendra? s'inquiéta le maire Garneau.

— Cela ne fait aucun doute. C'est un ami.

Le gouverneur général ne mentait pas: lui et le futur souverain s'interpellait par leur diminutif. Thomas soupira. La petite fête municipale dont avait rêvé Wilfrid Laurier était ruinée. La présence royale lui conférerait une ampleur considérable. Les impérialistes se rallieraient autour d'elle, ils relanceraient tous les projets d'une participation aux innombrables aventures militaires de la métropole. Pour les nationalistes, cela prendrait la forme d'une déclaration de guerre.

De retour à la Citadelle de Québec, les passagers descendirent de voiture, serrèrent la main du comte Grey en s'inclinant bien bas. Il se dirigea vers le grand édifice. Alors que les hommes remontaient dans la calèche, il s'arrêta et revint vers eux.

— Monsieur Picard, je me souviens tout d'un coup de votre rôle d'organisateur politique. Connaissez-vous bien les sentiments des habitants de Québec?

— À tout le moins, je m'y efforce.

— Je songe à ranimer une vieille tradition: le bal du gouverneur.

À l'époque où Québec offrait bien peu de loisirs, le gouverneur de la colonie tenait un grand bal à l'automne, afin que les jeunes filles en mal de se trouver un mari se montrent un peu. Aux quelques invitations à danser pouvaient succéder la visite de jeunes gens convenables à leur domicile.

— Excellence, vous me trouvez en position de faiblesse à ce sujet. J'ai une fille qui aura bientôt vingt ans. Je ne peux me prononcer au nom de tous mes concitoyens, mais si l'initiative avait d'heureux résultats pour elle, je serais votre débiteur.

— Je ne peux donc plus hésiter. Je compte sur vous pour me fournir une liste des familles susceptibles de recevoir une invitation.

De nouveau, il fit mine de partir puis s'arrêta pour préciser :

— Naturellement, vous n'y mettrez pas uniquement les noms des familles libérales.

— Évidemment, Excellence. Au risque de reproduire dans notre ville très sage le drame de Roméo et Juliette, vous aurez des Capulet conservateurs et des Montaigu libéraux.

Le comte inclina la tête dans un dernier salut, puis rentra chez lui.

Chapitre 7

Comme tous les matins depuis un peu plus de cinq ans, Mathieu Picard marcha les quelques centaines de pieds qui séparaient son domicile de l'Académie commerciale de Québec, dans la rue Saint-André. Si la fréquentation de cet établissement ne lui avait procuré aucun plaisir tout au long du cours élémentaire et pendant la première année du cours modèle, le mois de septembre dernier et la première semaine d'octobre avaient confiné à l'horreur.

Ce matin, le 8 octobre, la situation ne différait pas des jours précédents. À peine arriva-t-il près de l'entrée de l'école qu'une voix narquoise lança dans son dos:

— Ton père a-t-il tenté de te la mettre dans le cul, hier soir?

Mathieu se retourna pour apercevoir Pierre Grondin sur le trottoir, accompagné de ses deux éternels compères. Le trio fréquentait le cours académique: ces adolescents comptaient parmi les «grands», ceux qui se préparaient à assumer bientôt des tâches de commis ou de secrétaire. À quatorze ou quinze ans, ils dépassaient leur victime d'une bonne tête.

— Laissez-moi tranquille, répondit le garçon au bord des larmes.

— Ne fais pas ta mauvaise fille, cria l'un d'eux. Viens plutôt me faire une caresse.

Il accéléra le pas, commença à courir quand ses tortionnaires s'approchèrent un peu trop. La porte d'entrée se trouvait toute proche, le gamin arriva à s'y engouffrer avant d'être rattrapé. Dans sa précipitation, il évita de justesse de heurter le frère des Écoles chrétiennes chargé d'agiter la cloche pour signifier aux retardataires de se presser.

— Picard, s'exclama l'homme vêtu d'une robe noire, un rabat blanc sur la poitrine, vous savez qu'il est interdit de courir dans nos locaux.

— … Je vous demande pardon, frère Dosité.

— Votre bulletin portera la trace de ce comportement.

Les congrégations religieuses ne se contentaient pas d'instruire les enfants qu'on leur confiait, elles les éduquaient aussi. En conséquence, le carnet de notes ne se limitait pas à communiquer aux parents les progrès réalisés dans l'apprentissage du français et des mathématiques, mais il les informait aussi d'attitudes morales comme la piété, la soumission, le respect. Courir, crier, s'agiter constituaient des fautes graves à leurs yeux.

— Ce sont eux…

— Je pourrais ajouter que vous dénoncez les autres.

Alors que le trio dirigé par Pierre Grondin entrait à son tour, le frère enseignant les dévisagea un moment avant de demander :

— Vous avez fait quelque chose à ce garçon ?

— Non, mon frère, répondit l'un d'eux d'une petite voix docile. S'il prétend autre chose, il ment. Demandez à mes camarades.

— Il ment, mon frère, affirmèrent les autres en chœur.

— Allez, allez, sinon vous serez en retard dans vos classes.

Dans l'escalier, les trois grands écoliers passèrent devant Mathieu en le bousculant contre le mur. Le meneur murmura entre ses dents :

— Si tu nous apportes des ennuis avec les frères, fillette, tu vas le payer cher.

Depuis un mois, ce scénario se répétait avec une cruelle régularité, presque tous les matins. Le garçon retrouva sa classe de sixième année, la seconde du cours modèle, la peur au ventre. Déjà, ses résultats scolaires se révélaient décevants. Derrière la petite table de bois partagée avec un gamin de son âge, plutôt que d'écouter la leçon, il songeait avec frayeur à la récréation prochaine, au trajet pour aller manger à la maison, et surtout au retour, un peu après quatre heures. Tous ces moments s'avéraient propices aux railleries, aux bousculades.

Le pire, dans cette situation, était l'effet d'entraînement. De trois, les tortionnaires pouvaient bien se multiplier par dix. Aucun plaisir ne semblait être plus grand, chez un troupeau d'enfants confiés à des adultes indifférents – une caractéristique propre aux enseignants –, que de trouver un souffre-douleur et s'attaquer à lui sans répit, jour après jour, avec un acharnement sans cesse croissant. La cruauté d'un élève grandissait s'il croyait que l'une ou l'autre de ses caractéristiques personnelles pouvait le transformer un jour en victime. En conséquence, les malingres, les idiots, mais aussi les plus brillants qui jetaient de l'ombre sur leurs camarades, cherchaient plus misérable qu'eux et tentaient d'orienter la cruauté sauvage de la meute vers ce bouc émissaire.

Quand, vers dix heures, la cloche sonna la récréation, ce fut à pas lents que Mathieu descendit l'escalier. Un long moment, il demeura immobile devant la porte donnant sur la cour intérieure. Sur un espace de terre battue, sans la moindre trace de verdure, plus de deux cents garçons se livraient à des jeux difficiles à identifier. Un observateur attentif arrivait à la conclusion que la plupart cherchaient seulement un coin où se tenir en conciliabule. Les autres couraient sans autre but que de heurter un autre élève d'un coup d'épaule, de préférence un petit, afin de le faire tomber. Dans un espace aussi réduit, encadré sur trois côtés par les murs de l'Académie, impossible de se livrer au moindre sport d'équipe.

Encore une fois, le frère Dosité apparut à ses côtés :

— Picard, ne restez pas à l'intérieur, c'est malsain.

— Je ne me sens pas très bien.

— Dans ce cas, il importe d'autant plus de prendre un peu l'air.

Avec une mine maussade, Mathieu sortit dans la cour, chercha des yeux les élèves de sa classe, de préférence ceux qui avaient affiché la plus totale indifférence à son égard jusque-là, en se tenant suffisamment près de petits groupes pour ne pas sembler isolé et assez loin pour ne pas paraître indiscret. Mine de rien, il cherchait à localiser Pierre Grondin, ne serait-ce que pour éviter une mauvaise surprise.

Le son de la cloche, agitée par le frère Dosité, retentit bientôt. Soulagé, Mathieu regagna la salle de classe, attentif à ne pas gravir l'escalier juste devant l'un ou l'autre de ses tortionnaires. Un croc-en-jambe, à cet endroit, entraînerait une chute douloureuse, sinon carrément dangereuse.

Quand la cloche signala l'heure du dîner, Mathieu se précipita vers la porte de la classe et dévala les escaliers.

— Picard! entendit-il crier derrière lui.

Il poursuivit sa course sans s'arrêter, accumulant encore de mauvais points sur son bulletin. Sa vitesse lui permit toutefois d'arriver à la maison sans coup férir. La même prudence, et la même célérité, lui valurent un retour à l'école sécuritaire.

L'angoisse le tenailla encore tout l'après-midi. La récréation s'écoula sans que personne ne vienne l'embêter. Autant de calme laissait présager une tempête, mais il préférait ne pas y penser. Au contraire, cette journée relativement paisible l'amena à relâcher un peu son attention, ou alors l'accumulation de mauvais points pesait sur sa conscience. Lorsque le frère Dosité souligna la fin de la journée de ses cla-clangs sonores, c'est d'un pas normal qu'il quitta la classe, la sangle de son petit sac de toile contenant ses livres accrochée à l'épaule.

De son côté, Pierre Grondin n'avait pas perdu son temps. Après avoir parcouru une petite distance dans la rue Saint-André, Mathieu vit l'adolescent sortir d'une encoignure de porte en disant:

— Tu négliges tes amis, ma belle. Ce midi, tu as disparu si vite que je n'ai pas eu le temps de te demander quelque chose.

— Je ne suis pas une fille, protesta le garçon d'une voix hésitante.

Mathieu tourna la tête pour regarder les deux autres s'approcher derrière lui. Il s'agissait d'un guet-apens. Encerclé, il lui devenait impossible de tourner les talons pour fuir à toutes jambes.

— Pourtant, ton père t'utilise comme une fille.

Toujours cette même accusation, à laquelle Mathieu n'arrivait pas à donner son sens véritable. D'instinct, le garçon savait devoir réfuter l'affirmation. Toutefois, au lieu de crier sa contestation, il se défendit à voix basse, craignant d'attirer l'attention et, finalement, de se couvrir de honte. Tout au plus murmura-t-il en essayant de contourner son tortionnaire :

— Ce n'est pas vrai.

Le dernier mot ressemblait trop à un sanglot pour ne pas conforter ses agresseurs. Pierre Grondin se déplaça vivement pour lui barrer la route, le repoussa brutalement des deux mains de façon à lui faire perdre l'équilibre en crachant entre ses dents :

— Tu brailles comme une fille.

— Je ne suis pas une fille, cria Mathieu.

Il tomba contre un autre adolescent, qui le projeta vers le troisième, qui le propulsa à son tour vers le meneur. Celui-ci accrocha le garçon par sa veste, fit voler les boutons en la tirant brutalement, puis ajouta :

— Je ne te crois pas, tu vas devoir le prouver.

La bousculade obéissait à une stratégie : poussé et tiré, Mathieu se faisait irrémédiablement entraîner vers une porte cochère percée dans une rangée de maisons d'habitation. Elle donnait sur une cour, au fond de laquelle se dressait une écurie grossièrement construite. En essayant de leur échapper, la victime dit encore :

— … Qu'est-ce que tu veux dire ?

— Si tu es un garçon, tu as quelque chose dans la culotte.

Mathieu s'arc-bouta, planta les talons dans le sol et essaya de résister aux mains qui le remorquaient vers l'écurie. Il réussit à faire lâcher prise à Grondin, mais un autre adolescent le rattrapa en le saisissant au corps, lui immobilisant les bras le long des flancs.

— Sale petite salope, cria le meneur en s'approchant, le poing levé.

Le coup éclata contre le visage de Mathieu, sur la joue gauche, à la hauteur de la bouche. L'impact se révéla si fort que le voyou qui le tenait lâcha prise. Le garçon tomba au sol, étourdi. L'un des agresseurs l'attrapa par le col de sa veste, visiblement pour le traîner vers l'écurie. Heureusement, le bruit d'une fenêtre que l'on ouvrait précéda une voix sonore, celle d'un homme dans la force de l'âge :

— Que faites-vous là ?

— Nous jouons, répondit Grondin.

— Un joli jeu, à trois contre un petit. Déguerpissez. Si je vous revois, vous aurez affaire à la police.

Dans une petite ville comme Québec, personne ne demeurait assuré de son anonymat. Non seulement cet homme signalerait la présence de vauriens dans sa cour, mais peut-être donnerait-il aussi des noms. Les adolescents se concertèrent du regard, pour décider de s'enfuir. Toutefois, Grondin ne se priva pas d'un dernier petit plaisir : il asséna un coup de pied dans les côtes de sa victime.

Mathieu avait récupéré juste assez pour avoir l'esprit à peu près clair. Le second impact lui coupa le souffle, sa vision s'obscurcit de nouveau.

— Ça va, le gamin ? demanda la voie bourrue depuis l'embrasure de la fenêtre.

— … Oui, réussit-il à prononcer, alors que sa respiration reprenait son cours.

— Tiens-toi loin de ces sauvages. Il faut être un dangereux salaud pour frapper à coups de pied un adversaire à terre.

Après ce constat sur l'éthique prévalant dans les bagarres entre écoliers, l'homme referma sa fenêtre avec un bruit sec. Mathieu, toujours étendu sur le sol, réussit à se redresser en s'aidant de ses mains. Il cracha par terre, pour voir le sang mêlé à la salive. Le coup de poing lui avait fait une coupure à l'intérieur de la joue et une autre à la commissure des lèvres. La douleur irradiait tout le côté gauche de son visage, il aurait du mal à bouger les mâchoires pendant les deux prochaines semaines.

Avec précaution, en se tenant les côtes, il retourna sous la porte cochère en rampant, retrouva son sac, réussit à y replacer les livres dispersés sur la terre battue. Puis il s'assit, le dos contre le mur, afin de reprendre son souffle. À quelques pas, les passants sur le trottoir de la rue Saint-André jetèrent un regard curieux dans sa direction, puis choisirent de détourner la tête. Personne ne lui offrit son aide.

—◆—

— Un magasin comme le nôtre, déclara Alfred Picard à l'intention de sa fille, c'est un peu comme un navire. Si tout le monde fait son devoir, nous arriverons à bon port.

Thalie entendait ces mots pour la centième fois. Son père les répétait quand la routine du petit commerce lui pesait, pour se donner du courage. La réponse de la fillette était tout aussi convenue :

— Où se trouve ce port ? Il me semble que nous ne bougeons pas du tout.

— Notre objectif, c'est notre petite aisance... et nous y arrivons depuis le début. Nous ne manquons de rien, tous nos besoins sont satisfaits, à condition bien sûr que nous n'ayons besoin de rien d'extravagant, comme une croisière autour du monde, ou même une automobile.

À son retour du couvent des ursulines, Thalie avait offert d'aider à plier les chemisiers et les jupons que les clientes laissaient dans le plus grand désordre sous prétexte de chercher leur taille. Alfred faisait la même chose devant un présentoir voisin.

— Qui est le capitaine ? demanda-t-elle d'une voix amusée.

— … Moi, bien sûr. Est-ce que tu en doutes ?

— Parfois, il me semble que c'est maman.

Alfred leva la tête pour regarder Marie, assise sur un tabouret derrière la caisse, les yeux baissés sur un livre de comptes. Dans un climat plus serein que celui du grand magasin Picard, les additions comme les soustractions étaient devenues ses amies.

— Je vais te dire un secret, murmura Alfred en s'approchant de Thalie. Moi aussi, j'ai parfois l'impression que maman est le capitaine. Disons que notre navire en a deux. L'important est que nous restions toujours du même avis sur le cap à prendre.

— Et moi, qu'est-ce que je fais sur ce bateau ?

Cela aussi se trouvait souvent évoqué, mais elle ne se lassait pas de l'entendre.

— Tu es le plus joli mousse du monde.

Il se pencha pour poser ses lèvres sur le petit front levé. En se redressant, il tira sa montre de son gousset en faisant remarquer :

— Mais notre autre moussaillon est en retard. Je me demande bien ce qui peut s'être passé.

Ces mots agirent un peu comme un signal. Le pas inégal de Gertrude se fit entendre sur le palier, à l'étage. Elle se pencha afin de voir le comptoir avec la caisse enregistreuse et déclara d'une voix un peu inquiète :

— Madame, c'est Mathieu.

— Que se passe-t-il ?

Marie vint au pied de l'escalier afin d'apercevoir la domestique.

— Il lui est arrivé un… accident. Vous devriez venir.

Alfred s'approcha lui aussi pour demander :

— Un accident ? Il est blessé ?

— … Rien de très grave je pense, mais Madame devrait monter.

— J'y vais, accepta Marie en s'engageant dans les marches.

— Moi aussi, décréta Thalie prise dans le sillage du jupon maternel.

Alfred demeura seul au rez-de-chaussée, privé de ses deux mousses et du second capitaine, alors que les vendeuses, à l'étage, échangeaient des regards intrigués.

***

Soucieux des intérêts du commerce de vêtements et un peu honteux de se montrer ainsi, Mathieu avait utilisé l'escalier de service, à l'arrière de l'établissement, pour monter aux appartements privés. Sa bouche et son menton ensanglantés, de même que les habits souillés, n'auraient pas fait une réclame susceptible de séduire les habituées de la boutique de la Haute-Ville.

Marie le trouva assis dans un coin de la cuisine, alors que Gertrude agitait la pompe afin de remplir une cuvette de porcelaine.

— Mon Dieu! s'écria-t-elle d'un ton effaré. Que t'est-il arrivé?

— … Un accident. Je suis tombé.

Quand sa mère fronçait les sourcils, ses yeux paraissaient totalement noirs, sans aucune nuance entre l'iris et la pupille. Thalie, près d'elle, présentait la même mine sceptique et le même regard sombre. À la fin, le garçon confessa:

— Je me suis battu.

C'était une façon un peu présomptueuse de présenter les choses: les rares témoins décriraient plutôt la rixe comme un massacre. Marie trempa une pièce de tissu dans le plat rempli d'eau par la domestique, commença par essuyer le sang sur la bouche et le menton. Une plainte étouffée accueillit cette attention.

— Tu as des dents brisées?

— Je ne pense pas. Certaines bougent un peu…

— Madame, intervint Gertrude, il a été frappé là.

Du doigt, la femme montrait le côté gauche de la poitrine du garçon. Marie, toute son attention portée au sang sur le visage, n'avait pas remarqué que Mathieu se tenait un peu penché vers l'avant, la main droite sous sa veste afin de tenir ses côtes endolories.

— Comment as-tu pu être atteint à cet endroit? questionna-t-elle doucement.

— Un coup de pied. J'étais par terre.

— Thalie, va dire à ton père d'appeler le médecin.

Elle acquiesça d'un hochement de la tête, se précipita vers l'escalier. Le claquement sec de ses talons sur les marches s'estompa bientôt. Le commerce possédait le téléphone, toutefois l'appartement privé ne profitait pas encore de ce luxe. Alfred devrait monter à l'étage pour utiliser l'appareil de son bureau.

— Qu'est-ce qui se passe dans cette école? Depuis septembre, tu parais malheureux, et maintenant cette bagarre.

— Juste une querelle, des sottises.

La joue gauche du garçon présentait déjà une vilaine teinte rouge et une belle enflure. Le rose monta sur la droite. Comment expliquer à sa mère les horreurs que ces garçons plus âgés lui jetaient au visage? La honte et un véritable dégoût de lui-même, l'envahissaient.

— Tu me racontes des sornettes. Frapper un garçon dans les côtes à coups de pied, ce n'est pas juste une querelle. Quel âge avait celui qui t'a fait cela?

— …Je ne sais pas trop. Quatorze ans je crois.

Trois ans de plus que la victime. Cela lui conférait une taille et sans doute une force bien supérieures aux siennes. Cependant, Marie savait que son enfant pouvait courir très vite. La réalité devait être pire encore.

— Il était seul? insista-t-elle après avoir nettoyé son visage.

— Ils… ils étaient trois, reconnut finalement Mathieu.

— Les sales merdeux, souffla Gertrude.

La domestique, un peu à l'écart, prête à se rendre utile, retint le chapelet d'épithètes encore plus malsonnantes qui lui venaient à l'esprit. Un pas lourd se fit entendre dans l'escalier. Alfred apparut dans l'embrasure de la porte, le visage inquiet, Thalie sur ses talons.

— Je viens d'appeler le docteur Caron. Que s'est-il passé ?

— Mathieu s'est fait battre à l'école.

L'homme s'approcha, posa un genou sur le sol pour avoir les yeux à la hauteur de ceux de son fils, lui prit la main en lui demandant :

— Ça va ?

— … Oui, je pense.

— Thalie m'a dit à propos du coup de pied, continua-t-il en se tournant vers Marie. Quelle bande de sauvages ! Pourquoi diable ont-ils fait cela ? demanda-t-il encore à l'adresse du garçon.

La joue droite de Mathieu devint aussi rouge que la gauche. Il balbutia d'un ton mal assuré :

— Juste une querelle. Une bousculade à la sortie de l'école.

— Voyons, un coup de pied dans la poitrine, ce n'est plus une bousculade… Comment s'appelle le type qui a fait cela ?

— … Je ne vais pas le rapporter.

— Ne dis pas de sottises. Ce genre de coup aurait pu t'estropier. Je le sais, j'en ai déjà reçu un. Qui a fait cela ?

En évoquant la raclée essuyée des années plus tôt, l'homme échangea un regard avec sa femme. Le silence embarrassé se prolongea au point qu'il insista encore :

— Ce garçon a commis un geste dangereux. Me dire son nom, ce n'est pas trahir un secret. Quand le médecin t'aura examiné, peut-être conviendra-t-il de parler à la police.

— Non, ne fais pas cela, supplia l'enfant, une pointe de désespoir dans son expression. Ce sera encore pire, après.

Le désarroi dans la voix de son fils poussa Marie à s'approcher pour lui caresser les cheveux. Elle le regarda dans les yeux et déclara :

— Au lieu de multiplier les questions, le mieux est de placer une compresse sur la joue et la bouche de ce garçon, et de lui permettre de se reposer un peu. L'heure de la fermeture approche, va libérer les vendeuses. Et puis le médecin se présentera certainement devant l'édifice.

Pour accéder à l'appartement, le plus simple était de traverser tout le commerce. L'entrée à l'arrière de l'immeuble manquait terriblement de dignité, sans compter que la ruelle demeurait sombre, pas très propre et un peu effrayante dès le moment où le soleil se couchait. Alfred acquiesça d'un signe de tête, puis descendit.

Le docteur Caron, un petit homme à la calvitie envahissante, arriva un peu après sept heures. Ses premiers mots furent pour s'excuser :

— Désolé d'avoir été si long, mais j'avais un autre client sur le chemin. Cela m'a demandé plus de temps que prévu.

— Je commençais à m'inquiéter.

— Au téléphone, vous ne m'avez pas laissé entendre que la situation était urgente. Une querelle d'écoliers…

— Ces écoliers se sont montrés plutôt cruels. Suivez-moi.

Un moment plus tard, ils pénétrèrent dans l'appartement. Las d'attendre, le blessé avait regagné sa chambre. Le praticien le trouva en pyjama, étendu sur son lit. Comme Marie entendait bien assister à l'examen, que la pièce se révélait un peu exiguë et Caron peu enclin à procéder devant un véritable auditoire, le père et la sœur s'exilèrent dans le salon afin d'attendre le diagnostic. Au bout de vingt minutes, le médecin les rejoignit, une mine rassurante sur le visage.

— Vous avez raison, les écoliers ne sont plus comme au temps de ma jeunesse. Au pire, nous nous faisions un peu saigner du nez, mais jamais de coups de pied.

Si les réminiscences des mœurs scolaires du bon vieux temps témoignaient de l'absence d'inquiétude du docteur, Alfred préféra en venir au fait :

— Comment se porte-il ?

— Deux dents un peu branlantes, mais cela se réglera tout seul. J'ai mis de l'iode sur la coupure dans la bouche, et sur les lèvres. Votre femme répétera l'opération tous les jours. Excepté un faciès un peu rébarbatif, une mâchoire très endolorie qui le condamnera à manger comme un vieillard édenté pendant un moment, rien de bien terrible.

— Le coup de pied…

— Des côtes peut-être fracturées, plus probablement seulement fêlées, rien de dangereux s'il demeure bien tranquille. En conséquence, je lui accorde un congé scolaire jusqu'à lundi, il doit s'abstenir de tout effort physique. Le mieux serait qu'il demeure immobile les premiers jours… Tout de même, cela prend un vrai salaud pour donner un coup pareil.

Personne dans la pièce ne songea à contester ce commentaire. Le docteur Caron salua Marie, chercha autour de lui la petite fille pour la faire profiter aussi de son savoir-vivre. Thalie se trouvait déjà au chevet de son frère. Alfred reconduisit le médecin jusqu'à la porte d'entrée. En traversant le rez-de-chaussée du commerce, le visiteur remarqua :

— Vous avez entendu parler du bal du gouverneur, prévu pour la fin novembre ?

— Oui, des clientes m'ont annoncé la nouvelle. Des dizaines de jeunes filles se cherchent une jolie robe.

— La mienne fait partie du lot. Je ne peux lui payer un modèle exclusif, mais j'aimerais tout de même lui offrir une tenue que l'on ne trouvera pas à tous les coins de rue.

— Alors vous me l'enverrez. J'ai de jolis modèles venus de Paris, qui mettront en valeur cette jeune personne. Je la vois à la messe le dimanche, je suis sûr d'avoir quelque chose pour elle.

Tout en parlant, Alfred avait sorti son portefeuille de sa poche. Le médecin tenta, un peu narquois :

— Et si nous faisions du troc ? La visite en échange de la robe ?

— Désolé de vous décevoir, mais il faudrait de très nombreuses consultations pour égaler le prix du bijou que je vais dénicher pour votre fille. Tellement, en fait, que mon fils devrait se faire tabasser toutes les semaines, pendant de longs mois, pour arriver au montant exact. Cela ne se produira certainement pas : j'aurai étranglé le coupable de mes propres mains avant.

— Bon, si aucune épidémie ne touche la ville cet automne, j'hypothéquerai la maison pour payer une robe venue de Paris.

— Mais consolez-vous : elle séduira peut-être un riche héritier grâce à cela.

L'argent changea de main, puis le médecin s'enfonça dans la nuit.

❦

Au second étage, Marie posa un bol de bouillon sur un plateau. Pendant quelques jours, la mandibule douloureuse de Mathieu le condamnerait à ingurgiter surtout du liquide. En arrivant dans la chambre, elle demanda à Thalie, assise sur une chaise placée près de la tête du lit de son frère :

— Laisse-nous seuls un moment, et ferme bien la porte derrière toi. Je veux parler à ce jeune homme les yeux dans les yeux.

Elle obtempéra de mauvaise grâce, murmura un « À tout de suite » au moment de sortir. La mère posa le plateau, muni de petites pattes, au-dessus des cuisses du garçon. Un assemblage complexe d'oreillers lui permettait de demeurer en position à peu près assise. Alors qu'il prenait la cuillère, elle lui dit d'un ton qui exigeait une réponse :

— Maintenant, tu vas me raconter ce qui s'est passé.

— … J'ai trop mal à la mâchoire pour parler.

— Dans ce cas, cesse de tergiverser et viens-en tout de suite aux faits.

Il avala une première cuillerée, grimaça quand le liquide un peu chaud entra en contact avec la coupure dans sa bouche. Après un long moment, les yeux rivés sur le bol, il murmura :

— Cela me gêne trop.

— Tu es intimidé devant ta mère ? Tu sais, j'ai changé tes couches…

Le ton amusé de Marie ne soulageait en rien son malaise. Justement, si la situation se montrait à ce point difficile pour lui, cela tenait au fait qu'il n'était plus un bébé. Elle répéta, cette fois plus sévère :

— Tu sais bien que tu dois me mettre au courant. Cela dure depuis un mois. Ce qui est arrivé aujourd'hui représente un aboutissement, n'est-ce pas ?

D'un signe de tête, il approuva. Comme seul le premier pas coûtait, il continua :

— Ils ont commencé par dire que papa faisait des choses avec… des hommes, et même avec moi.

Marie devinait que son fils se faisait une idée bien approximative de ce que deux hommes, ou même un homme et une femme, pouvaient faire ensemble.

— Puis ils parlent sans cesse de moi comme si j'étais une fille.

Ce qui, pour un garçon à l'aube de la puberté, apparaissait sans doute comme la plus cruelle des moqueries possibles. Le silence qui suivit cette confidence s'étira un long moment. Pour récupérer une contenance, il avala un peu de bouillon, grimaçant à chaque cuillerée.

— Comme j'ai changé tes couches, je puis t'assurer que tu es un garçon, affirma Marie, avec tous les morceaux essentiels aux bons endroits.

Elle murmura ensuite après une pause :

— Et aujourd'hui ?

— Ils… ils voulaient vérifier si j'étais une fille. Ils… tentaient de me traîner de force dans une écurie.

Une expérience sans doute plus traumatisante pour l'âme que les coups encaissés, songea la jeune femme. Un sort semblable, à tout prendre, à ce qu'elle-même avait subi au grand magasin Picard. Elle demeura un long moment songeuse, puis demanda :

— Ils étaient trois. Dis-moi leurs noms.

Le gamin obéit cette fois sans hésiter, précisant au moment d'évoquer Pierre Grondin :

— C'est lui le chef. Les coups viennent de lui.

— Et les autres ?

— Ils m'empêchaient de me sauver.

— Ce qui n'est certainement pas mieux… Merci de m'avoir dit tout cela, maintenant nous pouvons chercher des solutions. Je te laisse à ton bouillon et à ta petite sœur.

Thalie se tenait près de la porte, soucieuse de retrouver son poste le plus rapidement possible.

———

Alfred se trouvait dans la salle à manger, devant un repas devenu froid. Marie le rejoignit, ferma la porte derrière elle. Quelques phrases murmurées suffirent pour résumer ce qu'elle avait appris au cours des minutes précédentes.

— Les petits salauds, ragea l'homme en serrant les poings. Comment peuvent-ils savoir ?

— Tu poses cette question sérieusement ?

Il la regarda un moment, les sourcils levés, affichant la plus totale incompréhension, puis chuchota :

— Je fais toujours attention.

— La discrétion, dans une petite ville comme la nôtre, cela n'existe pas. Les employés du YMCA, comme ceux de la salle de billard ou de la taverne située tout près d'ici, savent tout. Puis c'est sans compter tes… conquêtes.

L'homme resta un moment silencieux. D'une querelle entre écoliers, la situation évoluait très vite en une histoire de mœurs inextricable dont il jouait le premier rôle. Marie ajouta :

— Le nom de Pierre Grondin te dit quelque chose ? Ce garçon torture Mathieu depuis des semaines.

— C'est un adolescent ? Aucune chance que je sois entré en contact avec lui.

— Lui se montre au courant de tes… préférences.

— Écoute, tu vis avec moi depuis des années. Tu sais bien que je ne… cours pas après les enfants.

De cela, elle était certaine. Dans le cas contraire, leur cohabitation se serait terminée très vite.

— Alors quelqu'un de la famille de cet adolescent, ou même un voisin, une simple relation, est au courant. Il n'y a pas de véritable secret dans notre petite ville.

— Et s'il avait lancé cette accusation au hasard ? Ce ne serait certainement pas la première fois que la virilité de quelqu'un se trouverait mise en doute seulement par méchanceté. Je me demande même si un seul garçon de Québec a échappé à une raillerie de ce genre, au cours de son existence.

— … Bien sûr, c'est possible. Tu as peut-être raison. Toutefois, ce qui importe maintenant, c'est de sortir Mathieu de cet enfer.

Alfred songeait à cela depuis un instant. La solution qui lui venait à l'esprit semblait impraticable :

— Si je m'adresse à la police, cela ne fera que compliquer les choses. L'attention sera portée sur moi…

Les contacts intimes entre deux hommes étaient sévèrement punis par le Code criminel. Ce Pierre Grondin répéterait ses accusations au premier constable qui lui adresserait la parole. Bien sûr, elles ne constitueraient pas une preuve, mais alors on s'interrogerait sur son compte. Au pire, les enquêteurs chercheraient à en savoir plus et découvriraient ses turpitudes. Au mieux, toute cette agitation aurait pour effet de donner aux rumeurs une ampleur nouvelle, une conséquence dont le marchand souhaitait se passer.

— Il faudrait que je sache qui est ce Grondin, comment il a pu s'intéresser à moi de cette façon, insista Alfred. Selon toute probabilité, ce sont des paroles lancées au hasard, seulement pour blesser. Mais je dois tirer cela au clair.

— Lundi prochain, notre fils devra retourner à l'école. Son calvaire recommencera.

— Je pourrais le conduire le matin, aller le chercher à midi et le soir. C'est à deux pas.

Marie lui adressa son meilleur sourire de la soirée, puis commenta :

— Dans les circonstances, tu ne crois pas que ce serait la plus mauvaise solution ?

— … Tu as sans doute raison. Et si tu y allais à ma place, cela reviendrait au même : on parlerait du garçon à sa maman ! Nous serons alors à la mi-octobre ou presque, je ne vois pas trop comment nous pourrions l'inscrire dans un autre établissement. Je peux toujours aller voir le directeur de l'école des frères dans le quartier Saint-Roch, mais la formation y est certainement moins bonne qu'à l'Académie. Je le sais, je l'ai fréquentée il y a plus de trente ans.

Surtout, si les motivations de ces adolescents se révélaient sérieuses, ils pourraient continuer leur harcèlement. La distance jusqu'à la Basse-Ville leur procurerait de nombreuses occasions d'embuscade.

— Il y a une classe préparatoire au Petit Séminaire tout à côté, rappela Marie. C'est plus cher…

D'un geste de la main, l'homme exprima son désintérêt pour cet aspect de la question.

— J'irai voir dès demain matin. J'irai aussi rencontrer le directeur de l'Académie. Ce gars devrait être en mesure d'assurer la sécurité de ses élèves.

— Ce qui te forcera aussi à évoquer les allusions à ta vie privée formulées par ce Grondin…

Comme dans le cas d'une dénonciation au service de police, cela représentait un obstacle. Mettre sous le nez d'un enfant les turpitudes de son père, même souligné de coups cruels, paraîtrait toujours un péché bien véniel, en comparaison de la bougrerie de ce dernier.

— Alors je lui ferai remettre une lettre. Les écrits restent.

Marie lui adressa un sourire sceptique, puis déclara :

— Je ferais mieux d'aller voir si notre petite infirmière avale quelque chose avant d'aller au lit... et si elle s'occupe aussi de ses devoirs.

Pour sortir de la salle à manger, Marie passa à proximité de son époux. Il lui prit la main et lui confia à voix basse :

— Je me sens souvent coupable d'être ce que je suis. Je serais tellement heureux de devenir comme tous les autres.

Elle se pencha sur lui pour poser ses lèvres sur son front, remarqua les cheveux gris qui marquaient de plus en plus sa tignasse noire, puis répondit sur le même ton :

— Si tu étais différent, je me serais retrouvée chez les sœurs de la Providence il y a onze ans, et Mathieu dans un orphelinat. Je ne l'oublie pas.

— Je voudrais bien me passer de... Mais je n'y arrive pas.

En lui adressant un sourire dépité, Marie songea qu'elle devait bien s'y résoudre, elle.

―――

L'édifice majestueux de l'Assemblée législative dressait sa masse grise au coin de l'avenue Dufferin et de la Grande Allée depuis une trentaine d'années. La façade s'ornait de plusieurs statues de bronze, la plus imposante représentant un groupe d'Amérindiens et les autres ; des personnages historiques illustres, la plupart de l'époque de la Nouvelle-France. Le samedi 12 octobre à la fin de l'après-midi, le personnel politique et les élus se rencontrèrent dans le Salon vert, la salle des débats des députés, pour une petite cérémonie qui trouverait écho dans tous les journaux le lundi matin.

Les premiers rangs des pupitres des ministres offraient un assortiment complet de boissons et les représentants du peuple se tenaient sur le parquet, un verre à la main. Au milieu d'eux, un homme rondouillard, le visage encadré par de larges favoris, commença par s'éclaircir la voix, puis déclara avec un accent chantant :

— Messieurs, même si je ne réside dans votre beau pays que depuis quelques mois, j'ai pu apprécier déjà les grandes qualités de monsieur Lomer Gouin, le premier ministre de la province de Québec.

Devant l'orateur, un petit homme se tenait tout droit. Gouin avait accédé au poste de premier ministre à la suite d'un coup d'État tranquille ayant permis d'en chasser Simon-Napoléon Parent. Ses jambes grêles, son tronc comme une barrique de vin, sa tête ronde, disproportionnée sur son petit corps, ne lui permettaient pas de séduire les foules. De plus, un ton ennuyeux n'ajoutait guère à son charme. Cependant, son esprit analytique, sa connaissance approfondie des dossiers et son autorité sur le parti constituaient la meilleure promesse d'une longue carrière.

Le consul Henri Dallemagne continua :

— Aussi, c'est avec un plaisir extrême que je me fais l'interprète de monsieur Armand Fallières, le président de la République française, au moment de remettre à notre ami la croix de la Légion d'honneur.

L'homme fit un pas, fixa la petite croix du côté gauche de la poitrine du politicien, alors que tous les témoins de la scène applaudissaient. Bien sûr, les soixante-sept députés libéraux y mettaient tout leur cœur, alors que les sept élus conservateurs affichaient une retenue évidente.

Après l'accolade républicaine, Dallemagne reprit bientôt la parole pour expliquer :

— Cette distinction vient récompenser vos réalisations, déjà nombreuses si l'on pense aux quelques années qui se sont écoulées depuis votre arrivée à la tête de la province. En particulier, le gouvernement de la République entend souligner les progrès que vous avez réalisés dans le domaine scolaire. Seulement cette année, vous avez posé la première pierre de l'École des hautes études commerciales, de l'École technique de Québec et de celle de Montréal. Ces remarquables institutions permettront aux Canadiens français de participer, comme chevaliers d'industrie ou comme techniciens, à l'essor important que connaît présentement votre pays.

Les deux écoles techniques, en particulier, retenaient l'attention de tous les journalistes par leur caractère monumental, pharaonique, affirmaient les adversaires des libéraux. Rue Sherbrooke, à Montréal, l'établissement s'ornait d'une magnifique colonnade. À Québec, boulevard Langelier, tout près de l'Hôpital général, l'édifice très élégant s'étendait sur un immense terrain.

— Ces institutions illustrent bien l'esprit d'ouverture de votre gouvernement, puisque les deux écoles techniques accueilleront des élèves de langue anglaise et de langue française.

En d'autres mots, cela signifiait que ces établissements recevraient les élèves sans égard à leur religion. En conséquence, ils échapperaient au contrôle des comités catholique et protestant, on n'y dispenserait pas d'enseignement religieux et aucun aumônier n'y mettrait les pieds.

Thomas Picard tenait de ses étroites relations avec le parti au pouvoir le privilège de se trouver dans un coin de la grande salle, près du fauteuil de l'orateur de la Chambre. À côté de lui, vêtu d'une redingote noire, Louis-Alexandre Taschereau faisait tourner son verre entre ses mains. En plus du vêtement, son visage ingrat aidait à lui conférer une allure lugubre de croque-mort. Il pestait :

— Cette Légion d'honneur, c'est un cadeau de Grec.

— Vous oubliez que je n'ai pas fait mon cours classique, remarqua son interlocuteur avec un sourire en coin. Vous faites allusion au cheval de Troie ?

— Oui, oui, ce foutu cadeau au ventre bourré d'ennemis. Je constate que l'essentiel des humanités ne vous a pas échappé. Nous passerons des semaines à minimiser l'importance de cet honneur.

— Que voulez-vous dire?

Taschereau fit en sorte de tourner le dos au reste de l'assistance avant de préciser sa pensée:

— La République française, qui a clamé la séparation de l'Église et de l'État, et qui a chassé les religieux et les religieuses de ses écoles, vient féliciter notre premier ministre d'avoir créé les deux premiers établissements scolaires neutres de la province. Vous le savez, ici tout est contrôlé par les curés, de la première année du primaire à l'université... excepté nos deux grandes écoles techniques.

— Former des mécaniciens ou des charpentiers n'a rien à faire avec la religion, ou le catéchisme.

Thomas avait assisté au lancement des travaux de construction de l'École technique de Québec, à deux pas de son grand magasin, en compagnie de tous les entrepreneurs enthousiastes de la ville. L'absence d'une main-d'œuvre qualifiée présentait un obstacle sérieux au développement industriel de la province.

— Vous expliquerez votre point de vue à l'archevêque Louis-Nazaire Bégin, répliqua Taschereau, ce qui vous vaudra une excommunication, sans doute. Notre ami français semble féliciter Gouin de s'engager sur le chemin de la laïcité scolaire.

— Après les articles publiés dans *L'Événement* pour demander son rappel en France du fait de sa participation à la franc-maçonnerie, ce Dallemagne fait preuve d'une grande imprudence... au risque de nous mettre dans l'embarras, conclut Picard.

— Justement, peut-être espère-t-il un rappel dans son pays avant les grands froids de l'hiver. Ces diplomates doivent préférer une nomination quelque part au soleil.

Gouin terminait ses remerciements embarrassés, songeant déjà à la façon de se sortir du pétrin où on le mettait avec les meilleures intentions du monde. Avec des amis comme ce consul, les ennemis devenaient inutiles.

Chapitre 8

Le lundi 14 octobre arriva sans qu'une solution soit trouvée aux malheurs scolaires de Mathieu. Alfred Picard se souciait surtout de savoir qui était ce Pierre Grondin, pour estimer la menace réelle que ses allusions faisaient peser sur lui. Cette préoccupation ne rapprochait cependant pas son fils de la sérénité. Aussi celui-ci, après quelques jours de quiétude dans l'appartement du deuxième étage, dut se résoudre à affronter de nouveau l'adversité.

Vers huit heures, le garçon se tenait debout sur le trottoir en face de la boutique, au milieu des passants qui allaient et venaient d'un pas rapide, pressés de se rendre au travail. Thalie ferma la porte derrière elle et déclara, au moment de se mettre en route :

— Je t'accompagne.

Des larmes à la fois reconnaissantes et embarrassées montèrent aux yeux de Mathieu. D'une voix mal assurée, il protesta :

— Voyons, c'est inutile. Tu risques simplement d'attraper du mal. Ce Grondin est plus grand que moi, alors tu imagines bien que tu ne feras pas le poids.

— Tu vois quelqu'un de grand et fort pour t'accompagner, toi ?

Il regarda autour de lui. Dans cette agitation, il ne repéra aucun protecteur. À la fin, il admit de mauvaise grâce :

— Non, personne.

— Alors tais-toi et viens.

Elle prit sa main, regarda attentivement des deux côtés de la rue et s'engagea sur la chaussée juste après le passage d'un tramway. Bien vite, trop vite au goût du grand frère, ils arrivèrent rue Saint-André.

— Tu… tu n'as pas peur, toi ? demanda Mathieu.

— Oui, bien sûr.

— Alors pourquoi ?…

— Je ne laisserai pas un idiot m'empêcher d'accompagner mon frère, juste parce qu'il est plus grand que moi.

Elle avançait d'un pas vif, les yeux fixés sur sa destination. Désireuse de faire de grands pas, ses talons claquaient sur les pavés. Le cordonnier devait placer une pièce de métal sous toutes ses chaussures afin de prévenir une usure trop précoce. Cet équipement ne rendait pas sa progression bien discrète.

Comme le craignait le garçon, au moment d'approcher de l'Académie, une voix cria dans son dos :

— Eh ! petite, tu conduis ta grande sœur à l'école ? Comment se fait-il que tu portes une robe, et pas elle ?

Thalie s'arrêta, se tourna à demi pour regarder le trio, puis demanda :

— Ce sont eux ?

— … Oui.

Mathieu hésitait entre prendre ses jambes à son cou, ou faire face. Visiblement, la rumeur de la raclée encaissée la semaine précédente avait fait le tour de l'école, puisque les élèves se tenaient nombreux sur les trottoirs, afin d'assister à une nouvelle escarmouche. Le massacre en règle d'un plus petit représentait toujours un moyen infaillible de rompre la monotonie scolaire.

— Ma belle, cria l'un des adolescents, qu'est-il arrivé à ta joue ? Ton père a voulu t'embrasser avec trop d'empressement ? C'est une brute.

Tout le côté gauche du visage du garçon demeurait enflé, les marbrures bleues alternaient avec un jaune malsain.

— Tu vas finir par nous montrer le contenu de ton pantalon, pour qu'on constate que tu es une fille ? intervint Pierre Grondin en s'approchant, menaçant.

Des écoliers s'agglutinaient autour d'eux, formant un cercle particulièrement intimidant.

— Celui qui le dit, c'est celui qui l'est, clama Thalie d'une voix forte. Comme tu en parles toujours, cela doit être toi, la fille cachée dans un pantalon.

Un ricanement parcourut le petit attroupement. Quel-qu'un lança, goguenard :

— C'est vrai ça, Grondin. Tu parles souvent des culottes des autres, mais personne ne sait ce que tu caches dans la tienne.

— Montre-nous ta grosse queue, s'esclaffa un autre.

L'adolescent s'approcha dangereusement de la fillette et cria d'une voix mauvaise :

— Tu veux que je te fasse la même chose qu'à ta grande sœur ?

— Encore ? déclara-t-elle en le fixant de ses yeux sombres. Celui qui le dit, c'est celui qui l'est !

Grondin approcha plus près, s'arrêta quand une voix reten-tit derrière lui, un grand qui devait aller sur ses seize ans :

— Tu t'attaques aux petites filles, Grondin la petite gron-deuse ?

— Cela ne fait pas bien homme, ajouta un autre du même âge. Tu es certain d'avoir quelque chose dans la culotte ?

La situation se retournait, les spectateurs menaçaient de prendre parti pour la victime plutôt que pour les bourreaux. Il est vrai qu'une gamine crâneuse, résolue à ne pas céder d'un pouce, attirait la sympathie. Elle tenait beaucoup son assurance des règles de bienséance longuement assimilées : un homme ne frappait pas une femme, même avec une fleur. Que cet usage soit souvent bafoué dans l'intimité domestique de nombreux ménages n'y changeait rien : sur un trottoir, en face d'une institution d'enseignement, devant de nombreux témoins, Thalie demeurait confiante au sujet du dénouement de la petite scène.

— Viens, je dois me rendre chez les ursulines.

Elle tira sur la main de son frère. Le cercle s'ouvrit pour la laisser passer, le garçon en remorque. Devant la porte d'entrée, sous le regard intrigué du frère Dosité, elle déclara encore :

— Je passerai à midi. Attends-moi.

— … D'accord.

— Il ne doit pas aller en récréation, continua-t-elle à l'intention du religieux. C'est un ordre du médecin. Vous savez qu'il a été blessé par ces brutes.

Même si les ursulines lui enseignaient de ne pas pointer du doigt, elle désignait sans vergogne le trio d'agresseurs.

— D'ailleurs, mon père l'a expliqué à votre directeur, la semaine dernière, précisa-t-elle, un ton de reproche dans la voix.

Elle tourna les talons pour marcher d'un pas vif vers le couvent, tout en faisant un petit salut de la main. Mathieu la regarda un moment, partagé entre la crainte de se trouver là et son admiration pour elle. L'amusement devant une gamine déterminée disparaîtrait bien vite, craignait-il, et le jeu cruel risquait de reprendre tous ses droits.

Pourtant, quelques secondes plus tard, un finissant du cours académique lança de nouveau, moqueur :

— Grondin, ma petite grondeuse, tu vas nous montrer ton trésor, pour tirer tout cela au clair ?

L'adolescent laissa filer un chapelet de jurons entre ses dents. La chose n'échappa pas au frère Dosité.

※

— Elle a dit quoi ? fit Marie, incrédule.

— Celui qui le dit, c'est celui qui l'est.

Alfred affichait une fierté sans borne. De part et d'autre du comptoir du commerce, en attendant l'ouverture, il rendait compte de sa petite expédition d'espionnage.

— Menue comme moi et fantasque comme toi, commenta la mère, cela peut s'avérer très dangereux. Elle finira par attraper un mauvais coup.

— Pourtant, tous ces garçons paraissaient à la fois impressionnés et amusés. Ils ont tous des petites ou des grandes sœurs à la maison.

Discrètement, Alfred était sorti avant son garçon pour se poster près de l'église presbytérienne St. Andrew, juste en face de l'entrée de l'Académie. Cela lui avait permis de se tenir prêt à intervenir si les choses se gâtaient. Non seulement il éviterait que son fils soit encore victime de violences, mais il prendrait le tortionnaire sur le fait s'il récidivait.

— Tout de même, ce matin Mathieu paraissait terriblement inquiet. Il me semble que tu devrais lui dire que tu veilles sur lui.

— Si tu veux, je le ferais. Mais le courage…

Voilà que cet homme se mettait en tête d'apprendre à son garçon la virilité.

— Tu as pu voir ce Pierre Grondin. Est-ce que tu l'as reconnu ?

— Pas vraiment. Si je connais son père, il ne doit pas lui ressembler. Il s'agit d'un maigre, pas très grand, les cheveux d'un blond sale, plutôt laid. Pas le genre à en imposer vraiment à ceux de son âge. Cela explique sans doute pourquoi il s'attaque aux plus petits.

Alfred avait beau creuser sa mémoire, le patronyme, tout comme les traits de cet adolescent, ne lui disaient rien. Il se promettait de le suivre jusqu'à la maison, afin d'en avoir le cœur net.

— Tu as dit pas très grand ?

— Pour un garçon de quatorze ans. Mais il domine tout de même Mathieu de plusieurs pouces.

Marie secoua la tête, puis alla ouvrir la porte aux vendeuses qui lui adressaient des signes depuis le trottoir.

À l'heure du dîner, Mathieu retrouva la protection de sa petite sœur, ce qui lui valut quelques remarques amusées de la plupart des grands, sans plus. La scène se répéta encore à la fin des classes. Discrètement, Alfred rendit compte de ces événements à sa femme.

※

Le mardi matin, Thalie répéta sa petite démonstration de courage, alors que Pierre Grondin se tint coi, désireux d'éviter les railleries dont il avait été l'objet la veille. Quand Mathieu fut entré dans l'établissement scolaire et que la fillette marchait en direction du couvent des ursulines, l'adolescent suggéra à ses compagnons :

— Si nous la suivons, nous pourrons lui donner une leçon.

— Tu n'es pas sérieux, une petite fille !

Ses compagnons habituels s'éloignèrent en jetant sur lui des regards étonnés. Dépité, en fin de journée, il préféra s'esquiver avant tout le monde, afin d'éviter les quolibets des plus grands. Voilà que la distribution des rôles changeait.

※

Ce même jour, au moment de rentrer dans le commerce de la rue de la Fabrique avec son frère, Thalie s'étonna juste un moment de ne pas voir son père sur les lieux, puis déclara à Marie d'une voix joyeuse :

— Le moussaillon est prêt à travailler.

— Le moussaillon a-t-il des devoirs ? Cela doit passer en premier.

— Pas trop ! Une petite demi-heure.

— Pliage ?

Elle grimaça, mais se mit à la tâche sans rouspéter. Quand Mathieu commença à l'aider, sa mère décréta d'un ton qui ne tolérerait pas la contestation :

— Toi, mon garçon, monte tout de suite. Tes côtes te font sûrement souffrir, puis avec les journées de classe ratées la semaine dernière, tu as sûrement un peu de matière à récupérer.

— Mais maman !

— Allez, ouste, insista-t-elle. En plus, tu n'as pas avalé un repas complet depuis plusieurs jours.

La nourriture liquide commençait à lui tomber sur le cœur. Heureusement, la douleur dans l'articulation de sa mâchoire s'estompait. Sans insister, il monta les deux étages, déposa son sac dans sa chambre et alla dans la cuisine afin de manger un peu.

— Bonsoir, Gertrude. Je peux avoir quelque chose qui ne soit pas de la soupe, du potage ou du bouillon ?

— Une tartine ? suggéra-t-elle en levant la tête de ses chaudrons.

Elle ajouta en regardant la joue marbrée de bleu :

— Je vais enlever la croûte et laisser seulement la mie.

Quelques instants plus tard, le garçon mastiquait avec circonspection, un verre de lait à portée de la main. La domestique s'assit en face de lui à la petite table de la cuisine, puis déclara :

— Ta petite sœur est vraiment très gentille.

— Oui, c'est vrai.

— Très courageuse, aussi. Un vrai petit soldat.

— Si tu la voyais faire face à ces garçons…

Mathieu s'arrêta et la regarda dans les yeux, troublé. Un malaise nouveau montait en lui. Depuis deux jours, son sentiment de sécurité gardait un arrière-goût amer. Valait-il vraiment mieux que l'inquiétude des semaines précédentes ?

— Tu penses qu'elle est plus courageuse que moi ? demanda-t-il après un long silence.

— Non, je ne le pense pas. Mais plusieurs de tes camarades auront bientôt cette opinion.

Il se mordit la lèvre inférieure, songeur. Des écoliers avaient vanté devant lui, amusés, le côté crâneur de la fillette. À la fin, il laissa échapper :

— Ce sont des grands, ils sont trois…

Gertrude sortit de la poche de son grand tablier un boulon gros comme le doigt d'un homme, long de trois pouces peut-être, pour le déposer sur la table devant lui.

— Selon mes frères, qui n'étaient pas bien gros eux-mêmes, le secret dans ces cas-là, c'est de donner le premier coup, en y mettant assez de force pour que l'autre ne puisse pas le rendre.

— ... Ils sont plus vieux que moi, plus grands et plus forts aussi.

La domestique fit semblant de n'avoir rien entendu.

— Les garçons, les hommes aussi, sont sensibles aux coups entre les jambes... Ici aussi, enchaîna-t-elle en désignant l'endroit juste sous son sternum. Tu sais déjà que le visage représente une cible de choix.

— Papa dit que la première fois, ils auraient pu m'estropier. S'ils recommencent...

Boiteuse, malingre, après quarante ans de service domestique et sans espoir de changer un jour de condition, à sa façon Gertrude aussi ne manquait pas de courage.

— Désires-tu que Thalie t'accompagne jusqu'à vingt ans? Ce sera joli, quand tu iras voir les filles avec elle pour te tenir la main.

Le rouge monta aux joues du garçon, il serra les dents au point de ressentir un éclair de douleur dans la mâchoire.

— Prends ce boulon dans ta main droite et serre-le bien.

Ne sachant comment réagir, Mathieu s'exécuta après une hésitation.

— Toujours d'après mes frères, continua-t-elle en posant sa main osseuse sur celle fermée du garçon, maintenant ce poing est dur comme une pierre. Garde ce morceau de métal dans ta poche, et si l'occasion se présente, frappe le premier de toutes tes forces, et vise bien.

— Si je rate mon coup? demanda-t-il d'une voix blanche.

— Ils vont te massacrer, c'est certain. Alors ne le rate pas. Tu sais déjà comment perdre, prends le risque d'apprendre à gagner.

Quant à savoir où cette femme dénichait des écrous comme celui-là et une pareille mentalité, cela demeurerait un mystère.

— Dehors, les francs-maçons! hurla une voix.

En ce début de soirée, une quarantaine d'étudiants se massaient dans la petite rue Saint-Denis, hurlant à l'unisson. La veille, un lundi, les journaux avaient souligné en première page l'honneur consenti par la République française au premier ministre, résumant au passage les réalisations de son court passage au pouvoir… y compris dans le domaine scolaire. *L'Événement* exprimait son inquiétude devant la pente dangereuse vers la laïcité où s'engageait la province. Dimanche prochain, après avoir consulté l'archevêque, les curés réitéreraient que seule l'Église pouvait en toute légitimité assumer la responsabilité de l'éducation.

— Dehors, les francs-maçons! reprirent les étudiants.

La plupart venaient des rangs de l'Association catholique de la jeunesse canadienne-française, quelques-uns brandissaient le drapeau Carillon-Sacré-Cœur. Édouard quant à lui préférait la version débarrassée du symbole sanglant. La petite campagne entreprise par *L'Événement* pour chasser Henri Dallemagne de Québec n'avait obtenu aucun succès. Cette Légion d'honneur permettait de se mobiliser de nouveau.

Les manifestants encombraient la petite rue, au point d'empêcher les voitures de circuler. En cette saison, l'obscurité précoce obligeait les habitants de la ville à allumer les lumières électriques dès l'heure du souper. Derrière les rideaux du consulat, comme des ombres chinoises, se profilaient les silhouettes de deux personnes. Parfois, quelqu'un déplaçait la lourde toile afin de voir les jeunes gens.

Les officiers de l'ACJC prenaient bien garde d'empêcher les débordements, soucieux en particulier d'éviter qu'un excité lance une pierre dans une fenêtre. Toutefois, ce contrôle ne s'étendait pas à toutes les paroles prononcées. Quelqu'un hurla:

— Dehors, le juif!

Très vite, toutes les poitrines, excepté deux ou trois, reprirent ce nouveau cri. Tout d'un coup, Édouard se sentit ridicule. Il cessa d'agiter son petit drapeau pour le remettre dans la poche de son paletot, puis s'esquiva discrètement. L'idée de rentrer à la maison pour un repas familial le séduisait médiocrement, celle de prendre une bière lui parut plus désirable.

En pressant le pas, il gagna la rue Desjardins, continua jusqu'à la rue de la Fabrique, pour se heurter à un homme à la silhouette familière.

— Oncle Alfred, comment allez-vous?

— Bien, bien. Et toi, tu rentres de la grande manifestation destinée à sauver notre peuple de la pestilence républicaine?

Le commerçant venait de faire une livraison dans la rue des Grisons, le petit rassemblement ne lui avait pas échappé.

— Oui, j'étais avec eux.

— Un grand spectacle. Se doter d'un beau drapeau national tout neuf, pour aller l'agiter en hurlant devant la maison d'un invité du pays, cela te rend particulièrement fier? À ton âge, j'espère que tu commences à t'inquiéter de faire le sale travail des soutanes.

— Nous étions seulement des étudiants du Petit Séminaire et de l'Université Laval. Aucun prêtre ne se trouvait parmi nous.

— Es-tu stupide au point de n'avoir pas compris qui dirige l'ACJC? Ce n'est pas le souvenir que j'ai de toi.

Édouard se réjouit que la pénombre, en dépit de l'éclairage des rues, dissimule ses joues cramoisies. Son oncle continua:

— Si tu avais deux ans de plus, tu aurais pu participer à la grande manifestation de 1905, pour chasser Sarah Bernhardt de la ville. Je suis allé la voir à l'Auditorium, malgré toutes les condamnations de nos bons prêtres. Crois-moi sur parole, la vieille comédienne d'origine juive, élevée dans un couvent catholique, ne représentait aucune menace pour l'âme de nos concitoyens. Serais-tu allé lui crier: «Dehors!» aussi docilement que ce soir?

— ... Je ne sais pas. Je ne pense pas.

— Mais tu es allé hurler : « Dehors le juif ! » devant les fenêtres d'un petit gros, en secouant ton beau drapeau tout neuf. Nos bons prêtres ne digèrent pas encore que le président français ait gracié Alfred Dreyfus pour le réintégrer ensuite dans l'armée, et finalement en faire un chevalier de la Légion d'honneur. Un fils des déicides honoré par le pays de nos ancêtres, cela leur reste dans la gorge.

Édouard jugea inutile de lui préciser que ce moment de la manifestation ne l'avait pas particulièrement séduit. Il répliqua plutôt :

— Vous nous désapprouvez ? Vous n'appuyez pas notre désir d'avoir à Québec un représentant de France qui respecte au moins un peu nos valeurs, notre façon de vivre ?

— Tu sais que je suis un mécréant. Tous les gens respectables murmurent dans mon dos.

Le visage du commerçant était d'autant plus dépité que ces murmures se muaient maintenant en insultes et en coups vicieux destinés à son fils. Le garçon demeura silencieux. Bien sûr, au cours de son existence, certaines rumeurs sur les mœurs de son parent étaient venues à ses oreilles. La situation n'exigeait aucun commentaire.

L'homme reprit bientôt à voix basse, sur le ton de la confidence :

— Je suis plutôt heureux de penser que quelque part, dans le monde, il est possible de vivre en français autrement que sous la robe d'un prêtre. Avoir dans ma ville un représentant de ce peuple terriblement plus chanceux que le nôtre me rassure. C'est comme s'il soulevait un peu la soutane de plomb qui pèse sur nous, pour nous permettre de voir un bout de liberté. Que cela vienne d'un juif ajoute seulement du piquant à la chose.

— C'est le contrôle de l'Église sur nos écoles qui nous a conservés français, assura Édouard, reprenant sans vergogne les arguments de son ami Fernand.

— L'Église nous a gardés français, l'usage de la langue française nous a maintenus dans le catholicisme en nous empêchant d'entendre le prosélytisme des protestants, et parce que nous sommes catholiques, nous devons nous soumettre en tout au clergé. Magnifique construction logique…

Le garçon réfléchirait souvent à cette phrase, dans les prochains jours, au point de la soumettre à l'un de ses professeurs.

— Un mauvais esprit comme moi pourrait penser que le premier souci de nos bons prêtres est de garder leur pouvoir intact, continua le mécréant. Tu sais, une tête ne sert pas seulement à porter un canotier ou un melon : à ton âge, tu peux aussi réfléchir par toi-même… Mais si je continue, enchaîna-t-il d'un ton enjoué après une pause, je vais te garder sur ce trottoir jusqu'à la première neige. Ces jours-ci, il me semble particulièrement important que mes semblables apprennent à vivre et à foutre la paix aux autres. Tu allais vers le magasin ?

Le chemin le plus court, pour passer de la rue Saint-Denis au quartier Saint-Roch, passait par la Côte-de-la-Canoterie, située à peu de distance.

— Non. Un mardi, il ne s'y trouve plus personne à cette heure-ci. J'allais à la taverne, au coin.

De la main, il indiqua un établissement dans la rue Saint-Jean, le lieu habituel de rencontre des étudiants.

— Bien du plaisir, alors, termina l'homme en tendant la main. Moi, je vais souper.

Ils se quittèrent sur ces mots.

꘏

Alfred se rendit jusqu'à l'embrasure de la porte de son commerce, sortit sa clé de sa poche, puis regarda son neveu descendre la rue de la Fabrique. Ses dernières paroles figureraient dans l'interminable répertoire de ses mensonges véniels. Quand Édouard disparut au coin de la rue Saint-

Jean, il se mit en route d'un pas rapide pour rejoindre la rue McMahon, juste en face de l'Arsenal.

Depuis quelques jours, l'homme épluchait l'annuaire de la ville de Québec afin de débusquer tous les Grondin, puis il se rendait au domicile de chacun avec l'espoir d'apercevoir un visage familier. Ce genre d'expédition ne lui apprit rien et lui coûta bien du temps. Figurer dans ce petit volume demeurait sans intérêt pour les personnes d'origine modeste; surtout, les éditions paraissaient de façon irrégulière et les habitants de la ville conservaient la fâcheuse manie de déménager souvent. Cette stratégie ne le conduisant nulle part, la veille il avait abandonné son poste de vigie près de l'église St. Andrew pour suivre Pierre Grondin au moment où il quittait l'école.

Ce soir, il entendait bien en apprendre un peu plus. Dans la rue McMahon, l'adolescent monta à l'étage d'un petit immeuble pour entrer dans un appartement. Pas plus que le patronyme, l'endroit ne rappela rien à Alfred. Un moment, il eut envie de frapper à la porte pour demander à parler avec le maître de maison. La crainte de se voir un jour accusé de harcèlement l'incita à une attitude plus prudente. D'un pas vif, il traversa la rue, frappa à l'appartement du rez-de-chaussée. Après quelques minutes, une grosse femme vint ouvrir, un enfant morveux de deux ou trois ans posé sur la hanche.

— Pardonnez-moi, Madame, commença-t-il en enlevant son chapeau, son sourire de marchand sur les lèvres, peut-être pouvez-vous m'aider. Je dois remettre une lettre à monsieur Grondin, mais personne ne m'a répondu.

— Je peux la prendre.

— C'est très gentil de votre part, mais je dois la remettre en main propre.

— Et là haut, son garçon n'a pas répondu?

Alfred secoua la tête en espérant qu'elle ne lui offre pas de monter elle-même.

— Pourtant, il doit être rentré de l'école.

— Ça ne répond pas. Madame Grondin ne semble pas être là non plus.

— Vous ne savez pas ? Elle est morte il y a des années.

La dame le regarda d'un air soupçonneux. La candeur du sourire et les paroles de son interlocuteur la rassurèrent tout à fait.

— Vous savez, on me demande de livrer une lettre en main propre. Je ne connais pas du tout ce monsieur. Si vous savez où il travaille, je vais m'y rendre et tout sera réglé.

— … En autant que je le sache, il est serveur au *Cheval blanc*.

— Je connais. Je vous remercie infiniment. Avec un peu de chance, je l'attraperai là-bas. Sinon, je reviendrai ici demain avant le lever du soleil. Je vous souhaite une excellente soirée.

Alfred inclina la tête, remit son chapeau et regagna le trottoir. À l'étage, la lueur vacillante d'une lampe à pétrole lui permit de voir la silhouette de l'adolescent. Dans l'obscurité, la petite bâtisse paraissait délabrée, tout comme ses voisines. Ces gens ne roulaient pas sur l'or, sans toutefois confiner à la plus grande misère. Maintenir un enfant de quatorze ans à l'école témoignait d'une relative prospérité.

Le chemin le plus court vers la Basse-Ville passait par la Côte-de-la-Canoterie. La taverne du *Cheval blanc* se situait rue Saint-Paul. Dans une grande salle, de petites tables entourées chacune de trois ou quatre chaises recevaient autant de clients. Contre un mur, un long comptoir de bois recouvert d'une feuille de zinc servait de bar. Trois serveurs dans un complet noir, la cravate au cou, affublés d'un grand tablier blanc, assuraient le service.

À ce moment de la journée, l'établissement bourdonnait d'activité. Après douze ou treize heures d'efforts dans une manufacture ou un commerce des environs, des dizaines de travailleurs venaient se détendre. Cette affluence facilitait la démarche d'Alfred. Il alla commander une bière pression au comptoir. Quelques jeunes gens esseulés, accoudés au bar, lui adressèrent des œillades discrètes. Mieux valait les ignorer et chercher une table libre un peu à l'écart. Afin de mieux assumer son rôle, il sortit de la poche de son paletot une copie soigneusement pliée du *Soleil* et fit semblant de s'absorber dans la lecture des notes sociales, à la lumière tremblante de l'une des lampes à pétrole pendue au plafond.

Après l'avoir examiné du coin de l'œil, car sa tenue paraissait trop recherchée pour cet endroit, les ouvriers réunis à plusieurs, épaule contre épaule, autour de tables encombrées de bouteilles et de verres, poursuivirent leurs conversations sans lui prêter plus d'attention.

L'homme leva discrètement les yeux de son journal. L'un des serveurs, âgé d'une quarantaine d'années, les cheveux blonds sales, de petite taille et assez malingre, ressemblait à Pierre Grondin. Ce devait être son père. Alfred n'arrivait pas à se souvenir de lui. Cela changea toutefois quand il s'approcha pour demander, en parlant de la bière :

— Vous en voulez une autre ?

— … Non merci, je vais rentrer à la maison, répondit le client d'une voix soudainement changée.

Si le visage de cet homme ne lui laissait aucun souvenir, le timbre de la voix, affecté par une mauvaise blessure à la gorge, demeurait inoubliable. Phonse… Alphonse pour ceux qui le connaissaient de façon moins intime.

— Si vous voulez autre chose que de la bière, continua le serveur un ton plus bas, la maison offre toute une gamme de services.

— Non, vraiment, je dois rentrer.

L'employé tourna les talons, Alfred se leva en remettant le journal dans sa poche, puis se dirigea d'un pas vif vers la sortie.

Pendant des années, il avait trouvé un exutoire à ses désirs chez les « garçons de location ». Ceux-ci se trouvaient particulièrement nombreux au sein du personnel des bains publics, mais les autres secteurs d'activité en recelaient aussi. Quand des jeunes gens travaillaient douze heures par jour pour recevoir moins d'un dollar en rémunération, et parfois aussi peu que cinquante cents, certains cédaient à la tentation d'obtenir un supplément. En jouant à l'amoureux, quelques-uns donnaient une certaine régularité à ce second revenu. Phonse avait fait durer les choses pendant quelques semaines.

Pourquoi diable cet homme avait-il confessé l'identité de l'un de ses partenaires à son fils? Peut-être, après avoir consommé quelques bières, avait-il laissé tombé : « Le bougre ne se prive de rien », en voyant dans le journal une annonce pour le commerce de la rue de la Fabrique. Cela suffisait à alimenter la rage d'un enfant malheureux.

⚡

Thalie savait très bien présenter un visage buté, une moue sur les lèvres, les mâchoires serrées.

— Cela ne me dérange pas de t'accompagner, déclara-t-elle, têtue.

— Moi, je préfère y aller seul, que cela te dérange ou non.

Le frère et la sœur tenaient leur conciliabule de l'autre côté de la rue de la Fabrique, près des pelouses de l'hôtel de ville. D'un ton plus conciliant, Mathieu continua :

— Je ne veux pas compter toute ma vie sur la protection de ma petite sœur.

Ce rôle avait flatté l'orgueil de la fillette pendant deux jours, au point où elle trouvait maintenant difficile de l'abandonner pour redevenir, comme son frère venait de l'indiquer, la « petite sœur ».

— Crois-moi, continua le garçon, mieux vaut que tu reprennes le chemin habituel vers le couvent, par la rue Saint-Louis. Je peux me débrouiller, maintenant.

— S'ils veulent encore te faire du mal ?

— Je ferais de mon mieux pour me défendre. Fais-moi un peu confiance.

La petite fille fit mine de dire quelque chose, puis lui plaqua une bise précipitée sur la joue gauche avant de tourner les talons pour s'engager sur la petite place devant l'arche-vêché afin de la traverser en diagonale. Le contact des lèvres contre le côté endolori du visage du garçon ne fit pas trop mal. Mathieu regarda Thalie s'éloigner un moment, puis passa la courroie de son sac sur son épaule gauche. Il enfonça la main droite dans la poche de sa veste et se dirigea d'un pas résolu vers l'Académie.

En progressant dans la rue Saint-André, il constata un premier changement heureux: aucun attroupement sur les trottoirs. La rumeur n'annonçait pas de bagarre ce matin-là, puis le spectacle d'une fillette à la repartie facile perdait l'attrait de la nouveauté. Dans l'indifférence totale de quelques écoliers, Mathieu progressa vers la porte d'entrée de l'établissement. Il mettait le pied sur la première des trois marches y donnant accès quand une voix lança derrière lui:

— L'enculé, ta petite sœur ne vient pas te protéger, aujourd'hui?

Le garçon eut l'impression que ses tripes se liquéfiaient. Toutefois, plutôt que de prendre la fuite, il se retourna lentement, pour répondre d'une voix à peu près assurée:

— Enculé toi-même! Je suppose que tu donnes envie de vomir à tes sœurs, pour te préoccuper ainsi de la mienne.

Du haut de la troisième marche de l'entrée de l'Académie, sa cloche à la main, le frère Dosité calculait des pertes de points astronomiques pour les gros mots prononcés par les deux élèves. L'idée d'intervenir de façon plus utile ne lui effleura pas l'esprit.

— Qu'est-ce que tu as dit? demanda l'adolescent d'un air mauvais en s'approchant des marches.

Mathieu ne voyait pas les compères habituels de son tortionnaire. Peut-être se trouvaient-ils déjà dans l'école. Dans ce cas, à tout moment ils risquaient de lui tomber sur le dos. Il sortit son poing fermé de la poche droite de sa veste, le tint à la hauteur de sa hanche puis jeta:

— Tu as bien compris, salaud. Fous-moi la paix et retourne dans ta porcherie.

Tant qu'à se faire battre, autant se soulager le cœur avant. Pierre Grondin approcha jusqu'à toucher la base du petit escalier du bout des pieds. Sur la marche, son opposant s'amusa de se trouver, pour la première fois, plus grand que lui.

— Va au diable, imbécile, laissa-t-il encore tomber en se retournant afin de continuer vers la porte.

— Sale enculé, lâcha l'adolescent en tendant la main pour accrocher le sac de sa victime.

Mal lui en prit. Mathieu pivota pour lancer droit devant son poing fermé sur le boulon d'acier. Il heurta à angle droit l'arête du nez de son adversaire. Le coup fut suffisamment brutal pour qu'une souffrance vive irradie de sa main à son épaule. Grondin ressentit une explosion de douleur contre son visage. Inattendu, le choc suffit à le faire choir de tout son long sur le dos. Sa nuque cogna lourdement sur le pavé, avec un « ploc » inquiétant.

Mathieu remit sa main droite dans sa poche, la ressortit ouverte, fit jouer ses jointures endolories. Comme un chat, il arrondissait le dos, inquiet de savoir ses deux autres tortionnaires hors de sa vue. Puis il les aperçut debout de l'autre côté la rue, interdits.

— Picard, qu'avez-vous fait ? hurla le frère Dosité, comme si tout d'un coup il se souvenait à la fois de sa position d'autorité et de ses responsabilités.

— Je me suis défendu, constata le garçon d'une voix calme.

— Vous l'avez assommé…

— Et lui m'a assommé la semaine dernière. Je paie mes dettes.

Le frère s'agenouilla auprès de Grondin, examina le nez ensanglanté tout en s'inquiétant des gouttelettes écarlates susceptibles de souiller sa soutane noire et son beau rabat blanc.

— C'est votre ami, cria-t-il aux deux compères du blessé, venez l'aider à se relever pour le conduire à l'infirmerie.

Pendant que ceux-ci obtempéraient, le religieux revint près de l'escalier, sur la première marche duquel se tenait toujours Mathieu.

— Quant à vous, Picard, vous venez avec moi chez le directeur.

— Si vous voulez.

D'un pas presque léger, il pénétra pour la dernière fois dans les murs de l'Académie commerciale.

✦

— Tu n'as pas surveillé Mathieu, ce matin? demanda Marie alors que son époux entrait dans le commerce.

— Oui, comme les jours précédents. Je l'ai vu s'approcher de la porte. Comme il n'y avait aucun attroupement, que ce Grondin paraissait absent, je me suis esquivé bien vite pour passer chez le boulanger.

En guise de preuve, Alfred leva la main droite pour montrer le gros sac de papier brun. Cela s'avérait superflu, l'odeur du pain chaud embaumait tout le rez-de-chaussée.

— Je viens de recevoir un coup de téléphone de l'Académie. Il a envoyé son tortionnaire au plancher d'un coup de poing.

— … Tu dois te tromper.

— Tu as bien entendu. Je n'ai aucun détail, sauf que le garçon serait sérieusement blessé. Tu es sommé de te présenter au plus vite dans le bureau du directeur.

Le commerçant leva des sourcils étonnés. Finalement, il posa le pain sur le comptoir en disant d'une voix enjouée :

— La victime se mue en bourreau. J'aurais dû me douter de quelque chose : Thalie ne l'a pas accompagné.

Quelques minutes plus tard, dans le bureau exigu et encombré, Alfred rejoignit son fils. Le garçon se tenait assis dans un coin de la pièce, la mine basse. Picard commença par tendre la main à un petit homme, obèse au point de risquer de faire éclater les coutures de sa robe noire. Âgé d'une cinquantaine d'années, le frère Tancrède gardait quelques touches de roux dans ses cheveux devenus gris. Trente ans plus tôt, jeune novice, il avait enseigné l'anglais à l'école de sa congrégation située dans le faubourg Saint-Roch. Alfred en gardait un vague souvenir, ce qui signifiait que le religieux s'était acquitté de sa tâche avec une compétence raisonnable.

— Monsieur Picard, je crains que nous ayons un problème important sur les bras. Si vous voulez vous asseoir…

Le directeur désigna la chaise vide à côté du garçon, avant de retrouver son propre siège derrière son bureau. Le frère Dosité, le témoin à charge, restait debout dans un coin.

— Je vous écoute, dit le visiteur en croisant les jambes.

Il se tourna à demi pour adresser un clin d'œil discret à l'accusé.

— Votre fils s'est battu ce matin. Il a blessé l'un de ses camarades.

— Je me suis défendu, intervint Mathieu.

Le rouge lui montait aux joues, ce qui donnait une curieuse allure au côté gauche de son visage, toujours marbré de bleu, mais la voix paraissait assurée, presque fière.

— Jeune homme, vous parlerez quand on vous le demandera, coupa le directeur.

— Mon frère, se mêla Alfred, un peu ironique, comme ni vous ni moi n'étions-là, j'aimerais entendre la version de la seule personne qui puisse nous donner des informations de première main.

— J'étais là aussi, glissa le frère Dosité.

Alfred gardait ses yeux rivés dans ceux du directeur. À la fin, celui-ci accepta :

— Soit, votre fils peut nous donner sa version des faits.

Le garçon échangea un regard avec son père, puis commença :

— J'allais entrer dans l'école quand un grand m'a traité d'enculé. Je lui ai retourné le compliment. Quand il a essayé de m'attraper, je me suis défendu.

— Vous l'avez frappé, alors que celui-ci vous avait à peine touché, précisa le frère Dosité.

— Mon frère, rétorqua Alfred en le toisant du regard, vous auriez pu intervenir dès que ce mot ordurier a été prononcé. En restant silencieux, vous avez laissé mon fils dans l'obligation de se défendre seul face à une accusation qu'aucun homme, dans cette ville, ne saurait tolérer... Car vous n'avez rien fait, n'est-ce pas?

Le rouge monta aux joues de l'enseignant. Le directeur jugea préférable d'intervenir de nouveau:

— Là n'est pas la question. Votre fils a porté un coup dangereux à un camarade qui l'avait à peine touché.

— Mon frère, mon frère, dit le visiteur d'une voix chagrine, je me dois de vous contredire. Je suis prêt à parier que l'auteur de cette insulte vulgaire s'appelle Pierre Grondin.

Ses yeux rivés dans ceux de son interlocuteur, Alfred attendit. L'autre grommela:

— Lui ou un autre, cela ne change rien au fait qu'il a maintenant une sale blessure. Si son père veut poursuivre...

— Ce bonhomme devrait plutôt s'inquiéter que moi-même je le poursuive. Comme il s'agit d'un homme de peu de moyens, conseillez-lui la prudence, sinon il y perdra sa chemise. Nous discutons présentement du second acte d'une mauvaise pièce qui devrait s'arrêter là. La semaine dernière, ce Pierre Grondin, aidé de deux complices, a attaqué et blessé mon fils. Le docteur Caron pourrait témoigner de la gravité de cette attaque: il a été choqué de voir tant de sauvagerie. Il a prescrit à Mathieu de garder la chambre tout le reste de la semaine.

— Ces choses-là arrivent, malheureusement, murmura le frère Tancrède d'une voix moins bien assurée, tout à coup.

— Elles ne le devraient pas. J'ai moi-même déposé une lettre à votre attention dans les mains du portier de cet établissement, il y a exactement une semaine, à une heure près. Dans ce pli, je vous indiquais les raisons de l'absence pendant quelques jours de mon fils, je nommais ses agresseurs, je vous priais de sévir contre eux, et je vous invitais aussi à prendre des mesures pour assurer la protection de vos élèves. Cette lettre vous est-elle bien parvenue ?

Le directeur échangea un regard avec le frère Dosité, mais n'osa plus proférer un seul mot.

— Moi, j'ai jugé bon de demander au portier de poser sa signature sur un bout de papier, afin de conserver une preuve de ma démarche. Ce matin, vous m'apprenez que ce garçon a lancé la pire insulte au visage de mon fils sans que votre employé n'intervienne. Abandonné par vous, Mathieu s'est défendu quand on a levé la main sur lui. Si poursuites il y a, elles n'impliqueront pas que deux parties.

Alfred échangea un regard avec son fils, tout en réprimant la forte envie de sourire qui le tenaillait. Quand ses yeux revinrent sur le frère Tancrède, il continua :

— Dans les circonstances, vous comprendrez qu'une poursuite de la part du père de ce voyou n'est pas ma première inquiétude, quoique cela puisse devenir la vôtre.

Une menace pointait dans ce sous-entendu. Les porteurs de robes et de soutanes toléraient mal de se faire demander des comptes. Le frère Dosité passa du rouge au blanc avant de déclarer :

— Il a frappé de façon sournoise, sans avertissement.

— Nous ne sommes pas des chrétiens d'élite comme vous. Regardez sa joue gauche. Vouliez-vous qu'il tende la droite, ce matin ? Si la violence vous répugne à ce point, pourquoi n'êtes-vous pas intervenu dès la première insulte, en septembre dernier ? Vous étiez là, comme vous l'étiez tous les matins de cette semaine. Je vous ai vu. Votre responsabilité n'est-elle pas d'assurer que l'arrivée des élèves se fasse dans l'ordre ? Ou alors cela vous plaît-il d'entendre un enfant se faire traiter d'enculé ?

Le religieux pâlit sous l'affront, alors que son supérieur crispait les mâchoires et serrait les poings sur les bras de son fauteuil. À la fin, il déclara d'une voix sourde :

— Je ne crois pas que votre fils puisse continuer de fréquenter l'Académie.

— En êtes-vous absolument certain ?

— Après ce qu'il a fait...

— Je pense avoir été très explicite sur les circonstances entourant cet événement. Je serais heureux de répéter toute cette histoire devant la commission scolaire.

Les frères des Écoles chrétiennes tenaient parfois des établissements privés, mais le plus souvent, tout comme les sœurs de la Congrégation Notre-Dame, ils agissaient comme les mandataires de la commission scolaire locale, devant laquelle ils devaient rendre des comptes.

— Car c'est à ses membres, n'est-ce pas, qu'il revient de procéder à une exclusion ? demanda Alfred, cette fois franchement goguenard.

Prudemment, peu désireux de voir les derniers événements exposés sur la place publique, le frère Tancrède recula à demi :

— Je dis cela pour le bien de votre fils. Ces querelles ont pu laisser des rancœurs tenaces. Pour la paix de son esprit...

— Je suis heureux de vous voir enfin préoccupé de son bien-être. Mais cela revient à admettre que vous êtes incapable d'assurer sa sécurité... Après un matin riche en émotions, nous allons rentrer. Je vous ferai connaître la date de son retour en classe.

Alfred se leva sur ces mots. Après un moment d'hésitation, Mathieu fit de même. Au moment de quitter la pièce, le commerçant déclara, amusé :

— Mes frères, je vous souhaite une excellente journée. Nous nous reverrons peut-être à la réunion du conseil des commissaires, ou alors devant un tribunal, si vous tenez à faire durer nos relations.

Inutile de tendre la main ou d'ajouter quelque chose : un regard suffisait à traduire les sentiments habitant l'un et les autres. Le père et le fils demeurèrent silencieux jusqu'au moment de se trouver sur le trottoir, devant l'institution. L'adulte remarqua les traces de sang sur le pavé.

— Tu as frappé fort.

— Le sang sortait du nez et de la bouche.

— Je pense que celui-là ne te cherchera plus querelle. Tout de même, pendant un certain temps, sois prudent.

Ils parcoururent la rue Saint-André, débouchèrent sur la place devant le commerce. En traversant, Alfred demanda encore :

— Tu veux retourner dans cette école ?

— … Cela ne me tente vraiment pas. Mais si tu insistes…

— Viens avec moi.

D'un pas rapide, il l'entraîna vers l'entrée du Petit Séminaire. La classe préparatoire y était tenue par un frère des Écoles chrétiennes, mais avec un peu de chance, il serait plus dégrossi que ceux de l'Académie.

Mathieu n'entrerait dans sa nouvelle école que le lendemain. Persuadé d'accuser un certain retard sur les autres, il demeurait convaincu de le rattraper bien vite. Au moment où il réintégra l'appartement, Gertrude jeta sur lui un regard appréciateur, puis déclara :

— Si je te fais un gâteau au chocolat, ta mâchoire tiendra le coup ?

— … Je crois.

Le garçon affichait une mine empruntée, ignorant quelle contenance adopter. Il sortit le boulon d'acier de sa poche, le tendit à la domestique.

— Il a été utile ? questionna celle-ci.

— Oui.

— Alors garde-le. D'ici tes trente ans, peut-être te servira-t-il encore.

Elle fit mine de retourner à ses chaudrons, puis le regarda de nouveau, un sourire sur les lèvres :

— Je m'en trouverai un autre, pour ma propre défense.

Mathieu rit franchement. Lentement, son anxiété disparaissait. Il demanda après une pause :

— Papa a dit aux frères qu'il avait été à l'école tous les matins, cette semaine. Peux-tu m'expliquer ?

— Tu ne l'as pas vu ?

— … Non.

Rien n'échappait aux domestiques, surtout les tête-à-tête des couples inquiets dans la salle à manger : la pièce donnait sur la cuisine.

— Depuis ton retour à l'école, tous les jours, matin, midi et soir, ton père s'est posté près de l'église protestante pour surveiller ton arrivée à l'école, ou ton départ.

— Thalie m'accompagnait…

— Et ta mère donnait les directives.

— Et toi, tu me donnais une arme. Curieux travail d'équipe, ricana le garçon.

La domestique lui lança un regard amusé, puis murmura :

— On appelle cela la famille. Des fois, c'est utile. Garde cela en mémoire pour les jours où elle te tombera sur les nerfs. Maintenant déguerpis. Je dois préparer un millier de sandwiches, et ensuite un gâteau.

Dans ces circonstances, autant aller aider en bas.

Chapitre 9

L'anniversaire d'Eugénie tombait un mercredi, cette année-là. Sans trop d'hésitation, la maisonnée Picard, y compris la principale intéressée, décida de faire semblant qu'elle vivrait le premier jour de sa vingtième année sur terre, soit son dix-neuvième anniversaire, le samedi 26 octobre. Pour le vaste monde, l'accroc à la chronologie passa totalement inaperçu.

Les jours précédents le grand événement apportèrent les premières déceptions. Quelques-unes des « chères amies » du couvent s'excusèrent de ne pouvoir venir à la petite réception. Une langue acérée, utilisée sans discernement, ne laissait pas toujours le meilleur des souvenirs. Quant à la présence masculine autour de la table, elle demeurerait peu nombreuse et limitée aux membres de la famille immédiate.

— Tu pourrais toujours inviter Fernand, suggéra Édouard au moment du déjeuner, un matin d'octobre. Tu serais certaine d'avoir un homme bavant d'admiration dans sa soupe en face de toi.

— Je t'interdis absolument de l'inviter, siffla la jeune fille entre ses dents, les yeux furibonds.

— Comme les garçons ne se bousculent pas encore à ta porte, à ta place je ne ferais pas ma fière. Si, à la fin, il ne restait que lui…

Une nouvelle fois autour de cette table, chacun constata qu'un regard ne tuait pas. Soucieuse de conserver un minimum de civilité, Élisabeth murmura :

— Franchement, Édouard, ce que tu dis là est plutôt méchant.

Thomas écoutait d'une oreille distraite, préoccupé par la longue journée qui l'attendait. Avec un manque total d'à-propos, il grommela :

— Ta mère a raison. Après tout, ce Fernand Dupire a beau être ennuyeux, il demeure ton meilleur ami.

Eugénie frappa la table de la main en y posant sa serviette, se leva en poussant bruyamment sa chaise vers l'arrière, puis quitta la pièce le visage empourpré.

— … Mais qu'est-ce que j'ai dit ? questionna le père en la regardant sortir, les yeux écarquillés de surprise.

— Je te l'expliquerai plus tard, répondit son épouse en arrivant mal à réprimer un sourire.

Quant à Édouard, il partit vers le Petit Séminaire plus amusé que jamais par le théâtre familial.

Le samedi suivant, en plus de l'essentielle Élise Caron, une Estelle et une Irène, vêtues élégamment, se joignirent à la jeune fille dans le grand salon à la fin de l'après-midi. L'âge de ces jeunes personnes les autorisait à boire un verre de vin blanc avant de passer à table. La petite bonne, Jeanne, faisait le service de façon empressée, discrète dans son uniforme noir, les cheveux dissimulés par une coiffe blanche. Par «en dessous», sans trop en avoir l'air, elle contemplait les jolies tenues des héritières de la Haute-Ville.

Édouard vint les rejoindre un peu avant six heures, adressa à chacune – même à sa sœur ! – un compliment flatteur sur leur tenue, ou même leur silhouette. Son sourire et la sincérité de son ton rendaient acceptables des paroles qui, de la bouche d'un autre, auraient paru fort audacieuses. À la fin, un verre de cognac à la main, ce fut près d'Élise qu'il choisit de s'asseoir.

— Ai-je raison de croire que je vous vois un peu moins souvent, depuis le début du mois de septembre ?

— Vous deviez être trop occupé par l'apprentissage de la philosophie pour me remarquer, répondit-elle dans un sourire.

— Mon Dieu, si un jour les écrits de vieux curés décédés m'intéressent plus qu'une jolie fille comme vous, demandez tout de suite à votre père de venir me voir avec l'une de ces curieuses vestes dont les manches s'attachent dans le dos.

Elle rit franchement en posant une main sur sa poitrine, comme si elle se souvenait d'un contact coquin vieux de deux mois, puis déclara :

— Mon père n'est pas un aliéniste, et je doute qu'il ait vu une seule camisole de force depuis la fin de ses études.

Elle trempa les lèvres dans son verre, puis continua :

— C'est vrai que je suis venue ici moins souvent, depuis quelques semaines. Selon ma mère, après des années à apprendre des choses complètement inutiles chez les ursulines, je dois me consacrer aux choses sérieuses. Elle veut faire de moi une maîtresse de maison dépareillée.

— L'homme qui vous cueillera un jour aura bien de la chance.

Comme les yeux du garçon voyageaient sur son corsage, elle se douta qu'il ne faisait pas allusion à ses seuls talents pour les tâches domestiques. Élisabeth lui épargna l'obligation de trouver une repartie capable de l'engager sur un terrain moins dangereux.

— Mesdemoiselles, intervint-t-elle, j'espère que tout est pour le mieux.

La jeune femme avait exactement dix ans de plus que sa belle-fille, et elle lui faisait l'injure de ne pas les paraître. Pour l'événement, ses cheveux étaient relevés dans un assemblage lourd et complexe, retenu par des peignes en écaille de tortue aux longues dents courbées. La nuque et le cou ainsi dégagés présentaient une peau parfaite, très pâle, sans le moindre défaut. Son chemisier, soigneusement boutonné jusqu'au cou, révélait considérablement moins ses épaules et sa gorge que les décolletés, bien pudiques tout de même, de ces jeunes filles. Cette réserve elle-même capturait le regard.

Un murmure d'assentiment parcourut la petite compagnie. Alors que Jeanne arrivait avec un lourd bouquet de roses blanches dans un vase en cristal, pour le placer sur une table basse au milieu de la pièce, elle continua :

— Eugénie, ton oncle Alfred vient de faire livrer ces fleurs à ton intention.

Un « Oh ! » admiratif sortit des bouches des invitées, alors que la maîtresse de maison tendait une petite carte à sa belle-fille.

— Dommage qu'il n'ait pas choisi des rouges, murmura Eugénie.

— Ce qui, d'un oncle pour sa nièce, pourrait faire jaser, ricana Édouard.

— … Mais elles sont très belles, continua-t-elle en ignorant l'interruption. Puis elle lut les mots écrits d'une main ferme et élégante sur le bristol : « Impératrice Eugénie, je te souhaite que la femme demeure aussi passionnée que la fillette l'a été. »

Heureusement, Édouard eut le bon goût de ne pas formuler à haute voix sa réflexion : « Avec ces mots, heureusement que les roses sont blanches. » Des yeux, il apprécia la silhouette gracile de sa sœur, se dit encore que le mot « acariâtre » aurait mieux convenu que « passionnée ».

— Si vous voulez passer à table, tout est prêt.

Comme s'il obéissait à un signal silencieux, Thomas sortit à ce moment de sa bibliothèque, sanglé dans son meilleur costume. Heureusement, l'idée de revêtir un habit de soirée avait très vite été abandonnée : le plastron de celluloïd et la queue-de-pie lui paraissaient trop ostentatoires pour ces circonstances. En quelques mots, il souhaita la bienvenue à chacune des visiteuses, puis les guida vers la salle à manger.

Devant son couvert, Eugénie découvrit deux présents. Elle commença par ouvrir une petite boîte contenant une broche fort jolie, offerte par Édouard. Devant un effort si louable, elle ne put se soustraire à l'obligation de quitter sa place pour aller lui faire la bise. Il avait été convenu d'ouvrir les présents entre les services. Avant le plat principal, la jeune fille aperçut un rang de perles de culture dans un écrin ivoire. Une nouvelle fois, avec un air emprunté, elle se leva pour faire la bise en disant :

— Merci, Élisabeth, c'est très joli.

La mauvaise grâce paraissait si évidente que les visiteuses échangèrent un regard entendu. Puis au moment où Jeanne commença à débarrasser la table des grandes assiettes, afin d'apporter bientôt le dessert, Thomas fit mine de se souvenir soudainement de quelque chose, chercha dans les diverses poches de sa veste avant de dénicher une enveloppe dans la dernière.

— Enfin, la voilà, marmonna-t-il en la tendant à sa fille.

Cette mauvaise scène servait à faire baver d'impatience toutes ces jeunes filles. Pour quelqu'un dans la position de Picard, un seul présent pouvait souligner l'entrée de son aînée dans le monde adulte. Eugénie ouvrit le pli, sortit un joli carton crème et lut à haute voix :

— Très chère fille, au cours de ta vingtième année qui commence aujourd'hui, tu pourras embarquer sur l'*Empress of Ireland* afin de te rendre en Europe.

Mine de rien, la jubilaire sauta par-dessus quelques mots en rougissant, puis continua :

— Dès que la date sera arrêtée, nous irons ensemble chercher les billets dans les bureaux du Canadien Pacifique.

Thomas posa sur sa fille un regard excédé, pendant qu'Élisabeth feignait de devoir se rendre à la cuisine afin d'aider à préparer les assiettes pour le dessert. Eugénie avait soigneusement évité de lire à haute voix les derniers mots de la première phrase : « en compagnie de ta mère ».

Par la suite, la tension autour de la table devint palpable, à un point tel qu'Élise, affichant un humour qu'Édouard ne lui connaissait pas, se pencha vers lui pour lui souffler à l'oreille :

— Je crois que je me passionnerai pour l'entretien des tapis, au cours des prochaines semaines.

Cette confidence murmurée à l'insu des autres convives heurtait sérieusement les usages. Elle se croyait maintenant autorisée à tous les accrocs.

— Je vous en conjure, permettez-moi de venir vous aider. Cela doit être tellement plus… serein.

Elle étouffa un fou rire alors qu'Élisabeth revenait en poussant un petit chariot devant elle. Un gâteau décoré de dix-neuf bougies allumées en occupait le centre, et les assiettes et les couverts, la périphérie. Jeanne suivait derrière avec une théière embaumant le Earl Grey. Pourtant, l'atmosphère n'était plus guère à la fête.

———

Le tribunal familial se tenait dans la bibliothèque. Le juge trônait bien calé dans le siège derrière le bureau, alors que le coupable se tenait penaud sur la chaise placée devant. Édouard y avait paradé assez souvent pour des vases brisés dans la maison et des carreaux cassés chez les voisins. Dans ces cas, Thomas contrôlait mal son envie de sourire.

Devant Eugénie, cela ne lui posait aucune difficulté.

— Décidément, tu es déterminée à empoisonner notre existence, gronda-t-il entre ses dents.

— Tu sais que je ne peux pas voyager pendant des semaines en sa compagnie, partager la même chambre.

— C'est ta mère, prononça-t-il entre ses dents.

— Ma mère est morte.

L'homme fixa les yeux sur ceux de sa fille. Frêle, le regard mobile et expressif, des cheveux encore un peu en désordre car elle sortait à peine du lit, Eugénie ressemblait terriblement à Alice. Chaque fois qu'il la voyait dans cet état d'esprit, le souvenir des derniers mois d'existence de sa première épouse lui revenait en mémoire : têtue, pleine de rancœur, totalement indifférente à la sensibilité des autres.

— Tu n'iras pas en Europe toute seule. Cela ne se fait pas.

La réputation d'aucune jeune fille ne pouvait résister à un voyage en solitaire, encore moins en Europe que partout ailleurs. Le vieux continent traînait une réputation sulfureuse, en regard des mœurs sexuelles.

— Je peux y aller avec une amie. Élise…

— Deux gamines ensemble, cela serait encore plus compromettant. Puis le docteur Caron n'a pas ces moyens.

— Mais toi…

Thomas leva la main pour la faire taire, puis déclara sur un ton qui ne souffrirait pas la réplique :

— Pas un mot de plus. Je ne paierai pas de voyage à la voisine, ni au chaperon de la voisine, si tu as une idée aussi ridicule en tête. Et si tu es sotte au point de refuser d'y aller avec Élisabeth, afin de ne pas décevoir celle-ci, car elle s'en fait une fête, Édouard recevra son cadeau de fin d'études classiques avec un an d'avance et il l'accompagnera.

Eugénie accusa le coup, pensa à se lever de façon un peu mélodramatique en disant : « Dans ces circonstances, eh bien, qu'il en soit ainsi. » La nécessité où elle se trouverait d'expliquer ce revirement de situation à ses amies la retint de poser un geste de ce genre. Depuis des années, elle les serinait avec son « grand tour » européen.

— Je te conseille de bien réfléchir à la question, et de changer d'air. Si je m'y mets, je peux aussi te rendre la vie bien difficile.

La grande fille n'en doutait pas. Un long moment, elle demeura en face de lui, les yeux baissés. À la fin, il la congédia en disant :

— Va te préparer pour la messe.

⚜

Comme la concrétisation de toutes ses aspirations dépendait de la générosité paternelle, Eugénie ne pouvait lui faire grise mine bien longtemps. La fin du mois de novembre viendrait vite et certains travaux d'aiguille demandaient plusieurs semaines avant d'être menés à bien. Quelques jours plus tard, elle saisit l'occasion au vol au moment d'un souper familial et rappela d'une voix mielleuse :

— Dans moins d'un mois, ce sera le bal du gouverneur. Nous n'avons pas encore pensé à ma robe.

Elle voulait plutôt dire qu'elle y pensait beaucoup, mais que personne d'autre ne paraissait se préoccuper de la question.

— C'est vrai, reconnut son père, la date approche. Tu viendras quand tu voudras au magasin, je dirai un mot au chef du rayon.

— Mais, papa, je ne peux pas mettre du prêt-à-porter.

— Comment cela ? C'est ce que j'ai sur le dos.

L'homme baissa les yeux pour voir en quoi sa tenue paraissait si… commune.

— Ce ne serait pas digne de toi.

— Je devrais aller travailler en queue-de-pie ?

— Tu me comprends. Si j'y allais mal fagotée, cela ferait du tort à ta réputation. Tout le monde aura les yeux sur moi…

Par un hasard heureux, Édouard avait la tête ailleurs, aussi aucun éclat de rire intempestif ne vint souligner cette sotte prétention. Elle laissa échapper un soupir excédé. Les moments où son père s'essayait à l'humour – comment interpréter autrement son attitude ? – la mettaient hors d'elle.

— Je te rappelle que nous faisons aussi du travail sur mesure, souligna le commerçant tout à fait sérieusement.

— Mais ce sont les mêmes couturières…

Seules les meilleures d'entre elles réalisaient des vêtements sur mesure à partir des mensurations prises par un chef de rayon. D'un autre côté, le prêt-à-porter relevait essentiellement de travailleuses à domicile payées à la pièce. Mais Thomas ne désirait pas commencer une discussion sur la division du travail dans son entreprise.

— Qu'as-tu en tête, exactement? capitula-t-il.

— Il y a une couturière rue Saint-Jean, madame Delasorne. Elle vient de France.

— Et il est de notoriété publique que seules les femmes de ce pays savent tenir une aiguille, ironisa-t-il.

— Elle a bonne réputation, intervint Élisabeth, soucieuse d'afficher la meilleure volonté du monde.

L'homme échangea un regard avec sa femme, apprécia son effort destiné à améliorer ses relations avec sa belle-fille. Dans les circonstances, mieux valait jeter l'éponge.

— Cette dame doit être capable de proposer un éventail de modèles, admit-il. Si elle est si bien, tu ne seras pas la seule à aller la voir.

— Mais j'ai déjà choisi un patron. Attends, je vais le chercher.

Elle sortit de la pièce bien vite, ses pas retentirent dans l'escalier.

— Visiblement, ce moment a été soigneusement préparé, remarqua Thomas. Ai-je cédé trop vite?

— De toute façon, tu n'as pas le choix, répondit sa femme dans un sourire. C'est ta fille, elle ne peut pas aller au bal dans une robe de chez Picard.

— Voilà une logique qui m'échappe totalement.

Eugénie rapporta une grande enveloppe jaunie par l'âge. Elle sortait du vieux patrimoine d'Euphrosine, qui commandait déjà des patrons à Paris et à Londres avant même que la fédération canadienne existe.

— C'est une robe portée par l'impératrice Eugénie à un bal tenu à Paris en 1865, expliqua-t-elle en lui remettant le patron.

Élisabeth quitta sa place afin de regarder aussi sur l'enveloppe le dessin de la grande robe d'un rouge passé. Elle datait de l'époque des immenses crinolines, qui faisaient un cône de tissu, plus large que haut, d'où émergeait le haut du corps des femmes.

— C'est… très démodé, commenta Thomas. Je ne me souviens même pas d'avoir vu des femmes affublées ainsi au cours de ma jeunesse.

Cela n'avait pas de quoi surprendre : les bals se révélaient rares dans le faubourg Saint-Roch, et aucune femme ne venait à l'église paroissiale dans un accoutrement pareil.

— C'est là toute l'idée : c'est le bal du tricentenaire. Plusieurs de mes amies porteront des robes ayant une connotation historique.

— Dans ce cas, vas-y habillée en Marguerite Bourgeoys ! proposa Édouard en s'esclaffant.

Presque tout un repas sans dire un mot laissait présager des moments cocasses, pour rétablir l'équilibre.

— Idiot, rétorqua-t-elle en lui jetant un regard condescendant. Cette religieuse habitait Montréal.

— Si je comprends bien, tu ne peux pas porter la robe d'une personne de Montréal, mais celle d'une espagnole vivant à Paris peut très bien faire l'affaire. Tu crois vraiment que c'est moi, l'idiot ?

D'un geste de la main, Thomas indiqua à son fils de se tenir coi, puis il exprima la première de ses inquiétudes :

— Avec un modèle de ce genre, cette robe ne pourra être portée qu'une fois. Au prix qu'elle coûtera…

— … Je pourrai aussi la mettre à Noël.

— Et pour courir la guignolée, et même pour le Mardi gras, gloussa encore Édouard.

En étouffant un fou rire, Élisabeth tendit la main en direction du garçon, posa sa paume sur sa bouche pour le faire taire. Elle commenta :

— Je pense que toutes les cérémonies du tricentenaire te coûteront le prix de quelques robes à usage unique, et pas seulement pour ta fille.

Comme il espérait que ce serait le cas dans de nombreuses maisonnées, Thomas se rassura en pensant améliorer le chiffre d'affaires de son commerce en proportion de ses propres dépenses. Il continua :

— Puis le décolleté de cette robe atteint le nombril. Habillée comme cela, le garçon que tu épouseras n'aura pas de surprise le soir des noces.

De nouveau, Élisabeth étendit préventivement la main afin d'éviter la moindre remarque de la part du garçon. Cela l'empêcha de partager avec sa famille une autre de ses gentilles réflexions du genre : « Pour ce qu'elle a à montrer, cela ne portera pas à conséquence. »

— Tu sais, tempéra sa femme, la couturière pourra faire les ajustements souhaités. C'est l'avantage du travail sur mesure.

Dans les circonstances, Eugénie ne pouvait pas se priver d'une alliée. Afin de sceller l'accord avant que son père ne change d'idée, elle se tourna vers sa belle-mère et demanda :

— Pourrons-nous aller chez la couturière bientôt ?

— Comme elle doit avoir un carnet de commandes bien garni, le mieux serait de s'en occuper dès demain matin.

Elle fit signe à Jeanne d'apporter le dessert et résolut de priver Édouard de toute remarque déplacée en lui demandant :

— Et toi, tu as commencé à réfléchir à ta tenue ?

— Le magasin Picard comblera tous mes besoins, répondit-il.

— Tu… tu seras là ? s'inquiéta Eugénie. Ce n'est pas pour les enfants.

— Je suis invité, déclara le grand adolescent avec un sourire qui montrait la plupart de ses trente-deux dents parfaites.

Thomas, peu désireux de préciser qu'il avait dressé la liste des invités, préféra verser du thé dans sa tasse et servir aussi les personnes autour de lui.

><

Madame Delasorne faisait son chemin dans la vie à coups d'aiguille. En matinée, la fille et la belle-mère montèrent à l'étage d'un petit immeuble de la rue Saint-Jean, à l'intérieur des murs de la ville. Dans une pièce encombrée de rouleaux de tissus, où trois mannequins ajustables permettaient de reproduire à peu près tous les gabarits des femmes composant la clientèle, Eugénie étala le patron sur une petite table en expliquant :

— C'est une robe de l'impératrice Eugénie…

— Plutôt un patron inspiré d'une robe de l'impératrice, produit en série à des milliers d'exemplaires pour des personnes habitant la province française, désireuses de se parer d'une copie, corrigea la petite femme en cherchant sur l'enveloppe le nom de la maison commerciale qui l'avait mise en marché.

Ces mots auraient dû refroidir l'enthousiasme de la jeune fille, mais depuis toujours, elle jouissait de la faculté de n'entendre que ce qui la confortait dans son opinion. La couturière continua :

— Vous êtes certaine de ce choix ? Tout cet encombrement de crinolines, pour danser…

— C'est ce que je veux. C'est un bal historique. Tout le monde aura des robes inspirées du passé.

Élisabeth préféra ne pas rappeler que le carton d'invitation ne portait aucune précision de ce genre. Cependant, dans les salons de la Haute-Ville, certaines invitées prenaient la décision de chercher dans l'histoire une ligne plus flatteuse pour leur silhouette.

Une marchande désireuse de conclure une vente se privait toujours d'essayer de raisonner une cliente. Madame Delasorne demanda :

— Vous avez songé à une couleur ?

— La même que sur l'enveloppe.

— Rouge ?

La couturière échangea un regard avec Élisabeth. Déjà, l'écart d'âge entre ces deux personnes lui permettait de deviner qu'il ne s'agissait pas d'une mère et de sa fille. Puis l'absence de toute tentative pour la raisonner montrait bien que les relations entre elles n'étaient pas au beau fixe. Dans ces circonstances, elle risqua encore :

— C'est un bal pour débutantes. Le rouge fait très voyant, tout à fait contraire à l'esprit de la soirée. Pourquoi pas en blanc…

— L'impératrice portait du rouge.

Préciser que la femme de Napoléon III se trouvait alors dans la force de l'âge, mère de famille, dans une cour brillante habituée aux fastes, et même aux excès vestimentaires, ne servait à rien. Elle choisit un rouleau de taffetas d'un rouge sombre, obtint l'aval de la cliente, puis ajouta :

— Ici, je mets une pièce de tissu de la même teinte ? De la mousseline, par exemple, juste un peu translucide.

Elle désignait la naissance des seins. L'Eugénie du Second Empire ne craignait pas d'exposer ses appâts, celle de la Haute-Ville tenait à faire de même.

— Non, je veux exactement la même chose que sur le patron.

Madame Delasorne arriva à réprimer un rire moqueur. Surtout elle ne précisa pas que pour ressembler à l'image de la grande enveloppe, le contenu devait être à la hauteur du contenant. Cette fois, Élisabeth osa émettre une opinion :

— Voyons, c'est un peu trop… révélateur.

— Papa a accepté de m'offrir cette robe.

Le ton laissait soupçonner que toute insistance serait mal accueillie, Élisabeth se le tint pour dit. Bien sûr, elle mettrait Thomas au courant de ces extravagances vestimentaires sur l'oreiller. Le père déciderait de provoquer un nouvel orage domestique en intervenant ou de laisser courir. Toutefois, elle songea que se tourner en ridicule lors d'un événement mondain rabattrait peut-être le caquet de la demoiselle. Cela justifiait-il de la laisser faire à sa tête ?

— Et vous, Madame, demanda la couturière en se tournant vers elle, vous assisterez aussi à ce bal ?

— J'aurai ce plaisir. Mais j'aimerais quelque chose de moins… voyant.

Pendant quelques minutes, Élisabeth examina des patrons venus aussi de Paris, arrivés une ou deux semaines plus tôt. À la crinoline démodée, elle préféra un fourreau de soie et un chemisier boutonné haut. Madame Delasorne utilisa le ruban qu'elle portait autour du cou pour prendre les mensurations de la jeune femme. Elle en était aux jambes, à genoux sur le sol, quand elle remarqua :

— Ces chiffres indiquent que vous êtes choyée. Vous êtes certaine de tenir à une tenue aussi sage ?

— Certaine. La personne à qui je veux plaire, je l'ai déjà séduite. Quant aux autres...

— Taisez-vous, sinon vous ferez des jalouses, rétorqua son interlocutrice en riant.

La couturière inscrivit les dernières indications dans son carnet. Elle fit signe à Eugénie qui, dans un coin, affichait une moue boudeuse, de s'approcher d'elle.

— Comme je suis déjà au sol, je commencerai par vos jambes et continuerai vers le haut.

L'ouvrière procédait avec célérité, alors qu'une mère et sa fille faisaient déjà antichambre dans la petite pièce voisine. Au moment de prendre la mesure de la poitrine, elle demanda encore :

— Vous êtes certaine, pour la pièce de mousseline ?

Un regard fâché la convainquit d'abandonner le sujet. Un moment plus tard, elle les congédia en disant :

— Venez faire un essayage dans dix jours. Quitte à m'y attacher jour et nuit, j'aurai fait un premier assemblage.

— Ce bal doit s'avérer propice aux affaires ? demanda Élisabeth en se dirigeant vers la sortie.

— Peut-être ai-je seulement l'achalandage de Noël un mois plus tôt. Mes robes servent habituellement plus d'une fois.

La jeune femme se dit que ce serait certainement le cas pour elle. Son mari la trouverait bien raisonnable.

Quand Thomas Picard réussissait à se libérer des bons de commande, des factures et des livres de comptes, c'était pour parcourir les rayons du grand magasin. Ses visites, toujours à l'improviste, lui permettaient de se faire une bonne idée de l'état de son commerce. Le samedi 9 novembre, il trouva les choses en bon ordre. Bien que la très grande majorité des hommes soient au travail, l'endroit regorgeait de clients, souvent des agriculteurs descendus le matin à l'une des deux gares proches. Avant la fin de la journée, ils reprendraient le chemin de la maison.

Toutefois, les femmes demeuraient les plus nombreuses. Chargées du soin de la maison et souvent responsables de la gestion des ressources du ménage, la corvée des achats leur revenait. Elles se montraient particulièrement bourdonnantes dans le rayon pour enfants, et les quelques hommes paraissaient totalement perdus dans ces parages. Le commerçant aperçut une silhouette masculine familière, s'approcha pour déclarer, un peu narquois :

— Fulgence, que faites-vous dans ce département ?

Le petit homme se retourna, commença en bégayant :

— Monsieur Picard, tout va bien aux ateliers. J'ai cru pouvoir m'absenter…

— Ce n'est pas ce que je voulais dire. Certains jours je vous retiens jusqu'à neuf heures du soir, alors vous devez bien trouver un moment pour faire des courses. Je m'étonnais juste de vous voir au milieu des vêtements pour bébé.

Le rouge monta aux joues du petit homme qui commença en hésitant :

— Je… je vous présente ma femme, Thérèse.

Une dame blonde, plutôt grande, de deux bons pouces de plus que son époux en fait, à la taille un peu forte, balbutia un « Bonjour » timide. Comme il arrivait parfois dans les couples canadiens-français, Fulgence avait déniché une femme qui lui en imposait physiquement… Ou était-ce le contraire ?

— Madame Létourneau, je ne vous reconnaissais pas. Il est vrai que nous avons si peu d'occasion de nous rencontrer.

En réalité, seul le pique-nique annuel des employés des entreprises Picard permettait des rapprochements de ce genre. Le commerçant tendit la main, serra celle de Thérèse Létourneau en disant :

— C'est toujours un plaisir de vous voir. Si je vous trouve ici, cela signifie-t-il que vous attendez un événement heureux ?

La femme se troubla, rougit violemment. Fulgence prit sur lui de répondre :

— Malheureusement non. Vous nous surprenez au moment où nous nous abandonnons à une curieuse manie : venir voir des vêtements pour bébé, afin de nous porter chance.

Un peu comme Édouard, qui tournait autour de toutes les automobiles garées près d'un trottoir, comme si cela ferait fléchir le Dieu dispensateur des largesses motorisées... ou plus probablement son père.

Dans le domaine de l'accès à la maternité, Thomas ne détenait aucun pouvoir magique. Il s'interdit de demander «Avez-vous pensé à l'adoption ?», jugeant que ce serait une intervention intolérable dans la vie privée de ces gens.

— Je vous souhaite la meilleure des chances. Au revoir, Madame. Fulgence.

Puis il tourna les talons. Dans son dos, il crut entendre son employé murmurer entre ses dents :

— Je te l'avais dit que c'était une mauvaise idée de venir ici en plein après-midi. Que va-t-il penser, maintenant ?

— Tu l'as entendu. Certains soirs, tu rentres à la maison à dix heures.

Thomas perdit le reste de la conversation dans le brouhaha des clientes allant et venant. Ce curieux couple achetait sans doute des vêtements pour enfant, comme s'il s'agissait de fétiches.

La tradition de tenir un bal afin de présenter les «débutantes» à la bonne société prenait diverses formes. Dans la très haute aristocratie anglaise, des jeunes filles avec comme marraine une dame ayant profité du même privilège une génération plus tôt, se voyaient présentées à la cour au début de la saison. Ensuite, les maisons les plus respectables du royaume les recevaient pour diverses activités mondaines. Aux États-Unis, plus démocratiques et opportunistes, les parents d'une jeune fille en âge de se marier prenaient eux-mêmes les choses en main. Ils organisaient un cotillon, où les prétendants potentiels lui étaient présentés. Parfois, les académies ou les collèges réservés aux filles offraient une activité de ce genre à leurs finissantes. Dans tous les cas, il s'agissait de présenter les candidates à la noce à des soupirants éventuels.

Au siècle précédent, au moment où Québec servait de capitale, le gouverneur présidait à un bal reproduisant, sur une échelle très modeste, l'ouverture de la saison londonienne. En même temps que le siège du gouvernement, la tradition s'était transplantée à Ottawa. Pour une fois, afin de préparer les esprits à la célébration exceptionnelle à laquelle tous seraient conviés l'été suivant, le comte Grey ravivait la coutume.

Le dernier jour de novembre, la veille du premier dimanche de l'avent, deux cents jeunes filles et un nombre au moins égal de jeunes gens envahirent la grande salle de bal du Château Frontenac. Les parents des unes et des autres se trouvaient aussi sur les lieux afin de tisser des liens et veiller à ce que rien de compromettant ne se produise.

— Te souviens-tu de notre petite escapade? murmura Thomas à l'oreille de son épouse.

— Comment pourrais-je l'oublier? La culpabilité d'être en compagnie de l'homme adultère et la peur de me faire prendre m'empêchaient de respirer.

L'employeur et la préceptrice avaient profité d'un bal masqué, tenu dans le cadre du carnaval d'hiver de 1897, pour profiter d'une première sortie discrète en tête-à-tête.

Élisabeth regardait le plafond à caissons, les ors sur les murs blancs, les lourds rideaux de velours aux fenêtres. Depuis ce jour, elle était revenue en ces lieux quelques fois, à titre d'épouse légitime.

— L'impératrice ne t'a pas donné trop de mal, cet après-midi ? continua-t-il après une pause.

— Absolument insupportable. Je suis sur la voie du paradis, car garder le contrôle de mes émotions vaut certainement tous les autres efforts de sanctification.

Seul un sourire adoucit ce jugement sévère.

La tenue confectionnée par madame Delasorne satisfaisait les attentes d'Eugénie... et justifiait les craintes paternelles. Sa grande robe se tendait sur une crinoline exagérément large, qui donnait à sa silhouette l'allure d'un vaisseau naviguant toutes voiles dehors. Ses cheveux d'un blond pâle, arrangés de façon compliquée, encadraient un visage un peu trop fardé, dont les lèvres d'un rouge vif ressortaient comme une blessure.

— Cette foutue robe !

Le décolleté découvrait largement les épaules et le haut de la poitrine. Pour une débutante encore à l'âge de l'innocence, elle exposait trop largement ses charmes. La couleur jurait aussi, comme si la jeune fille entendait jouer la rose rouge de l'amour torride au milieu des lys innocents.

— Ce n'est certainement pas ce que la baronne de Staffe recommanderait pour un premier bal, observa sa femme, mais Eugénie éprouve une haine tenace pour le petit opuscule qui me guide depuis des années. Peut-être a-t-elle raison : cet ouvrage paraît bien démodé à la nouvelle génération.

— Regarde-la, parmi les autres. Nul besoin d'un manuel d'étiquette pour constater que c'est exagéré. J'aurais dû jouer le père autoritaire...

— Avec pour seule conséquence que notre existence aurait été envenimée pour quelques mois. Elle sait déjà que cette robe est une erreur, juste à subir le regard des autres. Mais jamais elle ne l'admettra. La prochaine fois...

— Dans la vie, on n'a jamais une seconde chance de faire une bonne première impression, murmura l'homme, les joues empourprées de colère.

Eugénie se tenait à la frange d'un bouquet de jeunes filles, ses anciennes consœurs du couvent; toutes vêtues de leurs plus beaux atours, dans des couleurs virginales. Le blanc, dans toutes ses nuances, dominait. Les plus audacieuses offraient des teintes pervenche ou d'un bleu discret. Les corsages descendaient jusqu'à l'amorce des seins, assez bas pour accrocher l'œil, sans plus, jamais pour le satisfaire.

Toutes ces jeunes débutantes avaient été personnellement conviées au «Bal du deux cent quatre-vingt dix-neuvième anniversaire de Québec» par le comte Grey. Rien sur ce carton ne suggérait une tenue d'un autre âge, mais la moitié d'entre elles avaient choisi de s'inspirer de l'histoire : des robes rappelaient la mode des trois derniers siècles avec une exactitude très approximative.

Le gouverneur général arriva enfin, sanglé dans un uniforme d'apparat galonné d'or, un amoncellement de décorations militaires sur la poitrine. Sa femme, Alice Holford, pendue à son bras, adressait des sourires à toutes les personnes sur son passage. Quand il atteignit le grand fauteuil prévu à son intention, des employés se mirent en devoir de lui conduire, l'une après l'autre, les débutantes, ainsi que les parents qui les encadraient, fiers de leur progéniture.

— Je suppose que nous devons nous mettre en rang afin de présenter l'impératrice au vice-roi, grommela Thomas.

Planifié dans ses moindres détails, le scénario devait se dérouler rondement, afin que l'on n'y perde pas toute la soirée. Chacune savait quand venait son tour. Au milieu de l'effectif de jouvencelles, Eugénie s'approcha enfin du couple vice-royal et un employé du dignitaire la présenta :

— Mademoiselle Eugénie Picard.

Elle se livra à une révérence appliquée, offrant en se penchant un point de vue imprenable sur une poitrine modeste et trop généreusement exposée, balbutia «Votre Excellence».

Le gouverneur général, qui avait recruté une jeune maîtresse lors d'une réception semblable tenue plus tôt à Ottawa, eut l'œil allumé un instant. La débutante recommença son salut pour l'épouse du vice-roi en murmurant :

— Lady Grey.

Quand sa fille se fut un peu éloignée, Thomas s'approcha, Élisabeth au bras.

— Ah ! Picard, c'est vous, commença le gouverneur général. Heureux de vous voir, continua-t-il en tendant la main.

— Excellence, tout le plaisir est pour moi. Voici ma femme, Élisabeth.

Le comte Grey détailla la nouvelle venue en lui tendant la main. Autant la fille avait exagéré sa mise en marché, autant la belle-mère jouait la carte de l'élégance discrète, avec sa robe d'un blanc ivoire, boutonnée jusqu'au cou, ses cheveux relevés sur la tête et retenus par de multiples épingles. Ils formaient une masse vieil or qui captait la lumière des lustres accrochés au plafond. Ses traits délicats, le cou fin et long, se trouvaient agréablement mis en valeur.

— Madame, enchanté. J'espère que nous aurons le plaisir de vous revoir.

Le regard du vieux sacripant témoignait que les charmes les plus exposés ne rapportaient pas toujours les plus belles prises.

— Excellence…, commença Élisabeth, puis elle enchaîna tout de suite :

— Madame.

Le trio poursuivit son chemin sans s'attarder, remplacé immédiatement par un autre, identique. Devant l'intérêt du grand homme pour sa belle-mère, le visage d'Eugénie trahit un bref moment de colère. Elle rejoignit ses amies sans un mot.

Chaque jeune fille tenait à la main un carnet de bal et un petit crayon. Les garçons, presque tous des frères de l'une ou l'autre des jouvencelles, circulaient dans la salle afin de réserver une danse auprès d'elles. Chacune écrivait les noms à côté de l'une ou l'autre des lignes imprimées qui donnaient les titres des pièces musicales.

Depuis quelques minutes, Édouard s'abandonnait aux retrouvailles joyeuses de quelques-uns de ses camarades de classe. Ils s'amusaient entre eux à «noter» les jeunes filles présentes. Il revint bientôt à côté de ses parents pour demander :

— Adorable maman, puis-je avoir la première danse ?

— Certainement pas, joli cœur : elle sera pour ton père. Et si j'étais toi, je ne songerais pas à demander la première danse de mon premier bal à ma belle-mère. Ce serait donner un curieux message à toutes les personnes présentes.

Le garçon la regarda un moment, avant de lui adresser son meilleur sourire :

— C'est bien vrai. Mais tu m'en réserveras une ?

— Promis. Quand tu auras un moment de libre… Car aussi charmeur que tu l'es, tu ne devrais pas faire tapisserie.

Édouard lui adressa un clin d'œil, puis se perdit dans la foule. Pour la première fois, il arborait une queue-de-pie noire, un plastron d'un blanc immaculé et un nœud papillon au cou.

— Le voilà prêt à ravager les cœurs, remarqua-t-elle en le regardant s'éloigner.

— Tout de même, à son âge, sa présence ici est un peu présomptueuse.

— Tu penses que tu aurais pu le laisser à la maison ?

— Aucune chance, convint le père dans un sourire.

Le garçon tenait absolument à se trouver au milieu d'une assemblée de belles filles. Sans hésiter, il traversa toute la pièce, aborda Élise pour demander :

— Mademoiselle Caron, me feriez-vous l'honneur d'inscrire mon nom dans votre petit carnet ?

Lors d'un événement de ce genre, les usages voulaient qu'une jeune fille, à moins d'un motif grave, accepte toutes les invitations à danser… et que les garçons ne sollicitent pas plus d'une fois la même personne. Après tout, ce genre de soirée devait permettre à une débutante de rencontrer le plus grand nombre de partis possibles.

— ... Oui, bien sûr, balbutia-t-elle après une hésitation. Ce sera la quatrième.

Pendant tout ce temps, dans un coin de la grande salle, un orchestre jouait en sourdine. Pendant une demi-heure encore, la procession des jeunes filles auprès du gouverneur général continua. Dès le passage de la dernière d'entre elles, sur un signe d'un employé de l'hôtel, les musiciens commencèrent une valse. Le centre de la salle se dégagea afin de fournir un espace où danser. Le comte Grey entraîna sa femme dans un tourbillon, seul pendant une minute, puis des couples se joignirent à eux.

— Madame, vous dansez? demanda Thomas.

Élisabeth acquiesça. Un moment plus tard, sa longue silhouette attirait les regards de nombreux hommes.

Progressivement, les jeunes couples, gauches au point d'être touchants, joignirent leurs virevoltes à celles de leurs aînés. Eugénie dansait dans les bras d'un grand efflanqué à la peau un peu grasse, ses cheveux séparés au milieu et plaqués sur le crâne. Son carnet de bal s'était rempli très vite, mais tous ses cavaliers, plutôt que de pratiquer l'art de la conversation, égaraient leurs yeux dans son corsage, captivés par des appâts aussi exposés que menus. Retrouveraient-ils suffisamment leurs sens pour demander, dans la dernière pirouette : « Puis-je demander à monsieur votre père... » ?

À la quatrième danse, Édouard tendit les bras à une Élise un peu rougissante dans sa robe blanche, un ravissant fourreau de satin, le cou et la naissance de la gorge noyés dans une mousse de dentelle. Il apprécia la chaleur de la taille sous sa main, chercha ses yeux avant de murmurer :

— Vous êtes particulièrement délicieuse ce soir, mademoiselle Caron.

— ... Merci. Et vous, très élégant.

— Chez Picard, on trouve de tout pour habiller l'homme élégant, des souliers au melon.

— Une véritable réclame.

Elle battit des cils avant d'ajouter, taquine :

— Moi, je suis allée rue de la Fabrique. Votre oncle offre vraiment de jolies robes françaises.

— Tant que cela reste dans la famille, je vous pardonne.

Au moment où la musique s'arrêta, Édouard se pencha pour embrasser les doigts de la jeune fille, tout en lui adressant ses remerciements. Ensuite, il chercha sa belle-mère des yeux, afin de se prévaloir de la danse promise. Dans un grand fauteuil, le comte Grey discutait avec quelques-uns de ses familiers. Dans un instant, il s'esquiverait à l'anglaise, une expression heureuse dans son cas. À l'autre extrémité de la salle, Fernand Dupire, intimidé, s'approcha d'Eugénie :

— Vous m'avez promis cette danse…

Guère séduite par ses cavaliers précédents, elle l'accueillit plutôt bien, alla jusqu'à s'informer de ses études de droit pendant les trois minutes que dura la valse. Puis son attention se porta ensuite sur l'un des fils Légaré, le marchand de meubles de la rue Saint-Joseph. Le cadet des Brunet, la famille du pharmacien, viendrait ensuite.

Chapitre 10

Le 24 décembre, jour de congé scolaire, la boutique ALFRED bourdonnait d'une activité fébrile. Mathieu et Thalie étaient mobilisés dans le commerce de vêtements de la rue de la Fabrique, afin d'apporter leur aide. La fillette ouvrait de grands tiroirs afin de révéler une impressionnante collection de rubans et de dentelles à des clientes à la fois amusées et séduites, et en faire une description enthousiaste. Le garçon s'avérait compétent pour envelopper des cadeaux de Noël achetés à la dernière minute par des pères ou des époux négligents. Bien des jeunes femmes et des fillettes recevraient des gants ou des assortiments de mouchoirs élégamment brodés, conclut-il, un peu après midi.

À ce moment, Alfred Picard verrouilla la porte derrière le dos de la dernière cliente en disant à travers la vitre :

— Un très joyeux Noël, Madame. Nous serons ouverts le 26, si quelque chose vous manque encore pour les étrennes du jour de l'An.

Ensuite, il s'appuya le dos au mur, laissa échapper un soupir, puis continua :

— Je croyais qu'elle voulait souper avec nous, à s'accrocher comme cela.

— Ne fais pas le difficile. Entre le 1er décembre et le 7 janvier, nous réalisons au moins le tiers du chiffre d'affaires annuel.

— Je sais bien, mais j'ai mal aux joues tellement j'ai souri au cours des dernières semaines.

Après une pause, il demanda :

— Mathieu, comme tu as des jambes jeunes et robustes, veux-tu aller aider Gertrude à tout descendre ?

— J'y vais aussi, déclara Thalie en s'élançant dans l'escalier.

Parmi les motifs qui plaidaient en faveur du propriétaire de ce commerce, au moment de recruter du personnel, figuraient ses nombreuses attentions. D'abord, des bancs étaient placés dans des coins discrets, afin de permettre aux vendeuses de s'asseoir, quand aucune cliente ne se trouvait sur place. Dans la plupart des autres établissements, les employeurs s'attendaient à les voir se tenir au garde-à-vous des heures durant.

Surtout, tous les jours à midi, Gertrude préparait un plateau de sandwiches et une grande théière. Elle descendait le tout au rez-de-chaussée à l'intention des employées. Alfred Picard assumait le coût des victuailles, la domestique effectuait ce travail supplémentaire sans trop s'en plaindre. Ce jour-là, cette dernière rompit la routine des sandwiches pour proposer deux poulets dodus. Alfred déboucha une bouteille de vin rouge achetée pour l'occasion.

— Aujourd'hui, vous allez manger avec nous ? demanda une vendeuse à Gertrude.

D'habitude, elle disparaissait tout de suite après avoir confié à quelqu'un sa cargaison.

— Je ne sais pas… fit-elle.

— Voyons, un 24 décembre, vous ne pouvez prétendre avoir un autre repas à préparer en haut.

À la fin, comme tous les ans, elle se laissa convaincre. Au fond de la grande pièce où, de part et d'autre de l'allée centrale, s'étalaient des marchandises sur des tréteaux, des étagères ou des cintres, se trouvaient deux petits réduits. Un cabinet de toilette occupait le plus petit d'entre eux, l'autre servait de salle de réunion. Quelques chaises, autour d'une vieille table, permettaient de manger dans un confort raisonnable.

Jusqu'à quatre heures, patrons et employées partagèrent la nourriture et les nombreuses anecdotes cocasses glanées au cours de la dernière année. Au moment de se séparer, les employées remirent un cadeau à Gertrude afin de marquer leur appréciation pour tous les repas préparés pour elles, jour après jour. La domestique accepta en ronchonnant, puis s'esquiva, la larme à l'œil.

Avant de partir, les vendeuses reçurent une enveloppe de leur patron. En plus de la paie, elles y trouveraient deux jours de salaire supplémentaire en guise d'étrennes. Ce genre d'attention servait aussi la réputation du commerçant et lui valait une fidélité à toute épreuve.

Les bises et les «joyeux Noël» retentirent une dernière fois, puis Alfred verrouilla de nouveau la porte, heureux de pouvoir profiter d'un jour de congé le lendemain.

— Si nous prenons chacun quelque chose, je suppose que nous arriverons à tout remonter à l'appartement en deux voyages.

Il en fallut trois. Dans le salon de l'appartement, un sapin de quatre pieds de haut posé sur une petite table, décoré avec soin, occupait tout un angle de la pièce. Sur le plancher tout autour, des présents soigneusement enveloppés de papier rouge vif attisaient la convoitise des enfants. Un bol de friandises, placé sur un guéridon, leur permettrait d'attendre un souper très tardif.

— Tu viens dans ma chambre? demanda Thalie.

Mathieu la suivit, convaincu que la rue leur procurerait un divertissement capable de les occuper une petite heure. Sur le banc près de la fenêtre, ils commencèrent par évaluer à haute voix les qualités esthétiques des décorations ornant les commerces de la rue Buade et l'entrée de l'hôtel de ville. Elles consistaient surtout en couronnes et en bouquets de branches de sapin soulignés de lourds rubans rouges. Dans la rue, des carrioles à l'attelage alourdi de grelots faisaient entendre une jolie musique qui montait jusqu'à eux. Sur la petite place située en face de la basilique, des cultivateurs soldaient leurs derniers sapins, anxieux de revenir à la maison bien vite.

— Tu n'as jamais eu d'autres ennuis, dans ta nouvelle école ? demanda la fillette.

— Non. Tout le monde paraît se passionner pour les études, au point de se désintéresser des coups de poing.

La classe préparatoire du Petit Séminaire, son nom l'indiquait, préparait des enfants de dix ou onze ans à entamer les humanités classiques. Les moins talentueux, ou ceux venus des petites écoles les plus médiocres, y restaient deux ans, mais Mathieu tenait pour acquis qu'il commencerait l'étude des éléments de latin dès septembre 1908.

— De toute façon, tu sais te défendre.

Sans trop de mal, Thalie avait obtenu un récit intégral de la dernière journée de son frère à l'Académie commerciale. La description du sang jaillissant des narines et de la bouche de Pierre Grondin lui avait tiré un seul commentaire : « Bien fait pour lui. » Son cœur sensible n'arrivait pas à s'émouvoir pour ce tortionnaire. Soupçonneuse, elle demanda encore :

— Ce garçon n'a jamais essayé de prendre sa revanche ?

— Je ne l'ai jamais revu.

— Il a sans doute trouvé un autre petit pour s'acharner dessus.

— Ou alors lui-même est devenu une victime. Tu l'as entendu toi-même : les derniers jours, quelques grands l'appelaient Grondin la grondeuse.

Elle sourit, murmura de nouveau :

— Bien fait.

Pendant quelques semaines, un membre de la famille avait escorté le garçon jusqu'à la porte décorée de fer forgé donnant accès à la cour intérieure du Petit Séminaire, à deux pas du commerce, sans que se produise le moindre incident fâcheux. L'endroit accueillait quelques centaines d'élèves, dont la moitié rêvait sincèrement de devenir prêtre, et un quart jurait hypocritement le vouloir afin d'obtenir de l'aide pour payer les frais de scolarité. Dans ce petit monde, Mathieu risquait de mourir d'ennui plutôt que de harcèlement.

Heureusement, il arrivait à se passionner même pour les apprentissages les plus abscons.

— De ton côté, demanda-t-il après une pause, personne ne te mène la vie dure, chez les ursulines?

— Tu sais, les filles, cela ne va jamais plus loin que les paroles méchantes.

— Comme tu n'as pas la langue dans la poche…

Thalie jeta sur lui un regard sombre, puis admit:

— Même si je sais comment répliquer, cela fait mal.

Le garçon passa le bras autour des épaules de sa sœur et ajouta:

— Je sais. C'est comme casser le nez de quelqu'un: cela ne fait pas plaisir.

— Cependant, selon les pisseuses, mieux vaut donner que recevoir. Dans ce cas, elles ont raison.

Sous leurs yeux, les réverbères électriques s'allumèrent, jetant des taches de lumière jaunâtre sur la neige accumulée sur la chaussée. Le va-et-vient continuel des traîneaux et des passants laissait les pavés à nu par endroit. Des employés municipaux, en plus de ramasser le crottin de cheval, s'assuraient de bien dégager les rails des tramways. Quand la glace obstruait les rainures dans l'acier, les voitures en folie risquaient de heurter des attelages ou des passants.

Une fois la rue déserte, les enfants rejoignirent leurs parents dans le salon, après avoir revêtu leurs plus beaux atours. Pour taquiner son fils, Alfred demanda:

— As-tu une idée de ce que saint Nicolas a laissé sous l'arbre à ton intention?

— Saint Nicolas, sans doute rien. Mais un couple de commerçants de la rue de la Fabrique a placé là deux paquets bien carrés et plutôt lourds. Je parierais pour des livres.

— Avec un tel pouvoir de déduction, tu devrais devenir détective, fit remarquer l'homme.

À ces mots, Mathieu devina sans mal de quel auteur étaient certains titres. Son père s'abstint de poser la même question à Thalie, convaincu de recevoir une réponse aussi exacte de sa part.

Un peu après dix heures, Marie se leva afin d'aider à dresser la table, puis elle pria tout le monde de venir dans la salle à manger. Comme chaque année depuis dix ans, elle précisa :

— Je vais faire le service, Gertrude. Asseyez-vous là.

— Vous n'y pensez pas, Madame.

La domestique se montrait d'autant plus mauvaise comédienne qu'elle avait placé elle-même cinq couverts sur la table, en plus de revêtir sa plus belle robe plutôt que son uniforme habituel.

— Allons-nous avoir encore cette discussion en 1917 ? questionna Marie en souriant.

— Vous peut-être. Moi, les os ne me feront plus mal.

— Sur ces paroles optimistes, intervint Alfred en tirant une chaise, asseyez-vous.

L'homme disparut ensuite dans la cuisine, soucieux de se rendre utile.

Le repas, ralenti par des conversations animées, dura près de deux heures. À minuit, Alfred annonça d'une voix joyeuse :

— Bien que Noël paraisse receler moins de mystères cette année, voilà le moment de déballer les présents.

La famille migra au salon. Dans un grand désordre de papier d'emballage déchiré, comme prévu, Mathieu découvrit *Les Aventures de Sherlock Holmes*, de Conan Doyle, en version française, et de nombreux tomes de l'œuvre de Jules Verne. La lecture le captivait plus que les jouets. Thalie se révélait encore hésitante sur la question, aussi reçut-elle une provision de volumes adaptés à son âge et une poupée. Au moment de gagner leur lit à une heure du matin, Marie précisa, certaine de ne pas être obéie :

— Ne plongez pas dans l'un de ces romans ce soir. Demain, il faudra vous lever afin d'aller à la messe.

Comme les classes ne reprendraient que le lundi 30 décembre, une nuit d'insomnie ne porterait pas trop à conséquence.

Après le bal commencèrent les rigueurs de l'avent : aucun bon chrétien ne pouvait conter fleurette à une débutante sans mette le salut de son âme en péril. Toutefois, il demeurait possible de lui demander, parfois par un échange épistolaire, si une visite serait bienvenue, dans un temps plus propice de l'année. Dans l'éventualité d'une réponse positive, la permission du père devait ensuite être obtenue.

Pendant les fêtes, à moins de présenter une tare physique ou morale impossible à ignorer, les jeunes hommes à la recherche d'une compagne voyaient les portes de deux ou trois salons s'ouvrir devant eux. En visiter un plus grand nombre en même temps paraîtrait fort suspect.

Chez les Picard, le caractère d'Eugénie connut une embellie grâce à l'intérêt de quelques candidats au mariage. Le premier à se manifester, à la fin de l'après-midi du 26 décembre, se prénommait Arthur et appartenait à la famille du pharmacien Brunet, dont le grand établissement de quatre étages se dressait au coin des rues Saint-Joseph et de la Chapelle.

Quand il agita le heurtoir de bronze contre la porte de la grande demeure, Jeanne alla ouvrir en contrôlant mal son fou rire. Si l'on exceptait la politesse empesée, ce cérémonial ressemblait fort à ce qui se passait dans les montagnes de Charlevoix, quand un garçon accrochait son fanal à la porte d'une jeune fille. Bien sûr, à la campagne, les enfants des deux sexes fréquentaient le plus souvent la même école de rang, et marchaient ensemble au catéchisme : à vingt ans, ils ignoraient peu de choses les uns des autres.

À la ville, le même rituel se déroulait entre des inconnus. Devant la jeune domestique, un homme de vingt-deux ou vingt-trois ans se tenait droit comme un « i », un melon perché sur le sommet du crâne, écrasant une tignasse de cheveux châtains.

— Bonjour, commença-t-il. J'ai rendez-vous avec mademoiselle Picard.

— Vous devez donc être monsieur Brunet, dit-elle en riant, péchant par trop de familiarité. Entrez.

Le visiteur frappa les talons afin de débarrasser ses semelles de la neige accumulée, avant de pénétrer dans un petit hall élégant.

— Si vous voulez vous débarrasser.

Le garçon ôta d'abord son paletot pour le lui remettre, puis son chapeau. Elle suspendit le tout à un curieux meuble, une chaise monumentale dont le dossier, haut de sept pieds, portait des crochets sur les montants. Il dut s'asseoir pour enlever ses couvre-chaussures.

Eugénie, avec un à-propos théâtral soigneusement cultivé, arriva devant la porte d'entrée au moment où il se relevait. Elle tendit la main en disant :

— Bonjour, monsieur Brunet, ou peut-être devrais-je dire bonsoir.

L'obscurité tombait déjà sur la ville, bien qu'il fût à peine quatre heures trente. À ce moment de l'année, les jours étaient si courts que les citadins devaient combattre un vague sentiment de déprime.

— Bonsoir, Mademoiselle, répondit Arthur, tirant la jeune fille de son dilemme. J'espère que vous vous portez bien.

Il affichait des joues rouges, effet conjugué du froid vif de l'extérieur et de la situation intimidante. Toutefois, ses yeux enregistrèrent sans vergogne l'ensemble de la silhouette de son hôtesse. Sa robe bleue d'aujourd'hui était infiniment moins révélatrice que celle portée au bal du gouverneur. S'il en fut déçu, rien ne parut. Eugénie offrait un sourire charmant, les joues roses de timidité. Ses cheveux tirés vers l'arrière et réunis sur la nuque dégageaient le cou et les oreilles. Son rang de perles faisait un peu ostentatoire en cet endroit, mais avec un père marchand au détail, surcharger la vitrine lui venait d'instinct.

— Il semble faire très froid, dehors, commenta-t-elle en se dirigeant vers le couloir, le jeune homme sur les talons.

— Avec le vent qui vient de l'est, c'est à peine supportable.

Elle ouvrit la porte du grand salon, s'effaça pour le laisser entrer le premier. Élisabeth posa le livre qu'elle parcourait depuis quelques minutes, quitta son fauteuil pour les accueillir.

— Monsieur Brunet, je vous présente ma belle-mère.

— Madame, je suis enchanté de faire votre connaissance.

Il serra la main tendue en lui adressant son meilleur sourire, puis commenta :

— Votre sapin est très impressionnant.

L'arbre étalait sa grande masse verte devant la baie de la fenêtre donnant sur la rue. Les branches ployaient sous les boules de verre coloré, les guirlandes et les étoiles brillantes.

— Avec les ressources du magasin Paquet à notre disposition, parfois l'enthousiasme nous emporte.

— Tout de même, vous êtes certainement pour quelque chose dans le résultat.

Le regard du jeune homme alla de la belle-mère à la belle-fille. La première n'osa pas prendre le crédit, la seconde préféra taire qu'elle n'y était pour rien.

— Si vous voulez vous asseoir, proposa Eugénie après une courte pause.

Elle ajouta à l'intention de la domestique, debout dans l'embrasure de la porte :

— Jeanne, vous pouvez servir le thé.

L'heure du thé avait semblé propice à une première rencontre. Comme cela, les silences embarrassés pourraient être meublés par les gorgées de boisson chaude et les bouchées de gâteau. Les jeunes gens prirent place de part et d'autre d'une table, assis sur d'élégantes chaises recouvertes de soie.

— Monsieur Brunet, je crois que vous revenez des États-Unis ? questionna la débutante.

Ce jeune homme ne lui était pas tout à fait inconnu. À quelques reprises, ils s'étaient croisés sur le parvis de l'église Saint-Roch, quand son père jugeait utile de montrer sa famille dans la paroisse qui l'avait vu naître et devenir riche, mais aussi lors de quelques réceptions tenues pour souligner des événements publics. En réalité, cela signifiait qu'au cours des dix dernières années, ils avaient échangé tout au plus cinquante phrases.

— Je suis allé à Boston afin de compléter des études de pharmacie. Mais ce fut pour quelques mois seulement.

— Auparavant, vous aviez fait des études à la faculté de médecine de l'Université Laval ?

La jeune fille avait colligé quelques informations dès le moment où elle avait accepté de recevoir l'un des fils Brunet. Lors d'un repas chez les Caron, le père de son amie avait été soumis à un interrogatoire en règle. Le médecin connaissait tous les pharmaciens de la ville.

— Vous avez raison. La faculté offre quelques cours sur les médicaments, puis les étudiants effectuent un stage dans une officine. Dans mon cas, cette partie fut très facile.

Arthur Brunet dit cela dans un sourire. Sa famille œuvrait dans ce domaine depuis le milieu du siècle précédent, et il représentait la troisième génération. Un peu comme Édouard au grand magasin, depuis l'âge de douze ans, il passait tous ses temps libres dans l'entreprise familiale.

Jeanne arriva en poussant un petit chariot, posa au centre de la table une théière de porcelaine, trois tasses, un sucrier, un petit pot de lait, un grand plateau où des pâtisseries avaient été soigneusement disposées par la vieille cuisinière. Joséphine Tardif se troublait depuis des semaines : la petite recevait des hommes ! Comme elle avait vu la naissance de la mère de celle-ci, cela annonçait une fin de carrière très prochaine.

— Laissez, je vais m'en occuper, dit l'hôtesse de sa voix la plus douce.

La domestique leva sur elle un regard surpris. Le but de ce genre d'invitation était de se faire voir sous son meilleur jour. Dans le cas de cette débutante, cela signifiait parfois se rendre méconnaissable à force de prévenances.

Eugénie versa du thé dans une tasse, ajouta le lait et le sucre, puis se leva pour aller la poser sur un guéridon près du fauteuil de sa belle-mère. Celle-ci s'acquittait de son rôle de chaperon consciencieusement, un livre sous les yeux, les oreilles grandes ouvertes. Son silence pouvait-il indisposer ce jeune homme? Devait-elle participer à la conversation? D'un autre côté, toute intervention risquait d'être mal reçue par sa belle-fille.

Cette dernière revint ensuite avec le plateau, se pencha en disant:

— Élisabeth, désirez-vous quelque chose?

Même dans cette représentation, le mot «maman» lui aurait brûlé la langue.

— Non, merci.

Pendant tout ce temps, Arthur Brunet regardait cette femme à la dérobée. Il se souvenait de son apparition dans le faubourg Saint-Roch, à titre de préceptrice chez les Picard. Sa présence avait meublé quelques conversations dans la salle à manger familiale. La morale petite-bourgeoise avait souffert de l'accroc aux convenances au moment du remariage précipité après le plus court veuvage des annales de la paroisse. Dix ans plus tard, Eugénie demeurait, avec son frère, l'héritière de la plus solide maison d'affaires canadienne-française de Québec. Cela plaidait en sa faveur.

En reprenant sa place, la jeune fille demanda:

— Voulez-vous du lait? Du sucre?

— Non, je le prends noir.

Lui aussi refusa toutes les pâtisseries. La cuisinière manifesterait sa déception pendant des heures. Après s'être servie la dernière, certaine d'avoir laissé la meilleure impression quant à ses qualités de maîtresse de maison, Eugénie se cala dans sa chaise, la soucoupe et la tasse dans la main, et s'enquit avec son meilleur sourire:

— Entendez-vous reprendre l'affaire de votre père?

— Pas vraiment. Mon frère aîné ne serait pas content de m'avoir dans les pattes. Nous, je veux dire la famille, comptons ouvrir une succursale dans Saint-Jean-Baptiste. Je vais en assumer la responsabilité.

— Oh! C'est passionnant.

Le ton sonnait faux. Depuis le début, elle conduisait la conversation. Un biscuit lui permit de rester muette un moment, afin de donner la chance à son compagnon de prendre le relais. Il saisit l'invitation et dit:

— Vous aussi avez terminé vos études tout récemment.

— Le printemps dernier. Chez les ursulines.

— Lors du bal du gouverneur, vous avez évoqué un voyage en Europe.

Les trois minutes de conversation, le temps d'une valse, lui étaient restées en mémoire. La jeune fille lança un regard discret du côté de sa belle-mère avant de répondre:

— Oui, cela doit se faire au cours de la prochaine année. Vous avez une bonne mémoire.

— Seulement quand je parle à une charmante personne.

Encore une fois, ses yeux tombèrent sur son corsage, ses lèvres esquissèrent un sourire amusé. Le rose monta aux joues de la jeune fille. Le silence devint vite inconfortable. Elle se résolut à le rompre:

— Vous aimez la littérature?

— … Les jours aussi froids qu'aujourd'hui, je suppose qu'un bon livre et un bon feu dans la cheminée valent mieux qu'une marche au grand air.

Cette réponse trahissait son désintérêt. Incorrigible, Eugénie ne trouva pas mieux que de poursuivre sur le même sujet:

— Quel auteur vous a particulièrement intéressé, récemment?

— Je ne saurais dire. Ils sont trop nombreux.

— Pardon?

— Les revues de pharmaciens comptent de nombreux articles, mais je ne retiens jamais les noms. Ce sont des Américains.

Les lèvres d'Élisabeth esquissèrent un sourire de compassion. Elle se félicitait d'avoir trouvé son époux d'une façon peu orthodoxe. Ces jeunes gens cherchaient désespérément un sujet susceptible de les rapprocher, alors que toute l'éducation reçue jusque-là les faisait vivre dans des mondes différents.

— Vos parents demeurent toujours dans la Basse-Ville, je crois, reprit Eugénie après un long silence.

L'affirmation contenait un reproche implicite, qu'Arthur choisit de ne pas entendre.

— Oui. Cela semble tellement pratique à mon père: il vit à deux pas de son commerce.

— Souhaitez-vous faire de même quand vous serez établi?

— Je n'y ai pas encore vraiment songé. Je suppose que oui. Après mon mariage, je ferai sans doute construire une maison près du chemin Sainte-Foy. Le terrain ne coûte pas très cher, et la ville se développera dans cette direction.

Le garçon tendit finalement la main pour prendre une pâtisserie sur le plateau. Mastiquer rendrait certains silences plus faciles à supporter. Pendant quelques minutes encore, ils discutèrent du nombre de pièces que compterait la future maison du pharmacien. Un bruit à la porte d'entrée signala le moment de mettre fin à cette première rencontre.

— Je me rends compte que le temps a passé très vite, déclara Brunet en se levant. Je ne voudrais pas abuser.

— Mais non, répondit Eugénie en se levant aussi. Rien ne presse.

— … Je dois rentrer. Mon père compte sur moi, au commerce. Vous comprenez, en cette période de l'année…

Comme si les habitants de Québec se languissaient d'offrir, ou de recevoir, une potion pour les bronches ou une ceinture herniaire en guise d'étrennes, le premier de l'An.

Élisabeth s'était levée aussi. Le jeune homme lui serra la main en lui souhaitant bonsoir. En sortant du salon, son hôtesse sur les talons, il se trouva devant un Thomas aux joues rougies par le froid.

— Quel pays horrible, déclara celui-ci en tendant la main. J'ai marché dix minutes à peine dehors, et je suis gelé. Mais j'espère que mon arrivée ne vous chasse pas, monsieur Brunet.

— Non, pas du tout. Comme je l'expliquais à mademoiselle votre fille, mon père doit m'attendre.

— Comment se porte-t-il ? Malheureusement, je ne vois pas mes amis assez souvent.

— Il va très bien. Vous vous verrez sans doute un peu plus fréquemment pendant la prochaine année, avec trois campagnes électorales à l'horizon.

Le commerçant accueillit la remarque avec un grand sourire, puis commenta :

— Je vous verrai aussi, j'espère. Vous avez maintenant le droit de vote.

— Et une boutique à mettre sur pied. Je passerai mon tour, cette fois-ci.

— Ce sera donc partie remise pour 1912. Transmettez mes salutations à votre famille, et dites à votre père que j'irai le déranger un moment la semaine prochaine, afin de lui souhaiter la bonne année.

Thomas se tourna vers sa fille, posa ses lèvres sur sa joue en guise de bonsoir puis lui dit :

— Je te laisse reconduire ton invité.

Eugénie, parfaite hôtesse jusqu'à la fin, regarda Arthur remettre ses couvre-chaussures, l'aida à endosser son paletot et tint son chapeau le temps qu'il attache tous les boutons jusqu'à son cou. À la fin, elle lui tendit le couvre-chef en disant :

— Je vous remercie de votre visite, monsieur Brunet. Ce fut très agréable.

— Non, c'est plutôt à moi de vous remercier, Mademoiselle. Puis-je me permettre de vous souhaiter la bonne année ?

— … Oui, bien sûr.

Ils échangèrent les bises traditionnelles sur les joues, un peu maladroits, puis le jeune homme s'enfonça dans la nuit sur un dernier « Bonsoir », en mettant son melon. Rien n'indiquait une quelconque intention de récidiver.

Dans le salon, Thomas demanda à voix basse à sa femme :

— Alors, comment se déroule le travail de séduction ?

— Horrible. Je remercierai Dieu tout le reste de ma vie de n'avoir jamais eu à faire cela. Tu devrais inviter à souper tes connaissances ayant des fils, avec ceux-ci bien sûr. Là, elle se trouve devant des inconnus.

— Je te rappelle qu'elle a choisi d'être pensionnaire. Et l'été dernier, sa moue toujours boudeuse n'a pas encouragé ses parents à multiplier les invitations.

— Si les choses se poursuivent de la même façon, il lui restera toujours la possibilité de s'engager comme préceptrice.

Des pas dans l'escalier leur indiquèrent qu'Eugénie préférait regagner sa chambre plutôt que de revenir au salon. Un moment lui serait nécessaire pour retrouver une contenance.

❧

Au moment du souper, la jeune fille présenta une mine sérieuse. Pendant tout le premier service, la conversation ne décolla pas. À la fin, ce fut Édouard qui osa poser la question présente dans tous les esprits, d'un ton empreint de sympathie :

— Alors, comment s'est déroulée cette première visite ?

— Totalement sans intérêt. Ce garçon présente bien, mais n'a rien dans la tête.

Thomas échangea un regard avec sa femme. Mieux valait laisser son fils poursuivre la cueillette d'informations et se réserver le rôle d'arbitre, si des paroles blessantes venaient à être proférées.

— Comment cela? Je ne le trouve pas particulièrement joli, mais il a complété avec succès ses études de pharmacien.

— Je lui ai demandé quel auteur il aimait. Il ne le savait pas!

Au ton de sa voix, cela paraissait un crime impardonnable. Élisabeth crut bon de tempérer le verdict pour son époux:

— Il a plutôt indiqué que ses lectures se limitaient à des revues de pharmacie.

— Cela revient au même. Il ne lit pas. Je n'ai même pas osé lui parler de musique, ou d'esthétisme en général.

— Maurice Leblanc ou Gaston Leroux, comme romanciers, cela te paraîtrait acceptable? glissa Édouard, évoquant ses lectures les plus récentes.

Cette remarque lui valut un regard mauvais. Le garçon conclut que lui aussi échouerait sans doute l'examen de culture générale concocté par sa sœur à l'intention de ses prétendants. Thomas arriva à la même conclusion, ce qui l'amena à préciser:

— C'est un garçon affable, intelligent. Son père a une bonne opinion de ses capacités, au point de se fier à lui pour donner une nouvelle envergure à son entreprise. Il songe à une succursale…

— Je sais, interrompit la jeune fille. Dans Saint-Jean-Baptiste. C'est un boutiquier, avec un esprit de boutiquier. Aucune culture, aucune envergure.

Thomas appuya si fort sur son couteau, en coupant sa viande, que son assiette se déplaça bruyamment sur la surface de la table. Élisabeth riva ses yeux dans les siens, afin de l'inciter à modérer sa réaction. Ce fut après avoir pris une grande inspiration qu'il observa:

— Tu viens de me décrire. Ce garçon ne te convient pas parce que, au lieu de lire des poèmes, il se prépare à créer une pharmacie dans une section de la ville appelée à se développer. Si je comprends bien, à tes yeux, je ne représenterais aucun intérêt.

— … Voyons, ce n'est pas la même chose. Tu es mon père.

— Moi non plus, glissa inutilement son frère.

Le rose aux joues, Eugénie joua un moment avec la nourriture dans son assiette. Afin de permettre à sa belle-fille de formuler ses attentes, plutôt que de critiquer un candidat qu'elle aussi, au-delà de l'inconfort de la situation, avait trouvé fort décent, elle demanda :

— Quel genre d'homme aimerais-tu voir se présenter à la porte, un jour prochain ?

— … Quelqu'un qui aime la poésie, commença-t-elle en regardant timidement vers son père, la musique, le théâtre, curieux de tout, affable, attentionné, qui m'emmènera dans les grands musées et les grandes salles de spectacle d'Europe.

Elle s'arrêta, regrettant presque de s'être livrée autant.

— Et pour avoir le temps et l'argent pour faire tout cela, cet homme devra avoir une occupation très lucrative, observa son père. Dans quel secteur d'activité devra-t-il se distinguer ?

— Je ne sais pas… Avocat, mais pas pour défendre de vrais criminels, seulement des innocents, et sans demander d'argent en retour. Juste pour satisfaire son amour de la justice. Ou alors dans la politique, pour le bien du peuple, mais sans jamais tremper dans des magouilles.

À ce sujet aussi, son père aurait pu dire qu'il ne se qualifiait pas. À la place, abasourdi par une pareille absence de sens commun, il murmura :

— Mais comment paiera-t-il les visites en Europe ?

— Il faudra qu'il soit riche, c'est certain.

— Mais tu parles de moi, on dirait, lança Édouard. Quand je prendrai la relève de papa, je placerai Fulgence à la tête de toute l'entreprise, et je voyagerai !

— Imbécile. Impossible de parler sérieusement, quand tu es là.

Thomas regarda son fils un moment, soudainement très inquiet. Dans cette boutade ironique, il se demandait quelle était la part de vérité. Pendant une bonne demi-heure, la conversation porta sur des sujets moins chargés d'émotions. Au moment du dessert, Eugénie revint sur le sujet de façon tout à fait inattendue :

— Aujourd'hui, c'était une répétition, en quelque sorte. C'est heureux que le jeune Brunet ne m'ait pas vraiment intéressée.

— … Pardon ? dit son père en levant les sourcils.

— C'était la première visite d'un garçon. Je ne savais pas quoi dire, quelle attitude adopter. Si Arthur m'avait plu, peut-être aurais-je tout ruiné avec une maladresse involontaire. J'apprendrai comment me comporter. Aussi, quand ce sera le bon, je ne commettrai pas d'erreur.

Ce constat, tout à fait rationnel, allait dans les deux sens. Arthur Brunet aussi serait moins empoté lors de son prochain rendez-vous… avec une autre. Toutefois, cela demeurait terriblement naïf : l'amour avait peu à faire avec l'art de la conversation ou celui de recevoir. Élisabeth n'osa pas lui rappeler qu'à dix-huit ans, avec un uniforme scolaire susceptible de lui éclater sur le corps, elle avait séduit Thomas.

Surtout, cette vision des choses se révélait bien irréaliste. Avec une certaine cruauté, Édouard le rappela à la jeune fille :

— Au moment de s'en aller, Arthur a-t-il indiqué qu'il reviendrait ?

— … Non.

— Alors toute cette discussion ne voulait rien dire, n'est-ce pas ?

Sa sœur se plaisait à souligner les défauts d'un prétendant qui, au terme d'une première visite, ne paraissait pas enclin à récidiver. Cela exprimait un désintérêt pour les charmes, physiques et intellectuels, de la jeune fille.

Le garçon aimait bien peu se faire traiter d'imbécile à table. Rappeler ce simple constat rendrait sa sœur plus modeste, à l'avenir.

Le grand magasin Picard profitait de l'extraordinaire affluence du temps des fêtes. Comme les familles se partageaient en deux groupes, celles qui offraient des cadeaux à Noël et les autres au premier de l'An, cela permettait d'étaler un peu l'achalandage. Des sapins décorés de boules de verre coloré, des bouquets de verdure et des guirlandes fixées aux murs donnaient un air festif à la grande bâtisse. Des crèches s'étalaient dans des endroits stratégiques, comme pour rappeler que cette époque de l'année ne se limitait pas à une célébration du commerce de détail.

Le 31 décembre, Édouard parcourut les différents étages en s'assurant que les décorations demeurent en bon état, et surtout que chacun trouve le bon rayon et le bon produit.

Un peu après cinq heures, une cloche retentit afin d'inviter les derniers consommateurs à se diriger vers la sortie, alors que des employés placés en faction devant les portes empêchaient quiconque d'entrer. À la demie, le fils du patron verrouilla derrière la dernière acheteuse. Au moment où il se retourna, des travailleurs du service de livraison arrivèrent de l'arrière du commerce avec des caisses de bouteilles de vin, alors que tous les employés se réunissaient au rez-de-chaussée.

Bientôt, le grand patron descendit les escaliers. Debout sur la troisième marche, alors que tous les yeux se tournaient vers lui, il commença :

— Mesdames, Messieurs, nous terminons une excellente année.

Thomas ne put réprimer un sourire contraint : si le commerce réalisait un joli profit, son propre bilan se révélait cruellement déficitaire, avec la catastrophe du pont de Québec.

— Grâce à toutes les célébrations qui se dérouleront en 1908, je ne doute pas que l'avenir sera encore plus radieux. Avant de nous quitter jusqu'au 2 janvier, prenons un verre ensemble à la santé de notre entreprise et de toutes les personnes qui la font prospérer.

Le commerçant leva son verre. Lui et Fulgence, dans les locaux administratifs du troisième étage, avait pris un petit acompte sur les festivités. Certains employés levèrent le leur, alors que les autres se trouvaient toujours en ligne devant les quelques comptoirs transformés pour l'occasion en tables de service. Édouard se tenait parmi eux. Quand son tour vint, Ovide Melançon lui tendit un verre en disant :

— Bonne année, patron.

— Bonne année. Mon père t'utilise dans toutes les circonstances : lanceur de pierres, serveur… Y a-t-il des choses que tu ne saches pas faire ?

— J'y penserai, et je vous donnerai la réponse à l'Épiphanie.

Le garçon entreprit de passer par chacun des petits groupes d'employés formés spontanément, afin de présenter ses meilleurs vœux. Les hommes eurent droit à une poignée de main virile, les plus jeunes d'entre eux à une tape dans le dos ou sur l'épaule. Si les dames d'un certain âge reçurent aussi une poignée de main, les jeunes vendeuses se firent donner des bises sonores sur les joues et les plus jolies un compliment appuyé.

— Mademoiselle Fafard, déclara-t-il à l'une d'elles dont les yeux pétillaient, vous resplendissez.

— Vous n'êtes pas mal non plus, rétorqua-t-elle, provoquant l'hilarité de ses compagnes. Vous avez une petite amie ?

— Je suis trop jeune pour cela…

— Mais vous aurez dix-huit ans, si vous ne les avez pas déjà, ricana une autre.

Dans les milieux ouvriers, les personnes de son âge occupaient un emploi depuis longtemps. Seule une minorité de privilégiés allaient encore à l'école.

— Quand vous serez plus grand, faites-moi signe, s'aventura la demoiselle resplendissante.

Un unique verre de vin ne pouvait rendre une vendeuse aussi audacieuse. Dans l'après-midi, Édouard avait bien vu des employés tirer de leur poche une petite flasque, et tenir des conciliabules discrets. Un autre jour de l'année, cela valait un congédiement immédiat, mais à la Saint-Sylvestre, feindre la cécité convenait mieux.

— Mon papa m'interdit absolument de faire des signes de ce genre à ses employées.

— Et vous faites toujours ce que papa dit? continua-t-elle avec une œillade appuyée.

— Quand ce sont d'excellents conseils, oui, toujours.

Sur ces mots, il se dirigea vers un autre groupe de personnes. Son père faisait de même à l'autre bout de l'immense rez-de-chaussée, avec une réserve plus en harmonie avec son statut.

Lentement, par petits groupes, les employés quittèrent les lieux par une porte dérobée afin de rejoindre leur famille. Vers sept heures, les retardataires furent gentiment poussés dehors. Le père et le fils se retrouvèrent bientôt seuls. Un instant, ils regardèrent les bouteilles vides, les verres abandonnés un peu partout, les taches de vin sur le plancher, et peut-être aussi sur certains des objets à vendre.

— Tu ne comptes pas sur moi pour faire le ménage, j'espère? demanda Édouard.

— Une équipe viendra demain.

— Le jour de l'An?

— Pour certaines personnes, une journée de salaire de plus fait une différence. Je vais chercher nos manteaux et nos couvre-chaussures dans mon bureau. Monte au sixième et redescends en t'assurant que toutes les lumières sont éteintes.

Une quinzaine de minutes plus tard, ils se trouvaient devant une petite porte donnant sur la rue DesFossés. Tout en se dirigeant vers la rue de la Couronne dans le but de trouver un fiacre, Édouard confia:

— Une vendeuse un peu pompette m'a fait des avances, tout à l'heure.

— ... Qu'as-tu répondu? demanda Thomas tout en lui jetant un regard en coin.

— Que papa ne voulait pas. Je me suis senti un peu idiot...

— Crois-moi, si tu veux avoir des ennuis, fricote avec une employée. Le moyen est infaillible.

Ce fut au tour du garçon de regarder son père à la dérobée, pour demander en murmurant :

— Tu as déjà...

L'audace lui manqua pour compléter la question. Son père poursuivit après une longue hésitation :

— En fait, oui. Ta mère, je parle d'Alice, a été longtemps alitée. Je ne te donnerai aucun détail, mais j'aurais pu tout perdre. Aussi, le jour où cela te démangera trop, il y a des maisons pour cela. Mais les employés, c'est un terrain de jeu prohibé.

Ce genre de confidence laissa Édouard interdit. Son père lui recommandait le bordel, comme une solution de rechange aux amours ancillaires. Après un moment, alors qu'il levait la main pour attirer l'attention d'un cocher au coin de la rue de la Couronne, Thomas précisa encore :

— Évidemment, si tu peux te passer de ces maisons, tant mieux. Tu connais les maladies qu'on peut y récolter.

Son directeur de conscience, au Petit Séminaire, semblait n'avoir aucun autre sujet de conversation que la cruelle épidémie de variole qui touchait les pécheurs de la chair. Comme une voiture s'arrêtait devant eux, l'homme put interrompre ses conseils intimes.

⚬

La nouvelle année s'ouvrit sur l'air maussade d'Eugénie, un peu de la même façon que la précédente s'était terminée. Après dîner, Édouard proposa à la jeune fille :

— Je vais présenter mes meilleurs vœux à nos voisins. Tu m'accompagnes?

— Tu veux dire les Dupire ? Je ne veux pas avoir encore les grands yeux larmoyants de Fernand posés sur moi.

— Fernand ou pas, ce sont des amis de la famille. Puis je comptais aussi passer chez les Caron.

Elle marqua une pause et murmura :

— Élise me demandera des nouvelles de la visite de Brunet. Je préfère éviter cela.

— Tu entends rompre tes relations avec elle parce que ce jeune pharmacien lève le nez sur toi ?

Eugénie songea un instant à protester contre ce constat, puis jugea préférable de dire :

— Bien sûr que non. Mais dans quelques jours...

Sur ces mots, elle quitta le salon pour regagner sa chambre. Édouard passa dans la cuisine, où Élisabeth joignait ses efforts à ceux de Joséphine Tardif pour préparer un repas fastueux, puisque des invités se joindraient à eux pour le souper. Thomas Picard avait jugé pertinent de convier le maire Garneau, afin de resserrer les liens en ce début d'année électorale.

— Maman, je vais faire ma visite du jour de l'An chez les voisins. Souhaites-tu venir aussi ?

Elle leva la tête, de la farine jusque sur les joues, les cheveux en désordre. Ses mains dans la pâte à tarte, elle demanda en riant :

— Tu parles sérieusement ?

— Hum ! Je pense en effet que tu ferais mieux d'ajourner les visites de voisinage, répondit-il sur le même ton. Je transmettrai tes salutations.

— En précisant que je passerai au cours de la semaine.

Édouard jeta un coup d'œil à Joséphine. La vieille dame se déplaçait avec difficulté entre la table et la cuisinière au charbon, en se dandinant comme un énorme canard. Il y avait bien deux ans qu'il n'était pas venu dans la cuisine faire un brin de causette avec elle.

— Eugénie ira avec toi ? demanda Élisabeth.

— Elle préfère lécher ses blessures d'amour-propre.

— Fais attention de ne pas la blesser, avertit sa mère dans un sourire. C'est difficile pour elle…

— Découvrir que le monde ne tourne pas autour de soi, à dix-neuf ans… Et elle entend bien nous faire partager son désarroi.

Édouard adressa son meilleur sourire à la cuisinière, alla revêtir son paletot, mettre un chapeau de fourrure dissimulant ses oreilles, puis sortit. La rue Scott offrait l'allure de ces cartes de Noël produites aux États-Unis, avec la couche de neige immaculée tombée pendant la nuit. Les arbres et les arbustes ployaient sous son poids, tous les sons paraissaient étouffés.

La demeure du notaire Dupire se situait un peu plus bas dans la rue, une grande bâtisse sans élégance disparaissant à moitié sous le lierre. Près de la porte, une plaque de laiton témoignait que cet homme menait ses affaires professionnelles depuis sa maison privée.

Une domestique pâle et maigre vint lui ouvrir. Comme ses visites en ces lieux se produisaient avec une ennuyeuse régularité, elle s'effaça pour le laisser passer en disant :

— Bonjour, Monsieur. Je vais avertir monsieur Fernand de votre arrivée.

Pendant son absence, Édouard enleva son paletot, accrocha son chapeau au mur. Son ami arriva bientôt, la main tendue :

— Tiens, tiens, moi qui pensais justement à aller présenter mes respects à ta famille. Bonne année.

— J'ai eu la même idée. Bonne année, et le paradis avant la fin de tes jours, comme a l'habitude de dire mon oncle Alfred.

— Viens avec moi. Mes parents sont dans le salon.

Un instant plus tard, le jeune homme posa les lèvres sur les joues rouges et plissées de madame Dupire en lui présentant ses meilleurs vœux. Il s'agissait d'une grosse dame dans la cinquantaine, les cheveux déjà grisonnants, la voix haut perchée.

— Vos parents se portent bien ? s'enquit-elle.

— À les voir si actifs, je suppose que oui. Mon père est parti de bon matin, afin de saluer ses collègues de la rue Saint-Joseph aujourd'hui. Tout ce monde-là sera au travail dès demain. Quant à ma mère, au moment de quitter la maison, elle avait de la farine jusqu'aux yeux. Tous les deux viendront vous saluer bientôt.

— Je serai heureuse de les recevoir, assura la dame.

Quant à son époux, son ventre débordait lourdement au-dessus de sa ceinture et son crâne totalement dégarni paraissait ciré, tant il luisait. Des veinules bleutées marbraient son gros nez rouge.

— Monsieur le notaire, enchaîna Édouard en lui tendant la main, je vous souhaite une année pleine de testaments juteux.

— Tu rêves donc d'une hécatombe dans la Haute-Ville ? déclara l'autre en riant.

— Avec un nombre au moins égal de contrats de mariage, pour faire bonne mesure.

L'homme se dit une nouvelle fois que ce garnement avait la personnalité idéale pour faire un bon vendeur.

— Et toi, de quoi rêves-tu ?

— … D'un cours classique qui se terminera bien vite.

— Alors que cela se réalise. Tu prendras bien un verre de porto ? Fernand m'a dit que tu y as droit.

— Mais mo-dé-ré-ment !

— Cela aussi, mon fils me l'a répété.

Le garçon se cala dans le fauteuil que son hôte lui avait désigné, accepta le verre proposé. Heureusement que sa tournée serait courte, sinon il rentrerait chez lui complètement gris. Inhabituelle, la générosité alcoolique de son hôte tenait peut-être à son désir de glaner des informations :

— Je suppose que dès aujourd'hui ton père se trouve en campagne électorale, déclara le notaire en regagnant sa place.

— Ne va pas essayer de tirer les vers du nez de ce garçon, commenta madame Dupire. De toute façon, il n'a pas encore le droit de vote.

— Ne vous en faites pas, Madame, je ne livrerai aucun secret du Parti libéral contre ma volonté, opposa Édouard en riant.

Puis il répondit sur le même ton à son interlocuteur :

— Mon père est en campagne tous les jours de l'année, toutes les années du calendrier, tout comme vous.

L'autre eut un sourire entendu, puis continua :

— Avec Leblanc à sa tête, le Parti conservateur livrera une chaude lutte.

— Ce sera certainement plus agréable pour les libéraux. La dernière fois, ils avaient l'impression d'être seuls en lice. C'est comme pour la pêche au saumon : on a plus de plaisir si le poisson se défend un peu. Mais êtes-vous certain que votre nouveau chef se fera élire dans sa circonscription de Laval ?

Madame Dupire eut un petit rire amusé, puis tout à fait rassurée sur l'aptitude du visiteur à se tirer d'affaire, elle reprit son tricot. Prudemment, le notaire amena la conversation sur le mouvement nationaliste.

Le docteur Caron habitait rue Claire-Fontaine, une artère parallèle à la rue Scott. Vers trois heures, la domestique venue ouvrir afficha une certaine surprise.

— Je souhaite présenter mes respects à mademoiselle Élise... et à ses parents, bien sûr.

— ... Si vous voulez bien me donner votre manteau.

Un moment plus tard, la jeune fille de la maison arrivait dans le hall d'entrée, le rouge aux joues.

— Je m'attendais à voir Eugénie... commença-t-elle.

— Ce n'est que moi, déclara le garçon avec un sourire en coin.

— Ce n'est pas ce que je voulais dire...

— Eugénie ne se sentait pas bien, et je ne pouvais résister à l'envie de vous souhaiter la bonne année.

Sans vergogne, il s'avança pour lui faire la bise, appréciant au passage le contact de sa taille sous ses paumes, celui de sa poitrine contre la sienne. Elle portait le fourreau de satin étrenné lors du bal du gouverneur.

— Toutefois, je réalise qu'en venant ainsi à l'improviste, je manque terriblement de savoir-vivre. Je vous laisse tout de suite.

— Non, prenez au moins la peine de saluer mes parents.

Après l'avoir aidé à enlever son paletot, elle pendit le couvre-chef, puis le guida jusqu'au salon, où son père et sa mère parcouraient des magazines. Comme Édouard ne fréquentait guère ce domicile, les souhaits de bonne année demeurèrent empreints de gêne. Il transmit les meilleurs vœux de ses proches, les assura de leur visite prochaine.

Dans un coin de la pièce se tenait la cause du malaise palpable de la jeune fille : Arthur Brunet. Le visiteur lui serra la main avec un sourire amusé. Au moins, à la campagne, les jeunes gens en âge de se marier accrochaient leur fanal à la porte de la promise : cela évitait de pareils impairs.

— Il se fait tard, murmura-t-il...

Pareille affirmation, au milieu de l'après-midi, procura une certaine satisfaction à Élise. Pour une fois, ce n'était pas elle qui se trouvait mal à l'aise devant ce garçon.

— Voyons, vous allez vous asseoir un moment. Monsieur Brunet m'expliquait justement qu'il comptait prendre la direction d'une pharmacie pas très loin d'ici. N'est-ce pas un merveilleux projet ?

Édouard s'assit sur la chaise qu'on lui désignait. Le trio de jeunes gens se tenait autour d'une petite table à cartes. Il observa :

— Arthur m'a aussi parlé de cet établissement. Nous sommes presque voisins, rue Saint-Joseph. D'après mon père, c'est un quartier très prometteur. Je ne doute pas qu'il réussisse.

— Voulez-vous du thé ?

Courtiser des débutantes, commençait à réaliser Brunet, demandait une solide vessie. Offrir de l'alcool, dans ce genre de rencontre, ne se faisait pas : le thé revenait sans cesse.

— Non merci. J'arrive de chez les Dupire…

Élise reprit sa place à la table, la conversation continua là où elle en était avant l'arrivée de l'intrus :

— Arthur, vous ne songez pas à un établissement de la même envergure que celui de la Basse-Ville ?

L'utilisation du prénom marquait un petit progrès. Ces deux-là n'en étaient pas à leur première rencontre.

— Ce ne serait pas raisonnable. La taille du commerce, rue Saint-Joseph, tient au fait que nous y fabriquons des médicaments et divers produits. Dans Saint-Jean-Baptiste, nous nous contenterons de la vente.

— Cela doit être passionnant de mettre sur pied une nouvelle entreprise, commenta la jeune fille.

— Un peu angoissant aussi. Je ne me tournerai pas les pouces, pendant quelques années.

Arthur Brunet ne semblait toutefois pas s'inquiéter outre mesure. Avec son père pour assurer ses arrières, toutes les chances se trouvaient de son côté.

— Je ne doute pas de votre succès, affirma Élise d'une voix douce, en le regardant de ses grands yeux bruns. Puis, avec quelqu'un pour vous appuyer…

Elle rougit de sa propre audace, avala un peu de thé pour se donner une contenance. Le prétendant ne pouvait plus douter que cette jeune fille ne serait pas rebutée par ce genre de défi. « À moins d'être obnubilé par les boucles blondes, se dit Édouard, ce gars serait un imbécile de préférer une impératrice à une boutiquière. »

Beau joueur, il se passionna pour les projets de Brunet pendant une petite demi-heure, puis déclara :

— Cette fois c'est vrai, je dois y aller.

Après avoir serré la main du jeune homme, puis du couple Caron, il se laissa conduire jusqu'à la porte d'entrée par Élise. En l'aidant à enfiler son paletot, elle murmura :

— Vous ne le lui direz pas ?

— Mais non, vous pouvez me faire confiance. Dois-je vous souhaiter bonne chance ?

— Je n'ai pas assez d'expérience de ce genre de situation pour savoir ce qui convient le mieux, ni ce que je dois désirer. Enfin, il me semble bien convenable.

Édouard posa ses lèvres sur la joue de la jeune fille et lui glissa à l'oreille :

— Ah ! Si j'étais plus vieux !

Puis il quitta les lieux, laissant Élise bien perplexe.

Chapitre 11

Après des mois d'un hiver trop rude, avec avril, le printemps pointait enfin le nez. Bien sûr, de petits amoncellements de neige résistaient encore sous les balcons, dans les cours arrière, et seuls les ruraux pouvaient en témoigner, dans les sous-bois. Au moins, les trottoirs et les rues s'en trouvaient débarrassés. En souliers et avec une simple veste sur le dos, Thomas Picard se dit que rentrer à la maison à pied lui permettrait de prendre un peu l'air. Il n'avait pas fait trois pas quand une voix retentit derrière lui :

— Nous faisons un bout de chemin ensemble, voisin ?

L'homme se retourna pour voir Paul Laliberté, l'héritier de François-Xavier, accélérer le pas en sa direction. Il dirigeait maintenant le grand magasin de fourrures situé trois portes à l'est de l'établissement Picard.

— Si vous voulez. Vous devez être aussi soulagé que moi de voir revenir le beau temps.

Au plus fort de l'hiver, comme les commandes des magasins de détail faiblissaient, certains ateliers et manufactures mettaient à pied des travailleurs des deux sexes. L'augmentation du chômage ne faisait que réduire encore les ventes.

— Dans mon domaine, les variations saisonnières sont moins compliquées que dans le vôtre. Nous avons une seule bonne saison quand le froid arrive, les trois autres sont mauvaises. Mais vous devez savoir cela.

Le ton chargé d'ironie rappela à Thomas que sa décision de produire et de vendre des fourrures avait provoqué bien des grincements de dents chez son collègue. C'était bien vrai : dans ce secteur, après les ventes de l'automne, le reste de l'année demeurait décevant.

— Vous avez connu une belle victoire, cet hiver, mais les résultats tardent à venir, continua le fourreur après une pause, désireux d'amener la conversation sur un autre sujet.

Pour la première fois, le maire avait été choisi directement par les électeurs, plutôt que désigné par les échevins. George Garneau avait écrasé ses adversaires.

— Je ne vois pas ce que vous voulez dire. Depuis deux ans, les projets se multiplient sans cesse. Notre ville est plus belle que jamais.

Les établissements publics existants étaient embellis, d'autres sortaient de terre. Les égouts s'allongeaient sous le sol, l'eau courante devenait disponible dans de nouveaux quartiers, le pavage faisait disparaître les rues de terre battue, les vieux trottoirs de planches cédaient devant ceux de ciment. La nuit, un nombre croissant d'artères profitaient d'un éclairage électrique. Le XXe siècle remplissait ses promesses.

— Je parle de ce foutu tricentenaire, précisa Laliberté. Au moment du bal, tout le monde évoquait des commémorations extraordinaires. Depuis, plus rien. Se pourrait-il que nos maîtres à Ottawa et à Québec aient décidé d'oublier Champlain ?

Un moment, Thomas se demanda si son collègue éprouvait une certaine nostalgie de l'ère conservatrice.

— Ces maîtres-là ne me font pas de confidences.

— Voyons, ne me racontez pas de sornettes. Vous êtes comme cul et chemise avec ces hommes.

— L'image me plaît… mais personne ne me tient au courant, je vous assure. En autant que je le sache, ces projets suivent leur cours. Je suppose que nous connaîtrons bientôt les désirs et les projets du comité du tricentenaire.

Au coin de la rue de la Couronne, peu désireux de poursuivre cette conversation, Thomas décida de prendre le tramway jusqu'à la Haute-Ville. Aussi toucha-t-il son melon en guise de salut, puis expliqua en désignant la voiture électrique :

— Comme vous le voyez, mon carrosse doré est là.

Un moment plus tard, il montait dans le petit véhicule.

※

Comme il arrivait souvent, Thomas entra dans la maison de la rue Scott au moment où le reste de la famille passait à table. Il eut tout juste le temps de se laver les mains, puis rejoignit ses proches au moment du premier service.

— Comment fut la journée ? demanda Élisabeth, selon un rituel immuable.

— Harassante. Je devrais me multiplier pour tout faire.

— Je peux abandonner le cours classique afin de t'aider, risqua Édouard.

Cela aussi revenait sans cesse sur le tapis. Comme d'habitude, le père lui jeta un regard un peu lassé, puis continua :

— En plus, en sortant du magasin, le jeune Laliberté a couru après moi pour m'asticoter au sujet du tricentenaire. Il croit que tout a été annulé.

— Tu n'es pas passé par la bibliothèque ? questionna son épouse. Tu as reçu un petit mot de Rideau Hall. Attends, je vais le chercher.

Elle s'esquiva un moment, revint avec une enveloppe élégante. Thomas l'ouvrit, sortit un carton puis lut à haute voix :

— Monsieur Thomas Picard, vous êtes convié à une rencontre avec Frank Lascelles, artiste, à qui le comité d'organisation des fêtes du tricentenaire a confié la mise en scène du *pageant*. La réunion aura lieu à la salle Empire du Château Frontenac le 11 avril prochain, à sept heures trente.

Il tendit le carton à sa femme en ajoutant à l'intention des enfants :

— C'est signé par Son Excellence, le gouverneur général, Lord Grey.

— La salle Empire ! ricana Édouard. Quel choix judicieux. Armand Lavergne a bien raison.

— Bon, quelle vérité incontournable l'excité de Montmagny a-t-il décidé de révéler à ses semblables, récemment ?

L'ironie marquait la voix du marchand. Les nationalistes continuaient leur travail de mobilisation, mais l'automne précédent, Henri Bourassa avait été défait lors d'une élection provinciale complémentaire. Cela lui laissait espérer que bientôt les choses reviendraient à la normale, avec les deux ennemis traditionnels, les libéraux et les conservateurs, occupant toute la scène politique.

— Dans un discours à la Chambre des communes, il a expliqué que les Anglais nous conviaient à célébrer la Conquête de 1760 et notre soumission à l'Empire.

— Ah ! Aucune vérité nouvelle, donc. Il y a des mois que cela s'est produit. Depuis, Laurier l'a chassé du Parti libéral à coups de pied au cul.

— Et voilà que le représentant du roi George t'invite à la salle Empire, continua le garçon sans se laisser troubler. Ces gens-là ont de la suite dans les idées.

— Il ne pouvait pas renommer la salle pour l'occasion.

Eugénie laissa échapper un soupir lassé, puis murmura :

— Élisabeth, la baronne de Staffe ne dit-elle pas que la politique devrait être bannie des conversations à table ?

— … Oui, tu as raison. Mais dans les circonstances, je me demande s'il s'agit de politique, ou d'un père et d'un fils qui aiment se taquiner.

— Pour te faire plaisir, je veux bien changer de sujet, glissa le garçon d'une voix amusée. Ce soir, qui est l'heureux candidat soumis à un examen ?

Au petit déjeuner, la jeune fille avait ordonné à son frère de ne pas s'approcher du salon, et même du rez-de-chaussée, pendant la soirée. De justesse, elle s'était arrêtée avant de dire : « Si tu pouvais disparaître de la maison… » Cela ne pouvait signifier qu'une chose.

Si elle ne répondait pas, son frère risquait de venir passer la tête dans l'embrasure de la porte pour voir, puis murmurer « Excusez-moi » de sa petite voix ironique.

— ... Un jeune avocat, Dufour, reconnut-elle.

— Celui-là connaît peut-être la poésie, commenta Thomas, mais je doute qu'il puisse t'ouvrir les portes des grands théâtres d'Europe.

Le rejet d'Arthur Brunet, et de tous les marchands par le fait même, lui demeurait en travers de la gorge. En apprenant qu'Élise le recevait toujours, la jeune fille avait eu des mots encore plus sévères à l'endroit du pharmacien, avec pour seul résultat de blesser son amie.

Afin de changer au plus vite de sujet, la jeune fille demanda :

— Qui est ce Frank Lascelles ?

— L'homme recruté à l'initiative de Lord Grey pour diriger les célébrations de l'été prochain.

— Venu tout droit de la fière Albion, commenta Édouard.

Cette fois, Eugénie prit bien garde de détourner la conversation des questions politiques.

❧

Le 11 avril, au moment de pénétrer dans la salle Empire du Château Frontenac, Thomas Picard se retrouva en compagnie d'une centaine de notables de la ville de Québec. Près de la porte, il échangea des poignées de main avec des collègues de la rue Saint-Joseph et des membres du Parti libéral.

— Ne me dites plus que vous n'avez pas l'oreille des riches et des puissants, commença Paul Laliberté. Je vous parle des festivités du tricentenaire le jeudi, je trouve une invitation du gouverneur général à la maison en rentrant, et le samedi nous sommes tous là.

— Cela n'a aucun rapport avec moi...

Un moment, Thomas se demanda si le marchand de fourrures était sérieux, puis éclata de rire. L'autre continua :

— Vous savez à quoi rime cette invitation ?

— Je sais ce qui était écrit sur le carton de couleur crème : rencontrer l'artiste venu d'Europe. Je suppose que ce sera aussi l'occasion de faire le point.

— Bon, alors attendons, grommela l'autre, un peu sceptique.

L'attente fut brève, le comte Grey entra bientôt, petit et vif, sanglé dans son costume de tweed. Derrière lui, un grand personnage à l'allure autrement plus remarquable, un véritable dandy, fit son entrée. Les deux nouveaux venus se dirigèrent vers une petite estrade au fond de la pièce. Toutes les personnes présentes se mirent au garde-à-vous machinalement, attendant la suite des événements dans un silence recueilli.

— Messieurs, commença le gouverneur général en français, nous savons tous que les festivités du tricentenaire arrivent à grand pas. Le comité d'organisation a préparé le synopsis des grandes représentations théâtrales, grâce aux conseils de l'historien Thomas Chapais. L'auteur, Ernest Myrand, travaille dès à présent sur les textes.

Le choix de cet homme en avait étonné plus d'un. Âgé d'un peu plus de cinquante ans, initié au journalisme par Israël Tarte des décennies plus tôt, il occupait un poste au gouvernement provincial depuis 1902. La publication de quelques ouvrages, comme *La Fête de Noël sous Jacques Cartier*, *Sir William Phips devant Québec* ou *Frontenac et ses amis*, qui combinaient des recherches historiques et musicologiques mais surtout une énorme dose de fantaisie poétique, avaient attiré l'attention sur lui. Le fonctionnaire fut détourné de ses occupations de registraire, aussi imprécises qu'importantes, pour livrer à ses concitoyens les textes du *pageant*.

— On m'avait confié la mission de trouver le metteur en scène de ces grandes représentations, continua le comte Grey, cette fois-ci en anglais. Je vous présente Frank Lascelles, qui s'est déjà illustré au Royaume-Uni dans ce genre d'entreprise.

Pendant ces mots d'introduction, l'artiste avait posé son Homburg sur la table et sa grande cape noire sur une chaise. Son véritable nom était Frank William Thomas Charles Stevens, mais il avait adopté celui de Frank Lascelles, certainement plus facile à retenir, lors de son passage au His Majesty's Theatre. Ses yeux bleus, ses cheveux noirs trop longs, un peu ondulés et séparés au milieu, lui conféraient une certaine ressemblance avec le dramaturge et romancier Oscar Wilde. Une veste de velours rouge sombre, une écharpe négligemment jetée autour du cou, accentuaient un peu cette analogie.

— *British to the core*, maugréa Paul Laliberté, assez fort pour que Thomas l'entende.

Comme pour lui donner raison, l'homme commença dans un anglais élégant, encore marqué par l'éducation reçue de son père, un pasteur anglican, et celle du Keeble College :

— Messieurs, nous entendons tenir ces fêtes à la mi-juillet. Cela nous donne quatorze, tout au plus quinze semaines afin de tout mettre en place. D'après le synopsis que j'ai vu, nous devons recruter trois mille comédiens, au bas mot.

— Voyons, c'est impossible ! remarqua quelqu'un en français.

Le comte Grey dut traduire à l'oreille du metteur en scène. Celui-ci rétorqua :

— Je vous prie de m'excuser, je ne parle pas français. Cependant, mon assistant, James McDougall, qui se trouve près de la porte, maîtrise très bien votre langue. Vous pourrez lui parler comme à un autre moi-même.

Tous tournèrent la tête pour voir un grand jeune homme blond debout à l'arrière de la salle, vêtu d'un costume de tweed, une casquette du même tissu à la main. Il inclina la tête en murmurant un « Enchanté, Messieurs » à peine audible. Lascelles continua :

— Oui, vous avez bien compris : trois mille comédiens au moins, tous des amateurs. Je compte déjà sur chacun d'entre vous, sur vos épouses et vos enfants pour jouer un rôle. Cela nous donnera déjà plusieurs centaines de volontaires. Comme l'auteur songe à évoquer de grandes batailles, on ne peut pas imaginer deux douzaines de personnes en uniforme.

Les rumeurs, si nombreuses dans une petite ville, permettaient à chacun de savoir que la Conquête occuperait une place de choix dans les spectacles. Cela signifiait faire revivre les armées des généraux Wolfe et Montcalm.

— Dans votre très jolie cité, amoureuse de son passé, je ne doute pas que cela soit possible, continua le metteur en scène. Mais ce n'est pas tout. Je compte aussi sur vos épouses, en réalité sur toutes les femmes de Québec qui savent tenir une aiguille, pour travailler à la confection des costumes.

— Quel genre de costumes ? interrogea Chouinard, dans son meilleur anglais.

— Ceux de la cour de François Ier, d'Henri IV, du milieu du XVIIIe siècle. Un artiste, Charles Huot…

Un murmure l'interrompit. La prononciation de l'homme s'avérait tellement boiteuse que personne ne sut d'abord de qui il était question. Il continua :

— … a réalisé des dessins très intéressants, susceptibles d'inspirer les couturières. Je vous confie une première mission : invitez vos épouses à se réunir au plus tôt afin de former deux comités. Le premier servira à recruter les comédiennes et les comédiens. Le second planifiera la confection des costumes. On me dit que la salle 45 du palais législatif sera mise à leur disposition.

Pendant quelques minutes encore, Frank Lascelles continua de décrire toutes les tâches qui attendaient les organisateurs et les volontaires engagés dans les commémorations. Quand il eut terminé, le comte Grey prit sur lui de clore l'assemblée :

— Messieurs, nous voici enfin à pied d'œuvre. Les plaines d'Abraham fourniront une scène exceptionnelle à nos grands spectacles. De partout sur terre, des personnages importants viendront célébrer avec nous le trois centième anniversaire de notre pays.

Après avoir salué toutes les personnes présentes, serré la main des membres du comité d'organisation et du maire Garneau, le gouverneur général quitta la grande salle, le metteur en scène et son assistant sur les talons.

— De partout sur terre! ricana Laliberté assez fort pour être entendu des quelques marchands autour de lui.

— En autant que je saisisse ce que le représentant de Sa Gracieuse Majesté entrevoit, commenta Thomas, il aimerait faire du tricentenaire quelque chose comme les noces de diamant de la reine Victoria… en un tout petit peu plus modeste, bien sûr.

Les paroles du commerçant attirèrent tout de suite l'attention de quelques-uns de ses collègues, qui se rapprochèrent pour mieux entendre.

— Avec des représentants de tout l'Empire? questionna l'un.

— À tout le moins, l'homme en rêve tout éveillé.

— Des maharadjas montés sur des éléphants paraderont dans nos rues? évoqua Laliberté.

Chacun avait contemplé des photographies des cérémonies grandioses du jubilé de diamant tenu à Londres en 1897, pendant lesquelles Wilfrid Laurier avait reçu le titre de chevalier, de *sir*. Le commerçant de fourrures écarquillait les yeux, incrédule. Thomas éclata de rire en disant:

— J'ai dit qu'il en rêvait. Si tu vois des éléphants dans la rue Saint-Joseph, où tu auras trop bu, où le cirque Wallace sera en ville. Sur ce, je vous souhaite bonsoir.

Pendant quelques instants encore, Thomas serra les mains de ses collègues de la Basse-Ville et des principaux membres du Parti libéral toujours sur place. Très bientôt, tout ce beau monde devrait se mobiliser pour les élections provinciales.

❧

— Sais-tu que nous aurons bientôt des élections? demanda Édouard en faisant tourner son verre de cognac au creux de sa paume.

— Vous êtes terriblement bien informés, au sein de la Ligue nationaliste. Ou est-ce à l'Association catholique de la jeunesse canadienne-française ? Je ne sais jamais auquel des militants en toi je m'adresse.

Thomas avait dit cela en riant. Derrière son lourd bureau, dans la bibliothèque de la demeure familiale, lui aussi buvait son alcool à petites gorgées. Son fils se trouvait en face de lui, sur une chaise.

— Cela te dérangerait, si je m'en mêlais ?

— Justement, Taschereau cherche des volontaires pour mener la campagne. Je le mettrai au courant de ton intérêt.

— Ce n'est pas ce que je voulais dire…

Le garçon s'arrêta, constatant que son père se moquait de lui, puis reprit après une pause :

— Je veux aider les nationalistes. Est-ce que cela t'embête ?

— Ce sont des imbéciles…

— Ils veulent donner au français la place qui lui revient dans la province. Cela n'a rien de risible, je t'assure.

Le ton d'Édouard indiquait surtout que la question lui tenait à cœur. Il continua, enthousiaste :

— Dans une ville où une large majorité de la population parle français, la Quebec Railway, Light and Power s'entête à envoyer ses états de compte en anglais. Leurs locaux se trouvent dans la rue Saint-Joseph, à mille pieds du magasin à peu près. Je connais les commis de cette société : tous parlent français, mais ils doivent écrire toute la correspondance dans une langue que la plupart ne parlent même pas très bien. Trouves-tu cela normal ?

— Je sais tout cela, vois-tu.

En 1907, le député Armand Lavergne avait proposé sans succès l'adoption d'une loi fédérale donnant un statut égal aux deux langues, au gouvernement et dans les services publics du pays. Son insistance sur cette question, de même que ses critiques acerbes du gouvernement, avaient finalement entraîné sa rupture avec Wilfrid Laurier. Il entendait maintenant se faire élire au gouvernement provincial pour obtenir à tout le moins une loi de ce genre au Québec.

Thomas continua après une pause :

— Je serais heureux de voir adopter une mesure donnant au français un statut égal à l'anglais, et bientôt les libéraux nous la donneront. Quand le moment sera propice.

Édouard le regarda avec scepticisme, sachant bien que les derniers mots renvoyaient le projet aux calendes grecques. L'homme se crut obligé de préciser :

— Les nationalistes sont des imbéciles parce qu'avec les accusations qu'ils lancent dans toutes les directions, ils jettent le discrédit sur ceux qui gouvernent, tout en étant incapables de prendre leur place. La population apprend à douter de ceux qui se trouvent au sommet de la société. Cela peut nous entraîner dans des désordres dont personne ne soupçonne les risques.

En Europe, des socialistes fomentaient des grèves sanglantes, des anarchistes organisaient des attentats qui laissaient des cadavres dans les rues. La situation n'avait rien de plus rassurant aux États-Unis, ou un troisième président avait perdu la vie sous les balles d'un assassin en 1901 : William McKinley. Le monde paraissait bouger très vite, depuis quelques décennies.

— Bourassa ferait un meilleur premier ministre que le gnome qui occupe présentement le fauteuil, affirma Édouard avec entêtement.

— La seule chose que Bourassa fait mieux que Gouin, ce sont des discours pour exciter des collégiens et leurs aumôniers. Pour le reste, je ne crois pas qu'il mérite toute l'attention qu'on lui porte. Et même si je me trompe sur lui, qui seraient ses ministres ? Lavergne, le bellâtre léger qui s'amuse de la rumeur qui fait de Laurier son père illégitime ? Olivar Asselin, qui menace de casser la gueule des députés à coups de poings ?

La même discussion devait se répéter dans de nombreux domiciles de la Haute-Ville de Québec, à tout le moins dans les milieux où les pères daignaient échanger librement des idées avec leurs fils, un verre à la main.

— Bien sûr, tu t'enrichis grâce à tes relations avec les libéraux, risqua le jeune homme, tout de même un peu inquiet de son audace.

— Mais toi aussi, tu t'enrichis. Ta vie confortable, l'héritage qui t'attend, de même que toutes les jolies jeunes filles qui te font des yeux doux, tiennent au moins en partie au fait que des gens compétents occupent le pouvoir, et qu'en conséquence, je profite un peu de la prospérité dont nous bénéficions depuis une douzaine d'années. Crois-tu que tu dois cela seulement à ton charme ?

Un peu troublé par cet argument, Édouard vida son verre, puis demanda de nouveau :

— Préférerais-tu que je ne m'en mêle pas ?

— Je préférerais que tu sois un bon libéral, par conviction. Mais si tu penses vraiment que tes amis feront avancer les choses, continues de les appuyer. Tu es libre de tes idées. Fais juste attention aux mauvais coups. Tu connais les risques.

— Je ferai attention.

Il posa son verre sur le bureau, se dirigea vers la porte. Avant de sortir, il se retourna pour dire :

— Merci, tu es très… libéral. Bonne nuit.

Élisabeth arriva à ce moment, fit la bise au garçon qui s'apprêtait à aller au lit, prit sa place sur la chaise laissée libre.

— Qu'est-ce qui te mérite cette reconnaissance ? Lui as-tu consenti une avance sur son héritage, pour lui permettre de s'acheter une automobile ?

— Je lui ai permis de s'amuser avec ses amis nationalistes, pendant la campagne électorale qui commence.

— Tu crois que c'est prudent ?

La pierre reçue l'année précédente occupait toujours l'esprit de la jeune femme.

— Depuis bien des décennies, personne ne s'est fait tuer au Québec lors d'une campagne électorale. Un bleu ou une bosse, cela ne porte pas à conséquence.

— Si tu le dis… Cela ne t'importune pas de l'avoir comme adversaire, en quelque sorte?

— Bien que je ne les comprenne pas, de nombreuses personnes admirent Bourassa. Nos clients nationalistes se réjouiront de trouver l'un des leurs dans la famille Picard.

Élisabeth lui adressa un sourire entendu, puis murmura :

— Avoir des liens dans tous les partis, quelle prudence ! Il te manque quelqu'un chez les conservateurs.

— Si tu pouvais voter, tu jouerais ce rôle. Peut-on espérer que le jeune Fernand Dupire rentre en grâce auprès de notre impératrice, après avoir été rejeté comme un malpropre? Sa famille a toujours voté bleu, depuis Georges-Étienne Cartier au moins.

— À la place de ce jeune homme, après avoir été repoussé une fois, j'irai voir ailleurs avec une détermination farouche. En restant encore sur les rangs, il se couvre tout simplement de ridicule, au risque de perdre le respect des autres débutantes de la Haute-Ville.

Thomas vida son verre, se leva en tendant la main à sa femme et commenta :

— De toute façon, il est trop jeune, ce n'est pas un candidat sérieux. Avons-nous des aspirants dignes de ce nom à l'horizon?

— Pas que je sache.

— Après un voyage en Europe, à son retour, le lustre de la grande culture ajoutera à ses charmes naturels. Espérons que cela agira sur ces jeunes gens.

— Eugénie ne peut pas aller là-bas seule, fit remarquer Élisabeth, et elle ne veut pas entendre parler d'y aller avec moi.

Le temps de monter l'escalier, le couple demeura silencieux. Quand la porte se referma derrière eux, l'homme précisa :

— Nous n'avons aucune cousine vieille fille susceptible de lui servir de chaperon. Ce sera avec toi, ou pas du tout. Elle a l'été devant elle pour prendre sa décision.

Ce genre d'ultimatum n'améliorerait pas les relations entre la fille et sa belle-mère.

— D'habitude, les jeunes vont en Europe pendant la belle saison, remarqua-t-elle pour changer de sujet.

— Comme le monde viendra à nous l'été prochain, elle restera ici pour le recevoir. Au pire, elle voyagera au cours de l'été de 1909, si elle met tout ce temps à se faire une raison. Et si elle tarde trop, ce sera à son mari de payer la note.

À moins qu'Eugénie ne se passionne pour le petit rôle que Frank Lascelles lui réservait dans la distribution du grand *pageant*, son humeur n'irait pas en s'améliorant.

Chapitre 12

Le mois de mai apportait à Québec un temps franchement plus clément. Sur les arbustes de la grande cour de l'hôtel de ville, les feuilles commençaient à pointer. Les vitrines du magasin de vêtements pour femmes ALFRED proposaient des robes aux teintes pastel et des chapeaux de paille ornés de fleurs. Le personnel s'agitait autour de clientes désireuses de se parer pour la belle saison.

Un peu avant midi, le bruit d'un pas lourd venant des appartements privés se fit entendre dans l'escalier, puis Gertrude apparut au rez-de-chaussée, un grand plateau dans les mains.

— Attendez, je vais vous aider, proposa Marie en se précipitant. Vous joignez-vous à nous ? questionna-t-elle encore en se dirigeant vers l'arrière de l'établissement.

— Non, j'ai à faire en haut.

Quand Marie posa le plateau sur la table dans la petite salle de réunion, les deux jeunes vendeuses apparurent, de même que Thalie. La fillette consacrait tous ses samedis à aider à la boutique, à moins de devoirs scolaires pressants.

— Monsieur n'est pas là ? demanda une vendeuse.

— Il est allé chercher des marchandises au port, avec Mathieu. Je soupçonne que les fonctionnaires de la douane font traîner les choses.

— Je vais rester devant, proposa-t-elle.

— Je m'en occupe, décréta la fillette en tournant les talons.

La vendeuse interrogea sa patronne des yeux. Marie répondit dans un sourire :

— Venez manger. Il ne vient jamais personne à l'heure du dîner, de toute façon. Puis si quelqu'un oublie l'heure, nous entendrons la clochette.

La fillette aimait jouer à l'adulte… surtout si elle n'avait qu'à élever un peu la voix pour attirer sa mère, en cas de besoin. Elle revint à l'avant du commerce et entreprit de vérifier si les rubans et les dentelles se trouvaient bien en ordre dans les tiroirs. En réalité, elle profitait de ce moment de solitude pour les caresser du bout des doigts, sortir les plus jolis et les poser sur le tissu de sa manche, afin de vérifier l'effet produit.

Après un moment de ce jeu, le bruit de la porte attira son attention. Un homme grand, vêtu à l'anglaise, entra, regarda un instant la marchandise d'un air curieux.

— Monsieur, je peux vous aider ? Vous voulez offrir une parure à une dame ?

L'homme regarda la fillette des pieds à la tête, surpris de se trouver devant une employée aussi jeune. Il souleva son chapeau, et plutôt que de répondre à la question, opposa la sienne, précédée d'un compliment :

— Mademoiselle, vous êtes très jolie. Quel est votre nom ?

Elle rougit un peu. Sa robe bleue, son grand tablier blanc orné de dentelles, la lourde tresse qui tombait entre ses omoplates en faisaient une jeune personne fort plaisante.

— Thalie.

— C'est un très joli prénom. Je ne l'ai pas entendu souvent.

— C'est le nom de l'une des trois Grâces, les compagnes de Vénus. Ma grand-mère s'appelait Euphrosine… mais je ne l'ai pas connue.

— Et je parie que votre mère s'appelle Aglaé.

— Non. Marie. Mais si j'ai une fille un jour, ce sera son prénom.

Elle demeurait debout, bien droite, les mains l'une dans l'autre, à la hauteur de sa taille. Aucun doute, elle faisait un parfait moussaillon.

— Quel est votre âge?

— Huit ans.

L'homme s'exprimait dans un français impeccable, marqué toutefois par un accent rocailleux. Une voix le fit se retourner:

— Je peux vous aider, Monsieur...

— James McDougall, annonça-t-il en se retournant.

Il apprécia la ressemblance, puis continua, un peu rougissant, en faisant tourner son chapeau de feutre entre ses doigts:

— Je devine être devant madame Marie... Je suis l'assistant de Frank Lascelles, l'organisateur du *pageant*...

— Je sais de qui il s'agit. Vous désirez?

— Vous savez que nous aurons besoin d'une multitude de vêtements anciens...

Marie portait, comme à son habitude, une jupe d'un bleu soutenu qui soulignait la couleur de ses yeux et un corsage d'une teinte plus pâle. Sa lourde tresse mettait en évidence un cou très fin, de petites oreilles... En réalité, tous ses traits offraient la même délicatesse, l'homme les apprécia en bloc.

— Vous voulez dire des accoutrements qui ressembleront vaguement à des vêtements anciens, remarqua-t-elle, un peu amusée.

— Oui, vous avez raison... En conséquence nous aurons besoin de centaines de verges de tissu.

— Si j'ai bien compris les articles publiés dans les journaux, un artiste, Charles Huot, fournira des dessins, et les gens feront eux-mêmes leur costume ou confieront cette corvée à des couturières.

— Pour la majorité d'entre eux, c'est vrai. Mais dans le cas des uniformes militaires, nous préférons prendre l'initiative. Sinon il n'y aura pas deux soldats de Wolfe, ou de Montcalm, vêtus de la même façon.

La marchande esquissa un sourire, la tête légèrement inclinée sur la gauche. L'homme ne dissimulait pas son intérêt. Sanglé dans un costume de tweed bien coupé, les cheveux et la fine moustache blonde bien taillés, des lunettes de myope sur le bout du nez, il pouvait avoir trente ans, certainement pas plus de trente-cinq.

— Nous sommes en mesure de vous procurer des milliers de verges de tissu, de quoi vêtir tous vos soldats d'opérette… si vous nous laissez deux semaines pour contacter nos propres fournisseurs. Les soldats de Wolfe s'habillaient de rouge ?

— Oui, en effet.

— Quelle bonne idée de fournir aux Français une aussi jolie cible. Venez avec moi, je vais vous montrer.

— Pour votre information, en gris, vos ancêtres devaient être aussi faciles à repérer que les miens, à la lisière d'une forêt.

Elle lui adressa un sourire amusé, se dirigea vers l'escalier en soulevant un peu sa jupe afin de ne pas s'emmêler les pieds en montant. Derrière la jeune femme, l'étranger apprécia la silhouette fine, les quelques pouces de jupon blanc, les pieds menus dans de jolis souliers montant haut sur la cheville. Avant de disparaître à l'étage, il se tourna à demi pour dire :

— Je vous remercie, mademoiselle Thalie.

Au premier, Marie le guida à l'arrière de la grande pièce. Tout au fond, un bureau permettait au propriétaire de régler ses factures et de préparer ses commandes. Juste devant, une longue table servait à couper le tissu à la longueur voulue.

— Je crois aussi savoir que les soldats de vos armées se vêtaient de laine, remarqua la marchande debout devant des étagères très profondes, en posant la main sur un rouleau posé à la hauteur de ses yeux.

— Mais comme on me dit que juillet est chaud dans votre pays, optons plutôt pour la serge… Vous l'avez vous-même fait remarquer, tout le monde fera semblant. Évitons-leur des sueurs inutiles. Je peux vous aider ?

— Prenez ce rouleau, juste en haut. La couleur rappelle le rouge du drapeau britannique, cela devrait convenir.

Un moment plus tard, ils déroulèrent trois verges de tissu. En voulant en apprécier la texture, leurs doigts s'effleurèrent.

— Excusez-moi, bredouilla-t-il, sans lever les yeux.

— Ce n'est rien. Vous désirez aussi de la toile grise ?

— Oui... pâle, plutôt écrue.

Elle désigna un autre rouleau, l'homme le plaça sur le précédent.

— Oui, c'est tout à fait cela, convint-il. Pouvez-vous nous en fournir cent verges de chacun ?

— Dès que vous me produirez une commande en bonne et due forme, et une avance. Je ne voudrais pas rester avec tout cela sur les bras.

— Lundi ? proposa-t-il, en tendant la main.

— Lundi, accepta-t-elle, en la prenant dans la sienne.

Si une poignée de main scellait habituellement les transactions financières, celle-là s'allongea un peu plus que nécessaire. Quand ils redescendirent, James McDougall salua, l'air emprunté :

— Au revoir, Madame.

Il allait remettre son chapeau quand il suspendit son geste, le temps d'ajouter :

— Mademoiselle Thalie, à bientôt. Décidément, vous êtes très jolie.

Elle esquissa un salut de la tête en rougissant, alors que l'homme quittait le commerce. Puis elle demanda en se tournant vers sa mère :

— C'est convenable, de dire à une fille que l'on ne connaît pas qu'elle est jolie ?

— Si la fille à moins de dix ans, je crois que c'est acceptable. Plus âgée, mieux vaut attendre à la seconde rencontre.

— Ne te moque pas... C'est vrai que je te ressemble ?

Marie esquissa un sourire, puis répondit :

— Oui, c'est vrai.

— Alors je suis jolie..., conclut-elle. Cet homme-là, tu crois qu'il est beau ?

— Qu'en penses-tu ?

— Je le trouve beau. Autant que papa.

— Dans un autre genre, oui.

La marchande, un peu troublée, chercha à s'occuper un moment. Les clients masculins n'abondaient pas dans ce commerce. «Heureusement, se dit-elle, sinon je devrais m'enfermer en haut.» La sonnette se fit entendre de nouveau, Alfred entra en poussant une large caisse devant lui, son fils sur les talons.

— Tout ce papier à noircir pour une trentaine de robes venues de France! C'est à croire que ces fonctionnaires n'ont rien d'autre à faire que de nous embêter.

— Tu crois que cela en vaut la peine, avec toutes ces formalités à régler? questionna Marie, heureuse de penser à autre chose.

— Au pire, nous les vendrons au prix coûtant, et l'initiative aura servi à attirer l'attention. Mais avec une petite publicité dans *Le Soleil*, du genre «Robes de Paris, pour les élégantes de Québec», je pense que nous les écoulerons toutes avec un profit raisonnable, comme l'an dernier.

— C'était la conséquence du bal, rappela-t-elle. Thalie, Mathieu, allez manger un peu, Gertrude a ajouté quelques sandwiches pour vous.

La mère tenait surtout à ce que sa fille ne se lance pas dans le récit du passage du dernier client. Quand les enfants se furent esquivés et que les deux vendeuses eurent regagné leur poste, elle continua:

— Espérons que les célébrations de 1908 auront le même effet. Et pourquoi ne pas mettre aussi une réclame dans *L'Action sociale catholique*?

— Entre un article sur les malheurs de la vieille France, ravagée par les idées républicaines et athées, et un autre sur les dangers de la mode féminine scandaleuse inspirée des États-Unis? Nous serions condamnés à faire faillite, ou alors à vendre des statues en plâtre de la Vierge.

— En attendant, nous vendrons du tissu à la verge pour habiller deux armées.

Devant le regard intrigué de son époux, elle entreprit de raconter la visite de James McDougall. Si la transaction se concluait au début de la semaine suivante, ce serait à lui d'en arrêter les détails.

⚡

Alfred avait beau admettre qu'il était un mécréant, dans une petite ville comme Québec, manquer souvent la messe dominicale, la confession et la communion ou omettre de payer régulièrement de la dîme, entraînerait un ostracisme total. Aucun commerçant ne pouvait espérer survivre à une condamnation de la part de l'Église.

Aussi tous les dimanches, Alfred, Marie et les deux enfants se rendaient-ils dans la basilique Notre-Dame de Québec pour entendre la messe. Prudemment, il faisait en sorte de ne jamais entrer ou sortir de ce vaste temple en même temps qu'un autre paroissien, éminent celui-là, son frère Thomas. Compte tenu de l'affluence, cela ne posait pas de difficulté. Avec sa famille, l'aîné se tenait dans un banc de l'aile gauche, à l'arrière de la grande bâtisse, alors que le cadet occupait un siège donnant sur l'allée centrale, à peu près au centre. Les emplacements les plus prestigieux, près des marguilliers, appartenaient aux grandes familles, qui souvent se les transmettaient de génération en génération depuis un siècle.

Thalie s'impatientait bien vite de l'immobilité à laquelle elle se trouvait contrainte pendant l'office et cherchait des yeux tout ce qui offrait la moindre distraction. Près d'elle, Mathieu s'absorbait dans la lecture de son missel, un peu comme il le faisait à la maison avec un roman de Jules Verne.

Au moment du prône, l'archevêque Louis-Nazaire Bégin, vêtu de sa soutane violette et de son surplis de dentelle blanc, monta lourdement les quelques marches donnant accès à la chaire. Déjà âgé, les cheveux gris, le dos voûté, il posa les mains sur la balustrade, se pencha un peu en avant et déclama :

— Mes très chers frères, mes très chères sœurs, j'ai l'extrême plaisir de vous faire part d'une lettre que m'adressait, il y a quelques jours à peine, Sa Sainteté le pape Pie X.

Avec son air le plus solennel, le prélat se redressa, prit une missive sur une petite tablette devant lui et commença :

— Nous établissons, Nous constituons et Nous proclamons saint Jean-Baptiste patron spécial auprès de Dieu des fidèles franco-canadiens, tant ceux qui sont au Canada que ceux qui vivent sur une terre étrangère.

Bégin replia la lettre pour la remettre où il l'avait trouvée, puis continua :

— Vous savez que les patriotes des années 1830, en créant la société Saint-Jean-Baptiste, plaçaient leur organisation sous sa protection. Aujourd'hui, notre Saint-Père en fait le patron de tous les Canadiens français. Aussi, je vous invite tous à vous placer sous sa sainte sauvegarde.

Pendant quelques minutes encore, le prélat évoqua tous les avantages que tirerait la communauté de cette nouvelle assistance divine. Inutile de préciser la part qu'il avait prise dans cette initiative. Dans une lettre rédigée dès le mois de novembre de l'année précédente, le prélat demandait au souverain pontife de consacrer ses compatriotes à ce saint. La réponse, un hasard trop providentiel pour tenir à la chance, arrivait juste à temps, à quelques jours des élections provinciales. Dans toutes les paroisses du Canada français, des curés annonçaient la même nouvelle, au même moment.

Le sermon se termina par les informations habituelles que les pasteurs réservaient à leurs ouailles. À la fin de la cérémonie, les paroissiens quittèrent leur banc en murmurant. Au cours des prochains jours, des réjouissances politiques et religieuses se multiplieraient d'un bout à l'autre du pays pour célébrer l'événement.

Au moment de mettre les pieds sur le parvis de la basilique, Alfred posa la main sur le bras de Marie en disant :

— Rentre tout de suite, moi, je vais m'attarder un peu.

Des yeux, il désigna son frère, qui sortait à son tour.

— Vas-tu dîner avec nous ?

— Bien sûr. Trois, quatre minutes, tout au plus.

Un moment plus tard, Alfred toucha son melon en disant :

— Élisabeth, Eugénie, Édouard, bien le bonjour. Thomas, dois-je comprendre que Sa Sainteté Pie X vient d'être recrutée par les nationalistes, dans leur lutte prochaine contre les libéraux de Gouin ?

Édouard pouffa de rire et prit sur lui de répondre à la place de son père :

— L'archevêque vient de le dire : nous avons maintenant un intermédiaire spécial auprès de Dieu. Autant dire que Dieu est de notre côté.

— La seule chose qui me rassure un peu, répondit Alfred, c'est que je connais ton sens de l'humour. Tu ne peux pas être sérieux. Mais je ne doute pas que toutes les grenouilles de bénitier clameront cette sottise.

— Comment ont-ils pu nous jouer ce tour-là ? pesta Thomas. Un drapeau avec un Sacré-Cœur au milieu, un saint patron des Canadiens français en prime. Bientôt, ils pourront ressusciter la vieille formule des années 1860 et 1870 avec une variante : l'enfer est rouge, le ciel est nationaliste.

— Non, tu fais erreur, corrigea Alfred. Le ciel demeure bleu, c'est-à-dire conservateur. Au mieux, avec deux ou trois députés, ces gens voteront pour l'opposition… Bon, je rentre.

À nouveau, le commerçant toucha son chapeau, puis regagna la rue de la Fabrique.

***

James McDougall revint au commerce ALFRED en matinée, le lundi suivant. Au tintement de la clochette, Marie tourna la tête pour regarder dans sa direction, souriante.

— Bonjour, Madame. Me revoilà pour compléter ma transaction.

— Le propriétaire se trouve en haut, à son bureau.

Le choix de ce terme contenait un sous-entendu que son interlocuteur chercha à interpréter. Une porte lui sembla s'entrouvrir. L'homme enleva sa casquette, les joues rougissantes, hésita un instant avant de demander :

— Votre jeune et jolie assistante n'est pas ici ?

— Quand une personne ne sait pas encore très bien accorder les participes passés, mieux vaut la tenir à l'école.

— Dans ce cas, je devrais y retourner aussi. Merci, Madame.

Il monta à l'étage d'un pas léger, trouva Alfred au fond de la grande pièce, installé derrière son lourd bureau, absorbé dans ses factures et ses bons de commande.

— Monsieur, James McDougall, se présenta-t-il. Je suis venu samedi dernier…

— Je sais, l'homme qui désire habiller deux armées, l'une en rouge, l'autre en gris.

Le commerçant s'était levé pour venir lui serrer la main, tout sourire.

— Asseyez-vous, nous allons nous entendre, n'en doutez pas.

En prenant place, le visiteur tira une enveloppe de la poche intérieure de sa veste.

— Pour tout de suite, nous désirons obtenir une centaine de verges de chaque couleur. Ce n'est qu'un début, bien sûr.

— Combien d'uniformes souhaitez-vous confectionner ?

— Mon patron parle de quatre cents soldats dans chaque camp.

Alfred laissa échapper un sifflement admiratif, pour demander, tout de même un peu sceptique :

— Les rumeurs laissent entrevoir des spectacles grandioses… mais ce chiffre me semble exagéré.

— Quand la scène a l'ampleur des plaines d'Abraham, on ne peut pas y placer deux douzaines de figurants. Cela paraîtrait ridicule, dans un tel cadre.

— Les tableaux sont nombreux ?

McDougall se déplaça un peu sur sa chaise, mal à l'aise. Depuis son arrivée à Québec, tous les jours, au moins dix personnes cherchaient à lui soutirer des informations. Le chiffre de trois mille comédiens, lancé lors de la soirée d'information, faisait tourner les têtes.

— Une demi-douzaine, au moins.

— Il y aura la Conquête, mais encore?

— La cour de François Ier, celle d'Henri IV, la présence de William Phips sous les murs de la ville...

Le commerçant compta rapidement, impressionné :

— Trois mille figurants à habiller, en comptant entre quatre et huit verges de tissu chacun, cela donne un chiffre astronomique. Avec seulement deux cents verges pour les seuls soldats, la plupart resteront nus...

— Mais cette ville ne compte pas qu'un seul commerce de vêtements : nous devons répartir équitablement les richesses pour ne pas être accusés de favoritisme. Puis dans la plupart des cas, les comédiens veilleront eux-mêmes à la confection de leur costume. Je ne veux pas vous dire comment mener votre commerce. Cependant...

Devant son sourire, Alfred se cala dans son fauteuil et compléta :

— Cependant, je devrais faire savoir à tous dans la ville que je suis en mesure d'habiller la cour de France. J'imagine un titre comme *Grâce à ALFRED, les belles d'aujourd'hui sont habillées au goût d'hier.*

— Venez rencontrer madame Édouard Burroughs Garneau au palais législatif. Elle dirige l'équipe de couturières volontaires. Le peintre Charles Huot, avec l'aide d'une jeune femme qu'il a recrutée, Mary Bonham, a réalisé de très nombreux dessins. Vous saurez ce que vos concitoyens chercheront dans les prochaines semaines. En attendant, voici sur papier ce dont nous avons besoin pour l'instant. J'ai cru comprendre que vous désiriez une avance.

— Je crains trop de rester avec cent verges du tissu rouge sur les bras. Dans notre ville, rares sont les personnes désireuses de s'accoutrer de façon aussi voyante.

McDougall lui tendit la lettre signée par Frank Lascelles, chercha un chèque dans sa poche, attendit que le commerçant lui indique un chiffre, l'inscrivit avant de remettre le bout de papier à son vis-à-vis.

— Il porte la signature du trésorier du comité d'organisation. Vous devez me remettre un reçu.

Alfred obtempéra, puis se releva, passa devant son bureau en tendant la main.

— J'irai certainement voir cette dame Garneau. Je ne doute pas que dans l'enthousiasme des célébrations, de nombreuses personnes voudront se vêtir à l'ancienne.

McDougall prit la main tendue, commenta:

— À tous les endroits où des *pageants* ont été tenus, l'engouement pour le passé a pris les proportions d'une épidémie. La moitié des spectateurs venaient costumés aux représentations.

Le marchand garda la main dans la sienne plus longtemps que nécessaire, les yeux dans ceux de son visiteur, puis il continua après un moment:

— Je suis certain que nous aurons l'occasion de nous revoir.

— Sans doute.

Un peu embarrassé, McDougall tourna les talons et s'engagea dans l'escalier. Au rez-de-chaussée, il s'arrêta un moment devant la caisse enregistreuse, alors que Marie complétait une transaction, pour déclarer pendant que la cliente s'éloignait:

— Au revoir, Madame.

— Monsieur, fit-elle en inclinant la tête.

L'homme fit trois pas vers la porte, s'arrêta un moment, songeur. Ce fut l'insistance de la poignée de main du propriétaire, un instant plus tôt, qui lui donna le courage de revenir vers la jeune femme. Après s'être assuré que personne n'entende, il murmura:

— Si je ne craignais pas de paraître effronté, je vous demanderais de venir dîner avec moi à midi.

— Si vous ne surmontez pas votre crainte, vous ne saurez jamais ce que je répondrais.

Le visiteur demeura un moment troublé, alors que le rouge atteignait ses oreilles, puis osa :

— Accepteriez-vous de venir dîner avec moi ? Il y a un petit restaurant dans la rue Sainte-Anne, un peu plus loin que la cathédrale anglicane.

— Je sais, je connais l'endroit. J'y serai à midi.

James McDougall répondit d'un sourire, inclina la tête en murmurant « À tout à l'heure », puis regagna enfin la porte.

En haut de l'escalier, Alfred demeurait immobile, la main sur la rampe. Son plaisir d'annoncer à son épouse le dénouement de la transaction l'avait entraîné à commettre une indiscrétion. Des yeux, il put constater que les vendeuses, occupées à ranger la marchandise nouvellement arrivée, ne devaient avoir rien entendu. À la fin, il regagna son bureau, désireux de retrouver sa contenance.

⚡

Au moment de quitter le commerce, Marie déclara d'une voix douce :

— Je vais manger à l'extérieur.

Alfred voulut protester, mais le pas de Gertrude dans l'escalier le força à garder le silence. Voyant sa patronne sur le point de sortir, une vendeuse vint chercher le lourd plateau des mains de la domestique pour le porter dans la pièce située à l'arrière du commerce. Sa collègue descendit bientôt de l'étage pour prendre son repas.

— Un morceau de fromage entre deux tranches de pain, précisa la jeune femme à son époux, cela convient très bien les cent vingt premiers jours de l'année, mais pour le cent vingt et unième, j'aimerais un peu de variété.

Cet intérêt pour un changement de régime pouvait s'interpréter de diverses façons. Il demanda tout de même :

— Tu souhaites que je t'accompagne ?

— Non, nous ne pouvons laisser les employées toutes seules.

295

Quelques minutes plus tard, Marie entra dans le petit restaurant de la rue Sainte-Anne. James McDougall, assis à une table, surveillait la porte depuis un moment. Il se leva, attendit qu'elle arrive à sa hauteur pour déclarer en tendant la main :

— Je ne pensais pas que vous viendriez.

— Vous doutez déjà de moi ?

— Je veux dire que… vous n'êtes pas seule.

À nouveau, sa timidité lui rougit les oreilles, tellement que Marie s'amusa de son air embarrassé. Certainement la moins familière des deux avec ce genre de situation, elle arrivait à prendre la chose avec un certain détachement.

— Vous ne m'invitez pas à m'asseoir ?

— … Oui, oui, bien sûr. Je vous en prie.

Il s'empressa de tirer la chaise placée en face de la sienne, la poussa sous les fesses de sa compagne.

La jeune femme portait un chapeau assez large, comme le voulait la mode, sans autre décoration qu'une plume d'un noir de jais sur le côté. Les beaux jours de mai lui permettaient de se contenter d'une simple veste passée sur son corsage. Sa tenue d'un bleu sombre soulignait son regard. Un long moment, McDougall détailla ses traits fins, harmonieux, soulignés par sa coiffure. Ses cheveux étaient relevés sur sa tête et maintenus par de multiples épingles. Soumise à cet examen, ce fut bientôt à Marie de rougir un peu. L'arrivée d'un serveur affublé d'un grand tablier blanc leva leur embarras un moment.

Après avoir passé leur commande, afin de briser le silence devenu inconfortable, James McDougall confia :

— J'aime bien votre ville, mais l'idée de manger au restaurant tous les jours jusqu'en juillet me déprime un peu.

— Serez-vous ici aussi longtemps ?

— Mon patron ne connaît pas un mot de français… Cinq personnes sur six, parmi les gens qui se présentent pour jouer un rôle dans le *pageant*, parlent cette langue. Il fait beaucoup de signes, mais cela ne suffit pas toujours pour être bien compris. Je traduis… et je règle les petits détails.

Marie se souvenait d'avoir aperçu le grand esthète marcher dans les rues de la ville avec des airs de dandy. Son allure le distinguait tout à fait des autres habitants.

— Cet homme...

— Frank Lascelles ?

— Oui. On raconte qu'il a une bonne réputation.

— Il est en train de s'imposer comme le grand spécialiste de ce nouveau genre de représentation. L'été dernier, il a remporté un franc succès à Oxford. L'été prochain, tout indique qu'il organisera un autre *pageant* à Bath.

— En quelque sorte, remarqua-t-elle en riant, c'est un travailleur saisonnier.

La jeune femme découvrait des dents blanches, parfaitement alignées dans un sourire charmant. McDougall adopta le même ton amusé pour répondre :

— En quelque sorte... Cependant, la préparation d'une célébration de ce genre demande toute une année d'efforts. Ici, la situation s'avère un peu différente : comme il ne connaît rien du passé de la ville et qu'il ne peut même pas lire la plupart des publications sur le sujet, il n'a pas participé à la préparation du scénario. D'habitude, les textes sont de lui.

— Vous travaillez toujours avec lui ?

— Non, ma présence ici tient seulement au fait que je connais le français, sans compter que j'ai suffisamment tâté du théâtre pour savoir précisément ce qu'il désire. Normalement, aujourd'hui, je devrais enseigner cette langue à des collégiens pas tellement enthousiasmés par le sujet.

Son allure comme sa tenue évoquaient effectivement un professeur de collège.

— Vous vous exprimez très bien, commenta Marie.

— Avec un affreux accent écossais.

Si la prononciation demeurait rocailleuse, tant la grammaire que le vocabulaire étaient exacts.

— Un accent plutôt charmant. Où avez-vous appris ?

— À Édimbourg, à l'école... Mais j'ai beaucoup bénéficié de mon passage dans une maison de commerce spécialisée dans l'importation de vins français. J'ai habité pendant deux ans dans la région de Bordeaux.

Un long moment, tous les deux évoquèrent les charmes respectifs des campagnes écossaise, française et québécoise. À la fin, un peu dépitée du fait que ses fonctions de boutiquière et de mère de famille la condamnaient à l'immobilisme, Marie choisit de changer de sujet :

— Habitez-vous aussi au Château Frontenac ?

Tous savaient que le metteur en scène tenait ses quartiers dans le grand hôtel qui se dressait sous les fenêtres du restaurant, de l'autre côté de la place d'Armes.

— Non, répondit l'autre dans un sourire. Les assistants ne jouissent ni du même traitement ni des mêmes conditions d'existence que leur patron… Je réside toutefois à deux pas d'ici, à l'hôtel Victoria.

— Vous auriez pu tomber beaucoup plus mal.

Un long moment de silence succéda à ces paroles. Tous les deux gardaient un air gêné. Marie surveillait du coin de l'œil les autres clients de l'établissement, cherchant des regards réprobateurs posés sur elle. Heureusement, aucune des personnes tenant commerce dans la rue de la Fabrique n'était susceptible de manger à l'extérieur le midi. Puis autour d'eux les échanges se déroulaient en anglais : les qu'en-dira-t-on ne traversaient que rarement la frontière pour voyager d'une communauté linguistique à l'autre.

Si la conversation ne reprit pas vraiment entre eux, les regards se révélaient éloquents. Au moment de régler l'addition, James McDougall demanda, de nouveau intimidé :

— Madame, je serais heureux de renouveler notre escapade. M'autorisez-vous à vous inviter une prochaine fois ? Je ne connais personne à Québec.

— Présentée comme cela, surtout avec ces derniers mots, votre demande devient beaucoup moins intéressante tout d'un coup… D'un autre côté, je m'en voudrais de vous abandonner, seul dans la petite ville.

— Ce n'est pas ce que je voulais dire, balbutia l'homme devenu cramoisi.

La jeune femme s'amusa un moment de son trouble, sans rien dire pour l'en tirer. À la fin, il bredouilla à voix basse :

— Vous me plaisez beaucoup, j'aimerais vous revoir. D'un autre côté, je connais votre statut, je ne voudrais pas vous placer dans une position délicate.

— Je serais heureuse de vous revoir. Quant à ma situation…

Elle s'arrêta, peu désireuse de commenter l'originalité de son état matrimonial. Après un silence, elle reprit :

— Si vous souhaitiez m'inviter encore, j'en serais heureuse.

Quelques minutes plus tard, ils se serraient gauchement la main devant la porte du restaurant.

Tout l'après-midi, Alfred Picard fit mauvaise figure aux clientes. À la fin, il se réfugia derrière son bureau, pour tenter de s'absorber dans son grand registre de comptes. Au moment de la fermeture, il descendit afin de saluer les vendeuses et verrouiller la porte derrière elles. Marie préféra crever l'abcès tout de suite, plutôt que d'endurer des jours durant une situation intenable.

— Si tu ne retrouves pas ton sourire habituel, le chiffre d'affaires va péricliter.

— Fais-tu cela pour te venger ?

La colère perçait dans la voix de son mari. Elle fixa les yeux dans les siens, articula soigneusement :

— Voilà des mots plutôt étonnants. Si je voulais me venger, cela signifierait que tu as fait des gestes destinés à me faire du mal. Pourtant, je n'ai jamais pensé que tu t'absentais parfois jusqu'au milieu de la nuit pour me blesser. Ni quand je sens chez toi une excitation fébrile, qui dure quelques jours souvent, parce que tu as fait une rencontre qui te paraît prometteuse.

Elle continua de le dévisager de ses yeux sombres. La gamine terrorisée qu'il avait secourue, onze ou douze ans plus tôt, avait disparu pour faire place à une femme décidée, résolue à ne pas se laisser bousculer. Après un silence, elle continua d'un ton égal, maîtrisé :

— Chaque fois, j'ai pensé que tu voulais satisfaire une envie... irrépressible. Jamais je n'ai imaginé que tu souhaitais me peiner, car tu n'es pas un homme comme cela. Aussi, je ne comprends pas pourquoi tu parles de vengeance au moment où tu vois poindre un appétit chez moi.

L'homme se troubla, chercha ses mots un moment, puis demanda :

— Alors pourquoi ?

— Poses-tu cette question sérieusement ?

Devant son silence, elle se rapprocha tout près de lui pour chuchoter :

— Ne crois-tu pas que ce serait agréable pour moi de recevoir des fleurs d'un homme qui me désire ? Cela ne m'est jamais arrivé. Jusqu'ici, j'ai reçu des fleurs d'un homme qui, après s'être satisfait avec un autre homme, craint de voir ses mœurs dénoncées. Tes bouquets te servent d'alibis, n'est-ce pas ?

Cette fois Alfred baissa les yeux, les joues brûlantes.

— Ce n'est pas juste pour cela, tu le sais.

— Cela se mêle certainement à un peu de culpabilité pour m'avoir délaissée un moment...

Après une pause, elle admit finalement :

— Et aussi à ton affection pour moi, aussi grande que celle que j'ai pour toi.

Alfred décrocha son regard du sien, marcha jusqu'à la vitrine pour contempler les passants sur le trottoir. Quand il se retourna, ce fut pour demander, mal à l'aise :

— Tu veux sentir le désir de quelqu'un pour toi ? Chez les femmes, ce n'est pas la même chose...

— Tous les jours, je t'entends mettre en doute les enseignements des membres du clergé, et de tous les autres moralisateurs, qui sévissent dans notre province. Assez curieusement, une seule de leurs nombreuses affirmations te semble incontestable : les hommes ont des désirs, des besoins même, et les femmes la simple envie d'être désirées. Ce n'est pas tout à fait exact. J'ai vingt-neuf ans, ma santé reste plutôt bonne, et mon appétit vaut sans doute le tien.

Depuis leur mariage, plus de onze ans plus tôt, jamais elle n'avait exprimé plus clairement sa frustration d'occuper seule le lit conjugal. Son époux hésita avant de demander :

— Tu espères le revoir ?

Elle demeura songeuse un moment, comme si la question méritait une nouvelle réflexion. À la fin, elle le dévisagea avant de déclarer :

— Je ne le relancerai pas, ce serait inconvenant. Mais je serais heureuse de le revoir. Comme toujours, l'homme propose...

— ... et la femme dispose, compléta son époux. Tu as des enfants...

— De ta part, surtout après les événements de l'automne dernier, ces mots m'étonnent. Toi aussi, tu as des enfants, quand tu vas faire un tour du côté du YMCA ou du billard... ou de la taverne juste au coin de la rue Saint-Jean. Cet endroit est toujours plein d'étudiants, je le sais aussi bien que toi.

Cette fois, l'homme rougit franchement. Comme il l'avait réalisé en octobre dernier, elle savait tout, ses escapades ne recelaient aucun mystère. Il semblait si décontenancé que Marie jugea bon de préciser :

— Tes activités étaient déjà commentées par les employés du magasin Picard, il y a une douzaine d'années. Même ici, quand les clientes murmurent entre elles en rougissant, ce n'est pas toujours pour discuter de leurs dessous. Tu n'échappes pas aux rumeurs, même si tu es venu habiter la Haute-Ville.

— Ce n'est pas la même chose pour une femme. Leurs accrocs à la morale ne sont jamais pardonnés. Je constate, je ne juge pas.

En vérité, peut-être la femme adultère était-elle jugée plus durement qu'un père de famille qui cherchait son plaisir avec des personnes de son sexe. Dans ce domaine, l'intolérance de ses voisins se révélait profonde au point d'être insondable. Toutefois, la jeune femme n'entendait pas se donner en spectacle afin de mesurer ensuite l'ampleur de la réprobation populaire.

— Je peux être aussi discrète que toi, probablement plus. Si jamais il se passait quelque chose, sois certain que je cultiverais la plus grande prudence. Surtout, je ne poserais ensuite aucun bouquet de fleurs près de la caisse enregistreuse : c'est un peu trop ostentatoire.

Elle marcha lentement vers l'escalier, commença à monter, puis se retourna pour ajouter encore :

— Quant aux enfants, à moins que tu leur présentes le visage de déterré que tu affiches maintenant, je ne vois aucun motif d'inquiétude pour eux. Je monte pour les rejoindre. Va faire un tour, si tu ne peux pas retrouver ton humeur joviale à leur intention.

De justesse, Marie s'empêcha de lui recommander de prendre la direction du YMCA.

Chapitre 13

Pour une durée de quatre jours, Fernand Dupire assumerait charge d'âme en quelque sorte. À tout le moins, Élisabeth Picard lui confiait son fils avec une avalanche de recommandations, car pour la première fois, le grand garçon devait voyager sans la présence de ses parents. Pourtant, la plupart des jeunes gens de dix-huit ans occupaient déjà un emploi depuis quelques années, et certains quittaient le domicile familial pendant de longs mois afin de passer l'hiver au chantier. Au fond, toutes ces précautions tenaient plus à la fibre maternelle de la belle-mère qu'aux dangers réellement courus.

À la fin de l'après-midi, les deux camarades descendirent à la « gare-hôtel » *Viger*, à Montréal. Celle-ci, majestueuse, se dressait depuis quelques années au sud de la rue Notre-Dame, au coin de la rue Berri. Comme l'édifice jouait une double fonction, il présentait une envergure inhabituelle. Érigé d'après les plans de l'architecte Bruce Price, celui à qui l'on devait aussi le Château Frontenac, l'hôtel *Viger* ressemblait fort à l'icône symbolisant Québec, avec ses murs de brique rougeâtre et son toit de cuivre pointu.

Le temps de déposer leur petit bagage dans leur chambre, ils hélèrent un fiacre devant l'hôtel pour se faire conduire au Monument-National. Ce grand théâtre, construit au début des années 1890 par la société Saint-Jean-Baptiste, servait de véritable phare culturel pour les Canadiens français. Riche de plus de mille six cents sièges, il accueillait des musiciens, des orchestres, des troupes de théâtre ou d'opéra de grande renommée. L'endroit offrait aussi quelques salles de réunion.

En conséquence, toutes les sociétés nationalistes en faisaient leur lieu habituel de rencontre.

Au moment de descendre de voiture dans la rue Saint-Laurent, un peu au sud de la rue Sainte-Catherine, Fernand paya le cocher alors qu'Édouard contemplait l'agitation régnant dans la grande ville. La rue, tracée du sud vers le nord, coupait l'agglomération en deux. À l'ouest, l'anglais dominait nettement ; à l'est, les Canadiens de langue française représentaient la majorité des habitants, bien qu'ils ne fussent pas seuls.

La rue Saint-Laurent devenait en quelque sorte l'axe naturel de pénétration des nouveaux arrivants dans la métropole canadienne. Par vagues successives, ils s'établissaient d'abord près du port, puis remontaient vers le nord le long de cette artère. Des deux côtés, ils trouvaient des logements médiocres et bon marché où s'établir. De nombreux petits commerces portaient des raisons sociales illisibles pour la majorité des habitants et proposaient des marchandises totalement inconnues.

Un long moment, les garçons examinèrent les passants dont les faciès, les accoutrements de même que les idiomes provenaient des quatre coins de l'Europe.

— Babel devait ressembler à cela, remarqua Édouard quand il rejoignit son camarade.

— Je ne saurais pas m'y habituer, confia Fernand en posant les yeux sur des hommes portant une redingote noire, élimée, leur atteignant les genoux, un chapeau aux larges rebords soulignés de fourrure de vison, de longues couettes de cheveux gris enroulées autour des oreilles.

— Québec présente moins de surprises. Nous sommes habitués à nos Anglais, nos Irlandais et nos Écossais, et pas un d'entre eux ne vient nous bouleverser avec son costume national. Il y a bien dix ans que je n'ai pas vu un concitoyen affublé d'un kilt.

Devant la grande bâtisse de pierre grise, une foule de jeunes gens se massait près des grandes portes. Tout le rez-de-chaussée du Monument-National s'ornait de majestueuses fenêtres en arc de cercle. Trois étages le surmontaient, reprenant les mêmes thèmes architecturaux.

Les deux garçons se retrouvèrent à l'arrière d'une longue file d'attente. Leur âge et le sentiment de poursuivre une mission nationale commune, faisaient en sorte que tous discutaient spontanément avec les voisins. Tout de suite, un grand gaillard se retourna en tendant la main.

— Edgar Dupré.

Les deux visiteurs dirent leur nom. Comme leur vis-à-vis portait un « suisse », Édouard demanda :

— Vous êtes de l'Association catholique de la jeunesse canadienne-française aussi ?

— Oui, dans la section du Collège de Montréal.

— Je suis au Petit Séminaire de Québec, mon ami à l'Université Laval.

Une fois les poignées de main échangées, le séminariste demanda encore :

— Les rencontres nationalistes suscitent-elles toujours autant d'enthousiasme, ici ?

— Depuis deux ou trois ans, oui. En fait, depuis que la Ligue nationaliste a été créée. Ce théâtre est devenu en quelque sorte le quartier général d'Henri Bourassa. Bien sûr, avec les élections qui se tiendront lundi, ce soir il y a un peu plus d'électricité dans l'air.

Ce constat avait quelque chose d'amusant, puisque parmi les personnes présentes, une faible minorité seulement atteignait l'âge de vingt et un ans, qui donnait le droit de vote. Même Fernand ne pourrait pas déposer son bulletin dans une boîte de scrutin avant son prochain anniversaire, au début de 1909. La mobilisation de tous ces jeunes partisans resterait sans effet direct sur le résultat du suffrage.

Après quelques minutes, ils purent acheter leur billet pour avoir accès à la première rangée des sièges de la mezzanine. Résolu à ne pas passer la soirée tout fin seul, Dupré se collait à leurs basques, fournissant des explications sur demande à

propos des mœurs politiques montréalaises. Bientôt, à l'arrivée sur scène d'un petit homme noir de cheveux, dans un
complet étriqué, toute la salle sembla exploser d'applaudissements frénétiques.

Olivar Asselin, né à Saint-Hilarion, dans le comté de
Charlevoix, avait passé une partie de sa jeunesse dans les
paroisses canadiennes-françaises des villes industrielles de
la Nouvelle-Angleterre, ces fameux petits «Canada» où
migraient des dizaines de milliers de personnes de la province
de Québec. Revenu dans son pays au tournant du siècle, à
trente-quatre ans il était connu de tous ces jeunes gens grâce
à ses articles imbibés de vitriol publiés dans *Le Nationaliste*.

— Mesdames, puisque quelques représentantes du sexe
faible nous honorent de leur présence ce soir, et Messieurs,
je suis très heureux de vous présenter celui qui fera mordre la
poussière au premier ministre Lomer Gouin. Vous savez que
depuis des semaines notre chef fait campagne dans la circonscription de Saint-Hyacinthe. La semaine dernière, nous
avons jugé bon de présenter aussi sa candidature dans Saint-
Jacques.

— Pourquoi cette initiative? demanda Édouard à leur
nouveau camarade.

— Sans doute simplement parce qu'Asselin déteste son
ancien patron, commenta Dupré. Vous savez qu'il a été le
secrétaire de Lomer Gouin, à l'époque où celui-ci était
ministre de l'Agriculture et de la Colonisation.

— Oui, pendant deux ou trois ans.

Peut-être cette relation de travail avait-elle laissé de mauvais souvenirs. Plus vraisemblablement, Olivar Asselin voyait
un avantage stratégique à amener son chef à se présenter
dans deux circonscriptions. Non seulement le journaliste
organisait les conférences d'Henri Bourassa depuis quelques
années, mais il lui servait aussi d'organisateur politique.

— Gouin aussi n'a rien voulu laisser au hasard, remarqua
Fernand Dupire. Il s'est porté candidat dans Portneuf.

— Où il sera vraisemblablement vainqueur, reconnut Dupré. Mais imaginez le coup de pied au cul du nain, s'il se fait battre dans Saint-Jacques !

La loi permettait à un candidat de se présenter dans plus d'une circonscription à la fois. Les chefs de parti qui se sentaient menacés utilisaient volontiers cet expédient. Que le premier ministre y ait eu recours apparaissait comme un aveu gênant de faiblesse.

Au moment de l'arrivée d'Henri Bourassa sur la scène, toute l'assistance se leva dans un tonnerre d'applaudissements. Élégant dans son costume de coupe anglaise, les cheveux coupés ras sur le crâne, une moustache et une barbe finement taillées, il incarnait de plus en plus les aspirations de la jeune génération de langue française de la province. En quelques mots, il résuma l'extraordinaire phénomène qui secouait alors la province de Québec :

— Si vous voulez jeter un regard sur les dix mois qui viennent de s'écouler, vous constaterez l'existence d'un mouvement d'opinion que je peux appeler anormal. Deux ou trois cents jeunes gens, appuyés par des hommes jeunes encore, n'ayant à leur disposition ni argent, ni journaux, ni places, ni patronage, mais ayant du sentiment, de la pensée et des principes, ont réussi à remuer la province, et à lui faire comprendre enfin que la Confédération repose sur deux axes : l'équilibre entre les deux peuples et celui entre le fédéral et le provincial.

Dans la grande salle, personne ne songea à se rasseoir. Chacune des phrases fut soulignée par une salve d'applaudissements. Il enchaîna sur la nécessité d'établir l'égalité entre les peuples, entres les langues, entre les religions au Canada, dans un pays si vaste qu'aucune population n'avait à marcher sur l'autre pour se faire une place et atteindre son plein développement. La fin de son discours lui permit d'attaquer durement son adversaire :

— Privé de tout talent d'orateur, de toute compétence administrative, de toute hauteur de vue, Lomer Gouin n'est rien. Cet homme peut seulement se parer du manteau de gloire de Wilfrid Laurier, qui l'a d'ailleurs placé à son poste de premier ministre. Avec son bilan médiocre, lui, le laquais, essaie d'usurper celui de son maître.

Dans la salle du Monument-National, une armée de collégiens et d'universitaires commença à scander : « Dehors Gouin ! » « Dehors le traître ! » et pour terminer sur une note positive : « Bourassa au pouvoir ! » Jusqu'à la fin du discours, personne ne put entendre autre chose que des mots épars, car les applaudissements ne cessèrent plus. Seul le défi lancé au premier ministre atteignit la plupart des oreilles :

— Demain, je suis prêt à affronter mon adversaire dans une assemblée contradictoire au Champ-de-Mars. Déjà, Olivar Asselin a entamé des pourparlers avec ses organisateurs afin de fixer les conditions de la rencontre.

Asselin, lui aussi à peu près inaudible, revint sur la scène pour remercier les spectateurs de s'être déplacés en si grand nombre. Très lentement ensuite, l'assistance surexcitée vida les fauteuils à regret, désireuse de prolonger un peu ce moment d'ivresse collective.

Une fois rendus dehors, plus d'un millier de jeunes gens encombrèrent la rue Saint-Laurent au point d'interrompre toute circulation. De peur d'attraper un mauvais coup, les piétons se hâtèrent. Les plus prudents rebroussèrent chemin afin de ne pas traverser cette foule embrasée, hurlant en alternance des insultes contre Gouin et son amour pour le chef nationaliste. Les conducteurs de fiacre sortirent de leur voiture pour prendre la bride de leur cheval affolé en prononçant des mots apaisants dans leurs oreilles, avant de leur faire effectuer un demi-tour. Les conducteurs de tramway, prisonniers des rails posés dans les rues, ne jouissaient pas de cette possibilité. Ils n'avaient d'autre choix que de s'arrêter pour attendre. Les passagers descendirent en pestant contre les imbéciles qui les condamnaient à continuer leur chemin à pied.

— Nous rentrons à l'hôtel, suggéra Fernand Dupire, un peu inquiet de se trouver dans une foule si survoltée.

— Non, attendons de voir ce qui va se passer maintenant. Personne, autour de nous, ne semble vouloir aller se coucher.

Édouard avait raison. Les cris continuaient, conspuant le premier ministre et les libéraux en général, exprimant un amour exalté pour le chef nationaliste. Au bout d'une demi-heure, une calèche s'engagea dans la rue Saint-Laurent un peu plus bas, remonta vers le nord.

— C'est lui ! C'est lui ! cria quelqu'un.

Le cocher imaginait sans doute que cette mer humaine s'ouvrirait devant le Moïse des Canadiens français, afin de lui permettre de regagner son domicile. Le contraire se produisit plutôt, l'armée de jeunes gens s'approcha en vociférant, au point de terroriser le cheval qui se cabra, agita un moment ses sabots antérieurs dans l'air avant de les rabattre sur le pavé avec un claquement sec.

— Quelqu'un risque de se faire tuer, cria Fernand à l'oreille de son compagnon.

Comme pour lui répondre, un homme dans les premiers rangs demanda à pleins poumons :

— Détachez cet animal, nom de Dieu ! Vite !

Quelques jeunes gens devaient posséder une certaine compétence dans ce genre de chose. Alors que le cocher protestait de toutes ses forces, et Bourassa avec un peu plus de retenue, trois ou quatre d'entre eux entreprirent de détacher les épais traits de cuir qui reliaient l'animal à la voiture, puis dégagèrent les flancs de celui-ci des limons.

— Occupez-vous de cette bête, ordonna un garçon un peu plus âgé que les autres.

Le cocher dut sauter sur le pavé, prendre le cheval par la bride et le conduire à l'écart en murmurant des mots apaisants. Quand la rue se dégagerait enfin, il le monterait à cru et suivrait de loin les manifestants, afin de récupérer sa voiture quand ils se seraient lassés de leur jeu.

Pendant ce temps, tout en chantant *Ô Canada*, une vingtaine de garçons s'attelèrent eux-mêmes à la voiture pour la tirer, alors que d'autres la poussaient. Un peu effrayé par cet enthousiasme effréné, Bourassa se tenait au rebord de la portière et attendait la suite des événements.

— Passons chez Lomer Gouin, pour lui souhaiter bonsoir, hurla une voix.

L'attelage humain se mit en route au petit trot, en direction sud, jusqu'à la rue Notre-Dame, alors qu'un millier de personnes le suivaient. Les chants, patriotiques ou folkloriques, les seconds se confondant d'ailleurs avec les premiers, continuaient, puis quelques étudiants sortirent avec un à-propos remarquable des drapeaux de Carillon de leur poche, certains ornés du Sacré-Cœur, et d'autres non, pour les agiter au-dessus de leur tête.

Des deux côtés de la rue Saint-Laurent d'abord, puis de la rue Notre-Dame, les citadins déjà couchés se relevèrent, allumèrent et se penchèrent aux fenêtres pour constater la raison de ce vacarme. Quelles que fussent leurs convictions politiques, beaucoup adressèrent des grands gestes amicaux, ne serait-ce que pour éviter que des pierres ne fassent voler leurs carreaux en éclats.

Sur les trottoirs, des policiers attirés par le bruit vinrent voir ce qui se passait. Comme leur nombre ne leur permettait pas de mettre fin à la manifestation, ils décidèrent de la suivre afin de pouvoir au moins empêcher des excès de se produire. Pour le moment, la foule étudiante demeurait plutôt joyeuse, mais sur son passage elle risquait d'attirer l'attention de personnes pour qui pareille ambiance fournissait le prétexte à des actes de violence gratuite.

Au coin de la rue Saint-Denis, les jeunes attelés à la voiture de Bourassa s'arrêtèrent devant le local du comité politique de Lomer Gouin. Très vite, le millier de manifestants l'entoura en criant à s'arracher les poumons :

— Dehors le nain ! Mort au traître !

Les partisans du premier ministre, agacés, commencèrent par regarder par les fenêtres du petit local. Quand les étudiants entreprirent d'arracher les affiches partisanes pour les déchirer, et les piétiner ensuite, des libéraux vinrent sur le trottoir pour les vilipender.

— Bande de voyous! Allez au diable! cria quelqu'un.

Cela valut quelques taloches à l'empêcheur de manifester en rond. Des pierres volèrent vers le local politique, faisant éclater quelques carreaux. Seule l'intervention des policiers permit d'éviter une véritable échauffourée. Très vite, les jeunes gens détalèrent vers le nord, toujours en tirant ou en poussant la calèche d'Henri Bourassa. Le politicien se cramponna de son mieux aux coussins de son siège pendant que ses chevaux humains faisaient subir quelques embardées à la voiture. De la voix, il tenta de calmer un peu la foule, toute concentrée sur son jeu.

Les deux camarades venus de Québec suivaient toujours, mais bientôt Fernand, couvert de sueur et essoufflé par cette course folle, posa la main sur le bras d'Édouard pour attirer son attention. Il cria ensuite:

— Continue si tu veux, mais moi, je rentre à l'hôtel.

— Nous allons le reconduire chez lui!

— Tu es fou! Il habite à Outremont, et nous venons à peine de passer la rue Sherbrooke.

— … C'est encore loin? demanda le garçon.

Fernand réprima un soupir d'exaspération avant de préciser:

— Plutôt, oui. Nous n'avons même pas pris le temps de souper.

Édouard s'arrêta. La cohorte d'étudiants les dépassa en criant et en chantant. Puis les deux visiteurs tournèrent les talons afin de revenir vers le sud. La rue Saint-Denis demeurait encore animée, malgré l'heure tardive. Des cafés, des restaurants alternaient avec des maisons particulières, le plus souvent élégantes.

— Tu connais un peu Montréal? questionna Édouard.

— Assez bien pour savoir que la ville d'Outremont se situe loin de la circonscription de Saint-Jacques.

— Nous sommes toujours dans celle-ci?

— Si nous marchons du côté gauche de la rue, oui. C'est un long rectangle entre les rues Saint-Denis et de la Visitation. Au nord, il se termine rue Saint-Jean-Baptiste. Cela correspond aussi à la limite de la ville de Montréal. Au sud, il va jusqu'au fleuve. Assez curieusement, il englobe aussi un carré dont les côtés sont délimités par les rues Craig et Saint-Gabriel. En conséquence, le Champ-de-Mars et le palais de justice en font partie.

Édouard essayait vainement de se figurer tout cet espace.

— Il s'agit d'un secteur assez élégant ? demanda-t-il.

— C'est le Quartier latin : l'Université Laval à Montréal, l'École polytechnique tout comme la future École des hautes études commerciales s'y trouvent. Sur Saint-Denis ou Saint-Hubert habitent de très nombreux notables canadiens-français. Le grand magasin Dupuis Frères se dresse aussi dans les environs. Mais de nombreuses rues abritent surtout des ouvriers.

— Et tous ces gens sont susceptibles de voter pour Bourassa ?

La question méritait un moment de réflexion. Spontanément, Fernand Dupire aurait dit non. Le souvenir de la foule présente au Monument-National le confortait dans cette impression : ces jeunes enthousiastes ne voteraient pas, et leurs pères avaient préféré rester à la maison. Pourtant, il déclara après un silence :

— Je ne peux croire qu'Olivar Asselin ait pris le risque de l'envoyer au massacre, ce serait trop embarrassant. S'il a choisi de le présenter ici, le journaliste croit certainement qu'il fera bonne figure.

— Ce serait extraordinaire, s'il gagnait.

— Ce serait déjà extraordinaire s'il gagnait dans Saint-Hyacinthe, une circonscription teinte en rouge. Ici, une défaite honorable satisferait tout le monde.

Les deux garçons réintégrèrent finalement l'hôtel *Viger*. Heureusement, la salle à manger demeurait encore ouverte.

Digne fils de son père, Édouard Picard amorça la journée du lendemain, un samedi, par une visite détaillée du magasin Dupuis Frères. Ce commerce ressemblait fort à celui de la rue Saint-Joseph, avec une différence cependant : la publication d'un catalogue permettait à la population des campagnes de commander par la poste. Si cette façon de faire remportait du succès, cela pouvait gruger la clientèle, même dans la région de Québec.

L'après-midi, le garçon retrouva Fernand Dupire sur le Champ-de-Mars, juste devant l'église protestante de langue française. Le fils de notaire demanda d'entrée de jeu :

— Tu as vu les journaux, ce matin ?

— Non, pas encore.

— Il n'y aura pas de débat contradictoire aujourd'hui. Lomer Gouin a relevé le gant. Toutefois pour contredire un peu Bourassa, il a proposé un affrontement au carré Viger, sous la fenêtre de notre chambre.

Édouard regarda son compagnon avec une mine interrogative, puis déclara :

— Je ne comprends pas : il a accepté, et il n'y a pas de débat...

— La police interdit absolument toute assemblée de ce genre à Montréal. Il semble qu'après la course folle dans les rues, hier soir, les nationalistes soient perçus comme de dangereux anarchistes susceptibles de mettre la ville à feu et à sang.

— Et tu crois ces explications ? Je parie que Gouin a commencé par s'assurer de l'interdiction de tenir un débat par les forces de police, avant d'accepter de rencontrer Bourassa en public. Comme cela, il peut donner le change, sans devoir livrer la marchandise. C'est un orateur tellement médiocre...

La belle température du début de juin attirait une foule de badauds sous leurs yeux, sur le Champ-de-Mars. Des musiciens, juchés sur un kiosque, commençaient à accorder leurs instruments. Des femmes élégantes se promenaient dans les allées du petit parc, une ombrelle à la main pour se protéger des rayons du soleil.

— Nous restons ici afin que tu te rinces l'œil? demanda Fernand, en suivant le regard de son compagnon vers une jeune femme blonde particulièrement jolie.

— Nous sommes venus pour aider la cause nationaliste, alors je me soustrairai à la tentation pendant deux ou trois heures. Allons au Monument-National afin de voir si Olivar Asselin saura nous confier une mission aussi passionnante qu'essentielle à la victoire.

Il fallait une bonne dose d'enthousiasme pour désigner de cette façon des heures de porte-à-porte, afin de convaincre des libéraux vieillissants de commettre une petite infidélité envers le premier ministre.

※

Peu préoccupé par les qu'en dira-t-on, Édouard préférait tout de même commettre ses péchés les plus graves loin de ses voisins. À cet égard, la grande ville promettait un anonymat supérieur à celui de Québec. Quant à son compagnon, ses hésitations faisaient douter de son intention d'aller jusqu'au bout.

Le duo se présenta d'abord dans une pharmacie située rue Sainte-Catherine, un peu au-delà de l'intersection de la rue Mansfield. Pour ce genre de démarche, se présenter dans un établissement canadien-français ne donnerait rien. Le contrôle clérical s'exerçait trop durement sur eux. Un long moment, ils se perdirent dans la contemplation de cannes et de béquilles, le temps qu'une dame quitte les lieux avec un petit sac de papier brun. Puis Édouard s'approcha du comptoir de chêne pour demander dans son meilleur anglais, d'une voix tout de même hésitante :

— Je voudrais un condom… je veux dire deux, corrigea-t-il en regardant son compagnon à la dérobée.

— Pardon?

Le commis, un homme d'une quarantaine d'années, le fixait les sourcils levés, affichant une telle surprise qu'un témoin aurait pu croire que le mot ne figurait pas dans son vocabulaire. Le garçon pensa un moment à utiliser le terme *rubber*, mais justement, la version en caoutchouc de cet accessoire ne lui disait rien.

— Je veux deux condoms, en intestin de mouton.

Pour connaître la simple existence de cette protection prophylactique et la façon de l'utiliser, Édouard avait espionné certains échanges discrets entre les plus âgés et les plus dégourdis parmi les élèves du Petit Séminaire, sans compter sa lecture régulière des publicités de quelques revues américaines «pour hommes». Que de secrets admirables un périodique voué à la mécanique automobile ou à la chasse recelait!

Restait à savoir si cette nouvelle science serait récompensée.

— Êtes-vous marié?

— Comment?

— Êtes-vous marié? Sinon, ce genre de produit ne vous sera d'aucune utilité.

— … Bien sûr, je suis marié.

Un commis de pharmacie de langue anglaise pouvait-il se révéler aussi obtus que ceux de langue française? Le garçon découvrait avec surprise que certains protestants condamnaient la sexualité hors mariage avec autant de conviction que les catholiques. Au moins, l'événement ne lui vaudrait pas une intervention du haut de la chaire, comme cela se serait produit après avoir effectué la même requête à la pharmacie Brunet, rue Saint-Joseph.

— Alors revenez avec votre contrat de mariage. Même avec une alliance au doigt, je ne vous croirais pas. Vous êtes trop jeune.

Mieux valait tourner les talons sans demander son reste. Sur le trottoir, les joues cramoisies, Fernand maugréa :

— Je te l'avais bien dit : ce genre de chose n'existe pas.

— Homme de peu de foi !

Édouard s'engagea de nouveau vers l'ouest, convaincu qu'en s'éloignant un peu plus de l'influence délétère des curés catholiques, le degré de liberté de la population s'améliorerait. Il jeta cette fois son dévolu sur un établissement situé au coin de la rue Mackay. Son compagnon demeura dehors, le front collé à la vitrine d'abord. Mais au moment où son ami arriva à proximité du comptoir, il préféra tourner timidement le dos.

Un moment, le touriste contempla les bocaux de porcelaine posés sur des étagères, qui donnaient au commerce une allure venue d'un autre siècle. Toutefois, il reconnut les produits habituels, comme des sirops pour la consomption concoctés avec de la gomme de sapin, les pilules rouges pour les femmes pâles, les « ceintures électriques » pour redonner aux hommes toute leur vigueur.

Il répéta sa requête à voix basse, encore plus hésitant que la première fois, pour recevoir une réponse à peu près semblable.

— Tu perds ton temps, je te dis, fit Fernand en l'accueillant un moment plus tard, à son retour sur le trottoir.

— Tu as vu comme moi les publicités dans les revues américaines.

— Justement, nous sommes au Canada.

Les curés dénonçaient avec une belle unanimité le paganisme et l'immoralité du pays voisin, tout en se montrant moins catégoriques au sujet du Canada anglais. Se pouvait-il que cette nuance reposât sur une analyse soignée du degré différencié de dépravation des diverses catégories de protestants ?

— Nous allons vers le sud, plus près du port.

Si les bordels se trouvaient là, tout comme les fumeries d'opium et toutes les autres sources de plaisirs illicites, le garçon voulait croire que cet accessoire essentiel n'y ferait pas défaut. Après avoir parcouru la rue McGill sur une bonne distance, le duo déboucha sur l'intersection de la rue Wellington. Une pharmacie minable occupait le rez-de-chaussée d'une bâtisse branlante et sombre. Un moment, dans un quartier aussi louche, Fernand hésita entre entrer et se couvrir de honte, ou rester dehors et risquer de faire une mauvaise rencontre.

À la fin, il pénétra dans cet antre mal éclairé, mais demeura peureusement à deux pas de la porte. D'un pas incertain, Édouard approcha du comptoir, puis demanda à voix basse :

— Je veux deux condoms.

— Caoutchouc ou intestin ?

La réponse le surprit tellement qu'il oublia que son choix était déjà fait.

— … Quel est le meilleur ?

— Question de goût. Le caoutchouc vulcanisé est plutôt raide. Cela fait penser à une grosse tétine pour bébé. L'intestin est plus mince, plus fragile aussi…

Le commis eut une grimace un peu dégoûtée avant d'ajouter :

— Puis c'est un peu plus compliqué pour le laver.

Les jeunes gens en âge d'offrir leur virginité sur l'hôtel de la luxure attendraient encore trente ans les condoms à usage unique faits d'une mince couche de latex. Le choix cornélien troubla un instant le consommateur, qui s'en tint finalement à sa première idée :

— L'intestin.

— Vous avez dit deux ? Vous avez raison, on n'est jamais trop prudent. Et de la vaseline ?

— … Oui, je suppose.

Quelques minutes plus tard, une boîte cylindrique dans chacune des poches de sa veste, le garçon marchait vers l'est avec son camarade.

— Nous avons le temps de revenir à l'hôtel pour souper, puis nous irons tout de suite après.

Tout à fait sans expérience en ce domaine, Édouard devinait toutefois que mieux valait être le premier, plutôt que le dernier client d'une longue soirée.

— Je n'irai pas.

Il s'arrêta afin de regarder son ami dans les yeux, puis murmura :

— Mais nous avions convenu, avant de quitter Québec…

— C'était idiot, comme projet.

— Tu n'en as pas envie ?

Un bref moment, Édouard posa un regard méfiant sur son camarade. Celui-ci, plus cramoisi que jamais, balbutia :

— Pas comme cela, pas avec une… Ce ne serait pas bien.

— Voyons, tu ne te conserves tout de même pas intact pour le soir de tes noces ? Une bonne confession, en revenant…

— Ce n'est pas juste cela. Tu sais que j'aime ta sœur.

Fallait-il le traiter d'idiot, lui dire de prendre une douche froide avec l'espoir que le bon sens lui revienne ?

— Comme tu voudras. Tu veux cet… instrument ?

Sa main droite passa dans sa poche, sortit à demi la petite boîte ronde.

— Ne sors pas cette chose dans la rue. C'est illégal. Tu peux la garder, je n'en aurai pas besoin.

Un instant, Édouard eut envie de dire : « Et si tu te maries à vingt-cinq ans, te contenteras-tu de ton poignet jusque là ? » Il secoua la tête de dépit, songeant que même la main de son ami devait être condamnée à l'inactivité. Autant reprendre le chemin de l'hôtel.

⸙

Comme son père douze ans plus tôt, Édouard demanda une « bonne adresse » à un portier de l'hôtel, tout en lui glissant un pourboire généreux dans la main. L'autre le regarda des pieds à la tête, reconnut le jeune étudiant de bonne famille désireux de s'encanailler et lui suggéra une maison toute proche du Quartier latin. Au moment de quitter la salle à manger de l'hôtel *Viger*, le garçon regarda son ami et demanda encore :

— Tu es certain ?

— … Oui. Tu me connais, je mourrais de honte juste à approcher du confessionnal.

Vingt minutes plus tard, après avoir marché vers le sud de la rue Saint-Denis, Édouard entra dans une maison bourgeoise de la rue Vitré, située toutefois trop près du port pour se trouver encore dans un quartier respectable. Un colosse l'accueillit un peu froidement, puis le laissa finalement entrer après le paiement d'un sésame. Dans un salon victorien, une douzaine de filles tuaient le temps en attendant l'affluence de ce samedi soir.

— Faites votre choix, invita une tenancière affreusement fardée.

L'abondance de jambes gainées de bas, de cuisses mises en valeur par des culottes de batiste, de poitrines à demi découvertes par des corsets largement échancrés, tout cela lui monta à la tête. Toutes ses mauvaises pensées des dernières années étaient incarnées par ce petit peloton de filles perdues.

— N'importe laquelle ?

— Ou tout le groupe, si vous en avez les moyens.

La vieille femme lui adressa une œillade appuyée, émue par l'inexpérience et la candeur de ce jeunot.

— Trop, c'est comme trop peu… La Chinoise, là, parle français ?

— Non. À peine quelques mots d'anglais. Mais vous pourrez vous faire des signes.

Elle claqua des doigts, pointa son index sur la jeune asiatique, puis vers l'étage. Celle-ci se dirigea vers l'escalier. Après un nouveau moment d'hésitation, surpris de voir cette transaction se régler si vite, il la suivit.

Dans une chambre minuscule se trouvait un lit étroit et, dans un coin, un pot d'eau et une bassine de porcelaine. La prostituée s'assit pour enlever ses bas en disant, dans un anglais à peine compréhensible :

— Laver.

— Pardon ? Ah oui.

Malgré son inexpérience, la précaution lui parut raisonnable, au point de se promettre de répéter l'opération après. Convenait-il de se mettre complètement nu ? À la fin, il garda ses bas car le plancher paraissait un peu froid, et son tricot de corps, puisque la Chinoise paraissait résolue à conserver son corset, une décoration sur son corps gracile. Il dévissa le couvercle du petit contenant cylindrique, sortit le condom, un tube un peu plissé de cuir d'une minceur inimaginable, cousu avec un fil de soie très fin à une extrémité, ouvert et affublé d'un ruban rose à l'autre.

L'usage de cet accessoire ne faisait pas vraiment mystère et la situation se révélait suffisamment excitante pour le mettre en état de s'en servir. Toutefois, ses doigts un peu tremblants provoquèrent un fou rire chez sa compagne. Elle tendit la main, prit le boyau flasque et entreprit de le glisser elle-même sur le sexe raidi. Le contact de ses doigts, surtout au moment où elle se mit en frais d'attacher le ruban autour des testicules, arracha un « Oh ! » au garçon, en même temps qu'un petit mouvement de recul. Un peu plus et ce petit habit faisait l'objet d'une première lessive.

— Vous avez un nom ?

La jeune fille le regarda, un moment interdite, puis murmura :

— Jane.

« Elle a autant de chance de s'appeler Jane que moi Confucius », songea-t-il. Comme elle s'étendit en travers du lit sur le dos, les jambes un peu écartées, il abandonna le mystère de son prénom pour celui, plus passionnant, de cette toison de poils noirs, longs et raides à la jonction de ses cuisses.

— Si je comprends bien, nous ne sommes pas là pour faire la conversation, chuchota-t-il entre en français ses dents.

Une heure plus tard, Édouard retrouva le trottoir de la rue Vitré. Cette visite avait exigé qu'il nettoie à trois reprises son «habit de soirée». Pour s'être attardé autant, le prix se révéla un peu plus élevé que prévu. Toutefois, il ne regrettait pas vraiment son investissement.

— Voilà une bonne chose de faite.

Quant à sa prochaine confession, l'échéance ne le troublait guère. Pourquoi faire naître de mauvaises pensées dans l'esprit d'un prêtre obèse, dissimulé dans une grande boîte de bois rappelant vaguement un cercueil posé à la verticale, avec le récit de cette petite virée? Il l'en priverait.

Le lendemain, Henri Bourassa aurait droit à toute son attention.

⚡

Toute la journée du lundi, les deux camarades errèrent d'un bureau de scrutin à l'autre. Être candidat de l'opposition exposait à un bien grand risque, celui des fraudes électorales. Aussi les militants se massaient-ils près de la porte, prenaient en note les noms des personnes qui se rendaient voter — évidemment, dans la mesure où ils pouvaient les reconnaître — et tentaient de tenir une comptabilité approximative des voix exprimées. Ces chiffres seraient ultérieurement confrontés à ceux rendus publics par les officiers d'élection.

À la fin de l'après-midi du 8 juin, alors qu'ils erraient dans la rue Saint-Denis, Édouard regarda son ami avec un air amusé et déclara : ·

— Si nous allions assister au dévoilement des résultats au local de Lomer Gouin?

— Tu n'es pas sérieux...

— Pourquoi pas? Personne ne nous connaît dans cette ville. Plutôt que d'aller pleurnicher avec les perdants, autant célébrer chez les vainqueurs.

— Je ne sais pas si je pourrais donner le change, si quelqu'un nous interroge.

321

Fils de notaire, affublé d'une mine d'enfant trop sage, Fernand rougirait jusqu'aux oreilles si on lui demandait quoi que ce soit. Édouard insista :

— J'assiste à la conclusion d'une campagne électorale pour la première fois, autant me trouver du bon bord. Je crierai des hourras pour nous deux. Puis je suis certain que les libéraux célèbrent avec de bons alcools et, selon les mauvaises langues, des femmes de petite vertu.

Son compagnon offrit de nouveau une belle démonstration de sa capacité de passer au cramoisi à la moindre suggestion scabreuse, puis il opposa :

— Nous ne pouvons pas nous attarder. Nous prenons le train ce soir, car tu dois être en classe demain matin. Déjà, tu rates une journée d'école aujourd'hui.

— Comme je pense que le vote libéral se révélera écrasant, il sera encore tôt quand Bourassa devra concéder la victoire. Je retrouverai mon professeur de bon matin, comme convenu, et toi, l'étude de ton père. Cesse de discuter, et suis-moi.

En secouant la tête, dépité, Fernand lui emboîta le pas jusqu'à l'intersection des rues Saint-Denis et De La Gauchetière. Trois ou quatre cents personnes encombraient déjà la rue. Alors que des policiers tentaient en vain de faire circuler ces badauds afin de rétablir la circulation, des organisateurs de Gouin vinrent discuter avec eux. À la fin, quelqu'un cria à la foule :

— Nous avons loué le Ouimetoscope, afin d'avoir suffisamment de place pour tout le monde. Nous vous rejoignons là-bas aussi vite que possible.

La migration se fit sans problème particulier, excepté la paralysie de la circulation, car les libéraux occupaient toute la chaussée. L'établissement d'Ernest Ouimet se situait rue Sainte-Catherine, à l'intersection de la rue Montcalm. Il s'agissait de la première salle de spectacle à Montréal conçue expressément pour la présentation de films. Sans hésiter, des imitateurs s'étaient manifestés, et des « scopes » surgissaient un peu partout, dont le Nationaloscope.

Le déplacement des militants – ou des curieux – ne régla en rien le problème de l'encombrement des rues, car ces personnes préféraient profiter de la fin de l'après-midi dehors plutôt que de s'enfermer dans une salle obscure. À son tour, la rue Sainte-Catherine fut très vite complètement fermée à la circulation. La foule augmenta, jusqu'à regrouper environ cinq cents hommes. Les femmes se faisaient très rares parmi eux, une éruption de violence demeurant toujours possible.

Chaque fois que les officiers d'élection d'un bureau de scrutin finissaient de compter les bulletins contenus dans quelques boîtes, quelqu'un trouvait le temps de téléphoner aux principaux journaux et aussi aux organisations des candidats pour les informer des résultats. Si la précieuse invention d'Alexander Graham Bell n'était pas à portée de main, des garçons aux jambes agiles transportaient des messages aux destinataires, contre quelques cents en guise de rémunération.

Vers cinq heures vingt, un homme un peu effaré se présenta à la porte du Ouimetoscope pour crier :

— Nous avons les résultats de deux bureaux. Bourassa serait en avance de trois voix.

Un murmure de désappointement parcourut la foule, mais très vite les badauds se consolèrent en se disant : « Cela ne se peut pas, c'est une erreur. » Édouard et Fernand, quant à eux, montrèrent une mine si surprise que cela pouvait passer pour du désarroi. Des hommes vinrent accrocher de vieilles affiches de cinéma à l'envers, l'image contre le mur, dans les alcôves prévues à cette fin. L'endos offrait un espace blanc où inscrire les résultats avec de gros morceaux de fusain.

De l'incrédulité, les partisans de Lomer Gouin passèrent à la stupeur. En vingt minutes, après le décompte dans onze bureaux de scrutin, Bourassa détenait une avance de quatre-vingt voix. À six heures, on en était à un avantage d'une centaine de voix, réparties dans un total de dix-huit bureaux. Les résultats demeuraient extrêmement serrés, mais chaque boîte de scrutin ajoutait quelques voix de majorité à l'orateur nationaliste.

— Tu crois que c'est possible? murmura Fernand à l'oreille de son ami.

— Tous les employés d'élection ne peuvent pas se tromper sans cesse, au profit de la même personne.

Puis la vague changea de direction: jusqu'à sept heures, les résultats enregistrés dans trente bureaux de scrutin permirent au premier ministre de prendre une avance de... trente et une voix.

— Écoute, murmura Édouard, comme Bourassa remportera au moins une victoire morale ce soir, autant aller rejoindre nos amis.

— Je commençais à croire que tu ne retrouverais jamais ton bon sens! lâcha son compagnon.

Depuis une heure, même si Gouin gardait l'élection à portée de main, les environs du Ouimetoscope étaient lentement désertés. En réalité, de très nombreuses personnes semblaient partager le désir d'Édouard de se trouver du côté du vainqueur, quel que soit celui-ci. Ils migraient par dizaines maintenant, pour se masser dans la rue Saint-Laurent, sous les fenêtres du Monument-National.

Tout de suite, les deux visiteurs constatèrent que les personnes qui transmettaient les informations aux organisateurs « amélioraient » celles-ci selon leurs propres convictions. En quelques minutes, le temps de marcher d'un lieu de rassemblement à un autre, l'avance de trente et une voix de Gouin de mua en un retard de deux cents!

— Vive Bourassa, criaient les uns.

— À bas Gouin, répondaient les autres.

Au-delà des exagérations de militants enthousiastes, les derniers résultats rendus publics favorisaient le premier ministre. Régulièrement, Olivar Asselin se pointait sous la marquise du Monument-National et hurlait des chiffres, repris par la foule. D'une avance de deux cents votes au moment de l'arrivée des deux Québécois en cet endroit, on en vint à... vingt et un, avec les données de trois bureaux toujours à recevoir.

— Ils nous volent l'élection, cria quelqu'un.

— Dans le bureau numéro 4, ils ont «paqueté» la boîte, ajouta un autre.

— Non, informa un troisième, nous avons défoncé la porte pour aller compter nous-mêmes. Les chiffres sont bons.

Traduit en clair, la présence de militants survoltés demeurait la meilleure façon de limiter les «télégraphes», des personnes payées pour voter plusieurs fois, ou alors des employés dont les poches débordaient de bulletins déjà remplis avant même leur arrivée.

À la fin, les informations relatives aux bureaux 24, 40 et 60 parvinrent au Monument-National pour donner une avance de quarante-deux voix à Bourassa. L'orateur solitaire, assisté de centaines de collégiens n'ayant même pas le droit de voter, venait d'abattre le premier ministre du Québec, qui jouissait pourtant de budgets illimités et de la machine électorale du parti au pouvoir tant au provincial qu'au fédéral.

— Au diable les cours de demain, décréta Édouard. Moi, j'attends le discours de Bourassa.

— Il se trouve à Saint-Hyacinthe...

— Il doit revenir ce soir et dire quelques mots devant les locaux du journal *La Patrie*.

L'atmosphère dans la ville de Montréal devenait électrisante. Fernand laissa échapper un soupir de lassitude. Après un moment, il précisa :

— D'accord, mais il y a un train un peu après minuit. Nous pourrons louer une couchette, et tu iras directement en classe en arrivant.

Édouard ne l'écoutait pas : avec deux ou trois mille personnes, il clamait :

— Hourra pour Bourassa ! Dehors les libéraux ! Les nationalistes au pouvoir !

Aucun de ces partisans enthousiastes n'aurait de voix en fin de soirée.

À Québec aussi, en cette journée de présentation des résultats électoraux, l'atmosphère devenait électrique. Thomas Picard ne se sentait pas la patience d'attendre les journaux du lendemain matin. Aussi vers huit heures du soir, alors que le jour commençait à faire place à la nuit, il proposa :

— Tu viens prendre une marche ?

Élisabeth leva les yeux de son livre, le sourcil interrogateur.

— Nous pourrions aller vers le marché Montcalm, précisa-t-il.

La jeune femme rangea le roman qui, depuis une heure, la faisait voyager en France, puis alla chercher sa veste. Au moment de rejoindre son époux près de la porte, elle demanda :

— As-tu prié ta fille de nous accompagner ?

Les jours de grande tension, le « ta » remplaçait naturellement le « notre ».

— La politique ne semble pas la séduire beaucoup, puis Élise doit venir…

Que ces deux demoiselles trouvent autant à se dire, alors que leur vie présentait bien peu d'événements nouveaux, dignes d'être relatés, le surprenait toujours. Sur le trottoir de la rue Scott, il offrit son bras à sa femme, et tous les deux regagnèrent la Grande Allée pour se diriger vers l'est. À cette heure de la journée, surtout quand la soirée se révélait douce, de nombreux couples marchaient un peu afin de favoriser la digestion.

Cependant, en ce 8 juin, les pas de chacun conduisaient vers l'une ou l'autre de deux destinations possibles. Au moment de passer à la hauteur du Skating Ring, que plusieurs préféraient désigner comme le Pavillon des patineurs, une minorité non négligeable des promeneurs préféra s'arrêter.

— Nous pourrions aller là, suggéra Élisabeth avec un sourire en coin.

— Ce sera bondé d'Anglais, pour la plupart conservateurs.

Le journal *Chronicle* y tenait sa soirée d'élection. Comme ce quotidien penchait vers le parti d'opposition, tout comme *L'Événement*, spontanément les bleus s'y arrêtaient.

— Tu ne crains certainement pas qu'ils te reçoivent de façon cavalière.

— Non, ils perdent avec une élégance remarquable. Nous faisons tout pour leur en donner l'habitude.

La province de Québec votait majoritairement libéral depuis une dizaine d'années, ce qui se traduisait par une forte proportion de sièges. Aux scrutins provinciaux de 1900 et de 1904, elle avait élu soixante-sept députés libéraux, contre sept conservateurs, pour une assemblée de soixante-quatorze personnes.

Comme la majorité des promeneurs de la Grande Allée, Thomas et Élisabeth empruntèrent l'avenue Dufferin et, par la rue Saint-Jean, regagnèrent le marché Montcalm, où au moins huit mille badauds, en majorité des hommes, se trouvèrent bientôt rassemblés.

Le journal *Le Soleil*, libéral, avait loué une lanterne magique, un énorme appareil doté d'un tube de cuivre affublé de lentilles. Un cône de lumière, dans lequel de petits papillons venaient voleter, éclaboussait le grand mur gris de l'édifice du marché. Quelques employés s'agitaient autour de la machine, inscrivaient des chiffres et des lettres sur une plaque de verre avant de la glisser à la naissance de ce projecteur primitif.

Au moment où le couple Picard se joignit à la foule, des jeunes gens crièrent leur joie. Sur le mur de l'édifice, par-dessus la raison sociale d'un boucher, apparaissaient à peine visibles les lettres suivantes : A LAV ELU.

— Voilà que cet excité a gagné ! s'exclama Thomas.

— Armand Lavergne ?

— Qui cela pourrait-il être, à part lui ? Je ne suis même pas étonné : il est une source de distraction pour les électeurs de Montmagny, pendant les longues soirées d'hiver.

L'humour sonnait faux. Après avoir embêté Wilfrid Laurier pendant près de quatre ans, ce serait au tour du premier ministre provincial d'avoir cette épine dans le pied.

Des journalistes du *Soleil* se tenaient dans les locaux de l'Auditorium, la grande salle de spectacle construite de l'autre côté de la rue Saint-Jean, contre le vieux mur d'enceinte de la ville. La collaboration de la direction de ce théâtre avec le quotidien venait d'autant plus facilement qu'il appartenait à un petit groupe de libéraux, parmi lesquels figuraient l'ancien premier ministre Simon-Napoléon Parent et… Thomas Picard. L'oreille collée à un récepteur de téléphone, de nombreux journalistes recevaient les résultats des divers bureaux de scrutin, hurlaient les chiffres à des collègues qui additionnaient rapidement des totaux.

À cet effectif réduit, une petite armée de jeunes garçons venaient régulièrement en courant des bureaux de la compagnie télégraphique, car toutes les circonscriptions ne profitaient pas encore de lignes téléphoniques.

Quand, dans l'une d'elles, une proportion appréciable des suffrages avait été enregistrée, les journalistes s'autorisaient à projeter le résultat contre le mur du marché. Comme tout ce scénario prenait du temps, des personnes se détachaient sans cesse de la foule pour aller se promener un peu, alors que d'autres se joignaient à elle.

Le Parti libéral avait peut-être décidé d'égayer ses partisans par de joyeux flonflons, ou plus probablement, des musiciens désireux de tendre la main après une prestation endiablée saisirent l'occasion au vol. Bientôt, un orchestre commença à jouer sous les fenêtres du YMCA, de l'autre côté de la rue Saint-Jean. Un peu plus, et des couples se seraient mis à danser sous les étoiles, devenues visibles depuis que l'obscurité s'appesantissait sur la ville.

Un « Oh ! » stupéfait parcourut la foule quand des lettres apparurent de nouveau sur le mur : S JAC LG BATTU. Thomas laissa échapper entre ses dents un juron bien senti, alors que quelques jeunes gens criaient encore leur enthousiasme.

— Allons marcher un peu, proposa l'homme. Mes jeunes concitoyens me portent sur les nerfs, tout d'un coup.

Élisabeth pendue à son bras, le commerçant s'engagea rue Saint-Jean. Après quelques dizaines de pas, ils s'arrêtèrent devant une vitrine proposant du matériel d'écriture. Mieux valait discuter un moment des qualités des excellents stylos plume venus d'Europe, plutôt que des mœurs électorales de ses contemporains.

— Cette défaite était-elle inattendue? questionna son épouse quand ils reprirent leur marche.

— Totalement. Ce qui témoigne de l'incompétence des organisateurs du premier ministre. Tout au plus reconnaissaient-ils que Bourassa se battait bien.

— Édouard ne doit plus toucher le sol, maintenant.

— Penser que mon fils s'amuse de la situation ne me console pas tout à fait.

À la mine préoccupée de son mari, bien visible à la lueur des réverbères, Élisabeth préféra ne pas commenter plus longuement l'efficacité des jeunes collégiens, même pas en âge de voter, venus au secours du grand homme. Les journaux avaient longuement décrit l'euphorie des spectateurs massés au Monument-National le vendredi précédent, et la longue promenade de Bourassa dans les rues de Montréal, sa voiture accompagnée d'une armée de partisans au comble de l'enthousiasme.

— Mais cela ne portera pas trop à conséquence, le consola la jeune femme alors qu'ils continuaient vers l'est. Il sera élu dans Portneuf.

— Dans une certaine mesure, tu as raison. Tout de même, défaire le premier ministre dans son fief! Le symbole est là, puissant, susceptible d'alimenter la flamme des nationalistes pendant quelques années. Surtout, cela les galvanisera lors des élections fédérales, l'automne prochain.

Bientôt, à leur droite, ils eurent sous les yeux l'édifice du photographe Livernois, une bâtisse en triangle enfoncée comme un coin entre deux rues.

— Traversons pour revenir sur nos pas et apprendre d'autres mauvaises nouvelles, suggéra Thomas.

Cela tenait de la prémonition : au moment où ils arrivèrent sur la place du marché, la lanterne magique cracha un premier bilan de cette soirée, qui se révélerait finalement à peu près définitif : LIB 56 CO 14 NA 3.

— Tu vois, Bourassa a réussi à faire élire un troisième larron, commenta le commerçant. Je parierais sur le candidat Tessier, dans Joliette.

— La majorité libérale demeure écrasante, fit remarquer Élisabeth, tentant de le réconforter.

— Sauf que les conservateurs viennent de doubler leur députation.

— Le compte n'y est pas : il manque un élu pour faire soixante-quatorze.

C'était vrai, une circonscription demeurait toujours trop chaudement disputé pour que les journalistes du *Soleil* n'osent déclarer un vainqueur. Une autre plaque de verre fut glissée dans la lanterne magique, donnant 53 % des suffrages aux libéraux, 40 % aux conservateurs, le reste aux « autres », c'est-à-dire aux nationalistes et à de nombreux candidats indépendants.

— C'est la même chose qu'en 1904, constata Élisabeth à haute voix.

— Pour les libéraux, tu as raison, à 2 % près. Mais les conservateurs viennent de faire passer leur appui de moins de 27 % à 40 % des suffrages. C'est l'information la plus importante de cette soirée.

— Cesse de t'inquiéter : tes amis sont encore très solidement accrochés à leurs ministères.

Thomas lui adressa un sourire contraint. D'ici 1912, tous devraient relever leurs manches pour renverser cette tendance. Puis une dernière plaque de verre vint gâcher tout à fait son humeur : ONTARIO CO 86 LI 17 AUTRES 3. La province voisine tenait son scrutin provincial le même jour que le Québec.

— Pour Wilfrid Laurier, voilà une nouvelle catastrophique, ragea-t-il à mi-voix. L'Ontario se range en bloc derrière nos adversaires. Cela augure mal pour les élections fédérales de l'automne prochain.

— Le Québec se trouve derrière lui.

— Mais nous avons moins de députés…

Cela revenait à dire que les provinces atlantiques, tout comme celles de l'ouest, devraient être soumises à un effort de propagande intense.

— Nous ne devrons pas décevoir, avec les célébrations du tricentenaire, grommela l'homme après une pause. Bleus et rouges, Anglais et Français, tous devront quitter notre ville satisfaits, et le faire savoir aux journalistes.

— Rentrons, proposa-t-elle en serrant sa main gantée sur son avant-bras. Après un cognac, tu verras de nouveau la vie du bon côté.

Cela se pouvait bien. Bras dessus, bras dessous, parmi leurs voisins qui faisaient de même, ils regagnèrent l'avenue Dufferin. Sur la Grande Allée, Thomas échangea quelques commentaires dépités avec des voisins, puis chacun rentra chez soi. Rarement une élection, qui donnait plus des deux tiers des sièges au vainqueur, n'avait autant ressemblé à une défaite.

⁂

À Montréal, personne ne songeait à aller dormir. Au contraire, toute la population paraissait désireuse de rester dehors afin d'entendre clamer les résultats. Autour des locaux du journal *La Patrie*, une foule de sympathisants nationalistes, estimée très généreusement à vingt mille personnes, attendait le retour du grand homme dans la métropole.

— Ce journal est-il passé entre les mains des conservateurs? questionna Édouard.

— Ce n'est pas très clair, répliqua Fernand Dupire en élevant la voix pour être entendu. Le traître professionnel a tenté sans succès de revenir chez nous après sa rupture avec Laurier. À la suite de son décès, *La Patrie*, dirigée par ses fils, a clairement appuyé Bourassa, et a affiché suffisamment de sympathie envers l'opposition pour garder toutes les portes ouvertes. Je pense que les deux frères cherchent désespérément qui voudra les acheter.

Le professionnel de la traîtrise, c'était Israël Tarte, dont seule la mort était venue à bout de ses changements répétés d'allégeance. Quant à ses fils, même s'ils se reconnaissaient dans la religiosité et l'attitude franchement rétrograde d'Henri Bourassa sur de nombreux sujets, ils savaient qu'un journal rangé du côté du pouvoir prospérait plus facilement que ceux de l'opposition.

De nombreuses personnes venaient s'agglutiner près des locaux des grands journaux, afin de connaître plus vite les résultats électoraux, affichés sur les vitres ou alors criés depuis l'entrée des édifices. Au même moment, des libéraux se pressaient sous les fenêtres de *La Presse*, des conservateurs sous celles de la *Gazette*. Chacun préférait se tenir devant un quotidien proche de ses convictions politiques, afin d'éviter les échanges aigres-doux, et même les mauvais coups.

En apprenant la nouvelle de sa défaite, Lomer Gouin avait quitté son bureau en catastrophe pour se réfugier à l'hôtel *Viger* avec sa garde rapprochée. Parfois un peu méchante, la rumeur publique prétendait déjà que très vite, l'homme avait noyé son chagrin dans le gin, au point de ne plus être présentable. Ses électeurs de Portneuf ne le verraient pas avant le lendemain.

Depuis quelques heures, Fernand ne parlait plus de rentrer chez lui : la frénésie ambiante s'emparait aussi du grand jeune homme sage. Finalement, un peu avant onze heures, des cris enthousiastes se firent entendre dans une artère perpendiculaire à la rue Sainte-Catherine. Quelques policiers à cheval ouvraient le chemin à une calèche. Les autorités ne voulaient pas risquer que le chef nationaliste effectue encore une promenade échevelée dans les rues. Cela tenait peut-être seulement à une délicate attention : l'orateur revenait de Saint-Hyacinthe avec sa douce moitié. Comme la dame, la charmante Joséphine Papineau, sa petite-cousine, lui donnerait finalement huit enfants en quatorze ans de vie commune, elle se trouvait vraisemblablement enceinte. Mieux valait lui éviter les émotions fortes.

Très péniblement, la voiture se fraya un chemin jusque devant l'édifice de *La Patrie*. En plus de Bourassa et de son épouse, elle transportait les frères Louis-Joseph et Eugène Tarte, de même qu'Olivar Asselin. Ces trois hommes étaient allés chercher le couple à la gare afin de conduire le chef nationaliste à son triomphe... qui rejaillirait évidemment sur eux.

La performance de Bourassa s'avérait vraiment étonnante. En plus de l'emporter contre le premier ministre dans un district de Montréal, dans Saint-Hyacinthe les candidats se trouvaient nez à nez. Quelques jours plus tard, on le proclamerait vainqueur là aussi, et ce serait comme député de la capitale maskoutaine qu'il siégerait finalement à l'Assemblée, plutôt que comme représentant de Saint-Jacques.

Quand la voiture découverte s'arrêta enfin, Henri Bourassa se mit debout. Les cris et les applaudissements redoublèrent et, pendant dix bonnes minutes, l'orateur leva les mains afin d'obtenir le silence. À la fin, ses partisans se calmèrent juste assez pour lui permettre de déclarer :

— Messieurs les Électeurs de la division Saint-Jacques et de la ville de Montréal, pardonnez-moi s'il ne me reste que les débris de la voix dont je me suis servi dans cette campagne pour vous remercier du zèle, du dévouement et du patriotisme dont vous avez fait preuve dans la lutte électorale qui vient de se terminer ce soir.

Ces mots suffirent à embraser la foule et à déclencher des hurlements d'enthousiasme. Pour mieux voir, certains se hissèrent sur les lampadaires ou alors grimpèrent dans les poteaux portant les fils électriques ou ceux du téléphone. La multitude se pressait dangereusement contre la calèche, au point d'affoler un peu madame Bourassa. Quant au politicien, visiblement épuisé, sa voix n'avait pas seule souffert pendant une campagne menée dans deux circonscriptions : sa moustache, d'habitude cirée pour pointer virilement vers le haut, gisait misérablement sur sa lèvre supérieure.

— Il y a dix jours seulement que la lutte a commencé dans Saint-Jacques, et cette courte période a suffi pour secouer le joug et l'obscurantisme, l'esprit de parti dont monsieur Gouin avait rempli l'âme des habitants de Montréal.

— Bourassa, au pouvoir ! Bourassa, au pouvoir !

Pendant de longues minutes encore, l'enthousiasme de la foule fit taire l'orateur. Le silence ne revint pas tout à fait, mais il continua tout de même :

— Je remercie les esprits dévoués qui, depuis dix jours, sans espérance d'argent ou de faveurs, se sont consacrés à la cause avec une générosité si profonde.

— Bourassa, au pouvoir ! Bourassa, au pouvoir ! répondirent en chœur ceux à qui il adressait ces remerciements.

— En présence de monsieur Tarte, je tiens à remercier *La Patrie* pour le généreux appui qu'elle m'a donné dans cette campagne électorale.

Par la suite, Bourassa commença à vilipender les journaux libéraux, en particulier *La Presse*. Fernand Dupire tira la manche de son compagnon pour obtenir son attention :

— Fais ce que tu veux, moi, je rentre.

Édouard pêcha sa montre dans son gousset, regarda le cadran à la lumière d'un réverbère, puis accepta :

— Nous avons tout juste le temps de nous rendre à la gare. De toute façon, je suis crevé.

Avec difficulté, en jouant des épaules, les deux garçons se taillèrent un chemin dans la foule survoltée, marchèrent jusqu'à l'intersection de la rue Saint-Denis pour se diriger vers le sud. Ils auraient juste le temps de récupérer leurs bagages laissés en consigne à la gare avant de prendre le train.

Chapitre 14

— Je déteste me faire convoquer par un baron du bois, pesta Thomas en décrochant son chapeau du mur. Surtout quand il s'agit d'aller entendre un sermon.

— Cela te changera un peu de ceux de l'archevêque Bégin, commenta Élisabeth, venue lui faire la bise. Il ne peut pas être plus ennuyeux que notre prélat, n'est-ce pas?

— Sait-on jamais? Ces gens-là aiment se surpasser l'un l'autre.

— Et de quoi William Price souhaite-t-il vous entretenir?

La veille, un télégramme invitait le commerçant à se présenter à une réunion tenue à l'hôtel de ville, «afin de faire mousser les fêtes du tricentenaire». Depuis, des conversations avec ses voisins de la rue Saint-Joseph lui avaient appris que tous les entrepreneurs susceptibles d'embaucher plus d'une centaine de personnes s'étaient mérité le même honneur.

— Tu as vu son message...

Les yeux inquisiteurs fixés sur lui exigeaient une réponse plus complète.

— Notre spécialiste des reconstitutions historiques semble avoir du mal à recruter des volontaires en nombre suffisant. Le comité des dames patronnesses qui s'agite à l'Assemblée ne remporte pas le succès attendu. Comme Price a réussi à lever deux bataillons pour la guerre d'Afrique du Sud en 1899, je suppose qu'il veut nous demander de suivre son exemple et d'embrigader nos employés dans la grande entreprise impériale.

— Tu le feras?

— Comme je n'ai même pas été capable de convaincre ma femme d'accepter un rôle...

Le sujet avait meublé quelques-unes de leurs conversations. Si Eugénie se montrait enthousiaste à l'idée d'assumer le rôle d'une proche parente de François Ier, sa belle-mère hésitait à se mettre en évidence. Ses voisines ricaneraient si elle acceptait de revêtir les atours de la noblesse française. D'un autre côté, la situation sociale de son époux lui interdisait de jouer à la paysanne.

Dans tous les esprits, les personnages incarnés dans le *pageant* devaient refléter, un peu magnifiée, la position sociale réelle des acteurs. La distribution des rôles devenait un sujet chaudement débattu dans les salons élégants de la Haute-Ville, et les personnes désireuses de s'élever au-dessus de leur condition grâce à la magie du théâtre étaient vilipendées.

— Je suppose que je pourrais incarner sans trop de risque une religieuse, accepta-t-elle.

— Ce serait un affreux gaspillage, commenta son mari en caressant de la main les lourds cheveux blonds de sa compagne. Bon, si je ne veux pas me faire gronder par le millionnaire du papier, je dois y aller.

Ce soir du 10 juin, l'homme regagna la Grande Allée de son pas vif. La distance ne justifiait pas de prendre un fiacre. En une vingtaine de minutes, il rejoignit l'entrée principale du grand édifice municipal, rue Desjardins. À son arrivée, la salle du conseil était déjà bondée de bourgeois prospères. Non seulement les sièges des échevins, mais aussi ceux des spectateurs étaient occupés.

Thomas se réfugia dans un coin où se tenaient quelques-uns de ses collègues de la rue Saint-Joseph, les Brunet, Légaré, Laliberté. Les personnes présentes se regroupaient spontanément selon leur langue et leur position sociale. Les anglophones formaient un bloc impénétrable, occupant les meilleures places. William Price affichait l'allure d'un potentat parmi eux. Plus modestes, les industriels canadiens-français voisinaient les marchands de leur communauté, sans vraiment se mêler à eux.

Bientôt, l'hôte de la soirée se plaça debout près du fauteuil du maire – à tout le moins, Georges Garneau conserva le privilège de s'y asseoir –, flanqué de Frank Lascelles qui, débarrassé de son chapeau de feutre, gardait tout de même sa grande cape négligemment portée sur l'épaule droite. Price s'éclaircit la voix, puis commença :

— Dans un peu plus d'un mois, les festivités vont débuter… si nous arrivons seulement à recruter les personnes susceptibles de jouer tous les rôles. Présentement, notre metteur en scène travaille avec un demi-effectif. Et, je regrette de le dire, ce sont nos concitoyens de langue anglaise qui se montrent les plus empressés. Si les choses en restent là, quand Phips débarquera devant Québec, Frontenac sera tout fin seul pour le recevoir. Quant à Wolfe, on n'en parle même pas : les plaines d'Abraham seront désertes devant ses troupes.

William Price parlait anglais, certain que quiconque ayant la moindre importance à Québec connaissait cette langue. Cet homme en passe de devenir le premier producteur de papier journal au pays, grâce à ses employés de Chicoutimi et de la région du Saguenay, jouissait de profits annuels de quelques centaines de milliers de dollars. L'engagement qu'il s'apprêtait à prendre ne pèserait pas sur son train de vie :

— De concert avec quelques collègues, j'enrôlerai et équiperai les deux armées, celle de Wolfe et celle de Montcalm. Les effectifs viendront en partie de mes employés, mais tous les autres volontaires seront les bienvenus. Cela représentera environ neuf cents personnes.

— Et même plus, si possible, intervint Lascelles.

Le metteur en scène se faisait la main à Québec, avec un effectif de quelques milliers de comédiens. Bientôt, il organiserait un *pageant* à Londres avec quinze mille artistes amateurs, puis atteindrait son zénith avec trois cent mille volontaires aux Indes ! Assis au bureau de l'un des échevins, James McDougall tenait le procès-verbal de cette assemblée et notait soigneusement tous les chiffres évoqués, et les noms de ceux qui les lançaient.

— Qui parmi vous s'engagera comme je le fais? insista encore l'industriel. Tout l'Empire a les yeux fixés sur nous.

Dans la salle du conseil, les personnes présentes se regardèrent un moment, les francophones avec un sourire en coin devant ce dernier argument. À la fin, George Scott, membre du Yacht Club, leva la main pour demander:

— Pour la scène illustrant l'arrivée de Cartier, aurez-vous besoin d'hommes capables de manier une embarcation?

— Pas vraiment, expliqua Lascelles. Nous nous attendons à ce que trois voiliers apparaissent sur le Saint-Laurent au moment opportun. Les matelots français déboucheront sur les plaines d'Abraham à partir d'un petit bosquet pour arriver dans le village indien... comme s'ils venaient de franchir toute la distance depuis le rivage en quelques secondes. Il leur suffira d'avoir l'air de marins.

— Nous trouverons bien trois personnes désireuses de faire parader leur petit bijou toutes voiles dehors sur le fleuve. Puis pour les rôles muets des marins, nous pourrons fournir des volontaires. Combien en voulez-vous?

— Une quarantaine de personnes suffiront, répondit le metteur en scène.

Posséder un bateau de plaisance coûtait cher: les membres du club nautique se recrutaient surtout au sein de la minorité. Leur contribution aux fêtes serait silencieuse.

— Nous restons avec le même problème, insista encore William Price. Les rôles des Français seront tous muets, si nous ne pouvons recruter personne qui parle la langue.

La situation devenait un peu ridicule: les élites de langue anglaise montraient plus d'enthousiasme que leur contrepartie de la majorité, pour un spectacle voué à mettre en lumière la Nouvelle-France. Paul Laliberté leva la main pour demander:

— L'arrivée de Champlain à Québec nécessite combien de personnes?

— Environ deux cents.

— Entendu.

Un murmure parcourut le petit groupe de marchands de la Basse-Ville. Maintenant, ils ne pouvaient faire moins.

— Eh! Tu devrais plutôt t'occuper de Daumont de Saint-Lusson, dans les Pays-d'en-Haut, ricana Thomas. Pour un marchand de manteaux de fourrure, recruter des coureurs de bois serait plus naturel.

— Tu en vends aussi, opposa Laliberté, alors ne te gêne pas.

Depuis un moment, Thomas Picard se concertait avec quelques voisins. Après avoir cherché leur assentiment des yeux, il déclara :

— Je préfère voyager en France. Combien voulez-vous de personnes pour la scène de la cour d'Henri IV?

— Cinq cents figurants, si nous voulons lui donner toute la majesté voulue.

— Nous verrons avec nos employés, cela devrait pouvoir se faire.

Pour le bénéfice de James McDougall, il donna son nom et celui de ses collègues.

Dans de nombreux commerces de la rue Saint-Joseph, les propriétaires convoqueraient le personnel dès le lendemain matin afin de leur vendre l'idée de consacrer tous leurs loisirs du prochain mois à des répétitions, puis plusieurs soirées fin juillet pour les représentations proprement dites. Comme seul des notables hériteraient de rôles parlants, ce ne serait pas plus difficile que de suivre la messe : afficher un air recueilli et se déplacer en groupe au moment prévu. Cependant, ces entrepreneurs devraient mettre la main à leurs goussets afin de procurer des costumes à plusieurs de ces employés.

— Y a-t-il un moment où tout le monde se retrouve à cheval? questionna Joseph Savard.

— Les chevaux seront souvent nécessaires, expliqua Lascelles, d'ailleurs la scène d'Henri IV en exigera des dizaines.

— Tous les membres du club de chasse pourront être là.

Pendant de longues minutes encore, les volontaires se succédèrent, parfois au nom d'associations fraternelles ou religieuses, comme les Chevaliers de Colomb, désireux de représenter les hommes de Frontenac, ou les zouaves pontificaux qui accueilleraient les ursulines à Québec en affichant une joie délirante. À la fin de la soirée, quand James McDougall fit le compte des engagements pris pendant l'assemblée, Frank Lascelles se trouvait à la tête d'une petite armée comptant plus de trois mille volontaires. Comme seul le premier pas coûte, les jours suivants, l'enthousiasme communicatif en soulèverait un autre millier.

Au moment de quitter l'hôtel de ville, Joseph Savard fit un bout de chemin avec Thomas Picard sur la Grande Allée. Il demanda, souriant en imaginant la scène :

— Votre femme sait-elle monter à cheval ?

— Un peu. Parfois, nous louons une monture le dimanche, afin de nous promener sur les plaines d'Abraham. Mais elle ne pourrait certainement pas galoper en pleine forêt à la poursuite d'un pauvre petit renard.

— Je ne pensais pas au club de chasse, mais au *pageant*. Elle aurait fière allure, si elle personnifiait une femme de l'entourage d'Henri IV.

Thomas laissa échapper un ricanement amusé en se souvenant de sa dernière conversation avec Élisabeth.

— Elle aurait même fière allure, comme vous dites, en Marie de l'Incarnation, commenta-t-il.

— Lui demanderez-vous de se joindre à nous ?

— Je transmettrai votre invitation. Elle décidera.

Le palais de l'archevêque Bégin se situait à l'arrière de la basilique, dans la rue Port-Dauphin. L'édifice majestueux, construit en pierre grise, servait aux réunions du chapitre canonial, à l'administration du diocèse et, bien sûr, à loger le prince de l'Église.

Rallier les bourgeois de Québec à l'organisation des fêtes, les convaincre de se muer en comédiens et à recruter leurs employés pour faire de même était une chose. Mais demander à des avocats, pire à des marchands, d'interpréter les héroïques missionnaires qui avaient converti les Sauvages au christianisme, cela ne se faisait tout simplement pas, à moins de vouloir soulever une véritable croisade contre soi.

Le comte Grey se déplaça lui-même le 15 juin afin de dénouer l'impasse : le vice-roi négocierait directement avec le prince de l'Église. Bien sûr, il devait être flanqué du metteur en scène, si des questions trop précises sur la distribution venaient à être évoquées. Au moment d'entrer dans les appartements de Louis-Nazaire Bégin, le gouverneur général s'inclina, baisa avec respect l'anneau en disant en français :

— Votre Éminence, je vous remercie de bien vouloir me recevoir.

— Tout le plaisir est pour moi, Excellence.

— Je vous présente monsieur Frank Lascelles.

— *Your Highness*, balbutia celui-ci en s'inclinant sur l'anneau à son tour.

C'était une journée faste pour l'ecclésiastique : deux protestants, dont l'un représentait le chef de l'Église anglicane au Canada, lui rendaient hommage ensemble. De la main, il indiqua une pièce voisine. Le trio rejoignit un prêtre assis derrière une petite table, une plume à la main, des feuilles de papier devant lui.

— J'ai demandé à l'abbé Gauthier de se joindre à nous pour prendre des notes. Si vous voulez bien vous asseoir.

L'archevêque désigna trois fauteuils placés les uns près des autres. Le comte Grey réprima un sourire en voyant le revêtement de peluche rouge sombre, assorti au papier peint des murs et aux lourds rideaux aux fenêtres. La petite pièce paraissait vouée au sang à demi coagulé. Bégin se plaisait sans doute à rêver de la pourpre cardinalice, dans un décor pareil.

Une religieuse âgée fit une entrée discrète, se planta près d'eux, le temps que l'ecclésiastique demande :

— Accepteriez-vous de boire quelque chose ?

— Non merci.

D'un geste de la main, le prélat congédia la domestique, puis déclara de sa voix onctueuse :

— Excellence, que puis-je faire pour vous ?

— Nous avons recruté la plupart des volontaires pour interpréter les rôles des principaux personnages de l'histoire canadienne. Cependant, il manque la pierre angulaire, et vous seul pouvez nous tirer d'affaire.

— ... Vous me voyiez extrêmement surpris. Tous les journaux, depuis quelques jours, soulignent le brio de William Price, qui a su mobiliser toute une armée de comédiens.

L'industriel étant conservateur, candidat probable aux élections prévues pour l'automne suivant, *L'Événement*, le *Chronicle* et *L'Action sociale catholique* l'avaient porté aux nues pour son succès du 10 juin.

— Nous avons identifié tout le monde, sauf ceux qui furent au cœur de l'histoire de l'Amérique française : les membres de l'Église. Demander à des laïcs de jouer le rôle de personnes consacrées à Dieu me paraît... déplacé. Je vous prie donc de choisir vous-même ceux qui endosseront ces rôles.

Le vice-roi se montrait habile. L'archevêque ne pouvait lui dire non, autrement il assumerait seul, aux yeux du Royaume-Uni, du Canada anglais et de ses propres ouailles, de plus en plus entichées de ces représentations théâtrales, la responsabilité d'un échec. Cela vaudrait une déclaration de guerre.

Le prélat demeura un moment songeur, puis il esquissa un sourire contraint en déclarant :

— Il semble que ma collaboration soit absolument nécessaire à la réalisation de vos projets.

— Tellement nécessaire que je vous demandais encore, en janvier dernier, d'inclure les fêtes consacrées à monseigneur de Laval dans celles du tricentenaire.

— Vous savez bien que les deux célébrations poursuivent des fins opposées. Toute votre mise en scène cherche à faire des Canadiens français les plus fidèles sujets de l'Empire. Nous organisons une commémoration de l'Amérique catholique et française.

— L'un et l'autre peuvent très bien aller ensemble, murmura le gouverneur général, si bas que le secrétaire de l'archevêque laissa une ligne blanche dans son compte rendu.

L'ecclésiastique adopta le même ton de conspirateur amusé pour remarquer :

— Cela, l'histoire le dira, mais ni vous ni moi ne le verrons. Les célébrations du *triduum* consacré à de Laval, poursuivit-il à voix haute, vont réunir toutes les sociétés nationales du Canada français, tous les dignitaires de l'Église…

« Ce sera une grand-messe, présidée par saint Jean-Baptiste lui-même, venu du ciel pour l'occasion », compléta mentalement le comte Grey. Malgré ses protestations, l'archevêque Bégin demeurait tout de même condamné par les circonstances à lui accorder son aide. Après un long moment de silence, il céda, pour déclarer cette fois en anglais :

— Excellence, je vais faire savoir à tous les prêtres de mon diocèse qui désirent tâter du théâtre patriotique qu'ils seront bien accueillis par monsieur Lascelles. Comme cette discipline rencontre un succès considérable dans nos collèges, je ne doute pas que vos effectifs seront complets dans trois jours.

— Je vous remercie infiniment. Grâce à eux, l'Église catholique occupera toute la place qui lui revient.

Un silence embarrassé suivit ces mots. À la fin, Frank Lascelles prit sur lui de demander :

— Dans le cas des religieuses…

— Les Ursulines forment un ordre cloîtré. Jamais je ne les autoriserai à se mêler à une manifestation théâtrale.

Le prélat ne précisa pas que les religieuses hospitalières pouvaient, sans déroger à leurs vœux, côtoyer les fidèles. Toutefois, impossible de courir le risque de les mêler à des centaines d'hommes laïcs. Le comte Grey conclut que l'interdit s'étendait à toutes les congrégations féminines.

— Votre Éminence, je vous promets que seules des catholiques personnifieront ces saintes femmes. Pourrons-nous les consulter afin de nous assurer que les costumes respectent bien les usages du XVIIe siècle ?

— Elles accepteront même de vous fournir ces costumes.

Le représentant du pape, ultimement de Dieu, et le représentant de Edward VII n'avaient plus rien à se dire. Le vice-roi se leva, immédiatement imité par le metteur en scène, en déclarant :

— Votre Éminence, je m'en voudrais de vous faire perdre encore plus de temps.

— Et je comprends que vous avez vous-même fort à faire. Je vous souhaite la meilleure des chances, pour vos célébrations.

L'archevêque Bégin leva la main pour rendre son anneau plus accessible, mais ne quitta pas son siège. Le gouverneur général dut s'incliner pour le baiser, puis ajouta avant de sortir :

— Je vous souhaite également bonne chance pour les vôtres, Votre Éminence.

Frank Lascelles se livra à la même scène de soumission, balbutia « Votre Éminence », ses premiers mots en français depuis le début de son séjour à Québec, puis s'esquiva bien vite. Quand les pas des deux hommes dans le couloir du palais archiépiscopal se furent éteints, Louis-Nazaire Bégin nota à l'intention de son secrétaire :

— Quel arrogant petit bonhomme.

❧

Thomas Picard se calait dans son grand fauteuil comme sur un trône et, certains jours, il se sentait bien comme le monarque de ce magasin de six étages. Les ventes du printemps permettaient d'écouler la marchandise qui n'avait pas trouvé preneur l'hiver précédent. Les chaussures d'une pointure improbable, les vêtements d'une couleur à lever le cœur, ou dans des tailles trop grandes ou trop petites, tout s'envolait finalement. Combien de femmes conservaient dans leur garde-robe une jupe impossible à porter, mais obtenue à un prix avantageux?

Après avoir fait de la place, les commandes de produits se succédaient, en 1908, en plus grand nombre que par les années passées. Pour les fêtes qui se dérouleraient à Québec au cours des prochaines semaines, le commerçant voyait plus grand encore:

— La ville sera pleine d'étrangers. Ils viendront ici pour envoyer un télégramme, une lettre ou une carte postale.

— Mais allonger les fils du bureau du télégraphe jusqu'ici, payer un technicien, cela coûtera une petite fortune.

La voix de la raison venait de Fulgence Létourneau. Il avait joué le rôle de secrétaire particulier du grand patron une douzaine d'années plus tôt et maintenant il gérait les ateliers de confection. Accessoirement, Picard s'attendait à le voir contredire certains de ses projets, juste pour avoir le plaisir de l'emporter irrémédiablement dans la discussion qui suivrait.

— Bien sûr, c'est cher. Mais comment faire en sorte que les nationalistes venus de partout dans la province cette semaine, et plus tard les Canadiens anglais où les Américains, descendent dans la Basse-Ville, sinon en leur offrant du papier, de jolies plumes et de l'encre, des tables et l'assurance que les mots écrits aux êtres chers arriveront très vite sous forme d'impulsions électriques dans des fils, ou dans une lettre bien scellée et affranchie. S'ils ne descendent pas l'une des pentes conduisant jusqu'à nous, ils feront leurs achats dans la Haute-Ville chez Simon's, Holt & Renfrew, et même chez mon frère adoré, Alfred.

— Bon, ils pourront écrire à leurs familles. Et après?

— Le télégraphe sera placé près de l'ascenseur. Comment ces touristes pourraient-ils se priver de visiter chacun de nos étages, à la recherche de bonnes affaires?

Dans tous les journaux de Québec, dès la veille du début des célébrations, des pages complètes de publicité richement illustrées inviteraient les touristes à venir écrire à leurs proches. Sous cette invitation, des gravures montreraient tous les produits offerts à leur convoitise.

Deux coups discrets contre la porte attirèrent l'attention des deux compères et un jeune homme d'une vingtaine d'années passa la tête par l'embrasure pour dire :

— Monsieur Picard, monsieur le curé souhaite vous voir.

Après le pénible épisode impliquant Marie Buteau, le marchand avait connu une succession de jeunes secrétaires de sexe masculin. Ayant été l'un des premiers à recourir aux services d'une femme pour occuper ce poste par souci d'économie, il se promettait maintenant d'être l'un des derniers à préférer un homme.

— Dites-lui d'entrer.

Tout de suite, Émile Buteau pénétra dans la pièce, un air onctueux sur le visage.

— Je m'excuse de venir ainsi, sans rendez-vous.

Rien, dans son ton, ne témoignait de bien grands regrets. Les paroissiens adaptaient leur horaire à celui de leur pasteur, jamais le contraire. Thomas le laissa debout un bref moment, pour le plaisir de voir fondre un peu son assurance, puis se leva comme à regret pour lui serrer la main. Fulgence Létourneau fit de même avec un empressement destiné à faire oublier le sans-gêne de son patron. Finalement, le marchand lui désigna l'une des deux chaises placées devant son bureau.

Le gérant des ateliers déclara, en faisant mine de sortir :

— Je vais vous laisser seuls. Monsieur Picard, dois-je attendre à côté ?

— Monsieur, vous êtes bien responsable des ateliers de la Pointe-aux-Lièvres ? questionna le prêtre.

— ... Oui, c'est moi, admit le petit homme, hésitant, comme si cette confession lui coûtait.

— Dans ce cas, mieux vaudrait que vous entendiez ce que je veux dire à votre employeur. Cela peut toucher aussi votre personnel.

Létourneau reprit sa place sur sa chaise, alors que Thomas regagnait son fauteuil. Après un moment de silence, ce dernier déclara, une pointe d'impatience dans la voix :

— Monsieur le curé, vous ne nous ferez pas languir, n'est-ce pas ?

— Non, non, bien sûr. Savez-vous ce qu'est un *triduum* ?

— Quoique simple laïc, les frères des Écoles chrétiennes m'ont enseigné quelques mots de latin : trois jours consécutifs de célébrations religieuses. On parle du *triduum* de Pâques, avec les vendredi et samedi saints, puis le dimanche.

— Ce sera aussi le cas pour les 21, 22 et 23 juin prochains. Le dimanche, une messe solennelle soulignera la Fête-Dieu, le lundi, la commémoration en l'honneur de monseigneur de Laval, puis la Saint-Jean-Baptiste le mardi, que l'on célébrera une journée à l'avance, pour plus de commodité.

Thomas acquiesça d'un signe de tête. L'idée de tenir les festivités de la fête nationale le mardi, plutôt que le mercredi, agréait à tout le monde. Leur arrimage avec le second centenaire de la mort du premier évêque du Canada leur donnerait toutefois une ampleur particulière.

— De plus, Sa Sainteté Pie X a eu la généreuse idée de faire de saint Jean-Baptiste le patron des Canadiens français.

— La nouvelle nous en est venue aussi à la basilique Notre-Dame, par la bouche de monseigneur Bégin. Depuis, nous avons appris que notre prélat avait formulé une demande en ce sens dès novembre dernier.

La précision paraissait importante au marchand : l'initiative venait de Québec, dans le contexte d'une mobilisation « nationalo-religieuse », pas de Rome. À ses yeux, cela lui donnait moins de dignité, en quelque sorte.

— Ne pensez-vous pas que pour donner toute leur majesté à ces célébrations, tous vos employés, au magasin et dans les ateliers, devraient profiter d'un congé ?

— Le 23 juin ?

— Le 22 et le 23, évidemment. La commémoration de la mort du père de l'Église canadienne mérite certainement aussi cette marque de respect.

— Souhaitez-vous priver toutes ces personnes de leur salaire ? Ce serait cruel.

Quant à l'idée de payer ces journées, même le prêtre n'y songeait pas. Ce dernier n'osa pas dire que la nourriture nationale, puis spirituelle, compenserait bien la perte du tiers du salaire de la semaine. Il insista toutefois :

— Ces commémorations valent certainement de payer ce prix. Comme cela, tout le monde pourra assister lundi au dévoilement de la statue de monseigneur de Laval et à la messe mardi.

« Tous mes employés des deux sexes doivent avoir autre chose à faire, un jour de congé, que se recueillir dans des offices religieux », songea Thomas, tout en ayant assez de bon sens pour conserver pour lui sa réflexion. À haute voix, il s'en tint plutôt aux raisons d'affaires :

— Voyez-vous, si un homme désire changer de chapeau lundi ou mardi prochain, je ne voudrais pas qu'il se heurte à des portes fermées.

— Il pourra revenir un peu plus tard, fit Buteau d'un ton léger. Acquérir un nouveau couvre-chef ne compte pas parmi les urgences.

Fulgence Létourneau écoutait sans dire un mot, craignant que tôt ou tard l'ecclésiastique se tourne vers lui pour exiger la fermeture des ateliers. Il préférait nettement laisser son patron se dépêtrer seul dans cette histoire.

— Plutôt que d'attendre, ce client ira chez un compétiteur demeuré ouvert. Et la prochaine fois qu'il désirera quelque chose, le risque sera grand qu'il reprenne tout bonnement le chemin de mon concurrent.

— Voyons, vous possédez le plus grand inventaire de marchandises à Québec.

Le marchand décida d'affronter le prêtre sur le terrain nationaliste :

— Le pire, c'est qu'il donnera ensuite son patronage à un Anglais peu désireux de chômer le jour d'une commémoration de la mort d'un évêque catholique, ou lors de la fête du saint patron des Canadiens français.

— Je pourrais intervenir en chaire, encourager les paroissiens à ne fréquenter que les commerces de ceux de notre peuple... qui respectent les institutions religieuses et nationales au point de donner congé à leurs employés ces jours-là.

— Seriez-vous vraiment prêt à intervenir ainsi dans la vie commerciale de notre ville ? Il me semble que ce serait risquer de provoquer bien des remous.

Au siècle précédent, des incursions cléricales dans la vie politique avaient valu à des prêtres une condamnation devant les tribunaux. Lancer une guerre commerciale lors du prône entraînerait vraisemblablement des conséquences du même genre. Après une pause, le commerçant affirma encore :

— Nous profitons de la paix entre nos communautés depuis quelques années. Croyez-vous pertinent de rompre maintenant ces bonnes relations ? Le jour où l'Assemblée législative décrétera que le 24 juin doit être une fête légale, comme tous les commerçants de la ville, je serai heureux de fermer mes portes.

L'ecclésiastique le contempla un moment, cherchant une pointe d'ironie dans sa voix. Il capitula après un instant :

— Si vous en êtes convaincu... soit. Je voulais vous entretenir d'un autre sujet : notre église paroissiale.

— ... Que se passe-t-il dans votre église ? demanda Thomas, attentif au choix de ses mots.

— Nous, je veux dire la fabrique, songeons à construire un nouveau temple.

— Je l'ai tous les jours devant les yeux : les paroissiens ont toute la place qu'il leur faut, et l'édifice paraît certainement bon pour quelques décennies encore.

L'église de la paroisse Saint-Roch se dressait de l'autre côté de la rue Saint-Joseph, juste sous les fenêtres du grand magasin. Avec ses cinq portes en façade, l'édifice pouvait accueillir tous les habitants du faubourg sans le moindre mal.

— Tout de même, il est bien vieillot, pas du tout à la hauteur, compte tenu de l'importance de la paroisse. Tous les grands commerces se trouvent ici.

Une Église triomphante, qui envahissait tous les aspects de la vie privée comme de la vie publique, exigeait des édifices modernes, les plus majestueux possible. Thomas devinait que dans le processus de reconstruction, le presbytère déjà impressionnant prendrait des proportions monumentales. Il consentit avec un sourire en coin :

— Si vous et les marguilliers êtes de cet avis, vous avez certainement raison.

— Nous pourrons donc profiter de votre participation.

— Là, je ne vous suis plus…

Un marchand savait toujours présenter un air de profonde incompréhension quand quelqu'un entendait lui présenter une facture totalement inattendue.

— Nous comptons sur votre contribution financière pour l'érection de cette nouvelle maison du bon Dieu, clarifia le prêtre.

— Mais Saint-Roch n'est plus ma paroisse depuis de nombreuses années. J'habite maintenant Notre-Dame de Québec.

La déception se lut un moment sur le visage du prêtre, qui insista encore :

— Mais votre famille vient d'ici, votre commerce s'y trouve encore.

— Monseigneur Louis-Nazaire Bégin a lui aussi de grands projets, pour lesquels il sollicite la contribution des parois-siens. Nous n'avons pas encore fini de payer les rénovations de la basilique, après le grand incendie de 1898, sans compter le coût de l'érection de la statue de monseigneur de Laval, qui sera difficile à assumer. Vous vous doutez bien que la grande campagne de souscription de la société Saint-Jean-Baptiste ne suffit pas à elle seule.

Pendant tout l'entretien, le curé Buteau avait gardé ses deux mains jointes dans son giron, de façon bien ecclésiastique. Il les écarta pour exprimer son impuissance, puis se leva en concluant :

— Je comprends, je comprends. Je suis désolé d'avoir pris un peu de votre temps.

Thomas se leva aussi, de même que Fulgence Létourneau. Au moment de serrer la main du prêtre, le commerçant protesta :

— Mais non, je suis toujours si heureux de vous rencontrer.

Trop, c'était comme trop peu : l'ecclésiastique quitta la pièce en lui jetant un regard soupçonneux. Après que la porte fut soigneusement fermée, Picard grommela :

— Exiger que nous fermions pendant deux jours ! Quel prétentieux !

— Il pourrait vous le faire payer, dit Fulgence Létourneau. Si des Canadiens français ferment leur porte, ce prêtre peut très bien faire de la réclame pour eux en chaire, à votre détriment.

— Je vous parie que trouver nos portes ouvertes plaidera en notre faveur auprès de la clientèle… Nous avons encore une petite liberté tout de même, celle de faire des affaires à notre guise.

Surtout, le marchand avait déjà consacré trop d'argent à l'installation d'un bureau de télégraphe dans son magasin pour renoncer à ses projets commerciaux.

Chapitre 15

La première commémoration historique tenue pendant l'été 1908 fut celle de l'Église catholique et du mouvement nationaliste. Dès le samedi matin 20 juin, tous les journaux de la ville de Québec affichaient une demi-page de publicité pour le magasin Picard, au titre ronflant: *1708-1908 Une démonstration d'aubaines en l'honneur des fêtes de monseigneur de Laval*. Au-dessus, une gravure montrait une cohorte de soutanes recueillies devant la statue du digne prélat; au-dessous, les images des marchandises soldées.

— Si mon père était un général, il partirait certainement à la conquête de l'Afrique, clama Édouard.

— Je suis donc bien heureuse qu'il se contente de diriger une armée de vendeuses, avec des chefs de rayons en guise d'officiers, opposa Élisabeth d'un ton amusé.

La jeune femme venait avec son beau-fils contempler le branle-bas de combat sonné par son mari. Celui-ci ne doutait pas que tous les nationalistes déambulant dans les rues de la ville viendraient faire des emplettes dans « le plus grand magasin de l'est du Canada », rappelait la réclame, avant de retrouver leurs pénates. Dès que le cabriolet s'engagea dans la rue Saint-Joseph, elle constata immédiatement que ses collègues obéissaient au même atavisme commercial. Toutes les façades, tous les poteaux de téléphone et ceux de la compagnie distributrice d'électricité s'encombraient de bouquets de verdure, où les branches de sapin le disputaient aux feuilles d'érable. Partout, la brise secouait des banderoles et des drapeaux, essentiellement le Carillon-Sacré-Cœur et des emblèmes du Vatican blancs et jaunes, avec les armes du pape au centre.

La voiture s'arrêta devant les portes du magasin Picard. Édouard sauta prestement sur le trottoir, tendit la main pour prendre celle de sa belle-mère, afin de l'aider à descendre. Un moment plus tard, le duo pénétrait dans le grand édifice. Des banderoles, des fanions et des drapeaux dissimulaient les murs à demi, dans une cascade de tissu coloré.

— Dans deux semaines, nous allons changer tout cela. Le drapeau pontifical cédera sa place à celui de la France, à l'*Union Jack* et au Carillon, sans le Sacré-Cœur. Nous mettrons même des drapeaux américains pour améliorer le tout.

— Thomas ne craint pas d'attirer les foudres cléricales en affichant le drapeau de la République française, laïque, et celui du pays voisin, matérialiste et immoral ?

— Nous aurons deux navires de guerre de l'ancienne mère patrie dans la rade de Québec, un autre des États-Unis. Tout le monde chantera les louanges de l'Entente cordiale entre le Royaume-Uni et la France. Les méchantes soutanes cesseront de parler des vilains anticléricaux laïcisants pendant dix petits jours.

Édouard constatait avec amusement qu'à la maison, c'était finalement avec sa belle-mère qu'il parlait le plus volontiers de politique. Elle l'écoutait toujours avec un sourcil en accent circonflexe, souriante, comme si toutes ses paroles méritaient un scepticisme à la fois amusé et bienveillant.

Leurs pas les conduisirent vers l'ascenseur. Des tables hautes, tassées contre le mur, offraient de petites piles de papier à écrire, des enveloppes et des plumes à deux cents.

— Vous allez vous faire voler tout cela, remarqua Élisabeth.

— C'est du papier de piètre qualité, puis nous devons nous fier au fait que nos concitoyens connaissent bien le commandement de Dieu : « Tu ne voleras point. »

— Je suis étonnée que mon mari mette soudainement tant de confiance dans l'enseignement de nos bons prêtres. Je suppose qu'il compte aussi sur cette jeune femme.

Du doigt, elle désignait un petit kiosque érigé sommairement dans un coin, avec l'inscription « Poste et télégraphe » écrite au pochoir, dans les deux langues.

— Bien sûr, nous espérons que personne n'aura envie de l'entendre hurler : « Au voleur ! »

Élisabeth s'était arrêtée devant un présentoir offrant une impressionnante collection de cartes postales. Cette innovation devenait une véritable folie. Même les villages les plus reculés retenaient l'attention de photographes. Les voyageurs ne pouvaient résister à la tentation de griffonner un mot à l'endos de l'un de ces bouts de carton, pour l'envoyer ensuite à un parent sédentaire.

Pour l'année 1908, des entrepreneurs avaient photographié les sites les plus chargés d'histoire de la région de Québec, ornant ces reproductions des combinaisons 1608-1908 ou 1708-1908, afin que chacun y trouve son compte. Dans ce dernier cas, les illustrations montraient le plus souvent une église, un couvent ou un collège.

— Les gens peuvent aussi envoyer des télégrammes, précisa Édouard.

— Je sais : cela figurait en grandes lettres dans les réclames sur le festival des aubaines.

Son sourire amusé réprima l'enthousiasme mercantile d'Édouard. Il demanda plutôt :

— Tu montes voir papa ?

— Non, je vous abandonne à vos grandes conquêtes commerciales. Je ferai le tour des rayons, puis je rentrerai.

Le garçon profita du fait que l'ascenseur ouvrait ses portes pour s'y engouffrer. Élisabeth passa de longues minutes à regarder les marchandises s'amoncelant sur les présentoirs, saluant les vendeuses comme s'il s'agissait de cousines éloignées. Elle connaissait les noms des plus anciennes dans l'entreprise, ce qui flattait toujours celles-ci. Après une heure, la jeune femme put conclure que rien, parmi tous les produits offerts à sa convoitise, ne lui manquait vraiment. Autant retourner à la maison.

La cage de l'ascenseur s'arrêta un peu brusquement pour la laisser descendre et le garçon d'une douzaine d'année vêtu d'un costume rouge criard annonça : «Rez-de-chaussée», puis énuméra les articles offerts à ce niveau. Cette affectation attirait particulièrement les gamins en quête de leur premier emploi... sans doute à cause du prestige de l'uniforme. Après quelques années, s'ils affichaient un peu de débrouillardise, ils pouvaient aspirer à un poste de vendeur. Les autres cherchaient bien vite à s'employer dans les manufactures des environs.

Élisabeth regarda de nouveau du côté des cartes postales, hésitant à s'en procurer quelques-unes en guise de souvenir. La silhouette d'une jeune femme lui parut familière, avec sa longue robe d'un bleu soutenu qui tombait sur les chevilles, une lourde tresse de cheveux sombres s'enroulant sur sa nuque.

«Marie Buteau», murmura-t-elle. Un moment, elle eut envie de marcher vers elle, de l'inviter à boire une tasse de thé en sa compagnie. Mais quand un grand jeune homme vêtu de tweed, les cheveux et la moustache blonds, vint la rejoindre pour entamer une conversation avec elle, Élisabeth préféra s'esquiver. Quelques minutes plus tard, elle montait dans un tramway, au coin de la rue de la Couronne.

❧

— Je vais envoyer ces cartes postales, commenta James McDougall en lui montrant quelques cartons. Les membres de ma famille s'inquiètent beaucoup de me savoir au milieu des Peaux-Rouges. Cela les rassurera de réaliser qu'il y a aussi des bâtisses de pierre, ici.

— Et même des gens qui portent des vêtements sans grandes franges de cuir et des chapeaux sans plumes.

Pendant quelques minutes, Marie s'absorba encore devant le présentoir, s'attristant de n'avoir personne à qui envoyer une carte. Elle tentait de se faire discrète, les yeux toujours

356

baissés, soucieuse que personne ne la reconnaisse. Il ne devait rester aucune vendeuse du temps où elle travaillait là : les femmes abandonnaient tout travail rémunéré dès la naissance de leur premier enfant, sinon dès le moment de leur mariage. Mais dans le rayon des articles pour fumeur, comme dans celui des montres et autres produits de ce genre, situés à quelques pieds, certains employés lui paraissaient familiers.

Quand la veille, James McDougall, attiré par la réclame publicitaire des journaux, lui avait proposé de l'accompagner dans « le plus grand magasin de l'est du Canada », elle avait longuement hésité : onze ans plus tôt, elle avait juré de ne plus remettre les pieds dans cet établissement. Peut-être convenait-il de surmonter son dégoût. Dans ce cas, ce serait certainement plus facile de le faire en compagnie de cet homme. À la fin, elle avait accepté.

— C'est amusant, ce bureau du télégraphe, commenta James en revenant près d'elle, une fois ses cartes postales déposées dans le courrier. Nous en profitons pour manger ici ?

— … Oui, pourquoi pas !

Ils montèrent dans la petite cage aux parois de laiton de l'ascenseur. Un restaurant assez élégant occupait la moitié du dernier étage. Le couple s'installa à une petite table placée près d'une grande fenêtre encadrée, sur la façade, de deux colonnes de pierre. Sous leurs yeux se trouvait l'étroite rue Saint-Joseph, encombrée de passants plutôt pressés en ce samedi. De ce point de vue, ils dominaient le toit de l'église Saint-Roch, pour contempler plus loin les méandres boueux de la rivière Saint-Charles. Au-delà de l'eau, quelques rues quadrillaient un court espace. Très vite, elles s'arrêtaient à la frontière des champs cultivés. Au loin s'étendait la ligne violette des Laurentides.

— C'est tout de même un très beau pays, et je n'en ai vu qu'un tout petit bout.

— Avant de partir, voyagerez-vous un peu ?

— Je l'espère, mais je ne peux pas me permettre de jouer au touriste très longtemps. Que me conseillez-vous comme destination, Marie ?

À leur second petit dîner en tête-à-tête, ils avaient convenu de s'appeler par leur prénom, mais le vouvoiement demeurait toujours de circonstance.

— Ce serait une pitié de ne pas voir Charlevoix. Puis notre grande ville, Montréal, vaut peut-être le détour... Quoique, si vous connaissez déjà Londres, ne perdez pas votre temps.

— J'y songerai.

Une serveuse vint prendre leur commande, puis le repas s'étira une petite heure, meublé par leur conversation sur les beautés touristiques de la province de Québec. Au moment de payer l'addition, James McDougall demanda encore, en baissant la voix d'un ton :

— Vos absences ne causent pas de difficultés, au magasin ?

— Si elles en posaient, je n'aurais qu'à refuser de vous accompagner.

— Je voulais dire, compte tenu de votre situation...

Marie fixa l'homme de ses yeux sombres, puis murmura :

— J'aime bien votre compagnie, James. Mais je ne souhaite pas du tout discuter de ma « situation », comme vous dites, avec vous.

À deux reprises déjà, son compagnon avait voulu aborder le sujet de son trouble : fréquenter une femme mariée le laissait mal à l'aise, surtout dans une toute petite ville soumise à ses prêtres, où chacun se trouvait exposé au regard inquisiteur de ses voisins.

— Je m'inquiète... des conséquences désagréables pouvant s'abattre sur vous.

— Ne craignez rien pour moi. J'arrive à contrôler ces... conséquences. De mon côté, je ne pose aucune question sur... vos proches.

— Je ne suis pas marié, tint à préciser le jeune homme.

— Je ne vous ai jamais demandé la moindre information à ce sujet. Je vous prie de laisser cet aspect de ma vie dans l'ombre.

Quand McDougall se remémorait sa première rencontre avec le commerçant de la rue de la Fabrique, le souvenir de la poignée de main suspecte lui permettait de croire que Marie ne satisfaisait pas tous ses besoins avec lui. Cela lui avait donné une certaine audace. Lors de sa seconde rencontre avec Alfred, destinée à régler le solde de la première commande de tissu et à en présenter une nouvelle, la mine renfrognée de l'époux lui avait montré que celui-ci n'accueillait pas la présence d'un tiers dans une indifférence bienveillante. Heureusement, le temps des duels à la première lueur de l'aube était périmé.

— Entendu… Croyez-vous pouvoir m'accompagner mardi prochain ? J'aimerais profiter du congé pour effectuer une petite expédition.

— Je le pourrai sans doute. Où comptez-vous aller ?

— Je pensais à un pique-nique. On m'a dit le plus grand bien du point de vue en haut des chutes Montmorency. Il y a là un hôtel, un théâtre qui offre des comédies tout l'été…

— Je sais, je connais l'endroit.

James s'était levé pour venir derrière elle afin de tirer sa chaise. Un moment plus tard, alors qu'ils marchaient vers l'ascenseur, il demanda encore :

— Acceptez-vous ?

— Avec plaisir. Si jamais j'avais un empêchement, je laisserais un message à la réception de votre hôtel. Signé Marguerite.

Marie avait déjà utilisé ce pseudonyme une fois. Malgré son assurance affichée, elle préférait une certaine discrétion. Alors qu'ils montaient dans l'ascenseur avec deux clientes, tous les deux s'imposèrent le silence. Ce ne fut qu'au moment d'aller prendre le tramway que l'homme demanda encore :

— Où nous rejoindrons-nous ?

— À votre hôtel… Plus précisément, sur le trottoir, devant la porte. Ne me faites pas attendre, cela ferait mauvais genre.

— Comme c'est assez loin, je louerai une voiture et un cheval pour la journée. Rejoignons-nous à dix heures précises.

La jeune femme acquiesça. Quand Alfred serait mis au courant de cette escapade, il en aurait pour quelques jours à montrer moins d'entrain que d'habitude. Néanmoins, Marie savait qu'il ne ferait rien qui soit susceptible d'alarmer les employées, ou les enfants.

Curieusement, depuis qu'il soupçonnait sa femme de vivre une aventure, le marchand s'interdisait de retourner au YMCA ou au billard. L'abstinence, cette fois, lui venait d'une vague jalousie mêlée de crainte.

—↭—

Au cours de la soirée du samedi 20 juin, toute la population de Québec sembla se répandre dans les rues de la ville. Thomas Picard et sa femme s'étaient dirigés vers la terrasse Dufferin en sortant de table. Un peu après huit heures, Édouard passa la tête dans la porte entrebâillée du petit salon pour demander :

— La température semble idéale. Venez-vous marcher avec nous ?

Eugénie marqua un moment d'hésitation. Le « nous », c'était son frère et Fernand Dupire. Ces dix derniers mois, celui-ci avait un peu espacé ses visites chez les Picard. La raison avouée de cette nouvelle discrétion était le poids des études universitaires sur ses épaules. Personne ne se trompait sur ses véritables motifs.

La jeune fille consulta du regard son amie Élise Caron, puis accepta :

— D'accord, nous vous accompagnons. Où voulez-vous aller ?

— Contempler les magnifiques décorations de l'arche-vêché.

Pareille distraction avait quelque chose d'étonnant chez ce garçon, mais les événements des prochains jours seraient tout à fait exceptionnels. Quelques minutes plus tard, ils se promenaient sur la Grande Allée, les garçons dans des costumes de lin léger arborant de fines lignes parallèles un peu plus foncées, un canotier sur la tête, un peu incliné sur l'œil. À leur vue, les badauds penseraient à des jumeaux totalement dissemblables, mais vêtus de la même façon.

Les deux jeunes filles arboraient des robes unies, aux couleurs pâles. Si Eugénie portait un chapeau de paille, Élise montrait ses boucles brunes soigneusement coiffées. Comme il convenait, chacune avait mis des gants de dentelle. À cette heure, une ombrelle était superflue : bientôt, la pénombre s'étendrait sur la ville.

À la hauteur de la rue d'Auteuil, ils croisèrent le couple Picard en route vers la maison. Après un échange de salutations, ils poursuivirent leur chemin. Édouard marchait devant, en offrant son bras à Élise. Après les commentaires sur la belle journée, il demanda à voix basse :

— Comment progresse la pêche ?

— … Pardon ?

Elle comprenait parfaitement la métaphore, mais l'outre-cuidance de la question la laissait sans voix. Le temps de le faire répéter, la jeune fille pourrait retrouver un semblant de contenance.

— Peut-être devrais-je dire la chasse au bon parti ?

— Je ne comprends pas…

— Voyons, le bal, l'automne dernier, c'était l'ouverture de la saison, n'est-ce pas ?

— C'est une façon tellement… brutale de présenter les choses.

Le mot « grossière » lui était d'abord venu à l'esprit. Sa réponse, surtout son ton réprobateur, ne démontèrent pas le grand adolescent pour autant.

— Ma franchise fait tout mon charme. Vous ne le saviez pas ?

— Je ne suis pas certaine…

— À votre âge, n'est-ce pas la grande préoccupation ? Je vous ai même surprise en flagrant délit le premier de l'An. Alors pourquoi tout le monde devrait-il faire semblant qu'il s'agit d'autre chose ?

Édouard affichait une telle candeur qu'elle n'arrivait pas à lui en vouloir.

— … Les résultats ne sont pas aussi concluants que je le souhaiterais, reconnut-elle dans un souffle, après un long silence.

— Les gars de la Haute-Ville sont vraiment un peu engourdis, commenta son compagnon.

En plein jour, il aurait pu voir le rouge monter aux joues de la jeune fille. Il continua, sincère :

— Je n'arrive pas à croire que votre gibecière demeure vide, ou votre salon désert, ce qui revient au même.

— Ce n'est pas ce que j'ai dit.

— Mais vous souhaiteriez que d'autres personnes viennent s'y bousculer. Le gibier demeure un peu… rachitique ?

— C'est une curieuse façon de présenter les choses.

Les fils d'un petit nombre de grandes familles demeuraient l'objet des convoitises de toutes les couventines, chacune certaine de triompher. Quand elles approchaient de leurs vingt ans, c'était pour constater que sur ce curieux marché, la beauté physique, accessoirement l'esprit, la fortune et la position sociale des parents se combinaient pour former un petit capital. Une fille de médecin pas vilaine attirait invariablement les fils présentables de médecins, de pharmaciens, d'avocats et de notaires. Rien de plus enviable, à moins d'afficher une allure à couper le souffle. Les premiers mois à recevoir des jeunes gens dans son salon permettaient à chacune de surmonter la première déception. Ensuite, le réalisme conduisait à se réjouir de l'union qui se révélait possible, au détriment de celle dont on avait rêvé. Un peu de romantisme pouvait même lui donner l'allure d'un conte de fée.

Édouard choisit de ne pas évoquer le jeune Brunet, peu désireux de blesser son amie, si le garçon avait porté son intérêt ailleurs.

— De nombreuses personnes partagent votre situation, j'en ai peur, continua le garçon en posant les yeux sur sa sœur, qui marchait trois pas derrière eux.

Eugénie et Fernand avançaient côte à côte, sans se toucher, sauf quand un passant les obligeait à se presser d'un côté du trottoir. Leur conversation ne prenait pas vraiment son envol et pendant de longues minutes, ils échangèrent des mots épars. À la fin, ce fut la jeune fille qui amena l'entretien sur un sujet susceptible d'intéresser son compagnon :

— Comment s'est déroulée votre première année universitaire ?

— Plutôt bien... très bien même. Mais je n'ai pas beaucoup de mérite. Mon père a commencé à m'entretenir d'actes de vente alors que j'avais tout juste dix ans. Chaque bonbon devenait l'enjeu d'un contrat entre lui et moi.

— Tout de même, savoir que vous êtes au bon endroit, dans une occupation qui vous satisfait, c'est une bénédiction.

— Vous devez avoir raison.

Le grand jeune homme n'arrivait pas vraiment à se réjouir de sa bonne fortune. Au contraire, la suite témoignait encore d'un certain espoir :

— Il ne me reste que deux ans d'études, puis la cléricature.

Eugénie se mordit la lèvre inférieure, résolue à ne pas s'engager sur ce terrain. Bientôt, ils empruntèrent la rue du Trésor, pour déboucher près de la basilique de Québec. Sur le parvis, on avait dressé un immense reposoir, généreusement décoré de drapeaux pontificaux et de toiles brodées de fils dorés. Ces ornements demeureraient toute une nuit sans surveillance : les voler ou les abîmer tenait du véritable sacrilège aux yeux de la quasi totalité de la population.

— Vous paraderez dans les rues demain? demanda Élise, heureuse d'aborder un autre sujet que sa quête du bon parti.

— Je suppose que ni vous ni moi n'aurons la chance d'éviter cela, à moins de changer très vite de religion, répondit Édouard.

— Il y a une solution plus simple : vous lever tôt et assister à la basse messe, à six heures.

— Mes parents n'ont pas évoqué cette possibilité.

Du parvis de la cathédrale, ils passèrent du côté du palais archiépiscopal. Les armes de monseigneur de Laval, peintes sur une grande plaque de verre de quinze pieds de diamètre, captaient les derniers rayons de lumière. Elle était encadrée d'un immense manteau de peluche cramoisie bordé d'or et d'hermine. Le tout reposait sur un fond de verdure décoré de guirlandes et de fleurs.

Le logis de l'archevêque s'ornait encore, du côté sud, d'un immense panneau de bois portant le mot «Maria», peint en blanc. Cette surface portait dix-huit mille petits trous, par lesquels passaient des filets de lumière multicolores. Pendant de longues minutes, les amis demeurèrent immobiles au milieu d'une petite foule, le temps que la pénombre permette de mieux apprécier le spectacle. Le nom de la Vierge, tout de lumière blanche, apparaissait au milieu d'un bouquet composé de milliers de petits rayons colorés.

— L'effet est étonnant, commenta Édouard.

— Comment le réalisent-ils? questionna Élise.

— Derrière ce grand panneau de bois, il y a des centaines d'ampoules électriques. Chacun des trous est obstrué par un morceau de verre coloré. Cela permet de teinter les rayons de lumière.

— La facture de la Quebec Light sera astronomique, affirma Fernand.

Édouard laissa échapper un petit rire entre ses dents, puis remarqua :

— Je pense que monseigneur Bégin a les reins plus solides que ton père et le mien réunis. Et en cas de difficulté, pour tout régler, les bonnes gens de la Haute-Ville augmenteront leur obole, à la grand-messe. Ne crains rien, notre pasteur nous le demandera bientôt. Allons-nous voir ce fameux bateau ?

Dans la cour du Petit Séminaire, des centaines de personnes passaient devant un grand modèle du *Don-de-Dieu*, le navire de Champlain, placé sous des projecteurs électriques. Les fêtes de monseigneur de Laval faisaient en quelque sorte un clin d'œil aux célébrations du tricentenaire. Les garçons s'extasièrent un moment sur les vergues de la taille du petit doigt, les cordages faits de fil à pêche, alors que leurs compagnes échangeaient des regards impatients et des soupirs lassés.

Le quatuor revint dans la rue Buade. Du côté du bureau de poste monumental, dans un grand espace gazonné se dressait une structure haute de quarante-cinq pieds au moins, drapée de pièces de toile violette. Dans le ciel, ces morceaux de tissu descendaient d'une couronne paraissant flotter dans les airs. En réalité, cet assemblage tenait grâce à des fils d'acier tendus entre les édifices les plus élevés.

À la fin, ils regagnèrent leur domicile en discutant de la solennité de la célébration du *triduum*.

Chapitre 16

Le dimanche suivant le soixantième jour après Pâques, les catholiques célébraient la Fête-Dieu, appelé aussi la fête du Saint-Sacrement. En 1908, cela tombait le 20 juin. La basilique de Québec conviait ses paroissiens, et les visiteurs de partout dans la province, aux solennités les plus grandioses. Exceptionnellement, la grand-messe commença à huit heures. La célébration ne se terminerait pas vraiment avant midi.

La famille d'Alfred Picard, afin d'éviter la cohue et une cérémonie interminable, avait assisté à la messe basse, dès six heures du matin. Cette façon expéditive de remplir ce devoir religieux permettait souvent à ses membres de consacrer le reste de la journée à une excursion dans les environs de la ville. Ce jour-là, l'après-midi, ils n'iraient pas plus loin que les plaines d'Abraham. Un peu après neuf heures, un mouvement dans la rue, trois étages plus bas, amena Thalie à déclarer à son frère :

— Cela commence. Tu viens avec moi ?

Mathieu quitta le fauteuil où, depuis le déjeuner, il se concentrait sur un roman policier pour suivre la fillette dans sa chambre. Au moment où ils prenaient place sur le banc près de la fenêtre, les grandes portes de la basilique laissèrent passer un dais accroché à quatre bâtons de bois, porté par autant d'hommes. Sous la toile blanche ornée en son centre d'une colombe et tout autour de guirlandes brodées de fils d'or et d'argent, tendue sur un cadre, monseigneur Louis-Nazaire Bégin marchait d'un pas mesuré, le corps dissimulé par un surplis de lin fin enjolivé de dentelle, enfilé par-dessus une soutane violette. Ses deux mains, à la hauteur de sa poitrine, tenaient un ostensoir d'or représentant un soleil, ses rayons allant dans toutes les directions. La peau n'entrait pas en contact avec cette pièce d'orfèvrerie sacrée : une pièce de tissu la protégeait. Tout ce respect allait au fardeau transporté : au centre de l'objet, un disque de verre, la lunule, contenait le corps et le sang du Christ, sous la forme d'une grande hostie.

— Ils ont de beaux costumes, remarqua la fillette du ton compétent d'une marchande de tissu.

— Beaux à regarder, mais je ne me verrais pas accoutré comme cela, un jour aussi chaud qu'aujourd'hui.

Derrière l'archevêque de Québec marchaient pas moins de quatorze évêques venus des quatre coins de la province. Chacun avait aussi passé un surplis blanc sur une soutane violette. Ensuite, nombreux, se succédaient des prêtres aux vêtements noirs, des membres de congrégations religieuses masculines ou féminines dans la tenue de leur ordre. Une nuée de servants de messe, eux aussi revêtus du surplis et de la robe, encadraient les ecclésiastiques, certains portant une chandelle allumée à l'intérieur d'une lanterne de métal argenté tenue au bout d'un bâton.

— Cela ne te plairait pas, de devenir servant de messe ?

Ce jour-là, le théâtre catholique, avec ses costumes et sa pompe, semblait fasciner la petite fille.

— Je ne pense pas être un assez bon chrétien pour suivre la messe dans le chœur.

— Justement, la cérémonie doit passer plus vite, avec quelque chose à faire.

Les prélats descendirent la rue de la Fabrique, puis bifurquèrent rue Saint-Jean. Derrière eux, l'escadron de prêtres, de religieux et de religieuses était suivi de tous les fidèles de la paroisse Notre-Dame en état d'entreprendre la longue marche les conduisant jusqu'à la Basse-Ville. Pendant tout ce temps, les autres demeureraient sur leur banc, à prier.

Dans le salon, Alfred se leva pour regarder un court moment dans la rue, amusé par cette démonstration de la foi de ses concitoyens, puis il revint s'asseoir dans son fauteuil habituel. Il comptait passer la matinée tout entière à boire du thé et parcourir les journaux négligés pendant la semaine.

— J'aimerais prendre congé pour la journée de mardi, chuchota Marie.

Depuis que les enfants s'étaient esquivés, elle rassemblait son courage et cherchait ses mots pour aborder ce sujet.

— Ce jour-là, nous fermerons au début de l'après-midi, afin de permettre à nos vendeuses de profiter des festivités de la Saint-Jean.

— Je souhaite m'absenter aussi en matinée.

— … C'est pour voir ce type ?

Le ton de l'homme trahissait une colère mal contenue, mais surtout une sourde inquiétude. Il enchaîna après une pause :

— Tu as mangé avec lui hier.

— Et je compte récidiver mardi… à une certaine distance de Québec. Voilà pourquoi je désire plus de temps.

— Ah ! Une escapade amoureuse.

Cette fois, le dépit plaça un mauvais sourire sur les lèvres de l'homme. Marie se sentait bien petite dans son fauteuil, un vieux numéro de *L'Album illustré* sur les genoux. Toutefois, elle s'efforçait de garder les yeux sur lui, sans fléchir.

— Une escapade… murmura-t-elle. Sans doute. Pour le qualificatif, je saurai mieux te le dire après coup.

— Où crois-tu que cette histoire va te conduire ? gronda-t-il en maîtrisant mal son ton.

La femme tourna la tête afin de regarder dans le couloir. Les enfants se trouvaient dans la dernière pièce, au fond. Si la porte était demeurée ouverte, ils risquaient d'entendre.

— Nous avons évoqué Montmorency. Bien moins loin que ton équipée à Montréal de mars dernier, répondit-elle en baissant la voix.

— … J'étais allé rencontrer un fournisseur.

Le regard de Marie, brûlant, l'obligea à baisser les yeux. Les événements des dix dernières années lui permettaient difficilement de se muer tout d'un coup en parangon de vertu. Tout de même, il tenta :

— Je pourrais t'interdire de le voir !

— Pourquoi ferais-tu cela ? En vertu d'un titre de propriété sur un bien dont tu n'as pas vraiment l'usage ?

Alfred pâlit, proposa après un long silence, dans un murmure à peine audible :

— Je pourrais faire un effort...

Marie eut un rire bref, dont ses yeux gardèrent le vestige au moment de dire :

— Tu réalises sans doute que, présentée comme cela, l'offre revêt moins d'attrait.

— Je sais, admit-il, à son tour en souriant. C'est ridicule, n'est-ce pas ?

À ce moment, Thalie apparut devant eux, un voile d'inquiétude sur le visage. Son pas de souris était totalement silencieux.

— Je... je voulais un peu d'eau.

— Demande à Gertrude, je parie qu'elle a encore un peu de limonade.

Quand la fillette disparut dans la cuisine, la jeune femme tourna de nouveau la tête vers son époux, certaine que celui-ci ne considérait pas que la discussion était close.

— Où penses-tu que cela te conduira ? questionna-t-il à voix basse.

— Montmorency.

— Tu sais ce que je veux dire ! s'impatienta-t-il.

— Et je te réponds en conséquence. Je m'absenterai encore quelques fois, j'espère. Tu comprends, je n'ai pas l'initiative. Puis il prendra un navire vers l'Écosse. Nous retrouverons alors tous les deux notre routine habituelle, régulièrement rompue dans ton cas par une escapade, comme tu dis.

La perspective, à en juger par le ton de Marie, ne s'avérait pas totalement réjouissante. Thalie revint de la cuisine avec un verre à demi plein de limonade. Un morceau de citron flottait à la surface de la boisson. Ces petits fruits venus d'aussi loin que le sud des États-Unis, et leur utilisation assez libérale dans la maison, témoignaient à eux seuls de la prospérité du commerce de vêtements d'Alfred Picard. La plupart des ménages de la Basse-Ville n'en voyaient jamais la couleur.

— La procession a disparu par la rue Saint-Jean, expliqua l'enfant.

— Elle ne reviendra pas avant deux heures, je pense, commenta la mère. Elle doit passer par les églises des paroisses de Saint-Sauveur, de Saint-Roch, et même par Sainte-Victoire, avant de revenir par la Côte-de-la-Montagne. Vous venez nous rejoindre ici ?

— Mathieu est couché en travers de mon lit avec son roman. Je vais lire aussi, je pense.

Elle continua son chemin vers sa chambre.

Sans surprise, Thalie constata que son frère n'avait pas bougé d'un pouce depuis son départ.

— Papa et maman discutent encore de choses de grandes personnes, expliqua-t-elle en lui tendant le verre.

— Normal, ce sont des grandes personnes.

— Tu crois qu'ils ont des problèmes ? Papa semble... inquiet.

Si le mot traduisait mal l'impatience et la colère que leur père n'arrivait pas à dissimuler depuis quelque temps, il convenait tout à fait à la mine de la petite fille. Mathieu ferma son roman de Conan Doyle, en prenant bien garde de mettre son doigt pour retrouver sa page, puis la regarda pour dire :

— Je suppose qu'il a des soucis. Ne t'en fais pas, je parie que les choses iront bientôt mieux.

Elle conserva sa mine un peu sceptique, chercha sur une tablette un livre qui mériterait de nouveau son attention. Son choix se porta sur un petit opuscule de Beatrix Potter publié tout récemment, *The Tale of Jemima Puddle-Duck*, l'histoire d'une oie assez sotte pour accepter d'être hébergée chez un renard. La richesse des illustrations compensait très bien les connaissances très lacunaires de l'anglais que possédait la fillette. Elle s'affala ensuite en travers d'un vieux fauteuil dont le coussin, déchiré, perdait un peu de son crin.

À cause de la curieuse organisation de l'appartement, les pièces étaient réparties de part de d'autre d'un couloir central. La chambre se révélait étroite et longue, avec une seule fenêtre donnant dans la rue de la Fabrique. Une section de celle-ci recevait un lit et une commode, la seconde un bureau, le grand fauteuil et un gros coffre. En réalité, il s'agissait d'une vieille malle achetée d'occasion, dont la serrure ne fermait plus. Elle recelait des poupées et tous les trésors qu'une petite fille de huit ans avait pu accumuler au cours de sa courte vie.

Un peu avant midi, des chants religieux attirèrent l'attention des enfants. Ils reprirent leur poste d'observation devant la fenêtre.

Les évêques arrivèrent les premiers sur la place. Sans doute épuisé par sa longue marche et la pente abrupte pour revenir dans la Haute-Ville, monseigneur Bégin tenait son ostensoir un peu moins haut que lors du départ. Tout le long du chemin, les arrêts aux principales églises de la ville avaient permis de rallier des fidèles pour la procession. De nombreux membres de confréries marchaient ensemble plutôt qu'avec leur famille : pour les femmes, il s'agissait des Enfants de Marie vêtues de bleu, des Filles d'Isabelle ou des Dames de Sainte-Anne ; pour les hommes, des Ligues du Sacré-Cœur et des Cercles Lacordaire. Même des fraternités au caractère religieux moins affirmé, comme les Hiberniens d'origine irlandaise et les Chevaliers de Colomb, se regroupaient pour parader. Les adhérents de toutes ces associations se distinguaient par des insignes, des colliers, des drapeaux.

La fête du corps et du sang du Christ, la désignation officielle de la Fête-Dieu, se terminerait sous le grand reposoir dressé sur le parvis de la basilique, décoré de riches tissus brodés et de guirlandes de verdure et de fleurs.

— C'est incroyable, tout ce monde, commenta Thalie, impressionnée.

— Les paroissiens de l'ensemble de la ville se sont joints à la procession.

Les journaux du lendemain évoqueraient le nombre de vingt-cinq mille fidèles, ce qui était vraisemblable pour une population totale qui atteignait trois fois ce chiffre.

— Je suis contente de ne pas être parmi eux. Je pourrais me faire écraser.

La fillette avait raison. Sous leurs yeux, la foule noircissait totalement les rues de la Fabrique et Buade, la place devant la basilique, les pelouses devant l'hôtel de ville. Même les ursulines, des cloîtrées vivant séparées de la masse des fidèles, profitaient de la permission de l'archevêque pour participer à une manifestation de la foi des Canadiens français aussi solennelle. Ce moment de liberté s'étendrait jusqu'au lendemain, jour du grand dévoilement.

L'honneur de présenter l'ostensoir à la foule prosternée, les genoux sur les pavés, revint à monseigneur Donato Sbaretti, légat pontifical au Canada. En même temps, les zouaves firent retentir leurs tambours et leurs clairons dans un salut à Dieu.

⚡

Le 22 juin 1908, une partie des fêtes consacrées à monseigneur de Laval se déroula dans la discrétion des murs du Petit Séminaire. Tout le gratin ecclésiastique s'y trouvait afin de se rassurer sur sa propre grandeur. Une messe pontificale fut célébrée dans la chapelle de l'institution, à proximité du cadavre du premier évêque du Canada. Trente ans plus tôt, au moment de son exhumation, la rumeur prétendit que les chairs gardaient une couleur rose rassurante, le corps exhalant une odeur de sainteté.

Thomas Picard n'avait pas menti au curé Buteau : la statue du prélat, l'œuvre du sculpteur Louis-Philippe Hébert, lui avait coûté une jolie somme. L'effort financier venait principalement de la société Saint-Jean-Baptiste de Québec, dont il était membre depuis deux décennies. À tout le moins, son investissement lui valait un petit avantage : une place assise pour assister à ces interminables cérémonies.

— En plus, il fait beau pour ce grand jour, remarqua Élisabeth, amusée par la mine renfrognée de son époux.

— C'est bien le moins que Dieu agrémente cette fête en l'honneur de son plus fidèle serviteur, murmura-t-il entre ses dents.

Le couple se tenait sur une estrade sommairement érigée dans le parc Frontenac, dont le nom disparaîtrait bientôt des mémoires pour être supplanté par celui de Montmorency, une référence à Montmorency-Laval, le patronyme par lequel on désignait souvent le premier évêque de Québec.

— Ne fais pas mauvaise figure, ricana-t-elle en lui faisant un clin d'œil, le succès de la journée ne jettera pas d'ombre sur la célébration de l'Empire qui commencera dans trois semaines.

— Bon, voilà que tu fais cause commune avec notre galopin, maintenant. As-tu la moindre idée de l'endroit où il se trouve ? Je ne le vois pas.

Thomas allongeait le cou afin d'apercevoir Édouard. Au moment du repas de midi, le garçon leur avait expliqué devoir suivre la cérémonie avec les élèves du Petit Séminaire. Ses camarades et lui-même seraient mis à contribution au moment de lancer les chants patriotiques et religieux vers les cieux.

— Je vois un rassemblement de drapeaux Carillon-Sacré-Cœur au milieu de la Côte-de-la-Montagne. Je devine qu'il se trouve au milieu du groupe, répondit Élisabeth en se levant afin de mieux voir.

— S'il y a un écolier dont le drapeau ne porte pas un cœur sanglant, je présume que c'est lui.

— Malgré son petit côté crâneur, il n'oserait pas, affirmat-elle en reprenant place sur la longue planche de pin qui accueillait à elle seule une vingtaine de spectateurs.

Une douzaine de banquettes parallèles recevaient un peu moins de trois cents personnes. De grands arbres jetaient un peu d'ombre sur les notables. L'estrade la plus imposante s'élevait sous les murs de l'archevêché. Elle recevait le gratin ecclésiastique. Une autre, devant le bureau de poste, se trouvait bondée de personnages politiques éminents, au milieu desquels trônait l'archevêque de Québec.

En plus des occupants des estrades d'honneur, des milliers de personnes, au coude à coude, occupaient tout l'espace disponible partout où l'immense statue demeurait visible. À ces spectateurs aux deux pieds sur terre s'ajoutaient ceux qui se massaient à toutes les fenêtres donnant sur la petite place, mais aussi ceux qui s'étaient juchés sur des poteaux et sur les toits environnants, y compris sur celui du grand bureau de poste.

— Ces étudiants doivent crever de chaleur, debout en plein soleil avec un « suisse » sur le dos, commenta la jeune femme en ouvrant son ombrelle pour se protéger.

— Ils sont encore jeunes et robustes, déclara Thomas en riant. Une bonne suée ne fera pas de mal à Édouard... Je...

L'homme sursauta quand une grande détonation éclata au-dessus de sa tête. Un tonnerre d'applaudissements et les cris de la foule vinrent ajouter au vacarme, alors que de petits drapeaux du Royaume-Uni, du Vatican, de France et des Carillon-Sacré-Cœur tombaient du ciel.

— Je me demande quel imbécile a inventé ces bombes étourdissantes. Il mériterait dix ans de prison.

— Ne sois pas grognon... Cela fait un peu de bruit, c'est tout. Regarde plutôt cette grande couronne : elle est bien impressionnante.

Il s'agissait d'un grand diadème d'or et d'argent. La statue elle-même demeurait dissimulée par les grandes toiles violettes. Son socle de granit disparaissait presque totalement sous des amoncellements de fleurs.

À deux heures trente, des détachements militaires vinrent se placer tout autour de la grande statue de quarante-cinq pieds de haut. Parmi eux, les zouaves gonflaient la poitrine avec une fierté de croisés prêts à pourfendre les infidèles. À trois heures précises, le gouverneur général Grey fit une arrivée remarquée dans son uniforme galonné d'or, un bicorne sur la tête, monté sur un magnifique cheval arabe et escorté de tout un escadron de hussards. Il descendit prestement de sa monture pour rejoindre son épouse sur l'estrade d'honneur, derrière la statue. Avant de s'asseoir, avec ostentation, il se pencha pour baiser l'anneau de monseigneur Louis-Nazaire Bégin, puis prit sa place entre sa femme et le prélat. Celui-ci, drapé dans sa soutane violette, vêtu d'une chasuble brodée d'or et coiffé d'une mitre, tenait sa crosse de la main gauche. Le berger régnait sur son grand troupeau recueilli. Le lendemain, les journaux affirmeraient que trente mille personnes s'entassaient dans les environs.

L'arrivée du gouverneur général donna le signal du début des cérémonies. Le notaire Louis-Philippe Sirois, président du comité de la société Saint-Jean-Baptiste responsable de la réalisation de la grande statue, s'avança devant le socle de granit rose afin de prononcer un discours exprimant toute la reconnaissance du peuple canadien-français à l'égard de sa sainte mère l'Église, tout en formulant le vœu que son premier prélat rejoigne bien vite le panthéon des saints.

— Aussi ne nous suffisait-il pas de posséder sous les dalles du sanctuaire du séminaire les reliques précieuses des ossements du Vénérable François de Montmorency-Laval, déclama-t-il d'une voix monocorde ; il fallait, en attendant que l'Église donne à ce grand saint une place sur les autels, lui élever ce monument qui est la consécration définitive d'une gloire qui brille encore de tout son premier et vif éclat.

L'effort oratoire fut si médiocre que peu de journaux, même les feuilles catholiques, se donnèrent la peine de le reproduire.

Ensuite, quatre fillettes et quatre garçonnets apparurent au pied de la statue et des ecclésiastiques remirent à chacun des enfants le bout d'un ruban coloré.

— Nos seigneurs les évêques ont fait de beaux enfants, grommela Thomas à l'oreille de sa femme.

— Cesse de faire le gamin, gronda-t-elle. Parfois, je me demande qui est l'adulte, de toi ou d'Édouard.

Ces enfants venaient des familles des évêques Bégin, Taschereau, Baillargeon et Turgeon, tous des successeurs de monseigneur de Laval sur le siège épiscopal de Québec. Ils remirent les extrémités des grands rubans au comte Grey. En principe, celui-ci devait tirer dessus pour élever le diadème et les grandes toiles accrochées à lui, afin de découvrir la statue. Dans les faits, il appuya sur un bouton, et un moteur électrique se substitua à ses muscles. L'œuvre monumentale de bronze, représentant le prélat bénissant les fidèles, suscita des applaudissements frénétiques. Près du socle, des personnages secondaires rappelaient son histoire. Une femme incarnait l'Église canadienne ; un enfant, la fondation du séminaire ; un Amérindien, l'entreprise de conversion des infidèles. Enfin, un ange apportait les palmes de la gloire éternelle à l'évêque.

À ce moment, deux automates de métal, mus aussi par l'électricité, sortirent du grand diadème pour laisser tomber sur la foule des fleurs et des images de monseigneur de Laval.

— Si je comprends bien, murmura le marchand à l'oreille de sa femme, maintenant Thomas Edison fait les miracles. Ces curés devraient se méfier, bientôt on n'aura plus besoin de Dieu.

Cela lui valut un coup de coude dans les côtes. Une colombe blanche sortit de la grande couronne suspendue dans les airs. En même temps, les militaires massés au pied de la statue tirèrent une salve vers le ciel. Le vacarme eut pour résultat de paralyser la seconde colombe, qui se posa sur la couronne et attendit de longues minutes avant de s'envoler, au moment où un troisième oiseau se montra enfin.

Les applaudissements se poursuivirent pendant de longues minutes. Seul le chant *Ô Canada*, entonné par des dizaines de milliers de voix, mit fin à ce tonnerre. Ensuite, une chorale composée de cinq cents hommes et femmes exécuta en l'honneur du premier évêque de Québec une cantate, dont Ovide Crémazie avait commis le texte, sur une musique de Rossini.

Quand le silence revint, débarrassé de son bicorne, son crâne chauve luisant sous le soleil, le gouverneur général s'avança jusqu'au pied de la grande statue pour commencer, dans son meilleur français :

— Messeigneurs, Messieurs, je suis heureux qu'il me soit permis, en ma qualité de représentant de Sa Majesté le roi, de déposer mes respectueux hommages aux pieds de cette magnifique statue de bronze qui, impérissable comme son nom et ses vertus, dévoilera désormais les traits de votre grand apôtre, François de Montmorency-Laval...

Le dignitaire continua pendant un moment de sa voix appliquée.

— Messeigneurs, Messieurs, se moqua Élisabeth à voix basse. Que fait-il des femmes qui sont ici par milliers ? C'est cela, la fameuse politesse britannique ?

— Ce discours me paraît tellement ennuyeux qu'un curé est sans doute responsable de sa rédaction. Notre vice-roi est probablement innocent de cet impair.

À tout le moins, l'homme eut le bon goût de se faire bref. Bientôt, la tête de nouveau couverte de son bicorne décoré de plumes d'autruche, il remonta sur son cheval pour s'éloigner dans un bruit de cavalcade, au milieu du détachement des hussards de la reine. La foule se dispersa ensuite très lentement.

Si les notables avaient profité de places assises, cela les condamnait à quitter les lieux les derniers. Thomas pesta entre ses dents pendant de longues minutes, s'interrompant seulement pour saluer ses collègues et les membres de la société Saint-Jean-Baptiste et répétant sans cesse les mêmes phrases :

— Ce fut tellement édifiant, affirma-t-il à un avocat de renom.

— Notre ami, le notaire Sirois, s'est vraiment surpassé, confia-t-il à un nationaliste.

— Le comte Grey, bien que ce soit un protestant, a su trouver les mots justes, glissa-t-il à l'oreille d'une grenouille de bénitier. Dans des circonstances semblables, il ne peut certainement pas ignorer que l'Église catholique demeure la seule véritable.

Cette dernière remarque devait montrer que même les libéraux avaient de ces pensées élevées. Quelques fois, en l'entendant, Élisabeth devait dissimuler son sourire derrière sa main gantée.

En regagnant le chemin Saint-Louis, en route vers son domicile, le couple tomba sur Joseph Savard, le président du club de chasse. L'homme salua Thomas, puis enchaîna à l'intention de la jeune femme :

— Madame Picard, vous joindrez-vous à nous mercredi afin de répéter notre scène pour le *pageant*? Cette fois, nous aurons certainement un cheval vous convenant.

— Vous voulez dire très vieux, incapable de se cabrer et susceptible de comprendre les directives de monsieur Lascelles... car son accent très *british* me laisse parfois perplexe.

— Je pense que son accent n'appartient qu'à lui... Mais ne sous-estimez pas vos talents de cavalière. Vous méritez mieux qu'un vieux canasson.

Thomas eut le sentiment que l'homme parlait de la silhouette de sa femme, qu'il détaillait sans vergogne, plutôt que de son habileté à monter. Un peu plus et il regretterait de l'avoir convaincue d'accepter un rôle. Surtout qu'Élisabeth se fit minaude :

— Si cela vous amuse de me voir jetée au sol au moment où Henri IV se livrera à sa péroraison…

Elle faisait tourner son ombrelle sur son épaule. Savard risqua :

— Nous vous trouverons une monture digne de vous. Je suis certain que vous deviendrez vite une bonne cavalière. Vous savez qu'en plus du spectacle proprement dit, où vous ne vous déplacerez guère, il y aura la grande parade depuis la Basse-Ville.

— Je me demande si j'ai bien fait d'accepter…

— Ne craignez rien, tout ira très bien.

Quelques minutes plus tard, alors que le couple s'engageait dans la rue Scott, Thomas remarqua :

— La grande parade ? Pour une personne qui ne voulait pas entendre parler de se mettre en avant…

— Il paraît que sur un cheval j'ai une silhouette remarquable. Comment priver mes concitoyens de ce spectacle ?

— Tu as une jolie silhouette n'importe où, mais de là à l'exposer dans les rues… Heureusement que Lady Godiva n'a jamais habité Québec.

Elle émit un petit «Oh !» faussement pudique et serra sa main sur le bras de son mari, flattée par ce petit accès de jalousie.

Après le souper, la famille Picard marcha jusqu'à la terrasse Dufferin afin d'écouter un concert donné en plein air. En rentrant, ils croisèrent les Caron. Le petit médecin commença, avant même de saluer ses voisins :

— Vous avez entendu la nouvelle ?

— … À quel sujet ?

— La ville de Trois-Rivières a été rasée par le feu !

En quelques mots, le docteur résuma ce qu'il savait. Cela tenait à peu de chose : des amis et des connaissances avaient reçu des coups de téléphone ou des télégrammes évoquant un gigantesque incendie dans la petite agglomération.

— Ces rapports sont sans doute exagérés, tempéra Thomas.

— Vous vous souvenez de la conflagration de Hull ? Dans nos villes construites de bois, avec des amoncellements de planches et de madriers dans la cour des scieries, les sinistres prennent parfois des proportions terribles. Un jour comme aujourd'hui, en plus, alors que tous les Canadiens français ont le cœur à la fête. Quelle misère !

Un moment, Thomas demeura silencieux, puis il précisa :

— Nous verrons demain l'ampleur des dégâts. Je suis certain que la société Saint-Jean-Baptiste, ou l'Église, apportera son aide. S'il y a une cotisation, je participerai et j'engagerai le commerce dans l'opération.

— Bien sûr. De mon côté, je téléphonerai en rentrant à la maison, au cas où des médecins soient nécessaires. Au revoir.

Les membres de deux familles échangèrent des souhaits de bonne nuit, puis regagnèrent leur domicile respectif.

Chapitre 17

Le lendemain, Marie arriva à l'heure convenue devant l'hôtel *Victoria*. Comme prévu, James McDougall attendait sur le trottoir, en tenant par la bride un cheval attelé à une voiture. Il adressa son meilleur sourire à la jeune femme, puis lui dit :

— J'espère que vous pouvez monter sans aide, je n'ose pas lâcher cet animal une seule minute.

— Bonjour tout de même, fit-elle en riant.

— … Bonjour. Je m'excuse, mais je n'arrive pas à me faire comprendre de lui. Le trajet de l'écurie jusqu'ici m'a demandé un temps fou.

— Vous lui parlez dans quelle langue ?

Marie arriva sans mal à monter dans le petit coupé. Sans lâcher les guides, son compagnon la rejoignit. Ce ne fut qu'au moment de s'asseoir qu'il répondit, intrigué :

— Vous voulez dire que certains chevaux de l'Empire ne comprennent pas l'anglais ?

— J'en ai bien peur.

Leurs retrouvailles demeuraient empruntées, à cause des regards des passants bien sûr, mais aussi du caractère illicite de leur rendez-vous. Convenait-il de se serrer la main, de se faire la bise ?

— Alors comment dois-je lui dire d'avancer ? Quelque chose comme : «Monsieur, si vous voulez bien aller dans cette direction…»

— D'abord, c'est une dame. Ensuite, le simple : «Allez, hue !» remporte habituellement un certain succès. Un petit claquement de la langue, accompagné d'un mouvement dans les guides, fournissent un encouragement utile.

— Ça, je connais, c'est la même chose en anglais.

James McDougall fit comme on le lui disait. Le cheval se mit docilement en route.

— Vous voyez, commenta Marie en riant, il comprend même votre accent.

— Voilà donc un bestiau, comme vous dites ici, bien talentueux, déclara-t-il en essayant tant bien que mal d'imiter la prononciation locale. Mais si je voyage un jour en Allemagne, je m'en tiendrai à la bicyclette.

Il encouragea encore l'animal de la voix afin de le faire tourner dans la Côte-du-Palais, puis lui fit adopter l'allure du petit trot. Au moment où ils atteignaient la Basse-Ville, l'homme se tourna à demi pour dire doucement, comme si on risquait de l'entendre du trottoir :

— Je suis très heureux que vous soyez là.

— Je suis très heureuse aussi de m'y trouver.

Dans un geste discret, James saisit la main de sa compagne pour la serrer dans la sienne un moment, appréciant le contact des doigts fins sous le gant, puis reprit les guides. Il murmura encore :

— Vous êtes bien jolie, aujourd'hui.

Marie, comme d'habitude, portait une longue jupe d'un bleu intense et un chemisier un ton plus pâle. La lourde tresse de ses cheveux était nouée contre sa nuque. Un chapeau de paille incliné sur les yeux lui donnait un air vaguement canaille. Pour avoir une contenance, elle ouvrit son ombrelle et la posa sur son épaule de façon à protéger son visage du soleil, puis changea de sujet :

— Vous avez pensé à prendre quelque chose à manger, ou vous préférez la salle à dîner de l'hôtel *Kent* ?

— Selon le cuisinier de l'hôtel *Victoria*, la nourriture de ce compétiteur ne vaut pas la sienne. Mais ne vous inquiétez pas, nous ne manquerons de rien. Le repas se trouve derrière nous.

Derrière la banquette étroite sur laquelle le couple était assis, se trouvait un petit espace plat destiné à recevoir les bagages des voyageurs. Marie se retourna pour se pencher au-dessus du dossier rembourré de crin de son siège. Elle découvrit un grand panier d'osier et une couverture à larges carreaux.

— Cependant, continua l'homme après une hésitation, si vous préférez le restaurant...

— Un dîner sur l'herbe me convient très bien, surtout que la température promet d'être idéale.

Quelques minutes plus tard, James versa quelques cents en guise de péage, puis s'engagea sur le pont Dorchester.

L'appartement de la rue de la Fabrique fournissant le point de vue idéal pour contempler la parade de la Saint-Jean, les enfants s'épargnèrent les bousculades sur les trottoirs.

Après une messe solennelle célébrée au pied de la grande statue de monseigneur de Laval, les membres de la société Saint-Jean-Baptiste se réunirent sur la place devant la basilique, puis ouvrirent la longue marche à travers les rues de la ville. Derrière eux, d'autres groupes vinrent former les rangs et s'engager dans cette procession.

Les autorités ecclésiastiques et celles du mouvement nationaliste entendaient faire sentir leur présence, pour jeter un peu d'ombre sur la prochaine grande fête impériale. Pas moins de cent cinquante associations patriotiques ou fraternelles participaient à la manifestation, des Chevaliers de Colomb à l'Ordre des forestiers indépendants, une société de secours mutuel, en passant par la Garde indépendante Champlain. L'effectif de certaines d'entre elles demeurait limité. Tout de même, près de quinze mille personnes prenaient part au défilé, ce qui représentait le cinquième de la population adulte de ville. Par ailleurs, la foule comptait des visiteurs venus d'autres localités du Québec, parfois d'autres provinces, et même des États américains où habitaient des émigrés canadiens-français.

Les délégations les plus chaudement applaudies étaient celles qui arboraient un uniforme d'opérette. Les membres des autres associations se contentaient d'écharpes, de rubans ou de médailles en guise de signe de reconnaissance. L'excitation de la foule massée sur les trottoirs atteignait cependant son comble quand les fanfares passaient devant elle. Par exemple, le Collège Saint-Louis, de Montréal, avait dépêché son ensemble de cors et de clairons à l'uniforme chamarré afin de charmer les habitants de la vieille capitale. Au total, une quinzaine de groupes musicaux faisaient retentir dans toute la ville le son des cuivres et des grosses caisses.

Le cadre urbain lui-même participait au spectacle. Tous les commerces et la plupart des domiciles s'agrémentaient de bouquets de verdure et de grandes banderoles aux couleurs variées. Fanions, drapeaux et oriflammes en tous genres dominaient cependant ces ornements.

— Nous n'avons pas mis beaucoup de décorations dans la vitrine, observa Thalie, le menton posé sur ses bras croisés, penchée sur le rebord de la fenêtre de sa chambre.

En disant cela, elle observait les devantures de la rue Buade.

— Pourtant, nous n'arrêtons pas de poser et d'enlever des drapeaux.

Mathieu exagérait beaucoup. Dans les vitrines de chez ALFRED, les emblèmes du Vatican et de Carillon procuraient un fond de scène peu esthétique aux deux mannequins vêtus de robes légères, tout à fait adaptées à la belle saison. Le propriétaire des lieux, pour faire bonne mesure et exprimer au moins un peu ses convictions, avait ajouté quelques drapeaux tricolores. Dans deux semaines, l'étendard pontifical céderait sa place à l'*Union Jack* du Royaume-Uni et à quelques bannières étoilées.

Sous leurs yeux, une nouvelle fanfare formait les rangs, suscitant des applaudissements enthousiastes et des éclats de rire : les Canadiens français de Lewinston, dans le Maine, avaient dépêché un ensemble «lilliputien». Les nains qui le composaient portaient des tambours, qui paraissaient démeurés car ils passaient bien près de racler les pavés, et des instruments à vent. Sur leurs courtes jambes, ils semblaient se dandiner comme de vilains canards. Des uniformes d'un vert criard galonnés d'or ajoutaient encore au ridicule.

— Ce n'est pas bien, de se moquer ainsi des infirmes, décréta Thalie. J'en ai assez. Tu viens?

Dans le salon, l'horloge venait de sonner midi. Gertrude avait préparé son habituel plateau de sandwiches. Au moment d'entrer dans la cuisine, Mathieu proposa:

— Je vais le descendre, si tu veux.

— Tu crois pouvoir? demanda la domestique. Avec la théière, c'est quand même un peu lourd.

— Je vais y arriver. Thalie est là pour m'ouvrir la porte.

Un moment plus tard, les enfants s'engagèrent dans l'escalier. Le garçon descendit un peu comme un crabe, de côté, penchant la tête pour voir où il mettait les pieds. Au rez-de-chaussée, il trouva son père debout devant la fenêtre, flanqué de ses deux employées. L'une d'elle vint le débarrasser du plateau et se dirigea vers la petite pièce, à l'arrière.

— Il y a eu des clients ce matin? questionna Mathieu.

— Quelques-uns, répondit Alfred en se retournant. Avec tous ces gens qui se rassemblent sous nos fenêtres, nous aurions mieux fait de fermer. Si des clientes désiraient venir, elles ont certainement été découragées par toute cette foule à traverser.

— Nous allons rester devant, va manger, papa, proposa Thalie. Très bientôt, la parade va se terminer.

— Je vais rester avec vous, protesta le commerçant.

L'une des vendeuses se tenait devant la caisse enregistreuse, hésitante. La petite fille insista:

— Nous pouvons nous débrouiller, Mathieu sait se servir de la caisse. Comme cela, nous pourrons partir à une heure, comme prévu.

— … Tu as raison. Avec vous deux, la boutique est entre de bonnes mains. Mais si vous avez besoin d'aide, venez me chercher.

Le commerçant entendait fermer les portes à une heure. D'habitude, quand le dîner précédait un congé, l'atmosphère était à la fête. Ce jour-là, l'absence de Marie, que le patron n'avait pas su expliquer autrement qu'en disant : « Elle a à faire ailleurs » d'une voix maussade, rendait les employées moroses. Il aurait mieux valu abandonner la tradition du repas en commun et fermer un peu plus tôt que prévu, pour cette fois.

◆

Après une bonne heure de route, James McDougall passa devant le manoir Haldimand, devenu l'hôtel *Kent* depuis quelques années. Cet édifice avait abrité les amours illicites du duc de Kent et de Strathearn, le père de la reine Victoria, avec Thérèse-Bernardine Mongenet, dite Julie de Saint-Laurent, à la fin du XVIIIe siècle. La voiture poursuivit son chemin sur une petite distance vers le nord, le long de la rivière Montmorency.

À la fin, James décida de s'arrêter près d'un bouquet d'arbres. Il sauta sur le sol, attacha le cheval à un arbuste, puis vint aider sa compagne à descendre de voiture. Elle saisit la main tendue, troussa sa jupe afin de poser le pied sur le marchepied d'abord, puis dans l'herbe.

— Si quelqu'un vole ce coupé, nota le jeune homme en prenant le panier de victuailles, nous en serons quittes pour une très longue marche.

— Nous ne sommes pas au Far West, répondit la jeune femme amusée, en prenant la couverture sur son bras droit.

— Vous ne passez pas vos soirées dans une chambre d'hôtel, à lire les journaux. Québec et sa région paraissent abriter leur part de criminels. D'ailleurs, les spectacles historiques se dérouleront sous les murs d'une grande prison.

Tout en parlant, il lui tendit la main. Un moment plus tard, le couple pénétra sous les frondaisons. Le soleil frappant sur les feuilles vert tendre, la lumière paraissait prendre cette teinte. Un tapis de fougères atteignait leurs genoux.

Bientôt, ils s'arrêtèrent près de la rivière. L'eau vive bruissait sur les pierres. La rive herbeuse descendait en pente douce. James désigna un grand érable, proposa en tournant sur lui-même :

— L'endroit vous convient-il ?

— Cela me semble parfait.

Elle commença à déplier la grande couverture. Son compagnon vint l'aider après avoir posé son panier sur le sol. Leurs doigts s'effleurèrent un moment et le rose marqua ses joues. Elle murmura bientôt :

— Embrassez-moi, ce sera réglé.

— ... Pardon ?

— Vous êtes embarrassée au point d'en avoir les doigts tremblants, je ne vaux guère mieux. Je suppose que la formalité du premier baiser réglée, nous nous sentirons mieux tous les deux.

L'homme demeura un moment interdit, puis se pencha sur elle. Leurs lèvres se rencontrèrent, légères, au-dessus de la couverture à demi dépliée tenue entre eux à quatre mains. Marie inclina la tête vers la gauche afin de favoriser le contact, l'homme fit de même de son côté. Le moment d'intimité se prolongea un peu, le temps que disparaisse la fraîcheur de la peau et qu'elle devienne tiède, puis chaude.

— C'est vrai que l'on se sent mieux, chuchota l'homme dans un sourire en se reculant un peu.

Ses mains lâchèrent la couverture pour passer sur celles de la jeune femme, puis il l'embrassa encore. Cette fois, leurs lèvres bougèrent un peu, sans trop insister. Quand il se retira de nouveau, elle déclara :

— De mieux en mieux, même. Nous étendons cette couverture, puis tu me montres les trésors contenus dans ce panier ?

Le premier tutoiement venait avec un sourire complice. Un moment plus tard, tous les deux à genoux sur le grand rectangle de laine, ils contemplèrent les richesses du grand contenant d'osier.

— Une bouteille de vin, commenta Marie en la prenant dans ses mains. Je dois me méfier, si tu as l'intention de me rendre un peu grise.

— Et deux verres. Mais si tu préfères, il y a aussi l'eau de la rivière.

— Oh! Ça ira, je sais me tenir. Qu'y a-t-il à manger?

— Un peu de pain, du fromage, des fruits…

Un moment, le plateau de sandwiches quotidien du magasin passa dans l'esprit de Marie. Elle secoua la tête pour chasser cette pensée, sortit les deux assiettes, en posa une près de son compagnon. Pendant les minutes suivantes, ils mangèrent en silence, excepté quelques commentaires sur la douceur du temps, la beauté de la rivière, les promesses de l'été. En refermant le panier, James remarqua:

— Je suis tout de même étonné que les lieux demeurent aussi calmes. En ce jour de congé, je croyais que les citadins envahiraient ces parages.

— En réalité, la plupart des gens sont au travail. Les patrons les plus généreux fermeront une heure ou deux plus tôt que d'habitude.

— Tout de même, ces milliers de personnes qui paradent dans les rues, les autres sur les trottoirs… De nombreux citadins sont en congé. Je craignais un peu que plusieurs aient l'idée d'un pique-nique…

L'homme s'inquiétait en réalité du degré d'intimité offert par ces grands arbres. Une présence inopportune ruinerait ses projets.

Il posa son verre sur le couvercle du panier placé à une extrémité de la couverture, s'étendit sur le flanc, se tenant sur son coude posé sur le sol. En face de lui, Marie adopta une posture semblable.

— Ce n'est pas que je souhaite que nous ayons de la compagnie, continua-t-il en lui tendant la main, c'est plutôt le contraire.

Elle lui abandonna sa main, débarrassée des gants depuis le début du repas. L'homme la tira vers lui, posa les lèvres sur les doigts fins, puis à l'intérieur de la paume, remonta jusqu'au poignet. La traction sur son bras déséquilibra un peu Marie, son corps pivota à demi, elle se retrouva étendue sur le ventre tout près de son compagnon, qui profita de l'occasion pour poser sa bouche sur sa joue, la faire glisser jusqu'à l'oreille, puis sur son cou, dans la mousse très douce des cheveux follets. Pendant ce temps, sa main passa sur son dos, entre ses omoplates, glissa le long de la colonne vertébrale, s'arrêta pour apprécier la courbe concave des reins et continua, légère, jusqu'à celle, convexe, des fesses.

La jeune femme se raidit un bref instant, aspira une goulée d'air, se retourna juste assez pour présenter son visage à son compagnon. Celui-ci s'allongea complètement, ramena sa main sur la taille très fine, la fit passer sur la hanche dans une caresse, puis l'embrassa en regardant ses yeux sombres, grands ouverts. Elle ne les ferma que lorsque sa langue se mit de la partie pour caresser la lèvre inférieure, l'écarter juste assez pour toucher les dents régulières. La main de l'homme retourna sur les fesses, pour l'attirer doucement jusqu'à ce que son bassin appuie contre le sien. Ses doigts demeurèrent un moment sur les rondeurs fermes et souples pour les malaxer doucement.

— Heureusement que des hordes de mes concitoyens ne sont pas venus en masse se réfugier près de cette rivière, susurra la jeune femme, les yeux rieurs.

— Cela nous amènerait certainement à changer le programme de nos activités, répondit l'homme sur le même ton, alors que sa main droite descendait à l'arrière de la cuisse de sa compagne, pour remonter ensuite.

— Tu as préparé un programme ?

Quand leurs bouches se rejoignirent, ce fut la langue de Marie qui se fit la plus curieuse, insistante même. Chaque fois que la main remontait à l'arrière de sa cuisse, la jeune femme sentait s'accumuler le tissu à la hauteur de sa taille.

Troussée lentement, le rebord de la jupe et du jupon se trouvèrent bientôt à la hauteur de ses genoux. La main masculine, chaude et forte, passa sous les vêtements, pour remonter cette fois contre les bas, puis le pantalon de fine batiste. Elle s'arrêta sur la fesse, entama un mouvement caressant.

Marie sentit le plaisir monter en elle, lui nouer le ventre. Contre son bassin, le sexe masculin, bien ferme, la convainquit que le désir de son compagnon n'était ni feint ni ambigu. Elle baissa la tête, la posa contre son épaule et laissa échapper un long soupir. Son corps s'inclina un peu, sa jambe gauche s'écarta légèrement, assez pour que les doigts puissent effleurer la naissance de sa fente, par l'arrière. Un grand frisson parcourut tout son corps, une plainte énamourée franchit ses lèvres. Après des années de solitude et de frustration, sa jouissance vint vite, comme une marée montante, puis se retira en la laissant pantelante, un peu honteuse.

— Il y a si longtemps, murmura-t-elle en guise d'excuse.

James McDougall immobilisa sa main, posa les lèvres sur son cou pour le parcourir de la naissance des cheveux jusqu'à l'encolure du chemisier. Le jeu se poursuivit un moment, jusqu'à ce que Marie trouve l'audace de déplacer sa main droite afin d'empaumer le sexe tendu, gardant la gauche sur la taille de son compagnon. Malgré les épaisseurs du tissu du pantalon et du sous-vêtement, elle sentait le membre dur et chaud. Elle amorça un mouvement de haut en bas. À la fin, elle s'acharna sur les boutons de la braguette. Le troisième défait, l'ouverture fut assez grande pour glisser sa main et reprendre le mouvement de va-et-vient. À son tour, l'homme se raidit, laissa échapper une plainte étouffée alors que Marie sentait de longs jets poisser le tissu du sous-vêtement.

— Moi aussi, je crois avoir accumulé une certaine... impatience, confia-t-il.

— Pendant sept ans?

Tout de suite, Marie regretta de s'être livrée autant. Étaler les avatars de sa vie conjugale lui répugnait. Toutefois, la main amicale sur l'une de ses fesses et ses doigts un peu englués de sperme suscitaient chez elle le besoin de s'épancher un peu.

—————

— Pourquoi maman n'est-elle pas avec nous?

Mathieu jeta un regard chargé de reproche à sa sœur. Compte tenu de la mine renfrognée de son père, aborder ce sujet lui paraissait une bien mauvaise idée. C'était compter sans l'engouement d'Alfred pour son plus joli moussaillon.

— Elle désirait se reposer un peu, prendre de l'air et se détendre. Elle est au magasin tous les jours.

— Elle aurait pu se détendre avec nous.

La famille se promenait sur le terrain de l'exposition, sur les plaines d'Abraham, pas très loin du Manège militaire et du Pavillon des patineurs. Des centaines de personnes se tenaient là, attirées par quelques manèges et les nombreuses compétitions sportives tenues le jour de la fête nationale. Un moment, le père chercha ses mots, puis commença:

— Tu n'as jamais envie d'aller marcher toute seule, pour explorer la ville à ta guise?

— Tu ne veux pas que je le fasse, tu dis que je suis trop petite. Mathieu m'accompagne partout.

— Mais tu en as envie? Maman n'est plus une petite fille.

L'homme s'était arrêté pour la regarder dans les yeux. Il la tenait par la main depuis leur départ de la boutique. Ils étaient passés par la terrasse Dufferin afin de voir si un orchestre se produisait sur la scène construite à l'étage du kiosque, mais les flonflons les avaient très vite lassés.

— Oui, j'aimerais marcher toute seule, aller où je veux... reconnut la fillette. Elle ajouta en regardant son frère avec un sourire: Même si Mathieu est toujours très gentil avec moi.

— C'est un peu la même chose pour maman. Moi, je m'absente parfois, mais Marie est toujours au magasin.

En prononçant ces mots, Alfred tentait de se convaincre, tout en rassurant la fillette. Ce n'était que cela, un besoin d'air frais. Sa femme reviendrait reposée, prête à assumer son rôle. Thalie demeura songeuse un moment, puis acquiesça de la tête. Le trio se remit en marche. Il se dirigeait vers un petit enclos sommaire, construit par un agriculteur désireux d'arrondir son revenu en distrayant les enfants de la ville. Une demi-douzaine de poneys permettaient à ceux-ci de tâter de l'équitation en tout sécurité.

— Oncle Alfred, fit une voix derrière eux, vous allez bien ?

Le marchand se retourna pour voir Édouard venir vers lui, tout sourire. Le jeune homme salua les enfants avant de remarquer, amusé :

— Aujourd'hui, vous semblez être célibataire, tout comme moi.

— Maman est allée se promener, précisa Thalie avec autorité, peu désireuse d'entendre discuter du célibat paternel, même de courte durée.

— Marie ressentait le besoin de se reposer de moi, compléta le père avec un demi-sourire. Tu viens monter sur l'un de ces poneys ?

Sans attendre de réponse, encadré de ses enfants, Alfred continua son chemin vers l'enclos. Peu habitué à une réception aussi fraîche, Édouard ne perdit pas son sourire et leur emboîta le pas en disant :

— Je suis juste un peu trop grand pour ces montures.

— Dans ce cas, quel plaisir t'apportera notre fête nationale ? À part la messe où tu es certainement allé ce matin, un petit drapeau à la main.

— Il y aura une partie de baseball tout à l'heure. J'irai voir si le niveau du jeu en vaut la peine.

La famille était arrivée devant l'enclos construit de perches de cèdre. Le marchand paya sans discuter la somme demandée par l'agriculteur, puis se dirigea vers les seuls poneys toujours privés de cavaliers. Thalie jeta son dévolu sur une bête noire et blanche.

— Je peux mettre une selle de fille, offrit un adolescent, le calque, en plus jeune, du propriétaire de cette petite entreprise de loisir.

Méfiante, la fillette regarda le curieux petit siège muni d'une courroie de cuir que le préposé tenait à la main, puis répondit en montrant du doigt le dos de la bête :

— Cette selle-là me convient tout à fait.

Elle monta sur un petit escabeau, caressa de la paume le cou de l'animal, puis sans hésiter passa une jambe au-dessus du poney pour s'asseoir à califourchon.

— Les filles ne montent pas comme cela, commenta Mathieu. Tu montres ton jupon, et même ton pantalon, aux gens.

Comme toutes les gamines de son âge, sa robe, tout comme son sous-vêtement, lui arrivaient aux genoux.

— Si cela ne plaît pas aux gens, qu'ils regardent ailleurs, déclara-t-elle, péremptoire.

Sans insister, son frère secoua la tête et grimpa sur sa monture, toute noire. L'adolescent de service prit la bride du premier poney et le guida vers les grandes pelouses des plaines d'Abraham. Les autres bêtes, reliées à la première par une corde, suivirent docilement l'une derrière l'autre.

— Assumerez-vous un rôle lors des grandes représentations théâtrales qui nous attendent ? demanda Édouard.

— Celui de marchand de vêtements pour dame. Avec l'affluence de touristes que les organisateurs nous promettent, les affaires devraient être bonnes. Mais cela, mon frère a déjà dû te le dire.

— Papa est absolument frénétique : il compte là-dessus pour augmenter ses profits.

Alfred répondit au salut de la main que lui adressait Thalie, puis demanda :

— Et toi, je suppose que tu vas jouer le rôle d'un personnage historique aussi courageux que bon chrétien. Je te verrais dans la peau de Dollard des Ormeaux.

— Ce rôle reviendra à un notaire bedonnant. De toute façon, je ne veux pas me mêler à ce spectacle impérialiste.

— Dommage que tu ne puisses pas agir comme ton maître, Henri Bourassa. Amusant tout de même : pour éviter la visite des impérialistes à Québec, le bonhomme s'en va faire un séjour au milieu d'eux, au Royaume-Uni.

— Il va s'informer de la situation politique dans la métropole.

Tout un contingent de l'Association catholique de la jeunesse canadienne-française, dont Édouard, s'était massé sur le quai au moment où le chef nationaliste gravissait la passerelle le conduisant sur le transatlantique.

— Surtout, comme le spectacle promet d'être tout à fait fidèle à la version de l'histoire enseignée dans les collèges de la province, il se dérobe à l'obligation de formuler des commentaires favorables, grommela Alfred.

Il demanda après une pause :

— À part nous deux, qui préférons priver le bon peuple de nos talents de comédiens, des Picard s'illustreront-ils dans ce merveilleux spectacle ?

— Ma sœur fera la coquette dans une grande robe ornée d'un faux-cul de taille royale en compagnie de François Ier, et ma mère attirera des regards admirateurs du haut d'un cheval du club de chasse de Québec, dans la scène de la cour de Henri IV.

— Je ne doute pas qu'Élisabeth paraîtra au mieux dans une grande robe, un peu de son jupon affiché aux regards. Et pour ton information, les femmes du début du XVIe siècle ne portaient pas de faux-cul, mais des paniers sur les hanches.

Alfred avait au moins retenu cela de son expédition à l'Assemblée législative, afin de contempler les dessins de vêtements anciens produits par Charles Huot et Mary Bonham. Il avait vendu des centaines de verges de tissu à des femmes désireuses de s'accoutrer comme leurs ancêtres.

Puisque son oncle ne semblait pas susceptible de retrouver son humeur gouailleuse habituelle, Édouard précipita un peu sa visite près du losange tracé sur les pelouses à l'ombre des murs de la vieille prison. Après son départ, Alfred resta planté debout, une main sur la perche la plus haute de l'enclos maintenant vide. Quand les cavaliers et les montures revinrent une demi-heure plus tard, Thalie sauta prestement par terre pour courir vers lui.

— As-tu apprécié la promenade? demanda-t-il en lui tendant la main.

— ... Oui, admit-elle un peu à contrecœur.

— Mais...

— Ce garçon nous a tenus en laisse. Pas moyen d'aller où je le voulais.

Elle aussi, plus tard, tiendrait à se livrer à des excursions sans contrainte.

><

La main entre ses cuisses caressait un sexe mouillé et totalement accessible, car le pantalon de batiste reposait depuis un long moment dans le panier de pique-nique. Couchée sur le flanc, la jupe et le jupon troussés autour de la taille, Marie haletait un peu, le visage dissimulé dans le cou de James. Sa main droite s'agitait de nouveau sur le sexe durci. La gauche tenait un mouchoir contre son extrémité, afin d'éviter d'être éclaboussée de sperme. Même avec un époux aussi tolérant que le sien, des traînées blanches sur sa robe feraient mauvais genre.

— Si tu te mets sur le dos... commença l'homme.

— Sans un habit de scaphandrier, ce plongeur restera dehors. Je suis très fertile, et je ne désire pas ajouter un descendant de l'Écosse à ma famille.

Comme pour le consoler, Marie agita sa main plus vivement, fit passer ses doigts sur le gland découvert, forçant son amant à respirer bruyamment. Les jeux de main se poursuivirent jusqu'à un nouvel orgasme de part et d'autre. Dès que les doigts quittèrent son entrejambe, la jeune femme rabattit son jupon et sa jupe. Même si, depuis leur arrivée dans ce bosquet, personne n'avait interrompu leur petit conciliabule amoureux, elle ne tenait guère à se donner en spectacle. À ses côtés, James posa la main sur sa braguette, constata que son sous-vêtement, et même son pantalon, étaient visqueux.

— Je vais essayer de faire une petite toilette.

Un moment plus tard, l'homme se tenait accroupi près de la rivière, afin de tremper son mouchoir dans l'eau avant de le tordre un peu. Pendant un moment, il tenta de se débar-bouiller, puis à la fin déclara :

— Cela ne donne rien, je dois tout enlever.

Après avoir regardé autour de lui, il chercha un buisson assez dense derrière lequel se réfugier, avant d'enlever son pantalon, et même la longue combinaison de coton portée dessous. Le sous-vêtement lui servit finalement de serviette pour essuyer son corps. Insatisfait du résultat, il alla le trem-per dans l'eau, puis recommença l'opération.

La vue de son compagnon à demi nu, penché au-dessus de l'eau, provoqua un fou rire incontrôlable chez Marie, au point d'en avoir les larmes aux yeux. L'homme rejoignit bien vite le petit bouquet d'arbustes pour terminer sa toilette som-maire, remit son pantalon avant de venir vers elle, rou-gissant :

— J'étais trop englué pour rentrer comme cela, grommela-t-il en guise d'excuse.

— Tout de même, cela ne fait pas bien discret, répondit-elle en essuyant les larmes sur ses joues et en réprimant ses derniers élans de rire.

Le pantalon de lin gris demeurait mouillé tout autour de la braguette, ce qui laissait une large tache sombre.

— Je sais, on dirait que j'ai pissé sur moi… commenta-t-il. Pardon, je ne devrais pas parler comme cela devant une dame. Le tissu séchera avant notre arrivée à Québec.

— Après cela, fit-elle en désignant la grande couverture, je pense que le gros mot porte moins à conséquence. C'est à mon tour d'utiliser la petite cabine d'essayage.

Marie récupéra son pantalon dans le panier d'osier avant de regagner le buisson. La combinaison de James demeurait sur le sol, largement imbibée d'eau. Elle s'accroupit, utilisa un bout du tissu pour essuyer son sexe un peu poisseux, étourdie par l'intimité du geste, urina un peu en espérant que le bruit ne se rende pas aux oreilles de son compagnon, puis enfila son sous-vêtement et attacha le ruban autour de sa taille. Elle prit la peine de tirer sur ses bas, qui avaient glissé jusqu'à mi-jambe.

Un moment plus tard, elle retrouva l'homme plié en deux pour ramasser la couverture. De la main, elle lui caressa les fesses en notant, de nouveau agitée d'un fou rire :

— Tu es nu sous ce pantalon, coquin.

— Comme je ne pense pas que nous ayons le temps d'attendre que mon sous-vêtement sèche, observa-t-il en se redressant, les joues rouges, je n'ai pas le choix. Mais si tu ne veux pas reprendre nos jeux, garde tes mains pour toi...

Marie constata que le sexe, à moitié durci après cette simple caresse, tendait un peu le tissu du pantalon. Son aptitude à lui procurer une érection au moindre toucher la ravissait. Elle l'effleura encore de la main en disant :

— Malheureusement, ma petite récréation se termine maintenant. Je dois retrouver mes enfants.

L'homme tenait la couverture dans ses mains. Elle l'aida à la replier, la posa sur son bras, puis main dans la main, ils revinrent vers la voiture. Le cheval avait tiré suffisamment sur sa longe pour la détacher et s'éloigner un peu dans le pré. L'abondance de l'herbe verte l'avait heureusement empêché de regagner la route.

— Comme tu vois, aucun voleur de chevaux dans les environs, constata Marie.

— Mais si cet animal s'était mis en tête de retourner seul vers son écurie, nous aurions l'air fin.

— Surtout toi : marcher des milles et des milles nu sous ton pantalon mouillé, cela ne se fait pas.

— ... Cela se voit ?

Elle éclata de rire en mettant la couverture à l'arrière de la banquette, puis précisa :

— Pas tant que cela. Seules les femmes le remarqueront.

James rangea le panier à sa place, tendit la main pour l'aider à grimper dans le coupé, le contourna afin de prendre place à côté d'elle, puis cria : « Allez, hue, à la maison ! » en faisant claquer les rênes sur le dos du cheval. Pendant la presque totalité du trajet, c'est-à-dire jusqu'à ce que la voiture pénètre dans le périmètre de la ville, Marie laissa reposer son corps contre le flanc de son compagnon, sa tête sur son épaule. De la main, elle caressait sa cuisse à travers le pantalon, remontait régulièrement jusqu'à effleurer le sexe afin de le maintenir en état de semi-érection. Elle éprouvait une surprise renouvelée, presque de l'émerveillement, pour sa faculté de susciter une telle excitation. Cela ne lui était arrivé qu'avec Thomas Picard, à un âge et dans une situation où, sans trop comprendre ce qui se passait, elle ne pouvait que subir. James, si facilement rougissant, poli, attentionné, ne la menaçait pas du tout. Bien au contraire, elle se sentait en plein contrôle de sa vie, de son désir pour lui.

— Où dois-je te déposer ? demanda-t-il en s'engageant dans la rue du Pont.

— Le mieux serait d'emprunter la Côte-du-Palais, puis de me laisser descendre rue des Remparts.

Le corps bien raide maintenant, les deux mains dans son giron, elle essayait d'incarner le rôle d'une femme respectable, conduite par un cousin, sinon un ami de la famille. À l'endroit convenu, James arrêta le cheval près du trottoir, fit le tour de la voiture afin de l'aider à descendre. Au moment où elle posait le pied sur le pavé, il demanda :

— Pourrons-nous nous revoir ?

— … J'aimerais bien.

— Ce sera un peu plus difficile. Frank Lascelles entend tenir des répétitions tous les jours, avec la date des spectacles qui approche. Et le soir…

— … Je suis avec ma famille.

Elle baissa les yeux, les releva après un moment pour continuer :

— J'aimerais te revoir avant ton départ.

— Alors ce sera certainement possible.

Mine de rien, il réussit à saisir ses doigts pour les serrer un peu, puis monta précipitamment dans la voiture. Marie retrouva son sourire en regardant ses fesses se découper sous la fine toile de lin, puis elle se dirigea vers l'intersection de la rue Sainte-Famille. Elle emprunta bientôt la rue Couillard, ralentit le pas devant la maison Béthanie, tourna les yeux vers la construction aux fenêtres en ogive. L'immeuble gardait un air lugubre, ou peut-être cela tenait-il seulement à la conscience qu'elle avait de la somme des malheurs enfermés dans ces lieux.

⚓︎

Quelques minutes plus tard, Marie gravit l'escalier à l'arrière du commerce familial puis ouvrit la porte donnant dans la cuisine. Thalie devait se tenir à l'affût, car elle apparut tout de suite à l'entrée de la pièce pour demander :

— Maman, as-tu soupé ?

Il serait bientôt sept heures. Visiblement, la famille avait opté pour un repas hâtif, car de la vaisselle sale traînait dans l'évier.

— Oui, j'ai mangé, mentit-elle en tendant les mains.

La fillette vint se blottir contre elle, l'enserra dans ses bras, le visage contre son chemisier, la tête arrivant juste sous ses seins. Alfred apparut dans l'embrasure de la porte, le regard chargé de questions, les lèvres soudées pourtant.

— Pourquoi t'inquiètes-tu de savoir si j'ai mangé ? questionna Marie en caressant les cheveux de sa fille.

— Nous voulons aller faire une promenade sur la terrasse. Viens-tu avec nous ?

La jeune femme plongea ses yeux dans ceux de son mari. Après un silence très lourd, ce fut lui qui répondit :

401

— Bien sûr, maman viendra avec nous. Tu prends un châle ? Tu risques d'avoir froid.

La gamine s'esquiva au pas de course. Les yeux d'Alfred sur sa femme devinrent inquisiteurs, cherchant des traces du péché. La jupe lui parut un peu froissée et la tresse, soigneusement nouée sur sa nuque ce matin, pendait entre ses omoplates, un peu lâche. À la fin, il murmura :

— Toi aussi, tu devrais prendre une petite laine.

Puis il se retira, rejoignit les enfants déjà debout devant la porte. Thalie saisit spontanément la main de sa mère et, dès qu'ils furent sur le trottoir, celle de son père, résolue à servir de trait d'union entre ses deux parents. Mathieu, plus circonspect, suivit un pas derrière. Ils empruntèrent la rue du Trésor, traversèrent la place d'Armes et marchèrent sous les yeux du Samuel de Champlain de bronze érigé là depuis dix ans.

Pendant un moment, ils se tinrent près de la balustrade de fonte, le regard sur le fleuve. Puis Alfred proposa, la voix un peu plus sereine :

— Alors, goûterons-nous l'un de ces fameux cornets de glace venu des États-Unis ?

— Oh oui ! clama Thalie alors que Mathieu répondait d'un sourire gourmand.

Déjà, une gravure de 1807 montrait une jeune femme mangeant de la crème glacée dans un cône au restaurant *Frascati*, à Paris. Pourtant, au début du XXe siècle, quelques Américains, dont le New-Yorkais Italo Marchioni et l'habitant du Missouri Ernst Hamwi, revendiquèrent l'invention de ce produit. En 1908, ces minces biscuits façonnés en forme de cône, où l'on pouvait mettre une ou plusieurs boules de crème glacée, attisaient toutes les convoitises.

Les membres de la famille se dirigèrent vers le kiosque afin de passer leur commande et Alfred paya. Au moment de revenir sur la terrasse, l'homme regarda Marie dans les yeux, lui tendit son bras. Elle le saisit, le serra de la main en prenant une bouchée de son cornet. Une ondée de larmes lui monta aux yeux.

— Et maintenant, déclara le père, êtes-vous assez courageux pour marcher jusqu'à l'Assemblée législative ? Il paraît que l'édifice sera illuminé.

— D'accord, répondit Thalie. Si nous sommes fatigués en revenant, nous en prendrons un autre.

Sur ces mots, elle mordit dans la friandise et prit la main de son père puis Mathieu, lui, celle de sa mère. Pour un moment du moins, ils incarneraient la famille exemplaire.

Chapitre 18

Le soir du 18 juillet, alors que son séjour à Québec s'achevait, James McDougall vit ses premiers Indiens. Pourtant, ceux-ci ne ressemblaient guère à ce qu'il avait imaginé. Debout près du quai de la gare du Canadien Pacifique, il regardait des hommes, des femmes et des enfants descendre des wagons. D'un côté, tous portaient des vêtements de type européen, ce qui réduisait considérablement l'exotisme. De l'autre, ils présentaient des traits mongoloïdes nettement accusés, des cheveux noirs et raides et une peau très foncée. Certains venaient d'aussi loin que des plaines de l'ouest, les autres de l'Ontario, et quelques-uns des réserves iroquoises de la région de Montréal.

Un grand type dégingandé marcha vers lui. Ses cheveux sombres, d'un noir de corbeau, lui tombaient sur les épaules. Son veston de velours élimé s'ouvrait sur une chemise à moitié boutonnée.

— Monsieur American Horse, demanda James d'une voix hésitante, mais plutôt amusé par le patronyme.

— C'est moi. Vous avez le montant convenu?

L'assistant de Frank Lascelles chercha dans la poche intérieure de sa veste et sortit une enveloppe épaisse de deux pouces pour la lui tendre. Il remarqua:

— Tous les autres comédiens vont jouer gratuitement.

— Tous les autres comédiens interprètent leur histoire, ils se mettent en scène. Nous venons jouer le rôle des méchants Sauvages. Cela mérite un salaire. Puis ne vous sentez pas trop généreux: deux cents personnes se partageront cinq mille dollars, pour une semaine de travail.

Bien sûr, venir jouer les Sauvages, d'abord peu disposés à se faire enfoncer la « civilisation » dans la gorge, et ensuite soumis à l'œuvre missionnaire, méritait une compensation.

— Vous avez prévu un moyen de transport pour nous ?

— Cinq voitures de tramway attendent devant la gare. Elles vous conduiront à proximité du campement, mais vous devrez faire la dernière partie à pied.

American Horse retourna auprès de ses compagnons afin de répartir entre eux les bagages à transporter, puis il revint à la tête du groupe vers l'assistant du metteur en scène. Celui-ci ressentit une vague inquiétude à l'idée de servir de guide à ces terribles guerriers. Toute son enfance, il avait dévoré de mauvais romans, payés quelques *pennies*, racontant les péripéties de la conquête de l'Ouest. Aussi s'attendait-il un peu à entendre retentir un chant de guerre lugubre dans son dos.

En arrivant sur le trottoir, il remarqua plusieurs dizaines de gamins massés près des tramways. Eux aussi, attirés par des articles de journaux accrocheurs, venaient contempler les affreux barbares de leurs manuels d'histoire. Alors qu'hommes, femmes et enfants montaient dans les voitures, il demanda encore à son compagnon :

— Vous avez vraiment fait partie du spectacle des Rough Riders de Buffalo Bill ?

— Pendant une dizaine d'années.

— Vous avez donc participé à ses grandes tournées.

— À Londres, à Paris, à Berlin, énuméra American Horse.

En vérité, cet homme serait le seul véritable professionnel, avec Frank Lascelles, à participer au grand *pageant* de Québec. Son expérience dépassait d'ailleurs de beaucoup celle de son employeur. En conséquence, son contrat prévoyait que lui seul dirigerait le travail des figurants d'origine amérindienne.

— Et vous connaissez les commémorations de ce genre ?

— Je faisais partie du spectacle offert dans le cadre de l'Exposition universelle de Chicago, en 1892. Nous avons en quelque sorte sauvé cet événement, qui ne marchait pas très bien avant notre arrivée.

— La célébration du quatrième centenaire du voyage de Christophe Colomb, ajouta James, un peu admiratif.

American Horse s'éloigna afin de compléter la répartition de sa grande équipe entre les tramways. L'assistant du metteur en scène le rejoignit dans le premier d'entre eux. Au moment où les voitures commencèrent à rouler, il remarqua plusieurs centaines d'hommes près de la gare, vêtus d'uniformes militaires, formant les rangs. Ces miliciens venus des quatre coins du Canada devaient rejoindre leur camp, établi dans le parc Savard. De nombreux autres monteraient leurs tentes de l'autre côté du fleuve, à Lévis.

Dans le cliquetis des roues de fonte sur des rails d'acier, les tramways poursuivirent leur progression jusqu'à la Haute-Ville. Les passagers allaient de surprise en surprise : la plupart se trouvaient pour la première fois dans une ville. Si des badauds les contemplaient depuis les trottoirs, eux admiraient les grands édifices de pierre ou de brique, les rues pavées. Trente minutes plus tard, ils descendirent la Grande Allée, puis s'engagèrent à pied dans le chemin menant à leur grand village de toile, érigé à l'ouest des plaines d'Abraham.

James McDougall conduisit son détachement vers des tentes éclairées à l'électricité. Cette anomalie illustrait bien à elle seule toute l'ambiguïté des commémorations historiques : le passé mis en scène était reconfiguré en fonction des fantasmes du présent.

Alors que les familles se distribuaient les tentes de forme conique, rappelant celles des plaines de l'ouest plutôt que les cabanes des indigènes de l'est, American Horse demanda encore :

— Où sont les costumes ?

— Dans la petite construction, là-bas. Nous avons tout fait préparer en diverses tailles. Il faudra que vos employés se les répartissent au mieux entre eux. Vous comprenez que nous n'avions les mensurations de personne. Tout le monde devra porter le sien dès demain matin, et pendant toute la durée des festivités. Des visiteurs vont sans cesse venir dans ce village.

L'Amérindien lui adressa un sourire en coin, puis murmura :

— Êtes-vous déjà allé au zoo de Londres ?

— … Oui.

— Ici, c'est juste un peu mieux : il n'y a pas de cage.

Le jeune Écossais tourna sur lui-même pour regarder les tentes formant des rangées bien droites. Dès le lendemain, des centaines de curieux circuleraient en ces lieux, désireux de voir de près ces terribles Sauvages à qui le cinéma américain donnait une nouvelle popularité.

— C'est le contrat que vous avez signé, précisa-t-il, un peu embarrassé.

— Et que nous allons honorer, conclut l'homme en tendant la main.

James la serra, puis se décida à regagner son hôtel à pied. En plus d'être payées, ces personnes se voyaient offrir leurs costumes de scène. D'un autre côté, ils seraient en représentation toute la journée, afin que les bonnes gens de Québec puissent se familiariser avec leurs mœurs primitives… dans des tentes éclairées à l'électricité.

※

Le lendemain, tout de suite après son retour de la messe, Édouard monta dans sa chambre pour redescendre bientôt, vêtu de son « suisse ». Quand il prit sa place à la table familiale, son père l'interpella en riant :

— Je ne croyais jamais voir cela : mon fils affublé de ce costume de laine ridicule en plein cœur de l'été. Tu t'ennuies à ce point du cours classique ?

— Tu le sais bien, c'est à la demande des dirigeants de l'Association catholique de la jeunesse canadienne-française. Cet accoutrement doit nous identifier, un peu comme les rubans ou les baudriers portés par les membres d'une société fraternelle lors d'une parade.

— Afin de montrer à nos bonnes gens que les collégiens de partout, les élites de demain, marchent en rangs serrés et dociles derrière nos saints curés, pour la gloire de Dieu et la grandeur de la nation.

Le garçon lui adressa un sourire contraint et remarqua en secouant la tête :

— Quand tu parles comme cela, on dirait oncle Alfred.

— Ce qui prouve que malgré toutes ses facéties, il connaît parfois des moments de grande lucidité.

— Je me demande comment il parle de toi, en famille.

Innocente, la remarque laissa tout de même Thomas songeur.

Le long purgatoire d'Édouard s'achèverait, dans moins d'un an. Après une distribution de prix où il ne recevrait rien, riche d'un baccalauréat ès arts qu'il croyait complètement inutile, il prendrait sa place au grand magasin. En conséquence, ses relations avec son père prenaient une allure de camaraderie où certaines reparties audacieuses trouvaient leur place.

— Tu risques d'avoir très chaud, habillé de cette façon, intervint Élisabeth, désireuse d'éviter que la conversation ne continue sur la politique. Vous serez des milliers, on pourra vous suivre à l'odeur dans les rues de Québec.

— L'odeur de sainteté, sans soute, observa son père. Sans compter le discours de l'ineffable Adjutor Rivard, que vous écouterez debout en plein soleil.

— Si vous vous mettez à deux contre moi, maintenant !

Le garçon garda sa bonne humeur et avala son repas en vitesse afin de rejoindre ses amis au plus tôt. Quant à Eugénie, perdue dans ses pensées, elle jouait avec sa nourriture du bout de sa fourchette.

Un peu avant une heure, Édouard serra la main de Fernand devant le Manège militaire, envieux de son statut universitaire : il lui permettrait de défiler revêtu de son costume de ville.

— Nous serons combien, finalement ? demanda-t-il en contemplant la petite foule autour de lui.

— Environ cinq mille. L'Université Laval et le Petit Séminaire fournissent le contingent le plus important, mais des élèves viennent de partout dans la province.

Le mouvement nationaliste tenait à démontrer sa force en rassemblant un pareil effectif. Lentement, la cohorte se forma, les jeunes gens se regroupant selon leur institution d'appartenance. Certains d'entre eux portaient des banderoles ou des panneaux où figurait le nom de celle-ci. D'autres préféraient agiter le drapeau Carillon-Sacré-Cœur.

Curieusement, il revenait d'ouvrir la procession au chef de la police municipale, Émile Trudel, revêtu d'un uniforme d'apparat chamarré et monté sur un cheval. Juste derrière lui, un détachement des troupes franches de la marine, dans un uniforme de drap gris orné de boutons de cuivre, un mousquet sur l'épaule, rappelait la lutte acharnée entre les Français et les Anglais menée au milieu du XVIIIe siècle. Les figurants recrutés et vêtus par William Price afin de jouer le rôle des troupes de Montcalm dans une grande messe impérialiste se trouvaient conscrits pour l'importante démonstration nationaliste. Juste derrière les militaires défaits au moment de la Conquête venait un détachement de zouaves, les combattants du pape. La confusion entre l'Église et la nation, entretenue par les autorités religieuses et proposée aux élèves des collèges, s'exprimait très clairement ce dimanche après-midi.

Les membres de l'Association catholique de la jeunesse canadienne-française assumaient cet amalgame idéologique avec enthousiasme. La procession se mit en marche au son du *Ô Canada*. Les mots « Comme ton bras sait porter l'épée, Il sait porter la croix » résonnèrent dans la Grande Allée, puis dans l'avenue Dufferin. Les manifestants défilèrent devant le palais législatif, puis empruntèrent la Côte-d'Abraham afin d'atteindre la Basse-Ville. Par les rues Saint-Joseph, Saint-Paul et Saint-Pierre, ils contournèrent la falaise, afin de passer par la place Royale, le berceau de l'Amérique française, avant de revenir dans la Haute-Ville grâce à la Côte-de-la-Montagne.

Bientôt, tous les collégiens et les universitaires se regroupèrent sur la place d'Armes, sous les murs du Château Frontenac. De part et d'autre de la statue de Champlain, les troupes franches de la marine et les zouaves pontificaux formèrent des haies martiales. Quelques notables, dont le gouverneur général, une poignée de politiciens, des chefs religieux et nationalistes, occupaient les banquettes d'une petite estrade. Des badauds vinrent à l'extrémité est de la terrasse Dufferin afin de voir ce qui se passait. La cérémonie put enfin commencer.

Le président de l'Association catholique de la jeunesse canadienne-française, Maurice Dugré, avait marché au premier rang de la procession avec une grande couronne de fleurs dans les bras. Il la déposa au pied de la statue, puis livra un discours convenu sur la grandeur réunie de Samuel de Champlain et François de Laval : toujours cette réunion d'un laïc et d'un religieux, comme si le passé ne pouvait exister sans la présence de l'Église. Le président de la société Saint-Jean-Baptiste de Québec, l'avocat Adjutor Rivard, lui succéda. Croyant être un littérateur de talent, une prétention dont doutaient tous ses contemporains, il prononça une allocution longue et ampoulée. D'une avalanche de mots, Édouard ferait un compte rendu très succinct à son père : du haut du ciel, assis sur un nuage, Samuel de Champlain bénissait la nation catholique et française d'Amérique.

Surtout, l'orateur se crut obligé de déclamer *La Prière du Canadien français au père de la Nouvelle-France*. La première strophe suffit à assommer le jeune homme :

Depuis ce jour, Champlain, bon Français de Saintonge,
Où ta barque accosta l'ancien Stadaconé,
Depuis qu'à coups de hache a pris forme ton songe,
À l'horloge du temps trois cents ans ont sonné !
Et nous, fils des héros qu'un triple siècle embrasse,
Sur ta tombe, devant ton image, à genoux,
Partout le cher pays où nous baisons ta trace,
Nous t'allons demandant, nous ton sang, nous ta race :
Ô Père ! es-tu content de nous ?

Heureusement, les autres strophes commises par le Français Gustave Zidler, l' «oncle» des Canadiens français, lui échappèrent totalement. Après le *Ô Canada* chanté de nouveau avec âme, alors que les drapeaux Carillon-Sacré-Cœur battaient au vent, la foule hurla trois fois son «Vive le roi». Dans les secondes suivant la fin de l'interminable pièce oratoire et ces exclamations patriotiques un peu contradictoires, le garçon joua des coudes pour rejoindre son ami Fernand et lui proposer :

— J'ai mis deux bières dans la glacière avant de quitter la maison. Tu en veux une ?

Les nationalistes avaient joué leur partition à la marge des grandes fêtes du tricentenaire de Québec. Il ne restait plus qu'à attendre les grands personnages avant que les choses sérieuses ne commencent.

⚓

Le lundi 20 juillet, pendant que l'eau remplissait lentement la grande baignoire de porcelaine blanche, Eugénie contempla son reflet dans la psyché, une activité peu compatible avec la modestie et le mépris du corps un peu maladif enseignés au couvent.

Elle demeurait gracile, avec quelque chose de l'adolescence encore, malgré ses dix-neuf ans bien révolus. Sa peau très pâle ne présentait aucune marque, aucun défaut.

Du bout des doigts, elle apprécia la souplesse de ses seins, pinça un peu la pointe d'un rose si léger qu'il se distinguait à peine. Leur petitesse lui tira un soupir déçu. Si aucun des jeunes hommes ayant fréquenté le salon familial depuis quelques mois n'avait exprimé autre chose qu'un intérêt poli, cela tenait-il à sa poitrine menue et à ses hanches étroites?

Bien sûr, la jeune débutante ne tenait pas compte du regard énamouré de Fernand Dupire. Parfois, elle craignait que la bave se mette à couler sur le menton de cet admirateur.

— De toute façon, ce sont tous des benêts, soupira-t-elle, lassée.

Ce jugement péremptoire sonnait faux. Bien sûr, aucun d'entre eux ne cadrait vraiment avec ses attentes de couventine romantique et rêveuse. Québec manquait terriblement de princes charmants. Toutefois, que de jeunes avocats ou médecins lèvent le nez sur elle la blessait cruellement. Elle avait beau clamer son indifférence, même la très douce Élise Caron n'arrivait plus à dissimuler son scepticisme.

Au moment où Eugénie tendit les doigts afin de vérifier si l'eau du bain demeurait à la bonne température – le chauffe-eau alimenté au charbon avait la fâcheuse habitude de se vider très vite –, le flot du robinet d'eau froide se tarit soudainement. Elle joua avec la poignée, laissa glisser entre ses lèvres un gros mot que les ursulines ne lui avaient certes pas enseigné, puis passa la tête dans l'embrasure de la porte pour crier:

— Élisabeth, il n'y a plus d'eau.

Le ton exprimait un certain reproche. Sa belle-mère se trouvait dans sa chambre, à quelques pas. Elle arriva très vite.

— Un instant, je passe mon peignoir, bredouilla la jeune fille.

Cela tenait bien sûr à la pudeur apprise chez les religieuses. Surtout, elle entendait trop de remarques sur la silhouette de cette femme pour désirer permettre à celle-ci de faire la comparaison. Quand elle eut enfilé le vêtement de satin rose, elle ouvrit la porte et s'effaça pour la laisser entrer.

— Seul le robinet d'eau chaude continue de fonctionner.

Élisabeth commença par fermer celui-ci, puis celui de l'eau froide, car un bruit désagréable se répercutait depuis un moment dans les tuyaux vides. Elle vérifia ensuite si le robinet du lavabo offrait de meilleurs résultats, sans succès. Au même moment, une voix parvint du rez-de-chaussée :

— Madame, nous manquons d'eau dans la cuisine.

La maîtresse de maison se dirigea dans le couloir pour répondre à Jeanne, la domestique, debout au pied de l'escalier :

— C'est la même chose en haut. Fermez tout. Je suppose qu'il y a un problème avec l'aqueduc municipal.

Quand elle revint auprès d'Eugénie, elle continua :

— Tu as assez d'eau pour prendre ton bain. Mais ensuite, ne le vide surtout pas. Nous en aurons besoin pour actionner la chasse de la toilette. Je vais monter un seau.

— … Tu n'es pas sérieuse ?

— Nous ne savons pas combien de temps durera cette panne. Je suis certaine que tu ne tiens pas à voir les excréments s'accumuler dans la cuvette.

Eugénie plissa le nez et lui fit la mine la plus dégoûtée possible.

— Alors, conserve précieusement l'eau de ton bain. L'étape suivante, quand il n'y en aura plus, sera de descendre les pots de chambre qui traînent dans le grenier.

À la veille des grandes commémorations, alors que les touristes s'entassaient dans les hôtels et les auberges, et que la plupart des familles accueillaient des parents venus profiter des festivités, l'aqueduc souffrait d'un bris majeur. Pendant vingt-quatre heures, l'eau manquerait pour étancher sa soif, faire la cuisine… et pour actionner les dizaines de milliers de chasses d'eau de la ville.

Après tous ces mois d'agitation fébrile et d'angoisse vécus par les organisateurs des fêtes du tricentenaire, on se trouvait enfin au moment de l'arrivée des grands personnages. Le 20 juillet 1908, en soirée, toute la population de Québec et des paroisses environnantes semblait s'être massée près du fleuve. Près des quais, sur la terrasse Dufferin, dans la rue des Remparts, dans le petit parc Montmorency, connu jusqu'à tout récemment comme le parc Frontenac, et même sur le flanc de la falaise là où les pentes ne se révélaient pas trop abruptes, des dizaines de milliers de personnes attendaient, les yeux fixés vers l'est.

— S'ils n'arrivent pas bientôt, nous ne verrons rien à cause de l'obscurité, dit Eugénie, la mine boudeuse.

— Mais l'astre du jour s'arrêtera pour toi, se moqua Édouard à son côté.

Elle lui jeta un regard assassin, ferma son ombrelle car, à huit heures, les rayons du soleil ne risquaient plus de gâcher son teint de blonde. Sa silhouette fine se trouvait avantageusement soulignée par une robe de mousseline blanche. À ses pieds, des souliers de chevreau de même couleur témoignaient des ressources que le magasin Picard offrait aux élégantes.

— Je vois un panache de fumée, s'écria bientôt le garçon en se haussant sur la pointe des pieds. Ce sont eux.

Un murmure parcourut la foule, partant de la pointe est de Québec jusque vers les plaines d'Abraham.

— Le navire du Canadien Pacifique doit arriver ce soir, dit Thomas.

Élisabeth prit le bras de son mari. Comme d'habitude, sa mise demeurait modeste, tout en flattant sa silhouette. Tête nue, ses cheveux blond foncé prenaient une teinte vieil or en captant les derniers rayons du soleil. Elle aussi gardait ses yeux bleus sur le fleuve.

— Non, ce n'est pas l'*Empress of Ireland*, rétorqua le garçon après un moment. Puis j'en vois d'autres à l'arrière. C'est bien une escadre.

Pendant de longues minutes, tous les spectateurs attendirent de voir les grands navires passer, deux par deux, dans le chenal encadré par l'île d'Orléans et la côte de la rive sud. À cette distance, ils paraissaient hérissés d'aiguilles d'acier.

— Ce sont des cuirassés, déclara Édouard. Quatre coques de fer, chacune armée d'autant de canons qu'une citadelle. Ils raseraient Québec en dix minutes.

— Le grand général qui nous fait la leçon, fit Eugénie en ricanant.

— Amiral. Dans le cas de la marine, on parle d'amiral. Ce sont des navires comme ceux-là qui permettent au Royaume-Uni de dominer le commerce.

— L'Allemagne construit aussi les siens, remarqua Élisabeth.

— Mais pas au point de présenter une menace, lui objecta le garçon.

Son enthousiasme aurait pu laisser croire que les enseignements d'Henri Bourassa sur les dangers du sentiment impérialiste s'estompaient dans son esprit. En réalité, son admiration englobait spontanément le tramway électrique, les véhicules automobiles et les cuirassés anglais... ou allemands.

Thomas préféra ne pas lui rappeler que ce spectacle tenait au désir du Royaume-Uni de pousser le Canada à construire des navires de guerre pour les lui offrir. Le moment ne se prêtait pas à ce genre de discussion.

— Il s'agit de l'*Albermarle*, du *Russell*, de l'*Exmouth* et du *Duncan*, continua Édouard, citant de mémoire l'article du *Soleil* parcouru le matin. Et derrière, le navire plus petit, c'est un croiseur, l'*Arrogant*.

Si le garçon s'était efforcé de prononcer le nom des premiers bâtiments à l'anglaise, il ne se donna pas cette peine pour le dernier. Malgré la distance, quand les navires jetèrent enfin l'ancre sous les murs de la Citadelle, le bruit des chaînes dans les dalots retentit très clairement jusqu'aux oreilles des spectateurs.

— Ne devait-il pas y avoir six navires ? demanda Thomas.

— Il manque encore l'*Indomitable*, avec le prince de Galles à son bord, expliqua le garçon. Il arrivera dans deux jours.

— Je crois voir un autre panache de fumée, et d'après mon expérience, ce n'est pas un paquebot.

Parce que la lumière déclinante empêchait de bien distinguer les bâtiments à l'horizon, Édouard écarquilla les yeux. À la fin, excité, il affirma :

— On dirait un pavillon tricolore. Il ne peut s'agir que du *Léon-Gambetta*.

Plus petit, moins chargé de canons, le croiseur-cuirassé français faisait un peu piètre figure à côté des navires anglais. Sa présence permettait de souligner en quelque sorte la supériorité de ces derniers. Fort courtois, sensible à l'effet produit s'il était arrivé le premier dans ces eaux britanniques, le vice-amiral Horace Anne Alfred Jauréguiberry avait attendu dans le golfe le passage des bâtiments de la métropole, pour s'engager derrière eux.

— Et celui-là ? demanda Eugénie en tendant le doigt.

— Très vraisemblablement l'*Empress of Ireland*, conclut Thomas. Il ne manquait plus que lui au rendez-vous.

Aucune catastrophe n'avait donc englouti la brochette de notables venus enrichir les festivités de leur présence.

— Nous rentrons ? proposa le marchand après un silence.

Élisabeth acquiesça. Le temps devenait agréablement frais, après une journée très chaude. La famille convint de rentrer à pied.

— Ce sont de véritables forteresses, expliqua Alfred à son fils, en reprenant à peu près les mêmes mots que son neveu Édouard, ce qui trahissait les mêmes lectures matinales. Quand tous les canons tonnent en même temps, le navire vibre des huniers à la quille.

Le boutiquier usait d'une certaine licence littéraire, car ces immenses cathédrales de fer n'arboraient plus de huniers, seulement de petits mâts pour accrocher des pavillons.

Marie et Thalie se tenaient derrière eux, un peu lassées d'un spectacle qu'elles distinguaient imparfaitement, entre les épaules de tous ces hommes. Un moment, la fillette avait fait mine de grimper sur le petit parapet entourant le parc Montmorency, pour se voir ramenée au sol par une poigne maternelle aussi solide qu'impérative. Finalement, quand Mathieu assumait son rôle de gardien, il se montrait plutôt tolérant envers son esprit d'aventure.

Eux aussi avaient entendu les chaînes des ancres glisser dans les dalots. Ces six navires de guerre, à portée de canon des murs de la ville, rappelaient le temps où les flottes ennemies venaient encore menacer Québec, des bâtiments des frères Kirke jusqu'au *Lowestoffe* qui, en 1760, avait scellé le sort de la Nouvelle-France.

— Maintenant que le Royaume-Uni et la France, réunis par l'Entente cordiale, assurent ensemble notre protection, ironisa Alfred, nous pouvons aller dormir en toute sécurité.

Marie prit son bras, chercha la main droite de Thalie avec sa gauche. Du haut de ses onze ans, Mathieu suivit derrière. À peine avaient-ils effectué quelques pas, qu'ils se trouvèrent face à une autre famille, semblable en tout point, si ce n'était les enfants, plus âgés.

— Thomas, mon cher frère, s'exclama Alfred en tendant la main. Tu es venu aussi voir la fière Albion étaler sous nos yeux toute sa puissance militaire.

— Une occasion qui ne se présente que tous les cent ans : impossible de rester chez soi en ce jour.

Très vite, le malaise entre eux devint palpable. L'aîné tendit la main à Élisabeth en continuant :

— Madame, décidément vous présentez mieux que personne les vêtements du magasin Picard. Avec ceux de ma petite boutique, vous seriez parfaite. Seule la mode de Paris convient à votre beauté.

— Cessez de me taquiner. Vos deux modèles rendent plus justice que moi à votre marchandise. Je ne ferais que tout gâcher.

Alfred répondit d'un sourire, tendit successivement la main à Édouard et à Eugénie. Un silence insupportable s'installa ensuite entre eux. Thomas n'osait pas saluer Marie : au mieux, il se heurterait à son mutisme. Au pire, elle pouvait hurler de nouveau les accusations lancées près de douze ans plus tôt, dans les locaux administratifs du grand magasin. Lors de ses nuits d'insomnie, le « salaud » retentissait encore à ses oreilles.

Rougissante, Élisabeth tenta de sauver la situation. Elle s'approcha de Marie, sa main gantée tendue, prit d'autorité celle de sa vis-à-vis puis plantant ses yeux dans les siens, lui adressa ses mots :

— Je suis heureuse de vous revoir, Madame, après toutes ces années.

— … Moi aussi. Vous.

La précision se révélait inutile. Son corps tendu, son regard accroché à celui de la jeune femme et qui cherchaient à exclure tous les autres, parlaient d'eux-mêmes.

— Je vous reverrai peut-être pendant les spectacles historiques.

— Non, souffla Marie. Je dois m'occuper du commerce.

— Nous aurons sûrement une autre occasion.

— Peut-être.

Le ton de Marie montrait que cette éventualité ne lui répugnerait pas. Élisabeth lâcha la main, adressa un sourire à Mathieu et à Thalie, puis rejoignit sa famille, deux pas derrière elle. Thomas toucha son chapeau dans un dernier salut, puis guida les siens vers la rue Buade.

— C'est le destin, murmura Alfred en offrant son bras à son épouse. Parmi toutes ces personnes, faire cette mauvaise rencontre… Rentrons chez nous.

Elle acquiesça d'un signe de tête, tendit la main à Thalie une nouvelle fois. Après quelques pas, la fillette demanda, un peu préoccupée :

— Tu n'aimes pas notre oncle?

— Non, je ne l'aime pas.

Après cette scène, et les quelques autres qui s'étaient produites à l'identique au fil des ans, mentir ne servirait à rien. La difficulté vint avec les questions suivantes.

— Il t'a fait du mal?

— … Oui.

— Tu me racontes?

— Non, ma belle. Ce sont des histoires de grandes personnes.

Le silence qui suivit cette rebuffade ne dura que quelques minutes, le temps de contourner la basilique, de traverser le parvis et d'atteindre la rue de la Fabrique.

— Tu me dis toujours qu'il faut se raccommoder, quand on a une dispute.

Un silence inconfortable succéda à ces derniers mots. Au moment de déverrouiller la porte du commerce, Alfred prit sur lui de dire:

— Thalie, te souviens-tu du garçon qui maltraitait Mathieu l'automne dernier, puis celui qui s'est attaqué à toi, il y a quelques mois?

L'événement s'avérait inoubliable. Un petit voyou avait cru trouver quelques sous dans les poches d'une gamine bien vêtue, de trois ou quatre ans plus jeune que lui. Sa victime lui réservait une surprise: un hurlement de rage, capable d'alerter tout un pâté de maisons, et trois solides coups de pied dans un tibia, avaient mis l'apprenti bandit en fuite.

— Personne ne t'a demandé de te réconcilier avec lui. C'était trop grave.

— Notre oncle a fait du mal à maman?

Marie montait l'escalier sans bruit, heureuse d'échapper à l'obligation d'expliquer son attitude. De toute façon, pas un mot de plus ne serait sorti de sa gorge serrée.

— Oui. Parfois, ce qui se passe entre deux personnes rend ensuite tout rapprochement impossible. Tu peux comprendre cela, n'est-ce pas?

La gamine le regardait de ses grands yeux. Mathieu, près d'elle, écoutait de toutes ses oreilles, sans émettre un son.

— Toi, tu lui parles encore.

— J'ai été très en colère contre lui, mais je sais qu'il éprouve des regrets. Puis c'est mon frère. Quoi qu'il arrive, ce lien existera toujours entre nous.

Elle posa ses grands yeux sur Mathieu, lui tendit la main. Avant de s'engager dans l'escalier, elle fit un grand signe d'approbation.

Depuis la malencontreuse rencontre avec Marie Buteau, Thomas gardait un masque maussade. Même la vue d'une multitude de personnes déambulant dans les rues avec des seaux ou d'autres contenants pleins d'eau n'arrivait pas à le faire sourire. La ville devait assurer une distribution d'urgence avec de grandes citernes montées sur des charrettes tirées par des chevaux de labour. Depuis la matinée, prendre le tramway devenait une aventure périlleuse, compte tenu des à-coups lors des arrêts et des départs. Tous ces contenants de fortune se vidaient à moitié sous le choc, avec comme résultat que les passagers sortaient de l'aventure trempés.

L'homme marchait devant, Élisabeth à son bras, sur le chemin Saint-Louis. Trois pas derrière, Édouard et Eugénie suivaient en silence, se demandant bien quel sombre secret de famille pouvait engendrer pareille tension. Après de longues minutes, Thomas murmura :

— Tu crois que c'est une bonne idée ?

— Que veux-tu dire ?

— Rencontrer Marie. Tu ne crains pas d'empirer les choses ?

— Penses-tu qu'elles pourraient être pires ?

Son époux songea que oui, vraiment, la situation pouvait dégénérer. Par exemple, sa belle-sœur pouvait hurler de nouveau ses accusations, cette fois avec une audience plus vaste que celle du grand magasin.

— Elle a raison de se sentir meurtrie, continua Élisabeth dans un souffle. Je pense qu'en parler avec moi rendra les choses plus faciles.

— … Je ne doute pas de tes talents de pacificatrice, mais dans ce cas précis… C'est un peu comme avec notre aînée…

L'homme prononça les derniers mots encore plus bas, en jetant un coup d'œil vers l'arrière. La question du voyage en Europe demeurait toujours en suspens. Seule la représentation théâtrale sur les plaines avait permis de réduire un peu la tension au domicile de la rue Scott, la vanité de la demoiselle se trouvant un moment satisfaite.

— Cela te surprendra peut-être, mais la rancune de Marie me semble moins dévorante que celle de ta fille.

La jeune femme demeura silencieuse un moment, puis poursuivit :

— Mais bien sûr, après m'avoir rappelé mon échec avec cette dernière, tu n'augmentes pas mon niveau de confiance face au défi que je viens de me mettre sur les épaules.

Thomas serra légèrement la main posée au creux de son coude droit, en guise d'excuse. Au moment où la famille dépassait l'intersection de l'avenue Dufferin, sur la Grande Allée, elle fut arrêtée par un attroupement qui débordait des pelouses du palais législatif jusque sur le trottoir.

Les hérauts d'armes montés sur leur palefroi, vêtus d'une cotte de mailles sur laquelle ils avaient enfilé une tunique ornée de l'écu de familles nobles françaises, une lance tenue bien droite, formaient deux haies martiales de chaque côté du « roi d'armes » nommé théâtralement Montjoie-Saint-Denis. La commémoration de la fondation de la ville de Québec s'encombrait d'une multitude de symboles très romantiques sortis tout droit d'un Moyen Âge de fantaisie, nourri par la littérature populaire.

— Voilà donc le fameux crieur public qui excitait si fort l'ineffable Honoré-Julien-Jean-Baptiste Chouinard, ricana

Thomas à mi-voix. Depuis des mois, il nous casse les oreilles avec ses réminiscences des romans de Walter Scott. Ce gars-là a maille à partir avec la chronologie.

— Et avec la géographie, commenta Élisabeth. Cet auteur est écossais.

— Mais certains de ses romans se déroulent en Angleterre, ou même en France, précisa Édouard, compétent en ce genre de chose.

Montjoie-Saint-Denis ne portait pas de lance, mais plutôt un grand parchemin qu'il déroula à demi avec affectation, pour annoncer d'une voix forte :

— Oyez ! Oyez ! Oyez ! Citoyens de Québec, manants et bourgeois. La vieille cité qui fut le berceau de la Nouvelle-France célèbre par des fêtes grandioses le troisième centenaire de sa fondation. Des milliers d'étrangers venus de toutes les parties du Canada, des États-Unis et des pays de l'Europe, sont dans nos murs. Recevez-les bien ; soyez hospitaliers, et préservez soigneusement cette réputation de politesse et de courtoisie que vos ancêtres vous ont léguée.

Un murmure d'approbation parcourut la foule. En bougeant, des personnes heurtaient le seau ou le pot de chambre bien plein porté par un badaud sur deux, avec pour résultat de renverser la moitié de leur contenu sur le pavé, ou plus souvent sur les chaussures d'un quidam. Ces milliers de visiteurs évoqués par le crieur se coucheraient sans pouvoir se laver au préalable, et porteraient le lendemain matin des vêtements exhalant la même odeur que la veille.

À tout le moins, faute d'eau, la bière, le vin ou le whisky permettaient de se désaltérer… et de faire oublier les effluves nauséabonds. Dans un pays menacé par l'adoption d'une loi sur la prohibition, cela prenait l'allure d'une bénédiction, aux yeux de certains.

— Demain, continuait Montjoie-Saint-Denis, le mardi 21 juillet de l'an de grâce 1908 de Notre-Seigneur, plusieurs de nos concitoyens, dont le maire Georges Garneau, seront faits chevaliers de la Légion d'honneur par l'amiral

Jauréguiberry, le représentant de la République française à ces commémorations.

— Allez-vous crier à celui-là aussi de rentrer chez lui ? glissa Thomas à l'oreille de son fils. Après un consul juif, voilà que la France nous envoie un protestant pour représenter son gouvernement.

— Ils le font exprès, c'est certain, grommela le garçon.

Autour d'eux, des gens désireux de suivre les explications du crieur froncèrent les sourcils.

— À cinq heures, continua le roi d'armes, aura lieu la première des cinq représentations du *pageant* sur les plaines d'Abraham. À huit heures, au Manège militaire se tiendra le premier des deux concerts de la Société symphonique de Québec. Elle donnera la magistrale ode de Félicien David, intitulée *Christophe Colomb*. À dix heures, les officiers de l'escadre britannique de l'Atlantique recevront leurs invités à l'Assemblée législative, pour un grand bal.

De façon très cérémonieuse, Montjoie-Saint-Denis enroula son parchemin, reprit les rênes de sa monture et donna un coup de talon dans ses flancs. Les hérauts d'armes lui emboîtèrent le pas sur leur propre cheval, de même qu'une douzaine d'archers du guet allant à pied, eux aussi affublés de costumes moyenâgeux, une hallebarde sur l'épaule.

— Vont-ils vraiment faire comme dans les romans, et circuler toute la nuit dans les rues de la ville ? questionna Eugénie.

— D'abord, ils doivent répéter ce message devant l'hôtel de ville, expliqua Thomas, puis sur la place Jacques-Cartier, devant le marché du faubourg Saint-Roch, et même sur la place Royale. Ensuite, je ne sais pas s'ils iront dormir, ou s'ils parcourront nos rues.

— J'espère qu'ils se promèneront partout en hurlant : « Il est minuit, bonnes gens de Québec, et tout va bien », commenta Édouard en riant.

— Si tout va bien, observa Élisabeth, j'ose espérer qu'ils se passeront du plaisir de nous réveiller pour nous le dire.

Prise d'une nouvelle fébrilité devant les événements annoncés, la foule se dispersa fort lentement. La famille Picard regagna son domicile en réfléchissant au lourd programme du lendemain. Pendant une semaine, toute routine serait supprimée.

Chapitre 19

— Avez-vous de l'eau, chez vous ?

Depuis le matin, cette phrase faisait universellement office de salutation. Pourtant, Fernand Dupire commença par afficher une certaine surprise, avant de répondre :

— Non. Selon le journal, toute la ville est affectée.

— Je sais, mais je me disais qu'il existait peut-être quelques chanceux, rétorqua Édouard avec son sourire narquois. De bons chrétiens que le ciel épargnait.

— Avec les libéraux au pouvoir au fédéral, au provincial et au municipal, on voit où cela nous conduit. En tant que conservateurs, nous serons certainement parmi les derniers à récupérer ce service.

Les deux garçons patientaient dans une longue file d'attente à l'entrée de la salle à manger du Château Frontenac. Tôt le matin, Édouard avait téléphoné à son ami afin de fixer ce rendez-vous. Une heure plus tard, parmi tous ces gens qui, leur semblait-il, répandaient une petite odeur d'aisselles mal lavées, l'idée paraissait beaucoup moins séduisante.

— Tu crois que cela vaut la peine ? demanda Fernand pour la troisième fois, sceptique.

— Je suis curieux de les voir.

— Penses-tu qu'ils ont quelque chose de particulier, comme une auréole de héros au-dessus de la tête ?

Un couple sortit, le maître d'hôtel vint bientôt leur faire signe d'entrer dans la grande salle au décor surchargé. Ils s'installèrent dans un coin de la pièce. Édouard cherchait des yeux, examinant sans gêne les autres convives, allant jusqu'à se dresser à demi pour mieux voir. Bientôt, il déclara, de l'excitation dans la voix :

— Ce sont eux, à la table près de la grande fenêtre.

— Voyons, cesse de fixer les gens comme cela, grommela Fernand en consultant le menu. C'est gênant pour eux, et pour moi.

— Ils sont venus pour se montrer, non ? S'ils ne voulaient pas qu'on les regarde, le plus simple aurait été qu'ils restent à la maison.

Les deux garçons passèrent leur commande au serveur venu à leur table. À la fin, le notaire en devenir questionna de mauvaise grâce :

— Bon, qui est là ?

— Si je me fie aux photographies dans le journal, et à leur curieux accent qui s'entend jusqu'ici, je parierais sur le marquis de Lévis-Mirepoix et le comte Bertrand de Montcalm.

Les journaux faisaient toute une histoire de la présence à Québec des descendants des deux principaux généraux français de la guerre de conquête.

— Et le troisième homme, qui est-ce ?

— Le maire de Brouage ? L'ambassadeur de France à Ottawa ? Ou le nouveau consul à Québec ? Tout de même, je ne connais pas tous les invités.

— Je suppose que tu as repéré aussi les héritiers de nos conquérants magnanimes ?

Des représentants des familles de James Wolfe, Guy Carleton et James Murray honoraient aussi la ville de leur présence. En de multiples occasions, on retrouverait ces descendants de personnes illustres tous ensemble sur une scène, afin de célébrer l'Entente cordiale entre le Royaume-Uni et la République française, et aussi l'harmonie prévalant au Canada entre les descendants des vainqueurs et des vaincus.

— Maintenant que tu as entraperçu ces fantômes du passé, commenta Fernand pendant que le serveur plaçait une assiette devant lui, il ne te reste plus qu'à aller reprendre le travail au grand magasin.

— La paternel m'a donné congé. Nous pourrons aller aux compétitions sportives sur le terrain de l'exposition provinciale.

— Évidemment, alors que je ne suis pas très frais moi-même, aller respirer l'odeur de sueur de centaines de marins s'affrontant dans des compétitions dignes d'une kermesse paroissiale est tout indiqué.

— Quel rabat-joie tu fais! conclut Édouard en entamant son repas.

Malgré les réticences de son ami, ce programme prévaudrait finalement.

⁂

— Madame, l'eau est revenue!

Jeanne se tenait à l'entrée du salon, visiblement heureuse de mettre fin à la pénible corvée d'aller chercher l'eau avec un seau au point de distribution le plus proche. Après tout, elle n'avait pas quitté sa paroisse pour connaître le même inconfort à la ville. Elle tenait tout autant à l'eau courante que ses employeurs.

— Quelle bonne nouvelle, commenta Élisabeth. Nous étions sur le point de manquer de vaisselle.

La voix d'Eugénie vint de l'étage, impérative :

— Je vais me laver la première.

— Tu n'auras pas d'eau chaude avant une petite heure, nota sa belle-mère.

— Tant pis. Je dois rejoindre Élise tout à l'heure. Nous voulons aller au parc Savard.

— N'oublie pas que nous devons nous retrouver sur les plaines d'Abraham vers quatre heures.

Un certain trac envahissait Élisabeth à l'idée de faire ses premiers pas dans le merveilleux monde du théâtre. Que ce soit sur le dos d'un grand cheval noir ne la rassurait pas du tout. Plutôt que d'imiter sa belle-fille et aller contempler des jeunes hommes en uniforme, d'ici là elle aiderait à laver la vaisselle accumulée dans l'évier depuis la veille, afin de tromper son angoisse.

Une heure plus tard, Eugénie et Élise montèrent dans un tramway pour se rendre au parc Savard, près de l'Hôpital des immigrants.

— Tu es certaine que c'est une bonne idée? questionna la brunette en prenant place sur une banquette de bois.

— Je ne vais pas rester enfermée à la maison, alors que la ville regorge de visiteurs.

— Tout de même, ce genre de cérémonie ne doit rien avoir de bien intéressant.

Pourtant, des centaines de jeunes filles prenaient le même chemin qu'elles. Après avoir changé deux fois de voitures, les amies descendirent tout près du parc. Sur les vastes pelouses, plus d'une centaine de tentes bien alignées occupaient toute la place. Pendant quelques minutes, elles déambulèrent dans ce grand village de toile, soulevant les regards égrillards de nombreux hommes que la vie militaire rendait audacieux.

— Je m'attendais à voir plus de monde, remarqua bientôt Élise.

— Je te parie que nous les trouverons tous alignés près de l'hôpital.

Eugénie suivit les badauds, pour la plupart des filles de son âge de toutes les conditions sociales. Sa prédiction se révéla exacte : la moitié au moins de l'effectif de la minuscule armée canadienne se tenait au garde-à-vous. Les uniformes kaki étaient soigneusement repassés et les boutons de laiton brillaient sous le soleil à force d'avoir été frottés. Un casque colonial blanc rappelait le vaste empire britannique à tous les spectateurs en mal d'exotisme.

Afin de faire la meilleure impression possible sur les visiteurs venus de la métropole, des milliers de miliciens se joignaient aux professionnels. Des étudiants, des commis, des boutiquiers raidissaient le dos, prenaient une allure martiale afin de paraître aussi virils que les soldats de métier.

— Tu dois convenir qu'ils ont meilleure allure que les rigolos qui visitent nos salons depuis quelques mois, commenta Eugénie.

— Bien sûr, je rêve d'avoir dans ma vie un homme qui joue au soldat, ironisa son amie.

Un officier hurla un ordre en anglais, tous les militaires et les miliciens au garde-à-vous tentèrent de paraître un peu plus grands encore. Un britannique vêtu d'un uniforme chargé de dorures, un bicorne orné de plumes d'autruche sur le crâne, s'avança au milieu d'un groupe de notables.

— Tu sais de qui il s'agit? demanda Élise.

— Pas la moindre idée, répondit Eugénie. Sans doute une grosse légume de la mère patrie.

— Il s'agit de Lord Roberts, le chef de toutes les armées britanniques, répondit une voix dans un français au lourd accent.

La blonde se retourna pour apercevoir un trio de jeunes officiers de la marine impériale. L'un d'eux s'adressa à elle en lui tendant la main:

— Je me présente: Richard Harris.

Eugénie lui offrit sa main gantée, l'autre s'inclina pour baiser ses doigts en disant:

— Mademoiselle...

— Eugénie Picard.

Il présenta ses deux camarades, qui se limitèrent à une poignée de main. Un peu rougissante, la jeune fille déclina le nom de sa compagne et les salutations se répétèrent. Pour se donner une contenance, elle fit tourner son ombrelle au-dessus de sa tête, puis demanda:

— Et qu'est-ce que monsieur Roberts vient faire dans le parc Savard?

— Lord Roberts, insista l'officier, vient passer en revue les troupes canadiennes, afin de s'assurer qu'elles seront en mesure d'assister celles de la métropole, en cas de conflit.

— Vous pensez qu'elles seront à la hauteur? minauda-t-elle en se tournant vers son interlocuteur.

Le général marchait maintenant entre les rangs des militaires, s'arrêtant parfois pour dire quelques mots à l'un ou l'autre d'entre eux.

— En face d'un ennemi déterminé, je ne donnerais pas cher de leur peau, ricana le lieutenant Harris avec une arrogance affectée.

— Ce qui n'est pas plus mal, observa Élise, dissimulant mal son agacement, puisque nous n'avons aucun ennemi.

— L'Allemagne… commença l'autre.

— … représente peut-être une menace pour le Royaume-Uni, admit-elle, certainement pas pour le Canada.

L'officier demeura un moment interdit, puis remarqua :

— Le Royaume-Uni et le Canada, c'est la même chose.

— Vous le croyez vraiment ?

Élise Caron arqua les sourcils pour exprimer son scepticisme, tout en esquissant un sourire ironique. Les Britanniques n'étaient pas au bout de leurs surprises, dans cette curieuse colonie. Lord Roberts achevait sa petite revue des troupes canadiennes. Dans un instant, il remonterait dans son landau pour regagner sa suite au Château Frontenac.

— Auriez-vous l'obligeance de nous faire visiter la ville ? demanda Richard Harris.

— Comme c'est malheureux ! s'exclama Eugénie, je dois rentrer.

— Voyons, nous sommes au début de l'après-midi.

— Justement, j'ai un rôle dans la représentation théâtrale…

L'officier sembla un moment perdu, puis la mémoire lui revint :

— Le fameux *pageant*. Vous êtes l'une des cinq mille vedettes !

— Quatre mille, précisa Eugénie, peu certaine d'apprécier l'ironie du jeune homme.

— Et vous, mademoiselle… Caron ?

— J'ai décidé tout récemment d'abandonner ma carrière de guide touristique.

Le sourire d'Élise rendait sa réponse à peine moins abrasive. Le lieutenant Harris ne se laissa pas démonter, et sans perdre son sourire, il se tourna vers Eugénie pour demander :

— À quelle heure se terminera la représentation ?

— ... Tard, j'en ai bien peur. Compte tenu du nombre de tableaux et du temps pour les changements de costume, je dirais dix heures.

— Alors, vous pourriez me rejoindre au bal de l'amiral.

— Je ne sais trop...

La jeune fille hésita un moment, puis reprit :

— Il sera sans doute trop tard.

— Pas vraiment. Dans les grandes villes, à dix heures, on sort à peine de table.

— Alors pourquoi pas ? accepta-t-elle enfin.

Le lieutenant lui offrit son bras afin de la conduire hors du parc Savard. L'un de ses collègues fit de même avec Élise, qui accepta sans faire de façon. Elle se souvenait tout juste de son prénom, Julian. Visiblement, dans ce trio, une seule personne parlait un français convenable, et la brunette n'avait aucune intention de signifier à son compagnon que sa connaissance de l'anglais était fort raisonnable. En arrivant près de l'arrêt du tramway, l'officier s'était remémoré quelques mots de la langue de Molière, assez pour articuler :

— Vous... venir aussi ?

— Non, je dois aider ma mère à faire la lessive.

L'autre demeura un moment interdit. S'il n'avait rien compris, il devina que la réponse était négative. La voiture s'arrêta devant le petit groupe dans un bruit métallique et le conducteur tapa du pied sur la cloche afin d'inciter les badauds à dégager la voie. Les deux jeunes filles, avec bien d'autres personnes, montèrent dans le tramway. Quand il commença à rouler, Eugénie adressa un petit signe de la main à Richard Harris.

— As-tu vraiment l'intention d'y aller ? demanda Élise.

— Pourquoi pas ? répondit sa compagne en riant. Il est tellement mignon dans son uniforme blanc.

— Tu ne le connais pas!

Autrement dit, il ne s'agissait pas de l'un de ces garçons assis tous les dimanches dans un banc de la cathédrale Notre-Dame, dont les parents connaissaient les siens depuis des siècles parfois. Des jeunes gens qui ne réservaient aucune surprise, bonne ou mauvaise.

Comme si elle suivait ses pensées, Eugénie continua:

— Justement. Et toi, viendras-tu?

— Je ne suis pas invitée.

— Mais si, cet officier vient de t'inviter.

— Ce n'est pas sérieux, ce genre d'invitation. De toute façon, je compte aller au concert, ce soir.

Élise chercha un autre sujet de conversation, peu désireuse d'épiloguer sur ses propres projets.

***

Parmi le palmarès des hochets offerts aux hommes d'âge mur, la Légion d'honneur figurait en bonne place. Le gouvernement de la République française entendait profiter du tricentenaire de la ville de Québec pour en semer quelques-unes en Amérique.

— Je me demande si cette fois la presse conservatrice nous éreintera, grommela Thomas à l'adresse de son voisin.

— Au moins, la distribution des largesses symboliques qui ne coûtent rien ne passe pas par les mains d'un déicide, répondit Louis-Alexandre Taschereau sur le même ton.

Ils se trouvaient dans la salle du conseil municipal, à l'hôtel de ville. Dans un uniforme d'une blancheur immaculée, le vice-amiral Jauréguiberry avait prononcé un discours de circonstances. Maintenant, il épinglait la rosette de chevalier sur le revers du veston du maire de Montréal.

— Vous êtes certain qu'un protestant vaut mieux qu'un juif, chez les grenouilles de bénitier qui écrivent dans le journal *L'Événement*? continua Thomas. Et je ne parle même pas de *L'Action sociale catholique*…

— Au moins, c'est une tare que les journalistes du *Chronicle* ne lui reprocheront pas.

Le vice-amiral passa devant le maire Garneau pour lui remettre la même décoration. À l'arrière-plan, les poètes Louis Herbette et Gustave Zidler, des « amis du Canada » qui multipliaient les rimes ennuyeuses, paraissaient tout disposés à asséner aux spectateurs leur dernière ode aux bâtisseurs de l'Empire français. Ce duo de versificateurs s'intéressait à l'Amérique avec un siècle et demi de retard ! Thomas murmura encore, en parlant du premier magistrat de Québec :

— Dire que ce gars sera aussi fait chevalier par le Royaume-Uni cette semaine. Les pieds ne lui toucheront plus le sol.

— Parlant d'honneurs, mérités ou non, Wilfrid Laurier doit envisager de vous nommer bientôt sénateur, compte tenu de tous les services que vous lui rendez.

— Ce dortoir pour vieillards ne me dit rien. Puis comme je suis encore valide, cela me disqualifie.

— Laurent-Olivier David a eu droit à cet honneur.

Le vieil ami, l'organisateur de la campagne électorale de 1896, avait été gratifié de ce titre quelques années plus tôt. Thomas adressa un sourire mauvais à son interlocuteur, puis répéta :

— Je suis encore capable de gagner ma vie, moi.

Taschereau lui jeta un regard oblique, songeant que le marchand aimerait sans doute recevoir un hochet, lui aussi.

❦

— Vous avez de la chance, déclara Jeanne en enfonçant un peigne en ivoire dans la masse épaisse des cheveux blonds de sa patronne.

Élisabeth ne sut pas quoi répondre, tellement cette phrase pouvait revêtir une multitude de significations. Elle attendit la suite.

435

— Je veux dire, avoir un rôle dans cette pièce. Il y aura des milliers de personnes sur les plaines, pour vous admirer.

Cette précision ne rassura pas la figurante. Dans ses plus mauvais rêves, sa monture se cabrait pour la jeter au sol. Elle atterrissait dans le dos d'Henri IV dans une avalanche de jupons blancs.

— Si tu veux y assister, je peux sans doute te procurer un billet. Pas pour la représentation de ce soir, cependant.

— Peut-être...

La porte d'entrée claqua, des pas vifs retentirent dans l'escalier. Élisabeth éleva la voix pour dire :

— Eugénie, nous devons partir bientôt.

— Je sais, je sais.

— Un fiacre viendra nous prendre dans quelques minutes.

Pour toute réponse, un nouveau claquement de porte, celle de la chambre de la jeune fille cette fois, retentit dans tout l'étage.

— Si ce spectacle ne commence pas bientôt, commenta la belle-mère, il ne restera plus une seule porte intacte dans toute la maison.

Jeanne préféra ne pas formuler son opinion : avec ou sans représentation théâtrale, les mouvements d'humeur de sa jeune maîtresse se répétaient avec régularité.

❦

Les plaine d'Abraham s'étendaient en pente douce jusqu'à la cassure abrupte de la falaise dominant le fleuve. De vastes estrades de bois se dressaient parallèlement à la Grande Allée. Elles formaient un « U » au centre duquel les milliers d'artistes amateurs pourraient se produire à une distance raisonnable de la foule. La grande prison de Québec se tenait sur la droite, mais concentrés sur la représentation, les spectateurs arriveraient à en faire abstraction.

Douze mille d'entre eux prenaient place sur des banquettes sommaires construites de madriers de pin sciés si récemment qu'ils embaumaient encore. Un toit léger, fait de planches, les protégeait de la pluie, mais en ce soir de première, le ciel offrait un bleu soutenu. Au centre de la vaste construction se trouvaient les estrades d'honneur, hautes de trois étages. Les chiffres 1608 et 1908 se voyaient juste au-dessous de deux clochetons, à chacune de leurs extrémités. Les deux premiers niveaux recevaient les notables, qui pourraient prendre leurs aises dans de grands fauteuils.

Tout en haut, le dernier étage ressemblait à un poste d'observation. Frank Lascelles, vêtu d'une grande redingote noire, coiffé d'un haut-de-forme recouvert de soie de même couleur, flanqué de son assistant, pourrait surveiller le déroulement de la représentation et, si nécessaire, donner des indications en faisant de grands gestes avec les bras. Toutefois, comme tous les soirs de première, le sort du spectacle demeurait entre les mains des comédiens.

Un peu après cinq heures, sans que personne frappe les trois coups habituels, le silence se répandit parmi l'assistance. Quelques tentes coniques, des tipis des Amérindiens de l'Ouest, se dressaient un peu à l'écart de la scène de verdure, à l'orée d'un bois. Sans doute parce que les spectacles de Buffalo Bill, les romans à deux sous tout comme le cinéma naissant, donnaient une image stéréotypée de l'habitat et des vêtements des Amérindiens, on préférait les voir dans des tuniques de peau de daim ornées de longues franges et coiffés de plumes, à la façon des peuples des Prairies.

Alors que les ombres commençaient tout juste à s'allonger, ainsi accoutré, Donnacona sortit de l'une des tentes pour se diriger vers le fleuve, un arc dans la main gauche et la main droite posée sur son front telle une visière. Comme par enchantement, en réalité, le système de sémaphore créé par Lascelles permettait de synchroniser l'action des divers protagonistes, trois bateaux parmi les plus élégants du Yacht Club de Québec remontèrent le fleuve toutes voiles dehors.

Grâce à la magie du théâtre, un instant plus tard, Jacques Cartier, interprété par l'avocat Moïse Raymond affublé d'une horrible barbe postiche, sortit d'un bosquet, accompagné de quelques dizaines de matelots chantant à pleins poumons :

À Saint-Malo, beau port de mer, (bis)
Trois gros navires sont arrivés,
Nous irons sur l'eau,
Nous irons nous promener,
Nous irons jouer dans l'île…

D'un seul mouvement, la foule se leva pour acclamer les hardis découvreurs du Canada. Ce chant attira les Amérindiens hors de leurs tipis. Rassurés par cette attitude bon enfant, ils entamèrent une danse endiablée en criant : *Agouasi !* ce qui, selon la science qu'Ernest Myrand possédait de la langue des Iroquoiens du Saint-Laurent, signifiait : « Bienvenue ! »

Un moment plus tard, alors qu'on lui amenait un malade à guérir, Cartier entamait la récitation de l'Évangile selon saint Jean en latin. Puis sans transition, les matelots érigèrent une croix alors qu'une chorale entonnait *Au chemin du calvaire*, de Charles Gounod. En signe de soumission instinctive au seul vrai Dieu et au roi de France, les Amérindiens déposèrent des offrandes d'aliments et de fleurs au pied du symbole chrétien.

— Comme c'est beau, murmura une femme debout près d'Élisabeth.

À l'abri des regards dans un bosquet, tenant par la bride un cheval qui avait la bonne idée de se retenir de hennir, elle suivait le spectacle de loin.

— Oui, c'est beau, admit-elle sans se retourner.

Sous ses yeux, Jacques Cartier, ses marins et trois Amérindiens, ses « invités », regagnèrent les frondaisons d'où ils étaient venus. À peine ces comédiens disparurent-ils qu'un bruit de trompette annonça le début du second tableau : il fallut bien dix minutes pour que la foule des courtisans de François Ier sortent à leur tour du sous-bois pour se rassembler au centre de la scène, précédés d'enfants engagés dans la sarabande folle des faunes et des satyres.

Élisabeth reconnut sans mal la silhouette mince d'Eugénie, vêtue d'une élégante robe blanche garnie de dentelle, l'incarnation de Marguerite de Navarre, la sœur du roi. Un moment, on avait pensé à lui faire interpréter le rôle de la fille âgée de treize ans de ce dernier, à cause de son corps à peine sorti de l'enfance. Ses protestations véhémentes avaient finalement épargné cet affront à ses charmes.

Puis ce fut au tour de François Ier et de la reine Éléonore de se présenter, pour aller s'asseoir sur des trônes posés sous un dais. Jacques Cartier, accompagné de Donnacona et de ses fils Domagaya et Taignoagny, vint s'agenouiller aux pieds du souverain.

JACQUES CARTIER. — Sire.

FRANÇOIS Ier. — Loyal et fidèle serviteur, je suis heureux d'apprendre votre retour, et de vous remercier d'avoir bravé, une fois de plus, les dangers de l'océan, pour la plus grande gloire et les meilleurs intérêts de notre couronne. Que me rapportez-vous du Nouveau Monde ?

JACQUES CARTIER. — Je vous ai découvert et conquis trois royaumes !

Merveilleusement disposée, toute l'assistance répéta en chœur : « Trois royaumes ! » de concert avec tous les comédiens.

JACQUES CARTIER. — Trois royaumes : celui de Saguenay, celui de Canada, dont voici le roi (montrant Donnacona) et celui d'Hochelaga. Leurs territoires réunis dépassent en superficie l'étendue de notre France. Je me suis même laissé dire que l'Europe y tiendrait.

FRANÇOIS Ier. — Eh ! capitaine-découvreur, dites-moi, ne me faites-vous point la part trop large dans la succession d'Adam ? Vous saviez que j'enviais et jalousais mes frères, les rois d'Espagne et du Portugal ; serait-il vrai que je fusse mieux nanti qu'eux ?

— Mesdames, Messieurs, je suis désolé de vous arracher à une scène si édifiante, prononça Joseph Savard d'une voix un peu moqueuse, mais si nous ne voulons pas faire attendre sa majesté Henri IV, il nous faut nous préparer.

Élisabeth révélerait ses talents de cavalière à ses concitoyens dans le tableau suivant. Elle s'arracha sans mal aux dialogues insipides écrits par Ernest Myrand.

Le Manège militaire, une construction de pierre assez basse coiffée d'un toit pointu de tôles de cuivre devenues vertes au fil des ans, s'élevait près de la Grande Allée, juste à l'extérieur des murs d'enceinte de Québec. Édouard attendit sur la pelouse pendant dix bonnes minutes, avant d'apercevoir Élise Caron, marchant vers lui d'un pas rapide. Elle portait une robe de mousseline blanche et un chapeau de paille orné de fleurs. Ses gants montaient jusqu'au milieu de ses avant-bras.

— J'aurais pu aller vous chercher à la maison, déclara le jeune homme en lui tendant la main.

— … Non, cela vaut mieux ainsi, dit-elle en lui serrant doucement la main.

La jeune fille préférait faire de cette rencontre un rendez-vous clandestin. Édouard trouva un petit côté excitant à la situation. Il lui présenta son bras en disant :

— Non ferions bien d'y aller, sinon le concert commencera sans nous.

Elle prit son bras et ensemble ils marchèrent vers le grand édifice. Deux hommes vêtus de l'uniforme de couleur brunâtre du régiment de Carignan-Salières les accueillirent à la porte. Le garçon remit ses billets au premier en demandant :

— Se peut-il que je vous connaisse ?

— Nous sommes des zouaves. Vous pouvez nous voir tous les dimanches à la basilique.

Sans le ridicule pantalon bouffant gris de leur accoutrement habituel, ces personnes paraissaient un peu plus martiales. Édouard ne put s'empêcher de le leur faire remarquer :

— Ne trouvez-vous pas que cet uniforme est plus seyant que l'autre ? Avec une arquebuse… ou même une pique, vous seriez sensationnels. Certains pourraient même y croire.

L'ironie n'échappa pas à son interlocuteur, qui répondit froidement :

— Avancez, Monsieur. Des personnes attendent.

Le jeune homme continua son chemin, un sourire amusé sur les lèvres. Pendant que le couple gagnait les deux chaises, dans les premiers rangs, correspondant au numéro de leurs billets, Élise le gronda :

— Ne pouvez-vous pas vous en empêcher ?

— Que voulez-vous dire ?

— Vous moquer de ce zouave. Vous ne ratez jamais une occasion de provoquer les gens.

Édouard regarda la grande salle autour de lui. Habituellement, les miliciens, ces soldats amateurs le plus souvent recrutés dans la petite bourgeoisie, venaient apprendre à marcher au pas et à manipuler un fusil de bois de façon crédible. Ce soir, deux mille chaises serrées les unes contre les autres recevaient autant de spectateurs.

— Vous ne trouvez pas ces hommes ridicules ? Les soldats du pape ! Ils sont allés défendre le pouvoir arbitraire du souverain pontife sur une petite principauté italienne contre les forces républicaines.

— Je sais. Nous suivions aussi des cours d'enseignement religieux, chez les ursulines.

— Les mauvaises langues prétendent que les seules victimes, chez les zouaves canadiens, sont mortes de la syphilis attrapée dans les bordels. Ce qui n'empêche pas leurs successeurs de plastronner dans leur banc de fonction au fond des églises, tous les dimanches.

L'allusion à la maladie honteuse, surtout à la façon de l'attraper, mit le rose aux joues de la jeune femme. Heureusement, l'arrivée des artistes à l'avant de la grande salle lui permit de laisser ce sujet de conversation. Une centaine de musiciens vinrent occuper autant de sièges placés face à l'auditoire, puis un chœur de quatre cents personnes, des hommes et des femmes, se massèrent tout au fond. Ensuite, Joseph Vézina prit sa place devant le lutrin du chef d'orchestre. Enfin, une demi-douzaine de solistes, en tenue de soirée, firent les derniers leur entrée.

Des applaudissements nourris accueillirent tout ce monde. Quand le silence revint dans la salle, les premières mesures de l'ode symphonique *Christophe Colomb*, l'œuvre de Félicien David, firent entendre leur plainte. Puis ce fut le récitatif :

> *Oui Colomb vous entend, mystérieux génies,*
> *Qui dans mes nuits m'avez réveillé tant de fois*
> *La mer vous a prêté toutes ses harmonies ;*
> *C'est l'heure… j'obéis à vos puissantes voix.*

Dans les allées ménagées entre les rangées de chaises, des zouaves convertis en soldats de la Nouvelle-France assuraient l'ordre…

∗

Après quatre heures, la magie opérait toujours. Douze mille personnes, dans les gradins, communiaient avec les quatre mille qui se produisaient devant eux. La soirée très douce, la magnificence du cadre des plaines d'Abraham, avec comme arrière-scène le fleuve Saint-Laurent et la rive sud, participaient à l'atmosphère propice au recueillement. Non seulement des morceaux choisis du passé se trouvaient mis en scène selon une interprétation convenue qui confortait chacun dans ses images d'Épinal – ou celles des manuels des Frères des Écoles chrétiennes –, mais tous, dans l'assistance comme sur la scène, souhaitaient les ramener à la vie, les habiter encore. Le cinquième des spectateurs portait un costume d'«époque». Au fil des représentations, la pudeur s'émoussant, la proportion en viendrait à la moitié.

Le plus exceptionnel tenait aux liens qui unissaient les comédiens et les témoins de ces moments inoubliables. Le huitième de la population adulte de la ville de Québec jouait un rôle. Dans les estrades, chacun avait un parent ou un ami parmi tous ces figurants. Tous, parmi ce total de seize mille personnes, cherchaient quelqu'un des yeux.

— Nous ferions mieux de nous presser, déclara Élisabeth en levant les yeux vers le ciel. Les nuages se sont accumulés au-dessus de nos têtes pendant la soirée. Bientôt ce sera l'orage.

— Je ne rentre pas avec toi, commença Eugénie. Je dois me rendre au bal, à l'Assemblée législative.

— … Tu m'en parles pour la première fois.

Après s'être illustrée dans le second tableau du *pageant*, la jeune femme avait enlevé son habit de scène et retrouvé sa robe de cotonnade. Les sous-bois bruissaient d'activité : tous les figurants essayaient de s'y dissimuler. Des constructions sommaires servaient de vestiaires, des dizaines d'habilleuses y rangeaient les costumes. Plusieurs dizaines de chevaux se trouvaient là aussi. Plus tôt, excités par les cris des Sauvages lancés à l'assaut des héroïques compagnons de Dollard des Ormeaux, de nombreux hennissements hors de propos avaient troublé les oreilles de Frank Lascelles. Il faudrait faire disparaître le crottin dès le petit jour, sinon les escarpins et le bas des robes, surtout celles ornées d'une traîne, souffriraient de l'outrage.

Eugénie, quant à elle, arborait toujours son vêtement du XVIe siècle. Une pointe d'impatience dans la voix, elle expliqua :

— Lors de ma visite au parc Savard, un officier de la flotte britannique m'a invitée.

— Voyons, cela ne se fait pas…

— Avec Élise, bien sûr, mentit-elle à moitié. Pour une fois que nous avons l'occasion de rencontrer d'autres personnes que des petits boutiquiers…

Élisabeth eut un moment envie de le lui interdire. Un regard autour d'elle la retint. La scène qui en aurait résulté, devant des comédiens dont plusieurs étaient aussi des voisins, se serait révélée insupportable. Puis de toute façon, l'événement regrouperait les citoyens les plus respectables.

— Ta robe ne sera pas à la hauteur, opposa-t-elle sans conviction.

— Celle avec laquelle je me suis rendue ici, certainement pas. Mais celle-ci convient.

Des mains, elle désignait l'avalanche de dentelles tendue sur une large crinoline.

— Après tout, c'est celle de la sœur de François Ier, conclut-elle.

Ce costume de scène ne déparerait pas le bal de l'amiral Assheton Gore Curzon-Howe : une bonne proportion des invitées s'y rendrait attifée de la même façon.

— Il ne faudra pas rentrer trop tard, céda la belle-mère.

— Bien sûr… Mais comme l'invitation est pour dix heures, ce ne sera pas très tôt non plus. Tu peux rapporter ma robe à la maison ?

— Oui, sois sans crainte.

Ce fut au tour d'Eugénie de regarder vers le ciel, un peu inquiète, puis elle commenta :

— Si je ne veux pas arriver là-bas avec cent verges de tissu trempé sur le dos, je vais y aller tout de suite. Ce soir, il sera impossible de trouver un fiacre. Bonsoir.

La jeune fille tourna les talons afin de regagner la Grande Allée. Son vêtement n'attirerait guère l'attention : au cours des prochains jours, les habitants de plusieurs siècles hanteraient les rues de la ville. Élisabeth regarda un moment la silhouette blanche s'éloigner, puis secoua la tête en soupirant. La corvée d'expliquer à une habilleuse revêche que l'un des costumes ne serait retourné que le lendemain lui revenait.

Au pire, elle pourrait lui préciser qu'après tout, les figurants en avaient assumé les frais de confection.

— Si nous n'arrivons pas bientôt, nous en serons quittes pour une douche, commenta Édouard les yeux tournés vers le ciel.

— Dans ce cas, taisez-vous et marchez.

Élise avançait aussi vite que le lui permettait le fourreau de sa robe. Elle reprit le bras de son compagnon quand celui-ci revint à sa hauteur, puis lui demanda :

— Avez-vous aimé ce concert ?

— Oui, mais pas au point d'assister à la représentation de demain, comme j'ai entendu certains spectateurs affirmer vouloir le faire.

Une première goutte de pluie toucha son front au moment où ils dépassaient l'Assemblée législative. Des gens se pressaient près de la porte latérale de l'édifice afin d'entrer au plus vite.

— Au début de l'après-midi, je suis allée au parc Savard avec Eugénie. Des officiers de marine nous ont invitées au bal de l'amiral Curzon-Howe.

— Des membres des équipages de nos grosses chaloupes de fer ?

— Non, pas la marine canadienne, celle de l'Empire.

Édouard émit un sifflement admiratif, puis remarqua :

— Je suis très flatté : vous préférez ma compagnie à celle des représentants de la fière Albion.

— Ne faites pas le fier. J'ai dit à celui qui me donnait le bras que je comptais faire la lessive. En réalité, je vous préfère à une corvée de nettoyage.

Quand le couple s'engagea dans la rue Claire-Fontaine, la pluie commença à s'abattre sur la ville. Ils coururent aussi vite que possible, la jeune femme relevant sa robe haut sur les jambes. Au moment de se réfugier sous le porche d'une entrée donnant sur le côté de la demeure des Caron, les fleurs décorant son chapeau de paille pendaient lamentablement et ses bouclettes brunes dégoulinaient un peu.

— Me voilà dans un bel état ! s'exclama-t-elle avec humeur.

— Vous êtes très jolie.

Édouard contemplait le chemisier trempé. L'eau le rendait un peu transparent, de même que la légère brassière de coton portée en dessous. Le tissu épousait de près la courbe des seins, au point d'en révéler les pointes après la douche froide.

Le garçon se pencha sur elle pour poser les lèvres sur les siennes, alors que sa main empaumait doucement le globe un peu lourd de son sein droit. D'abord, Élise ne se déroba pas, son corps se détendit plutôt sous la caresse. Puis elle appuya ses deux mains sur la poitrine de son compagnon pour le repousser.

— Cessez, ce n'est pas bien, dit-elle dans un souffle, alors que ses yeux bruns cherchaient sur le trottoir, dans la rue et même aux fenêtres des maisons voisines, des témoins de cette petite scène.

Édouard se recula un peu, mais laissa sa main droite, légère, sur la hanche de son amie.

— Bonne nuit, Élise.

— … Bonne nuit.

Il s'éloigna, abandonna l'abri du porche pour se retrouver sous l'averse. Après deux pas, il se retourna, les cheveux plaqués sur le crâne, tout le corps trempé sous ses vêtements, pour demander :

— Notre rendez-vous tient toujours, pour demain ?

— … Oui.

— Et samedi prochain, vous viendrez assister au *pageant* avec moi et mon père ? Nous avons un billet pour une invitée.

— … Si vous voulez.

Le jeune homme adopta le pas de course pour regagner la rue. Heureusement, son domicile ne se trouvait pas bien loin.

Eugénie entra dans le grand édifice de l'Assemblée législative au moment où une première goutte de pluie touchait son épaule découverte. Elle l'essuya de sa main gantée, baissa les yeux afin de voir la naissance de sa poitrine. Sa robe de mousseline offrait un décolleté somme toute modeste et révélait ses épaules. Elle regarda les autres invitées, conclut que sa mise se comparait bien à la leur.

Au moment de pénétrer dans la salle de réunion des députés, la jeune fille vit l'amiral Curzon-Howe devant elle, un homme glabre allant sur ses soixante ans, et madame Georges Garneau, pendue à son bras. L'officier offrait ce bal aux notables de Québec, afin d'établir les meilleurs rapports avec eux au moment où s'amorçaient les grandes célébrations. Au cours de la prochaine semaine, les rues de la ville grouilleraient de milliers de marins : mieux valait commencer ces fréquentations sous les auspices les plus favorables.

Comme l'amiral ne voyageait pas avec son épouse, le maire ne pouvait lui rendre la politesse en la prenant pour escorte. Celui-ci suivait en compagnie de l'une de ses parentes.

Eugénie se tint dans un coin de la grande salle, les mains l'une dans l'autre à la hauteur de la taille, un sourire un peu guindé sur les lèvres, comme toutes les jeunes filles de bonne famille désespérées de trouver une contenance. Seule et visiblement un peu perdue, elle craignait que quelqu'un vienne lui demander de présenter son carton d'invitation. Elle en était à se dire qu'au fond, Élise se révélait la plus sage des deux de s'être abstenue de se présenter là, quand une voix dit près d'elle :

— Mademoiselle Picard, que vous êtes élégante… et un peu démodée.

La jeune fille se retourna pour voir Richard Harris, sanglé dans son uniforme de la marine impériale, son meilleur sourire sur les lèvres. L'homme devait avoir vingt-cinq ans. Grand, mince, le visage rasé de près, les cheveux châtains, il présentait bien. Toutefois, ce physique sans aspérité n'en imposait qu'aux personnes pour qui l'harmonie des traits l'emportait sur la personnalité.

— ... C'est mon costume de scène, expliqua-t-elle en rougissant. J'arrive directement du *pageant*, je n'ai pas eu le temps de passer à la maison pour me changer.

— Et vous incarnez...

— Marguerite de Navarre, la sœur du roi François Ier.

— Cet homme a eu un rôle à jouer dans l'histoire du Canada?

Évidemment, les écoles du Royaume-Uni ne faisaient pas beaucoup de place au passé des colonies. De toute façon, il y en avait tant que l'exercice se serait révélé fastidieux.

— C'est lui qui a chargé Jacques Cartier d'effectuer son voyage d'exploration.

— Si vous le dites. Avec un prénom comme le vôtre, vous étiez prédestinée à jouer le rôle d'une princesse royale.

Eugénie signifiait « bien née », en grec. La jeune fille choisit de ne pas entendre la lourde ironie dans le ton de l'officier, pour rougir de plaisir.

— Que fait votre père? interrogea encore celui-ci. Je suppose qu'il n'a pas occupé le trône de France.

— Il possède le plus important commerce de détail de la ville.

— Un marchand...

Cette fois, à moins d'être sourde, la pointe de suffisance ne pouvait passer inaperçue. Elle se mordit la lèvre inférieure, chercha une réponse, n'en trouva pas. Il ajouta en lui présentant son bras :

— Vous dansez?

Dans la galerie de la presse, un orchestre commença à jouer. Elle accepta d'un signe de la tête et se dirigea avec lui au milieu du Salon vert. Les pupitres des députés avaient été dévissés du plancher et transportés dans le sous-sol du grand édifice. La main droite de l'officier se posa un peu bas sur la taille fine, la gauche saisit celle, gantée, de sa partenaire. Un moment plus tard, la jeune fille se laissait entraîner dans les virevoltes de la valse, sa robe s'étalant en corolle sur la large crinoline. Autour d'eux, d'autres couples tournaient aussi.

— Vous habitez l'Angleterre? demanda-t-elle après un moment pour rompre le silence.

— L'Oxfordshire, pour être précis.

— La ville de la grande université.

Eugénie tenait à montrer que la métropole ne lui était pas tout à fait inconnue.

— Ma famille habite plutôt la campagne, mais la ville d'Oxford ne se trouve pas très loin.

Elle n'osa pas demander ce que faisaient ses parents. Les commissions d'officier dans la marine ou l'armée du Royaume-Uni coûtaient fort cher, Eugénie se plut à imaginer que cet homme appartenait à une famille de la noblesse rurale. Les manoirs exposés dans les périodiques comme le *London Illustrated News* lui revinrent en mémoire. À la façon dont la main de son partenaire lui enserrait la taille et la posait en propriétaire juste en haut des fesses, elle s'imagina un moment en châtelaine.

Quand la musique s'arrêta, Harris escorta son invitée jusqu'à une table où quelques serveurs offraient des verres d'un punch fruité, ou alors de champagne. Elle accepta une coupe, l'avala à petites gorgées alors qu'ils rejoignaient les deux autres officiers rencontrés au début de l'après-midi. Jusqu'à minuit, ils valsèrent une dizaine de fois, tout en échangeant des propos sur divers sujets sans conséquence. Pareille fidélité au même partenaire, un étranger de surcroît, heurtait les convenances. Toutefois, les personnes présentes avaient déjà trop à se mettre sous les yeux pour bien surveiller les débutantes.

Sans trop s'inquiéter de ce développement, peut-être à cause des quelques coupes de Veuve Cliquot consommées entre les danses, Eugénie constata que la main de son cavalier caressait son dos, ses flancs, et qu'il la serrait d'un peu plus près que les usages ne le permettaient.

À minuit, l'amiral Curzon-Howe offrit de nouveau son bras à madame Garneau et l'escorta jusqu'au Salon rouge, la salle du Conseil législatif, ce petit sénat provincial dont on ne remettait pas encore en question l'utilité. Des tables poussées contre les murs croulaient sous la nourriture. La jeune fille accepta un petit sandwich et une demi-douzaine d'huîtres, accompagnées d'un verre de vin blanc agréablement frais. Depuis midi, elle n'avait rien avalé. Un peu grise, elle déclara trente minutes plus tard :

— Je dois rentrer, maintenant.

— Pourquoi ? À Londres, les bals ne se terminent jamais avant le lever du soleil.

Eugénie secoua la tête, agitant ses boucles blondes un peu défraîchies par les événements de cette trop longue journée.

— Non, je dois rentrer. Il y a une autre représentation demain, et encore les jours suivants. Si je veux être en mesure de bien jouer mon rôle, il me faut me reposer.

— Dans ce cas, je m'en voudrais de priver François Ier de sa charmante petite sœur. Je vous raccompagne.

L'homme lui offrit son bras en esquissant son meilleur sourire.

— Ce n'est pas nécessaire. Je vais prendre un fiacre.

— Je ne vous escorterai donc pas plus loin que votre carrosse...

Un moment, elle craignit qu'il ne l'appelle Cendrillon. Son ironie, au moment d'évoquer le métier de son père, pesait encore sur sa mémoire.

Son bras accroché au sien, Eugénie parcourut les couloirs du palais législatif jusqu'à l'entrée principale, devant la fontaine du « Sauvage ». Les mœurs de Québec différaient visiblement de celles de Londres, puisque la moitié des invités au moins paraissaient disposés à quitter les lieux sans plus attendre. Cinquante personnes marchaient dans l'allée, ou se tenaient sur la pelouse, en attendant le retour des cochers partis avec leurs premiers clients. Au moins, la pluie ne tombait plus. Une odeur riche, presque enivrante, montait de la terre mouillée. L'air semblait plus frais, plus pur.

— Comme aucune voiture ne se trouve dans les environs, je suppose qu'elles se sont toutes muées en citrouilles. Nous retournons danser ?

Cette fois, Harris n'avait pas pu s'empêcher de référer explicitement au conte de Perrault. Curieusement, cela rappela à Eugénie l'époque où, dans sa chambre de la rue Saint-François, Élisabeth lui faisait la lecture à haute voix.

— Non, je dois rentrer. De toute façon, ce n'est pas très loin.

— Alors allons-y.

— ... Je peux marcher toute seule, protesta-t-elle.

— Voyons, je ne peux laisser une aussi jolie fille que vous seule dans les rues, à une heure pareille. La ville regorge de marins, sans doute saouls en ce moment.

Rougissante, flattée par le compliment, un peu effrayée aussi, elle n'osa pas refuser. Le faire lui aurait semblé puéril, de toute façon.

Les lampadaires, tout autour de l'édifice de l'Assemblée, jetaient des flaques de lumière jaunâtre sur le sol. Des papillons s'affolaient autour des globes de verre. La Grande Allée était tout aussi bien éclairée. Chemin faisant, le lieutenant Harris posa sa main sur celle de sa compagne, lovée sur son avant-bras droit, puis demanda :

— Cela vous dirait-il de me rejoindre demain après-midi, sur les quais ?

— Je ne sais pas... Je dois être sur les plaines d'Abraham un peu avant cinq heures, afin de me préparer pour la représentation.

Frank Lascelles exigeait plutôt que tous les comédiens se trouvent là à quatre heures. Si elle s'attardait autant, le metteur en scène frôlerait la crise d'apoplexie.

— Vous ne souhaitez certainement pas rater l'arrivée du prince de Galles à Québec. Puis si je comprends bien la mentalité des populations des colonies, tous les comédiens vont sans doute vouloir assister à l'accueil de l'illustre personnage. Vous ne serez certainement pas plus en retard que les autres.

— Pas tous, murmura-t-elle.

— Pardon ?

Elle leva son visage vers son compagnon, puis ajouta :

— Tous les comédiens ne se présenteront pas sur les quais. Ces gens se prennent pour des artistes accomplis. Ils ne déserteront pas.

Après une pause, elle continua :

— C'est d'accord, je vais vous rejoindre. À quel moment serez-vous là ?

— L'horaire des navires, surtout au terme d'une traversée de l'Atlantique, demeure imprécis. Disons trois heures. J'ai vu un grand entrepôt...

— Celui de Thibaudeau & Frères.

Cette bâtisse dominait la section du port de Québec située directement en face de Lévis, tout près des quais où de nombreux cargos faisant du cabotage sur le Saint-Laurent venaient débarquer leurs marchandises. Devant la mine interrogative de son compagnon, elle précisa :

— Tout près, sur le site du marché Finlay, vous avez l'Habitation, une reproduction du poste construit par Champlain en 1608.

— Je serai devant la porte principale de l'entrepôt vers trois heures.

Le couple arriva à l'intersection de la rue Scott. Quelques minutes plus tard, le lieutenant Harris monta sur la grande galerie. Eugénie se retourna vers lui :

— Je vous remercie de m'avoir raccompagnée.

— Tout le plaisir a été pour moi.

L'homme se pencha vers elle pour l'embrasser. Interdite, elle se raidit alors que deux mains entouraient sa taille. Pareille familiarité aurait du entraîner une gifle retentissante. Eugénie n'osa pas. Contre ses lèvres, une langue se fit insistante ; deux paumes glissèrent vers ses fesses. Bien sûr, les épaisseurs cumulées de la robe, de la crinoline et du sous-vêtement enlevaient beaucoup de son intimité à ce contact. Malgré tout, quand l'homme se redressa enfin, elle était pantelante.

— Vous êtes si jolie, mademoiselle Picard.

Sur ces mots, le lieutenant Harris tourna les talons, descendit les marches d'un pas vif pour regagner le trottoir. Alors qu'il s'éloignait sans se retourner, Eugénie posa une main tremblante sur la poignée de la porte, inquiète à l'idée que quelqu'un ait assisté à la scène.

Chapitre 20

Vers midi le lendemain, Édouard frappa à la porte de son ami Fernand. Ce dernier vint ouvrir lui-même et lança d'entrée de jeu:

— Si je comprends bien, tu désertes le commerce familial tous les jours, et pour diminuer ta culpabilité, tu m'incites à quitter mon étude. Ton père doit gérer seul l'affluence provoquée par tous ces touristes.

— Le paternel aussi s'absente souvent, pour assister aux événements les plus importants. Hier, c'était la distribution des rosettes de chevalier, aujourd'hui, ce sera l'arrivée du prince héritier de la couronne.

— Alors, le magasin?

— Les chefs de rayons font face à la musique, Fulgence Létourneau doit se multiplier par deux pour s'occuper à la fois du commerce et des ateliers.

Tous les deux se tenaient dans l'embrasure de la porte. À la fin, Édouard s'impatienta:

— Tu viens, ou nous prenons racine ici? Aucun touriste ne vient assiéger ton bureau de notaire. Et je parie que les clients, occupés par les festivités, retardent la signature de leurs contrats de quelques jours.

Fernand dut convenir de la justesse de ces hypothèses. Il récupéra son canotier accroché au mur de l'entrée, hésita à la vue de son parapluie. Cet accessoire protégeait non seulement de l'averse, mais aussi des rayons du soleil. Le ciel, privé du moindre nuage, présentait un dôme d'un bleu soutenu. Finalement, il résolut de s'en passer.

— Le grand personnage n'arrivera pas avant le milieu de l'après-midi, remarqua-t-il en fermant la porte derrière lui.

— C'est pour cela que nous commencerons pas une longue promenade sur les plaines.

Les garçons marchèrent un moment vers l'ouest sur la Grande Allée. Le village de toile des Amérindiens attirait son lot de voyeurs. Édouard apprécia les tipis bien alignés, trop bien même, pour ressembler aux séries stéréotypées illustrant les prairies américaines. Les deux cents habitants des lieux vaquaient à leurs occupations en feignant d'ignorer les curieux qui allaient et venaient. Des femmes broyaient du maïs dans de grands bols de bois, d'autres préparaient le repas dans d'immenses chaudrons de fer sous lesquels brûlaient des feux. Des hommes assis par terre en petits groupes, une coiffure de plumes sur la tête, devisaient, une pipe soudée dans un coin de la bouche.

Les enfants arrivaient moins facilement à se donner en spectacle. Eux aussi vêtus de tuniques de peau de daim ornées de longues franges, les doigts dans le nez, ils fixaient des yeux noirs sur les visiteurs.

— Tu n'as pas vu le *pageant* encore ? questionna Fernand.

— Je compte y aller samedi prochain.

— Le scène de l'attaque du Long-Sault est à glacer le sang. Les Sauvages poussent des hurlements à réveiller les morts, la hache levée au-dessus de la tête.

Pendant longtemps, lors des spectacles de Buffalo Bill, American Horse avait assuré la chorégraphie des attaques de chariots bâchés placés en cercle par des Amérindiens montés sur de petits chevaux pie. Le «massacre» de Dollard des Ormeaux et de ses compagnons représentait une variation sur un thème familier.

Les amis se lassèrent bien vite des scènes bucoliques des Premières Nations pour passer à un second village de toile, celui des journalistes. Dans de grandes tentes militaires, les équipes envoyées par les plus grandes entreprises de presse du Canada, et parfois des États-Unis et du Royaume-Uni, reconstituaient des salles de rédaction très crédibles. Le comité organisateur des fêtes avait prolongé les lignes du télégraphe jusque-là afin de leur permettre d'acheminer leurs articles.

Avec son bagout habituel, Édouard engagea très vite la conversation avec les gens de *La Patrie*. Le lendemain, lui et son ami connaîtraient un moment de gloire très éphémère dans les pages du quotidien aux sympathies nationalistes. Dans la rubrique intitulée « Les fêtes de Québec », un entrefilet signalerait la visite de « Messieurs Édouard Picard et Fernand Dupire, un marchand et un professionnel bien en vue de la vieille capitale ». Pendant les commémorations, des milliers de personnes profiteraient de cet honneur dans l'une ou l'autre des publications présentes sur les lieux.

— Nous avons tout juste le temps de manger un morceau avant l'arrivée du futur maître de l'Empire, fit observer Édouard en sortant sa montre de son gousset.

———

Le parc nouvellement nommé Montmorency était ceint, du côté du fleuve, d'un petit muret de quelques pieds de haut. Il devait empêcher les maladroits et les imprudents de descendre la falaise cul par-dessus tête. Toutefois, comme l'amorce de cette pente ne se révélait pas trop raide, de nombreux jeunes gens franchissaient la barrière pour aller s'asseoir dans l'herbe. Leur audace leur valait une vue imprenable sur les quais et le fleuve.

— Demain, se plaignit Fernand, les journaux annonceront mon décès en première page : « Un jeune notaire prometteur trouve la mort pour s'être laissé entraîner par un écervelé. »

— Rédigé comme cela, ce sera dans *L'Événement* ou *L'Action sociale catholique*, se moqua Édouard. En dernière page du *Soleil*, il sera écrit : « Un jeune écervelé conservateur meurt pour ne s'être pas bien accroché à son arbre. »

Le futur notaire avait passé le bras droit autour du tronc d'un solide petit érable. Une verge devant ses pieds, la pente devenait dangereusement abrupte. Les festivités ne se termineraient pas sans quelques fractures. Un peu après deux heures trente, le vaisseau *Minotaur* contourna la pointe ouest de l'île d'Orléans, puis s'engagea dans la rade de Québec. Derrière lui venait l'*Indomitable*, le plus formidable cuirassé de la flotte du Royaume-Uni, laissant dans le ciel le long panache de fumée grasse et noire de ses puissantes machines au charbon.

— Le prince ne devait pas venir sur ce navire, commenta Édouard, mais comme on a terminé sa construction depuis quelques semaines, nos maîtres ont décidé de nous montrer toute leur puissance.

— Tu sais, je lis les mêmes journaux que toi, répondit son compagnon.

À l'arrivée de leur prince, tous les navires de guerre déjà présents dans le port hissèrent leurs couleurs tout en tirant une salve de bienvenue, à l'unisson avec les canons de la Citadelle. Un « Oh ! » étonné sortit de toutes les poitrines : l'onde de choc fut ressentit physiquement, comme un coup asséné par une main invisible. Puis dans le silence complet suivant la déflagration, le hurlement de multiples chiens se fit entendre. Selon les journaux, les salves d'honneur souvent répétées videraient la ville de tous ses cabots pour l'entière durée des festivités.

— C'est tout de même incroyable, remarqua Édouard en voyant la fumée blanche sortir des pièces hérissant les navires. Je donnerais cher pour appuyer sur la détente de l'une de ces machines infernales.

— Bon, te voilà prêt à te joindre à la marine impériale.

L'ironie marquait la voix de Fernand. Lui se trouvait immunisé contre toute envie de ce genre. À ce moment, afin de souligner à l'intention des Canadiens toutes les promesses de puissance militaire de l'Entente cordiale entre le Royaume-Uni et la France, la fanfare du *Léon-Gambetta* joua le *God Save the King*. Les échos de l'hymne se répandirent à la surface du fleuve, remontèrent sur les rives.

— Bon peuple de Québec, réjouis-toi! clama Édouard. Ton futur roi se présente devant tes murs.

Autour de lui, des dizaines de personnes présentèrent un sourire crispé.

※

Richard Harris arriva près de l'entrée principale de l'entrepôt de Thibaudeau & Frères au moment où de nombreux personnages officiels, dont le gouverneur général Grey et Lord Roberts, le général des armées, descendaient dans une vedette mue par un engin à vapeur. Après un échange de salutations, Eugénie demanda, un peu intriguée:

— Son Altesse Royale ne descend pas tout de suite?

— Selon le protocole, ces personnes doivent d'abord aller lui présenter leurs respects à bord de l'*Indomitable*. Il débarquera ensuite.

L'officier lui offrit son bras, elle le prit en rougissant, et tint son ombrelle ouverte au-dessus de sa tête de la main gauche. Les péripéties de la soirée précédente l'avaient gardée éveillée une partie de la nuit, au point de se lever un peu passé midi. Jamais une jeune fille de la bonne société de Québec ne devait tolérer tant de familiarité. Bien plus, le simple fait d'aller à un bal avec cet inconnu, sans le moindre chaperon à la moralité éprouvée pour prévenir les imprudences, suffisait à ruiner une réputation.

Toutefois, dans le contexte des commémorations, alors que la durée semblait ne plus exister, les règles habituelles régissant les rapports entre les hommes et les femmes, et aussi entre les classes sociales, paraissaient suspendues. D'ailleurs, la veille dans les sous-bois, Eugénie avait vu des bourgeoises mariées tenir le bras de voisins en minaudant dans leur costume de scène et même William Price, le baron du bois, affublé d'un uniforme d'un général de l'armée de Wolfe, buvant une bière au goulot avec l'un de ses ouvriers incarnant un caporal de Montcalm!

En conséquence, plutôt que de rester prudemment au domicile paternel, la jeune fille prit le bras de celui qui, la veille, lui avait malaxé les fesses un moment en cherchant à franchir la barrière de ses dents avec sa langue. Sachant que les Européens s'accordaient des privautés impensables à Québec – à tout le moins, les magazines de ce continent le laissaient supposer –, elle ne voulait pas passer pour une mijaurée aux yeux de cet homme.

Les yeux fixés sur la grande coque de fer du cuirassé, sa main accrochée au bras d'un bel officier anglais, le cœur battant, elle attendit le bon plaisir de George, le prince de Galles.

⸎

Bien qu'à cinquante verges tout au plus de sa fille, Thomas Picard ignorait tout de sa présence en ces lieux. Ses bonnes relations avec le Parti libéral lui valaient de se tenir debout à peu de distance de l'estrade où prenaient place les notables, protégés de l'ardeur du soleil par de grandes toiles blanches. Lady Laurier, un instant plus tôt, avait reconnu sa présence d'un bref salut de la tête. Elle paraissait s'ennuyer ferme, et ses mouvements sur la chaise laissaient soupçonner que ses rhumatismes ne lui laissaient pas de répit. Près d'elle, Lady Grey tolérait beaucoup mieux la longue attente.

Bientôt, un homme sanglé dans un uniforme galonné d'or, un sabre au côté, descendit l'échelle posée contre le flanc de l'*Indomitable*, puis monta dans une vedette rapide de couleur verte portant son étendard. La petite embarcation se détacha du navire pour regagner le quai.

Au moment où George mit pied à terre, Wilfrid Laurier enleva son haut-de-forme pour crier trois « Hourra ! » de sa voix la plus forte, puis lui adressa quelques mots qui échappèrent aux spectateurs, car les canons des navires, tout comme ceux de la Citadelle, tiraient une nouvelle salve. Puis la garde d'honneur composée de miliciens entama le *God Save*

460

the King. Flanqué du gouverneur général, le prince de Galles la passa en revue, prenant la peine de s'arrêter pour échanger des propos avec les hommes de troupe.

Au moment de s'approcher de l'estrade, le visiteur passa sous un arc de triomphe majestueux de couleur blanche. À son sommet, le vent déployait un grand *Union Jack*, et de part et d'autre de celui-ci des drapeaux des États-Unis et de la France, les alliés d'aujourd'hui qui, dans le passé, s'étaient affrontés si souvent. George s'attarda un long moment à proximité de l'Habitation de Champlain, une construction de madriers et de planches de dimensions conséquentes, protégée par une palissade de pieux. Il demanda des explications au premier ministre. Cette bâtisse souffrait de la proximité du grand entrepôt de Thibaudeau & Frères. Le passé et le présent se voisinaient grâce à ces deux constructions ayant une vocation semblable, et l'ampleur de la seconde mettait en évidence tout le chemin parcouru depuis le début du XVIIe siècle.

— Comme il est beau! murmura Eugénie, fascinée par l'auguste personnage qui donnait son appréciation de l'édifice historique à Laurier.

La jeune fille exprimait là le sentiment de toutes les femmes présentes. George, ses cheveux courts bien placés sur son crâne, le visage orné d'une courte barbe, un port martial accentué par l'uniforme militaire, l'épée et de multiples décorations, incarnait pour elle toute la beauté virile faite homme. Chez les Canadiennes anglaises, cette fascination confinait à l'idolâtrie.

Le prince regarda autour de lui sans afficher la moindre surprise, le Canada et ses habitants lui étant déjà bien familiers. Il se laissa guider jusque sur la grande estrade où attendaient, entre autres notables, tous les membres du Cabinet canadien. Quand il se fut assis sur le fauteuil d'honneur, le premier ministre, la tête nue auréolée de ses cheveux blancs portés longs, commença en français:

— Au très Haut, très Noble et très Illustre George-Frederick-Ernest-Albert, prince de Galles, duc de Saxe, prince de Cobourg et Gotha, duc de Cornouailles et de Rothesay, comte de Chester, Carrick et Dublin, baron de Renfrew et Lord des Îles, Grand Intendant d'Écosse, Chevalier de l'Ordre très Noble de la Jarretière, etc., etc. Qu'il plaise à Votre Altesse Royale : en leur propre nom, au nom du Parlement et au nom du peuple du dominion, les membres du gouvernement du Canada désirent offrir à Votre Altesse Royale la plus respectueuse et la plus cordiale bienvenue.

Il continua en l'assurant de la plus indéfectible loyauté de ses sujets canadiens.

Ces mots furent repris en anglais. Laurier regagna ensuite son siège, et ce fut au visiteur de répondre, d'abord en français, puis dans sa langue maternelle :

— C'est avec un vif plaisir que je reçois l'assurance de la sympathie et de la loyauté avec lesquelles, au nom de la nation canadienne, vous m'accueillez aujourd'hui à l'occasion de ma sixième visite au dominion du Canada.

Ces mots furent soulignés par un tonnerre d'acclamations. La courte allocution mettait fin aux cérémonies de bienvenue. Le prince de Galles, sa suite et quelques personnages officiels se répartirent entre sept landaus. Derrière le chef de la police de Québec, à cheval, un détachement de la police montée du Nord-Ouest ouvrait le cortège, et un peloton de dragons le fermait. Tout le long du chemin jusqu'à la Citadelle, où le visiteur serait l'hôte du gouverneur général, une foule nombreuse se massait sur les trottoirs afin de crier son amour. Une double haie de soldats, des deux côtés des rues, devait contenir cet enthousiasme.

Eugénie émergea de sa fascination monarchiste comme d'un rêve pour déclarer, une pointe d'inquiétude dans la voix :

— Je ne serai jamais revenue à temps pour le début du spectacle... Je fais partie du premier tableau !

— Je m'en suis souvenu, alors j'ai réquisitionné un cocher juste pour vous, déclara le lieutenant Harris. Il attend dans la rue du Petit-Champlain.

— Avec toute cette foule, il ne reste certainement plus une voiture de libre.

Des milliers de personnes, après avoir assisté à l'arrivée du prince George, cherchaient maintenant à rentrer chez elles. Même des laitiers profiteurs offraient à des badauds l'inconfort de leur charrette afin de faire quelques sous à leurs dépens.

— Vous devriez faire confiance à mes talents.

L'homme la guida dans la petite rue voisine, où un cocher résistait courageusement aux offres nombreuses que lui faisaient des touristes depuis le trottoir. Richard Harris avait acquis sa fidélité en lui payant pour une seule course le salaire de la journée. Comme l'avance prenait la forme de la moitié d'un billet déchiré de deux dollars, celui-ci devait attendre pour toucher son pactole.

L'officier aida la jeune fille à grimper dans la voiture, garda sa main gantée dans la sienne pour demander :

— Ce soir, je peux compter sur votre présence ? Le capitaine de l'*Albermarle* offre un petit bal sur le pont du navire. La fanfare de l'équipage fera les frais de la musique.

Le rouge monta aux joues d'Eugénie : le souvenir des privautés de la veille hantait son esprit. Tout l'incitait à dire non. Elle murmura plutôt :

— Les représentations finissent tard.

— Je sais, vers dix heures. Le temps de venir jusqu'ici, et vous ne serez presque pas en avance. Je vous attendrai au même endroit que tout à l'heure vers dix heures trente.

— ... D'accord.

L'homme baisa ses doigts, les abandonna pour tourner les talons et revenir sur les quais.

Élisabeth tenait la bride de sa monture d'une main ferme, tout en lui caressant les naseaux de l'autre. Elle commençait à réaliser que durant toute cette semaine, elle serait sans doute plus souvent en tête-à-tête avec ce grand animal qu'avec son époux. Autant cultiver de bons rapports avec lui.

La scène de François Ier dans la forêt de Fontainebleau se terminait avec le ballet des Faunes, de jeunes adolescentes dont l'habillement à la limite de l'acceptable laissait les bras et les jambes nus, une robe légère sur le dos. Celles-ci complétaient leur danse dans un tonnerre d'applaudissements, devant des estrades bondées.

— Mesdames, Messieurs, en selle, murmura Joseph Savard en se promenant parmi son groupe de cavaliers. Ce sera bientôt notre tour.

Les comédiens engagés dans cette grande entreprise se transformaient souvent en accessoiristes, au cours du spectacle. Au pas de course, les marins de l'équipage de Jacques Cartier déroulaient sur le sol une immense toile bleu décorée de fleurs de lys ; d'autres tendaient des toiles grises retenues à la verticale par des perches. Elles devaient représenter les murs du palais du Louvre. Dans un coin, d'autres encore plaçaient deux trônes sous un dais richement décoré.

Ensuite, plusieurs dizaines de comédiens se répandirent sur la vaste scène, personnifiant autant de courtisans de la cour d'Henri IV. Les hommes portaient un pantalon serré sur les jambes, au point de révéler tous les détails de leur anatomie, et une culotte bouffante ; les femmes, des robes richement ornées de rubans et de dentelles, tendues sur des crinolines de grandes dimensions.

Élisabeth grimpa sur une boîte de bois, posa le pied droit dans l'étrier et d'un mouvement souple monta sur le cheval. La selle amazone différait de celle utilisée par les hommes. Pour éviter l'inconvenance de montrer les personnes « du sexe » les cuisses écartées de part et d'autre des flancs d'un étalon, les deux jambes devaient se trouver du côté droit, dissimulées par la cascade de tissu de la jupe et du jupon, un seul pied dans un étrier.

Une curieuse forme de bois recouverte de cuir, en forme de fourche, se trouvait entre les cuisses d'Élisabeth, la gauche appuyée sur la première «dent», la droite sous la seconde. Pour demeurer bien en place, son corps suivait le mouvement du cheval.

— Je peux vous aider, madame Picard?

Comme chaque jour de répétition, et à chaque représentation, Joseph Savard venait lui offrir son assistance, à quoi elle répondait toujours la même chose :

— Merci, ce ne sera pas nécessaire.

Comme pour s'en assurer, le président du club de chasse regardait un moment la bottine de cuir fin qui remontait haut sur la cheville, le début d'un bas bleu ciel, d'une teinte voisine de la robe, émergeant d'un froufrou de lin blanc, puis détournait à regret son attention vers une autre cavalière.

Le tintamarre des trompettes accompagna sa sortie du bosquet. Juste devant elle, affublé d'une ridicule barbe postiche, Antoine Couillard, revêtu d'une robe de velours marquée de fleurs de lys dorées et bordée d'hermine, personnifiait le roi Henri IV. À ses côtés, dans une robe au décolleté audacieux et décorée de fausses perles, madame Auguste Carrier faisait une Marie de Médicis passable. Ce couple, attifés de costumes peu propices à l'équitation, était formé des deux meilleurs cavaliers de la petite troupe, ceci supposé compenser cela. Ils devaient descendre de cheval avec élégance afin de regagner les fauteuils sous le dais. Quant aux trois douzaines de courtisans sortis du bois avec le roi, le corps raide et la tête haute, ils constituaient en quelque sorte le fond de scène équestre. Cela permettait à des notables de montrer leurs magnifiques montures et à Élisabeth, sa silhouette flattée par un vêtement élégant.

Quand les souverains occupèrent les trônes, le sieur de Monts fit son apparition, accompagné de Champlain. Ernest Myrand avait peut-être subi une panne d'inspiration : le dialogue du tableau reprenait longuement le contenu de documents anciens, pour se terminer toutefois sur une jolie profession de foi.

HENRI IV. — (À Champlain) ... Votre constance à suivre une entreprise, votre fermeté dans les plus grands périls, votre sagacité toujours en éveil et toujours prompte à saisir un parti dans les affaires les plus épineuses, la droiture de vos vues, l'honneur et la probité de votre conduite, tout cela, Monsieur, me confirme dans la résolution que j'ai présentement de vous faire reprendre et poursuivre l'héroïque expédition de Jacques Cartier. Je vous crois digne de lui succéder, d'exercer comme lui un sacerdoce politique, de lire comme lui l'Évangile en guise de proclamations royales, et d'arborer les armes de France sur la croix du Christ, aussi loin que vous pourrez marcher à l'ouest du Nouveau Monde. Dites-moi, Monsieur de Champlain, acceptez-vous ?

CHAMPLAIN. — Vous ne songez, Sire, à étendre votre domination dans les pays infidèles que pour y faire régner Jésus-Christ, et vous estimez, comme nos rois, vos prédécesseurs, que le salut d'une âme vaut mieux, lui seul, que la conquête d'un grand empire ! Que Dieu vous entende, Sire, et qu'il fasse prospérer cette entreprise à son honneur et à sa gloire. Sire, j'accepte.

La Nouvelle-France catholique pouvait naître de l'initiative d'un roi protestant converti par opportunisme et d'un explorateur soupçonné de calvinisme ! Aucun prêtre ne froncerait les sourcils sur un texte digne de la plus fervente grenouille de bénitier.

Pour célébrer l'initiative royale, des hautbois et des luths commencèrent une pavane. Quarante couples très élégants avancèrent sur le grand tapis orné de fleurs de lys alors que Champlain, tout à sa mission, s'éloignait, songeur. La danse commença bientôt, suscitant les applaudissements des spectateurs enthousiastes.

Quand la musique s'arrêta, le couple royal retrouva ses montures, puis regagna le sous-bois avec son escorte de cavaliers et de cavalières. À ce moment, tous les comédiens, sur la scène comme dans les bosquets, chantait un gai refrain, beaucoup moins édifiant que le reste de ce tableau :

Vive Henri quatre!
Vive ce roi vaillant!
Ce diable à quatre
A le triple talent
De boire et de battre
Et d'être un vert galant!

Élisabeth sauta prestement de son cheval au milieu d'une grande animation. Dans un char tiré par un bœuf guidé par un enfant, Hélène Boulé, l'épouse adolescente de Samuel de Champlain, s'apprêtait à paraître en Nouvelle-France au milieu de colons émus et d'Amérindiens séduits. Cela se terminerait par l'interprétation de la chanson *À la claire fontaine*. La suite du spectacle se déroulerait entièrement en Amérique. Déjà, les ursulines et les hospitalières s'agitaient un peu plus loin, anxieuses de faire leur entrée dans l'histoire.

***

Toute la population de Québec se tenait sans doute dehors lors de cette belle soirée. En plus du *pageant*, des concerts étaient offerts au parc Victoria, sur l'espace gazonné entre les deux voies du boulevard Langelier et sur la terrasse Dufferin. En ce dernier endroit, des centaines de chaises pliantes étaient disposées en arc de cercle autour de la fanfare du navire *Léon-Gambetta*.

— Édouard, je découvre cette semaine que vous êtes un véritable mélomane. L'ode *Christophe Colomb* hier, et ces musiciens aujourd'hui, murmura Élise, les yeux rieurs.

— Pour être franc, la musique m'intéresse moins que les boucles brunes. Je serais prêt à affronter deux heures de flonflons de la Garde indépendante Champlain, si c'est en votre compagnie.

— … Cessez de me taquiner. Vous savez que c'est impossible, entre nous.

467

Le garçon voulut protester, dire quelque chose qu'il aurait sans doute regretté le lendemain, mais les premières mesures le forcèrent au silence. L'interprétation ne se révélait pas vraiment meilleure que celles dont l'association de loisir du faubourg Saint-Roch avait l'habitude, mais les airs entraînants qui se succédèrent pendant une heure plongèrent les spectateurs dans la bonne humeur.

Quand le couple quitta les chaises, ce fut pour marcher bras dessus, bras dessous, sur la longue terrasse. Bientôt, ils s'arrêtèrent pendant de longues minutes près de la balustrade de fonte, afin de contempler les navires ancrés dans le fleuve. Des ampoules ornaient toutes les superstructures, et même les canons qui hérissaient les cuirassés. En conséquence, la silhouette de ces bâtiments se découpait en pointillés de lumière sur la surface des flots. Certains arboraient aussi un dessin rappelant leur nom, ou leur passager : si le *Minotaur* montrait un bœuf stylisé, l'*Indomitable* présentait les armes du prince de Galles.

— C'est très beau, commenta Édouard, de l'admiration dans la voix, toujours ambivalent entre sa méfiance à l'égard de la mère patrie et son admiration pour sa puissance militaire.

— C'est vrai. À voir cela, on oublie que ces navires servent à tuer des gens.

Le jeune homme regarda le joli profil près de lui. Il allait répliquer quand une première goutte de pluie toucha son front. Très vite, les «plocs plocs» se succédèrent sur les madriers de la terrasse, signalant le début d'une véritable averse.

— Cette fois, je suis prête, déclara Élise en riant, alors qu'elle ouvrit le parapluie dont elle s'était encombrée pendant toute la soirée. Reconduisez-moi à la maison.

Édouard abandonna le bras de sa compagne, car plus petite, elle risquait de lui crever un œil avec les broches de cet accessoire. Un moment, il le tint afin de les abriter tous les deux. Cependant, le garçon le lui remit très vite, car porté trop haut le pépin ne la protégeait plus du tout.

— Je vais me retrouver avec un vilain rhume, commenta-t-il au moment où ils passaient devant le palais législatif, lui aussi illuminé par des milliers d'ampoules.

— Vous devriez cesser de m'inviter, alors. Je ne vaux pas une pneumonie.

— Vous valez certainement une pneumonie. La tuberculose, je ne suis pas certain. Je vais y réfléchir.

Élise Caron fit tourner nerveusement son parapluie, puis arrêta car elle projetait des gouttelettes d'eau sur son compagnon. Dans la rue Claire-Fontaine, elle se dirigea prudemment cette fois vers l'entrée principale du domicile familial, mieux éclairée que celle placée sur le côté. La fenêtre du salon, où se trouvaient encore ses parents, se découpait tout près de la porte.

Édouard esquissa le geste de se pencher sur elle. En riant, la jeune fille inclina son parapluie pour en faire un rempart et ordonna d'un ton faussement sévère :

— Ce soir, soyez sage !

— Vous allez m'estropier, avec cette arme.

— Alors n'insistez pas, et serrez-moi la main.

Il obtempéra, lui souhaita une excellente nuit et, trempé, prit le chemin de la rue Scott.

Quand Élisabeth s'apprêta à quitter les plaines d'Abraham, elle chercha un moment Eugénie. Ne la trouvant pas, elle demanda à l'une des costumières :

— Vous avez vu ma belle-fille ?

— Oh ! Il y a un moment qu'elle est partie. Il semble qu'il y ait un bal sur l'un de ces navires de guerre. Dites-lui de ne plus se sauver avec sa robe de scène. Elle l'a rapportée au début de l'après-midi avec un petit accroc.

— Elle est encore partie déguisée en princesse ?

— Non, et je ne veux pas qu'elle recommence. Si les autres se mettent à l'imiter…

La jeune femme acquiesça de la tête, puis se mêla aux milliers de figurants pressés de quitter les lieux. Les tramways furent très vite surchargés de passagers, d'autant plus que la pluie commençait à tomber. Elle ouvrit son parapluie, pressa le pas dans la Grande Allée. Même protégée, au moment d'entrer dans la demeure de la rue Scott, sa jupe dégoulinait. Pendant qu'elle montait pour l'enlever et passer un peignoir, Thomas lui servit un verre de porto. Elle le rejoignit dans la bibliothèque.

— Savais-tu que ta fille souhaitait aller à un second bal, ce soir ?

— Pas du tout. Je n'ai pas vu Eugénie depuis dimanche. Quand je quitte la maison, elle dort ; quand elle revient, je dors.

— Hier, elle a rencontré un officier britannique. Il l'a invitée au bal de l'amiral.

— Tu m'as dit cela en rentrant hier, pour me le répéter au déjeuner.

Élisabeth eut un mouvement agacé. Si de son côté elle ne souhaitait pas une nouvelle dispute avec sa belle-fille, la question lui paraissait toutefois mériter une intervention paternelle impérative.

— Ce soir, elle est allée à une sauterie sur un navire.

— Il semble que tous les bâtiments ancrés dans le fleuve deviennent des lieux de rencontre, avec un orchestre et une piste de danse. Toute la journée, on entend la musique depuis la rive. Le *Léon-Gambetta* remporte le plus de succès…

— Je suppose qu'elle se trouve avec le même officier, interrompit Élisabeth.

Thomas vida son verre de cognac avant de commenter :

— Tu désires que je lui ordonne de rentrer directement à la maison avec toi.

— Son comportement est tout à fait inconvenant. Elle a reçu des garçons sous mes yeux tout l'hiver, et maintenant elle passe son temps seule avec un homme que personne ne connaît à Québec. Si sa réputation en souffre, penses-tu qu'elle trouvera un prétendant au mariage quand ces gens rentreront chez eux?

— Selon ce que j'entends au magasin, de même que chez les collègues ou les membres du Parti libéral, toutes les jeunes filles paraissent résolues à se muer en guides pour marins. Pas un matelot ne se promène seul dans les rues de la Basse-Ville. Chez les gens de la Haute-Ville, elles jettent leur dévolu sur les officiers.

Dans une petite ville repliée sur elle-même, condamnée à l'endogamie, tous ces visiteurs exerçaient une réelle attraction, à tel point que les garçons du lieu devaient espérer leur départ rapide.

— Thomas, c'est sérieux. S'il lui arrivait quelque chose...

— Voyons, Eugénie est trop... réservée pour cela.

La robe rouge, en particulier son profond décolleté, portée lors du bal du gouverneur, lui revint à l'esprit. L'homme chassa bien vite ce mauvais souvenir et affirma:

— Tout le monde paraît fébrile depuis quelques jours, avec ces festivités. Même Édouard est allé au concert hier, et encore ce soir, avec Élise Caron, sans chaperon. Il m'a annoncé qu'elle nous accompagnera au *pageant* samedi prochain. Les choses reviendront à la normale dès que tous ces étrangers quitteront la ville.

Élisabeth eut envie de lui dire que la petite voisine se trouvait sans doute bien en sécurité avec ce grand adolescent. Mais l'officier inconnu lui semblait autrement plus menaçant. Un fracas à l'entrée principale détourna son attention de ce sujet. Un moment plus tard, Édouard passa la tête dans la porte de la bibliothèque en disant:

— Quel temps prévisible. Il fait beau toute la journée, et la pluie tombe dès la fin des spectacles.

Le garçon dégoulinait, les cheveux plaqués sur le crâne.

— L'inverse serait bien plus contrariant, rétorqua Thomas. Tu vois, Dieu accorde sa bénédiction aux fêtes, alors que tu y vois une conspiration impérialiste.

— … Sur des paroles aussi peu sages, je me verse un grand verre de cognac, afin d'éviter un vilain rhume.

Élisabeth songea à revenir sur les imprudences d'Eugénie et les convenances devant prévaloir dans les relations entre jeunes gens des deux sexes, mais la présence du garçon la retint. La conversation porta bien vite sur les tâches qui attendaient son beau-fils au magasin dès le lendemain.

Ayant quitté le *pageant* avant tout le monde, Eugénie dénicha sans trop de mal un fiacre pour la reconduire place Royale. En conséquence, elle fut sous le porche de l'entrepôt Thibaudeau & Frères largement avant l'heure prévue. En toute autre circonstance, jamais la jeune fille ne se serait trouvée là après le coucher du soleil. La proximité du port encourageait l'existence de divers commerces interlopes dont, dans son innocence petite-bourgeoise, elle ignorait souvent la nature.

Toutefois, la présence de navires de guerre brillamment éclairés, ainsi que l'Habitation de Champlain, généraient un va-et-vient de touristes susceptibles de chasser les mauvais garçons ou les mauvaises filles de ces parages, ou à tout le moins de les forcer à la plus extrême discrétion. Tout au plus, et les journaux multipliaient les avertissements à cet égard, les voleurs à la tire s'en donnaient-ils à cœur joie avec cette abondance de gens.

Eugénie demeura une bonne demi-heure le dos collé à la grande porte de chêne de l'entrepôt, afin de se tenir à l'abri de l'averse, repoussant quelques offres de bons samaritains désireux de partager leur parapluie, et une conversation, avec elle. «Je dirai oui au prochain, jusqu'à l'arrivée d'une voiture», grommela-t-elle bientôt. Peu après, la silhouette de Richard Harris, sanglé dans son uniforme, un large pépin au-dessus de la tête, apparut sous ses yeux.

— Vous devez être trempée, déclara-t-il une fois près d'elle.

— Non, mais j'y ai échappé seulement parce que je vous attends ici depuis le début de l'averse.

Le ton de reproche, les sourcils froncés, firent rire l'officier.

— Nous avions convenu dix heures et demie. Je ne pouvais deviner votre empressement à me revoir... Bonsoir, comment allez-vous?

Elle esquissa son premier sourire, puis répondit:

— Bonsoir. Je suis un peu lasse d'attendre, j'ai froid, mais à part cela je suppose que je vais bien.

— Alors, accompagnez-moi.

— Avec cette pluie?

— Avec un peu de chance, vous échapperez à la douche. Venez.

L'homme lui tendit le bras, tout en plaçant son large parapluie au-dessus de sa tête. Ils se dirigèrent vers le quai où quelques vedettes exécutaient des allers et retours continus vers les navires ancrés dans la rade. Eugénie descendit prudemment les marches mouillées conduisant à l'embarcation. Tout le long du trajet, elle préféra demeurer debout en se retenant au plat bord, car les banquettes se couvraient d'une pellicule d'eau.

La petite vedette se rangea contre la coque de fer de l'*Albermarle*. Harris monta l'échelle le premier, tendit la main vers sa compagne et la tint fermement jusqu'en haut. Les marches de métal se révélaient dangereusement glissantes. Au moment de mettre le pied sur le pont, elle constata que sa robe avait un peu souffert de l'orage.

— Si j'avais su que je risquais de me rompre le cou...

— Voyons, je vous tenais d'une main, je me cramponnais à la rampe de l'autre: vous ne risquiez rien.

À la grande surprise de la jeune fille, de nombreux visiteurs des deux sexes s'entassaient sur le pont. Heureusement pour eux, de lourdes toiles tendues au-dessus de la surface de gros madriers les protégeaient de la pluie. Des fougères, dans de grands pots de cuivre, donnaient une allure presque normale à cette salle de danse improvisée. Des chaises et des fauteuils permettaient de se reposer un peu.

— Si vous avez froid, le mieux serait de prendre quelque chose d'éprouvé dans ce genre de situation. Il y a une boisson tout indiquée pour l'Atlantique Nord…

L'officier l'escorta jusqu'à une longue table où un assortiment de bouteilles attendait les invités. Eugénie se retrouva avec un grog chaud dans les mains. Si les premières gorgées lui réchauffèrent le corps, la part de gin lui monta à la tête. Son bras s'appuya plus lourdement sur celui de son compagnon en rejoignant la piste de danse.

Alors que la pluie tambourinait sur les bâches tendues au-dessus des têtes, une douzaine de musiciens enchaînaient valse après valse. Le couple dansait une fois sur deux, se rendant près de la rambarde à chaque pause afin de contempler les autres navires illuminés ancrés à proximité, mais aussi les principaux édifices de la ville. L'Université Laval, le grand bureau de poste et le Château Frontenac, en particulier, paraissaient flamber sous les ampoules.

La contemplation de la ville illuminée ne suffisait pas à Richard Harris. Sa main demeurait au creux des reins de sa compagne, descendait parfois sur ses fesses dans un geste de propriétaire, légère, pour remonter dans un souci de discrétion un peu tardif. Pendant tout ce temps, il l'entretenait de la vie en mer, mais aussi de son existence dans la campagne anglaise. L'alcool, la main caressante, les paroles, tout cela participait à la légère ivresse de la jeune fille.

— Voulez-vous visiter le navire ?

Elle ne répondit pas, mais se laissa entraîner vers l'échelle de coupée. Raide et étroite au point de lui donner un petit vertige, l'aide de son compagnon lui permit d'atteindre les coursives, de marcher dans les entrailles du cuirassé, des cuisines à la salle des machines, de la salle à manger des officiers jusqu'au poste de commandement. Des ampoules encastrées dans les parois de fer, protégées par des verres épais, jetaient une lumière crue. De nombreuses jeunes filles de l'âge d'Eugénie profitaient aussi d'une visite guidée. Au moment de les croiser, elle baissait les yeux, peu désireuse de reconnaître quelqu'un, ou d'être reconnue. Plusieurs invitées se tenaient en compagnie d'un officier, les moins chanceuses avec un simple matelot. Toutes affrontaient des mains envahissantes.

— Ce n'est pas votre navire? questionna Eugénie en remontant l'échelle de coupée, le postérieur ondulant à la hauteur des yeux de son compagnon.

— Non, je suis à bord de l'*Exmouth*.

Le ton trahissait une certaine déception. Au moment de revenir sur le pont, il offrit:

— Voulez-vous venir le visiter?

— Non, je dois rentrer.

— Vous avez bien le temps. Demain, la représentation ne commencera pas avant cinq heures.

Elle tendit la main, sortit la montre du gousset de son compagnon pour constater qu'il était plus d'une heure du matin.

— Reconduisez-moi.

Une certaine tension dans le ton d'Eugénie lui indiqua que mieux valait obtempérer. Aussi Harris offrit son bras, pour la guider vers la longue échelle permettant de descendre jusqu'à la surface des flots. Elle attendit un long moment sur les dernières marches d'acier, la main droite serrée sur la rampe, à peu près protégée sous le grand parapluie, jusqu'à ce qu'une embarcation arrive. La navette la ramena bien vite sur le quai. À cette heure, avec l'averse, la plupart des touristes ou des citadins étaient déjà au lit. Aussi son cavalier trouva un fiacre sans trop de mal afin de lui permettre de rentrer rue Scott.

Quand elle se réfugia sur la banquette, Harris demanda:

— Me rejoindrez-vous demain pour l'arrivée de Champlain dans la ville?

— ... Quand ?

— À deux heures, toujours au même endroit.

— D'accord.

Il referma la portière. Eugénie s'affala sur le siège, laissa échapper un soupir en fermant les yeux. La fatigue de cette longue journée, l'alcool, tout cela provoquait une sourde douleur qui irradiait depuis la base de sa nuque jusqu'au front.

Chapitre 21

Le retour de Samuel de Champlain à Québec, trois cents ans et quelques jours après la fondation de la ville, valut une journée de congé à tous les habitants de la vieille cité. Dès sept heures du matin, des bruits de tambour et de trompette troublèrent les personnes désireuses de profiter de l'occasion pour se livrer à la grasse matinée. Quinze mille soldats et miliciens canadiens, ainsi que des détachements modestes du Royaume-Uni arrivés sur les navires et dix mille marins venus des trois pays présents à ces fêtes, se regroupèrent d'abord sur les plaines d'Abraham. Jamais, même au moment de la Conquête, autant de personnes en uniforme ne s'y étaient massées. Puis à dix heures, au son des clairons et des tambours, drapeaux, étendards et oriflammes déployés, les bataillons s'engagèrent dans la Grande Allée.

Sur les trottoirs de cette grande artère, puis le long des rues Saint-Louis, Buade, de la Fabrique, Saint-Jean, d'Youville, d'Abraham et de la Couronne, jusqu'au point d'arrivée, le marché Jacques-Cartier, des dizaines et des dizaines de milliers de personnes agitaient la main, s'égosillaient en «Bravo!» si puissants que les diverses fanfares, pourtant sonores, devenaient inaudibles.

— Ceux-là, ils sont très beaux, commenta Thalie.

Comme tous les spectateurs, elle s'était extasiée devant les détachements de cavaliers, dont certains portaient des uniformes aux couleurs vives décorés de galons d'or et des casques parés de plumes. Mais les Écossais, dans leur kilt à carreaux, des bas jusqu'à mi-mollets, recevaient tous les suffrages féminins.

— Tu me vois, déguisé comme cela ? ricana Mathieu, accoudé avec sa sœur à la fenêtre de la chambre de cette dernière, son épaule contre la sienne.

— Pourquoi pas ? Du beau tissu de laine, avec plein de plis. Nous en vendons du pareil : cela revient très cher la verge.

— À la rigueur, je veux bien admettre que l'uniforme est beau, mais la musique est affreuse.

Le son de dizaines de cornemuses faisait songer à un millier de cochons égorgés simultanément. Même la petite fille, bien disposée à l'égard des mœurs étranges de tous ces visiteurs, enfonça finalement le bout de ses index dans ses oreilles.

— Tu pourrais demander à papa de t'en offrir un. J'en ai vu dans les vitrines de chez Simon's.

Elle voulait dire un kilt. Dans ce contexte propice à la nostalgie, bien des familles québécoises d'origine écossaise cherchaient le tartan propre à leur lignée.

— Je te laisse le plaisir de porter la jupe.

Après le passage sous leurs yeux des derniers marins, les enfants demeurèrent à leur poste d'observation. Les bouquets de verdure et de drapeaux sur les devantures des édifices, les touristes nombreux, tout cela procurait un spectacle sans cesse renouvelé.

Au moment où Thalie se penchait vers le trottoir, une jeune femme sortit du magasin de vêtements.

— C'est maman, murmura-t-elle.

Mathieu se pencha aussi, regarda sa mère descendre la rue de la Fabrique d'un pas vif. Contrairement à son habitude, ses cheveux noirs, ondulés, pendaient sur ses épaules et en haut de son dos. Son chapeau de paille, décoré d'un ruban bleu, lui donnait un air plus juvénile encore que d'habitude. Le mouvement de ses hanches, en marchant, rappelait la femme amoureuse.

— Je pense qu'elle a de nouveau envie de se détendre. Sans nous.

Le dépit marquait la voix du garçon. Sa sœur tourna ses yeux vers lui pour demander :

— Tu crois que papa sera triste, encore une fois ?

Il eut envie de répondre par l'affirmative, mais l'inquiétude dans les grands yeux sombres lui fit déclarer :

— Je ne sais pas.

Si les ateliers, les manufactures, les commerces et les bureaux étaient fermés, cela ne signifiait pas que le travail fut interdit. L'affluence des derniers jours mettait à mal les rayons du grand magasin Picard. À force de vendre, on n'arrivait plus à remplir les étagères. Édouard payait son école buissonnière des derniers jours par une conscription inattendue. Il dirigeait l'équipe de volontaires qui, contre une rémunération conséquente, se chargeait de remettre les choses en état.

— Avec toutes ces transactions, vous devez être aussi riches que les millionnaires des États-Unis, remarqua Ovide Melançon en posant sur le sol les boîtes apportées de l'entrepôt avec un diable.

Au premier coup d'œil, le garçon jugea qu'elles devaient contenir au moins douze douzaines de pantalons pour hommes. Que les gens parcourent parfois des centaines de milles en train ou en bateau pour venir à Québec, et une fois sur place passent une demi-journée à regarnir leur garde-robe, le laissait perplexe… mais heureux pour le chiffre d'affaires de l'entreprise familiale.

— Si nous étions si riches, crois-moi, nous habiterions ailleurs que dans ce gros village pris sous la glace six mois par année.

— Tout de même, fit l'autre, gouailleur, les sous doivent s'accumuler.

Édouard ne put dissimuler son agacement :

— Mais qu'est-ce qui t'empêche de profiter de la manne et d'ouvrir ton propre commerce ?

— ... Ce n'est pas si simple.

— Je me disais, aussi.

Une quarantaine de personnes préféraient sacrifier une journée de congé contre une rémunération moyenne de moins d'un dollar. Cela suffirait pour vider les entrepôts afin de regarnir les rayons. Des vêtements pour homme, le fils du patron passa à ceux des femmes. Plusieurs vendeuses prenaient des robes d'indienne ou de mousseline de cartons éventrés posés sur le sol pour les suspendre à des cintres. La même activité fébrile régnait dans le rayon des chaussures. En réalité, avec l'affluence des touristes, un seul département souffrait d'une chute des ventes : celui des meubles. Personne ne retournerait à la maison avec une commode dans sa valise, et les Québécois préféraient assister aux commémorations plutôt que de renouveler leur mobilier.

Au rez-de-chaussée, Édouard constata la même agitation. Quelqu'un avait reconstitué les provisions d'enveloppes et de papier sur les tables placées près du bureau de poste et de télégraphe improvisé. Les articles pour fumeur, ou d'écriture, tout comme les montres, représentaient les présents rêvés pour les amis ou les membres de la famille restés à la maison.

Près de l'ascenseur, une jeune fille, Ernestine Fafard, celle qui lui avait fait les yeux doux le jour de la Saint-Sylvestre, lança avec son sourire engageant :

— Nous allons manquer de cartes postales.

— Dans l'entrepôt...

— Plus une seule : tout ce qui reste se trouve là, répondit-elle en montrant le présentoir.

— Dans ce cas, dès demain je tenterai de voir avec les imprimeurs de la ville...

Un tintamarre venu de l'extérieur l'interrompit. Édouard, comme tous les employés présents dans le commerce, se déplaça vers les vitrines donnant sur la rue Saint-Joseph. Des badauds massés sur les trottoirs bloquaient la vue, alors mademoiselle Fafard déclara en tournant les talons :

— Montons, ici on ne voit rien. Ça doit être la parade.

Les chaussures de tout ce monde claquèrent dans l'escalier, et un moment plus tard, les employés se pressaient devant les grandes fenêtres surplombant les pavés. Les soldats, les miliciens et les marins devaient compléter leur défilé au marché Jacques-Cartier, mais pour regagner leur camp ou leur navire, il leur fallait passer par cette rue. Les habitants du faubourg Saint-Roch profitaient d'un petit complément imprévu à cette démonstration de puissance militaire.

— Comme ils sont mignons! jeta l'une des vendeuses quand des hommes coiffés de bérets bleus, un pompon bien au centre, passèrent devant les fenêtres.

— Ce sont ceux du *Léon-Gambetta*, indiqua Ernestine Fafard, certaine de sa science.

— Je sais, rétorqua l'autre.

Les marins français, sans doute parce que la barrière de la langue n'existait pas avec eux, remportaient un succès particulier. Toutefois personne ne demeurait vraiment en reste parmi les équipages de la grande escadre. Dans tous les ports du monde, au cours des prochains mois, l'accueil reçu à Québec serait conté avec satisfaction par ceux qui se trouvaient là, avec envie par les autres.

Toutefois, même les matelots du *Léon-Gambetta* devaient le céder en popularité aux fameux Highlanders. Au moment où les hommes en kilt passèrent sous ses yeux, la jeune fille près d'Édouard sautilla littéralement de joie en criant d'une voie aiguë:

— Ce sont eux!

En jouant des coudes, les femmes poussèrent leurs compagnons puis se collèrent le front contre la vitre, un air de contentement sur le visage. Beau joueur, Édouard les laissa à leur extase jusqu'à ce que la dernière jupe à carreaux s'éloigne, puis il claqua des mains en disant:

— Au travail maintenant, si vous voulez profiter un peu de votre après-midi.

Les vendeuses s'égaillèrent en riant, certaines d'entre elles murmurant à l'oreille d'une amie une confidence à faire rosir les joues.

— Patron, intervint Ovide Melançon, nous devrions mettre une robe, vous et moi. Imaginez notre succès.

— Tu trouves à te plaindre de tes conquêtes? Parles-en au curé Buteau, il doit connaître quelques vieilles filles bancales.

— Ce n'est pas ce que je veux dire, vous le savez bien. Avec tous ces étrangers dans la ville, plus une fille ne nous regarde. Qu'est-ce qu'ils ont de plus que nous?

— Un uniforme.

L'employé du service d'expédition lui adressa une grimace, puis maugréa:

— Je ne vais pas m'enrôler pour attirer l'attention des filles.

— Alors rentre dans la Garde indépendante Champlain. Mais si tu veux des conseils matrimoniaux, au lieu de recevoir des gages, tu vas devoir me payer.

— Vous étiez plus drôle quand vous jouiez à la politique.

L'homme retourna vers son entrepôt d'un pas rapide. «Aujourd'hui, je ne joue pas, songea Édouard, je fais du commerce.»

❧

Comme tout le monde s'était massé sur les trottoirs afin de voir passer le défilé militaire, Marie se confondit dans la foule le temps de gagner la Côte-du-Palais. À l'arrière de l'hôtel *Victoria*, près de l'entrée de service, elle trouva un James McDougall un peu fébrile. L'air gêné, elle murmura:

— Bonjour. Je suis un peu surprise que vous ayez congé aujourd'hui.

— Pourtant, comme le tiers des comédiens ont été recrutés pour la procession de cet après-midi, impossible de présenter le *pageant*.

L'homme avait pris la main de la jeune femme en guise de mot de bienvenue. Sans la lâcher, il continua :

— Venez avec moi.

Ils entrèrent dans l'édifice par la porte qui permettait de livrer les victuailles aux cuisines, puis empruntèrent l'escalier de service pour monter au deuxième. Dès que la porte fut refermée dans leur dos, James la pressa contre lui, chercha sa bouche avec la sienne.

— Tu m'as tellement manquée, souffla-t-il contre son oreille après un moment. Je croyais que nous ne nous retrouverions plus.

Contre le ventre de Marie, un sexe turgide révélait sa présence. Impossible de mettre sa parole en doute. D'abord un peu interdite face à cette frénésie, elle rendit les baisers, apprécia les mains qui la caressaient des omoplates jusqu'aux fesses.

La fièvre se calma un peu. Son amant commença à déboutonner son chemisier en expliquant :

— Ce damné Lascelles ! Il ne m'a pas lâché une seconde, depuis des semaines. Samedi, le prince George verra le spectacle. Si les choses se passent bien ce soir-là, il espère qu'on s'arrachera ensuite ses services dans tout l'Empire.

— Et les tiens ?

Le vêtement largement ouvert, il glissa les mains sur les flancs tièdes, posa ses paumes bien à plat sur la peau, les remonta doucement, soulevant en même temps la légère brassière de coton décorée de broderies bleues.

— Sauf ici, on ne parle français nulle part. Aussi, en attendant le tricentenaire de Montréal, mes services demeureront inutiles.

— En 1942, nous serons bien vieux tous les deux.

Le sous-vêtement remonté jusque sous les bras, Marie révélait deux petits seins haut perchés, coiffés de pointes bistre, raidies par l'excitation, les aréoles plissées autour des boutons de chair.

— Que tu es jolie.

Comme pour souligner ses paroles, l'homme se pencha, saisit le bout du sein gauche entre ses lèvres, tira un peu, ajouta sa langue à la caresse, puis l'aspira doucement. Les mains de Marie se mêlèrent aux cheveux de James, appuyèrent sur la tête comme pour l'écraser contre sa peau, puis laissa échapper une plainte.

— Je veux te voir nue. L'autre fois…

Dans la clairière près de la rivière Montmorency, de crainte d'être surpris, les corps étaient demeurés couverts. Seules une jupe troussée, une braguette grande ouverte, avaient révélé des trésors, tout en dissimulant le reste. L'homme détacha les derniers boutons du chemisier, l'enleva pour le poser sur le dossier d'une chaise, incita sa compagne à se retourner afin de dégrafer la brassière et lui faire suivre le même chemin. Puis il se colla à son dos, fit passer ses mains sous ses bras afin de venir exciter les deux mamelons du bout des doigts. Pendant ce temps, sa bouche parcourait l'épaule droite, remontait le long du cou pour se perdre d'abord dans l'épaisse chevelure noire et trouver enfin la peau si douce sous l'oreille.

Marie passa une main derrière elle, saisit la verge de son compagnon à travers les épaisseurs de vêtements, la serra en esquissant un mouvement de bas en haut. Après un moment, rieuse, elle déclara :

— Si tu ne me laisses pas enlever mon chapeau, tu risques une mauvaise griffure.

Un moment plus tard, les bras levés, elle enlevait une longue aiguille qui traversait la paille pour s'accrocher aux cheveux. Le mouvement rendait exquise la silhouette de sa poitrine.

— Tu peux en profiter pour me révéler un peu tes charmes.

Le rose aux joues, James enleva sa veste, relâcha sa cravate et commença à déboutonner sa chemise. Son sexe tendait le tissu de son pantalon, un petit cerne humide faisait une tache juste contre son extrémité. Les yeux sur ce point de l'anatomie de son compagnon, elle détacha le bouton de la ceinture de sa jupe, la laissa tomber par terre. Le jupon suivit le même chemin. Marie ne s'attaquerait à son pantalon qu'au moment où son compagnon ne garderait plus que sa combinaison... et une érection à lui faire mal aux muscles du ventre. Et c'est simultanément qu'ils baisseraient ce dernier voile.

Le soleil éclaboussait la ville de sa lumière blanche. Élisabeth tenait son ombrelle au-dessus de sa tête afin d'épargner à sa peau de blonde tout risque de brûlure. Largement plus de mille comédiens du *pageant* se tenaient sur les quais, à proximité de l'Habitation. Surtout, partout où elle posait les yeux, près du fleuve, sur le flanc abrupt de la falaise, dans le parc Montmorency, sur la terrasse Dufferin, sur tous les toits qui permettaient de voir le fleuve, des gens s'entassaient. Le lendemain, les journaux évoqueraient le total de cent cinquante mille personnes, soit deux fois la population de la ville.

— Votre monture ne vous donne pas trop de souci ? demanda Joseph Savard en passant près d'elle.

— Je vous dirai cela quand l'après-midi sera terminé.

Au fil des jours, le cheval se révélait d'un commerce plutôt agréable. Au terme de cette aventure, la jeune femme entendait bien ajouter l'équitation à la liste de ses quelques loisirs.

Vers deux heures, un murmure parcourut la foule. Alors que les visages se tournaient vers l'est, toutes les têtes essayaient de s'élever de quelques lignes afin de mieux voir l'horizon. Les mots « Le voilà ! » naquirent sur la côte de Beauport, puis se répercutèrent jusque sur les plaines d'Abraham, avec un écho sur la rive sud, à Lévis. Un petit navire tout blanc doublait la pointe la plus occidentale de l'île d'Orléans, toutes ses voiles déployées. À son mât flottait le drapeau azur à croix blanche.

Cette réplique du *Don-de-Dieu* sortait d'un chantier naval de Lauzon. Sa ressemblance avec l'original, dont les plans n'existaient plus, devait être bien approximative.

À trois heures, quand il s'approcha de la rive, plusieurs canots d'écorce chargés d'Amérindiens se détachèrent du quai pour le rejoindre. Charles Langelier, un avocat souvent élu député libéral à l'Assemblée provinciale, puis nommé conseiller législatif, personnifiait Samuel de Champlain. Il descendit dans l'un des esquifs alors que des hourras fusaient de toutes les poitrines. Ses compagnons l'imitèrent et bientôt les Amérindiens revinrent débarquer tous ces passagers près du quai du marché Finlay. Une double haie d'honneur, formée des soldats de Montcalm et de Wolfe, reçut les augustes visiteurs en se tenant au garde-à-vous et en présentant les armes. Puis les soldats les escortèrent jusqu'à l'Habitation.

Pourtant, tous ne contemplaient pas la scène touchante de la redécouverte de Québec par le grand explorateur venu de la Saintonge. Thomas Picard devait une fois de plus à ses étroites relations avec le Parti libéral de compter parmi les malheureux privés du spectacle. À proximité de la statue de Champlain, à l'extrémité est de la terrasse Dufferin, des estrades abritées du soleil par de grandes toiles blanches recevaient les hôtes de marque. Toutefois, comme le jour de l'arrivée du prince, le commerçant se tenait debout, un peu en marge des notables. Sa situation faisait penser à celle de l'invité venu de la campagne pour assister à un banquet, assis sur un strapontin au bout le moins noble de la tablée, avec les enfants.

Tout le gratin canadien se trouvait là, de même que de nombreux étrangers parmi les plus prestigieux : le marquis de Lévis, le marquis de Lévis-Mirepoix, le comte de Montcalm, une brochette de lords – Roberts, Dudley, Lovat, Bruce – le duc de Norfolk, représentant les catholiques du Royaume-Uni, le vice-président américain Charles Fairbanks, l'amiral Jauréguiberry. Tout le Cabinet fédéral, Wilfrid Laurier en tête, formait un joli fond de scène, de concert avec une brochette de juges et au moins trois premiers ministres provinciaux.

— Tout le bon peuple se détourne de ses ancêtres afin de contempler la belle visite, maugréa Louis-Alexandre Taschereau.

Le ministre provincial au physique ingrat se trouvait lui aussi relégué au strapontin discret. Son constat tenait au fait que lentement, des personnes abandonnaient la balustrade de fonte pour venir se presser près des estrades.

— Ils applaudissent Henri Bourassa un jour et le lendemain la noblesse venue des vieux pays, proféra le marchand avec humeur.

Taschereau fit un demi-tour sur lui-même, puis conclut :

— Je ne reconnais ici aucune des personnes présentes à l'assemblée du marché Jacques-Cartier en août dernier. Les parages conviennent surtout aux redingotes et aux complets faits sur mesure.

— Tout à l'heure, j'ai vu Armand Lavergne...

— Si la progéniture illégitime autoproclamée de Laurier se trouve là, le morpion Olivar Asselin va bientôt se manifester aussi. Ces deux-là viennent ensemble, comme la merde et l'odeur de la merde.

Un peu plus tôt dans l'année, Taschereau avait été assailli à coups de poings par le journaliste surexcité. L'affaire se trouvait toujours devant les tribunaux. Devant l'engouement de la population pour les commémorations, l'hebdomadaire *Le Nationaliste* donnait maintenant dans l'humour, se moquant des vieillards et des grosses dames qui s'extasiaient devant les visiteurs de la métropole. Cependant, de critiques tonitruantes, point.

À la fin, Thomas éclata de rire, puis enrichit leur petit échange d'un morceau de sagesse :

— Nous retrouver en plein soleil nous rend aigris tous les deux, j'en ai bien peur.

— Mais j'ai une solution à cela, et pas vous.

Le ministre ouvrit son parapluie. Magnanime, il laissa son compagnon profiter d'une part d'ombre.

Très vite, les jeux de main amenèrent les amants aux premières plaintes énamourées, aux mouvements saccadés et, finalement, aux râles de jouissance. Avec une mine à la fois surprise et amusée, Marie regarda les longs jets de semence atterrir sur la poitrine, puis sur le ventre de son compagnon. Le dernier coula sur le gland, puis contre le dos de sa main.

— Tu avais fait des réserves, remarqua-t-elle, les yeux rieurs.

Dans la pénombre de la chambre, ils paraissaient tout à fait noirs.

— Attends un peu, je reviens.

Elle se leva pour marcher jusqu'à la commode où se trouvait un broc et une bassine de porcelaine, trempa une serviette de toile dans un peu d'eau. Pendant un moment, elle offrit son côté pile à la contemplation de son compagnon. Mince, son corps demeurait parfaitement proportionné. Deux grossesses n'avaient laissé aucune surcharge au ventre ou aux hanches.

Un moment plus tard, elle procédait à la toilette intime du corps allongé. La délicate attention, la jeunesse de son compagnon et les privations des dernières semaines gardèrent le sexe bien raide. Quand il fut de nouveau tout propre, luisant d'eau fraîche, elle se pencha pour agacer le gland du bout de la langue, puis le prendre dans sa bouche.

L'initiative lui était venue comme cela, d'instinct, devant un sexe si «mignon». James se raidit dans un grand «Ah!» heureux et surpris que la Nouvelle-France si catholique garde cette charmante tradition de l'ancienne, puis se promit de profiter de la première occasion pour rendre la pareille. Aussi, un peu plus tard, ce fut avec une tête enfouie dans le

«V» de ses cuisses, une bouche collée à son sexe, goulue contre son vison de jais, qu'elle poussa un grand râle.

L'après-midi était déjà bien entamé quand elle se dissimula dans une penderie minuscule, le temps qu'un employé de l'hôtel apporte un dîner composé de viandes froides, de fruits et d'une bouteille de vin blanc. Le couple renouait avec son pique-nique de la Saint-Jean entre des murs clos, les rideaux de la fenêtre soigneusement tirés.

Repus, les amants se montrèrent bien vite disposés à reprendre leurs jeux. James commença :

— Je voudrais...

— Oui ?

Incapable de formuler son désir à haute voix, de l'index il pointa la toison noire.

— Je ne désire pas un autre enfant.

— Je comprends. Attends un instant.

Il se leva pour aller jusqu'à la commode, lui permettant de se rincer l'œil à son tour, puis revint avec une petite boîte cylindrique. Édouard n'était pas le seul à fréquenter des pharmaciens complaisants. Un moment plus tard, Marie tenait un boyau de mouton long de sept pouces peut-être. Son usage ne lui échappait pas, mais un doute hantait son esprit.

— C'est sûr ?

— Si on fait attention...

Elle lui adressa un regard à la fois sceptique et intéressé. Un accessoire de ce genre permettait d'éviter bien des grossesses, mais les déchirures, comme les épanchements accidentels avec un «vêtement» si mal ajusté, pouvaient réserver leur lot de surprises.

— Enfile-le, que je l'examine de plus près.

Quelques minutes plus tard, sans le savoir, James reproduisit une posture que Marie avait apprise des années plus tôt, en travers du grand bureau du magasin Picard. Elle était étendue sur le ventre, le visage dans un drap défait, son amant au-dessus d'elle.

— Tu ne vas pas ?…

— Voyons, pourquoi utiliser l'entrée de service si la porte avant se trouve grande ouverte ?

La mince pellicule du boyau de mouton contre les lèvres de son sexe troubla d'abord Marie, mais la moiteur permit une pénétration en douceur, sans addition de vaseline. L'intrusion lui coupa le souffle. Dans cette position, la fente se trouvait tendue, l'angle parfait pour buter, à chaque va-et-vient, contre l'os pubien, pour glisser ensuite vers l'avant. L'homme retenait son poids sur ses deux mains posées de part et d'autre des épaules de sa compagne, ses lèvres se posaient sur sa tempe droite en légers baisers. Les mots murmurés dans son oreille n'avaient de sens que pour la personne au bord de l'orgasme, les doigts crispés sur le tissu, et celui qui la maintenait là le plus longtemps possible, alternant l'accélération et le ralentissement de ses coups de reins.

La présence de ce sexe dans le sien se révéla si délicieuse qu'après la lessive de l'accessoire protecteur et une vérification soigneuse de la fine couture à son extrémité, Marie tint à recommencer, cette fois en se plaçant au-dessus.

———

Le roi d'armes Montjoie-Saint-Denis, monté sur son palefroi, escorté par les hérauts d'armes, suivi des archers du guet, sortit le premier de l'Habitation. Certains de ces hommes portaient de magnifiques cuirasses d'airain qui jetaient des reflets dorés dans les yeux des spectateurs. Jacques Cartier vint tout de suite après eux, en compagnie de deux chefs Amérindiens subjugués par leur nouveau maître, des matelots des trois navires, et plus loin d'une bande d'autochtones.

Au découvreur succéda François Ier et sa femme, à cheval, et une cour nombreuse. Les autres participants du défilé historique n'entrèrent pas dans l'enceinte de l'Habitation : le mystère du théâtre souffrit un peu de voir ces figurants former les rangs sous les yeux de tous.

— Mesdames, Messieurs, déclara Joseph Savard de sa voix la plus excitée, cette fois, brillons à la lumière du jour… Madame Picard, je peux vous aider?

Cet homme commençait à lui tomber sur les nerfs. Heureusement, encore trois représentations, quatre avec celle qui accueillerait un auditoire en partie recruté chez les pauvres, et ce serait fini. D'un mouvement souple, elle se mit en selle, claqua de la langue comme un charretier d'expérience et alla rejoindre les autres courtisans derrière Henri IV et Marie de Médicis. Derrière eux venaient les Faunes, ces adolescentes court vêtues portant une peau de bouc sur leurs épaules nues.

— Quelle femme magnifique! s'exclama Richard Harris avec un manque total de tact, en se tournant vers Eugénie.

Le couple se trouvait de nouveau aux premières loges, près de l'entrepôt Thibaudeau & Frères. La jeune fille se mordit la lèvre inférieure en se disant que répondre «C'est ma belle-mère» paraîtrait ridicule. Elle opta plutôt pour:

— Elle est bien vieille.

— Vieille? Je doute qu'elle ait trente ans.

— J'en ai dix-neuf…

— Donc, l'écart entre mon âge et le sien est plus petit qu'avec le vôtre.

Elle pouvait hurler sa frustration, ou ignorer le camouflet. Plus raisonnable, la seconde attitude tenait de l'héroïsme. D'autant que son compagnon lui demanda:

— Vous la connaissez?

— Non, pas du tout.

Comme l'autre écarquillait les yeux, elle crut bon de préciser:

— Enfin, un peu. Nous sommes dans le même spectacle.

Devant leurs yeux défilaient tous les personnages du manuel d'histoire des Frères des Écoles chrétiennes, dont Laviolette, Maisonneuve, des Ormeaux, Iberville, La Salle,

Joliet, Marquette, La Vérendrye, Tracy, Dulhut, Nicolet, Goupil, Frontenac... Les héroïnes se trouvaient en petit nombre. Hélène Boulé, quoique décorative, ne comptait pas parmi elles. Heureusement, Madeleine de Verchères jouait une Jeanne d'Arc indigène fort passable.

Le clou du spectacle, le symbole de l'union des anciens sujets britanniques et des nouveaux sujets canadiens-français qui, aujourd'hui, construisaient le Canada ensemble et dans la bonne entente, vint ensuite : les armées de Wolfe et de Montcalm mêlées fraternellement. Tous les régiments s'étant affrontés sur les plaines d'Abraham avaient des représentants dans ce défilé.

En guise de conclusion à la mise en scène historico-politique, pour incarner la loyauté des nouveaux sujets, vinrent les troupes de Guy Carleton, qui avaient assuré la défense de Québec en 1775, et celles de Salaberry, les héros de Châteauguay. Tout le long du chemin vers la Haute-Ville, la population entonna le *Ô Canada* et l'hymne au drapeau de Carillon, en alternance.

❧

À quatre heures, accompagné du gouverneur général Grey, le prince de Galles arriva dans un landau tiré par quatre chevaux, escorté par un régiment de cavalerie. Des trompettes signalèrent sa présence, alors que les badauds assemblés sur la terrasse Dufferin formaient désormais une masse compacte près de la statue de Champlain.

Le maire Garneau vint accueillir Son Altesse Royale, flanqué de militaires en uniforme de parade, pour l'accompagner jusque sous le grand dais. Hôte de tous ces grands personnages, le premier magistrat de la ville prononça le discours d'ouverture, puis remit au prince un présent : un coffre de cèdre monté sur quatre pieds en forme de pattes d'aigle enserrant un globe. L'ouvrage était tellement surchargé de symboles, du portrait de Champlain au castor, que tous y trouvaient leur compte, quelles que soient leurs convictions idéologiques.

Georges Garneau se distingua surtout par sa brièveté, et le prince eut le remarquable savoir-vivre de ne pas se rendre pénible en devenant interminable :

— Monsieur le maire, la cordiale et chaleureuse bienvenue que vous m'offrez dans votre vieille cité, la loyauté des sentiments que vous venez d'exprimer dans des tons si éloquents me vont au cœur.

À l'écart de l'estrade d'honneur, Thomas confia à son voisin :

— Tout de même, ne trouvez-vous pas troublant de voir cet invité s'exprimer avec élégance dans notre langue, quand il nous visite ? Nos concitoyens qui partagent son origine n'en connaissent pas un mot, parfois un siècle et demi après leur arrivée dans cette province.

— Vous souvenez-vous de son père, maintenant devenu le roi Edward ? ricana Louis-Alexandre Taschereau près de lui. Il s'est moqué d'une sotte de la Haute-Ville qui ne parlait pas un mot de français, lors d'un bal.

Le roi, alors prince de Galles, avait semé la consternation dans les rangs des élites de langue anglaise en leur reprochant de ne pas connaître l'idiome de la majorité de la population de la ville. D'autres épisodes retiendraient plutôt l'attention des historiens, au moment d'écrire sa biographie : son amour immodéré pour le sexe faible, qui alimentait des rumeurs parmi les plus saugrenues, et son habileté à créer des liens politiques avec la France, dont résultait l'Entente cordiale.

Les bavards méritèrent des froncements de sourcils de la part des amateurs de prose royale présents autour d'eux. Ils se forcèrent au silence, le temps d'entendre encore :

— L'histoire de la Nouvelle-France est singulièrement attrayante, tant en raison des scènes émouvantes retracées dans ses pages, que du fait de l'héroïsme des principaux personnages qui y figurent. Entre tous, le chevaleresque Samuel de Champlain y brille d'un éclat tout particulier.

C'est surtout grâce à sa plume que le récit de ses aventures est arrivé jusqu'à nous, et ce récit, avec la sincérité et la modestie qui le distinguent, porte à chaque ligne l'empreinte manifeste de la vérité.

Très vite las d'être sage, Taschereau commenta encore :

— Pour les Britanniques, maîtriser deux, parfois trois langues est le signe de leur parfaite éducation. Pour leurs compatriotes habitant parmi nous, connaître même un mot de français, la langue des ouvriers et des domestiques, c'est déchoir.

— Chut ! siffla quelqu'un près d'eux, peu intéressé par l'analyse du député de Montmorency.

Le prince n'en avait plus que pour un court instant, et l'ineffable Adjutor Rivard, le président de la société Saint-Jean-Baptiste de Québec, lui succéda :

— Qu'il plaise à Votre Altesse Royale, Mesdames, Messieurs…

— Ce gars-là arrive à me donner des envies de suicide, grogna Thomas dans un soupir.

— Commencez par l'assassiner, au moins vous rendrez service à l'humanité avant de nous quitter, fit Taschereau.

— Allez-vous vous taire, à la fin !

Les deux hommes se retournèrent pour voir une grosse dame toute en sueur sous le soleil. Avec un synchronisme parfait, ils touchèrent leur chapeau de paille du bout des doigts en guise de salutation et s'éloignèrent un peu. L'amante des belles-lettres ne rata rien du paragraphe suivant de l'insupportable orateur :

— Ô Canada ! terre de vaillance et de beauté, je voudrais que ma voix fût aussi éclatante que l'olifant pour porter, dans tous les foyers, les accents de mon amour et de ma fierté. Terre que la vie pénètre partout, avec ses lacs et ses sources, avec ses rivières fertilisant la plaine ou reflétant la ramure des grands bois, terre bercée par la mélopée des torrents et la chanson des ruisseaux, irisée par les poussières jaillissantes des cascades, vivifiée par nos hivers qui soufflent l'énergie puissante et la gaieté, abritée par les cimes superbes et riche par la belle santé de ses plaines, terre où dorment les souvenirs et où reposent les espérances, terre imprégnée de la poésie des champs, des étoiles et des âmes, terre qui, dans la magnificence de ses énergies encore vierges, arrachait à son immortel fondateur ce cri d'admiration que nul, depuis, n'a surpassé et que nous répétons en ce jour : « Il se peut dire que le pays de Nouvelle-France est un nouveau monde, et non un royaume, beau en toute perfection. »

Si la grandeur des princes et des rois se mesurait à leur capacité d'entendre sans faillir des discours ineptes, George s'élevait au-dessus de tous les autres. Jusqu'à la fin de la péroraison de Rivard, puis pendant les allocutions du vice-président des États-Unis Fairbanks et de l'amiral Jauréguiberry, il composa dans son esprit la lettre qu'il écrirait à sa femme en fin de soirée. Autant son père courait inlassablement les jupons, autant le prince se montrait amoureux de Mary de Teck, au point de rédiger tous les jours une longue missive à son intention. Pourtant, rien n'annonçait une si belle complicité. Un hasard malencontreux les avait réunis : promise à son frère Albert Victor, mort prématurément, Victoria lui avait forcé la main pour qu'il prenne le relais. Dans leur couple, disaient les mauvaises langues, elle était la tête…

Les pires discours, comme les meilleures choses, ont une fin. Passant entre des haies de soldats au garde-à-vous, George regagna son landau au moment où le bruit d'un long défilé arrivait à ses oreilles. À lui et au gouverneur général, la grande voiture servit de trône, en quelque sorte, pour observer les fantômes de la Nouvelle-France et des premières décennies du régime anglais, de Jacques Cartier à Charles de Salaberry, qui venaient jusqu'à eux.

Alors que les personnages historiques achevaient de défiler devant le prince de Galles, ignorant tout de ces célébrations, Marie remettait son chapeau de paille. James lui avait prêté un peigne afin de remettre un peu d'ordre dans ses cheveux. Cette fois, sa mise ne trahirait en rien ses activités.

— Tu penses que nous pourrons nous revoir? questionna-t-elle d'une voix hésitante.

— Je m'embarque à Halifax, en Nouvelle-Écosse, en soirée le 1er août prochain. Je quitterai Québec en fin de journée, la veille.

— Dans une semaine... Ton projet de faire un peu de tourisme...

— Un collège d'Aberdeen souhaite recourir à mes services pour la prochaine année. Je dois y être à la mi-août.

La jeune femme espérait un autre rendez-vous, mais le ton de son amant, dépité, lui signifiait que ce ne serait pas le cas.

— Je comprends, répondit-elle dans un soupir. Cette parenthèse doit se refermer.

— Pas nécessairement. Je peux acheter un second billet de train dès demain matin.

La voix de l'homme tremblait un peu : offrir une fuite discrète à une femme mariée ne figurait pas dans ses habitudes.

— Tu sais, là-bas, personne ne te connaît.

Autrement dit, elle pourrait se faire passer pour son épouse sans trop de mal. Les chances qu'un voyageur l'identifie dans une ville grise et froide du nord de l'Écosse se révélaient nulles. À moins bien sûr qu'un hurluberlu ne réclame son contrat de mariage. Ce pouvait être un directeur de collège. Ces gens-là, justement, se souciaient de la moralité de leurs employés.

Marie s'approcha, posa sa main sur celle de son compagnon, puis murmura :

— C'est gentil de l'évoquer, mais tu risques de ruiner ta carrière. Surtout, tu oublies que j'ai trois bonnes raisons de ne jamais quitter cette ville.

— Tes deux enfants, bien sûr. Ils sont adorables.

— Et un mari.

— Celui-là…

Elle leva la main pour la poser sur la bouche de James, afin de le faire taire, et dit doucement :

— Ne fais aucune remarque sur ce que tu ne comprends pas. Je tiens à Alfred à un point que tu ne peux imaginer. Tu m'embrasses une dernière fois ?

L'homme s'exécuta de mauvaise grâce. Au moment où elle posa la main sur la poignée de la porte, il répéta :

— Si tu changes d'idée, fais-le moi savoir.

— Tu sais que tu es un gentil garçon ? Je ne m'inquiète pas pour toi. Une Écossaise rousse et toute picotée réchauffera ton lit.

Les larmes aux yeux, elle sortit, regagna l'escalier de service. Derrière elle, dans le même état, un homme hésitait entre le désespoir et le soulagement.

Chapitre 22

Parfois, la beauté du jour déclinant, la lumière blanche, les ombres s'allongeant sur les plaines d'Abraham, le disputaient à la splendeur du spectacle historique. Ce fut le cas le vendredi 24 juillet. Après la clôture, quand les comédiens se dispersèrent en direction de la Grande Allée, Élisabeth constata sans surprise la disparition d'Eugénie. Très vite après le dernier tableau, elle regagna une baraque branlante, aux murs construits de grandes feuilles de contreplaqué, afin d'enlever son costume de cavalière inspiré du début du XVIIe siècle. Au moment où elle sortait, Joseph Savard dit dans son dos, de sa voix la plus onctueuse :

— Madame Picard, vous êtes tellement élégante !

Ce diable d'homme rôdait autour des vestiaires pendant toute la soirée. La fièvre des grandes fêtes montait à la tête de certains et finissait par fissurer le masque de vertu habituel dans ce petit milieu. Le démon de la luxure guettait sous les bosquets.

— Je dois me rendre au bal donné en l'honneur du prince de Galles, répondit-elle en essayant de dissimuler son agacement.

L'homme l'examina des pieds à la tête. Le grand fourreau de soie ivoire rendait sa silhouette exquise. Une coiffeuse de l'équipe du *pageant* avait accepté de lui donner un coup de peigne entre deux interventions sur les comédiennes. Son rang de perles soulignait la ligne du cou et des épaules découvertes. Mais son interlocuteur préférait laisser ses yeux sur la naissance des seins, découverte par l'échancrure de la robe.

— Vous ne pouvez pas vous rendre à l'Assemblée législative dans cette tenue. Je vais vous reconduire.

— Je vous remercie, mais mon mari doit déjà m'attendre près de la rue.

Sans s'attarder davantage, relevant le devant de sa robe afin d'éviter de trébucher sur ce terrain inégal, Élisabeth se dirigea vers la Grande Allée. Des voitures, de la grosse berline au léger coupé, s'alignaient le long des trottoirs, de part et d'autre de l'artère. Pendant quelques minutes, elle marcha en examinant les passagers. À la fin, une voix attira son attention :

— Ici !

Thomas se tenait près d'une voiture de louage. Il demanda quand elle l'eut rejoint :

— Eugénie ne devait pas venir aussi ?

— Elle a été invitée. Mais à la fin du spectacle, elle demeurait introuvable. Comme tous les soirs depuis sa rencontre, je suppose qu'elle a rejoint son officier.

Le reproche marquait sa voix. Son mari demeura un moment embarrassé, puis céda :

— Demain matin, pas plus tard qu'au déjeuner, je vais mettre fin à cette situation.

— Tu sais bien qu'elle ne se lèvera pas avant midi. Si tu ne reviens pas à la maison pour le dîner…

Le commerçant ne rentrerait pas avant quatre heures : l'aînée serait alors partie pour le *pageant*. Il échappa un soupir lassé, puis déclara :

— Alors pas plus tard que dimanche. À moins de se sauver par une fenêtre, elle ne pourra pas échapper à cette conversation.

Discuter des affaires de famille sur le trottoir paraissait bien inconvenant. L'homme changea de sujet :

— Ces gens-là gagneront plus d'argent que moi, pendant cette dizaine de jours.

Il parlait des cochers de la ville.

— Ils ont doublé leurs prix, protesta-t-il assez fort pour être entendu du sien, tout en ouvrant la porte du fiacre.

— Comme les hôteliers, les aubergistes, les restaurateurs, répondit Élisabeth. Et même toi…

— Si peu, si peu, en comparaison.

— Tout de même, si ton ami Chouinard souhaitait d'abord des célébrations pour commémorer la Nouvelle-France, toi et tes collègues escomptiez de bonnes affaires, non ?

Sur la banquette étroite, Thomas fit attention de ne pas s'asseoir sur sa queue-de-pie, soucieux de ne pas paraître négligé.

— Sans doute. Mais en exagérant, certains de ces profiteurs incitent les touristes à ne jamais revenir à Québec. C'est comme manger la poule : ensuite, personne ne peut plus profiter des œufs.

Les préoccupations mercantiles de son époux laissaient la jeune femme indifférente, encore toute à son irritation. Comme il valait mieux ne pas revenir sur Eugénie, son premier motif de frustration, elle évoqua le second :

— Savais-tu qu'en me proposant de participer à ce *pageant*, tu me poussais dans les pattes d'un obsédé lubrique ?

— Pardon ?

— Ce Savard. Non seulement il rêve de mettre ses grosses mains dans mes jupes sous prétexte de m'aider à monter, mais voilà qu'il rôde du côté des baraques où nous nous changeons.

— … Veux-tu que je m'en mêle ?

Élisabeth sourit en imaginant son mari venir rosser le maître des courtisans d'Henri IV. La scène serait cocasse.

— Non, je suis assez grande pour m'occuper de lui. Je ne suis plus une petite préceptrice.

L'allusion à la courte année passée au service des Picard troubla un peu Thomas. À ce moment, sa femme avait connu les grosses mains d'un homme concupiscent, les siennes, pour la première fois.

— Toutefois, continua-t-elle après une pause, demain je monterai avec une cravache, un accessoire que Lascelles a ignoré dans sa mise en scène. Si ce bonhomme se retrouve avec une marque violette en travers du visage, tu sauras pourquoi... tout comme sa femme.

La voiture fut bien vite dans l'avenue Dufferin, dans la longue file qui encombrait l'allée conduisant à l'entrée du palais législatif. Finalement, ils purent descendre devant le grand édifice. Un moment, Élisabeth contempla les décorations. Toutes les niches des statues, comme la ligne du toit, étaient soulignées par des ampoules électriques. Déjà, sur la façade donnant sur la Grande Allée, elle avait remarqué les armes du prince de Galles esquissées en traits lumineux.

— Nous entrons ?

Thomas lui offrit son bras. Dans le Salon vert, sous les lustres, une multitude d'invités en habits de soirée se pressaient les uns contre les autres. Des plantes et des fleurs apportées dans l'après-midi se fanaient déjà dans la chaleur ambiante, due au moins en partie à la longue guirlande lumineuse bleu-blanc-rouge qui courait contre les murs. Dans un coin de la grande pièce débarrassée des fauteuils des députés, le siège de l'orateur de la chambre, maquillé en trône d'honneur, devait recevoir l'auguste postérieur princier.

— Ces gens pensent danser dans ce petit espace ? demanda Élisabeth. Combien de personnes doivent être présentes ?

— Trois mille. Ces lieux seront bien exigus, si tous se mettent en tête de valser ensemble. Je suppose qu'avec cette chaleur, nous irons par petits groupes.

Si trois mille invitations avaient été envoyées, les journaux du lendemain affirmeraient que cinq mille personnes se trouvèrent sur les lieux. Aucun cerbère ne contrôlant les allées et venues, les curieux et les resquilleurs furent légion. Heureusement, pour échapper à la chaleur moite, un certain nombre de gens préférèrent demeurer dans les couloirs de l'immense bâtisse.

Un peu après onze heures, l'orchestre juché dans les tribunes de la presse commença une valse. Thomas tendit la main à sa femme et, sans heurter trop de monde dans leur mouvement, ils tournèrent un moment sur eux-mêmes. Ils regagnaient la porte pour se réfugier dans le corridor quand Édouard, fort élégant dans son habit de soirée noir, une boucle blanche autour du cou, fit son entrée.

— As-tu vu ta sœur? demanda Thomas sans autre forme de salut.

— … Non. Le devrais-je?

Le garçon ouvrit de grands yeux, intrigué, sur le point d'ajouter: « Qu'est-ce qu'elle a encore fait? »

— Non, non, pas vraiment. Tu es seul?

— À part Fernand, personne ne semblait désireux de m'accompagner. Comme je nous imaginais mal danser ensemble…

— Avec un peu de chance, tu sauras bien trouver quelqu'un de plus… féminin, expliqua Élisabeth.

Édouard fit un tour sur lui-même, pour conclure:

— Je n'en suis pas certain. Tu es la plus jeune dans ces lieux, quoique déjà trop vieille pour moi.

L'assistance ne péchait pas par excès de jeunesse: difficile de compter parmi les notables et avoir moins de vingt ans. À tout prendre, Eugénie ne raterait rien.

Après avoir terminé sa troisième danse, l'orchestre entama sans transition *God Save the King*, que la plupart entonnèrent avec un loyal entrain. Un moment plus tard, le prince George s'approcha du Salon vert. Les Picard se rangèrent contre le mur afin de laisser passer l'auguste personnage sanglé dans un uniforme d'apparat, flanqué de l'inévitable gouverneur général et d'une brochette d'officiers de son état-major.

— Maman, tu l'as vu te regarder? demanda Édouard quand l'invité regagna le grand fauteuil réservé à son intention.

— Que toi, ton père ou Joseph Savard me trouvent jolie, je le veux bien. Mais ce type, élevé parmi toutes les beautés de la cour, ne remarque certainement plus les petites marchandes.

— … Joseph Savard?

Le garçon posait sur elle des yeux rieurs. Au cours des prochains jours, à force d'allusions répétées, il finirait pas connaître tous les détails de cette histoire. Quand il se fut éloigné, Thomas revint sur le sujet:

— Le père de notre bon prince, devenu le roi Eddy en 1901, ne négligeait pas les charmes des marchandes, ou même des domestiques. Il est venu assez souvent au Canada pour laisser une petite tribu de bâtards, je pense. Quant aux charmes de la cour, n'exagère pas. Tu as certainement vu des portraits de la gracieuse Victoria? Je veux dire des photographies, pas des peintures qui doivent tant à la complaisance de l'artiste.

— … Oui, j'en ai vu.

— Moins de cinq pieds, un peu grasse, le menton fuyant, la bouche mauvaise… George n'a pas été exposé à tellement de charme dans sa jeunesse, et il t'a bien dévisagée en passant.

— Tout ce discours, c'est une façon de me faire un compliment?

Son mari éclata de rire, puis admit:

— Oui. Pas fameux, n'est-ce pas? Je demanderai à Adjutor Rivard de rédiger quelque chose pour moi…

La lecture à haute voix de la dernière pièce oratoire de cet homme, reproduite dans le *Soleil*, avait égayé toute la durée d'un petit déjeuner. Chanter les louanges du bacon avec son vocabulaire, en imitant sa prononciation, devenait très vite hilarant. L'homme continua:

— Et si tu désires le rencontrer, continua l'époux, je crois que tu viens de te donner une petite longueur d'avance sur ces grosses dames.

Des yeux, il montrait un peloton d'épouses des notables les plus éminents de la ville et du pays, désireuses de s'asseoir un moment avec le prince. Comme celui-ci voyageait sans sa conjointe, chacune se montrait disposée à remplir cet office pendant quelques minutes, pour être remplacée par la suivante. L'expérience, avec cet homme taciturne, se révélerait décevante.

— Au lieu de dire des sottises, invite-moi à danser, conclut Élisabeth.

Thomas inclina la tête et tendit son bras.

⸙

Eugénie se tenait si souvent sous le porche de l'entrepôt de Thibaudeau & Frères que mieux aurait valu y placer un fauteuil. Le lieutenant Richard Harris arriva à l'heure convenue, c'est-à-dire longtemps après elle, lui tendit son bras en arborant son meilleur sourire, puis déclara :

— Ce soir, le plus beau bal se tient sur mon navire, l'*Exmouth*.

— La soirée est si douce, nous pourrions rester sur le quai.

La présence de nombreux touristes rendrait les mains moins envahissantes.

— Vous m'aviez promis...

Eugénie ne se souvenait pas de quelque chose d'aussi formel qu'une promesse, même si le sujet d'une visite à ses quartiers revenait entre eux depuis leur rencontre fortuite. À la fin, elle accepta sans enthousiasme :

— ... Si vous y tenez.

Par beau temps, la courte distance du quai vers l'un ou l'autre des cuirassés se révélait agréable. Les navires illuminés, tout comme les principaux édifices de la Haute-Ville, donnaient une allure un peu irréelle à la scène, comme aux personnes. Trois autres couples, composés d'officiers et de filles de bonnes familles, partageaient l'espace réduit de l'embarcation. Ces dernières gardaient les yeux baissés, comme si cette précaution empêchait qu'on ne les voit dans une situation compromettante.

L'échelle posée sur le flanc du bâtiment demeurait toute-fois dangereusement abrupte, surtout pour quelqu'un portant des souliers à semelle lisse, munis de talons hauts de trois doigts au moins.

— Prenez ma main.

— Si je glisse...

— Je vous retiendrai. Vous ne me paraissez pas bien lourde, j'y arriverai.

Si elle se retrouvait suspendue au-dessus du vide, tenue par une seule main, l'aide de son compagnon se révélerait certainement très utile. Toutefois, Eugénie ne tenait pas du tout à lui fournir l'occasion de montrer sa force. Aussi, son autre main sur la rampe, elle monta jusqu'au pont du navire avec mille précautions. Comme sur l'*Albermarle* deux jours plus tôt, on avait tendu des toiles au-dessus de la surface de gros madriers. Des plantes vertes et des fleurs faisaient un peu oublier où l'on était. À l'ancre, par temps doux, le mou-vement du lourd bâtiment sur les flots demeurait à peine perceptible.

— Voulez-vous quelque chose à boire ?

Les jours précédents, ils avaient commencé par danser. D'un autre côté, un peu de vin lui donnerait une meilleure contenance. Un moment plus tard, une flûte de champagne à la main, elle s'appuya à la rambarde, à la proue du navire pointée en direction de l'île d'Orléans. La taille de ces bâti-ments permettait toujours de dénicher un coin relativement discret, malgré les centaines de personnes qui se trouvaient parfois à bord. Deux couples se faisaient des confidences assez près d'eux, mais la pénombre empêchait de les identifier.

— Vous êtes tellement jolie, mademoiselle Picard.

Au moment de prononcer son nom, sa voix ne se débarrassait jamais d'une légère pointe d'ironie. Sa main se posa sur le flanc de la jeune fille, il s'inclina dans son dos pour effleurer sa nuque de ses lèvres.

— On peut nous voir.

— Les gens proches de nous sont eux-mêmes… occupés.

Les silhouettes des couples ne permettaient pas de distinguer vraiment les deux personnes, ce qui témoignait d'une proximité physique aussi grande que la leur. Richard Harris fit glisser sa main sur son ventre, pour la serrer contre lui. Elle sentit quelque chose de dur au creux de ses reins, sans l'identifier tout de suite. Le « désir » de l'homme, que les religieuses évoquaient en périphrases alambiquées, c'était cela. Bien sûr, son idée de la chose demeurait bien approximative, et l'inquisition sans délicatesse aucune de son directeur de conscience, au couvent, n'avait rien ajouté à sa science.

Pour se dérober à ce contact, elle avança jusqu'à buter contre la rambarde, les deux mains sur le tuyau de fer le plus haut. Son compagnon suivit son mouvement, posa sa main gauche sur la sienne, gardant la droite sur son ventre. Il esquissait une caresse qui amenait le bout de ses doigts dangereusement loin sous le nombril, pour remonter ensuite au point d'effleurer un sein, d'en agacer la pointe. Ses lèvres parcouraient le cou gracile, le visage perdu dans des boucles blondes.

Eugénie se raidit avec un hoquet de noyée, chercha à se dégager. Les joues en feu, elle murmura d'une voix hésitante :

— Allons danser.

« Une heure encore… » songea le lieutenant. L'attente ne serait pas si déplaisante. À leur retour sous la grande bâche, il préféra demeurer un peu à l'écart, pour la serrer de près le temps de quelques valses. La gorge sèche à cause de l'émotion, Eugénie accepta les flûtes de champagne qu'il lui tendait en se promettant de juste y tremper les lèvres. À ce jeu, elle en vida pourtant trois autres.

— Puis-je vous faire visiter le navire ? susurra-t-il bientôt dans son oreille.

— J'ai vu l'autre…

— Mais celui-ci est mieux. J'y habite la majeure partie de l'année. Vous ne me permettrez pas de vous faire les honneurs de ma demeure ?

Elle s'accrocha au bras offert, commenta sottement :

— Cela doit être terriblement ennuyeux, tous ces mois en mer.

— Vous savez, traverser l'Atlantique prend une semaine, huit jours tout au plus. Le Pacifique, à peine deux. Nous ne restons pas si longtemps sans toucher terre.

Au moment de descendre l'échelle de coupée, il passa devant elle, tendit la main pour l'aider.

— Vous avez traversé le Pacifique, répéta-t-elle, un peu admirative.

Elle se retint d'évoquer les territoires des païens, la Chine et le Japon, un sujet sur lequel les religieuses se montraient prolixes.

— J'ai fait plusieurs fois le tour du monde.

L'homme révélait là une demi-vérité. L'escadre de l'Atlantique Nord patrouillait les parages septentrionaux de l'Europe. Si les trajets mis bout à bout représentaient une grande distance, les ports froids et gris ne faisaient pas le poids face aux destinations exotiques de l'Asie.

Eugénie n'aurait pas su trouver son chemin dans les entrailles de fer de ce navire. Après avoir descendu quelques échelles, elle dut en monter une autre. En vertu des usages, elle s'engagea la première : l'homme devait toujours se tenir un peu plus bas, pour faire un rempart de son corps en cas de chute. Cela procurait parfois un point de vue enviable. Quand les fesses de la jeune fille furent à la hauteur de ses yeux, il tendit la main pour la placer entre ses cuisses, l'enfoncer dans les plis du tissu et la remonter jusqu'à ce que ses doigts rencontrent la jonction de celles-ci.

L'audace du geste coupa le souffle de sa compagne. D'instinct, elle serra les jambes, enfermant la main immobile dans un piège tiède et moite. Puis elle continua son ascension, chancelante.

— Où sommes-nous ? parvint-elle à articuler une fois dans un nouveau couloir.

— Chez moi, je vous l'ai dit.

Sur ces mots, l'homme ouvrit une porte métallique étroite et basse, puis continua :

— Voici le logis que m'offre le roi Edward VII.

La cabine mesurait peut-être sept pieds sur quatre, sans autre ouverture que la porte. Une couchette surélevée, sous laquelle devaient loger tous les effets de l'officier, en occupait la moitié. Une minuscule table fixée au mur du fond, quelques livres disposés sur les deux tablettes placées juste au-dessus, complétaient l'aménagement.

— C'est petit, fit-elle remarquer, son attention un instant détournée des mauvais touchers.

— Croyez-moi, c'est infiniment plus grand que les couchettes consenties aux matelots… et moins confortable que l'appartement du commandant.

Dans cet espace lilliputien, tous les deux se trouvaient l'un contre l'autre. Avec un effort, ils auraient pu ne pas se toucher, mais Harris n'entendait pas prendre ses distances, au contraire. Ses grands bras encerclèrent le corps gracile en même temps que, du talon, il fermait la porte. Sa bouche chercha l'autre bouche, ses mains, tout ce qui offrait la moindre sensibilité aux caresses.

⚡

Le prince de Galles paraissait s'ennuyer ferme, et les heureuses élues désignées pour lui tenir compagnie, bien perplexes. Une petite mise en commun au cours de quelques entretiens à mi-voix leur permit de constater que le futur souverain ne maîtrisait guère l'art de la conversation. Après les salutations, il adressait à chacune, et toujours dans le même ordre, les trois mêmes questions : « Que fait votre mari ? » « La température est-elle toujours aussi magnifique à Québec, en juillet ? » et « Des bals de ce genre se tiennent-ils souvent dans l'année ? » Et, quelle que soit la question posée par son interlocutrice, il donnait trois réponses, toujours les mêmes et dans le même ordre : « Oui, Québec est une ville magnifique» «Ma femme, ainsi que mes enfants, se portent très bien» et «Malheureusement, je partirai avant le lever du jour, le 29 juillet».

Les Québécoises d'un certain âge aimaient les visiteurs, surtout si distingués. Madame Lomer Gouin, encore tout étonnée d'avoir entendu: «Ma femme, ainsi que mes enfants, se portent très bien» en réponse à sa remarque sur la dégradation des relations avec l'Allemagne, conclut généreusement que le grand homme ne maîtrisait peut-être pas le français aussi bien que l'affirmaient les journaux. Si elle avait consulté ses concitoyennes de langue anglaise, elle aurait constaté qu'à une question sur la situation en Irlande, une demoiselle Devlin avait reçu exactement le même constat rassurant sur la santé de la famille princière.

Thomas Picard, quant à lui, se tenait loin du fauteuil d'honneur, alternant les valses dans l'atmosphère suffocante du Salon vert et les promenades sur les pelouses du magnifique édifice. Le couple croisa le gouverneur général Grey qui, de son côté, revenait d'un petit aparté discret avec sa jeune maîtresse, présente sur les lieux.

— Madame, salua-t-il avec un regard appuyé et une inclinaison de la tête.

Puis il enchaîna:

— Picard, étiez-vous sur les plaines, ce matin?

— Malheureusement, ne vivant pas de rentes comme les grands du royaume, je gagnais ma vie, ce matin.

Élisabeth lui serra discrètement le bras pour lui rappeler les bons usages. Le comte Grey marqua une pause, puis poursuivit un ton plus bas:

— Oui, bien sûr. Après la revue des troupes, le prince m'a remis un chèque de quatre cent cinquante mille dollars. Ce sont les contributions populaires dont vous vous moquiez l'automne dernier, amassées *penny* après *penny*. La Commission du parc des Champs-de-Bataille pourra aménager le grand espace des plaines et procéder aux expropriations nécessaires.

L'homme évoquait la manufacture de munitions Ross et l'horrible prison provinciale.

— La Commission nous dira si ce montant est suffisant. Avez-vous obtenu une estimation du coût de votre ange de la Paix?

Thomas gardait lui aussi un bon souvenir de cette conversation, et surtout des rêves d'une statue monumentale, susceptible de rivaliser avec celle de New York, évoquée par le gouverneur général. L'autre répliqua, un peu embarrassé:

— Le moment ne paraît pas propice.

— Et le prix doit se rapprocher de celui d'un cuirassé.

— Si vous voulez m'excuser, je vois quelqu'un là-bas...

L'auguste personnage adressa un signe de tête à Élisabeth, puis à Thomas, avant de s'esquiver.

— Les grands de ce monde! Toujours quelqu'un à qui parler d'urgence si on leur pose une question embêtante, ricana le commerçant.

— Nous devrions sortir plus souvent, car tu perds le sens des convenances, remarqua son épouse, ironique.

— Je crois plutôt que mes sentiments républicains s'affirment de plus en plus, face à tout ce faste monarchiste. Mais je cache ce côté de moi à Édouard.

— Bonne idée, car à deux vous formeriez une belle équipe dans ce domaine aussi... Si un jour quelqu'un met en doute ta paternité, ne t'inquiète pas. De vrais siamois.

En arrivant près du Salon vert, ils constatèrent une petite commotion. Le prince de Galles sortait, madame Adjutor Rivard à son bras, afin de regagner le Salon rouge, la salle du Conseil législatif. Le couple emboîta le pas à la procession des notables pour constater qu'on y offrait un souper tardif. La décoration multipliait les symboles au point que personne ne s'y retrouvait. L'invité d'honneur s'installa dans un fauteuil aux allures de trône. Les murs étaient recouverts de toile blanche décorée de fleurs de lys, pour obtenir un effet «vieille France». Les armes du prince y occupaient la place d'honneur, mais on remarquait de part et d'autre l'*Union Jack*... et le drapeau de la République française. En voulant faire écho à toutes les allégeances, on n'en respectait plus aucune.

— Désires-tu manger quelque chose? questionna Thomas.

— Oui, mais pas ici.

— Tu dois être exténuée, avec le *pageant* d'abord, ce cirque surchauffé ensuite… Tout cela sans avoir rien avalé depuis midi, je suppose. Te sens-tu la force d'attendre jusqu'à notre retour?

— Je suis certaine que Joséphine a laissé un repas à notre intention dans la cuisine. Mais si tu tiens à participer aux agapes princières…

L'homme éclata de rire, avant de préciser:

— Pour me promener dans cette foule un verre dans une main, un petit four plus tellement comestible dans l'autre? Rentrons.

Bras dessus, bras dessous, ils regagnèrent la porte latérale, celle qui donnait sur la Grande Allée. Sans surprise, ils constatèrent l'absence de fiacres.

— Nous attendons? demanda Thomas.

— La nuit est délicieuse. Marchons.

Après avoir fait quelques pas, elle questionna:

— Y a-t-il eu un autre défilé ce matin? Le comte Grey y a fait allusion.

— Non, une revue militaire plutôt. Les soldats, les miliciens et quelques milliers de marins se trouvaient sur les plaines. D'après le programme, le prince de Galles est passé à cheval devant tout ce monde au garde-à-vous, puis il a regagné son fauteuil dans les estrades pour les regarder défiler devant lui.

— Passionnant. Et le chèque?

— Tu sais bien que depuis un an, on quête partout dans l'Empire pour aménager un véritable parc sur les plaines. George a remis les sous à Grey, qui les remettra à Laurier.

En plus, il a eu le temps de déposer une couronne au pied du monument de Wolfe.

Après avoir évoqué ce programme, Thomas se dit qu'en comparaison, sa journée au magasin se révélait fort intéressante. Ils arrivaient à leur demeure quand il remarqua :

— Nous n'avons pas revu Édouard de la soirée.

— Je te parie qu'il dort depuis un moment. Ce bal manquait terriblement de jeunes filles. Elles se rendent sur les navires tous les soirs.

— Comme Eugénie, nota-t-il avec dépit.

✦

Eugénie se trouvait bien sur l'*Exmouth*, enfermée dans une petite cabine de fer. Troussée à l'extrémité de la couchette, elle tenait un morceau de tissu blanc à la jonction de ses cuisses. Il venait d'un tricot de corps de l'officier, déchiré pour servir de pansement. L'inquiétude chassait son restant de pudeur.

— Je crois que cela saigne encore.

— Ce n'est rien, je t'assure.

Le regard que la jeune fille posa sur lui le ramena au silence. Sans l'excellente éducation reçue chez les religieuses, elle lui aurait conseillé de s'enfoncer un machin de la même taille que le sien dans un endroit sensible de son anatomie, juste pour voir. La tache rouge sur le drap, le cri de douleur ne laissaient aucun doute à son amant : cette petite oie pas grasse du tout était vierge au moment de pénétrer dans cette cabine. Elle en ressortirait privée de ce petit bijou d'un sou, tellement chéri par sa propriétaire.

— Je dois rentrer, mais si cela saigne encore, je vais souiller ma robe.

Le coton léger trahirait bien vite le moindre épanchement.

— En gardant un petit morceau de tissu dans ton vêtement, cela devrait aller. Je vais t'en donner un propre.

Cette solution lui rappelait ses règles, souvent douloureuses. Toutefois, Eugénie n'arrivait pas à se convaincre que son état présent ressemblait au mauvais rendez-vous mensuel. Après des assauts répétés contre son petit réduit, la station debout se révélait difficile ; marcher provoquerait des sensations plus pénibles encore.

Elle remonta le pantalon un peu taché, l'attacha à la taille, puis laissa retomber sa robe sur ses jambes.

— Nous pouvons y aller ? demanda l'officier en se levant.

Autant cet homme avait montré une certaine patience pour l'entraîner dans son antre, autant maintenant il paraissait pressé de la voir partir. Dans la coursive, un peu comme des voleurs, ils progressèrent rapidement, en silence. L'ascension d'une échelle de coupée arracha une grimace à Eugénie. Au moins, Harris ne commit pas l'affront de lui glisser une main entre les cuisses.

La navette attendait au bas de l'échelle, deux jeunes filles s'y tenaient déjà, accompagnées par des officiers. Eugénie resta debout, les yeux résolument tournés vers la surface des flots. Avec une application farouche, elle essaya de ne pas les identifier, de ne pas se laisser reconnaître. Quelques minutes plus tard, sur le quai, le lieutenant suggéra :

— Vous pourriez partager une voiture avec ces demoiselles.

— Êtes-vous fou ?

Le ton ne tolérait aucune réplique. Un long moment, ils cherchèrent un fiacre. Harris l'aida à y monter. L'exercice provoqua une douleur sourde dans son bas-ventre. Elle était au fond de la banquette quand, après une hésitation qui ne lui échappa pas, son compagnon demanda :

— Nous verrons-nous demain ?

— … Oui.

— À l'endroit et au moment habituel ?

Elle acquiesça de la tête, alors que les mots s'étranglaient dans sa gorge. L'homme referma la portière, tendit un demi-dollar au cocher en lui donnant l'adresse. Un moment plus tard, il se retrouva sur le quai en même temps que ses deux collègues, débarqués eux aussi un peu plus tôt avec leur conquête de la soirée.

— Ces petites catholiques, remarqua-t-il à haute voix, il faut y mettre les efforts. Mais une fois bien réchauffées...

Les deux autres affichèrent leur dégoût devant tant de mépris, sans dire un mot toutefois.

Chapitre 23

Cette fois, Édouard entraîna son ami Fernand Dupire sur les plaines d'Abraham.

— Tu comprends, si nous ne sommes pas bien placés, cela ne servira à rien.

— Quant à moi, même bien placé, je perds mon temps.

Le garçon jeta un regard désabusé à son compagnon, laissa échapper un soupir un peu las avant de remarquer :

— Tout de même, tu ne peux pas être tellement entiché de la copie de contrats de mariage ou de testaments.

— Sans doute pas, mais venir contempler la puissance militaire de la fière Albion ne me dit rien, crois-moi.

Le prince de Galles passerait en revue l'escadre de l'Atlantique Nord ce samedi matin. De nombreux travailleurs désertaient sans doute leur poste, ou alors tous les cultivateurs des environs se passionnaient pour les prouesses navales de la métropole, car cent cinquante mille personnes se massaient encore une fois sur les rives du Saint-Laurent, à la recherche du meilleur point de vue.

Comme Édouard n'était pas du genre à se lever à quatre heures du matin pour occuper la meilleure place, maintenant il se fiait à son audace pour en obtenir une. En multipliant les « pardon, pardon », laissant derrière lui de nombreux touristes le conspuer entre leurs dents, il marcha jusqu'au bord de la falaise. Son flanc se trouvait déjà occupé par de nombreux casse-cou, mais il repéra tout de suite un coin toujours libre, sous un petit pin rachitique dont les racines s'accrochaient tant bien que mal au roc.

— Nous serons très bien de ce côté, déclara-t-il en désignant l'endroit du doigt.

— Ma foi, tu deviens fou !

Ce diagnostic ne méritait aucun commentaire. Édouard s'engagea dans la pente raide, s'accrochant aux arbustes tant bien que mal, les genoux pliés afin d'abaisser son centre de gravité. Ce faisant, il déplaça des cailloux qui dévalèrent ensuite la falaise, frappant au passage des spectateurs déjà installés. Fernand, gauche et empoté, suivait avec difficulté, franchissant les passages les plus difficiles sur les genoux. Quand un arbuste céda sous son poids, il glissa de tout son long sur deux ou trois verges, jusqu'à heurter deux jeunes agriculteurs dans le dos, au risque de leur faire dévaler la falaise.

— Imbécile, faites attention, cria l'un d'eux, prêt à défendre son bout de terrain à coups de poing.

— L'imbécile, ou plutôt le fou, c'est le gars là-bas, rétorqua Fernand en pointant Édouard du doigt. Moi, je suis son médecin. Je devrai le ramener à l'asile tout à l'heure.

Pour une fois, le physique du futur notaire le servit : tout le monde lui donnait au moins cinq ans de plus que son âge. Il continua plus bas :

— Mais ne faites aucune remarque à ce sujet. Il peut se révéler franchement dangereux.

L'autre le regarda avec surprise, puis choisit de croire à cette histoire. Un moment plus tard, le garçon rejoignit son compagnon sous le petit pin, pour expliquer :

— Non seulement mes vêtements sont ruinés, mais j'ai failli me faire casser la gueule par des gars de la campagne. Ils empestent la vache laitière.

— Mais apprécie le magnifique point de vue !

Devant eux, plusieurs dizaines de verges plus bas, le fleuve paraissait d'un bleu profond. Toutefois, le morceau de gazon si invitant du haut de la pente se révélait dangereusement oblique. Ils durent se coincer les pieds dans une racine, Fernand suffisamment près du petit pin pour l'enlacer de son bras droit. Un moment, il regarda derrière lui, avant de s'exclamer :

— Je ne pourrai jamais remonter sans me blesser !

— Comme descendre jusqu'à la rive me paraît encore plus dangereux, tu trouveras un moyen. Dans le cas contraire, je dirai aux pompiers de venir te chercher.

— Comment se fait-il que je te suive toujours ?

Édouard lui adressa son meilleur sourire, puis porta son attention sur le fleuve. Depuis quelques minutes, les chaînes des ancres dans les dalots produisaient un bruit clairement audible de la côte, alors que les cheminées crachaient une fumée grasse et noire. Bientôt, des cuirassés se déplacèrent afin de former une ligne droite sur les flots. Seul l'*Arrogant* demeura un peu à l'écart.

— Ils ont enlevé les bâches qui protégeaient le pont, commenta Fernand.

— Pour nous permettre de mieux voir. Regarde la quantité de drapeaux...

Tout le long des superstructures, des câbles portaient une multitude de fanions et de drapeaux. Dans leur uniforme fraîchement lavé et empesé, les marins et les officiers formaient des lignes continues le long des rambardes de chacun des bâtiments. L'*Arrogant* avança très lentement en passant devant eux. À la proue, un dais souligné des oriflammes du prince de Galles abritait George au garde-à-vous, la main droite levée, pointée vers sa tempe. Les équipages rendirent ce salut l'un après l'autre, alors que les canons tonnaient dans une salve d'honneur.

Le fracas se répercuta sur les rives. La moitié des spectateurs posèrent les mains sur leurs oreilles. Tous gardèrent la bouche ouverte, comme si le bruit leur coupait le souffle. Quand la revue de l'escadre fut terminée, les cuirassés s'engagèrent dans un ballet impressionnant. Ces Léviathans, lourds de plusieurs milliers de tonnes, se croisaient en faisant rugir toutes leurs bouches à feu, comme dans un affrontement naval. À la fin, des navires servirent de cible à des torpilles. Après deux heures de ces démonstrations, les bâtiments se rangèrent de nouveau à proximité des quais et le vacarme des chaînes dans les dalots signala le mouillage des ancres.

— Satisfait? questionna Fernand en regardant encore le flanc de la falaise, sceptique.

— Oui. Tu as contemplé un spectacle unique. Maintenant, nous savons ce que le Royaume-Uni veut dire, quand il demande au Canada de participer à la puissance de la marine impériale.

— La lecture des articles de journaux me suffisait. À l'avenir, tu vas défendre les impérialistes?

Le futur notaire affichait une mine surprise, comme si une pareille conversion idéologique lui paraissait improbable.

— Je n'ai pas dit cela. Seulement, tu as vu ce qui rend nos compatriotes de langue anglaise ivres de fierté militaire.

— Je te le répète, tout était clairement expliqué dans les journaux du matin, maugréa Fernand. Inutile de se casser le cou pour cela.

Les deux garçons attendirent que la majeure partie des spectateurs ait quitté les lieux avant de commencer la dangereuse ascension. Suant, soufflant et grommelant tous les gros mots de son répertoire, le tabellion y arriva en rampant.

⚡

Pour la première fois depuis le début des festivités, Édouard agit selon les usages. Lavé, rasé et parfumé, son meilleur costume de lin sur le dos, il se présenta à la porte des Caron vers quatre heures. Invité à passer au salon, il occupa le fauteuil que lui désigna la maîtresse de maison, rassura celle-ci sur l'état de santé de chacun des membres de sa famille, apprit avec satisfaction que le docteur se portait bien aussi, mais que son devoir le retenait à l'hôpital par ce beau samedi après-midi.

— Vous savez, expliqua la bonne dame sur le ton de la confidence, avec toute cette affluence, puis les abus d'alcool, les médecins sont débordés. Deux personnes sont mortes.

— Vraiment?

— Un milicien s'est noyé dans la rivière Saint-Charles.

— Quelle malchance! Même à marée haute, en cette saison, je ne pense pas que l'eau atteindrait ma poitrine.

Madame Caron regarda vers la porte du salon pour s'assurer que sa fille n'entende pas, puis continua tout bas:

— Mais ces gens-là, en fin de soirée, ont souvent du mal à se tenir debout.

— C'est ce que racontent les journaux, en effet.

En parallèle aux articles habituellement enthousiastes à l'égard des commémorations, des esprits chagrins soulignaient des événements malheureux dans de petits entrefilets. Le milicien mort noyé au terme d'une soirée bien arrosée ou l'autre, victime d'une insolation, méritaient les plus longs commentaires. Les nombreuses rixes entre des marins et des habitants de la Basse-Ville ne passaient pas inaperçues. Édouard devinait que plusieurs de celles-ci devaient tenir à l'attention soutenue des membres d'équipage pour les jeunes filles de la ville. Le rôle de spectateurs, dans tous ces bals, ne convenait pas à tous.

— Et puis, continua l'hôtesse, il y a les imprudences stupides. Des gens grimpent sur les toits ou dans les arbres pour avoir une meilleure vue sur le fleuve. Me croirez-vous, mais quand mon mari m'a téléphoné pour m'annoncer qu'il ne viendrait pas souper, il m'a expliqué que seulement à l'Hôtel-Dieu, six personnes ont été soignées ce matin après avoir déboulé le cap Diamant. Il paraît qu'elles se tenaient sur le flanc de la falaise pour voir le spectacle.

— Les gens sont vraiment bien imprudents, ajouta Édouard du ton de celui qui ne ferait jamais une chose pareille.

Élise apparut à l'entrée de la pièce avant que madame Caron puisse compléter le bulletin de santé de la ville de Québec. Poliment, Édouard se leva.

— Nous y allons? demanda le jeune fille. J'ai peur d'avoir été un peu longue à me préparer.

— Mais le résultat en vaut la peine, commenta le garçon.

La mère ne put s'empêcher de penser que ce voisin semblait très charmant… et il écoutait si bien. Au moment de les reconduire à la porte, elle déclara :

— Nous sommes allés voir le spectacle, la semaine dernière. Vous féliciterez votre sœur et votre mère. Toutes les deux ont beaucoup de talent.

— Je n'y manquerai pas.

Madame Caron se révélait bon public, pour apprécier autant le jeu de personnes muettes, présentes sur scène parmi des dizaines d'autres. Elle continua :

— Soyez prudents.

— Madame, croyez que j'empêcherai Élise d'aller marcher à flanc de falaise, et que je la ramènerai ce soir à votre porte sans une seule bosse ni le moindre bleu.

— Et pas trop tard.

— Nous marcherons peut-être un peu si la soirée est belle, mais sans exagérer.

Puis, la mère referma la porte derrière eux en se disant : «Dommage qu'il soit si jeune.»

❧

— Si je veux aller me briser les os dans la falaise, vous m'en empêcherez vraiment?

— C'est une promesse.

Élise tenait son bras. Elle portait une robe blanc cassé, juste un peu échancrée sur la poitrine, un chapeau de la même couleur sur la tête, assez large pour la protéger du soleil. Ce soir, ce serait la représentation de gala, soulignée par la présence du prince de Galles. Les billets, plutôt chers, s'étaient envolés très vite parmi les touristes les mieux nantis et les notables de la ville. En conséquence, même pour un spectacle en plein air, une certaine élégance demeurait de mise.

— Maman vous a parlé de tous les accidents qui surviennent depuis dix jours ?

— Sans le savoir, j'ai échappé à un grave danger ce matin.

Le couple marchait sur la Grande Allée, en direction des plaines d'Abraham. Autour d'eux, d'autres personnes se déplaçaient vers la même destination. Tous les soirs de spectacles, comédiens et spectateurs totalisaient ensemble seize mille individus : à l'aller et au retour, cela représentait une petite migration.

— Chez moi, à table, nous avons toujours droit à la liste des risques auxquels la vie nous expose. Je soupçonne mon père d'être trop sensible pour le métier de médecin. Sa façon d'exprimer son malaise, c'est de partager sa peine avec nous tous. Il nous entretient des malheurs de sa salle à l'hôpital. Aujourd'hui, il a téléphoné à maman pour lui faire part de ses inquiétudes.

— Cela doit vous rendre un peu anxieuse ? Nous, c'est le commerce. Les catastrophes sont rares.

— On s'habitue à tout. Au bout du compte, je me trouve bien chanceuse d'éviter la plupart des écueils de l'existence.

Très tôt dans la saison, Thomas Picard avait réservé trois billets pour cette représentation. À ce moment, Eugénie figurait déjà dans la distribution du spectacle. Élise bénéficiait aujourd'hui de celui d'Élisabeth. Le couple arriva parmi les derniers, forçant de nombreuses personnes à se lever afin de regagner leur place dans la troisième rangée, à proximité de la grande estrade d'honneur.

— Merci de m'avoir invitée, monsieur Picard, salua la jeune fille en tendant la main à son hôte.

— Cela me fait plaisir, mais vos remerciements doivent surtout aller à Édouard. De mon côté, je me réjouis simplement de son choix.

Un moment plus tard, les musiciens cachés dans les bosquets, comme ceux qui se tenaient près des estrades, entamèrent les premières mesures du *God Save the King*. Les spectateurs se levèrent d'un même mouvement pour entonner l'hymne royal.

— C'est le premier ministre, avec le prince? fit Élise à l'oreille de son ami.

— Oui, et le troisième larron, c'est le comte Grey.

Une fois les augustes personnages assis dans leurs fauteuils, la représentation pouvait commencer. Au moment de l'apparition d'Eugénie sur la scène, Édouard adressa un sourire ironique à sa voisine, puis déclara :

— Elle qui rêve de faire de magnifiques rencontres, la voilà servie : le roi François Ier.

— Oui, mais comme le souverain est son frère, voilà un couple sans avenir.

Les chansons les plus gaies poussaient les gens à donner de la voix, les pièces de musique les plus graves navraient l'âme. Ce soir-là, une couche de nuages couvrait le ciel, mais rien n'indiquait que la pluie viendrait gâcher les choses. Les comédiens, excités par la présence princière, forçaient un peu leur jeu. Toutefois la distance, tout comme l'indulgence pour tous ces amateurs, conduiraient chacun à affirmer que cette représentation avait été la meilleure.

Au moment où Élisabeth entra en scène, Thomas constata que sa femme s'en tenait à sa résolution : elle portait une cravache dans sa main gauche.

— Ta mère paraît vraiment bien, commenta Élise. Elle fait plus royale que Marie de Médicis.

— Avec vingt ans de moins, cela l'aide certainement.

Par la suite, Édouard s'absorba dans les grands moments de l'histoire de la Nouvelle-France, s'émouvant du courage de Tracy tout comme de celui de Frontenac. Le tableau de la Conquête se révéla particulièrement impressionnant, car les cuirassés de l'escadre de l'Atlantique Nord défilèrent lentement sur le fleuve dans la lumière déclinante, au bout de la scène de verdure. Ils lâchèrent une salve de coups de canon afin de rappeler le bombardement sans merci de la ville de Québec en 1759. Sous l'onde de choc, Élise Caron entrouvrit la bouche, écarquilla les yeux. À ce moment précis, Édouard la trouva particulièrement jolie.

L'apothéose vint avec le défilé des armées de Montcalm et de Wolfe derrière le drapeau rouge et le drapeau blanc, dont les plis s'emmêlaient et s'embrassaient au gré du vent. Les deux généraux s'inclinèrent devant le prince de Galles, alors que la foule acclamait le geste de loyauté des sujets canadiens réunis dans une même nation. À ce moment, les machinistes cachés dans les buissons libérèrent des dizaines de colombes. Ensemble, les deux armées se rendirent ensuite devant le monument de Wolfe, érigé à l'endroit même de la mort du général anglais – ainsi le voulait la légende – afin de présenter les armes au héros.

La commémoration du mariage des peuples, issu de la défaite ou de la victoire, selon le point de vue, ne pouvait s'arrêter là. Un soldat de l'armée de Montcalm sortit des rangs pour déposer une couronne de fleurs portant l'inscription «À l'honneur de Wolfe» aux pieds de la colonne de pierre. Tout de suite après, un soldat de Wolfe en déposait une seconde, portant les mots «À l'honneur de Montcalm».

Pendant ce temps, le prince de Galles, tête nue, écoutait les accents du *Ô Canada*, chanté dans les deux langues. Les Canadiens anglais faisaient connaissance avec ce qui allait devenir leur hymne national. Puis la représentation se termina comme elle avait commencé, sur *God Save the King*.

— J'espère que te voilà édifié, murmura Thomas à l'intention de son fils.

— À un point que tu ne mesures pas, répondit le garçon en lui faisant un clin d'œil.

— Vous nous accompagnez à la maison? poursuivit le père à haute voix.

Édouard consulta son amie des yeux, alors qu'ils sortaient lentement des estrades.

— Nous projetions de marcher un peu, mais je dois rentrer tôt.

Thomas se le tint pour dit. Il décida de chercher son épouse dans la foule de comédiens.

⁘

Au moment de descendre de son cheval, Élisabeth s'était encore retrouvée en tête-à-tête avec Joseph Savard. Elle avait échappé à son attention au moment de l'entrée en scène, sa chance ne pouvait durer.

— Madame Picard, cet accessoire n'a pas été autorisé par monsieur Lascelles.

Du bout des doigts, il désigna la cravache, puis continua :

— En plus, cela me semble anachronique, pour le XVIIᵉ siècle.

— Les femmes de ce siècle ne voyaient sans doute jamais d'hommes rôder autour des baraques qui leur servaient de vestiaires, ou de leur monture. De nos jours, mieux vaut être plus prudente.

Elle coupa le vide d'un coup de son petit fouet de cuir, puis tourna les talons sans rien ajouter. L'habilleuse lui apprit qu'une nouvelle fois, Eugénie s'était esquivée dès la fin de la scène de François Iᵉʳ.

⁘

— Vous avez aimé le spectacle ? interrogea Édouard en tendant son bras à sa compagne.

— Oui, plus que je ne l'espérais, en fait. Quoique tous ces soldats, à la fin, me laissent plutôt indifférente.

— Ce sont les moments héroïques de notre histoire.

— Vous croyez vraiment ? Juste pour le plaisir, essayez de donner naissance à douze enfants et de les élever, vous changerez peut-être de point de vue. À mes yeux, tous ces garçons qui jouent aux soldats en bombant le torse…

Ils marchaient vers le fleuve, alors que les comédiens regagnaient la Grande Allée. La nuit promettait d'être douce, les étoiles commençaient à briller dans le ciel. Le vent venu de l'ouest chassait les nuages vers le golfe Saint-Laurent. Après quelques minutes, Élise s'appuya contre son compagnon. Il prit cela pour une invitation, lâcha son bras afin de la prendre par la taille. Imperceptiblement, le garçon se dirigea vers les bosquets.

— Que croyez-vous trouver dans les sous-bois, à cette heure? demanda-t-elle, moqueuse.

— Des fraises?

Le regard de sa compagne l'amena à continuer, plus sérieux:

— Je voulais vous embrasser.

Comme la suggestion ne paraissait pas soulever d'enthousiasme chez elle, Édouard décida de continuer dans l'allée de gravier longeant le fleuve.

— Je me fiancerai bientôt. À tout le moins, je le crois. Mon prétendant doit parler à mes parents d'abord.

La confidence laissa le garçon perplexe. Comment convenait-il de réagir dans une situation de ce genre? Un peu plus tôt, il tentait de lui voler quelques moments d'intimité.

— Il y a peu de temps, vous me disiez que personne ne vous intéressait vraiment, parmi vos visiteurs.

— Mieux vaut ne pas trop s'intéresser à quelqu'un qui ne s'est pas encore déclaré.

Édouard acquiesça. Comme dans ces situations, la décision venait de l'homme, la prudence évitait les cœurs brisés. Surtout, Élise annonçait des projets matrimoniaux tout en tolérant son bras autour de sa taille. Cela trahissait l'ambiguïté de ses sentiments. Il demanda bientôt:

— Qui sera l'heureux élu?

— Un médecin de l'hôpital de papa. Le premier à être venu chez moi, dès ma sortie du couvent.

— Aux fêtes, j'ai eu l'impression que Brunet vous plaisait… Puis à quelques reprises, il m'a parlé de vous en termes intéressés. J'en étais à vous imaginer pharmacienne.

Elle laissa échapper un rire discret, puis confessa:

— Honnêtement, j'ai eu peur de ne pas être à la hauteur. Je me suis montrée un peu plus froide, après le mois de mars.

— Je ne comprends pas...

— Comme maman, j'épouse un médecin. Je connais déjà toutes les réponses, je saurai quoi dire quand il perdra des patients âgés de dix ans pour d'aussi mauvaises raisons que l'hygiène publique déficiente ou la pauvreté des parents. Derrière le comptoir d'une pharmacie, j'aurais été intimidée.

— Surtout quand un jeune type viendrait acheter un condom...

En plein jour, Élise se serait sentie obligée de rougir. Dans la pénombre, elle se contenta de jeter un regard en biais à son compagnon.

— Je m'excuse d'avoir parlé de cela, poursuivit le garçon après une pause. C'était une mauvaise blague.

— C'est vrai, cela m'aurait intimidée. Mais ne craignez rien, j'ai entendu ce mot auparavant. C'est pour cela que je ferai une bonne épouse de médecin.

Elle ralentit son pas, força son compagnon à s'arrêter et demanda, en levant la tête vers lui :

— Vous voulez m'embrasser ?

— Ici ?

— Comme j'ai presque un fiancé, je préfère éviter à la fois les endroits trop discrets et le porche de la maison paternelle.

Édouard se pencha sur elle, effleura un moment ses lèvres des siennes, mêla le bout de sa langue au jeu jusqu'à toucher les dents régulières, puis l'autre langue. Ses mains caressaient la taille, pressaient le corps contre le sien, ne lui laissant aucun doute sur son degré d'excitation. Il empauma bientôt un sein, en apprécia la chaleur, sentit bientôt la pointe agacer le creux de sa main.

Après un moment de ce jeu, elle le repoussa doucement. Il déclara, pantelant :

— Si j'étais un peu plus âgé...

— C'est gentil de le dire, mais c'est faux.

Il voulut protester, s'arrêta avant de dire une sottise. Cette jeune fille l'attendrait, s'il le lui demandait tout de suite. Dans deux ans, trois tout au plus, son père l'associerait au commerce. À cet égard, sa situation s'avérait moins contraignante que celle d'un garçon de son âge condamné à un séjour à l'université, à une année d'apprentissage ensuite puis au défi de se constituer une clientèle. Simplement, un engagement de ce genre lui faisait peur.

Déçue de ne pas entendre une protestation, quoiqu'elle n'espérait rien, Élise demanda dans un souffle :

— Vous me reconduisez à la maison ?

— Oui, bien sûr.

Elle prit son bras. Quarante minutes plus tard, devant la maison de la rue Claire-Fontaine, elle déclara d'une voix faussement enjouée :

— Merci pour cette soirée, et les quelques autres. Maintenant que ces grandes fêtes s'achèvent, nous reviendrons à notre vie normale.

C'était une façon gentille de dire qu'elle n'accepterait plus de rendez-vous. La parenthèse, quant aux usages réglant les relations entre jeunes gens de sexe opposé, devait se refermer bien vite. Surtout si un autre homme s'apprêtait à formuler la grande demande.

— Je comprends.

Un moment, Édouard se demanda s'il convenait de lui faire la bise. Elle mit fin à son dilemme en tendant la main. En la serrant doucement, il murmura :

— Je vous souhaite bonne chance. Sincèrement.

— Merci.

La voix, mal assurée, témoignait de l'émotion d'Élise. Édouard préféra s'enfuir bien vite.

Cette fois, au moment de regagner le quai, Eugénie s'était retrouvée parmi une foule de jeunes filles désireuses de se rendre sur les cuirassés. Dans une cacophonie joyeuse, la musique atteignait la rive : des bals se tenaient sur chacun d'eux. Richard Harris la rejoignit avec une assurance de propriétaire, désireux de répéter tous les jeux de la veille et d'en ajouter de nouveaux.

Au moment où son amie rentrait chez elle au bras de son frère, la jeune blonde reprenait seule la navette au pied de la longue échelle posée contre le flanc de l'*Exmouth*. Sa réticence à accepter de bonne grâce des pratiques dont, avant ce jour, elle ne soupçonnait même pas l'existence, avait lassé bien vite le lieutenant. L'attrait de la nouveauté passé, une mijaurée ne lui disait plus rien, surtout après avoir jeté sa gourme une première fois. Son changement d'humeur avait amené la jeune fille à déclarer :

— Peut-être devrais-je rentrer…

— Si vous voulez. Prenez à gauche dans le couloir. La prochaine échelle de coupée vous amènera sur le pont.

Vingt minutes plus tard, en revenant sur le quai, elle arrivait très difficilement à contrôler ses larmes. Seule la présence de nombreuses camarades de son âge l'empêcha de s'effondrer tout à fait. Après une longue attente, elle monta dans un fiacre, refusant à une compagne d'infortune de monter avec elle, puis se réfugia au fond de la banquette.

— Sotte, sotte, sotte, se disait-elle au moment où la voiture s'engageait sur la Côte-de-la-Montagne.

Machinalement, sa main se porta entre ses cuisses. Sa dernière escapade ravivait la douleur dans son sexe. Pour ne pas attirer l'attention, Eugénie se priverait d'un long bain chaud, susceptible de soulager les chairs meurtries. Au moment de descendre rue Scott, la lumière dans la bibliothèque lui fit perdre tout espoir d'un retour discret. Son père, et peut-être aussi sa belle-mère, tenaient à l'accueillir.

Elle essuya ses yeux sur la manche de sa robe, prit une profonde respiration et tourna la poignée de la porte. Quand elle entra dans le petit hall, Thomas sortit de sa pièce de travail pour lui dire :

— Je ne veux plus que tu sortes ainsi sans chaperon. Cela pourrait faire jaser.

— Oui, tu as raison, admit-elle.

— Je comprends que toutes les jeunes filles de la Haute-Ville font la même chose. Mais tout de même, c'est imprudent.

— Je ne le ferai plus... Je suis fatiguée, je peux monter me coucher ?

Des lampes éclairaient le hall de façon indirecte, les traits de la jeune fille passaient inaperçus. Thomas hésita un moment avant de dire :

— Oui, bien sûr. Bonne nuit.

La réponse d'Eugénie se perdit dans le claquement de talons sur les marches de l'escalier. En revenant vers son fauteuil, dans la bibliothèque, l'homme commenta à l'intention de son épouse :

— Je m'attendais à une crise de nerfs. Elle a promis de ne plus sortir, sans discuter. Elle doit vraiment être fatiguée.

— Ou alors quelque chose est arrivé avec cet officier. Tu crois que je devrais monter la voir ?

— ... Pour une fois qu'elle semble disposée à entendre le bon sens sans nous imposer une longue discussion, mieux vaut ne pas susciter une scène désagréable.

Élisabeth avala une gorgée de porto, songeuse. Pareille transformation de l'humeur de sa belle-fille lui paraissait bien suspecte.

❧

Le lendemain, à cause de la messe, personne ne put faire la grasse matinée. La famille se dispersa toutefois entre divers lieux de culte. Les parents possédaient des billets pour la messe solennelle sur les plaines d'Abraham, les enfants devaient se rendre, comme d'habitude, à la basilique Notre-

Dame. Au moment de quitter la maison, Édouard changea ses projets :

— Si tu veux m'accompagner, Eugénie, je vais plutôt aller à l'église de la paroisse Saint-Roch. Fernand Dupire sera avec moi.

— Comment cela ? questionna Thomas, un soupçon dans la voix.

— C'est la paroisse de nos ancêtres, après tout.

Devant le regard sceptique de son père, il continua, un sourire sur le visage :

— Puis je garde une certaine nostalgie des sermons de l'abbé Buteau. Ne crains pas que je fasse l'église buissonnière : cet après-midi, je te ferai un résumé détaillé de ses paroles.

— Tu auras droit à un vicaire. Tous les curés seront sur les plaines.

— Tant pis. Alors, sœurette, tu nous accompagnes ?

— … Non, j'aime autant me rendre à la basilique. Comme je veux arriver un peu à l'avance, je pars tout de suite. Au revoir.

La jeune fille quitta la maison sans plus attendre. Sur le trottoir, elle se retrouva devant Fernand Dupire. La politesse exigeait qu'elle le salue. Elle se prêta si gracieusement à l'exercice que depuis le hall, Édouard l'observa un moment, avant de commenter :

— La foudre l'a-t-elle frappée ? Encore un peu, et elle serait gentille.

— Si tu la taquinais un peu moins, peut-être se montrerait-elle plus aimable, plaida Élisabeth.

— Maman, répondit le garçon en lui faisant la bise, ton optimisme est beau à voir.

Sur ces mots, il rejoignit son ami. Thomas offrit son bras à sa femme en disant :

— Si nous ne voulons pas passer pour des mécréants aux yeux des grands de ce monde, autant y aller aussi.

Le prince de l'Église ne pouvait se contenter de moins que le prince héritier de la couronne du Royaume-Uni. L'archevêque Bégin arriva devant l'estrade d'honneur dans une grande berline tirée par quatre chevaux. Près de lui, monseigneur Roy, son auxiliaire, jouait un peu le rôle du gouverneur général. La foule se leva afin de l'acclamer alors que l'orchestre de l'artillerie royale entamait la *Marche des prêtres*, de Mozart.

Derrière Son Éminence, d'autres prélats progressèrent avec lui jusqu'à un petit pavillon érigé à droite des estrades, pour revêtir leurs habits tissés de fils d'or. Puis un long cortège se forma. Le roi d'armes Montjoie-Saint-Denis ouvrit la procession, suivi de cinq archers du guet dans leurs plus beaux atours. Un porteur de croix venait ensuite, puis le clergé : l'archevêque d'abord, les évêques ensuite, les prêtres enfin. Derrière eux, un essaim de servants de messe, vêtus de robes écarlates, représentaient l'avenir de l'Église canadienne. Un régiment de zouaves, le drapeau du pape et le Carillon-Sacré-Cœur accrochés au baudrier, fermaient cette marche.

— Ils pourraient tout aussi bien porter les affiches électorales du mouvement nationaliste, grommela Thomas.

Un coup de coude de sa compagne ramena le commerçant à l'ordre.

La procession devait montrer toute la puissance de l'Église. Au moment où l'archevêque Bégin atteignit l'autel érigé au rez-de-chaussée de l'estrade d'honneur, l'abbé Émile Buteau se retourna à demi afin de voir le *Don-de-Dieu* louvoyer au milieu du fleuve. Tous ces ors, la musique majestueuse, la foule enthousiaste, les invités d'honneur recueillis – le duc de Norfolk, les descendants des héros de 1759 et 1760, Wilfrid Laurier et son épouse –, cela lui montait à la tête. Nulle part ailleurs, on ne se trouvait plus proche d'établir sur terre la nouvelle Jérusalem soumise au Christ-Roi, avec les Canadiens français comme peuple élu.

La messe se déroula très lentement, solennelle, à grand renfort d'encens et de chants religieux. Sur la scène de verdure, les diverses sociétés fraternelles, de la Garde Champlain à la Garde Jacques-Cartier, dans des uniformes d'opérette, faisaient pendant aux régiments du prince George. À la fin de la cérémonie, après le *Te Deum*, on entonna successivement *God Save the Prince* et *God Save the King*, tous les deux en traduction française.

Du côté de la Basse-Ville, dans l'église Saint-Roch, les pompes et les œuvres de l'Église catholique se révélaient bien plus modestes que sur les plaines d'Abraham. Un vicaire malingre et empesé fit durer son sermon au point d'endormir la moitié des ouailles. L'homme profitait de l'absence de son curé pour se mettre en valeur ; il atteignit le but inverse.

Pourtant, Édouard garda le sourire tout au long de la cérémonie, obnubilé par sa machination politique. Au moment de sortir sur le parvis du temple, le bruit des clairons et des tambours perçait déjà l'atmosphère.

— Je constate que nos amis sont sur la place du marché Jacques-Cartier, commenta Fernand à ses côtés.

— Je pense même qu'ils approchent.

Le synchronisme avec la sortie de la messe dominicale assurerait une meilleure visibilité au défilé qui se formait au coin des rues de la Couronne et Saint-Joseph. Devant une population d'abord surprise, ensuite enthousiaste, Louis-Joseph, marquis de Montcalm, monté sur un cheval, épée au côté, arriva le premier. Derrière lui, près de cinq cents soldats des troupes franches de la marine marchaient au pas.

— Comment diable cela est-il possible ? questionna Fernand.

— Un mot d'ordre, tout simplement. La moitié de tout ce beau monde fait partie de l'une ou l'autre des associations nationalistes de la ville. Chacun n'a eu finalement qu'un collègue à convaincre.

Quelques heures après la représentation de gala du *pageant*, devant le prince de Galles, où vainqueurs et vaincus emmêlaient leurs drapeaux, échangeaient des couronnes, où les hommes de Wolfe rendaient hommage au général français et ceux de Montcalm au général anglais, les Canadiens français acclamèrent leurs soldats, comme s'ils voulaient une revanche sur l'histoire. L'utilisation du passé à des fins politiques offrait des avenues multiples pour mobiliser les émotions du bon peuple. Personne ne s'en privait.

Édouard rentra à la maison à la fin de l'après-midi, tant les conciliabules satisfaits entre membres de l'Association catholique de la jeunesse canadienne-française se prolongèrent. Comme les représentations théâtrales faisaient relâche le jour du Seigneur, la famille se retrouva pour le souper. Le garçon affichait une mine victorieuse, comme si le défilé improvisé tenait à sa seule initiative. Thomas se retint d'aborder le sujet pendant tout le premier service, puis il lança d'une voix agacé en coupant la viande :

— Allez, dis-le !

— Dire quoi ?

— Ce qui te brûle les lèvres depuis le début du repas.

— C'est un coup fumant, non ? Toute la belle machination impérialiste jetée par terre avec ce petit défilé. Nous en avons fait la preuve. Les Canadiens français ne marcheront pas main dans la main avec les Britanniques dans les aventures militaires de la métropole.

Élisabeth jeta un regard à son mari, afin de se rassurer sur l'humeur de celui-ci. Alors qu'Eugénie affichait depuis la veille un masque de soumission à l'autorité paternelle, la politique viendrait-elle brouiller les relations du garçon avec son époux ?

— D'après toi, que va-t-il se passer ensuite ?

— … Rien. Nous avons marqué un point. Maintenant ils le savent.

— Tu crois qu'il ne se passera rien? J'espère que tes chefs sont mieux informés que toi.

— Que veux-tu dire?

Thomas lui adressa un sourire satisfait, prit le temps de servir la viande à tous les membres de la famille avant de répondre:

— Nos concitoyens de langue anglaise ont réclamé, et obtenu, que les troupes de Wolfe paradent demain dans les rues où ils se trouvent en nombre significatif. Tu seras aux premières loges, leur trajet passera par la Grande Allée et la rue Scott.

— … Si cela leur fait plaisir.

— Et ensuite?

Édouard demeura un moment songeur, ne sachant trop où son père voulait en venir. À la fin, celui-ci expliqua:

— Nous pouvons gagner le respect de nos compatriotes, obtenir un traitement plus équitable. Je ne suis pas aveugle, je n'ai pas besoin de Lavergne pour me dire que la Quebec Light and Power devrait m'envoyer ses factures dans ma langue, si elle souhaite recevoir mon argent. Cependant, je ne pense pas que les actions de collégiens amélioreront les choses.

— Bourassa assure que si nous nous tenons debout devant les Anglais, ils nous respecteront. Selon lui, leur mépris tient au fait que nous rampons.

— Nos curés nous ont appris à ramper. À quoi t'attends-tu? Nous confions l'éducation de nos enfants à des castrats depuis des générations. Tu crois sérieusement que faire défiler des soldats de pacotille avec des fusils de bois dans les rues de Saint-Roch, c'est se tenir debout?

Un moment, Édouard eut envie de répondre oui, mais son assurance faiblissait un peu. Surtout, Élisabeth fixait ses grands yeux sur lui. À la fin, il prit son couteau et sa fourchette en convenant d'un ton amusé:

— Je ne sais pas, mais c'était un joli défilé, fusils de bois ou non.

Thomas préféra ne pas saisir l'occasion pour laisser les questions sérieuses de côté et rendre au repas une atmosphère plus sereine. Toujours dans le registre politique, il continua :

— Demain, le prince ira rencontrer l'archevêque Bégin à Cap-Saint-Ignace. Le légat du pape sera là.

— Le loup anglican dans la bergerie catholique, ricana Édouard.

— Ou le contraire.

Le gouvernement du Royaume-Uni entretenant depuis longtemps d'excellentes relations avec la hiérarchie catholique, une rencontre de ce genre allait de soi. Le garçon tenta de nouveau de changer de sujet en se penchant vers son père pour demander :

— Qui est la fille blonde de l'autre côté de la table, à peu près en face de moi ?

— … Eugénie ?

— Eugénie ! Comme elle a grandi depuis la dernière fois où je l'ai vue. Cela fait bien… une semaine ?

Sa sœur posa sur lui un regard irrité, comme pour dire : « Cesse de faire l'idiot », mais le cœur n'y était pas. Le garçon abandonna toute ironie pour demander :

— As-tu l'intention de te rendre sur l'un des cuirassés, ce soir ? Comme le spectacle fait relâche, la foule y sera nombreuse.

— Papa préfère que je n'y aille plus. Cela pourrait faire jaser.

La résignation dans la voix intrigua Édouard, qui chercha sur le visage de son père la confirmation de l'information. Celui-ci jugea nécessaire de se justifier encore :

— Je sais bien que la partie célibataire et féminine de la ville se retrouve là le soir, mais parfois les gens sont tellement mesquins.

— Si cela te dit quelque chose, continua le garçon, mardi soir le prince de Galles sera sur l'*Exmouth*. Je peux te servir de cavalier, et châtier au premier mouvement toutes les mains envahissantes.

— Édouard, le gronda Élisabeth, cesse tes taquineries, surtout si elles sont d'un goût douteux.

Eugénie laissa échapper un soupir de lassitude, puis conclut :

— Non, je resterai à la maison. Je suis un peu lasse de toute cette excitation.

Les parents échangèrent un regard un peu surpris, puis la belle-mère intervint à son tour :

— De toute façon, mardi ce sera aussi le bal costumé destiné aux comédiens, au palais législatif. Cette fois, tu pourras porter ton costume de scène sans faire sourciller l'habilleuse, ou Lascelles.

— Non, je vais me reposer. Si Élise n'a rien de mieux à faire, je lui demanderai de venir me tenir compagnie.

Brièvement, à l'évocation du nom de la voisine, Édouard eut envie de répéter la confidence recueillie sous les étoiles. À la fin, la discrétion lui parut préférable. Il revenait à la jeune fille d'annoncer elle-même, au moment opportun, ses projets personnels.

— Et toi, que comptes-tu faire ce soir-là ? demanda Thomas. Un autre rendez-vous galant ?

Autant les audaces des jeunes filles, dans ce domaine, paraissaient dangereuses au père de famille, autant celles des garçons demeuraient acceptables, même amusantes.

— J'irai sur l'un de ces navires, afin de voir si c'est aussi intéressant que tous le prétendent. Mais je suppose que les filles n'auront d'yeux que pour les uniformes. Eugénie, toi qui y est allée, penses-tu que nos concitoyennes remarqueront seulement ma présence ?

À l'allusion aux marins, Eugénie se mordit la lèvre inférieure. Elle répondit un peu tardivement, le rose aux joues.

— Je ne sais pas.

Une nouvelle fois, Élisabeth songea qu'une conversation entre femmes s'imposait. Mais au cours des dernières années, seules des rebuffades avaient récompensé ses efforts en ce sens.

⁓

Le mardi 28 juillet, Élisabeth et son époux valsèrent tout leur saoul dans le Salon vert de l'Assemblée législative. La scène avait quelque chose d'amusant, à cause des costumes et des anachronismes étonnants auxquelles ils donnaient lieu : un officier de l'armée de Wolfe dansait avec une dame de la cour de François Ier, ou une paysanne avec Frontenac. Aucune figurante incarnant une religieuse ne commit l'impair de se présenter avec son costume de scène. Le sacrilège aurait sans doute fait des vagues jusqu'au Vatican et entraîné l'excommunication de la pécheresse. Quant aux hommes personnifiant des membres du clergé, comme il s'agissait exclusivement de prêtres, tous brillaient par leur absence.

Ce soir-là, le couple rentra largement passé minuit. Édouard se trouvait alors déjà au lit : comme il l'avait prédit, son meilleur costume de ville, à côté des uniformes des marins ou des officiers, en avait fait un homme invisible.

À trois heures du matin, l'escadre de l'Atlantique Nord quitta discrètement la rade de Québec, l'*Exmouth* en tête. L'*Indomitable*, avec son royal passager, venait l'avant-dernier. Le *Minautor* fermait la marche, afin de protéger l'héritier de la couronne. Des milliers de personnes se trouvaient sur ces bâtiments lors de leur arrivée. Au départ, trente-neuf déserteurs manquaient à l'appel, la plupart pour rester près d'une jeune femme ayant ravi leur cœur. Le lieutenant Harris ne figurait pas parmi eux. Toutefois, dans la soirée, il avait jeté un petit paquet dans une boîte aux lettres, à l'intention d'une demoiselle de la rue Scott.

Les derniers épisodes des grandes fêtes de ce fameux été de 1908 se dérouleraient entre Canadiens.

Chapitre 24

Même si quelques visiteurs illustres demeuraient encore dans la ville et que deux autres représentations théâtrales devaient avoir lieu, les célébrations étaient terminées. Les dernières manifestations ne serviraient qu'à tromper ceux qui, déjà, inclinaient vers la nostalgie.

Dans le commerce de la rue de la Fabrique, excepté quand un défilé passait sous les fenêtres, seule l'affluence des clients étrangers avait témoigné de ces grands événements. Ceux-ci s'avéraient tellement nombreux qu'une fois la clé tournée dans la porte, la fatigue dissuadait la petite famille de profiter des activités proposées aux citadins, excepté quelques spectacles musicaux en plein air, et les nombreux feux d'artifice.

Le mercredi 29 juillet, après avoir reconduit vers la porte deux Américaines enchantées de la *charming old city*, Alfred demanda de nouveau à sa femme :

— Tu es certaine de ne pas vouloir m'accompagner ? Il y a moins de monde aujourd'hui, nous pourrions laisser nos employées fermer la boutique.

— Ce n'est pas une bonne idée.

Même si l'une des deux vendeuses pouvait opérer la caisse enregistreuse sans difficulté, la responsabilité de fermer le commerce revenait à l'un ou à l'autre des membres du couple. Outre cette préoccupation, ces derniers jours, Marie promenait son visage morose dans le commerce. Elle continua :

— Comme il restera encore une représentation, vendredi, j'irai avec les enfants. Profite de ta soirée.

Alfred jeta un regard sur Mathieu et Thalie, occupés à regarnir les rayons avec le contenu de cartons posés à même le sol. Après un salut à la ronde, il quitta les lieux. D'un pas rapide, il arriverait sur les plaines d'Abraham quelques minutes avant le début de la représentation.

Plus de quatre heures plus tard, il regardait les armées de Wolfe et de Montcalm emmêler leurs drapeaux de nouveau. Quelques dizaines de ces soldats d'opérette portaient les verges de tissus achetées dans son magasin. Il en allait de même de certaines dames des cours royales... ou de paysannes de Nouvelle-France.

Alors que les spectateurs se dispersaient lentement, désireux d'allonger encore le moment magique, Alfred hésita sur la meilleure façon de terminer la soirée. La taverne ou la salle de billard offraient des soupers tardifs, et une faune nouvelle de petites canailles. D'un autre côté, les plaines d'Abraham, à la nuit tombante, recelaient bien des surprises... ou la perspective d'une simple marche sous les étoiles. Il passa sous les murs de la vieille prison, longea ceux de l'armurerie Ross, plus bas, jusqu'à atteindre un premier village de toile, celui de la presse. Quelques personnes seulement demeuraient encore sur place. Avec le départ de l'invité royal, les publications des États-Unis ou du Canada anglais n'avaient plus rien à se mettre sous la dent. Dès le lendemain, les journalistes de *La Patrie* et de *La Presse* plieraient bagage à leur tour.

Un peu plus loin se dressait le village de tipis soigneusement alignés. Six grands feux jetaient un éclairage satisfaisant sur une grande table où prenaient place une soixantaine d'hommes, pour la plupart des Amérindiens vêtus de peaux de daim à longues franges, une coiffure de plumes d'aigle sur la tête. Alfred se souvint avec amusement de l'attaque du Long-Sault, avec les hurlements à glacer le sang de ses voisines, dans les estrades. Devant les convives, les restes d'un repas somptueux témoignaient que la sagamité ou le pemmican préparés dans de grandes marmites de fer ne servaient qu'à amuser les touristes.

Parmi cette assistance, le marchand reconnut Frank Lascelles à la place d'honneur, lui aussi affublé d'un vêtement de peau. À ses côtés, American Horse terminait un discours dans un anglais à l'accent yankee :

— Afin de souligner votre habileté, votre courtoisie à notre égard, votre amabilité, nous faisons de vous un chef indien.

Lascelles se leva afin de se laisser coiffer d'une longue parure de plumes d'aigle.

— Comme cette nomination correspond à une renaissance, nous vous donnons aussi un nouveau nom, sous lequel vous serez désormais connu dans nos nations : Thonikouraka. Il signifie : « Homme plein de ressources ».

Alfred sourit devant cette scène sortie tout droit d'un roman à trois sous. Près de lui, deux ou trois journalistes prenaient des notes dans leurs carnets. Autant poursuivre sa promenade et profiter un peu de la nuit très douce. Pendant une heure encore, il se perdit dans des sentiers ne conduisant nulle part, puis revint sur ses pas. Au moment de traverser de nouveau le campement amérindien, il constata que les invités au banquet s'étaient dispersés. Appuyé sur un arbre, toujours vêtu de son costume d'Indien de carnaval, Frank Lascelles paraissait songeur.

— Monsieur, commença le commerçant en anglais en tendant la main, j'ai habillé plusieurs de vos soldats.

— Pardon ?

— Vous vous êtes approvisionné chez moi, pour les tissus. Alfred Picard.

Le metteur en scène prit la main, ajouta après une pause :

— Mais vous savez, les fournisseurs ont été si nombreux, je n'ai pas eu le plaisir de les rencontrer tous.

Les deux mains demeurèrent unies, les regards aussi.

⚡

Le vendredi suivant, Marie se trouvait à son tour dans les estrades, encadrée de ses deux enfants. Pour cette dernière représentation, le comité organisateur conviait des milliers de déshérités à profiter du spectacle. En conséquence, les pensionnaires d'orphelinats ou d'asiles pour vieillards occupaient de larges pans des estrades.

— C'est beau, commenta Thalie.

— Oui, très beau.

Marie préférait mentir plutôt que de décevoir. Après dix jours de grand soleil, dix nuits aux averses généreuses, les décorations se révélaient bien fatiguées. La teinture des drapeaux et des oriflammes résistait mal aux intempéries, les bouquets de feuilles d'érable flétrissaient comme en plein automne.

Le spectacle se déroulait très lentement sous leurs yeux, les changements de tableaux, malgré l'expérience, se faisaient hésitants. Les comédiens tenaient à faire durer la magie un peu plus longtemps, avant de revenir à la vie quotidienne d'employés, de boutiquiers, de professionnels ou de ménagères.

Au retour des sous-bois où elle avait joué à la courtisane une dernière fois, Élisabeth sauta en bas de son cheval avec une habileté consommée. Sans surprise, elle se trouva devant Joseph Savard. Elle posa sa cravache sur son épaule en allant caresser les naseaux du grand étalon.

— Mon grand, nous devons nous dire adieu.

Sans s'en rendre compte, elle utilisait le même ton et les mêmes mots qu'avec Édouard. Ses lèvres se posèrent spontanément entre les yeux de l'animal.

— Occupez-vous de lui, indiqua-t-elle au président du club de chasse, je vais me changer tout de suite.

— Vous pouvez garder ce costume... Il s'agit de la dernière représentation.

Élisabeth se pencha un peu pour contempler ses atours, passa un doigt dans un accroc large comme sa main, sur le devant de la robe. Les tissus légers souffraient des agressions des buissons qui servaient d'arrière-scène. Seule la distance qui séparait les spectateurs des artistes permettait au désordre des tenues de passer inaperçu.

— Après plusieurs soirées dans les sous-bois, cette robe ne vaut plus rien. Je la laisserai aux habilleuses, qui en feront dans doute des tapis. Bonsoir, monsieur Savard.

— Bonsoir, Madame... Merci de vous être jointe à nous.

Elle lui adressa un sourire en coin, tout en faisant tourner sa cravache entre ses doigts. Quelques minutes plus tard, elle revint des baraques vêtue de sa jupe et de son chemisier. Son cheval, tout comme le président du club de chasse, s'étaient envolés. Elle décida de regarder la suite du spectacle une dernière fois depuis les abords du bosquet. Bientôt, Eugénie vint se placer à ses côtés, elle-même vêtue de ses habits de ville.

— Tout de même, ce fut une expérience agréable, remarqua la belle-mère.

— ... Oui, c'était bien.

Sous leurs yeux, l'envoyé de Phips se faisait répondre que l'ultimatum de son maître recevrait sa réponse « Par la bouche des canons » de Frontenac.

— Tu as l'intention de garder la robe de princesse ?

— Dans l'état où elle se trouve, elle ne servirait à rien. Puis je suis un peu lassée des crinolines.

Juste avant le dernier tableau, le spectacle s'interrompit un court moment. Frank Lascelles descendit de son poste d'observation au sommet des estrades d'honneur pour se rendre au centre la grande scène de verdure. L'un des Faunes de la forêt de Fontainebleau, une fillette court vêtue affublée d'une peau de bouc sur ses épaules nues, lui remit une gerbe de fleurs. Les spectateurs, debout, applaudissaient à tout rompre pour le remercier des soirées magiques des deux dernières semaines.

Ensuite, pour la dernière fois, les soldats de Montcalm et de Wolfe, leurs drapeaux au vent, défilèrent comme des frères, coude à coude.

À dix heures, les accents du *God Save the King* signalèrent la fin du spectacle. Thalie gardait encore dans les yeux un peu du mystère de la représentation.

— Nous allons rejoindre papa ? demanda Marie.

— C'est fini ?

— J'en ai bien peur.

Elle se leva enfin, se retrouva dans la longue file de gens désireux de quitter les estrades. Sur les grandes pelouses, des centaines de personnes sortaient des sous-bois lentement, par petits groupes. La majorité portait encore leur costume de scène. Pendant les vingt prochaines années, ces comédiens amateurs les conserveraient précieusement, en souvenir de ces quelques jours de gloire.

Grâce à cette aventure théâtrale, Élisabeth gagnerait quelques voisines plus amènes, désireuses de prendre le thé avec elle, à la fin de l'après-midi. Au moins dans les relations de voisinage, Frank Lascelles parvenait à ses fins : l'expérience vécue ensemble réduirait un peu, pendant un certain temps, le gouffre entre les classes sociales.

***

Quand Marie revint avec les enfants dans l'appartement situé en haut du commerce, elle trouva Alfred affalé sur le canapé du salon, les journaux du jour étalés autour de lui.

— Satisfaite du grand spectacle ?

— Oui, plutôt, répondit la jeune femme. Tous ces amateurs se tirent bien d'affaire.

— Il y avait plein de chevaux, et de jolies dames en cavalières, précisa Thalie.

— As-tu reconnu ta tante ? Elle suivait le roi Henri IV. À tout le moins, mercredi passé, elle le suivait.

La fillette regarda sa mère, se demandant si elle devait reconnaître un membre de la famille honnie. À la fin, elle acquiesça d'un signe de tête.

— Allez vous préparer pour la nuit, déclara Marie, il se fait tard.

Ils regagnèrent leur chambre respective sans discuter. Leur mère hésita un moment, puis demanda :

— Tu me fais une petite place ?

— Bien sûr, répondit Alfred en repliant les journaux pour les mettre sur la table.

Elle s'assit près de lui, lui glissa à l'oreille après un court silence :

— Il s'en va cette nuit.

— Je sais.

Le regard de sa femme, intrigué, et même un peu inquiet, l'amena à préciser :

— Mercredi, j'ai rencontré son patron déguisé en Sauvage sur les plaines d'Abraham. Au cours de la conversation, il a évoqué le départ imminent de son assistant, et le sien très proche.

— Tu es rentré tard.

— Ce gars s'est montré très bavard.

Marie jeta un regard en coin à son époux, soupçonnant que les deux hommes n'avaient pas fait que converser. James avait évoqué le « tempérament » de son employeur.

— Son départ t'attriste-t-il ? murmura-t-il après un moment de silence.

L'inquiétude passa dans les yeux de la jeune femme, puis elle répondit :

— Pas vraiment, la parenthèse est fermée... Tout de même un peu, reconnut-elle après une pause.

Alfred allongea la main pour la poser sur l'épaule de son épouse, l'attirer vers lui au point que la jeune femme se trouva appuyée contre son flanc. Elle laissa reposer sa tête sur sa poitrine.

— Il a évoqué... l'idée que je parte avec lui.

— ... Avant, ou après ?

Marie demeura un moment interdite, puis risqua :

— Après, au moment où nous nous sommes quittés.

— Dans ce cas, l'offre contenait un peu de sincérité. Avant, les hommes promettent n'importe quoi.

Après une longue pause, son époux demanda encore :

— Ta réponse ?

— Il n'a jamais été question de cela. Pour rien au monde je n'aurais quitté ma famille… ou mon mari.

Alfred posa sa main sur la joue de sa femme, pour approcher sa tête de lui. Ses lèvres caressèrent la tempe. Soulagée, presque légère, elle précisa encore d'un ton quasi rieur :

— De toute façon, je suis certaine qu'il a été très soulagé que je ne donne pas suite à cette invitation.

Tout près d'eux, une planche du parquet craqua légèrement. La jeune femme se releva à demi pour voir Thalie à l'entrée de la pièce.

— Que se passe-t-il ?

— Je viens chercher un verre d'eau. Bonne nuit.

— Dans un moment, j'irai vous faire la bise, avec papa.

Quelques instants plus tard, Thalie gratta à la porte de son frère, l'ouvrit pour marcher jusqu'au lit.

— Tu en veux ? demanda-t-elle en tendant le verre.

Mathieu prit une gorgée, le lui remit. Avant de s'en aller, la fillette dit encore :

— Ils se sont réconciliés. Les choses sont revenues comme avant.

Le ton trahissait son soulagement. Doucement, elle referma la porte derrière elle.

———

Le lendemain, un peu avant midi, le son de la clochette signala l'entrée d'une cliente dans le commerce de la rue de la Fabrique.

— Madame Picard, salua Alfred en s'approchant d'elle, la main tendue. Vous venez enfin profiter des richesses de ma petite boutique.

— Ce serait trahir mon époux, qui fait de moi sa vitrine ambulante.

— Dans ce cas ?…

Le marchand écartait les mains pour signifier son impuissance. Élisabeth fit trois pas en direction du comptoir, derrière lequel Marie ouvrait de grands yeux surpris.

— Madame, puis-je vous inviter à venir dîner avec moi ? J'aurais dû téléphoner, je le sais bien…

Cette visite devait tout à l'impulsion du moment. Elle se trouvait à la librairie Garneau quand l'idée lui était venue à l'esprit. Marie demeura interdite, consulta son époux des yeux, puis répondit :

— Si vous le souhaitez, nous pouvons aller à côté.

Elle posa donc son chapeau de paille sur sa lourde tresse nouée contre sa nuque et enfila ses gants. Quand elles sortirent, Alfred murmura un « Bon appétit » discret.

À deux portes du commerce de vêtements pour dames, une veuve tenait un restaurant depuis quelques années, avec l'aide de ses deux filles. Pendant quelques instants, Marie échangea avec la propriétaire des propos sur l'affluence des dernières semaines, puis elle se dirigea vers une table placée le long d'un mur. Après un silence embarrassé, elle se lança :

— Je sais que l'autre soir, dans le parc Frontenac… pardon, je veux dire Montmorency, j'ai accepté l'idée d'une conversation avec vous. Mais je ne croyais pas voir la chose se produire si tôt.

— Moi non plus, je dois l'avouer. Mais comme je me trouvais tout près…

Elles passèrent leur commande à une jeune fille. Après le départ de celle-ci, Élisabeth confia en riant :

— Une fois devant vous, je ne sais trop comment commencer. Je vous entendais tout à l'heure : votre commerce a bien profité de tous ces visiteurs ?

— Comme tous les fournisseurs ont voulu en profiter aussi, en augmentant leurs prix, les résultats sont moins spectaculaires que certains peuvent le penser. Mais…

— Mais ?

Élisabeth connaissait ces prudences de marchand, soucieux de ne pas trop afficher leur succès.

— Nous pourrons assumer toutes les nouvelles taxes que l'embellissement de la ville coûtera et il nous restera quelque chose.

— Toutes ces célébrations se révèlent plutôt réussies.

— Nous en avons peu profité, je dois l'admettre. Quoique hier soir, j'ai apprécié votre jeu.

Son interlocutrice répondit d'un sourire, avant de préciser :

— Je pense que mon cheval avait une meilleure présence en scène que moi.

Pendant les deux premiers services, elles commentèrent ainsi les points saillants des commémorations, évoquèrent le temps clément, et même la prochaine campagne électorale. Au moment où la serveuse posait une théière et deux tasses de porcelaine devant elles, Élisabeth dit dans un souffle, en versant la boisson chaude :

— Vous savez, il regrette.

— … Si vous le dites.

— Je vous assure.

La jeune femme, les yeux dans ceux de sa vis-à-vis, ajouta encore :

— Ce n'est pas un homme mauvais. Je ne l'excuse pas, car c'est inexcusable. J'ai voulu vous rencontrer juste pour vous dire cela.

Marie accepta ces mots avec un sourire en coin. Elle se rendait compte que deux mois plus tôt, avant l'épisode avec James McDougall, jamais elle n'aurait accepté d'entendre ces paroles. Sa compréhension des passions humaines gagnait maintenant en nuances.

— Sa présence me sera toujours insupportable, souffla-t-elle entre ses dents.

— Je le comprends bien. Mais ce n'est qu'un homme, avec ses bêtises et ses regrets.

— Vous l'aimez beaucoup.

Élisabeth répondit d'un sourire, porta la tasse de thé à ses lèvres. Pendant quelques minutes encore, elles discutèrent de la mode féminine du prochain automne, que les magazines européens promettaient plus audacieuse que jamais.

⚊⚊

Depuis des semaines, les visites d'Élise Caron rue Scott se raréfiaient. Cela tenait peut-être un peu à l'humeur morose de son amie. Son côté tranchant se trouvait bien émoussé, au point que ses parents commençaient à s'inquiéter. Se pouvait-il que la maladie de sa mère, Alice, se manifestât chez elle ?

À la fin du mois de septembre, la fille du médecin se joignit tout de même à la famille Picard pour le repas du samedi soir. Avant de passer à table, dans le petit salon, elle annonça à Eugénie sur le ton de la confidence :

— Je vais me fiancer à Noël.

— … Je te félicite. Mais qui donc est l'heureux élu ? demanda Eugénie.

— Charles Paquet.

Devant le regard intrigué de son amie, Élise précisa :

— Il s'agit d'un médecin récemment diplômé. Il vient de terminer son internat à l'Hôtel-Dieu.

— Tes parents ont accepté ?

— Sans hésiter. Comme a dit mon père, je reste dans la profession médicale.

— Je te félicite, répéta la fille de la maison. Tu as de la chance.

Le ton chagrin contredisait un peu ces derniers mots. La visiteuse attendit un long moment avant de demander :

— De ton côté ?…

— Avant les commémorations, personne ne s'est déclaré. Depuis, je n'ai reçu aucun jeune homme.

Plus précisément, nul n'avait exprimé le désir de venir la visiter. Sa chaperonne se trouvait condamnée au chômage depuis de longues semaines.

Un moment plus tard, les deux amies se joignirent aux autres dans la salle à manger. Après le premier service, Élise répéta la grande nouvelle, reçut les félicitations de la maisonnée. Après les bons souhaits d'usage, les vœux de bonheur éternel, l'évocation des meilleures dates pour la cérémonie au cours de l'été de 1909, afin de changer de sujet, Élise demanda :

— Édouard, vous ne m'avez pas parlé de votre dernière année de philosophie. Le Petit Séminaire vous plaît-il autant que par le passé ?

— Nous continuons de lire en latin les textes de curés morts depuis des siècles. Il paraît qu'en s'encombrant le cerveau de toutes ces âneries, nous aurons la tête bien faite...

Le regard un peu sévère de son père sur lui détermina le garçon à continuer :

— Mais j'affronterai les derniers mois avec un stoïcisme inébranlable.

— Si vous avez appris ce mot, stoïcisme, cette formation n'est pas si inutile.

— Je le connaissais déjà. Je compte les mois. Il en reste neuf.

Tous les soirs, Édouard marquait d'un « X » la journée écoulée, sur le calendrier de la société Picard affiché dans sa chambre. Toutefois, il devinait déjà que dans vingt ans, il éprouverait une certaine nostalgie à l'égard de ces dernières journées d'innocence.

À la fin du repas, tout le monde se retrouva dans le grand salon, un verre à la main afin de célébrer la grande nouvelle. Les hommes burent leur cognac à petites gorgées, les femmes un peu de sherry. À neuf heures, la visiteuse exprima le désir de rentrer à la maison. Édouard proposa immédiatement de la reconduire.

— Ce n'est pas nécessaire. J'habite à côté.

— Je ne laisserai jamais une aussi jolie femme s'aventurer toute seule dans nos rues sombres.

— Édouard, fit Élisabeth en jetant sur lui un regard sévère.

L'allusion à la beauté d'une personne venant tout juste d'annoncer ses fiançailles prochaines paraissait un peu inconvenante. Feignant l'innocence, le garçon affirma :

— Malgré la lumière électrique, les rues demeurent un peu sombres.

Quelques minutes plus tard, Élise tenait le bras du garçon pour s'engager dans la nuit, un peu songeuse. Avec l'automne déjà de retour, la nuit se révélait agréablement fraîche.

— Vous êtes contente ? demanda Édouard au moment où ils s'engèrent dans la rue Claire-Fontaine.

— Évidemment, sinon j'aurais refusé.

— Alors je vous félicite encore, du fond du cœur.

La jeune fille serra les doigts sur le bras du garçon, en guise de remerciement.

⁂

— Tout de même, le docteur Caron doit être soulagé, déclara Thomas, debout devant la baie vitrée du grand salon.

Tous les pères de la Haute-Ville partageaient la même inquiétude. En conséquence, à l'annonce d'un mariage convenable, sans aucune rumeur de scandale au préalable, ils connaissaient la même satisfaction. Élisabeth posa les yeux sur sa belle-fille en se disant que son époux manquait un peu de délicatesse. Cette dernière contemplait son verre vide depuis un moment, le rose aux joues.

Comme toujours, Édouard fit une entrée un peu bruyante, revint au salon en disant :

— La demoiselle a regagné son château saine et sauve. Maintenant, elle doit tisser des draps de lin pour son trousseau.

Il alla s'asseoir sur le banc du piano droit placé contre le mur, souleva le couvercle afin de caresser le clavier du bout des doigts. Alors que sa sœur suivait des cours de musique au couvent, lui avait profité des leçons particulières d'une vieille demoiselle. Comme pour beaucoup de choses qu'il entreprenait, malgré ses aptitudes naturelles, l'expérience s'était terminée bien vite. Il joua trois notes, chercha parmi les feuilles de musique placées devant lui, puis commença, de sa voix bien posée, en s'accompagnant au piano, la vieille chanson de Jean-Pierre Claris de Florian, mise en musique par Jean-Paul Égide Martini :

Plaisir d'amour ne dure qu'un moment
Chagrin d'amour dure toute la vie
J'ai tout quitté pour l'ingrate Sylvie
Elle me quitte et prend un autre amant

Même si elle le lui avait annoncé deux mois plus tôt en toute confidence, pour lui donner l'occasion de se déclarer, la perspective du mariage d'Élise le laissait un peu triste.

À la grande surprise de tout le monde, Eugénie lança son petit verre de cristal sur le plancher en criant d'une voix étranglée par les sanglots :

— Si tu sais tout, dis-le, au lieu de me torturer !

Elle se précipita dans l'escalier. Un instant plus tard, la porte de sa chambre claqua si fort que les cadres de tout l'étage bougèrent sur leur crochet.

— Qu'est-ce que j'ai fait ? demanda Édouard, les yeux sur ses parents.

— Je ne comprends pas, répondit Thomas. Elle paraît fatiguée, depuis quelques temps.

— Je vais monter, annonça Élisabeth en quittant le canapé.

— Tu crois…

L'homme se montrait désireux d'épargner à sa femme une nouvelle scène, toujours douloureuse.

— Je pense que personne d'autre que moi ne peut entendre ce qu'elle a à dire.

Les coups sur la porte, très légers, ne couvrirent pas les sanglots. Aussi Élisabeth tourna la poignée, entra dans la pièce aux allures de bonbonnière, parfaite pour une petite fille. Elle s'approcha, posa la main sur l'épaule de sa belle-fille étendue en travers du lit.

Eugénie se retourna, offrant son visage barbouillé de larmes et son nez morveux à la pitié.

— Tu dois être contente : maintenant, ma vie est ruinée.

Venue de nulle part, l'affirmation laissa la belle-mère d'abord un peu interdite, puis elle murmura :

— Tu es enceinte.

Plus âgée, l'annonce d'une maladie mortelle ou la perte d'un enfant pouvait plonger une femme dans un tel désespoir. Pour une jeune fille qui aurait vingt ans dans précisément un mois, une seule autre catastrophe entraînait un pareil désarroi. Sans attendre la confirmation, elle demanda :

— Le retard dure depuis combien de temps ?

— … Plus d'un mois.

Donc trop long pour tenir à des règles irrégulières. Le changement d'humeur de la jeune fille avait d'abord tenu à la déception amoureuse et à la crainte, ensuite à une certitude grandissante.

— Cet officier britannique ?

— Oui.

Ces milliers de marins avaient mérité l'admiration d'une multitude de citadines. Ces jours-ci, de nombreuses familles apprenaient une bien mauvaise nouvelle. Avril de l'année prochaine amènerait du « nouveau », et un achalandage subit dans les orphelinats. Les plus chanceuses disparaîtraient quelques mois, sous un prétexte quelconque. La plupart séjourneraient à la maison Béthanie.

— Tu crois que cet homme… assumera ses responsabilités ?

— Lui ?

La colère marqua la voix de la jeune fille. Elle sauta du lit, se rendit à son secrétaire pour en ouvrir le premier tiroir.

Elle sortit un petit opuscule relié de toile verte. Élisabeth reconnut un ouvrage destiné aux enfants, de Beatrix Potter, intitulé *The Tale of Jemima Puddle-Duck*.

— Quelques heures avant son départ, il a mis cela à la poste. Les deux signets se trouvent encore à la place où il les a placés.

La belle-mère ouvrit le petit ouvrage à la première page ainsi marquée. Elle montrait une oie vêtue d'un bonnet et d'un foulard. Elle donnait son aile à un renard vêtu comme un dandy. La volaille totalement sotte socialisait avec l'animal qui en ferait une seule bouchée. Bien plus, il arriverait à la convaincre de fournir elle-même les herbes avec lesquelles il l'apprêterait.

— C'est un homme cruel, pour se moquer ainsi de toi, murmura-t-elle, choquée qu'un séducteur puisse mépriser autant sa conquête.

— Regarde l'autre page.

Dans la marge, le lieutenant Harris avait fait un trait rouge vis-à-vis de quatre lignes :

The gentleman raised his eyes above his newspaper and looked curiously at Jemima.
— Madam, have you lost your way? said he.
He had a long bushy tail which he was sitting upon, as the stump was somewhat damp.
Jemima thought him mighty civil and handsome.

Le cynisme du chasseur pour la proie, songea Élisabeth.

— Mon père va me tuer, se lamenta Eugénie. Sa réputation...

— Je vais parler à Thomas. Ne t'inquiète pas outre mesure. Il arrivera à comprendre. Il a toujours cherché le meilleur pour ses enfants.

La belle-mère marcha vers la porte. Elle allait sortir quand la jeune fille demanda :

— Pourquoi ?

Devant les yeux interrogateurs de sa belle-mère, elle dut continuer :

— Pourquoi me venir en aide comme cela ?

— Je t'aime depuis le premier jour, dans la rue Saint-François.

Au moment où Élisabeth refermait la porte, les sanglots reprirent, plus violents encore.

⚹

Le couple se réfugia dans la bibliothèque, à l'invitation de l'épouse.

— Si tu souhaites prendre un cognac, profite de l'occasion pour me servir un porto. J'ai une information à te communiquer.

— … À ce ton, je m'en verse un double.

Un moment plus tard, l'homme venait la rejoindre en lui tendant un verre. Les deux fauteuils, près du foyer, se faisaient face. Thomas avala une généreuse gorgée, puis invita d'une voix blanche :

— Annonce-moi cette mauvaise nouvelle, bien que je commence à m'en douter.

— Eugénie est enceinte de deux mois.

L'homme serra sa main sur son verre, au risque de le faire éclater, puis lâcha :

— La petite garce !

— Thomas !

Ils se connaissaient depuis douze ans. Jamais sa femme n'avait utilisé un ton si impératif avec lui, ou avec qui que ce soit. Elle continua, toujours aussi autoritaire :

— Aucun père ne devrait jamais parler de cette façon de sa fille. Mais parmi tous ces pères, tu es le plus en mesure de comprendre la situation d'Eugénie, ou celle de toutes les malheureuses dans sa situation.

Devant son regard perplexe, elle jugea utile de préciser :

— Je suis allée dîner avec Marie Buteau, il y a quelques semaines. Et ne me dis pas que ce n'est pas la même chose.

Mieux valait terminer son verre de cognac, le temps de réfléchir à sa réponse. À la fin, sur un ton plus mesuré, il reprit :

— C'est l'inquiétude qui me fait parler ainsi. Sa vie se trouve gâchée, maintenant. Aucun garçon ne voudra d'elle... L'opprobre retombera sur Édouard...

— Tu peux aussi aller t'asseoir dans la rue et te jeter de la cendre sur la tête. Mais au lieu de nous désoler et de dire des gros mots, nous pouvons aussi chercher une solution.

— Dans un mois, cela se verra, ragea le père.

— La même solution que pour toutes les autres dans cette situation. J'ai peu de contacts avec les voisines. Pourtant, si nous allions nous promener dans les rues environnantes, je te montrerais quelques maisons où, au cours des derniers dix ans, une jeune fille est disparue pendant six mois, pour un voyage imprévu.

Ces absences mystérieuses se produisaient en effet avec une régularité navrante, au gré des imprudences. Au bout d'un moment, il admit :

— Tu as raison. Elle a claironné sur tous les toits qu'elle irait en Europe, cela servira ses intérêts. Son absence durera cependant plus longtemps que prévu. Je dirai que mes profits de l'été me permettent cette largesse.

— L'enfant...

Au ton de sa femme, Thomas devina tout de suite qu'elle rêvait déjà de le présenter comme le sien.

— Ça, c'est impossible. Le voyage discret ne servirait plus à rien. Une épouse légitime ne s'éloigne pas des siens pour aller accoucher en cachette.

— Tu connais les histoires d'horreur sur les orphelinats, commença l'épouse en vidant son verre à son tour.

Les enfants y mouraient souvent de misère, d'autres s'exposaient à tous les abus de la part de parents adoptifs brutaux ou pervers. Thomas crut bon de préciser, mal à l'aise :

— Nous n'avons pas sous la main un homme prêt à l'épouser, comme Alfred l'a fait avec Marie Buteau. À moins que Fernand Dupire...

— N'y pense même pas, rétorqua Élisabeth, avec tout de même une pointe de déception dans la voix.

— Dans ce cas, pour l'enfant...

La jeune femme n'arrivait pas à se résoudre à un abandon pur et simple.

— ... Tu es certain que je ne peux pas faire semblant qu'il est de moi ?

— Personne ne te croirait. Impossible d'expédier Eugénie seule hors de la ville, pour te permettre de te montrer partout avec un ventre postiche. Je suis désolé...

— Tu chercheras une autre solution, n'est-ce pas ? Tu ne peux pas laisser ton premier petit-enfant dans l'une de ces affreuses maisons.

Thomas ferma les yeux un bref instant, puis esquissa un signe d'assentiment. Manigancer les réélections successives de Wilfrid Laurier se trouvait finalement plus facile que de gérer ses affaires de famille. Quelques minutes plus tard, Élisabeth proposa :

— Tu devrais monter afin de la serrer dans tes bras. Elle est tellement malheureuse.

— Ce soir, je risquerais de prononcer des paroles regrettables. La colère, l'inquiétude... Demain matin, je te promets de la rencontrer. En veux-tu un autre ?

Il leva son verre. Le cognac lui permettait d'anesthésier ses sens, le temps de s'accoutumer à une nouvelle situation.

⚡

Peu après la saute d'humeur de sa sœur, Édouard avait regagné sa chambre. Le bruit d'une porte ouverte et refermée doucement lui indiqua que sa belle-mère quittait les lieux. Peu après, il plaça son oreille contre l'huis, frappa trois petits coups et entra sans attendre d'y être invité.

Eugénie était maintenant assise au milieu de son lit, les genoux repliés jusque sous son menton. Enfant aux prises avec une grossesse, elle adoptait la position fœtale, essayait de se rassurer, de se convaincre que tout cela tenait du mauvais rêve.

— Que veux-tu? demanda-t-elle d'une voix rauque.

Édouard alla s'asseoir sur le pied du lit, sans dire un mot.

— Tu peux te moquer, continua-t-elle. L'impératrice Eugénie enceinte! Vas-y, sors tout ton répertoire de railleries.

— Je n'ai aucune raison de me moquer.

— Tout à l'heure, cette chanson…

— *Plaisir d'amour*? Cela t'étonnera peut-être, mais le monde ne tourne pas autour de toi. Je peux me souvenir d'une chanson triste sans que cela te concerne.

Jamais il ne confesserait que l'officialisation des fiançailles d'Élise lui avait causé un pincement au cœur.

— Maintenant, tout le monde va se moquer de moi.

Probable, cette éventualité tenait surtout à toutes les paroles mesquines dont elle avait émaillé les années passées. Parce qu'elle en avait montré très peu jusque-là, personne ne lui témoignerait une bien grande compassion.

— C'est ton officier? Pensais-tu vraiment que ce type te permettrait de quitter cette maison que tu détestes, pour t'emmener bien loin mener une vie de châtelaine en Europe?

Eugénie fixa sur lui des yeux surpris, soupçonneux.

— Tu le connais? Lui as-tu parlé?

— Celui qui t'a fait cela? Non. Mais tous ces gars, le menton levé, sanglé dans un bel uniforme, nous regardaient comme si nous avions quelque chose de dégoûtant sous le nez. Tu penses bien: les maîtres d'un Empire sur lequel le soleil ne se couche jamais! À leurs yeux, nous ou les Nègres d'Afrique, c'est la même chose!

Les généralisations d'Édouard se montraient aussi naïves que celles de sa sœur, mais en ce moment il pouvait se permettre de pontifier.

— Je ne peux pas vivre ici, avec cette femme, tu le sais.

Eugénie arrivait à mettre sa faute sur le dos de sa belle-mère : pour quitter la maison plus vite, elle avait désespérément cherché un mariage lointain.

— Maintenant, elle fait sa généreuse, continua-t-elle, celle qui plaidera auprès de papa, qui lui susurrera à l'oreille un moyen de me sortir du trou. Il l'aimera encore davantage… Pour être si habile, ce doit être une sorcière.

La colère la saisissait de nouveau, durcissant ses traits, rendant sa voix rauque, au point qu'Édouard eut un moment l'impression d'entendre Alice, dans la chambre surchauffée de la vieille maison de la rue Saint-François.

— Comment peux-tu ressentir autant de haine pour une personne qui, dès le premier jour, s'est montrée tellement aimable, attentive à nous ?

— … Tu oses poser cette question ?

Les traits crispés, les joues devenues blêmes sous la colère, poussaient plus loin la ressemblance avec la morte.

— Allez, fais-toi plaisir et répète-le.

— … Elle a tué maman. Sans doute en l'étouffant avec l'oreiller. Je me souviens, il était par terre, ce matin-là.

— Toute personne qui connaît juste un peu Élisabeth sait que c'est impossible.

— Je l'ai vue !

Ces mots, crachés avec une abondance de postillons, sonnaient comme un coup de feu.

— Non, ce que tu as vu, c'est Élisabeth entrant et sortant de la chambre.

— C'est la même chose.

— Pas tout à fait.

Édouard se rapprocha un peu, posa son regard dans le sien, hésita un moment puis se lança :

— Alors je vais te dévoiler un secret : tu n'es pas la seule au monde à pouvoir coller ton œil au trou d'une serrure. Je le faisais aussi. Cela m'a permis de te voir descendre parfois, le soir, pour aller les espionner quand ils se retrouvaient seuls dans la bibliothèque. J'ai vu Alice aller dans ta chambre, aussi.

Le garçon fit une pause avant de remarquer, amusé :

— Tu vois, je la désigne par son prénom, car ma mère, ce n'est pas elle. Vous complotiez toutes les deux contre Élisabeth, je vous surveillais et je lui racontais tout.

— Petit salaud. Qu'est-ce qu'elle a pu te faire, pour t'entraîner à trahir la chair de ta chair ?

Cette fois, Édouard laissa échapper un rire bref, avant de commenter :

— Quelle prose ! Cesse de lire de mauvais romans sentimentaux, cela affecte ton vocabulaire. Ce sont eux qui t'ont fait rêver d'un beau prince avec un uniforme blanc. Le tien est arrivé sur un bateau de fer, à la place d'un destrier immaculé.

— Va-t'en.

— Pas tout de suite, je n'ai pas terminé. La nuit de la mort d'Alice, j'ai eu envie de pisser. Mon voyage au petit coin a sans doute attiré l'attention de papa. J'ai dû heurter la lunette en la relevant. Je n'étais pas encore dans mon lit quand je l'ai entendu monter, pour aller dans la chambre de sa femme. Il devait être trois ou quatre heures du matin.

Eugénie écarquillait les yeux, interdite. Son frère précisa encore :

— Si papa avait trouvé sa femme morte, il ne serait pas retourné se coucher en silence.

— … Tu ne veux pas dire qu'il l'a tuée, tout de même ?

— Non, toi seule dérailles de cette façon. Cette femme sentait le cadavre depuis des semaines. Dans son cercueil, grand-maman Euphrosine semblait plus vivante qu'elle. Sa folie l'a tuée. Auparavant, elle a ravagé ton âme.

Édouard quitta le lit pour se diriger vers la porte. Au moment de sortir, il ajouta :

— Cela ne t'a pas intriguée, pendant toutes ces années ? Papa n'a jamais prêté foi à tes accusations.

— Elle l'a ensorcelé.

— Au contraire, ta méchanceté ne faisait que les rapprocher. Cela tenait à un fait tout simple : il savait qu'Alice vivait, après la visite d'Élisabeth.

Eugénie, plus pâle que jamais, mordait sa lèvre inférieure. Elle tenta :

— Tu mens. Si c'était vrai, il me l'aurait dit, pour faire taire mes soupçons.

— Pour que tu l'accuses à son tour, comme tout à l'heure ?

Le garçon posa la main sur la poignée de la porte, fit mine de sortir, puis se retourna :

— Pressée de quitter cette maison, tu t'es laissé engrosser par ton bel officier. Par fidélité pour une folle, tu as tenté de rendre la vie impossible à une femme attentionnée envers toi. Non, ce n'est pas tout à fait vrai, n'est-ce pas ? Au fond, tu rêvais d'occuper la place d'Alice dans le cœur de papa, puis cette magnifique blonde est arrivée pour te la ravir.

Il ouvrit la porte doucement, regarda si quelqu'un se trouvait à portée de voix, puis chuchota encore :

— Dorénavant, ne me traite plus jamais d'idiot ou d'imbécile. Je pourrais te répondre.

Eugénie regarda la porte se refermer. Avec une plainte animale, elle enserra ses jambes entre ses bras, écrasa ses seins contre ses cuisses relevées, posa le menton sur son genou droit. Elle se réveillerait bientôt, sûrement, et constaterait que le jour de son retour au couvent était arrivé.

Chapitre 25

Le lundi matin, Thomas Picard revint à son commerce avec plaisir, heureux d'échapper à l'atmosphère morose de son domicile. Déjà, il lui fallait faire les commandes pour les vêtements et les chaussures d'hiver. L'excellente dernière saison lui faisait craindre un certain ralentissement. Bien des consommateurs devaient avoir surestimé leurs ressources dans l'enthousiasme des célébrations : ceux-là économisaient afin de se refaire.

Vers dix heures, Fulgence Létourneau arriva avec une demi-douzaine de registres sous le bras. Pendant un long moment, le petit homme prit en note les quantités de robes, de pantalons, de manteaux qu'il conviendrait de faire confectionner dans les ateliers ou par des travailleurs à domicile.

Il ferma le dernier registre un peu avant midi. Il allait se lever quand le patron demanda :

— Fulgence, vous n'avez toujours pas d'enfant ?

— Non, pas encore.

D'habitude, Thomas évitait prudemment d'aborder les questions privées avec ses employés. Cet accroc à ses habitudes le mettait mal à l'aise. Il continua :

— Avez-vous pensé à l'adoption ?

— … Nous sommes allés chez les sœurs de la Providence, pour voir. Mais cela nous effraie un peu.

— Pourquoi ?

— Ces enfants ne sont pas abandonnés pour rien. Nous craignons qu'ils ne traînent avec eux un héritage indésirable : diverses maladies, l'alcoolisme, ou des perversions encore pires…

Même à la ville, tout le monde gardait des notions de l'élevage des animaux. Un cheval taré ne donnait jamais naissance à un bel étalon. Après un grand soupir, le marchand plongea :

— J'ai une relation dans la Haute-Ville qui se trouve… dans une situation délicate. Il m'a demandé si je connaissais une bonne famille catholique. Comme je savais que vous désiriez un enfant, je lui ai promis de vous en parler.

— Vous voulez dire que l'une de ses filles… C'est la même chose dans la Basse-Ville, même parmi les ouvrières des ateliers. Des histoires circulent à propos de tous ces étrangers qui faisaient tourner des têtes, l'été dernier.

— Je vois que vous comprenez la situation. La mère vient d'un excellent milieu ; quant au père, rien ne laisse supposer des tares héréditaires.

Le directeur des ateliers rougit, embarrassé, ne sachant trop quelle contenance adopter.

— Vous me prenez tellement par surprise, balbutia Létourneau, je ne sais pas comment répondre.

— Bien sûr, je comprends. Commencez par en parler à votre femme. Si vous songez à adopter, ce serait certainement la meilleure solution. Quelques jours après la naissance, avec les meilleurs soins médicaux… De plus, les parents de la jeune fille consentiront probablement une certaine somme.

— Si nous adoptons un enfant, ce ne sera pas pour être payé en retour.

Au ton employé, Thomas craignit d'avoir blessé l'orgueil de son gérant. Il ajouta très vite :

— Votre attitude vous honore. Mais si cet enfant a un grand-père désireux de contribuer un peu à son avenir, ne lui refusez pas cette satisfaction. Il pourra au moins veiller à son éducation.

Fulgence quitta la chaise placée devant le grand bureau de chêne, marcha jusqu'à la porte. Avant de sortir, il demanda encore :

— Est-ce que je connais les parents de cette jeune fille ?

— De nom, probablement. Si je leur sers d'intermédiaire, c'est parce qu'ils désirent garder l'anonymat. Si vous acceptez, je leur dirai simplement avoir trouvé une excellente famille. Vous ne connaîtrez jamais leur identité ni eux, la vôtre. Je sais être discret.

— Vous parliez tout à l'heure d'une contribution... pour son éducation.

Le marchand sut à ce moment qu'il avait gagné la partie. Un peu soulagé, il expliqua :

— Tout passera par un notaire. Ces gens-là doivent respecter le secret professionnel.

— Je dois parler à ma femme.

— Oui, bien sûr.

Un moment plus tard, l'employé quittait la pièce la tête un peu bourdonnante, ses registres sous le bras.

⸙

Le bureau du notaire Dupire se trouvait à l'avant de la grande maison de la rue Scott, dans une pièce lambrissée de noyer. Les lourds rideaux aux fenêtres, tout comme une lampe de bronze sur un coin de la table de travail, ajoutaient à l'allure austère et démodée de la pièce.

— Vous servez d'intermédiaire à un homme de la Haute-Ville dont la fille se trouve dans une position délicate, résuma le gros homme après avoir entendu la première partie du récit.

— J'ai dit un homme respectable.

— Bien sûr, bien sûr. Pourquoi cet homme ne vient-il pas me voir lui-même ?

— Le souci de discrétion.

Dupire jeta un regard dubitatif sur son client, au point que celui-ci sentit le besoin de se justifier :

— Je sais que vous êtes fiable, mais j'ai croisé votre garçon dans votre antichambre il y a quelques minutes et la moitié des habitants de la rue m'ont vu entrer ici. Imaginez la visite d'un inconnu… Puis, il ne se sent pas très fier.

— Cet homme, ne serait-ce pas vous?

— Pardon?

— Le père de cet enfant à venir. Vous pouvez me le dire, vous savez.

Tout de suite, Thomas esquissa un grand sourire, puis il prononça d'une voix amusée:

— Notaire, vous connaissez Élisabeth. Honnêtement, pensez-vous que j'ai la moindre envie d'aller mettre enceinte une autre femme?

Maître Dupire hocha la tête. Avec Élisabeth dans son lit, aucun homme sensé ne songerait à découcher. Puis les précautions du père de la pécheresse pour éviter d'être reconnu semblaient crédibles.

— Vous dites que cet homme envisage de donner un dédommagement. De quel montant?

— Quarante dollars par année jusqu'à ses dix-huit ans, et les frais pour son éducation.

— C'est beaucoup, plus que ne coûterait cette bouche à nourrir.

— Le futur grand-père peut se le permettre.

Surtout, Thomas ne pouvait imaginer cet enfant dans la misère. Sachant très bien ce qu'il versait au directeur de ses ateliers, avec cette obole en plus, il ne manquerait pas du nécessaire. Moins de vingt-quatre heures après l'étonnante proposition, Létourneau avait donné son accord avec la bénédiction de son épouse, Thérèse. Un cœur de mère palpitait déjà sous sa très ample poitrine.

— Je crois comprendre que vous connaissez déjà la famille d'accueil? demanda Dupire.

— Il s'agit de l'un de mes employés, Fulgence Létourneau.

Thomas sortit de sa poche une feuille de papier portant le nom et l'adresse du père adoptif pour le tendre à son interlocuteur en disant:

— Vous le convoquerez pour la signature du contrat. Il devra s'engager à offrir les soins habituels à cet enfant. Vous lui transmettrez le petit pécule sous la forme d'un versement annuel.

— Vous savez, ce ne sera pas la première fois : je connais les usages. Me transmettrez-vous cette somme ?

— Chaque mois d'avril. L'enfant doit naître à ce moment.

Le notaire acquiesça, fit disparaître les coordonnées dans une chemise cartonnée.

— Ce monsieur sera convié à mon étude d'ici dix jours. Je vous tiendrai au courant. Une clause du contrat précisera qu'au cas où la mère décidait de garder l'enfant, ou alors si celui-ci décédait, l'entente deviendra caduque.

— Cela me paraît aller de soi.

— Une autre précision, monsieur Picard. Si le père de la jeune fille ne signe pas le contrat lui même, vous devrez vous engager.

Thomas hocha la tête, puis admit, un peu comme à regret :

— Comme ce dernier tient à son anonymat, il en ira ainsi.

— Au cas où celui-ci cessait d'assumer ses engagements, vous serez en conséquence tenu de le faire. Cela ne vous répugne pas ?

L'homme hocha la tête, leva les mains pour signifier qu'il acceptait ce risque. Maître Dupire lui adressa un sourire en coin au moment de se lever pour lui serrer la main. Sa perplexité venait de prendre une nouvelle tournure, mais il préféra jouer le dupe.

⸻

Parfois, les avatars d'une campagne électorale fournissaient un heureux divertissement aux ennuis domestiques. Depuis la mi-septembre, les conservateurs dirigés par Robert Borden et les libéraux de Wilfrid Laurier se livraient une chaude lutte. Occupés sur la scène provinciale, les nationalistes s'étaient faits discrets.

Le lundi 26 octobre, Thomas Picard rejoignit ses amis libéraux au Château Frontenac. Le central téléphonique et télégraphique du grand bâtiment hôtelier était conscrit pour la réception des résultats. Comme à l'habitude, des garçons faisaient l'aller-retour à bicyclette entre les bureaux de scrutin de la ville et les organisateurs politiques.

— Ce fut une belle campagne, commenta Louis-Alexandre Taschereau à l'oreille du marchand de la Basse-Ville.

— Très belle, quand nos amis Bourassa, Lavergne et Asselin s'occupent d'autre chose.

— … Oui. Ces méchants oiseaux préfèrent souiller le nid provincial.

Le ministre des Travaux publics et du Travail demeurait l'une des victimes favorites du trio de députés nationalistes sévissant à Québec. Mieux valait changer de sujet, pour préserver sa bonne humeur.

— Le grand homme demeure un orateur redoutable, malgré son âge, dit-il en regardant en direction de Wilfrid Laurier.

Le vieux politicien promenait sa haute silhouette dans la salle de bal du Château Frontenac. Sa redingote noire soulignait les cheveux blancs qui tombaient sur son col. Passant d'une table à l'autre, il conversait un moment avec chacun de ses partisans, afin de cultiver leur allégeance.

— Sa longue expérience demeure irremplaçable, admit Thomas. Toutefois, je dois avouer qu'un slogan aussi peu inspiré que « Laissons Laurier finir son travail » ressemble terriblement à une fin de règne. La prochaine fois, est-ce que ce sera « Encore une minute, s'il vous plaît » ? Il a profité de la prospérité ambiante.

— Dans l'Ouest, un village est créé le matin à l'intersection de deux routes conduisant nulle part et le soir, la population suffit pour entraîner la création d'un bureau de poste.

— Et une université la semaine suivante, je sais. Je vois tous les jours des familles complètes descendre au quai des immigrants, une veste de mouton sur le dos.

Dans toute l'Europe du Nord, les déshérités se voyaient promettre cent soixante acres de terre gratuits dans les Prairies.

Le premier ministre arriva à leur hauteur, tendit la main à son organisateur dans la circonscription de Québec-Est en disant :

— Encore une belle victoire. Bientôt, il ne restera plus de conservateurs dans la Basse-Ville.

— Nous ne pouvons pas en dire autant des nationalistes.

Le vieux politicien secoua la tête, comme si son organisateur lui rappelait un bien mauvais souvenir.

— Je vais rentrer dans quelques minutes, précisa Thomas.

— Déjà ?

— Ma fille a eu vingt ans vendredi dernier, elle prendra un navire pour l'Europe après-demain.

— Vous gâtez cette jeune demoiselle.

Après une pause, Wilfrid Laurier continua :

— Je dois moi-même prendre le train dans quelques minutes pour rentrer à Ottawa. Une de ces affreuses machines à pétrole va me conduire à la gare. Il y aura un arrêt à Montréal, afin de saluer mes partisans.

— Ceux-ci ont raison de se réjouir.

— Les résultats demeurent assez semblables à ceux de 1904 : une bonne majorité des sièges, et une petite avance de quatre pour cent dans les suffrages exprimés.

— Finalement, conclut le marchand, le tricentenaire a effacé dans les esprits l'effondrement du pont de Québec.

Le premier ministre serra la main de Taschereau, qui se retira afin de rejoindre ses collègues du Cabinet provincial. Il adressa ensuite son meilleur sourire à son organisateur, pour confier :

— À ma grande surprise, ce fut un franc succès. Tous les journaux se sont montrés satisfaits, nos compatriotes de langue anglaise nous regardaient avec des yeux différents. La tribu de demeurés devenait respectable, tout à coup.

— La combinaison s'est révélée magistrale : les nationalistes ont apprécié les héros de la Nouvelle-France ; les libéraux, notre esprit d'entreprise ; les Canadiens anglais, la bonne entente entre les deux peuples...

— Les impérialistes, la présence de l'escadre, compléta le premier ministre, les monarchistes canadiens-français, la visite d'un prince montrant l'exquis savoir-vivre de parler leur langue ; et les grenouilles de bénitiers, toutes les soutanes mises en scène par un protestant.

Ce bilan expliquait en partie l'heureux résultat électoral, la prospérité faisait le reste.

— Vous avez sans doute reçu votre médaille ? demanda le politicien avec un clin d'œil.

Le disque de bronze, frappé à des centaines d'exemplaires, ne suscitait aucune fierté particulière chez son récipiendaire.

— Comme la moitié des habitants de cette ville.

Le premier ministre ignora le reproche implicite pour s'enquérir encore :

— Que pensez-vous de la nouvelle devise concoctée par Eugène-Étienne Taché, après la première, « Je me souviens » ?

— « Née sous les lys, Dieu aidant, l'œuvre de Champlain a grandi sous les roses » ? Je doute qu'elle ait une longue carrière.

— Sait-on jamais, dans notre pays un peu fou...

Sur une dernière poignée de main à son chef, le commerçant quitta l'hôtel.

———

À la fin de l'après-midi du 28 octobre, Thomas Picard se trouvait sur le quai d'embarquement du Canadien Pacifique. Pour l'occasion, Édouard avait écourté sa journée au Petit Séminaire. Après avoir réglé les formalités de l'enregistrement, le chef de famille rejoignit sa femme, plus malheureux que les pierres.

— Je veux bien lui pardonner... sa faute. Mais devoir être séparé de toi pendant des mois, cela me paraît au-dessus de mes forces.

— Nous avions déjà prévu un voyage en Europe.

— Pendant deux mois, trois tout au plus, pas huit ou neuf.

L'homme secoua la tête de dépit. Sa fille était enceinte de près de trois mois. Il lui fallait compter six mois au moins avant l'accouchement, un autre encore, peut-être deux, pour qu'elle récupère sa taille fine, une étape essentielle avant de se montrer de nouveau dans les rues de Québec.

— Nous ne serons pas si longtemps en Europe. Tu pourras venir me voir dès janvier. Nous voir.

L'homme aurait préféré que son épouse revienne à Québec au plus vite. Élisabeth demeurait résolue à tenir compagnie à Eugénie. L'abandonner dans une pension, même la meilleure, lui paraissait inhumain.

— Même si tu es de ce côté-ci de l'Atlantique en janvier, le magasin...

— Ton escogriffe pourra ouvrir l'œil, son cours classique ne l'absorbe pas tant que cela. Et ton homme de confiance, Létourneau, saura bien prendre la relève quelques fois.

À l'allusion à un escogriffe, Élisabeth avait tourné les yeux en direction d'Édouard, qui se passionnait pour les dépliants touristiques du Canadien Pacifique.

— Tu es certain que je ne peux pas le garder ? demanda-t-elle bientôt, les yeux mouillés.

— Certain. Autant ma fille doit accoucher au loin, en cachette, autant ma femme devrait le faire à la vue de tous. En te voyant revenir d'un long voyage avec un enfant, tout le monde devinerait. Ce serait lui enlever toutes ses chances dans la vie.

— Fulgence te semble fiable à ce point ?

L'homme demeura un moment songeur, puis commenta :

— Je le connais depuis plus de douze ans. Puis je ne serai pas loin.

Les derniers mots devaient rassurer son épouse. En réalité, jamais il n'interviendrait, de peur de trahir le secret. Élisabeth se rapprocha, se laissa enlacer au mépris des convenances.

Dans un autre coin de la grande salle, Eugénie se tenait en tête-à-tête avec Élise Caron, la seule de ses amies venue assister au départ pour le « grand tour ».

— Comme tu as de la chance, déclara la brunette avec la meilleure grâce du monde. Où iras-tu ?

— Nous descendrons à Liverpool, puis nous resterons une dizaine de jours à Londres, avant de passer à Paris.

— Si jamais je peux me permettre une expédition de ce genre, ce ne sera pas avant dix ans au moins, quand mon mari pourra compter sur la clientèle des notables de la Haute-Ville.

Élise ne perdait pas son sourire : au fond, ses fréquentations avec le jeune Paquet se révélaient très satisfaisantes, son mariage se présentait sous les meilleurs auspices.

— Parfois, j'aimerais me trouver à ta place, admit Eugénie.

Son amie la regarda, sceptique, pour constater que l'autre semblait sincère. Le ridicule de la situation n'échappa pas à la voyageuse, qui confessa en souriant :

— Cela doit être un peu de frayeur. Selon les livres de voyage, traverser l'Atlantique au début de novembre peut se révéler mouvementé.

— Dans un navire de cette taille, tu ne sentiras pas les vagues.

La coque soigneusement rivetée s'étendait sur des dizaines et des dizaines de verges. Élise continua :

— Tu ne reviendras pas à Québec directement, d'après ce que j'ai compris des babillages d'Édouard.

— Papa demeure convaincu que je dois apprendre un peu d'anglais. Début janvier, je dois m'inscrire dans un collège de jeunes filles, dans l'État de New York.

— Et ta mère… je veux dire Élisabeth.

— Elle demeurera avec moi. Tu comprends, les convenances… Papa viendra nous visiter.

Eugénie connaissait sa leçon sur le bout des doigts. Quelle que soit l'incrédulité de la personne en face d'elle, jamais ce récit ne devrait varier d'un iota.

— Quelle chanceuse! Je dois rentrer maintenant, ma mère m'attend.

— Merci d'être venue. Tu es si gentille, et fidèle.

Elles se serrèrent l'une contre l'autre pendant un long moment. Après les derniers «Au revoir», Eugénie rejoignit sa famille. Édouard considéra cela comme un signal et il alla se flanquer près d'Élisabeth. Autour d'eux, les passagers s'engageaient de plus en plus nombreux sur la passerelle.

— Je pense que nous devons y aller aussi, murmura la grande fille. Papa…

— Tu as raison, répondit l'homme en ouvrant les bras.

Un peu brutalement, elle se plaqua contre la poitrine paternelle, puis chuchota, le nez enfoui dans son foulard:

— Je te demande pardon.

— N'en parle pas, princesse. Et prends soin de ta mère.

Elle ne se rebiffa pas à ce mot, hocha plutôt la tête en guise d'assentiment. Un moment plus tard, les larmes aux yeux, elle accepta l'accolade de son petit frère. Puis sans se retourner, la main lui couvrant la moitié du visage, elle s'engagea sur la passerelle.

— Maman, commença ensuite Édouard en mettant ses bras autour de son cou, c'est la première fois que l'on se quitte. Tu me manques déjà.

Les yeux mouillés, il la serra contre lui avant de s'esquiver à son tour, vers la porte conduisant dans la rue.

— Je vais essayer de demeurer stoïque, commença Thomas. J'ai appris ce nouveau mot il y a quelques semaines.

— Je sais, ce fameux soir. Prends soin de toi, et de lui.

— Prends soin de toi, et d'elle.

Une dernière fois, le couple s'accorda une étreinte, puis Thomas posa son melon sur son crâne en disant: «À tout de suite.»

Au mieux, ce serait dans deux mois et demi.

FIN DU SECOND TOME

Quelques mots

Ce nouvel épisode de l'existence des Picard est très lourdement coloré par le contexte fébrile du début du XXe siècle.
L'effondrement du pont de Québec, le développement d'un
mouvement nationaliste dirigé par un orateur exceptionnel,
Henri Bourassa, la célébration du tricentenaire, au moment
où les tensions internationales laissent présager une guerre
prochaine en Europe, tout cela vient bousculer le petit monde
de nos deux familles.

Les festivités qui se déroulèrent à Québec en 1908 ont
retenu l'attention de quelques historiens, dont Henry Vivian
Nelles (*L'Histoire spectacle. Le cas du tricentenaire de Québec*).
Le lecteur pourra aussi consulter les comptes rendus des journaux de l'époque, dithyrambiques, les ouvrages commémo-
ratifs et même le texte des représentations théâtrales signé
par Ernest Myrand. Plusieurs de ces documents sont très
aisément disponibles sur Internet. Sur le site des Archives
nationales du Canada, les dessins de Charles Huot et Mary
Bonham donnent une bonne idée des costumes portés par
tous ces artistes amateurs et par des spectatrices et des spectateurs enthousiastes. Sur celui du musée McCord, on trouve
une collection de stéréotypes illustrant les grands moments
de ces fêtes. Dans les deux cas, le mot « tricentenaire » sert
de sésame à l'outil de recherche.

Dans ce roman, j'use de petites libertés avec les dates. Le
souci de faire correspondre les péripéties de la vie de mes
deux familles m'amène parfois à de légers réaménagements
du programme des festivités. Quelle en est l'ampleur ? Par
exemple, les navires britanniques et français, de même que

577

l'*Empress of Ireland* et ses passagers de choix, ne se présentent pas le même soir dans la rade de Québec. Enfin, en toute franchise, je ne suis pas certain d'avoir toujours compris la séquence des événements, les sources, y compris les programmes officiels, présentant parfois de curieuses divergences. Ces aménagements demeurent toutefois bien mineurs. Enfin, si Frank Lascelles vint à Québec avec un assistant bilingue, il ne se nommait pas James McDougall.

Les Bloomer Girls visitèrent-elles notre coin de pays pour affronter des équipes masculines de baseball? Oui, et elles battirent réellement l'équipe de Québec… en 1905. La cocasserie de l'événement permettra sans doute de me pardonner cet autre accroc à la chronologie. Le sermon que je fais rédiger par l'abbé Buteau est en fait constitué de larges extraits de celui de monseigneur Paul-Eugène Roy, responsable de l'Action sociale catholique à partir de 1907, publié plus tard dans le livre *Propos canadiens*. Je ne pouvais priver mes lecteurs d'une si belle prose catholique!

Quant aux discours que je place dans la bouche ou sous la plume des personnages historiques, du prince de Galles à Ernest Myrand, en passant par Adjutor Rivard, ce sont les leurs. Je ne saurais d'ailleurs me montrer aussi poétique que ce dernier…

EXTRAIT DU PROCHAIN TOME

Les Portes de Québec

3. Le prix du sang

Partir vers l'Europe méritait le déplacement d'une nombreuse compagnie. L'événement, rarissime dans une vie, valait d'être souligné. Le billet en troisième classe, aller-retour, coûtait le salaire de plusieurs semaines d'un ouvrier. En deuxième classe, cela représentait deux bons mois. Quant à celui de première classe, seules des personnes dont la fortune se comparait à celle de Thomas Picard osaient seulement soulever la question !

Les navires du Canadien Pacifique s'amarraient au quai situé sous la masse imposante du Château Frontenac qui, du haut de la falaise, dominait le paysage. Dans les rues environnantes, des fiacres, des calèches et de bruyantes voitures automobiles transportaient des passagers nerveux et excités d'entreprendre une longue traversée, de même que leurs amis et leurs parents peinés par une séparation qui serait nécessairement longue de plusieurs semaines.

Alfred descendit de voiture avec une petite valise à la main, paya le cocher alors que son fils, Mathieu, se colletait avec une malle visiblement trop lourde pour lui.

— Laisse, déclara son père, les employés vont s'en occuper. Regarde, en voilà un qui vient justement avec son petit chariot.

— J'y serais arrivé.

— Je n'en doute pas un instant, convint Alfred en lui mettant une main sur l'épaule.

Marie se tenait un peu à l'écart, un mouchoir à la main pour essuyer une larme ou deux.

— Je vais te faire mes adieux ici, bredouilla-t-elle quand l'homme s'approcha en lui présentant son bras gauche pour l'escorter à l'intérieur.

— Curieux phénomène ! J'ai droit à des adieux à la pièce. D'abord Thalie qui s'enferme dans sa chambre en pleurant...

— Elle est à l'âge des larmes et des drames. Je parie qu'elle se trouve déjà en train de t'écrire une longue lettre pour te demander pardon de sa conduite.

— Si elle se dépêche de la poster, je pourrai peut-être la lire ce soir, après l'arrêt à Rimouski.

Les navires du Canadien Pacifique transportaient souvent le courrier entre le Canada et le Royaume-Uni, ce qui leur valait l'honneur d'accoler à leur nom le sigle R.M.S., pour *Royal Mail Ship's*. Ils s'arrêtaient à Rimouski afin d'embarquer les derniers sacs de la poste.

— Je préfère te quitter ici, plutôt que de renifler parmi des dizaines de personnes, reprit Marie. Sans compter qu'il sera là, ajouta-t-elle après une pause.

— ... Très probablement. Il doit encore me casser les oreilles au sujet de ses fournisseurs. Je suis supposé rencontrer quelques manufacturiers anglais.

— Travailles-tu pour la compétition ?

— Je me souviens que je possède un sixième de ce grand magasin. Si mon intervention améliore ses profits, des miettes tomberont dans notre poche.

Marie se hissa sur le bout des pieds pour embrasser son mari sur la bouche, posa ses deux mains sur les siennes pour les serrer, puis conclut :

— Alors tout est dit. Va prendre ce grand navire, profite de tes semaines en Europe, puis reviens avec toutes ces petites robes qui nous rendront si riches.

L'homme tenta de dire quelque chose, se troubla, serra sa femme dans ses grands bras au risque de faire tomber son chapeau ridiculement large, puis tourna les talons.

— Toi, m'accompagnes-tu à l'intérieur? grommela-t-il d'une voix cassée à son fils.

— Il faut que j'apprenne. Un jour, ce sera mon tour de prendre ce navire... Maman, pourquoi ne m'attends-tu pas sur l'un de ces bancs? Nous rentrerons ensemble tout à l'heure.

Marie fit un signe d'assentiment de la tête. Dans le petit édifice donnant accès à la passerelle, des dizaines de personnes se pressaient les unes contre les autres. Des employés en uniforme du Canadien Pacifique examinaient les billets, vérifiaient les noms sur la liste des passagers avant de leur donner une carte d'embarquement.

— Attends-moi près de la passerelle, je règle les formalités.

Quand le jeune collégien s'approcha de la plate-forme métallique, dont l'autre extrémité donnait dans le flanc de fer du navire, ce fut pour se retrouver au coude à coude avec Thomas Picard. Trois ans de gouvernement conservateur, depuis 1911, n'avaient pas trop porté préjudice aux affaires du commerçant.

— Mathieu, heureux de te voir... Je commençais à croire que ton père avait changé d'idée.

— Aucune chance que cela se produise: il en rêve depuis des années. Pour le moment, il procède à son enregistrement.

Le commerçant demeurait séduisant, même s'il dépassait maintenant la cinquantaine. Son paletot gris et son melon assorti témoignaient de la qualité de la marchandise offerte dans son grand magasin à rayons.

— Ma foi, tu es un homme maintenant. Quel âge cela te fait-il?

— Seize ans, cet été dix-sept, répondit le garçon en serrant la main tendue.

— Cela te dirait de venir travailler au magasin? J'aurai toujours une place pour toi.

— Mais je suis étudiant.

L'homme lui adressa son meilleur sourire, puis précisa :

— Je le sais bien. Je songeais à la période des grandes vacances. Cela te donnerait une autre expérience des affaires, cette fois dans une grande entreprise.

— Si jamais je mets les pieds dans le grand magasin Picard, ce sera pour occuper le siège du président de la société.

Thomas demeura un moment interdit, puis fit remarquer d'une voix changée :

— Ce poste ira à mon fils.

— C'est bien ainsi que je le comprends : à l'un de vos fils, l'aîné. Si vous voulez m'excuser…

Mathieu tourna les talons pour revenir vers le comptoir du Canadien Pacifique, juste au moment où Alfred en finissait avec la paperasse.

— Je vais aller rejoindre maman, déclara le garçon. De toute façon, tu devras parler affaires avec lui.

— Si tu préfères cela… Tu vas prendre soin de ta mère?

— Évidemment. De ma petite sœur aussi. Cela prend un homme pour mettre de l'ordre dans cette maison. Ces femmes prennent un peu trop de liberté.

— Si je ne savais pas que tu te moques de moi, j'annulerais mon voyage, de peur de te trouver assassiné par l'une ou l'autre à mon retour.

Thalie ne doutait pas que les femmes demeuraient depuis trop longtemps sous la domination abusive de mâles obtus. Celui qui tenterait de la mettre au pas se réservait de bien mauvaises surprises.

— Alors au revoir. Je reviendrai bientôt.

— Je sais, dans huit semaines. Ne fais pas comme Wilfrid Laurier en attrapant un titre de *sir* et un accent *british*.

— Si j'attrape quelque chose, j'espère que ce sera un peu du souffle de la liberté de Paris.

Alfred resta là, un moment embarrassé, puis serra Mathieu contre lui avec une brusquerie émue.

❉

Quelques minutes plus tard, le collégien marchait le long du quai, en direction d'un banc où l'attendait sa mère. À trente-cinq ans, Marie Picard, née Buteau, demeurait une jolie femme, mince au point de paraître fragile. Cette impression changeait dès qu'elle fixait ses grands yeux sombres dans ceux d'un interlocuteur.

— Nous y allons? déclara-t-il en mettant la main sur son épaule.

— C'est aussi bien. Iras-tu au Petit Séminaire?

— Les curés seront privés de ma présence aujourd'hui.

— Mais il reste une leçon.

Mathieu lui répondit par un sourire, offrit son bras pour traverser la rue et rejoindre la place du marché Champlain. La plupart des cultivateurs avaient déjà quitté les lieux, ceux qui s'attardaient encore se délassaient sans doute dans une taverne des environs.

Après être passés près de l'église Notre-Dame-des-Victoires, ils regagnèrent la rue Champlain afin de prendre le funiculaire. Le curieux petit véhicule décrivait une trajectoire presque verticale au flanc de la falaise, jusqu'au sommet du promontoire. Ils descendirent tout près de la statue érigée seize ans plus tôt à la gloire du fondateur de Québec. Le bronze montrait une jolie teinte verdâtre, gâchée par l'héritage de générations successives de pigeons.

— Tu te souviens de tous les flonflons et des grands personnages de l'été de 1908? demanda le garçon.

— Certainement. Nous avons alors réalisé la meilleure semaine de l'histoire du magasin.

— Plus personne ne parle de la solidarité impériale. Au contraire, avec les rumeurs de guerre en Europe, la grande inquiétude maintenant, c'est la participation canadienne au conflit.

À l'évocation de la conflagration que tout le monde paraissait considérer comme inévitable, une ombre passa sur le visage de Marie. Du ton de celle qui tenait à s'en convaincre, elle déclara :

— Les Européens ne seront jamais assez sots pour s'engager dans une pareille folie.

Mathieu ne répondit pas. Il alla s'accouder à la haute balustrade de fonte bordant la falaise. Au-delà des quelques toits de tôles, le navire se trouvait toujours contre le quai. Mais une fumée grasse de charbon sortait des deux grandes cheminées, et des hommes s'agitaient près des bittes d'amarrage.

— Ton père est sûrement monté à bord l'un des derniers.

— Maman, je sais que ce n'est pas mon père.

Marie fixa ses grands yeux bleu foncé sur le collégien, trouva les mêmes sur son visage, tourné vers elle.

— Tu dois m'en dire un peu plus, dit-elle d'une voix brisée.

— Si je n'avais pas été capable de faire seul le calcul des jours écoulés entre ma naissance et votre mariage, des camarades d'école se seraient chargés de le faire pour moi. Mais ce ne fut pas nécessaire. Te souviens-tu des batailles m'opposant à ceux qui prétendaient qu'Alfred préférait les charmes masculins à ceux des femmes ? Et toi, tu refusais et tu refuses toujours de te trouver en présence de Thomas Picard. Je n'ai pas été long à tirer des conclusions.

Marie se tourna de nouveau vers le fleuve, songeuse. La passerelle d'embarquement se détachait maintenant du flanc du navire, les lourdes portes de fer se fermeraient bientôt.

— Thalie est la fille d'Alfred.

— Je n'en doute pas. Les écoliers stupides et méchants ne soupçonnaient pas ses goûts éclectiques.

— Ton véritable père, c'est celui qui t'a aimé avant même ta naissance, et qui encore aujourd'hui se ferait tuer pour toi.

Mathieu lui adressa un sourire, avant de convenir en reprenant son bras sous le sien :

— Je sais. C'est pour cela que mon attitude à son égard n'a changé en rien depuis que j'ai deviné. Mais je préfère que tu saches que ce secret n'en est plus un pour moi. Les choses seront plus simples.

Un long silence s'installa entre eux. La fin du mois de mai se révélait très douce, les rives du Saint-Laurent se drapaient de vert tendre.

— Tu… ne m'en veux pas ? demanda-telle d'une voix hésitante.

— Pourquoi ? Cependant, je n'ai pas beaucoup de sympathie pour l'homme qui t'a fait cela. Tu avais à peu près l'âge que j'ai aujourd'hui…

Au pied de la falaise, l'*Empress of Ireland* se détacha lentement du quai, alors qu'un coup de sifflet retentissait dans un nuage de vapeur blanche.

— Au revoir, Alfred, fit Mathieu en esquissant un geste de la main.

On était le 28 mai 1914, à quatre heures vingt de l'après-midi. Le navire prenait la route de Liverpool avec 1477 personnes à bord.

⸻

Le lendemain matin, Mathieu Picard se leva un peu en retard. Quelques minutes lui suffirent pour revêtir son uniforme de collégien. Au moment où il passa près de la salle à manger, ce fut pour voir sa mère qui lui tournait le dos. Ses épaules semblaient secouées de spasmes muets.

— Maman, qu'est-ce… commença-t-il en pénétrant dans la pièce.

Ses yeux se posèrent sur le grand titre de la première page du *Soleil*. Il prit le journal dans ses mains pour lire l'en-tête de l'article.

L'Empress of Ireland *sombre. Près de mille morts.*

Le somptueux paquebot du C.P.R. a été frappé la nuit dernière, en plein brouillard, par le charbonnier Storstadt, *à trente milles de Pointe-aux-Pères, et a coulé en moins de dix minutes.*

— Il y a plus de 400 survivants, plaida-t-il en posant ses deux mains sur les épaules de Marie.

Celle-ci leva ses yeux mouillés vers son fils pour préciser :

— Son nom ne figure pas sur la liste donnée dans le journal.

— Une liste encore très incomplète. Comme pour le *Titanic*, les morts doivent être des pauvres entassés à fond de cale dans les couchettes de troisième classe.

— Il y avait 500 passagers de troisième classe à bord. Le nombre des victimes dépasse le millier.

Mathieu se pencha pour entourer les épaules de sa mère de son bras droit, la serrer contre lui, puis il murmura :

— Quand tu seras prête, nous irons aux bureaux du Canadien Pacifique. Je vais annoncer la nouvelle à Thalie. Elle est encore dans sa chambre ?

Déjà, il assumait le rôle de l'homme de la maison. La femme approuva d'un signe, avant d'ajouter un « Merci » inaudible.